Théologiens et mystiques

au Moyen Âge

La Poétique de Dieu

Vᵉ-XVᵉ SIÈCLES

Choix présenté et traduit du latin
par Alain Michel
Professeur à l'Université de Paris-Sorbonne

Ouvrage publié avec le concours du
Centre national du livre

Gallimard

pour ma femme, Arlette Michel,

*pour mes fils, Jean-François
et Pierre et leur famille*

INTRODUCTION

*Poétique et philosophie
dans la culture chrétienne*

Nous pouvons résumer en peu de mots le projet de ce livre et l'intention qui nous l'a inspiré : nous avons voulu parler de rhétorique et de poétique à propos de la théologie chrétienne, telle qu'elle s'est développée au Moyen Âge. Or la théologie a le Verbe pour sujet et pour auteur premier. La rhétorique est l'art ou l'expérience du verbe-logos, dont elle étudie le fonctionnement, la fin et les moyens. Il s'agit en somme de la rhétorique ou de la parole de Dieu et des moyens que les hommes et lui trouvent pour instituer entre eux un dialogue.

Naturellement, cette manière d'aborder le sujet, qui a été celle des médiévaux, suppose qu'on écarte quelques préjugés relatifs soit à la rhétorique soit à la théologie. On considère souvent que la première est frivole, vaine ou menteuse. Dans la seconde on se défie de la scolastique, qui paraît au demeurant bien éloignée de toutes les vertus du style et de l'expression. Mais il nous semble, comme nous venons de le dire, que la question doit être abordée d'une tout autre manière, laquelle n'est pas demeu-

rée inconnue de la culture médiévale. La théologie (tout en essayant d'employer la dialectique des philosophes et leur logique) traite de la révélation : elle est parole sur Dieu, parole de Dieu. Y a-t-il donc une rhétorique de Dieu ? Oui, sans doute, si nous employons le mot dans le sens large et précis à la fois que lui donne aujourd'hui la recherche. Il est pour nous proche de poétique, qu'on peut interpréter au sens traditionnel : il y a une poésie judéo-chrétienne, qui se manifeste d'abord dans la Bible, puis (surtout au Moyen Âge) dans la liturgie catholique. Nous aurons effectivement à chercher dans quelle mesure le langage de l'hymnodie coïncide avec celui de la philosophie.

Mais il faut insister sur ce dernier mot. Quand on s'interroge sur son sens et sa portée, on découvre les perspectives qui assurent l'unité de la culture occidentale. La philosophie gréco-romaine a instauré une méditation sur le langage, sur la parole et sur les disciplines littéraires : comme l'ont montré Aristote et Cicéron, elle ne pouvait se limiter aux aspects formels ou utilitaires de l'expression : seule la philosophie lui confère souplesse, esprit critique et profondeur. Cicéron l'avait marqué avec une force admirable et on ne l'a pas oublié. Nous aurons à signaler les filiations et les échanges qui ont permis une telle mémoire et une telle fidélité. Nous nous tiendrons ainsi au cœur de notre enquête.

Il s'agit des arts, de la beauté, de la culture prise dans son unité. Mais, répétons-le, il s'agit d'abord de la recherche de l'absolu, dans ses deux formes, qui coïncident plus ou moins : l'idéal et l'être. Pour les médiévaux comme pour les anciens, ni la parole, ni la sagesse, qui doivent rester en accord, ne sauraient aller sans la « poésie de Dieu », c'est-à-dire sans la théologie, qui s'interroge à tout instant sur l'ontologie, sur l'idée et sur le dialogue entre l'homme et Dieu.

C'est dans une telle perspective que nous choisirons nos textes. Il ne s'agit pas pour nous de faire une anthologie générale, ce qui serait impossible, mais d'évoquer précisément les problèmes dont nous venons de parler et de montrer qu'ils n'ont pas été éliminés mais qu'ils se sont approfondis dans la fidélité.

Pour chaque auteur, nous présenterons une brève introduction d'ensemble, que les textes illustreront. Il s'agira, entre 400 et 1450 à peu près, de textes traduits du latin. Le choix de cette langue ne tient ni au hasard ni à une quelconque superstition culturelle. Mais le latin, sur les sujets qui vont nous occuper, a été la langue commune de l'Occident. Mieux que chacune des autres langues, il marque l'unité de la pensée européenne, à une époque où cela est particulièrement utile. Il marque aussi la cohérence des doctrines en même temps que leur changement à travers l'histoire. Cependant, il ne nous écarte pas de la parole profane; il lui permet au contraire, par le jeu de la traduction, du bilinguisme, de la tradition phonétique ou grammaticale, de s'enrichir et de se développer. Il nous faut rappeler cette fécondité, qui fait de la langue latine un des plus puissants moyens de développer la modernité dans la culture. Aujourd'hui surtout, il convient de s'en souvenir et d'éviter les tentations d'une nouvelle barbarie.

Cela est particulièrement important pour le christianisme, religion de l'amour, qui a pour mission
de proclamer en tout temps et en tout lieu l'unité
qui existe entre tous les hommes et entre l'homme
et Dieu. Il se trouve ainsi convié à la compréhension la plus profonde et au rejet de l'intolérance
fanatique. Notre livre porte sur la pensée catholique. Nous espérons que les chrétiens y trouveront
des raisons d'écouter le Christ. Mais ils pourront
entendre en même temps la sagesse humaine, telle
que les écrivains antiques et la sagesse païenne l'ont
conçue. Là encore s'affirme le dialogue universel
des hommes et de Dieu. Tout se ramène à la
recherche de l'absolu. Je ne fais pas ici œuvre de clé-
ricalisme, mais je veux simplement fonder dans la
fraternité universelle de l'amour, des cultures, de la
parole et de la beauté, la connaissance de l'être et la
quête de l'idéal. C'est le seul moyen véritable d'unir
l'humilité à l'espoir.

1. Platon, Aristote, Cicéron, Virgile, Philon d'Alexandrie : la parole de la sagesse et de la beauté

Nous ne voulons esquisser que les grandes lignes
de notre propos. Les introductions particulières et
les textes seront plus précis. Ils porteront sur le
Moyen Âge. Mais, comme ce que nous venons de
dire l'indique assez clairement, nous devons rappeler d'abord comment s'est accomplie dans la culture

antique, alors qu'elle était menacée par la barbarie, la rencontre et la préservation de la pensée chrétienne.

Nous ne donnerons que des indications très générales. Mais nous constaterons qu'elles coïncident exactement avec notre projet initial et qu'elles définissent les conditions dans lesquelles l'influence de l'antiquité s'est maintenue au cœur du christianisme, qui la préservait tout en la transfigurant.

La sagesse et la beauté furent d'abord en cause. L'une et l'autre insistaient sur la parole et donc sur le verbe-logos. Au commencement était déjà Ulysse, qui connaissait trop à la fois la poésie et le mensonge pour ne pas poser à ses admirateurs le problème de la vérité. Homère eut trois types de lecteurs au cours des siècles les plus anciens de notre civilisation, qui commence avec notre écriture, peu de temps avant lui. Les tendances majeures en ce qui nous concerne se dessinèrent surtout à Athènes au ve siècle av. J.-C. : les sophistes y affirmaient que la parole et ses procédés ont tout pouvoir sur l'établissement ou la contestation du vrai ; les philosophes répliquaient en affirmant quant à eux que certes le doute existe et qu'il peut être tout-puissant ; Socrate, notamment, savait qu'il ne savait rien ; mais sa critique s'étendait jusqu'à l'usage de la parole et se trouvait donc dirigée contre les sophistes. Platon, qui écartait les poètes tout en imitant leurs mythes selon les exigences de sa propre doctrine, donnait tout son sens au scepticisme socratique. Il est vrai que la science parfaite du vrai nous est impossible. Nous ne pouvons que l'approcher par l'opinion, toujours approximative.

Mais nous ne pourrions même pas connaître l'opinion si le vrai n'existait dans le monde des idées et si nous ne progressions vers lui, peut-être à l'infini, par les moyens de la dialectique, c'est-à-dire du dialogue, qui confronte avec rigueur les apparences reçues de côtés et d'autres. Au IVᵉ siècle, voici Aristote. Il est le meilleur élève de Platon. Mais son génie, son ouverture d'esprit, son sens de l'immanence et de la nature le conduisent à marquer de manière originale son goût de l'innovation et la force de sa mémoire. Il vient de l'Académie platonicienne lorsqu'il fonde sa propre école, le Lycée. D'une part, son amour de la rhétorique et de la poétique lui inspire de conserver ce que les sophistes avaient défini dans l'ordre de l'expression littéraire et de son esthétique. D'autre part, il croit comme Platon à l'existence du vrai. Il sait que la rhétorique et la dialectique ne peuvent atteindre que le vraisemblable. Mais la discipline qu'il appelle logique et qu'il décrit dans les Analytiques *est plus puissante. Elle décrit les moyens de la démonstration, c'est-à-dire les règles formelles de l'accès au vrai. Reste à se poser la question des contenus. La diversité des sources conduit Aristote à s'interroger sur l'intuition du vrai. Elle n'est point transcendante mais elle est produite par la totalité des causes naturelles, notamment les causes finales, dans lesquelles se révèle la perfection interne et organique de l'être.*

Le platonisme, l'aristotélisme et la sophistique semblent ainsi s'opposer à l'issue de la période classique de l'hellénisme. Peut-être faut-il dire plutôt qu'ils se complètent mutuellement. En tout cas, si l'on excepte jusqu'à un certain point le platonisme, dont le maître est au demeurant l'un des plus grands écrivains grecs, ils sont d'accord sur l'importance de la création littéraire et sur les vertus de la beauté.

Une synthèse est donc possible et ses principaux résultats se manifestent à travers la période hellénistique. D'abord il s'agit de recueillir ou de modifier les principaux enseignements de la sagesse classique. L'aristotélisme, méditant sur la nature, comme nous l'avons dit, avait notamment voulu fonder une anthropologie. L'homme est âme et corps, la raison et l'irrationnel se combinent en lui, comme le montre notamment l'exemple de la catharsis poétique, qui combine le mouvement des passions et la purification de l'âme. Les philosophies qui fleurissent au IIIe siècle apparaissent moins unificatrices que systématiques. Elles essaient de fonder des systèmes en choisissant parmi les fins qu'Aristote ou Platon maintenaient ensemble, malgré les oppositions que la dialectique révélait. Le stoïcisme est un rationalisme matérialiste qui croit de manière radicale aux intuitions de la raison et qui déduit de cela la parfaite cohérence logique de l'univers. L'épicurisme croit lui aussi que le vrai peut être saisi par la connaissance humaine. Mais il rejette absolument la croyance en une finalité ordonnée de l'univers. Dans le monde discontinu de l'atomisme, tout est régi par un mélange de hasard et de nécessité, de conflits absurdes et d'harmonies fortuites, le tout étant ordonné par ce qu'on appelle aujourd'hui les lois de la statistique.

Il est inutile d'insister sur l'importance des doc-

*trines qui se trouvent ainsi élaborées. Elles vont res-
ter présentes dans la pensée romaine et on ne cessera de les rencontrer jusqu'en notre temps. Leur
caractère systématique et dogmatique ne peut manquer de susciter des oppositions que nous connaissons encore : transcendance et immanence, hasard
et providence, dogmatisme et scepticisme, être et
idéal.*

*L'école platonicienne sera particulièrement mar-
quée par de tels débats. Elle possède en effet les
meilleurs moyens de les surmonter, mais il n'est
pas toujours facile d'en prendre conscience. De fait,
l'École a tendance à se diviser. L'Ancienne Académie qui, dès le début, s'est efforcée de préserver
contre Aristote l'intégrité du platonisme, l'a inter-
prété comme un dogmatisme qui cherchait à accorder dans son interprétation de Platon la doctrine du
Lycée et celle que les stoïciens avaient ensuite proposée. La Nouvelle Académie mettait au contraire
l'accent sur le doute et sur le scepticisme qui en
résultait nécessairement. Mais elle n'excluait pas la
recherche du vraisemblable et du probable. Les philosophes, selon elle, pouvaient progresser grâce au
dialogue qui détachait des différents systèmes les
opinions qu'on pouvait accorder. D'autre part, on
savait depuis Platon qu'il existe pour les idées une
forme négative de connaissance : elles nous
éblouissent et c'est par la ténèbre qu'elles étendent
devant nos yeux que nous en prenons conscience.
Ainsi la tradition platonicienne persiste de deux
façons, qui ne cesseront de reparaître au Moyen
Âge. La seconde s'affirmera en même temps que
progressera le néo-platonisme. La première, faite à*

la fois de doute, de contemplation, de compréhension et liée à l'humanisme gréco-latin, jouera elle aussi un rôle essentiel, qu'on a moins souvent signalé. L'un des objets de notre livre est de le mettre en meilleure lumière.

À un tel égard, le principal auteur est Cicéron. Il adhère à la Nouvelle Académie et à ses doutes. Mais il donne une place très positive au dialogue qu'il établit entre les doctrines. Avec Carnéade de Cyrène, qui fut l'un des principaux maîtres de l'Académie, il croit que les points d'accord que l'on peut établir entre les diverses propositions des systèmes philosophiques définissent des probabilités, qui nous permettent d'approcher le vrai sans l'atteindre et qui sont susceptibles d'approfondissements infinis. C'est dans cette quête et dans l'espoir qu'elle rend possible que réside pour l'homme le vrai bonheur.

Donc, l'Arpinate se trouve en mesure d'établir des rapprochements probables entre les diverses écoles helléniques et hellénistiques que nous venons de décrire. Il le fait notamment dans l'ordre de la morale, en affirmant, comme les platoniciens et les stoïciens, le primat absolu du spirituel, mais aussi, comme les aristotéliciens, la complexité naturelle du composé humain, constitué de l'âme et du corps, qui doit donc être respecté. La morale pratique définit de son côté les vertus qu'on appellera plus tard cardinales (prudence, courage, justice, modération) et fixe le rôle fondamental de l'amitié, qui assure l'unité cosmique selon les pythagoriciens et leurs héritiers et qui fonde entre les hommes la solidarité naturelle : Homo sum, humani nihil a me alienum puto, disait Térence, suivant à la fois* *les aristotéliciens et les stoïciens. D'autre part et surtout, Cicéron est orateur. Après Aristote, il écrit les principaux traités de rhétorique de l'antiquité. Comme le maître du Lycée, il affirme son intérêt pour la rhétorique et proclame en même temps qu'elle a besoin de la philosophie. Comme nous l'indiquions plus haut, il construit ainsi une doctrine de grande souplesse et de vaste portée. Dans l'ensemble, son enseignement dépend surtout de l'aristotélisme, qui permet de concilier sagesse et sophistique. Mais un tel sens des nuances atteste aussi l'influence de l'Académie et du platonisme. La démarche de Cicéron ne se limite sans doute pas aux suggestions du Lycée. De fait, au début de l'Orator, il nous dit en suivant Platon qu'il cherche à retrouver l'idée de l'orateur parfait. Il cherche donc un accord entre les deux maîtres. Dans la parole humaine, il s'efforce de concilier l'immanence et la transcendance, le réel (ou l'être) et l'idéal, l'invention des arguments et la beauté du style. Un tel effort implique à la fois la création poétique et le sentiment du sacré. On s'en apercevra chez Virgile ou Sénèque, qui sont influencés par le même éclectisme idéal. Comme Panofsky l'a suggéré[1] à propos de la beauté antique, nous sommes ici au cœur même de la philosophie païenne et de l'histoire du vrai et du beau.*

Nous avons insisté en commençant sur la place que la culture antique tient dans notre enquête et sur la fraternité que de telles observations signalent entre les différentes formes de la sagesse. Mais tout

----

1. Erwin Panofsky, *Idea* (1924), traduction française, Gallimard, 1983.

de même, c'est du christianisme que nous allons parler dans ce livre. Avant d'entrer dans les textes qui concernent directement la littérature latine du Moyen Âge, il convient donc que nous revenions sur la révélation judéo-chrétienne et sur sa prise de contact avec le monde païen.

Dans l'Ancien Testament, nous nous bornerons à signaler des faits et des affinités. L'influence de la philosophie s'y manifeste principalement par les livres sapientiaux. Les Juifs de l'époque hellénistique ont exalté la sagesse, première création de Dieu. Ils ont pu dialoguer avec le stoïcisme, dont les premiers auteurs sont nés en terre sémitique. Ils ont connu le scepticisme, comme l'atteste L'Ecclésiaste *et ils ont su le mettre en relation avec la sagesse. Tous les faits que nous évoquons ici auront une grande importance après le premier développement du christianisme. Mais, si l'on se place au point de vue des origines, il faut remonter beaucoup plus haut, au-delà des débuts de la philosophie occidentale. David est antérieur à Homère... Nous ne pouvons donc nous en tenir à chercher des influences en partant de la philosophie. Nous devons aussi savoir partir d'Israël et montrer comment sa pensée, non pas primitive ou « sauvage » mais divine, marche vers la nôtre, qui se veut humaniste. Cela n'exclut pas Dieu, le Christ le savait en s'incarnant, il est le premier médiateur. On comprendra, étant donné la tendance d'ensemble de notre travail, que nous refusions de l'enfermer dans un seul des deux courants spirituels que nous décrivons. Il va de soi qu'il s'appuie sur toute la tradition juive et biblique. Mais il vient pour ouvrir par l'amour la loi juive à l'ensemble du monde antique. Il faut donc suivre d'abord les pas de la Bible, montrer comment, de ses récits primitifs, elle passe aux Psaumes, aux Prophètes, à la Sagesse. Ce sont les genres littéraires qui nous instruisent par leur simplicité dans le mystère. On aboutit à la langue des Évangiles, c'est-à-dire à une traduction grecque, relayée plus tard par le latin. La rencontre est accomplie entre les cultures. Avec saint Paul et saint Jean, l'universalisme latin connaît ses racines, ses sources, son Verbe.*

Nous nous bornerons ici à deux observations. La première concerne le langage employé, nous disons bien : langage, car il ne s'agit pas seulement de la forme, mais de la totalité de l'expression et de la pensée. Une idée se manifeste ici dans sa plénitude : on la retrouvera, peut-être moins pure, chez les païens. Il s'agit du sublime. À la fin du Ier siècle ap. J.-C.[1], le pseudo-Longin en donnera la description dans son célèbre traité rédigé en grec. « Le sublime est l'écho d'une grande âme » et la grandeur d'âme intervient, d'après les philosophes, quand nous nous élevons au-dessus des difficultés, des souffrances, des épreuves. Le vrai sublime implique donc qu'on prenne en s'élevant le point de vue de Dieu ou de l'extase et qu'on y découvre la simplicité, la douceur, la transparence qui permettent seules de dépasser la terreur et la ténèbre du divin. Le pseudo-Longin cite à ce propos le début de la Genèse, attestant ainsi ses contacts avec des groupes juifs, peut-être alexandrins. On pense à beaucoup d'autres tex-

---

1. Cette date est la plus plausible pour cet auteur anonyme.

tes de la Bible, au livre de Job (où Dieu se fait
reconnaître par sa sublimité), aux Psaumes, aux
prophéties, et surtout à la façon dont Élie a rencontré Dieu, qui lui avait annoncé sa venue : elle
n'eut pas lieu dans la tempête, alors que régnait la
grandeur des séismes et des éclairs, mais dans un
moment de calme où s'accomplissait seulement
l'humble passage de la brise (I Rois, 19,11-13).

Le Christ, saint Paul, saint Jean ne parleront pas
un autre langage, même s'ils y mêlent parfois la
souffrance de la Croix ou la révélation des apoca-
lypses. Ils joignent ainsi la lucidité à la célébration.
L'adhésion de la beauté antique à la beauté judéo-
chrétienne se trouve assurée par la rencontre des
sources. Jésus n'est pas venu pour l'interdire mais
pour la consacrer. Il introduisait aussi un élément
essentiel qui n'apparaissait pas dans la Bible au
même degré, si l'on excepte le Cantique des cantiques, et que la philosophie antique avait puissamment pressenti : l'amour. Ainsi se trouvait réalisée
la plus haute conciliation de toutes les sagesses.
Paul pouvait écrire son hymne à la charité et Jean
révéler de manière décisive la seule possibilité que
les hommes ont de voir Dieu. Ils le trouvent chaque
fois qu'ils rencontrent l'amour.

Avant de conclure cette première partie de notre
introduction, il nous reste à citer quelques noms.
Le premier nous permet à la fois de montrer avec
précision comment le judaïsme put accueillir la
philosophie et comment s'est ainsi trouvée préparée
la synthèse ou l'union du christianisme et de l'éclectisme platonisant. Il s'agit de Philon d'Alexandrie,
qui vécut entre 20 av. J.-C. et 50 ap. J.-C. (chiffres

approximatifs) et qui a rédigé un grand commentaire de la Bible, en grec, qui portait surtout sur la Genèse et sur les vies d'Abraham, Moïse et Joseph, ainsi que sur les problèmes de la loi. La série de traités qui nous sont ainsi offerts constitue un ensemble de merveilles, d'abord par la qualité de l'imagination qui s'y déploie : Philon applique à l'interprétation des textes qu'il commente la méthode allégorique et mythique à la fois que les philosophes platoniciens ou stoïciens appliquaient à l'étude de la mythologie. Il prépare ainsi une pratique qui dominera une grande partie de la littérature médiévale. Il pose la question des sens de l'Écriture. Les suggestions qu'il propose seront en particulier souvent reprises au ive siècle par saint Ambroise évêque de Milan, qui sera l'un des maîtres à penser de saint Augustin au moment de sa conversion. Il s'agit donc d'un des faits majeurs qui dominent l'histoire et le dialogue des littératures juive, chrétienne, gréco-latine.

Cette méthode symbolique a une grande importance dans l'histoire de l'imagination. Mais que dire sur son approche de la réalité divine ? C'est toujours la connaissance de Dieu qui est en cause. Pour la décrire et pour en marquer les voies et les limites, Philon emploie les méthodes de la philosophie. La plupart des commentateurs ont insisté sur les rapprochements avec le stoïcisme ou l'aristotélisme. Mais ils sont chaque fois partiels. Il faut plutôt réfléchir sur l'esprit général de l'œuvre, qui permet d'unifier en elle les différents courants. Une telle aptitude à la conciliation, associée à un sentiment si fort de la transcendance divine, ne se trouve que dans le platonisme des deux Académies. Au temps de Philon, elles avaient accompli le rapprochement mutuel qu'annoncent déjà les œuvres de Cicéron. Le philosophe Eudore, que Philon eut peut-être pour maître à Alexandrie, s'était sans doute engagé sur cette voie, qui allait conduire au néo-platonisme.

Outre l'emploi du symbolisme et de l'allégorie, auquel Ambroise et ses successeurs allaient se montrer profondément fidèles, Philon mettait l'accent sur quelques conceptions qui ne se retrouvent vraiment que dans le platonisme. Nous ne parlons pas seulement de sa conception du sublime et de l'extase qui, à partir du cas de Noé, développe, comme diront les Latins, une théorie contemplative de la sobria ebrietas. *Mais nous pensons surtout à sa théorie du* logos *divin qui, pour la première fois, distingue et accorde ensemble la raison immanente des stoïciens et la transcendance platonicienne. Pour les premiers, le* logos *est la parole rationnelle qui manifeste la cohérence de l'univers. D'après Philon, Dieu, le Dieu des Juifs, est au-delà du* logos. *Il siège dans l'indicible. Naturellement, il ne peut se confondre avec l'idée du bien : il est celui qui est. Nous rejoignons ici Aristote. Les trois grandes philosophies sont donc présentes, sous l'autorité dominante du platonisme. Bien loin de les condamner, la Bible rend nécessaire leur réunion et elle est seule capable d'y parvenir.*

Nous allons entrer maintenant dans l'antiquité tardive. Nous n'aurons pas le temps d'en analyser l'évolution dans son détail. Tel n'est pas notre objet, puisque nous voulons seulement définir les grandes sources philosophiques et littéraires de la culture chrétienne.

Nous dirons seulement que les tendances idéologiques qui s'affrontent ou se confrontent restent les mêmes. On assiste à une renaissance très vive de la pensée et de la spiritualité grecques. Elle se manifeste en particulier par les nouveaux succès de la sophistique, qui tente d'associer la critique de la philosophie et le syncrétisme mystique qui domine alors l'interprétation des religions païennes. Dans une perspective souvent magique ou gnostique, l'éclectisme tire grand parti d'une telle évolution. On arrive à des synthèses admirables où l'esprit de tolérance iréniste s'accorde à l'élévation du sublime stoïco-platonicien. Nous pensons à Libanius, Themistius, à la société spirituelle que Vigny décrit dans Daphné. *Il faut ajouter les maîtres du néo-platonisme proprement dit et d'abord Plotin, qui accomplit l'unification la plus complète des sagesses antiques et qui le fait lui aussi dans l'inspiration de Platon, en liant dans la « procession » de l'Un le vrai et le beau. Le dialogue entre la création littéraire, favorisée par les sophistes, et la philosophie, ordonnée dans l'unité par le néo-platonisme se poursuit donc. D'autre part, dans le cadre même de la culture littéraire, deux tendances commencent à se dessiner avec plus de netteté en même temps que la Grèce reprend son influence, qui s'était affaiblie au temps de la République romaine et au début de l'Empire. Le platonisme latin n'est pas exactement celui d'Athènes. Il est marqué par l'importance de la rhétorique, dont Cicéron a fixé dans une large mesure la tradition, confirmée par Quintilien. Les rhéteurs grecs, tel Hermogène, ne seront pas absents, notamment au IIe siècle : mais ils se tiendront plus éloignés de la* *philosophie, plus proches des sophistes; ils seront plus attentifs à l'étude des effets de langage. Les Latins ne les ignorent pas; mais ils montrent surtout leur compétence par la hardiesse pré-baroque de leur style, où le classicisme novateur de Virgile s'associe plus ou moins bien à la fougue créatrice chez Sénèque, Lucain, Stace et surtout Tacite.*

Dans la période qui nous occupe le christianisme est présent à Rome. Son plus grand témoin, au IIIe siècle, est Tertullien, qui répond à la persécution par tous les moyens de la culture oratoire, telle qu'elle existe en son temps, et qui marie dans l'extase héroïque l'acuité stoïcienne et la virtuosité. Lactance après Minucius Felix et Arnobe rétablit auprès de Constantin le modèle cicéronien, tout en critiquant les philosophes. Mais qu'il nous suffise, maintenant que nous arrivons à la fin du IVe siècle, de citer deux noms.

Le premier est celui de saint Augustin. C'est avec lui que commencera notre anthologie. Sans doute, il appartient encore à l'antiquité tardive et non au Moyen Âge, qui commence plutôt dans le courant du VIe siècle. Mais de telles distinctions ont un caractère un peu arbitraire à l'époque qui nous intéresse et surtout lorsqu'il s'agit d'une personnalité aussi vaste et dont l'influence et la culture s'étendent à une telle étendue de temps.

En Augustin, tout ce que nous avons dit jusqu'ici se résume. Il faut se référer à ces sources pour comprendre une telle œuvre. Mais il faut savoir aussi qu'elle est créatrice et qu'elle rassemble toutes les données dans une forme et une cohérence nouvelles. Bien loin de détruire la culture antique, comme beaucoup de chrétiens le souhaitaient sans doute en son temps, il cherche à la conserver pour la convertir et la tourner vers son Dieu. Nous le montrerons de façon plus détaillée par nos citations. Soulignons simplement ici qu'il est par excellence un témoin de la culture latine et des structures qu'elle avait acquises à son époque. Ce jeune Africain a bénéficié des avantages que l'Empire offrait aux élèves doués. Il s'est donné la formation d'un maître de rhétorique, qui pouvait le conduire jusqu'à de hautes charges administratives et politiques. Mais à Milan, qui était le centre du pouvoir, il a rencontré des penseurs éminents. Marius Victorinus méditait avec profondeur sur les rapports de la rhétorique et de l'être. Il distinguait, dans une réflexion orthodoxe sur la Trinité, le Dieu inconnaissable et le Verbe, qui était le Dieu manifesté. Il rejoignait et précisait ainsi la réflexion sur le Logos proposée par l'Évangile de Jean. Celui-ci avait repris lui-même une réflexion judéo-platonicienne qu'on trouvait, nous l'avons dit, chez Philon d'Alexandrie. Mais il l'avait combinée avec la théologie du Père et du Fils et avec l'Incarnation. Il s'agissait, on peut le dire, de l'une des principales origines de la théologie.

Nous ne devons pas nous étonner que l'influence de Philon soit grande à cette époque chez les chrétiens de Milan. Elle se manifeste en particulier chez l'évêque Ambroise, qui ne cesse d'utiliser et de paraphraser ses traités et les symboles qui s'y trouvent proposés. Il le fait dans ses sermons et ses écrits en prose, mais aussi dans ses hymnes liturgiques, dominés par l'image platonicienne de la lumière et de l'illumination.

Ce n'est pas ici le lieu de détailler les principaux aspects de la pensée augustinienne. Ceux qui nous intéressent spécialement apparaîtront dans notre anthologie. Qu'il nous suffise de replacer l'auteur dans le cadre que nous venons de définir. Il appartient à la fois aux deux aspects de la tradition platonicienne, celui qui vient de Cicéron et des Latins, celui auquel les Grecs donnaient à nouveau une extrême profondeur. Il dépend de l'Arpinate et de Plotin. Au premier, il doit à la fois le goût et la connaissance de la parole efficace, l'intérêt pour les artes et pour la culture générale, le sens de la beauté, que renforce la lecture de Virgile et des stoïciens. De la même source procède la première conversion, celle qui est philosophique. Augustin précise qu'il la doit à Cicéron, dont l'Hortensius lui a enseigné à se détacher des buts mondains. Mais très vite, il apprend à se détacher de l'Académie et de son scepticisme. Chez lui, l'intuition de l'absolu l'emporte sur tout, même si elle ne suffit pas à donner la certitude par les moyens de l'intuition sensible ou de la raison discursive. Elle ne surgit que dans l'éclair de l'intellectus, éclairé par l'illumination divine. Augustin établit ici de manière décisive dans sa vie et aussi dans la pensée occidentale le lien entre la tradition latine et la pensée plotinienne. Les deux courants sont unis et sanctifiés par la grâce de lumière qui est reçue de saint Jean. Alors peuvent jaillir les célébrations de l'amour. La première est celle de la musique, dans laquelle le corps soumet sa sensibilité à l'âme qui l'exalte dans l'harmonie ; la seconde se manifeste dans le soliloque et la confession, qui instaurent le dialogue intérieur

avec Dieu, qui prennent les mesures humbles et
infinies de la persona humaine, qui joignent le sens
de la pénitence à l'allégresse du salut ; enfin, le troisième moment est celui de la prédication pastorale,
qui commence par la mort extatique de sa mère
Monique — il y fait l'expérience de l'amour le plus
mystique et le plus naturel — et qui se continue,
dans le De doctrina christiana, le De Trinitate et
le De ciuitate Dei, par une immense synthèse de
l'amour chrétien, exprimé dans toutes ses formes.
Augustin n'oublie jamais la primauté de la Bible
qui l'aide à comprendre l'idée, telle que la voyait
Platon, dans la même charité. Il ne néglige pas le
symbolisme, dont il perçoit toute la fécondité. Mais
il se rappelle la faiblesse de la connaissance
humaine et il sait que l'imagination ne peut que lui
révéler la trace de Dieu par le miroir et dans
l'énigme. Les grâces de la foi nous renseignent
d'abord sur le Deus absconditus, mais elle est
comme le bonheur : il lui suffit d'être cherchée pour
être déjà trouvée. Bernard de Clairvaux et Blaise
Pascal s'en souviendront. Le symbolisme le plus
vrai se confond alors avec l'anthropologie religieuse : l'intellect dialogue avec la volonté et la
mémoire dans l'âme comme dans la Trinité. On
comprend alors que, dans le style, la concentration
du sublime s'accorde à la souple ampleur de Cicéron et que, dans la pensée, la joie de la Pentecôte et
de l'Ascension épouse dans les musiques du silence
la souffrance du Calvaire et du Mont des Oliviers.
Tout est embrassé par cette doctrine si vaste, même
la plus grande douleur : celle d'être privé de la grâce.
Augustin a prononcé à ce sujet des paroles trop

dures et peut-être trop désespérées (notamment à propos des païens et de leurs enfants). Mais ses successeurs sauront bien, comme il l'avait senti et suggéré, que l'amour suffit : Dilige et quod uis fac. Cela ne s'applique pas seulement à la sévérité, qui peut être dépassée par le pardon et le rachat. En tout cas, Augustin a trop médité sur le Christ pour ignorer ce qu'il y a de souffrance dans la joie divine. Saint François de Sales s'en souviendra comme beaucoup de théologiens modernes méditant sur le pathétique de Dieu (Urs von Balthasar, Varillon...).

Mais au-delà d'Augustin, nous rejoignons ici l'hellénisme. Certes, celui-ci était plus proche du pélagianisme. Il insistait davantage sur la liberté de l'homme et sur sa grandeur. Mais surtout il s'adaptait de façon plus pure et plus directe au platonisme, dont il utilisait la langue et l'inspiration amoureuse. Nous aurions pu le montrer depuis le IIe siècle, en passant par Clément d'Alexandrie et Origène, dont le symbolisme biblique était inépuisable et dont l'amour était si grand qu'il espérait le salut de Satan, et par les grands Cappadociens, Grégoire de Nysse et Grégoire de Nazianze, qui méditaient sur l'extase et sur l'épectase, la plongée infinie en Dieu de l'âme mystique. Car ici dans le jaillissement de l'esprit pur, c'est de la mystique qu'il s'agit.

Cette notion a pris beaucoup d'importance en Occident, surtout depuis Bergson. Elle traduit l'intuition indicible de Dieu. Les modernes, plus attentifs au formalisme et au langage, se défient de ce qu'elle peut avoir d'apparemment sentimental. Mais, si on étudie la tradition platonicienne, chez Augustin aussi bien que chez les Grecs, on peut

*éviter les objections sans renoncer à l'une des
formes les plus pures de la piété. Qu'est-ce alors que
la mystique ? C'est la connaissance du mystère et
l'expression de l'indicible, autrement dit la connaissance directe de Dieu et le dialogue avec lui. Elle ne
se réduit donc pas aux pratiques et aux nomencla-
tures techniques à quoi on a tendance à la réduire
aujourd'hui. Elle ne se refuse pas absolument aux
démarches de la sensibilité et de la raison mais elle
affirme aussi son autonomie. Elle peut rejoindre la
théologie rationnelle dans la lumière de l'intellect,
ou aussi dans ses ténèbres.*

*C'est ici que je voudrais citer, auprès d'Augustin,
un autre nom : celui du pseudo-Denys l'Aréopagite.
Son œuvre est, comme on dit, pseudépigraphe. Il
existe d'autres exemples de semblables présentations dans la littérature médiévale, notamment chez
les Juifs. Le pseudo-Denys (qui deviendra dans la
légende hagiographique le saint Denis des Pari-
siens) était, selon les* Actes des apôtres *(17,34), un
disciple athénien de saint Paul : un auteur du ve ou
du vi^e siècle s'est revêtu de son nom, pour affirmer
que sa doctrine était fidèle à la tradition. Son
influence sera immense. Il apparaît, avant le début
du Moyen Âge byzantin, comme le dernier représentant grec de l'antiquité tardive et l'un des plus éminents. Chez lui comme chez les Cappadociens la
théologie rejoint exactement la mystique.*

*On le constate en premier lieu dans sa vision du
monde. Elle provient de Plotin et des autres néo-
platoniciens et repose sur l'idée de « procession » :
l'un se diffuse dans l'être en se multipliant progressivement ; puis, pour trouver leur unité, pour dissiper*

leur nostalgie, les êtres reviennent à lui. Tel est le destin de tous les êtres et telle l'explication de leur amour. Le pseudo-Denys applique ce schéma à la création de Dieu, sans tomber dans un panthéisme gnostique. Il décrit la « hiérarchie » mouvante des créatures et notamment des « puissances célestes », les anges qui veillent sur les descentes, les ascensions, qui sont les médiateurs des transitions.

Il s'agit là de théologie à proprement parler. Mais Denys a aussi rédigé une Hiérarchie ecclésiastique *et une* Théologie mystique. *Dans la première de ces œuvres, il décrit les gestes et les procédures de la hiérarchie ecclésiale et sacramentelle. Il en montre de manière admirable le symbolisme, la portée. Les gestes des sacrements sont à la fois symboliques et efficaces. Ils sont pour les chrétiens le plus vrai des langages puisqu'ils provoquent et expriment l'action de Dieu. Ils comportent donc une part de contemplation et une part d'opération. La liturgie est proche de la mystique.*

Mais il s'agit seulement de symbolisme. La contemplation directe de l'absolu ne se fait que dans la ténèbre. Denys l'écrit au début de la Théologie mystique :

Trinité essentielle et plus que divine et plus que bonne, toi qui présides à la divine sagesse chrétienne, conduis-nous non seulement par-delà toute lumière, mais au-delà même de l'inconnaissance jusqu'à la plus haute cime des Écritures mystiques, là où les mystères simples et absolus et incorruptibles de la théologie se révèlent dans la ténèbre plus que lumineuse du Silence : c'est dans le Silence en effet qu'on apprend les secrets de cette Ténèbre dont c'est trop peu dire que d'affirmer qu'elle brille de la plus éclatante lumière au sein de la plus noire obscurité et que, tout en demeurant elle-même parfaitement invisible et parfaitement intangible, elle emplit de splendeurs plus belles que la beauté les intelligences qui savent fermer les yeux (997 *a-b*, trad. Maurice de Gandillac, Aubier, 1980).

On peut admirer la beauté de ce texte, qui est complète, forme et fond. Le pseudo-Denys, à la suite des Cappadociens, pose ici une notion essentielle qui va dominer toute l'histoire de la mystique chrétienne : une telle contemplation ne peut s'accomplir qu'à travers la ténèbre et le silence. De là plusieurs conséquences. D'abord, au plan psychologique, il faut savoir surmonter par l'amour la détresse engendrée par la sécheresse spirituelle. D'autre part, Denys jette ici les bases de la théologie négative. Pour atteindre le divin, il faut passer au-delà des lumières visibles et nier en quelque façon, à cause de leurs limites, toute perception et toute pensée humaines. L'être même, pour autant que nous le pensons, doit être dépassé au nom de l'absolu.

En somme, autant que d'une théologie négative, il s'agit, pourrait-on dire, d'une théologie hyperbolique. Le sur-être divin ne peut ainsi être approché qu'à travers une figure métaphysique du style. Denys le confirme d'une manière plus générale dans un autre traité qui concerne Les Noms divins. *L'absolu est indicible. Mais il appartient à la rhétorique et à la poétique de dire l'indicible. Là où le mot propre n'existe pas, parce que ses limites sont trop étroites, on peut employer les approximations,*

qui sont capables de tendre vers l'infini et de le suggérer. Les tropes (métaphore, métonymie, hypal-
lage) et les figures trouvent donc une application
que suggérait déjà le Traité du sublime. Dans ces
conditions, la parole sur Dieu, comme la parole de
Dieu, relève d'une poétique transcendante.

Nous arrivons au terme de la première partie de
notre introduction. Elle devait nécessairement être
longue. Tous les faits que nous y avons exposés,
toutes les tendances que nous avons vues vivre
depuis des temps très anciens se retrouveront dans
la période qui nous intéresse spécialement et que
nous abordons maintenant. La culture humaine ne
se fait pas dans le présent, elle élargit le temps, elle
vit dans le passé et l'avenir, elle aspire aussi au
dépassement créateur qu'on peut appeler éternité.

2. 550-850 : de Boèce à la Renaissance carolingienne

Les faits et les pensées que nous allons exposer
maintenant présentent un grand intérêt. Ils nous
montreront comment la décadence d'une civilisation peut être corrigée et fécondée par sa propre
culture. Chateaubriand a déjà montré que le christianisme avait pu sauver la culture païenne en
associant la tradition philosophique et la vitalité
des barbares, qu'il délivrait de son inhumanité[1].

1. Cf. en particulier Chateaubriand, *Études historiques*,
Exposition et *Discours* 1 à 6.

Il faut d'abord insister sur la pérennité des artes.
*Augustin avait insisté sur leur valeur. Il les avait
replacés dans l'ensemble de l'éducation chrétienne,
il les avait classés d'une manière plus large selon les
exigences du* De ordine, *qui montrait selon quel
ordre Dieu voulait assurer l'harmonie de la création
et son élan vers le beau. Mais, sans doute dès le
début du* v[e] *siècle, c'est le platonicien Martianus
Capella, qui n'était peut-être pas chrétien, qui fournit dans* Les Noces de Mercure et de Philologie
*l'exposé le plus commode et le plus utilisé. Parmi
les sept arts libéraux, c'est-à-dire pratiqués et mis
en œuvre par les hommes libres, il faut distinguer le*
triuium *(grammaire, rhétorique, dialectique) et le*
quadriuium *(arithmétique, géométrie, astronomie,
musique). Ces disciplines avaient déjà été élaborées
et classées de diverses manières par les philosophes*[1]. *Mais on remarque que le mot de philosophie n'est plus employé. De même, les classifications proprement philosophiques (morale,
physique) sont absentes. De ce fait, la présentation
devient plus technique et plus scolaire, elle est plus
proche des traités courants de rhétorique : cela
assure peut-être son succès. Notons à ce propos
l'entrée de* philologia, *que les philosophes connaissaient peut-être, mais qui se trouve ici placée à la
tête des arts libéraux. Mercure, qu'elle épouse,
représente à la fois la gnose, c'est-à-dire la connaissance directe et plus ou moins magique du divin, et*

---

1. Cf. les recherches d'Ilsetraut Hadot, *Arts libéraux et philosophie dans la pensée antique*, Institut d'études augustiniennes, 1984.

*la rhétorique, avec tous les moyens de la com-
munication.*

*Nous discernons ici des ambiguïtés ou des
contradictions, qui représentent assez bien la situation des esprits à la fin d'une grande période de civilisation. Du VIe au IXe siècle, nous allons assister au
puissant effort de mémoire et de création qui sau-
vera l'avenir. Il rétablira le rôle de la philosophie,
définira dans son universalisme et son humanité la
culture catholique et dessinera dans sa plus grande
audace en la transmettant à la latinité la doctrine
cosmique et mystique du platonisme. Nous insisterons donc sur trois noms : Boèce, Grégoire le
Grand, Jean Scot Érigène.*

*Boèce atteste d'une manière admirable la ren-
contre des deux aspects du platonisme. D'une part,
il a connu le plus récent. Il a sans doute été l'élève
du néo-platonicien Ammonius et il a commenté
l'*Isagogè* de Porphyre. D'autre part, il s'intéresse
profondément à la tradition cicéronienne et commente en particulier les* Topiques *de l'Arpinate. Les
deux tendances qu'il suit ainsi ne sont pas opposées. L'une est plus profonde que l'autre, plus
moderne aussi. L'autre a une portée plus large dans
l'ordre de la culture et répond mieux aux aspirations du passé romain en cherchant la sérénité, la
liberté, la beauté.*

*De là résultent divers choix dont l'importance
sera fondamentale dans la suite de la pensée médiévale. Elle persistera jusqu'au XIVe siècle. Le premier
point, qui est essentiel, apparaît dans le rôle attribué à la philosophie. Boèce n'est pas à proprement
parler théologien. Il ne se réfère presque pas à la*

Révélation. Mais il médite selon la tradition des philosophes, anciens et récents, sur les différentes techniques de la pensée, les artes, *bien sûr, et notamment la musique, mais aussi la rhétorique, et surtout la logique; il étudie les* Topiques *en s'inspirant à la fois d'Aristote, de l'Ancienne Académie et de Cicéron; il se trouve ainsi conduit à lire de très près l'œuvre du Stagirite et notamment l'*Organon. *Ses traductions et ses commentaires ont constitué, jusqu'au* XIIIe *siècle, le principal corpus par lequel les médiévaux ont pu connaître la philosophie antique, néo-platonicienne et surtout aristotélicienne. Il est certain qu'une telle information était largement insuffisante. Le siècle de la scolastique a su revenir aux sources. Mais tout ce que nous avons indiqué dans la présente introduction nous permet d'apprécier la complexité créatrice de la pensée de Boèce. En partant à la fois des traités cicéroniens de rhétorique, d'Aristote et de Porphyre, il a été amené à poser des questions décisives, par exemple celle des universaux ou celle de l'image, en montrant qu'elle traduit le double dynamisme de l'être perçu et de l'esprit qui le perçoit. La réflexion sur la substance et sur l'être se trouve liée à la question de savoir si les idées générales existent hors de notre esprit; elle aboutit à une méditation sur la Trinité.*

L'œuvre finit (ou s'interrompt) dans l'héroïsme de la Consolation. *Le genre littéraire qui est ici adopté remonte à Platon, à l'Apologie de Socrate et au* Phédon. *Le thème de la consolation philosophique était familier à Platon et à Cicéron, ainsi qu'aux stoïciens. Mais ceux-ci affirmaient que le sage reste impassible devant la douleur. L'Arpinate* disait au contraire que le sage ne peut manquer d'éprouver la douleur, notamment lorsque ceux qu'il aime souffrent. Augustin ou Jérôme reprenaient cette doctrine en la christianisant : « Jésus a pleuré Lazare parce qu'il l'aimait. » Boèce n'entre pas dans ces considérations. Mais il célèbre la beauté du monde régi par l'idéal, il proclame dans un poème fervent entre tous le règne de l'amour et il affirme la liberté de l'homme face au mal et à la prédestination. Les arguments employés sont tous philosophiques mais les problèmes sont chrétiens.

Le génie de Boèce a consisté à méditer de façon précise et profonde sur la philosophie proprement dite du christianisme. Il ne la confond pas avec la théologie, mais il montre comment les grandes doctrines issues de Platon et de Cicéron peuvent être corrigées, nuancées ou développées. Il exercera ainsi une grande influence pendant le Moyen Âge, d'autant plus qu'il est alors l'une des principales sources pour connaître l'aristotélisme.

Après lui, nous passerons au VIIe siècle et nous évoquerons la noble et prestigieuse figure du pape Grégoire le Grand. Avant et pendant son pontificat, il joue un rôle déterminant dans l'expansion du catholicisme, de sa culture et de son unité. Mais nous verrons qu'il est d'abord un grand écrivain, qui manie avec une force particulière et une poésie ardente les libres allégories de l'interprétation biblique. Il devient ainsi, parmi les auteurs que nous étudierons, l'un des meilleurs interprètes de Job et de sa souffrance. L'espérance et l'acceptation des chrétiens trouvent ici une force qui s'accorde très bien avec les angoisses d'une période troublée.

Paul Claudel a beaucoup lu les œuvres de saint Grégoire, en même temps que les écrits de Paul et d'Augustin, lorsqu'il rédigeait son Art poétique *en méditant sur la « co-naissance » de tous les êtres. Chez Grégoire il citait le* De auro et uitro (auro clara, uitro perpetua) *et rapprochait cette formule de l'*Épître aux Corinthiens, I, 3, 18, *où saint Paul affirme que toute âme émet une lumière qu'elle échange avec les cœurs d'autrui si bien que les âmes seront visibles et transparentes les unes aux autres « comme l'or et le cristal ». Cette connaissance spirituelle se manifeste particulièrement dans la douleur :*

Ô mon Dieu, tu nous as montré des choses dures, tu nous as abreuvés du vin de la pénitence ! Quelle prise, d'un empire ou d'un corps de femme entre des bras impitoyables, comparable à ce saisissement de Dieu par notre âme, comme la chaux saisit le sable, et quelle mort (la mort, notre très précieux patrimoine) nous permet enfin un aussi parfait holocauste, une aussi généreuse restitution, un don si filial et si tendre ? Telle est la récompense promise à tous les justes[1]...

Claudel, ici, ne parle pas directement de Job. Mais il le rejoint en soulignant que la souffrance n'est pas un châtiment mais un don de toute l'âme. Telle est, semblable à la joie d'un ciel de nuit, la douleur de l'amour qui cherche et reçoit Dieu :

---

1. Paul Claudel, *Art poétique*, V, Poésie/Gallimard, p. 128.

Ô continuation de notre cœur! ô parole incommunicable! ô acte dans le Ciel futur!

*Avant Claudel, Grégoire a profondément possédé la
simplicité spirituelle qui lui permettait de trouver la
joie dans la communication de la souffrance divine.*

*Le troisième auteur que nous allons citer est Jean
Scot Érigène. Encore une fois, il s'agit d'un esprit
supérieur. Nous souhaitons employer à bon escient
cette formule, qui est courante. L'Érigène est véritablement habité par l'Esprit. Tout se ramène à lui.
Par exemple, il n'y a d'autre Enfer que le refus
qu'un esprit oppose à Dieu. De là son malheur
infini, qui ne naît pas d'une vengeance du ciel ou
d'une prédestination extérieure mais du choix profond de la liberté amoureuse. Longtemps après la
mort de l'auteur, des théologiens qui ne le comprenaient plus ont obtenu sa condamnation. Ils sup-
portaient mal de voir sa spiritualité aboutir au mysticisme et s'accorder à la théologie négative et à la
théorie de l'indicible, dont il trouvait les modèles
chez le pseudo-Denys. Mais précisément son
immense influence, qui s'est prolongée et dont ses
admirateurs n'ont cessé de proclamer l'orthodoxie,
s'appuyait sur la tradition du platonisme grec, dont
il se servait, comme l'avait fait Origène, pour expliquer et justifier l'expérience mystique dans le spiri-
tualisme chrétien. La méditation sur la ténèbre
divine et sur le sur-être de Jésus va continuer.*

*Jean Scot est le plus ardent, le plus fervent, le
plus audacieux parmi ces maîtres. Il est ainsi
amené d'abord à déployer une grande étendue
d'esprit. Il comprend qu'elle est nécessaire à celui*

qui veut « gravir la montagne de la théologie ». Tout homme peut rencontrer et recevoir la grâce de Dieu. Mais on ne peut s'élever vers lui sans acquérir et mettre en œuvre un certain savoir.

L'ouverture de la pensée et l'ampleur de la culture, qui sont ainsi nécessaires, ne peuvent exister sans une large fidélité à la tradition. En particulier l'Érigène possède une bonne connaissance du grec dans un moment où pourtant l'Occident commence à s'éloigner de l'hellénisme. Il ne pourrait autrement se faire le traducteur du pseudo-Denys, fonction dont il se charge à diverses reprises. Son rôle dans l'histoire de la culture est ici très important. Il cherche à comparer les vocabulaires latin et grec, il propose des étymologies et certains de ses poèmes apparaissent quasiment bilingues. L'influence du grec déclinera dans le public lettré mais elle restera présente en profondeur. On voit comment l'influence de maîtres isolés peut être importante dans l'histoire de la culture, alors que la situation de la civilisation risque d'entraîner une dégradation du savoir.

Nous avons parlé de bilinguisme gréco-latin. Il faut élargir nos remarques à ce sujet. L'évolution des genres littéraires dans la période qui nous occupe présente un grand intérêt. Elle concerne à la fois la forme et le fond, ce qui est un fait constant dans toute langue belle et littéraire. Du VIe au IXe siècle, on voit se distinguer plusieurs types de styles, qui déterminent à la fois une décadence et une renaissance du langage, notamment dans la poésie religieuse.

Plus tôt, vers le VIIe siècle, la forme la plus

*extrême que prennent ces innovations est caracté-
risée par ce qu'on appelle la poésie « hispérique »,
dont la bizarrerie suscite chez les lecteurs modernes
des critiques mêlées d'une certaine admiration. Les
rhéteurs qui ont rédigé, sans doute en Irlande, les*
Hisperica famina, *veulent surtout donner des
exemples de langage. Comme il arrive dans les périodes de décadence (même à l'époque moderne), ils
choisissent, dans la tradition qu'ils veulent prolonger, ce qu'il y a de plus compliqué et non de plus
simple, de plus obscur et non de plus clair, de plus
savant et non de plus naturel, de plus baroque
avant la lettre et non de plus classique. Les commentateurs modernes ont suggéré à ce propos
l'influence de Stace ou de Lucain. Mais il faut penser aussi à l'évolution du sacré, qu'inspirent à la
fois les influences du monde barbare et les affinités
qu'elles manifestent avec les différentes formes de la
gnose ou de la magie. Lorsque toutes ces tendances
se rencontrent, on découvre un langage exagéré, où
les mots se rejoignent, se brisent, se disloquent dans
les associations les plus libres, où les syllabes
latines s'articulent avec les syllabes grecques ou
hébraïques pour former des vocables mixtes, où les
soucis les plus pédantesques de l'école s'associent
parfois, on ne sait comment, avec la grandeur sauvage du monde océanique.* Hisperica famina *pourrait se traduire littéralement : « parlèmes itagnols ».*

*Cette manière d'écrire subsistera, surtout dans le
monde anglo-irlandais, jusqu'au règne de Charlemagne. Celui-ci veut rétablir l'Empire, c'est-à-dire réuni-
fier la culture autour de Rome, qui n'avait jamais
renoncé à un tel idéal. Nous avons pu observer que*

deux des plus grands auteurs que nous citons aupa-
ravant — Boèce et Grégoire — appartiennent à
d'anciennes familles romaines. Leur accord et leurs
différences avec Jean Scot Érigène, qui vit dans
l'école palatine de Charles le Chauve, constituent
sans doute l'un des indices les plus significatifs pour
l'histoire de la beauté du vi^e *au* ixe *siècle.*

  Les Carolingiens, qui cherchaient à s'appuyer sur
la papauté, ont trouvé à Rome les règles et les
moyens dont Grégoire avait déjà favorisé la mise en
œuvre dans l'Église universelle. À Aix-la-Chapelle
toutes les innovations qui venaient de Gaule ou
d'Allemagne s'accordaient selon l'esprit de la tradi-
tion romaine rénovée. Le chant dit grégorien était la
principale parmi elles. Tout en rendant possibles les
développements les plus variés, il exigeait la trans-
parence et la pureté. Il encourageait le développe-
ment des formes de la prière chrétienne : l'hymne
qui, dans sa simplicité, réunissait tous les fidèles,
surtout au début et à la fin des cérémonies, la
séquence, qui prolongeait et paraphrasait les textes
sacrés et rendait possible, dans les versets de ses
« proses [1] *», le dialogue des chœurs et des solistes.*
Ainsi devenait réalisable l'accord de la complexité
baroque (pour employer encore ce terme) et du clas-
sicisme pur. Du même coup et pour les mêmes rai-
sons, le retour aux sources s'accomplissait aussi
dans la culture. Bède le Vénérable rénovait l'érudi-
tion et Alcuin surtout retrouvait en poésie l'art
d'imiter, même en parlant de la vie religieuse, la
simplicité d'Horace.

---

1. Cf. plus bas, note p. 212.

Jean Scot Érigène et son contemporain Hraban Maur conservaient pourtant pour une large part le style qu'avaient institué les Irlandais. Mais ils le faisaient pour des raisons fortes et spirituelles. Jean, nous l'avons dit, gardait le respect de la ténèbre divine et donc d'une obscurité mystique, où les mots pouvaient changer de sens ou s'approfondir selon les voies de la rhétorique sacrée. Ainsi se trouvait accru le rôle des étymologies symboliques, dont Isidore de Séville avait donné le modèle au VIIᵉ siècle et que Hraban allait accentuer au IXᵉ. Donc la transcendance de Dieu et la plasticité du langage s'associaient pour favoriser la synthèse des deux styles et pour instituer le symbolisme sublime qui devait faire la gloire de la poétique sacrée chez les médiévaux.

Il reste à insister sur un point qui donne sans doute à la période que nous étudions maintenant son unité la plus profonde ou la plus élevée. Les temps qui vont de la fin de l'antiquité proprement dite jusqu'à l'époque carolingienne sont dominés, en ce qui concerne la poésie et la philosophie religieuses, par l'esprit d'adoration. Les écrivains mettent au-dessus de tout la célébration d'un Dieu qui introduit dans sa création la lumière, l'ordre et la beauté. Cela est évident chez Boèce et dans son retour au platonisme ancien et tardif. Il faut ajouter que cette tendance est profondément unificatrice. On la trouve alors dans toutes les grandes religions méditerranéennes, qu'il s'agisse du christianisme, du judaïsme ou bien entendu de l'islam. La sublimité de Dieu est associée à son unicité, à son règne et à sa gloire, que célèbre le Sanctus, qui est le chant des anges, placés au pied du Trône.

La théologie se développera plus tard de manière plus complexe. Jean Scot nous l'annonce assez, ainsi que ses prédécesseurs. Mais lui-même trouve l'expression la plus haute et la plus parfaite de sa pensée dans son hymne au Verbe incarné. Le triomphalisme chrétien atteint peut-être son point culminant dans un temps où la célébration du Père resplendit avec tant de force. Qu'on songe au **Te Deum**, qui constitue sans doute, à partir du IVe siècle, l'épanouissement suprême du style épidictique, auquel des rhéteurs comme le païen Ménandros avaient accordé tant d'attention. En somme, l'antiquité débouchait sur l'art d'admirer, qui atteignait son degré suprême lorsqu'on contemplait l'absolu. La rhétorique et la pensée chrétiennes ne pouvaient que confirmer un tel savoir.

Mais le Verbe devait-il se contenter d'une adoration ainsi conçue et formulée ? Elle ne semblait pas en mesure de rendre compte de l'abaissement, de la souffrance et de la Croix. Fallait-il renoncer à la gloire du triomphe divin ? Les poètes de l'hymnodie chrétienne comprirent vite qu'ils devaient chanter le triomphe de la Croix. Déjà, au IVe et au Ve siècles, les sculpteurs des sarcophages chrétiens avaient représenté la Résurrection par une couronne de gloire surmontant une croix. La poésie des hymnes reprend et amplifie cette image dans la période qui nous intéresse. Le véritable triomphe chrétien réside dans la suprême humilité, qui est celle du Crucifié. Déjà Ambroise et Prudence l'avaient montré à propos des martyrs. Entre tous les auteurs du VIe siècle, Venance Fortunat le proclame à propos du supplice du Christ. La Croix est le premier *des* Vexilla regis, *des drapeaux du roi. Elle résume dans leur totalité les symboles du divin : en elle apparaît le nouvel arbre du bien et du mal, qui rachète le péché. Les images de la Passion — le clou, le fouet, les épines, la lance — se trouvent revêtues de la vraie beauté et deviennent les emblèmes du triomphe véritable et les instruments de la parfaite adoration.*

Plus tard, au IXᵉ siècle, Hraban Maur rédige une série de carmina quadrata, *« poèmes carrés », qu'il intitule :* In honorem Sanctae Crucis. *Là s'accomplit en plénitude le triomphe de la Croix. L'auteur apporte à son œuvre un soin extrême, puisqu'il recourt au calligramme. La disposition même des lettres permet de former à l'intérieur du texte initial des figures mises en valeur par des dessins et où l'on découvre les figures symboliques ou réelles de la Croix et de l'orant. L'hymnodie primitive produit ici sa plus haute lumière. Mais son triomphe est sans triomphalisme. Les chrétiens savent désormais que, lorsqu'ils sont arrivés auprès du trône, ils ont trouvé la Croix.*

3. Du XIᵉ au XIIᵉ siècle : l'âge roman devant la Joie mystique et contemplative

La période où nous entrons maintenant a souvent été considérée comme une renaissance. Il

faut souligner qu'elle avait été fort bien préparée par
l'époque carolingienne. Le siècle de l'an mil, marqué
par de grands dangers, de nouvelles invasions, les
graves difficultés qu'entraînaient la transformation
de la société européenne et l'apparition des mœurs
nationales et féodales, ne retiendra pas ici notre
attention, malgré des figures comme celle de Ger-
bert d'Aurillac, humaniste à la vaste culture, qui fut
pape sous le nom de Sylvestre II.

Nous ne pouvons qu'aller à ce qui nous paraît
essentiel. Dès le XIᵉ siècle, l'intellect, la raison et la
sensibilité convergent chez saint Anselme pour
affirmer l'évidence de l'absolu divin. Avec Bernard
de Clairvaux et ses amis, le dialogue de l'homme et
de Dieu, dans sa perfection monastique, approfondit et associe la contemplation et l'action. Dès lors,
la contemplation appelle aussi la méditation qui
contribue à la fonder et à la préparer. Les chemins
de la culture, de l'école et de la scolastique s'ouvrent
désormais pleinement.

L'art religieux, qui donne son nom à la période,
en résume bien les admirables vertus. Les historiens
l'ont appelé roman. C'est dire tout ce qu'il doit à la
romanité, tout en s'insérant, dans le monde méri-
dional, au cœur d'une modernité nouvelle. L'époque précédente était marquée par la monodie grégorienne. Voici que l'on chemine vers la polyphonie.
Le symbolisme s'épanouit sous ses formes décora-
tives et la foi cherche l'intelligence dans l'infini. La
stylisation répond au symbole, pour assurer dans
l'ombre et la lumière la pureté de forme qui figure et
transfigure la matière et la simplicité qui assure
l'harmonie dans le mystère. Alors se déploie la Joie,
humaine et sacrée.

Le premier nom que nous avons cité est celui d'Anselme d'Aoste, abbé du Bec-Hellouin, archevêque de Cantorbéry. Toutes les vertus que nous venons d'énumérer se résument dans son œuvre et dans sa vie, puisqu'il a suivi, d'Aoste à Cantorbéry en passant par la France et la Normandie, les chemins de la culture, qui allaient alors du sud au nord. Entre tous les écrivains de langue latine, il fonde les méthodes et révèle l'inspiration de la pensée théologique qui se développera après lui. Il établit des liens admirables entre l'intellect et la foi qui le cherche, comme le voulait déjà saint Augustin. Ainsi se trouvent confirmées les leçons de la théologie latine, telles que l'auteur des Confessions les avait formulées. La tradition italienne a tendance à s'isoler. En 1054, le grand schisme d'Occident établit une rupture désastreuse entre Byzance et Rome. Anselme avait été de ceux qui essayaient de maintenir le dialogue. Il n'a pas mieux réussi que Jean Scot Érigène autrefois. Mais les cultures, lorsqu'elles sont vastes et bien enracinées, ne se laissent pas détruire si aisément. Elles subsistent par leurs sources et par leurs semences. Les lecteurs d'Augustin le savaient bien.

Anselme trouve chez lui le secret de la jubilation amoureuse que l'homme tout entier découvre dans la contemplation de Dieu. Il pousse à l'infini l'ascension qui commençait dans les œuvres du saint d'Hippone.

« Entre dans la joie de ton Seigneur » (Matthieu, 25, 21). Comme Augustin, Anselme dépasse les limites de la pure raison. Tout s'accomplit dans la plénitude de l'amour, qui est aussi le vide suprême puisqu'il dépasse tous les êtres particuliers. Nous *rejoignons ici le pseudo-Denys et Jean Scot et nous comprenons que les souffrances qui résultent du manque et de la privation de Dieu coïncident en vérité avec la joie de son embrassement infini. Ainsi se constitue, par l'introduction de l'idée d'infini qui se joint naturellement et surnaturellement à l'idée d'amour, une synthèse où s'accomplit la fusion unifiante des opposés : douleur et allégresse, pénitence et espérance, fides et intellectus, théologie rationnelle et théologie mystique.*

Chez Augustin déjà la culture issue des artes se mettait au service de l'amour du divin en épousant ses démarches les plus directes. Il en va de même chez Anselme. Nous dirions volontiers que chez lui la raison (ou plutôt l'intellect) devient mystique et la mystique raison. De fait, le dialogue entre les deux tendances s'accentue au XIIe siècle. Elles sont même tentées de se dissocier et de perdre la belle unité qu'Augustin, Jean Scot ou Anselme leur avait donnée. Les écrivains et les prédicateurs sont en effet conduits à s'interroger sur leur langage et sur sa spécificité. Nombreux sont parmi eux les hommes de talent, de haute culture ou de génie. Les différences des divers styles s'accentuent donc en même temps que la diversité des pensées. Nous partirons de la mystique, qui s'affirme avec une force admirable dans le monde monastique et nous irons progressivement jusqu'aux précurseurs de la scolastique. Bien entendu, ces formes de pensée coïncident bien souvent dans le temps.

Bernard de Clairvaux et Guillaume de Saint-Thierry unissent, dans une profonde amitié spirituelle, les deux faces de la piété monastique en leur temps. Bernard est plus tourné vers l'action, ce qui n'empêche pas sa pensée d'être essentiellement mystique. Certes, il écrit le De diligendo Deo à côté du De consideratione, *qui enseigne à un pape les moyens de concilier la contemplation et l'action. Mais Guillaume consacre toutes ses forces à une méditation religieuse sur l'anthropologie et sur le pur amour. Pour ces moines, qui attachent le plus grand prix à la vie ascétique et qui se défient des richesses possédées par les Clunisiens et de la puissance ecclésiastique telle qu'ils la concevaient, tout dépend du contact amoureux de l'homme avec Dieu et avec sa grâce. Ils cherchent cette union de manières très proches et assez distinctes.*

Tous deux la trouvent dans l'expérience directe de l'amour divin, qui engage tout l'être humain, corps et âme, et l'entraîne vers la joie la plus mystérieuse, celle de l'infini. Car la « mesure » de l'amour qui existe entre l'homme et Dieu est « d'être sans mesure ». Un livre de l'Ancien Testament se présente comme l'allégorie de cet amour. Déjà, les poètes et les écrivains de la latinité l'avaient commenté ou paraphrasé. Mais, à ce sujet, les plus grandes œuvres étaient celles des Grecs, et notamment d'Origène. La tradition s'était prolongée chez les Byzantins et mériterait par elle-même une anthologie. Bernard de Clairvaux et Guillaume de Saint-Thierry rédigent l'un et l'autre des commentaires du Cantique des cantiques. Ils l'interprètent, ainsi que les Juifs l'avaient sans doute déjà fait, comme une rencontre de l'âme avec Dieu et ils décrivent donc les joies ou les souffrances de cet amour : « Qu'il me baise du baiser de sa bouche. »

Telle est, à la fin du XIe siècle et au début du XIIe, la vision « romane » du beau. Il est significatif qu'elle ait d'abord été accueillie dans les régions où la tradition latine était la plus forte, en Bourgogne et en Provence. Mais elle s'étendait aussi aux dimensions de l'universel et même de ce qui le transcende. Les voies de la création littéraire et philosophique sont donc nombreuses. Elles ne suivent pas seulement l'orientation mystique que nous venons de décrire ou, du moins, elles l'accordent avec d'autres tendances. La contemplation a d'importants rapports avec la méditation et les différentes sortes d'artes interviennent de façons plus ou moins autonomes. Nous pensons à la grammaire, à la rhétorique et à la poétique, mais aussi à la philosophie et d'abord à la dialectique et à la logique, sans parler de la physique et de l'éthique. Des débats s'ébauchent, des conflits s'annoncent. On va vers le développement de la scolastique. Nous insisterons sur trois types de création. Le premier, chez Hildegarde de Bingen, dépend de l'imagination visionnaire. Le second, dans l'école de Chartres[1], met l'accent sur la physique et sur la genèse du cosmos. Le troisième, qui se diversifie beaucoup, affirme dans toute sa dignité la culture littéraire.

Hildegarde de Bingen, du point de vue qui est le nôtre, pratique un langage apocalyptique[2] qui propose et utilise une poétique de la vision. De nombreuses questions se posent de ce fait. Nous essaierons de les évoquer, mais nous découvrirons surtout de nombreuses réponses, admirablement

1. Voir plus bas, p. 371 sqq.
2. C'est-à-dire imité de l'*Apocalypse* de saint Jean.

complexes et fécondes. Par exemple, le langage visionnaire permet de concilier, dans la structure même de l'expression, la mystique et la parole, que les commentateurs ont tendance à opposer. Ils croient que la mystique rejoint l'être au-delà des mots et que le langage se limite au dicible et à la littérature. Cela est vrai dans une certaine mesure, comme nous l'avons montré en plusieurs occasions. Depuis le pseudo-Denys ou Jean Scot, on admet que la connaissance de Dieu se limite aux différentes formes du symbole, de l'allégorie ou de la métaphore. Mais il semble que la vision relève d'une expérience plus complète, puisqu'elle fait apparaître en quelque façon une transcendance sensible, qui ne relève pas des mots. Nous voyons la nature, nous ne nous bornons pas à percevoir les signes d'un langage. Mais les choses ne sont pas si simples. En effet, les apparences naturelles qui se manifestent ainsi ne sont pas seulement des perceptions objectives. Du fait même qu'elles dépassent l'expérience commune et qu'elles sont accompagnées de commentaires qui viennent d'une voix divine, elles entrent aussi dans le domaine du mystère et de la mystique. Cette ambiguïté est essentielle chez Hildegarde qui veut à la fois se tenir au niveau de la nature qu'elle décrit comme médecin des corps et des âmes et la dépasser dans le symbole, en mêlant la vision à la vue, l'esprit à la matière, l'être à l'image. De là vient la profonde beauté de son œuvre. En tant que femme et que médecin, elle comprend et fait sentir le rôle du Saint-Esprit, qui est avant tout, comme l'amour, principe de fécondité. C'est lui qui « vivifie les formes », car *elles sont vivantes, Hildegarde le sait. M. Jackie Pigeaud[1] vient de montrer, dans un très beau livre, qu'aux yeux de tous les anciens, d'Homère et Platon à Virgile en passant par Cicéron, tous les penseurs et les artistes de l'antiquité ont lié la beauté et la vie. Hildegarde, qui pratiquait la médecine et qui était moniale, a trouvé dans le style visionnaire et dans la pensée qu'il impliquait le moyen d'accorder sans les confondre les deux expériences des mystiques et des naturalistes. Elle pouvait ainsi dialoguer à la fois avec saint Bernard et, peut-être, avec les Chartrains.*

C'est à eux que nous voulons en venir ensuite. Vers le milieu du XIIᵉ siècle, ils n'ont plus recours à la vision et à ce qu'on pourrait appeler son ambiguïté sensible et spirituelle. L'allégorie leur convient, parce qu'elle est claire et s'accorde ouvertement avec la raison. De même, ils se tournent directement vers la Nature, sans passer par le mystère des visions et ils l'éclairent en se référant aux grands concepts de la physique antique. On aboutit aux idées de la raison, du logos discursif, sans éprouver le besoin de recourir aux intuitions plus ou moins lumineuses de l'intellect. Certes, les Chartrains, Bernard de Chartres, Bernard Silvestre (qu'il ne faut pas, bien sûr, confondre avec Bernard de Clairvaux) savent que toutes les apparences ne sont pas immédiatement vraies. Il faut chercher leur sens profond et développer ainsi une théorie des « voiles » (integumentum, inuolucrum) que la raison soulève et écarte par l'allégorie, et l'intuition

---

1. *L'Art et le vivant*, Gallimard, 1995.

concrète des évidences par le symbole. Les Char-
trains utilisent volontiers la première méthode[1]*.*
Elle leur permet de dessiner de vastes épopées, par-
tiellement inspirées de Prudence, où ils décrivent
l'action des grandes entités présentes dans la pensée
de Dieu — nous, physis, prudentia, etc. — pour la
genèse, la conservation du macrocosme universel et
du microcosme humain. On s'aperçoit ainsi que
Dieu est artiste, qu'il ressemble fort au démiurge de
Platon et que l'âme du monde, telle à peu près que
la concevaient les stoïciens, est identifiable à la
Nature, dont Dieu a voulu la bonté et la beauté. Un
tel ensemble tient plus de l'allégorie que du simple
symbolisme parce qu'il aboutit à un système de
concepts philosophiques (que la théologie officielle
a d'ailleurs contesté). Nous y reconnaissons les
principaux éléments de la doctrine élaborée par
l'Académie dans l'inspiration du Timée, reprise de
manière éclectique par Cicéron, Virgile, Sénèque,
puis par les penseurs païens ou chrétiens de l'anti-
quité tardive. Dieu a les Idées dans son esprit. Il les
inscrit dans la matière pour créer le monde en
l'ordonnant dans la beauté. Alain de Lille prolon-
gera dans son œuvre la doctrine ainsi élaborée.
Tous ceux qui la reprennent montrent à la fois leur
désir de modernité et leur profonde fidélité à l'esprit
de la sagesse antique. C'est ainsi qu'on peut parler
*de la « Renaissance du XII*e *siècle », qui avait*
commencé dès les siècles précédents avec Anselme,
nous l'avons dit, et avant lui avec Fulbert, évêque
de Chartres.

1. Cf. plus bas, pp. 382 et 432.

L'enseignement qui est ainsi dispensé à propos du macrocosme implique, on le voit, la mise en œuvre d'une culture complexe qui regroupe tous les principaux acquis de l'antiquité et qui s'accorde d'autre part avec les progrès réalisés dans cette période, où les arts et les techniques connaissent un admirable renouveau. On ne se contente pas de méditer, avec Platon et Aristote, sur la diversité des causes ou sur la rencontre créatrice des idées et de la matière, en revenant ainsi, par la réflexion sur le logos et par son application, à la mise en relation de la parole et de la beauté. Mais on précise avec une conscience de plus en plus claire le contenu d'une telle culture ainsi que ses exigences.

Nous parlerons d'abord des Victorins. La règle augustinienne qu'ils ont choisie les place, par leur vie même, au cœur de la tradition que nous décrivons. Ils veulent appuyer leur foi sur une réflexion d'ensemble relative à la culture. Dans leur façon de l'aborder, ils manifestent une modération et un sens de l'équilibre qui leur permettent de trouver l'accord avec une haute religion et même avec le mysticisme. Chez Hugues de Saint-Victor, qui donne vers 1140 la première et la plus forte impulsion à leur mouvement, nous observerons d'abord l'élargissement des programmes et de la pensée. Il se dégage, dans son Didascalicon, de la tradition de Martianus Capella et de son classement des arts, non qu'il en méconnaisse ou écarte les éléments, mais plutôt parce qu'il les englobe dans une synthèse plus vaste, où la philosophie reprend la place dominante que lui accordait Cicéron. Un tel retour à la sagesse antique, qui va plus loin que ne le fai-

*sait Augustin lui-même, coïncide de manière
remarquable avec la mise en valeur des arts mécaniques* [1]*. Telle est la nouveauté des temps qui
s'annoncent. Le logos humain prend une ampleur
dont on pourra glorifier l'étendue et les résultats. Il
va de la* cogitatio *à la* contemplatio *en passant par
la* meditatio.

*Dès lors, la conciliation avec la mystique devient
possible. Richard de Saint-Victor y a insisté. Dans
la trilogie* cogitatio-meditatio-contemplatio*, il a
particulièrement mis en valeur le dernier terme.
Mais il a su montrer aussi l'unité des mouvements
de l'esprit.*

*Les Victorins trouvent donc dans un savoir
méthodiquement défini et ordonné les moyens
d'accorder méditation et contemplation, d'en affirmer l'unité profonde et de préserver ce que Richard
de Saint-Victor appelle* « la violente charité »*. Mais
il est possible, dans le même esprit, d'aller plus loin
encore et de marquer de façon plus intérieure les
exigences et les enseignements du logos et de la philosophie. Nous citerons de façon très abondante les
œuvres de Jean de Salisbury, parce qu'elles expriment avec une finesse et une profondeur particulières la rencontre dans une culture cohérente des
trois principaux maîtres que nous n'avons cessé de
reconnaître dans la tradition de la culture profane
et religieuse, telle que l'ont transmise, entre autres,
Boèce, le pseudo-Denys et Augustin. Bernard de
Clairvaux et Bernard de Chartres ne sont pas
absents.*

1. Cf. p. 331.

Qu'il nous suffise de rappeler ici, avant de citer les textes de manière détaillée, les principales conclusions qui font la grandeur et la beauté de cette pensée. D'abord, en se référant à Martianus Capella, mais surtout à Cicéron, Boèce et Aristote (sans négliger Horace et Virgile), Jean de Salisbury souligne l'importance de la culture littéraire et les liens qui existent entre elle et la philosophie. Il marque avec force le rôle de l'éloquence (qui permet à l'orateur de sortir de lui-même et de participer, si l'on peut dire, à l'incarnation du Verbe) et de la beauté poétique qui a, comme le chant, une valeur propre. Il marque en particulier l'importance de la logique, qu'il étudie en se servant des Analytiques *d'Aristote. Il se trouve ainsi conduit à plusieurs observations majeures.*

D'abord, il réfléchit sur la portée de ses propres affirmations et de celles que les théologiens avaient formulées. Les nombreuses querelles qui s'étaient développées autour de l'École de Chartres ou de la pensée mystique avaient posé la question du dogmatisme. Abélard avait montré dans le Sic et non *que les saints eux-mêmes se contredisaient mutuellement. Il pensait résoudre le problème par la dialectique. Jean de Salisbury, imprégné grâce à Cicéron des enseignements de l'Académie, pense que seules les affirmations de la foi sont certaines. Pour le reste, il faut établir une théologie du vraisemblable, qui laisse la place à une large tolérance. Thomas d'Aquin ne l'oubliera pas, lorsqu'il composera la* Somme théologique *sous forme de « questions discutées ».*

Une telle doctrine implique une réflexion appro-

fondie sur le langage et sur sa valeur ontologique. Depuis Boèce et les néo-platoniciens, la discussion sur les universaux, sur le réalisme et le nominalisme, existait de façon latente. Abélard et les Chartrains lui avaient donné toute sa force. Elle rendait nécessaire un choix entre Platon (réalisme des idées) et Aristote (nominalisme[1]). Jean de Salisbury croit nécessaire de se rallier à Aristote, dont il a adopté la logique. Mais il le fait dans l'esprit de l'Académie, laquelle n'est pas sûre que les idées existent hors de notre pensée ou hors de celle de Dieu. En tout état de cause, il faut aller directement à Dieu par le logos.

Alors s'accordent parfaitement la profondeur de la pensée (philosophie), l'amour du logos (philologie) et celui de la beauté (philocalie, comme disait Augustin). Il ne s'agit pas seulement ici de contemplation théorique. La ténèbre et la théologie négative des mystiques ont aussi leur place, ainsi que l'action. La parole nous permet de sortir de nous-mêmes et, comme disait saint Thomas Becket, qui fut à Cantorbéry le maître et l'ami de Jean, de défendre « l'honneur de Dieu ».

Qu'il nous suffise, au terme de ces réflexions sur l'admirable XIIe siècle, de revenir sur deux nuances que nos textes mettront en lumière.

D'abord, il faut insister sur Dieu. Il s'agit de son logos, soit qu'il parle, soit qu'on parle de lui, dans sa beauté mystérieuse, dans celle de la Trinité, dans celle de la création. Nous parlerons donc de l'Esprit. Il est l'amour dans lequel s'unissent le Père et le

---

1. Pour lequel les mots ne se confondent pas avec les choses. Aristote est sans doute plus nuancé.

Fils. *Il est dans l'homme cet amour. Les dons qu'il prodigue sont la source de toute poésie. Nous le montrerons à propos du langage liturgique, dans les hymnes et les cantiques.*

Mais il faudra, dès lors, s'interroger sur les formes et les genres. On observe un dialogue, qui n'est pas toujours complaisant et qui l'est trop quelquefois, entre les poétiques profanes et la poétique de Dieu. La recherche de l'amour et du beau, dans ses formes les plus élevées, se confond avec le désir de l'absolu. De là certaines coïncidences qui se situent, si l'on peut dire, à l'infini. Qu'il me suffise ici de citer un texte provençal du troubadour Raimbaut d'Orange.

J'entrelace, pensif et pensant, des mots précieux, obscurs et colorés et je cherche avec soin comment, en les limant, je puis en gratter la rouille, afin de rendre clair mon cœur obscur[1].

Nous sommes au XIIe siècle. Tous les mots comptent. La description du langage poétique qui est ici donnée, tous les termes qu'elle emploie reprennent exactement les définitions et les images qu'employaient les poéticiens et les rhéteurs. Mais la conception de la beauté qui nous est proposée est celle des philosophes et des théologiens. Elle associe dans la lumière, les couleurs et la ténèbre, toutes les

---

1. W.T. Pattison, *The Life and Works of the Troubadour Raimbaut d'Orange*, Minneapolis, 1952; cf. Jacques Roubaud, *La Fleur inverse. Essai sur l'art formel des troubadours*, Ramsay, 1986; L.M. Paterson, *Troubadours and Eloquence*, Oxford, 1975.

figures de l'absolu. C'est bien dans un tel amour que s'éclaire le cœur obscur.

4. XIIIe et XIVe siècles : la parole scolastique, sa logique et sa beauté

Le XIIIe *siècle est le siècle de la scolastique. Les modernes se défient de ce mot. Les savants soulignent qu'il désigne une réalité si diverse qu'on ne peut guère en dégager le sens. Les hommes de culture et les amis des lettres se plaignent de l'abstraction qu'il favorise et de la complexité qu'il suscite dans la terminologie. D'une façon plus précise les philosophes et surtout les théologiens contestent les efforts qu'elle semble avoir accomplis pour mettre Dieu en concepts. Aussi nos contemporains (qui sont volontiers plus attentifs à une pensée laïque) se sont très souvent détournés d'une telle période, qui leur paraît (comme déjà aux écrivains de la Renaissance) avoir interrompu ou compromis le progrès des idées.*

Mais les objections que nous venons d'évoquer, quoiqu'elles aient parfois un certain poids, doivent être fortement nuancées. La méthode qui nous a dicté le présent livre peut être très utile à cet égard. C'est pourquoi nous avons voulu étudier la rhétorique des théologiens en donnant au mot rhétorique le sens que lui donnaient Cicéron et Augustin, en s'inspirant de Platon et Aristote : elle est une réflexion et une « faculté » qui porte sur le langage persuasif, sur ses moyens et sur son esthétique; elle ne repose pas sur des recettes proposées a priori, mais elle confronte continuellement dans la théorie et la pratique l'idéal et l'expérience, la perfection des modèles et les aléas de leur application. Si l'on utilise une telle définition, on peut dire qu'il existe une rhétorique (ou une poétique) des écrivains scolastiques.

Cela est vrai à plusieurs titres. D'abord, on doit rappeler que « scolastique » est un mot dérivé de schola. *Nous avons affaire à des éducateurs qui, comme tels, ont du loisir (*scholè). *Ils prennent donc leur temps pour enseigner des notions qu'ils doivent rendre aussi claires et univoques que possible. Le xiie siècle a préparé de manière admirable la définition des concepts qui allaient se préciser encore après lui. Nous pensons en particulier aux Victorins et à leur réflexion sur les rapports qui existent entre la lecture, la méditation et la contemplation. Ils ont compris, après Augustin, que la culture n'est pas une fin en soi, mais qu'elle doit s'inscrire à la fois dans le système des arts et dans l'ordre de l'esprit. Déjà, Anselme de Cantorbéry avait su qu'il était possible d'accorder dans l'ontologie l'abstraction transcendante de l'être et le langage de la douleur et de la joie.*

Au xiiie siècle, les « Universités » s'organisent. Elles sont formées de « facultés ». Les deux termes, qui s'introduisent ainsi dans une culture officielle et qui vont vivre jusqu'à nous, se réfèrent d'abord à une théorie de l'éloquence, telle qu'elle existe depuis Aristote et Cicéron. L'éloquence est une « faculté » et elle implique une culture générale, encyclopé-

dique, universelle. Nous aurions dû, si nous en avions eu la place, étudier ici les grands manuels qui apparaissent au XIIe siècle et autour du début du XIIIe, en particulier les « miroirs » (Specula) de Vincent de Beauvais ou les Sentences *de Pierre Lombard qui, composées vers 1155, devinrent en 1215 le manuel officiel sur lequel les professeurs bâtissaient des cours en forme de commentaires. Nous avons préféré citer directement les œuvres des maîtres, comme saint Thomas. Nous retiendrons seulement que des genres d'expression se développent ainsi sous l'influence de l'enseignement. Nous venons d'évoquer le « commentaire », qui permet au professeur d'exposer sa propre pensée dans le cadre du manuel. Celui-ci, comme le* Speculum *et comme toute espèce d'enseignement, a besoin d'être aussi complet que possible : il prend donc volontiers la forme d'une « somme ». Thomas s'en souviendra. Mais il produira aussi beaucoup d'œuvres plus limitées et même d'opuscules sur des sujets précis. Le Moyen Âge sait très bien concilier la recherche des totalités et l'analyse des problèmes de détail. Il apprend aussi à poser les questions, sur tous sujets particuliers. Parfois les auteurs présentent des réponses dogmatiques, mais ils savent aussi proposer des « questions disputées », dans lesquelles ils exposent, sur un même sujet, deux thèses opposées en distinguant la plus vraisemblable. De telles présentations attestent la complexité et la finesse des méthodes pédagogiques et éducatives qui se trouvent mises en œuvre. Les maîtres médiévaux sont des logiciens. Cela signifie qu'ils ont appris à réfléchir sur le vrai, le vraisem-*

blable et les sophismes. Ils conduisent dans cet esprit leur réflexion sur les textes sacrés.

Mais le XIIe siècle lègue aussi d'autres formes de pensée religieuse. Il faut revenir à l'expérience spirituelle et à la mystique. C'est elle, surtout, qui avait d'abord inspiré les objections dirigées contre Abélard par Bernard de Clairvaux et Guillaume de Saint-Thierry. La question du dialogue direct avec l'Être en trois Personnes se trouvait ainsi posée. Elle n'excluait pas la théologie, mais elle lui fixait certaines exigences et elle en recevait d'elle à son tour. Le XIIIe et le XIVe siècles ne cesseront d'en prendre conscience.

Deux grands faits interviennent ici. Le premier réside dans l'organisation nouvelle de l'enseignement religieux. La papauté en prend largement le contrôle. Elle profite pour cela d'une évolution structurelle de la société qui avait commencé au XIIe siècle et qui s'affirme maintenant. La culture s'enseigne désormais dans les villes plus que dans les monastères colonisateurs, la cathédrale et ses écoles succèdent aux couvents et aux abbayes. D'autre part, on assiste à une universalisation. La papauté en ressent la nécessité pour assurer l'unité catholique. Elle favorise donc la création des grands ordres internationaux, qu'elle inspire directement. Saint Dominique et saint François sont apparus au début du siècle, ils ont créé deux ordres qui vont dominer la pensée chrétienne : les prêcheurs, les mendiants. Les uns et les autres peuvent sortir du monastère, se confronter avec le monde. Certes, cela s'était déjà fait auparavant. Mais il s'agit maintenant d'une démarche plus marquée, où la parole tient une grande place, dans la prière comme dans la prédication.

Tout s'ordonne autour de Dominique et François. Nous insisterons surtout sur le second, dont l'apparition suscite un approfondissement admirable de la pensée chrétienne. Sans doute, une telle doctrine semble très réticente à l'égard de la langue latine ou des formes techniques de la théologie. François va même plus loin à cet égard que saint Bernard. Il se défie de la culture pour autant qu'elle favorise le plaisir et l'orgueil. L'amant de Dame Pauvreté rejette toutes formes de luxe et d'abord la complaisance esthétique et intellectuelle. Mais la révolution culturelle qu'il semble ainsi proposer ne peut être identifiée à la destruction du savoir et cette Pauvreté ne peut être confondue avec celle de la pensée. Il s'agit plutôt d'un progrès de l'amour et, là où réside l'amour, là aussi paraît l'intellect.

François connaît le latin et sait qu'il constitue la langue de l'Église. Quand il prie, il parle la langue des pauvres[1]. *Mais il suffit de lire le* Cantique des créatures *pour voir qu'il s'inscrit dans la forme générale de la prière chrétienne, préparée par les liturgistes selon les modèles d'Augustin, Ambroise ou Grégoire le Grand. Le latin s'efface chez François mais la poétique qu'il avait inspirée demeure. Le saint d'Assise est l'héritier des troubadours dont les maîtres, le plus souvent, avaient été des latinistes. Ses chants et sa ferveur n'éliminent pas la beauté. Mais il veut la donner à tous, dans l'esprit de Pauvreté. Il reste donc fidèle à une tradition et il l'uni-*

---

1. C'est pourquoi nous le citons surtout dans l'introduction. Mais, lorsqu'il compose son *Office*, il cite les *Psaumes* en latin.

versalise dans l'amour en lui donnant une forme plus ouverte. Telle est sans doute la vocation du latin : non se détruire mais s'approfondir et se libérer.

Nous parlons donc d'un chant d'amour. Il faut en méditer les contenus. La contemplation, que cherchaient les Victorins et les mystiques, prend ici un caractère nouveau.

Elle se fonde d'abord, de la façon la plus directe et la plus naïve, sur la fraternité des créatures et sur l'amour de la nature, qu'implique et fonde une telle solidarité. Il est possible, en ce sens, de parler à tous les êtres, de trouver avec eux un langage commun, qui est celui de l'humble tendresse, de s'adresser à chacun, aux animaux, aux éléments, à la mort même.

Une telle pratique de la parole suscite un irénisme profond. Elle tend à bannir les ruptures. Le vrai devoir est d'embrasser les lépreux, de prendre et de porter leur mal. François commence aussi, si l'on en croit sa légende, à considérer le temps des croisades comme révolu. Il faut parler fraternellement avec les Musulmans, leur porter le message de la douceur et de l'humilité, renoncer à l'esprit de conquête, qui est aussi volonté de richesse.

Dans cette spiritualité, on voit paraître à la fois la joie parfaite et l'« incendie d'amour ». La pensée franciscaine est faite de joie. Mais on sait comment les Fioretti *présentent la joie parfaite. Elle survient lorsque François et ses compagnons, arrivant dans leur maison religieuse, en sont chassés parce qu'on les prend pour des paresseux. Le portier va jusqu'à les battre et ils connaissent alors le bonheur. Les* commentateurs modernes s'indignent quelquefois : comment François, l'ami des pauvres, a-t-il pu écrire cela ? Il n'est jamais juste de battre ni d'être battu. Mais peut-être faut-il épouser une telle méditation de plus près. François a sans doute voulu suggérer à ses disciples, qui ont plus tard rédigé les Fioretti, *deux idées, l'une générale, l'autre plus particulière.*

L'idée générale remonte aux Béatitudes *évangéliques et pousse à l'extrême la pensée du Christ. « Heureux ceux qui pleurent car ils seront consolés. » Donc François accepte la douleur, même si elle lui vient de ses amis. Ils ont tort sans doute, mais ni les hommes ni Dieu ne peuvent le leur imputer, puisqu'il les aime et que, dans sa « joie parfaite », son amour ne peut que grandir. D'autre part, il est possible de prendre un point de vue plus particulier. François, de son vivant, a vu les meilleurs de son ordre refuser de l'accueillir totalement, c'est-à-dire de le suivre dans son renoncement infini. Quelques-uns, qui appartenaient encore aux deux premières générations de ses disciples, ont refusé de renoncer, au nom de l'organisation et de la discipline, à leur amour fou de Dieu. On les a appelés les « spirituels », parce qu'ils ne cherchaient que l'esprit, qui est charité, et non la lettre. Ils se sont heurtés à Rome, révoltés contre elle, et elle les a punis. L'un des plus illustres parmi eux fut Jacopone da Todi. Nous reviendrons sur ce mouvement et sur son issue à propos d'Angèle de Foligno. Mais il faut d'abord écouter saint François. Tout en lui le poussait vers les spirituels. Ils avaient compris profondément la nature de son amour. Ils savaient* qu'il n'existe de parole véritable que celle qui vient de l'esprit. Mais peut-être n'allaient-ils pas jusqu'à la « joie parfaite », ne savaient-ils pas qu'elle réside même dans la persécution, à condition que soient préservés ensemble l'appel à la justice et l'appel à la douceur.

François a sauvé, en se soumettant, l'ordre qu'il avait fondé. Il a aussi sauvé son amour, dans la douleur même qui était celle du Christ et qui n'impliquait pas la révolte mais le martyre. Tel est sans doute en dernière analyse l'enjeu infini de tout dialogue, dans la parole et dans la prière chrétiennes. Donc, François est monté sur l'Alverne et il y a reçu les stigmates, marques de la douleur de Dieu. Il a connu à ce moment l'incendium amoris.

Toutes les formes de la mystique nouvelle, jusqu'à Catherine de Sienne, sont ici présentes : renoncement, obéissance, fraternité, pauvreté ; surtout l'extrême joie reçoit en elle l'extrême douleur. Mais la place reste ouverte à la scolastique.

SAINT THOMAS D'AQUIN ET LA PAROLE CHRÉTIENNE

Il n'est pas possible de présenter dans cette simple introduction la doctrine de saint Thomas d'Aquin relativement aux sujets qui nous intéressent ici. Nous donnerons une esquisse un peu plus détaillée au début de notre anthologie, que nous ferons porter essentiellement sur la Somme de théologie. Essayons seulement ici de poser quelques jalons pour situer l'auteur.

Dans son temps et dans son époque d'abord. Ils lui permettent de dégager son langage et de définir les exigences qui relèvent de sa culture. Il utilise le langage de la scolastique naissante avec une perfection que personne, sans doute, n'a égalée, contrairement à ce que pensent souvent des lecteurs qui ne le comprennent pas. Comme tous les scolastiques, il cherche à établir un langage de l'absolu. Celui-ci exige sans doute l'univocité mais l'abondance et la clarté lui sont également nécessaires. On a l'impression, en lisant Thomas, de rencontrer les mêmes vertus et les mêmes difficultés que dans une fugue de Jean-Sébastien Bach : puissance de l'abstraction, pénétration extrême de la sensibilité.

C'est ainsi que l'auteur rejoint l'être. Il le fait à travers une vaste culture philosophique, qui lui permet de résumer et d'accorder ensemble tous les problèmes qui dominent son temps. Après son maître Albert le Grand, il insiste sur le retour à Aristote. Il s'en sert notamment pour refuser de considérer les universaux comme des « choses ». Mais en même temps, il fait la place très grande à la nature pour aller jusqu'à l'être, par le moyen de l'intuition et de l'imagination et par les voies de la raison. En son temps, l'influence des Arabes, qui ont favorisé la connaissance d'Aristote, posait des questions précises. Averroës avait suscité des interprétations qui faisaient la place très grande à une raison positive. Avicenne, au contraire, tendait, comme l'avaient fait les néo-platoniciens, à dégager dans la doctrine un ordre qui faisait la place plus grande à des modèles idéaux et aux hiérarchies qu'ils impliquaient... Comme son maître le lui conseillait et comme le feront ses propres successeurs, Thomas préfère assez nettement le courant que représentait Avicenne.

Enfin, il faut ajouter que son ontologie accorde une part assez grande à la beauté. Elle la rejoint dans la nature mais aussi dans le surnaturel. Elle favorise ainsi l'établissement de hiérarchies qui nous renvoient au pseudo-Denys. Ici encore, la priorité accordée à l'être n'exclut pas totalement la référence au platonisme et à ce qu'il implique de théologie négative. Thomas d'Aquin n'a négligé aucune forme de plénitude, qu'elle soit humaine ou divine. Il donne ainsi tout leur prix au sacré, au sacrement, au mystère. La beauté qu'il suggère parle à la fois à la nature, à l'intelligence et au cœur. Elle est proche de l'élévation sublime et de la convenance modeste où la simplicité s'accorde à la douceur. Entre l'absolu et la nature, elle place l'analogie, qui divinise l'humain et qui humanise le divin. L'unité de l'être n'exclut pas ses plus humbles nuances. La Grâce n'est pas différente de la grâce.

SAINT BONAVENTURE

Nous devons maintenant revenir aux franciscains et, plus tard, à la pensée mystique, qui ne se confond pas nécessairement avec leurs enseignements, mais qui en est souvent proche. En effet nous allons le constater encore : la mystique ne s'oppose pas à la théologie scolastique. Elle cherche à en utiliser ou à en enrichir, en préciser le langage pour exprimer sa propre expérience.

Nous avons dit que les héritiers spirituels de saint François s'étaient d'abord défiés de l'orgueil philosophique. Mais ils ont été bientôt obligés par la force même de leur amour d'en chercher l'esprit. Ils se sont donc trouvés contraints de se retourner vers la tradition platonicienne qu'Augustin, les Pères grecs et les auteurs mystiques avaient illustrée et transfigurée. La sagesse et la science ont de nouveau répondu à la foi, comme elles le faisaient au même moment dans les œuvres des artistes.

Cette évolution s'accomplit d'abord chez saint Bonaventure. On pourrait dire qu'il rejoint saint Thomas et enrichit son message tout en s'y opposant. Il comprend les véritables exigences de la charité, qui ne s'oppose pas à la pensée, mais qui la libère en la rendant plus profonde. Ce n'est pas dans l'ignorance qu'on peut obéir à l'amour.

Nous ne ferons ici qu'évoquer les principaux enseignements de cette vie et de cet amour. Car tout est amour chez Bonaventure, et d'abord Dieu qui se manifeste par sa beauté, dont il laisse les traces et la similitude dans sa création. Dès lors, la prédication du saint prend un style et une forme qui correspondent exactement à ce qu'il y a d'essentiel dans sa pensée. L'élan de la ferveur s'y joint à la profusion des images et des figures. Il parle sans doute, comme Thomas, le langage savant et souvent abstrait de la scolastique. Mais il y joint la flamme de la passion et la simplicité du cœur; il y accorde la joie et la douleur dans l'intensité de son cri. Il cherche moins le calme et la sérénité du gaudium *que l'*incendium amoris, *dont François d'Assise avait fait l'expérience sur l'Alverne. Il le trouve dans* _le dialogue avec Jésus. Ainsi se définissent chez lui les deux aspects de la liturgie poétique qui, toujours, prend la forme d'une méditation sur la Croix. Les poèmes qui la traduisent se présentent de deux manières : ou bien, par d'admirables séries de figures, où l'image et l'oxymore dominent, l'auteur évoque le paradoxe du Dieu crucifié et de la joie qu'il inspire, ou bien il rejoint la simplicité des humbles et décrit la Passion dans des complaintes qu'imitera plus tard la poésie profane._

La structure des œuvres en prose et leur disposition sont aussi caractéristiques. Bonaventure cherche la brièveté. C'est par un breuiarium _qu'il va vers Dieu. Il n'écrit pas de somme, mais seulement un_ Itinerarium, _qui le mène de la terre au ciel. On comprend dès lors pourquoi il s'attache de préférence à Platon et à saint Augustin. Il vient de Dieu avant d'y retourner. Il commence par l'idéal et par la transcendance et il en fait descendre la ressemblance de Dieu_ (uestigia, similitudo). _Mais alors il ne s'agit pas des idées. La philosophie de Bonaventure est un exemplarisme, un humanisme aussi, et son modèle est le Christ incarné._

En lui s'accomplit le plus parfait mélange de la joie et de la douleur. Bonaventure est tout à fait proche de François. C'est lui qui, dans la Legenda maior _et la_ Legenda minor, _a rédigé le récit de l'extase de François sur l'Alverne et de l'imposition des stigmates. Le saint d'Assise a été jugé digne de participer à la douleur de Dieu comme à celle des hommes. François, qui embrassait les pestiférés, ne l'a pas oublié._

Telle est, dans ses lignes principales, la doctrine

*de Bonaventure. Elle rejoint François d'Assise.
Mais elle est aussi ouverture à toutes les doctrines
théologiques qui ont précédé. L'amour rend possible cette transparence mutuelle. Voici ensemble
Bernard et Thomas, Platon et Aristote. Dante s'en
souviendra dans son* Paradis. *L'extrême humanité
des saints s'exprime dans l'élévation infinie de la
joie et dans le feu de l'amour.*

DU XIIIe AU XIVe SIÈCLE :
LES CONCLUSIONS ET L'ESPÉRANCE
DE LA MYSTIQUE ET DE L'ESPRIT

*Nous n'irons pas beaucoup plus loin que les con-
clusions suggérées par le* XIIIe *siècle à son apogée.
Mais, au point où nous sommes arrivés, il convient
de signaler que nous ne pouvons encore conclure
que par l'ouverture. Elle se manifeste à la fois dans
le dialogue de la théologie et de la mystique et dans
les échanges de l'intuition et de l'abstraction. Les
différents points de vue ont été portés au plus profond par la continuité des réflexions et l'enri-
chissement progressif des doctrines.*

*Pensons d'abord à la mystique. J'ai choisi de par-
ler d'Angèle de Foligno. Nombreuses sont les raisons qui m'y incitaient. D'abord, elle vit en milieu
franciscain, non loin d'Assise, et c'est là qu'elle
trouve les raisons de sa conversion. Il est captivant
d'étudier ses paroles et d'écouter son langage. Celui
d'Hildegarde de Bingen était déjà très remarquable.
Mais il reposait sur les moyens et les effets de la
vision apocalyptique et Hildegarde ne parlait*

qu'avec l'Esprit et ses voix. Angèle de Foligno a, elle
aussi, confié la rédaction de ses écrits, qui sont en
langue latine, à des moines et notamment à celui
qu'on appelle le frère A. Dès lors, on assiste de beaucoup plus près au dialogue qu'elle entretient avec
les hommes et avec Dieu. La traduction d'Ernest
Hello ne l'a pas assez mis en lumière. Mais sa ver-
sion libre et brûlante a d'autres mérites qui lui
confèrent une admirable modernité. Elle saisit dans
les textes d'Angèle et dans leur style le sublime
rayonnant et sombre qui accompagne ensemble la
joie et la douleur dans l'amour de Dieu. Augustin
avait pressenti cela dans l'expérience de la « Confession » : quiconque voit Dieu est déchiré par son
indignité et transporté par la beauté de l'être et par
la joie du pardon. Saint Bernard l'avait répété dans
le Sermon *XLV* super Cantica. Mais il ne mettait en
avant que la joie. Après lui, les femmes « troubadours de Dieu » (comme Béatrice de Nazareth ou
Marguerite Porète et d'abord Hadewijch d'Anvers)
avaient insisté sur la douleur. Elle était telle qu'elles
se croyaient damnées, indignes d'elle, et rêvaient de
sauver l'Enfer. Elles furent souvent persécutées.
Elles rejoignaient en pays rhénan, dans le cadre de
la deuotio moderna et dans la vie des béguines, le
mouvement italien des « spirituels » qui avaient
refusé la discipline ecclésiastique au nom de leur
« amour fou de Dieu ». Angèle en est sans doute
l'un des principaux et des premiers témoins. Mais,
dans la douce lumière de l'Ombrie, elle a évité toute
rupture. Ses écrits semblent avoir connu le succès
dans le moment où la persécution cessait et où les
querelles s'apaisaient. Il en allait de même pour

l'angoisse. En elle se révélait la joie de l'amour infini. L'expérience mystique s'accordait donc avec les exigences collectives de l'obéissance et de la foi. Bien sûr, une telle connaissance de Dieu ne pouvait avoir lieu que dans la ténèbre. La théologie de l'apophatique[1]*, vécue avec une intensité définie et décrite avec une précision lucide, appelait la douleur avec elle en même temps que la ténèbre : il fallait la prendre au sérieux : « Ce n'est pas pour rire que je t'ai aimée », disait le Christ à Angèle, qui lui répondait de même. Dans le dialogue avec Dieu, elle allait ainsi plus loin que tous ses prédécesseurs. Elle préparait les paroles extrêmes de sainte Thérèse d'Avila, de saint Jean de la Croix et plus tard, après Hello, de Léon Bloy ou de Bernanos. Sur ce chemin, les principaux relais ont été J.-K. Huysmans et Remy de Gourmont qui ont joint le symbolisme qui s'épanouissait en leur temps à la mystique de la douleur qu'ils devaient aussi à Baudelaire. On doit citer à ce propos les ouvrages de Huysmans sur Grünewald et sainte Lydwine de Schiedam.*

Angèle, tout en respectant et dépassant peut-être les exigences majeures de la théologie franciscaine, est d'abord une mystique. À la même époque, des théologiens prennent en compte, dans le cadre de leur logique et de leur raison, les contenus de la parole mystique. Le plus illustre est Maître Eckhart.

Plus ardemment que tout autre, il a refusé de séparer l'être des mots, l'intuition de l'abstraction. Cela lui permettait d'établir une théologie trinitaire

---

1. C'est la « théologie négative », qui saisit Dieu en niant les autres formes de l'être. Voir le pseudo-Denys et plus tard Maître Eckhart.

*et de la combiner avec la conception la plus rigou-
reuse de la* uia negatiua, *interprétée du point de vue
de l'être et non seulement de ses qualités. Dieu étant
infini n'a pas de qualités puisqu'elles le limiteraient.
Il n'est donc connu que comme un néant. Dans le
Christ et dans l'Esprit, il devient visible, mais eux-
mêmes ont leur regard fixé sur sa nuit. Le langage
qu'ils instaurent est d'abord celui de l'amour. Le
langage qu'ils parlent transforme radicalement le
sens des mots humains. Sans Dieu, la joie est douleur; avec lui, la douleur est joie. Ainsi se produit
un retournement de la logique. Au lieu d'abolir le
néant lorsqu'elle parle de l'être, elle ne trouve que le
néant lorsqu'elle l'évoque.*

*On conçoit que les théologiens, qui cherchaient
l'univocité, aient été terrifiés. Ils ne comprenaient
pas que les mots n'ont qu'un sens relatif lorsqu'ils
parlent de l'absolu. Cela ne signifie pas qu'ils
doivent disparaître. Mais ils changent de sens selon
la lumière qu'ils reçoivent. Leur forme n'est pas
tout. Il faut aussi tenir compte de l'amour infini ou
de l'ardent désir qui les illuminent.*

*Telle est la rhétorique de l'être, comme Maître
Eckhart la conçoit. Elle opère une sorte de conversion du sens en y cherchant l'illumination, qui va
vers la ténèbre et n'y trouve que le moyen de se
transfigurer. Le symbole, ainsi conçu, dépasse tout
symbole. Il ne s'agit pas de trouver dans les choses
un sens figuré, de dire par exemple que la nuit
représente l'enfer : non, la nuit est la lumière, si l'on
comprend qu'elle est l'absolu, c'est-à-dire Dieu.*

*Nous comprenons maintenant où aboutissent les
doctrines que nous avons énumérées dans notre*

*livre. Elles se déploient dans deux directions princi-
pales qui vont modifier profondément la philosophie du langage. L'une est essentiellement liée à la
logique, l'autre plus proche de la parole commune.*

*Les débats relatifs à la logique portent précisé-
ment sur l'être et sur le langage. Nous ne ferons que
les évoquer. La recherche moderne s'attache surtout
à eux et insiste sur le génie des principaux auteurs,
notamment Guillaume d'Occam. L'actuelle montée
du formalisme et du nominalisme favorise ce type
de réflexion. On s'interroge sur la logique des propositions, sur leurs différents « termes » et sur leurs
modes* (intelligendi, supponendi), *sur les intentions qui définissent le sens, sur l'être et l'étant.
Nous n'avons pas la possibilité d'entrer dans ces
questions, qui demanderaient d'autres livres. Nous
voulons seulement noter qu'elles ouvrent des voies
nouvelles qui, vers 1350, vont déboucher sur la
Renaissance et la modernité.*

*Il s'agit toujours de l'être, nous l'avons dit. Mais
on s'interroge à propos de son unité et de sa multiplicité. La question vient de Platon et de Parménide.
Thomas d'Aquin, après les pythagoriciens et Aristote, avait semblé la résoudre par l'analogie, qu'il
plaçait entre l'équivoque et l'univocité. Mais il risquait dès lors de renoncer à la plénitude de l'être.
Or, si l'on veut éviter l'équivoque, il faut qu'il soit
tout entier présent ou absent en chaque chose pour
éviter les confusions. Duns Scot propose donc sa
doctrine de l'univocité de l'être, qui se révèle
lorsqu'on dépouille un objet de ce qu'il a d'imparfait et d'accidentel. La pensée atteint alors l'être et
découvre qu'il est toujours le même. Mais elle sait*

aussi qu'il reçoit divers accidents qui le dissimulent ou l'altèrent plus ou moins. Cette théorie de l'unité est en même temps celle des nuances. À tout instant, dans toute perception, nous saisissons à la fois l'un, dans son intégrité, et le multiple, l'universel et le particulier, la nécessité qui régit les choses et la liberté de Dieu, qui ne la nie pas, mais qui la dépasse comme l'infini déborde les limites.

Guillaume d'Occam prend un autre chemin, qu'il découvre dans un nominalisme intégral. Ici encore, le langage est en cause. Que se passe-t-il quand je nomme un objet? Je fais correspondre un mot à une chose particulière ou à plusieurs. L'universel n'existe que dans leurs combinaisons et ne peut donc avoir d'existence propre. Abélard croyait encore aux idées, qu'il plaçait dans l'esprit de Dieu. Occam veut se réduire à la plus grande économie de pensée, abolir tous les termes qui ne lui sont pas nécessaires. Son esthétique intellectuelle, s'il est permis d'employer ce terme, repose sur ce qu'on a appelé « le rasoir d'Occam ». Là où Duns Scot unit la plénitude de l'être à la diversité du sensible, il limite quant à lui la référence à l'ontologie, élargit le rôle du doute et ne conserve que l'attention à quelques évidences qui relèvent du sensible ou des inférences par lesquelles Dieu a fondé la logique. Très souvent les données théologiques fournies par la Révélation apparaissent seulement comme probables. La nature est incapable de donner au savoir le sceau de la généralité.

Ne sous-estimons pas des enseignements comme ceux de Duns Scot ou de Guillaume d'Occam. Ils majorent le rôle du langage en le confrontant sans

*cesse avec la connaissance. Chez le premier, le sens
de l'univocité se nourrit, si l'on peut dire, de la
complexité même. L'être tout entier est présent dans
une rose et même dans son nom. Chez le second,
tout se réduit aux mots qui peuvent et doivent coïn-
cider quelquefois avec les choses, mais qui n'y parviennent pas toujours. On a l'impression que, dans
ces deux cas, la scolastique atteint le sommet de sa
virtuosité et de ses succès. Cela est vrai, sans doute.
Mais, du même coup, elle atteint ses limites et
réclame un autre langage. On s'en aperçoit chez
Duns Scot, qui attribue toute liberté à l'amour
divin et supprime ainsi la nécessité de la raison qui
semblait enchaîner Dieu. Sous sa conduite, l'histoire paraît libérée de la prédestination. De même,
chez Guillaume d'Occam les mots sont libérés de
l'idée. Ils n'ont plus qu'à dialoguer avec les choses.
Dieu n'est point banni. Mais désormais, quand les
hommes prennent la parole, ils utilisent sans doute
les moyens que Dieu leur a donnés; mais ce sont
eux-mêmes qui parlent. Dans les deux cas que nous
venons d'évoquer, nous voyons poindre un nouvel
humanisme où l'homme devient plus seul.*

*Les successeurs de Maître Eckhart suivront des
voies différentes. Il les leur avait ouvertes en conciliant la logique de Thomas avec la théologie mystique portée à son plus haut degré. La médiation
des néo-platoniciens et du pseudo-Denys n'était
point absente. Les rapports de la logique et de l'être
se trouvaient affirmés dans l'expérience même de
l'amour.*

*Mais la répression d'une part, et aussi l'extrême
audace que manifestait la pensée d'Eckhart ont fait*

que sa doctrine s'est arrêtée après lui. Pourtant, elle n'est pas morte : les hommes qui s'inspiraient d'elle cherchaient à en dégager ce qui était assez simple et universellement humain pour n'encourir aucune condamnation. Ainsi est née L'Imitation de Jésus-Christ *qui, dans les couvents proches du delta du Rhin, témoignait de la* deuotio moderna *et de sa puissante influence. Nous retrouvons ici dans toute sa force la tradition spirituelle qui s'était affirmée presque deux siècles auparavant auprès de saint François : exaltation de la pauvreté mais aussi de la justice ; fraternité extrême ; défiance à l'égard du savoir, accompagnée d'une critique de l'orgueil ; mais Thomas a Kempis écarte à la fois les transports de l'extase et les paradoxes du langage. Tout en préservant le sublime et dans l'intention même de lui donner tout son sens, il recherche à chaque instant la simplicité de la douceur. Aussi son œuvre, sans fadeur et sans concession, a toujours été aimée des pauvres et des simples. Elle est pourtant l'aboutissement de toute la tradition que nous avons étudiée.*

ALAIN MICHEL

NOTE RELATIVE À LA PRÉSENTATION
DE CE LIVRE

Il s'agit ici d'une anthologie portant sur des textes latins qui vont pour l'essentiel du ve au xve siècle. Toutefois, nous avons proposé au début des citations détaillées de saint Augustin, dont procède plus ou moins toute l'histoire du latin chrétien. Nous avons choisi de nous en tenir à ce domaine parce que tout s'y résume dans les sujets qui nous intéressent et parce qu'il est pourtant moins bien connu. En l'étudiant, nous montrerons à la fois la profondeur de la pensée médiévale et la continuité de la tradition latine, depuis les origines. Nous ferons aussi apparaître comment la sagesse du paganisme antique est venue rejoindre et nourrir l'enseignement religieux du monde judéo-chrétien.

Notre ouvrage pouvait dès lors prendre sa forme et définir ses choix. Il ne prétendait pas à l'exhaustivité des contenus. Les auteurs dont nous avons décidé de parler ne constituent pas la totalité des créateurs mais ils les représentent tous en fonction des intentions que nous avons définies. Par exemple, notre projet excluait les textes profanes de François d'Assise ou le grec du pseudo-Denys ou le flamand de Ruusbroec, mais nous avons pris soin de faire apparaître leur influence. Partout notre souci fondamental est le dialogue.

La forme que nous avons choisie est donc la suivante. D'abord, dans une introduction générale, nous avons établi les conditions dans lesquelles les idées et la parole chrétiennes se sont constituées, se sont fixées et ont évolué. Ensuite, nous avons proposé une anthologie choisie chez les auteurs les plus importants. Pour chacun la traduction des textes retenus est précédée d'une introduction spéciale et d'une bibliographie sommaire, qui s'ajoute par avance à la bibliographie placée en fin de volume : celle-ci n'indique que des ouvrages généraux. Deux points complémentaires doivent être signalés. Toutes les traductions sont de nous (sauf celle de L'Imitation de Jésus Christ, due à Lamennais et quelques poèmes d'Hildegarde de Bingen traduits par Remy de Gourmont). Partout ailleurs, lorsque nous indiquons à la fin d'un texte le nom d'un auteur moderne (par exemple Henry Spitzmuller), ce n'est pas pour lui emprunter sa traduction, mais pour renvoyer le lecteur à sa présentation du texte latin. D'autre part, nous nous en sommes généralement tenu à la traduction française. Mais, pour quelques œuvres illustres, notamment en poésie, nous avons fourni également le texte original latin.

De saint Jean au pseudo-Denys l'Aréopagite en passant par saint Augustin et Boèce

SAINT AUGUSTIN
354-430

Saint Augustin n'appartient pas au Moyen Âge. Il est le plus grand auteur chrétien de l'antiquité tardive. Mais, par l'ampleur et par la profondeur de son enseignement, il joue un rôle essentiel dans la période et dans le domaine qui nous intéressent. Il apparaît comme le témoin le plus éminent de ce qui restera la tradition latine. Mais sa profonde connaissance de la tradition grecque et l'intérêt qu'il lui prête lui permettent aussi de favoriser le dialogue entre les deux tendances, qui se prolongera pendant les siècles suivants et jusqu'à l'époque moderne. D'autre part, les orientations propres de sa carrière, de sa personnalité et de sa vie, lui permettent d'exercer une influence exceptionnelle. Nous verrons qu'il parle de tout, qu'il est partout. Tous les maîtres de la pensée chrétienne le citent et l'interprètent, ne serait-ce que pour le discuter. Son originalité personnelle et son universalité, qui sont égales l'une et l'autre, se manifestent de trois manières principales.

Il est le maître de la conversion. Celle-ci est d'abord personnelle et domine sa jeunesse, d'Hip-

pone et Thagaste[1] jusqu'à Milan. Elle se situe dans
le cadre qu'il reçoit, en Afrique puis en Italie, du
monde antique et de la pensée chrétienne en son
premier développement. Sa conversion ne fait que
développer son amour des lettres et de l'enseignement. À Milan d'abord, puis dans sa patrie africaine, où il retourne bientôt, il reste éducateur et
devient pasteur. Il ne néglige jamais la culture qu'il
a d'abord trouvée chez les païens, Platon, Aristote,
Cicéron, Sénèque sans doute ou l'auteur du
Sublime. Il la retrouve, transfigurée, chez Ambroise
de Milan, qui s'inspire à la fois des traditions de
l'Académie platonicienne et du judaïsme hellénisé
que Philon d'Alexandrie avait élaboré vers le temps
du Christ. Nous voulons, dans le présent livre, parler des rapports de notre culture, païenne ou religieuse, avec la culture chrétienne. Augustin joue ici
un rôle fondamental. On peut dire, avec Henri-
Irénée Marrou, qu'il a ainsi réalisé « la conversion
de la culture antique ». Ce n'était pas seulement lui
qui se convertissait. Il entraînait tous les autres
avec lui. On savait, depuis Platon, Aristote et surtout Cicéron que la culture, fondée à la fois sur les
lettres, sur la dialectique ou art du dialogue et sur
l'amour, ne pouvait s'épanouir que dans l'unité de
pensée et dans les hommes. Dans les deux cas, il
fallait proclamer la présence infinie de l'amour
divin.

1. Hippone et Thagaste sont sur les confins de l'Algérie et
de la Tunisie actuelles (Thagaste est à 180 km à l'est de
Constantine). Augustin, né à Thagaste, a étudié à Carthage
avant de venir en Italie (Milan), de s'y convertir (386) et de
devenir prêtre. Il finit sa vie comme évêque d'Hippone (future
Bône).

Dès lors, Augustin se trouvait appelé à prendre plusieurs solutions décisives. D'abord, il évitait avec sagesse et générosité de donner à croire que le choix du christianisme entraînait la négation de ce qui l'avait précédé dans le paganisme. Comme tous les grands intellectuels chrétiens de son temps, il se refusait à détruire la sagesse des anciens au nom de la culture nouvelle. Il cherchait seulement à la purifier et à la transfigurer. Même lorsqu'il affectait de dédaigner ou de combattre Cicéron ou Virgile, on sentait qu'il n'était pas sincère jusqu'au fond de lui-même. Sa connaissance des enseignements donnés par l'Académie platonicienne lui permettait d'adopter une position plus nuancée. L'Académie s'était opposée à tout dogmatisme humain. Elle avait insisté sur les rapprochements qui peuvent s'établir entre les doctrines et qui sont source de vraisemblance puisqu'ils accentuent l'unité. Augustin, dans un texte qu'on trouvera ici, souligne le fait que les querelles sont vaines lorsqu'on est d'accord sur le fond. Or, quoi de plus fondamental et de plus unifiant que la pensée du Christ ? Mais il fallait se garder de la confondre avec un doute absolu. De façon générale, il fallait croire à la pensée, mais sans la séparer jamais de l'illumination divine. C'est dans la pensée que s'accomplit de la façon la plus profonde la rencontre et, pourrait-on dire, la collaboration de l'homme et de Dieu qui est en lui, au plus intime de lui-même.

Dire qu'on croit à la pensée et qu'on veut associer la dialectique humaine à l'amour divin, c'est s'interroger sur les processus de la pensée et sur ce qui, en elle, s'accorde à la révélation et l'appelle sans *la remplacer. Il s'agit d'abord de ce que les anciens avaient défini par le terme d'arts libéraux. Augustin, qui s'était d'abord préparé au métier de maître de rhétorique, les a classés et définis dans divers textes. Nous avons réuni et cité ici quelques-uns des principaux. La doctrine exposée chez les anciens apparaît avec des ressemblances et des variantes, qui définissent bien les fidélités d'Augustin et l'originalité qu'il puise à la fois dans son propre caractère et dans son christianisme. Le classement qu'il propose annonce Martianus Capella, le* triuium *et le* quadriuium. *Il se trouvait déjà esquissé au second siècle chez le sceptique Sextus Empiricus. Augustin le reprend dans le* De ordine *et aussi dans le* De doctrina christiana. *Chez lui, l'exposé technique est profondément soumis à la philosophie, qui gouverne l'usage des lettres (*triuium : *grammaire, rhétorique, dialectique) comme celui des sciences exactes (*quadriuium : *arithmétique, géométrie, astronomie, musique[1]). Augustin montre comment on passe par la rhétorique de la grammaire à la dialectique, comment on aboutit à la musique où tout s'unifie, la certitude et l'harmonie mathématiques, les nombres, la beauté céleste, la convenance qui est grâce. Tel est l'ordre qui permet d'unir le savoir et la beauté.*

Cette théorie des arts va dominer le Moyen Âge latin. D'abord, elle interviendra moins que celle de Martianus Capella, qui s'attache peu au rôle et aux exigences de la philosophie et qui ne cite nullement le christianisme. Mais ces fins reprendront toute

---

1. Cf. Ilsetraut Hadot, voir p. 34.

leur force au XIIe siècle, avec Hugues de Saint-Victor et Jean de Salisbury. Au XIVe siècle, Pétrarque continuera le débat sur la parole littéraire, que Cicéron avait ouvert et que le Moyen Âge avait prolongé. En particulier, dans un texte célèbre, le poète met l'accent sur le culte des Muses et sur l'interprétation symbolique de la philosophie, qui permettent à la poésie, comme le pensait Platon dans le Phèdre *et comme le disait Aristote, de se confondre avec la théologie, telle que l'entendaient les Pères grecs : la parole sur Dieu. Ce rapprochement du symbolisme et de la poésie s'accomplira surtout au début de la Renaissance.*

La réflexion sur les artes *n'est pas moins marquée à propos des disciplines du langage, grammaire et rhétorique. C'est ici que l'élément personnel et affectif de l'enseignement augustinien vient se joindre à ce qu'un tel humanisme a d'universel. La parole n'est rien si elle n'est amour. Cela rend possibles l'analyse et l'imitation des textes bibliques et évangéliques. On rejoint ainsi, directement ou non, le* Traité du sublime *du pseudo-Longin, paru sans doute au Ier siècle, en milieu juif alexandrin, qui disait que le sublime est « extatique » et qu'il constitue « l'écho d'une grande âme ». Mais surtout Augustin retrouve ici, au nom du pathétique chrétien, la charité du Christ. Elle lui inspire, comme le fait la beauté, la connaissance de la joie, qui est* laetitia, *allégresse et danse jubilante, mais qui se manifeste aussi par la sérénité, lorsque l'âme dépasse les bruits superficiels du monde et atteint le silence de la profondeur. Une telle sérénité, que le Christ a enseignée, n'exclut pas l'expérience de la*

*douleur, qui fut aussi la sienne au Mont des Oli-
viers. Le silence de la joie n'intervient pas seul dans
la méditation chrétienne; la prédication fait appel
au pathétique de la charité, qui s'exprime par la
solidarité des larmes, telle que Jésus d'abord l'a
enseignée.*

*Nous sommes à la source de la parole chrétienne.
L'éloquence ici décrite est celle du cœur,* pectus. À
*sa source, on trouve Cicéron, Sénèque, peut-être
Virgile et le sublime. Mais Augustin opère une
transfiguration chrétienne du langage, qui prépare
saint Bernard, Pascal, Fénelon, Jean-Jacques Rous-
seau, Claudel ou Péguy, notre modernité.*

*La question qui va se poser désormais est celle de la
douleur et de la joie. Augustin ne veut ignorer ni l'une
ni l'autre. Il cherche aussi leur relation mystérieuse et
la trouve en Jésus qui rejette toute impassibilité. Dès
lors, trois aspects de la parole humaine prennent une
importance essentielle et originale chez l'ancien étudiant de Thagaste et Carthage, chez l'évêque d'Hippone : la doctrine de la* confessio, *la théorie du style,
la conception de la grâce et de la liberté.*

*La confession, qui est à la fois aveu et célébra-
tion, constitue le moyen d'accorder ensemble la joie
et la douleur. Le choix du style permet d'atteindre à
la fois le sublime et l'humilité, dans une langue où
le jaillissement de l'élévation traduit l'illumination
commune de la pensée et du cœur. Tel est « le poids
de l'amour ». Tel est aussi le langage de la grâce.
Augustin est le théologien de la grâce. On lui a
reproché de mettre l'accent sur l'arbitraire de Dieu,
de l'acculer à l'injustice et de le rendre finalement
responsable du mal. De fait, il lui est difficile*

d'expliquer par exemple que les enfants non bapti-
sés soient privés du Paradis. Il fait la part si large à
Dieu qu'il ne sait pas bien garder un rôle véritable à
la liberté humaine. Mais il a raison d'autre part de
refuser toute limitation au rôle de Dieu. Les théolo-
giens qui, à travers l'histoire, viendront après lui
s'attacheront à rétablir l'équilibre. Mais lui-même
insiste sur trois points où se résume sa méditation
sur la parole chrétienne : 1. Qui dit grâce dit illumi-
nation par l'amour et la justice ne trouve son
accomplissement que dans la plénitude de la cha-
rité. 2. En second lieu, Augustin est l'auteur du De
Trinitate. *Il y réalise des conciliations supérieures.*
De même que sa théorie du sensible décrivait
l'accord ordonné du corps et de l'âme dans la
musique, où le sensible traduit les intuitions de
l'intellect, de même Augustin découvre dans le sym-
bolisme chrétien, tel que l'avaient pratiqué Origène
ou Ambroise, une sorte de doctrine des correspon-
dances où le réalisme de l'idéal vient accorder dans
un mystère supérieur l'intelligence de l'Être, la
beauté du Verbe et l'amour qui est esprit. 3. Telle
est la signification mystique de toute créature.
Toute connaissance est, comme dira Claudel, co-
naissance aux hommes et à Dieu. Toute connais-
sance humaine est connaissance divine, c'est-à-dire
grâce. Nous sommes ici au centre même de la médi-
tation sur la parole religieuse. Elle est conditionnée
par les formes premières de l'expérience du divin.
Dans leur degré le plus humble, elles apparaissent
dans le sensible, comme la beauté des œuvres d'art
ou du monde révèle la trace de Dieu. L'imagination
garde les images, mais les sépare de la servitude

immédiate de la matière. La ratio *s'évade du sensible, mais elle le fait selon les lois de l'espace et du temps, c'est-à-dire du discursif. L'*intellectus *atteint l'être dans sa plénitude immédiate. Il s'unit à la mémoire pour saisir dans les symboles et les correspondances l'unité concrète de l'infini divin, qui mérite d'être appelé personnel dans la Trinité. L'intelligence est présente dans l'intellect. Mais, par le jeu des symbolismes infinis qui accordent le corps, l'esprit, les divers degrés de l'ordre universel, la connaissance humaine porte en elle à chaque moment de l'histoire et du temps la totalité de l'amour vivant*[1].

Les arts libéraux et l'enseignement du christianisme

LA GRAMMAIRE

Il y a trois genres de sujets où apparaît la rationalité. L'un réside dans les faits relatifs à la rationalité, l'autre dans la parole, le troisième dans

1. Bibliographie de saint Augustin :
Principales œuvres : voir notamment l'édition de la « Bibliothèque augustinienne », Desclée De Brouwer. Œuvres composées à Cassiciacum, près de Milan, juste après la conversion (386-387) : voir en particulier : *Confessions* (13 l., 397-400); *De la Trinité* (14 l.); *De l'enseignement chrétien* (14 l.); *La Cité de Dieu* (22 l., 413-427). Commentaires des textes sacrés (les *Psaumes*, saint Jean, etc.). Discussions diverses sur le manichéisme et la grâce. Pour les *Confessions*, voir l'introduction

l'agrément. La première nous avertit de ne rien faire au hasard, la seconde nous apprend à enseigner droitement, la dernière à contempler heureusement. La première réside dans les mœurs, les deux autres dans les disciplines dont nous traitons maintenant...

De l'ordre, XII,35.

La grammaire pourrait suffire en soi, mais, puisqu'elle proclame par son nom même qu'elle fait connaître les lettres (d'où son nom latin de *litteratura*), il est arrivé que tout sujet digne de mémoire qui était confié aux lettres a nécessairement tenu à elle. Aussi, avec un nom unique sans doute, mais une réalité infinie, multiple, pleine de tâches plus que d'agréments ou de vérité, cette discipline s'est trouvée jointe à l'histoire, qui donne du travail non tant aux historiens eux-mêmes qu'aux grammairiens. Qui supporterait de passer pour incompétent parce qu'il n'a pas entendu parler du vol de Dédale, alors qu'on ne tient pas pour menteur celui qui crée la fiction, ni pour sot celui qui l'a crue, mais pour impudent celui qui a posé des questions ?...

De l'ordre, ibid.

de Philippe SELLIER, traduction d'ARNAULD d'ANDILLY, Gallimard, Folio classique, 1993.

Études : Étienne GILSON, *Introduction à l'étude de saint Augustin*, Vrin, 1929 ; Henri-Irénée MARROU, *Saint Augustin et la fin de la culture antique* (1938), De Boccard, 2ᵉ éd., 1949 ; *Saint Augustin et l'augustinisme*, « Maîtres spirituels », Seuil, 1955 ; sous le pseudonyme de DAVENSON, *Traité de la musique selon l'esprit de saint Augustin*, La Baconnière, 1942 ; Pierre COURCELLE, *Recherches sur les* Confessions *de saint Augustin*, De Boccard, 1950.

LA DIALECTIQUE ET LA RHÉTORIQUE

[La dialectique] enseigne à enseigner, elle enseigne à apprendre ; en elle la raison même se montre, découvre ce qu'elle est, ce qu'elle veut, ce qu'elle vaut. Elle sait savoir ; seule, elle ne veut pas seulement faire des savants, mais encore elle le peut. Mais, parce que le plus souvent les hommes, dans leur sottise, ne suivent pas ce qui leur est persuadé droitement, utilement, honorablement, ni cette vérité totale que peu d'âmes voient, mais les sentiments et les coutumes qui leur sont propres, il fallait non seulement les instruire autant que possible, mais souvent et au maximum les émouvoir. Cette partie d'elle-même qui pouvait s'en occuper, qui était plus complètement nécessaire que pure, qu'elle possédait à profusion dans son giron pour l'éparpiller sur le peuple, afin qu'il daignât être conduit selon son intérêt, elle l'appela rhétorique.

C'est jusqu'à ce point qu'a été développée la partie des enseignements relatifs aux significations qu'on appelle rationnelle.

De l'ordre, XIII,38.

POÉSIE ET MUSIQUE

De là, cette raison a voulu s'enlever jusqu'à la très heureuse contemplation des choses divines. Mais, pour ne pas tomber de haut, elle a recherché des degrés et elle-même elle s'est frayé une voie et fixé un ordre à travers ses possessions. Elle désirait en effet la beauté qu'elle pouvait, à elle toute seule, et dans sa simplicité, voir sous nos pauvres yeux; mais elle était gênée par les sens. C'est pourquoi elle détourna un petit peu son regard vers eux qui, clamant qu'ils possèdent la vérité, la rappellent par un vacarme importun, alors qu'elle se hâtait vers d'autres buts...

Pour que sa marche ne s'étendît en se déployant plus loin que son jugement ne pouvait le supporter, elle fixa une mesure à leur reconversion, d'où le nom donné au vers[1]. Ce qui n'avait pas de mesure déterminée par une fin mais courait cependant selon des pieds rationnellement ordonnés, elle le caractérisa par le nom de rythme qui, en latin, ne peut s'exprimer autrement que par nombre. C'est ainsi qu'elle engendra les poètes. Comme elle voyait que chez eux non seulement les sons mais les mots et les choses avaient grand poids, elle les honora au plus haut point et elle leur donna pouvoir de faire tous les mensonges raisonnables qu'ils voulaient. Et comme ils tiraient leur souche de la première science, elle permit qu'ils eussent les grammairiens pour juges.

Dans ce quatrième degré, donc, elle comprenait que, soit dans les rythmes soit dans la modulation même, régnaient les nombres et qu'ils donnaient perfection au tout : elle examina avec la plus grande diligence de quel mode ils étaient; elle les trouvait divins et éternels, alors surtout qu'ils l'avaient aidée à tisser ensemble tout ce qui précé-

---

1. *Versus* : ligne limitée.

dait. Et déjà elle souffrait beaucoup de tolérer que leur splendeur et leur pureté fussent décolorées par la matière des voix. Et puisque ce que l'esprit voit est toujours présent et donne la preuve de son immortalité (il apparaissait que les nombres étaient de ce genre), puisque d'autre part le son est chose sensible, qu'il s'écoule dans le passé et qu'il s'imprime dans la mémoire, alors que la raison déjà tenait les poètes en faveur, une fiction constituée par un mensonge raisonnable présenta les Muses comme des filles de Jupiter et de Mémoire. D'où cette discipline, qui participait de la sensibilité et de l'intellect, tira son nom de « musique ».

De l'ordre, XIV,39.

C'est de là qu'elle partit vers les richesses des yeux : parcourant la terre et le ciel, elle s'aperçut que rien ne lui plaisait que la beauté, dans la beauté les figures, dans les figures les dimensions, dans les dimensions les nombres. Elle chercha en elle-même si une ligne, un cercle ou toute autre forme ou figure étaient telles que l'intelligence les contenait en soi. Elle découvrit qu'elles étaient bien inférieures et que ce que les yeux voyaient n'était nulle part comparable avec ce que l'esprit [*mens*] distinguait. Elle distingua et exposa tout cela et en fit une discipline qu'elle appela géométrie.

Le mouvement du ciel lui faisait forte impression... Elle établit de même façon un réseau de définitions et de distinctions et en fit une discipline qu'elle appela astronomie.

De l'ordre, II,15,42.

LA PHILOSOPHIE

Toute cette formation a été reçue d'emblée par la philosophie, dont l'enseignement même n'y trouva rien de plus que ceci : qu'est-ce que l'un ? mais avec une profondeur de loin supérieure et d'une façon de loin plus divine. Elle pose une double question, l'une sur l'âme, l'autre sur Dieu. La première nous permet de nous connaître nous-mêmes, l'autre de connaître notre origine ; celle-là nous est plus douce, celle-ci plus chère ; celle-là nous rend dignes de la vie heureuse, celle-ci nous rend heureux ; celle-là est pour ceux qui apprennent, celle-ci pour ceux qui sont déjà ins-truits.

Tel est l'ordre des études de sagesse, par lequel chacun devient capable de comprendre l'ordre des choses, c'est-à-dire de distinguer les deux mondes et de reconnaître le père même de l'univers, dont il n'est aucune science dans l'âme, si ce n'est de savoir comment elle l'ignore.

De l'ordre, II,18,47.

POÉSIE ET THÉOLOGIE

Les poètes apparurent : ils méritaient aussi le nom de théologiens puisqu'ils faisaient des poèmes sur les dieux : mais des dieux tels que, même s'ils furent de grands hommes, ils furent hommes cependant ; ou bien ils sont les éléments de ce monde qu'a fait le vrai Dieu, ou bien ils ont été placés, par la volonté du Créateur et selon leurs mérites, dans l'ordre des principautés et des puissances célestes. Si les poètes ont chanté quelquefois l'unique vrai Dieu parmi beaucoup de vanités et de mensonges, ils célébraient avec lui d'autres personnages qui ne sont pas divins et leur témoignent une servitude qui est due seulement à l'unique Dieu ; de toute façon, ils ne l'ont pas célébré eux-mêmes d'une manière religieuse. Orphée, Musée, Linus n'ont pu s'abstenir de l'indécence des fables relatives à leurs dieux[1].

La Cité de Dieu, XVIII,14.

*L'éloquence et l'enseignement chrétien (*De doctrina christiana*)*

QUEL EST LE FRUIT DE L'ENSEIGNEMENT CHRÉTIEN ?

Jouir [*frui*] d'une chose est s'attacher à elle pour elle-même par amour. En user consiste à rapporter ce qui vient en usage à l'intention d'obtenir ce qu'on aime, à condition que cela soit aimable. Car l'usage illicite doit plutôt être appelé abus. Donc, de même que, si nous étions étrangers et ne pouvions vivre heureux que dans notre patrie, si dans ce voyage nous étions toujours malheureux et

1. Sur les sources de cet enseignement et sa survie, v. notre conclusion, p. 690.

désireux de mettre fin à ce malheur, si nous voulions retourner dans notre patrie, nous aurions besoin de moyens de transport terrestres ou marins dont il nous faudrait user pour pouvoir parvenir jusqu'à la patrie et en avoir la jouissance ; cependant, si les plaisirs du chemin et le transport lui-même nous étaient agréables et si nous nous convertissions à la jouissance des avantages dont nous devions user, nous ne voudrions pas mettre promptement un terme au voyage et nous serions écartés de la patrie par une douceur perverse, alors que sa douceur vraie pourrait nous rendre heureux ; de même, voyageant loin du Seigneur dans la vie de notre présente mortalité, si nous voulons retourner dans notre patrie, où nous pourrions être heureux, il faut user de ce monde, non en jouir, pour que les invisibles de Dieu[1] soient compris et vus grâce à ses œuvres, c'est-à-dire pour qu'à partir des choses corporelles et temporelles nous saisissions ce qui est éternel et spirituel.

De l'enseignement chrétien, I,4,4.

POUVONS-NOUS PENSER L'ABSOLU DIVIN ?

En effet, lorsqu'on se représente par la pensée l'unité de ce Dieu des dieux, ceux-là mêmes qui supposent et appellent en leur rendant un culte d'autres dieux dans le ciel et sur la terre, le

1. Cf. plus bas Hugues de Saint-Victor, p. 331 et 343.

pensent de telle manière que cette pensée s'efforce
d'atteindre quelque chose que rien ne dépasse en
valeur et en sublimité...

Donc, puisqu'il faut jouir de cette vérité qui vit
sans pouvoir être changée et qu'en elle le Dieu-
Trinité, auteur et créateur de l'univers, veille sur
les choses qu'il a créées, nous devons purifier
notre esprit pour qu'il puisse pénétrer cette
lumière par la vue et s'y attacher après l'avoir
pénétrée.

De l'enseignement chrétien, I,10,10.

LA SAGESSE VIENT À NOUS PAR LA FAIBLESSE DE DIEU ET PAR SON INCARNATION

Lorsque nous venons à la Sagesse, nous faisons
sagement ; aussi lorsqu'elle vient elle-même à
nous, les hommes orgueilleux pensent qu'elle agit
sottement. Et, puisque, lorsque nous venons à
elle, nous prenons des forces, elle-même, en
venant à nous, a été estimée infirme. Mais ce qui
est sottise chez Dieu est surcroît de sagesse chez
les hommes ; et ce qui est infirme chez Dieu est
surcroît de force chez les hommes. Donc, comme
il est la patrie même, il se fait aussi pour nous
chemin vers la patrie. Et comme il est partout
présent à un œil sain et intérieur, elle a même daigné apparaître, chez ceux en qui ce regard est
infirme et impur, aux yeux de chair. Car, puisque
dans la Sagesse de Dieu, le monde ne pouvait
connaître Dieu par la Sagesse, il a plu à Dieu de

sauver les croyants par la folie [*stultitia*] de la prédication.

Donc ce n'est pas à travers l'étendue de l'espace,
mais en apparaissant aux mortels dans une chair
mortelle qu'il est venu à nous, dit-on.

De l'enseignement chrétien, I,11,11 sq.

LA PLÉNITUDE DES ÉCRITURES EST LA *DILECTIO*

De tout ce qui a donc été dit depuis que nous
traitons notre sujet, voici la somme et le sommet :
de la loi et de toutes les Écritures divines, la plénitude et la fin sont constituées par l'amour de
dilection envers ce dont on doit jouir et ce qui
peut en jouir avec nous ; car, pour que chacun
s'aime, il n'est pas besoin de précepte...

Donc, quiconque croit avoir compris les Écritures divines ou n'importe laquelle de leurs parties sans édifier par cette compréhension la
double charité de Dieu et du prochain n'a pas
encore compris. Mais celui qui en aura tiré un
sens tel qu'il soit utile à l'édification de cette charité, et pourtant n'aura pas dit ce que, de manière
prouvée, celui qu'il lit a pensé, ne se trompe pas
pernicieusement et ne ment pas complètement.

De l'enseignement chrétien, I,35,39.

LES SEPT DEGRÉS MENANT
À LA SAGESSE

Avant tout donc il est nécessaire d'être converti par la crainte de Dieu pour connaître sa volonté et les préceptes qu'elle donne sur ce qu'on doit rechercher et fuir. Il faut que cette crainte imprime en nous la pensée de notre mortalité et de notre mort future et qu'elle fixe à notre chair comme par des clous dans le bois de la Croix tous les mouvements d'orgueil. Elle a besoin de s'adoucir ensuite par la piété...

Après ces deux degrés de la crainte et de la piété, il faut en venir au troisième, qui est celui de la science... Là s'exercent tous ceux qui étudient les divines Écritures, pour ne trouver en elles rien d'autre que ceci : Dieu doit être aimé pour Dieu et le prochain pour Dieu... Mais alors cette crainte par laquelle on pense au jugement de Dieu et cette piété par laquelle on ne peut que croire et céder à l'autorité des livres saints conduisent l'homme à pleurer sur lui-même. En effet cette science du bon espoir fait que l'homme ne se vante pas mais se lamente : dans cette disposition, il obtient par des prières ferventes la consolation de l'aide divine, pour ne pas être brisé par le désespoir, et il commence à se trouver dans le quatrième degré, celui de la force [*fortitudo*] où l'on a faim et soif de la justice. Par cette disposition il s'arrache à tous les agréments des choses transitoires, qui sont porteurs de mort et en s'en détournant il se convertit à l'amour des choses éternelles, c'est-à-dire à l'unité immuable et en même temps à la Trinité. Quand il l'a vue, autant qu'il peut, rayonnante au loin et lorsqu'il s'est aperçu que la faiblesse de sa vue l'empêche de supporter cette lumière, au cinquième degré, c'est-à-dire selon les avis de la miséricorde, il purifie son âme qui est en quelque façon dans le tumulte et le fracas à cause des souillures qu'elle a reçues de ses appétits inférieurs. C'est là qu'elle s'exerce savamment dans la dilection du prochain et y trouve la perfection. Et lorsque, déjà plein d'espoir, dans l'intégrité de ses forces, il est parvenu jusqu'à l'amour [*dilectio*[1]] de son ennemi, il monte au sixième degré, où il purifie désormais son œil lui-même, par lequel Dieu peut être vu, selon qu'il est possible à ceux qui meurent à ce monde autant qu'ils peuvent... Un tel fils s'élève jusqu'à la sagesse, qui occupe l'ultime et le septième rang. Il en jouit dans la paix et la tranquillité.

De l'enseignement chrétien, II,7,9-11.

LA VÉRITÉ, L'AMBIGUÏTÉ

L'homme qui craint Dieu cherche sa volonté dans les Écritures avec diligence. Et, comme il n'aime pas les querelles, il use de mansuétude par piété; il s'est pourvu à l'avance de la science des langues, pour ne pas rester en suspens devant des paroles ou des locutions; il s'est aussi pourvu de

---

1. Nous indiquons le mot latin pour suggérer la nuance particulière qu'il implique.

quelques connaissances nécessaires, pour ne pas
ignorer le sens et la nature de ce qui intervient
dans les similitudes ; il est aussi aidé par l'exacti-
tude des manuscrits, que l'habile diligence de
l'émendation[1] leur a procurée. Qu'il vienne ainsi
équipé [*instructus*] pour discuter et résoudre les
ambiguïtés des Écritures.

De l'enseignement chrétien, III, 1, 1.

LE GRAND STYLE ET LES LARMES

En vérité, ce n'est pas si on acclame celui qui
parle avec une fréquence et une abondance particulières qu'il faut penser qu'il parle en grand
style : cela résulte aussi des pointes du style bas et
des ornements du style tempéré. Quant au grand
style, le plus souvent, par son poids il presse les
paroles mais il fait jaillir les larmes. Enfin, il m'est
arrivé, à Césarée de Mauritanie, de détourner par
la persuasion le peuple de la guerre civile ou plutôt plus que civile qu'ils appelaient combat en
bande [*caterua*] car ce n'étaient pas seulement des
citoyens mais aussi des proches, des frères, enfin
des pères et leurs fils qui s'étaient divisés en deux
partis, pendant plusieurs jours de suite, à un
moment déterminé de l'année, et combattaient
entre eux selon une coutume régulière : chacun
faisait son possible pour tuer chacun. En vérité,
j'ai plaidé en grand style, autant que j'en ai eu la

---

1. L'*emendatio* est la critique par laquelle on corrige un
texte pour lui donner le meilleur sens.

force, pour extirper de leurs mœurs et de leurs cœurs un mal si cruel et si invétéré et pour le repousser par la parole; pourtant, je n'ai pas pensé avoir fait quelque chose lorsque je les entendais m'acclamer, mais lorsque je les voyais pleurer.

De l'enseignement chrétien, IV, 24, 53.

L'ÉLOQUENCE SERVANTE DE LA SAGESSE

Mais ce qui me fait plaisir plus qu'on ne peut dire dans cette éloquence [biblique], ce n'est pas ce que ces hommes ont en commun avec les orateurs des Gentils ou leurs poètes; voici ce que j'admire et qui me stupéfie davantage : les orateurs chrétiens ont usé de cette éloquence qui est nôtre par l'intermédiaire d'une autre éloquence qui leur appartient, de manière qu'elle ne leur fît pas défaut et ne tînt pas chez eux un rang éminent car il convenait qu'elle ne fût chez eux objet ni de réprobation ni d'ostentation; le premier cas pouvait se produire si on l'évitait; on pouvait penser au second si elle était trop aisément reconnaissable. Dans les endroits où il se trouve que les doctes la reconnaissent, les choses qui sont dites sont telles que les mots qui les disent ne paraissent pas apportés par celui qui parle mais semblent se joindre comme spontanément à ces choses mêmes, comme si on comprenait que la sagesse sort de sa maison, c'est-à-dire du cœur du sage et que l'éloquence la suit inséparablement comme une petite servante, même sans avoir été appelée.

De l'enseignement chrétien, IV, 6, 10.

L'ESPRIT CHRÉTIEN ET LA STRUCTURE DU DISCOURS

Qui ne voit en effet ce qu'a voulu dire l'Apôtre et combien sagement il l'a dit : « Nous nous glorifions dans les tribulations, sachant que la tribulation produit la patience, la patience la probation, la probation l'espoir et que l'espoir ne nous confond pas : car la charité de Dieu se diffuse dans nos cœurs par l'Esprit Saint qui nous a été donné. » Si, pour ainsi dire, quelque expert sans expérience soutient que l'Apôtre a suivi les préceptes de l'éloquence, est-ce que les chrétiens, doctes ou non, ne riront pas de lui ? Et cependant on reconnaît ici la figure qui a été appelée *climax* en grec et gradation par certains latins, qui n'ont pas voulu parler d'échelle [*scala*] lorsque les mots et les sens sont en connexion les uns avec les autres... On reconnaît aussi une autre beauté lorsque des formules qui se limitent chaque fois à peu de paroles (les nôtres les appellent membres et incises, les Grecs *kola* et *kommata*) produisent des mouvements détournés et circulaires qu'ils appellent périodes et dont les membres sont tenus en suspens par la voix jusqu'à ce que le dernier leur mette un terme.

De l'enseignement chrétien, IV, 7, 11.

La parole chrétienne et la Trinité

LA PURETÉ DIT L'INEFFABLE

Et voici pourquoi est nécessaire la purification de notre esprit : c'est pour que grâce à elle cet ineffable puisse être vu ineffablement; lorsque nous n'en sommes pas encore pourvus, nous sommes nourris par la foi et nous sommes conduits par des chemins tolérables, pour être rendus aptes et habiles à le saisir. De là vient la parole de l'Apôtre : dans le Christ assurément tous les trésors de la sagesse et de la science sont cachés... Il dit en effet : « Car je n'ai pas jugé savoir quelque chose parmi vous, si ce n'est Jésus-Christ et Jésus crucifié. »

De la Trinité, I, 1, 3.

EXPÉRIMENTER LA FOI

Cela étant, avec l'aide du Seigneur notre Dieu, nous entreprendrons, autant que cela est en notre pouvoir, de rendre raison de ce fait : la Trinité est le seul Dieu unique et vrai; nous montrerons combien droitement il est dit Père, Fils et Esprit Saint d'une substance ou d'une essence unique, cru et compris comme tel; ainsi nous ne paraîtrons pas user de prétextes trompeurs, mais on expérimentera par la réalité même qu'il existe, ce bien suprême qui est vu par les esprits les mieux purifiés et qu'on ne peut le discerner parce que l'acuité de l'esprit humain, dans son impuissance, ne se fixe pas dans une si excellente lumière si elle n'est nourrie pour fleurir par la justice de la foi.

De la Trinité, I, 2, 4.

LES MOTS DE L'ÉCRITURE

Donc, pour que l'esprit humain fût purgé des faussetés de ce genre, l'Écriture sainte, qui est accordée aux tout-petits, n'a évité aucun genre de mots, par lesquels notre intellect pouvait être nourri pour se dresser en quelque façon par degrés vers ce qui est divin et sublime. En effet, elle a utilisé des mots tirés des choses corporelles, alors qu'elle parlait de Dieu : par exemple elle dit : « Protège-moi sous le couvert de tes ailes. » Et elle est partie de la création spirituelle pour beaucoup de métaphores par lesquelles elle voulait signifier ce qui n'était pas ainsi, mais qui avait besoin d'être ainsi exprimé : par exemple : « Je suis un Dieu jaloux. »

De la Trinité, I, 1, 2.

Le dialogue intérieur et la confession

LA PRIÈRE D'AUGUSTIN

Je t'invoque, Dieu vérité, en qui et par qui et de par qui sont vraies toutes choses vraies, Dieu sagesse en qui et par qui et de par qui sont sages tous les êtres qui sont sages. Dieu, vie vraie et suprême, en qui et par qui et de par qui vivent tous les êtres qui vivent de façon vraie et suprême ; Dieu qui es le bien et le beau, en qui et par qui et de par qui sont tous êtres bons et beaux.

Soliloques, I, 1, 3.

DIEU NOUS APPREND À CHERCHER

Je sens que je dois retourner à toi : lorsque je frappe, que ta porte me soit ouverte : enseigne-moi comment on parvient à toi. Je n'ai rien que ma volonté. Je ne sais rien, sauf que ce qui s'écoule et qui tombe doit être méprisé, que ce qui est certain et éternel doit être recherché. Je fais cela, Père, parce que je ne connais que cela ; mais d'où l'on va jusqu'à toi, cela je l'ignore. Suggère-le-moi, montre-le-moi ; fournis-moi le viatique. Si c'est par la foi que te trouvent ceux qui se réfugient auprès de toi, donne-moi la foi ; si c'est par la vertu, donne la vertu ; si c'est par la science, donne la science. Augmente en moi la foi, augmente l'espoir, augmente la charité. Ô beauté admirable et singulière !

Je vais te cherchant et les choses où l'on va te cherchant, c'est inversement à partir de toi que je les cherche. Car si tu nous abandonnes, nous périssons : mais tu ne nous abandonnes pas, parce que tu es le bien suprême, que personne ne manque de trouver s'il l'a cherché droitement. Or tous t'ont cherché droitement, si tu les as fait te chercher droitement. Fais-moi, Père, te chercher, affranchis-moi de l'erreur; puisque c'est toi qui me cherches, que je ne rencontre rien à ta place. Si je ne désire rien que toi, puissé-je dès lors te trouver, je le demande, ô Père. Mais s'il est en moi un appétit de quelque superflu, toi-même purifie-moi et fais-moi capable de te voir.

Soliloques, I, 1, 5 sq.

MON POIDS : MON AMOUR

C'est dans la bonne volonté que réside pour nous la paix. Le corps s'appuie sur la bonne volonté pour gagner son lieu. Le poids ne va pas seulement vers le bas mais vers son lieu. Le feu tend vers le haut, la pierre descend. Ils sont poussés par leur poids, ils gagnent leurs lieux. L'huile répandue dans l'eau s'élève au-dessus de l'eau, l'eau répandue au-dessus de l'huile est immergée sous l'huile : elles sont poussées par leur poids, elles gagnent leurs lieux. Ce qui est moins ordonné n'est pas en repos; on l'ordonne et cela est en repos. Mon poids : mon amour. J'y suis emporté, où que je sois emporté. Le don que tu nous fais nous embrase et nous sommes emportés en haut. Nous brûlons, nous allons. Nous élevons les élévations de notre cœur et nous chantons le cantique des degrés.

Confessions, XIII, 9, 10.

COMMENT PARLER À UN
CONTRADICTEUR?

Sois attentif, ô le meilleur des juges, Dieu, toi la vérité même, sois attentif, que dirai-je à mon contradicteur? Sois attentif, car je parlerai devant toi et devant mes frères, qui usent légitimement de la loi, je parlerai jusqu'à l'accomplissement de la charité. Sois attentif et vois.

Voici ce que je lui rétorquerai : une parole fraternelle et pacifique. Si nous voyons tous deux qu'est vrai ce que tu dis et si nous voyons tous deux qu'est vrai ce que je dis, je te le demande, où voyons-nous cela? En tout cas, pour moi, ce n'est pas en toi, ni pour toi en moi, mais pour tous deux dans la vérité immuable qui est au-dessus de nos esprits. Donc, alors que nous ne nous combattons pas sur la lumière même de notre Seigneur, pourquoi débattons-nous sur la pensée de notre prochain, que nous ne pouvons pas voir comme nous voyons la vérité immuable, puisque, si Moïse lui-même nous était apparu et nous avait dit : « J'ai pensé cela », même ainsi nous ne verrions pas la vérité mais nous la croirions. C'est pourquoi nous ne devons pas nous gonfler au-dessus de ce qui est écrit en allant l'un contre l'autre. Aimons le Seigneur notre Dieu de tout notre cœur et de toute notre âme et notre prochain comme nous-mêmes.

Confessions XII, 25, 35.

LES QUESTIONS DE L'AMOUR

Veuille ne pas fermer, Seigneur mon Dieu, Père, dans ta bonté, veuille ne pas fermer à mon désir ces lieux à la fois familiers et cachés, de façon qu'il ne puisse les pénétrer et qu'ils ne s'illuminent pas lorsque s'allumera ta miséricorde, Seigneur. Qui harcèlerai-je de mes questions ? Et à qui confesserai-je avec plus de fruit mon incompétence, si ce n'est à toi, qui ne trouve pas pénible la véhémence de mon amour, brûlant dans tes écritures ? Donne-moi ce que j'aime : car j'aime et cela tu me l'as donné.

Confessions, XI, 22, 28.

LES QUESTIONS ET LA RÉPONSE

J'ai interrogé la terre et elle m'a dit : « Je ne suis pas » ; et tout ce qu'il y a aussi en elle a confessé la même chose. J'ai interrogé la mer et les abîmes et tout ce qui rampe parmi les âmes vivantes et ils m'ont répondu : « Nous ne sommes pas ton dieu ; cherche au-dessus de nous. » J'ai interrogé le souffle des brises et l'air tout entier avec ses habitants m'a dit : « Anaximène se trompe : je ne suis pas Dieu. » J'ai interrogé le ciel, le soleil, la lune, les étoiles : « Nous non plus, nous ne sommes pas le Dieu que tu cherches », disent-ils. Et j'ai dit à tous ceux qui se tiennent autour des portes de ma chair : « Parlez-moi de mon Dieu, que vous n'êtes pas, dites-moi quelque chose de lui. » Et ils s'écrièrent d'une grande voix : « C'est lui-même qui nous a faits. » Mon interrogation était la tension de mon désir et leur réponse était leur beauté.

Confessions, X, 6, 9.

BOÈCE
v. 470-v. 525

Manlius Severinus Boethius, mort vers 525, est le
dernier des grands témoins de la sagesse antique.
Mais il est, dans la tradition latine, le premier et le
plus important des maîtres directs du Moyen Âge.
Comme toutes les grandes œuvres, la sienne est à la
fois dominée par son destin personnel et maîtresse
de ce destin, puisqu'elle le fixe et le domine selon
une liberté supérieure. Dans les deux aspects d'une
telle approche, les problèmes de la culture, qui nous
intéressent spécialement ici, tiennent une place
déterminante. Boèce est d'abord l'ennemi de la barbarie. C'est pour cela qu'il a été consul et principal
personnage du palais, à Ravenne, sous le roi goth
Théodoric qui voulait s'appuyer sur ce représentant
d'une vieille famille romaine. Mais les mêmes
causes ont entraîné son arrestation, le long procès
qu'il a subi, les tortures, la mort : on lui reprochait
de favoriser le rapprochement du monde grec et du
monde latin, qui avait fait la grandeur de l'Empire
avant l'arrivée des barbares.

Il apparaît ainsi comme l'un des plus admirables
imitateurs de Socrate ou de toutes les victimes de

l'arbitraire du pouvoir, comme Sénèque. La Consolation de Philosophie, *qu'il écrit dans sa prison, est
restée comme un des textes qui témoignent de
l'héroïsme philosophique dans l'histoire d'Occident.
Nous disons bien philosophique. Car les idées chrétiennes n'y apparaissent jamais ouvertement. Aussi
a-t-on douté quelquefois de la profondeur du christianisme chez Boèce. Mais le Moyen Âge ne l'a
jamais contestée. Nous croyons, quant à nous, que
l'orientation générale qu'il donne à son texte ne
serait pas la même s'il n'avait pas d'arrière-pensées
chrétiennes, issues d'Augustin ou de Marius Victorinus. C'est dans un esprit chrétien par exemple
qu'il pose le problème du mal, ou glorifie l'amour
sans contrepartie. Mais surtout, il veut répondre
aux principaux griefs qui lui sont adressés : faire la
part trop grande à ce qu'il y a d'essentiel dans la
culture grecque, c'est-à-dire à la philosophie,
accompagnée des arts libéraux et fondatrice d'un
humanisme de la liberté. Cicéron rejoint ici Platon,
Aristote et les stoïciens. Le Moyen Âge n'oubliera
jamais ce qu'on pourrait appeler un classicisme
spirituel.*

*On doit féliciter Boèce d'avoir ainsi fondé, avant
Étienne Gilson ou Maurice Blondel, l'idée d'une
philosophie chrétienne, distincte de la théologie
proprement dite qui repose sur les textes révélés. Si
l'on tient compte d'un tel état d'esprit, on comprend
l'unité qui existe entre la* Consolation *et les autres
œuvres de l'écrivain. D'une part Boèce a médité sur
les arts libéraux et il a marqué mieux que Martianus Capella leurs rapports avec la philosophie.
Nous n'avons gardé que ses travaux sur la logique,*

*la rhétorique et la musique. Il avait pratiqué l'art du commentaire et celui de la traduction, notamment à propos de l'*Organon *d'Aristote. C'est essentiellement à travers son œuvre que le Moyen Âge a connu la philosophie originelle de Platon et d'Aristote, jusqu'à ce que les Arabes permettent la transmission des œuvres du Stagirite. Boèce ne les connaissait pas. Mais il était au courant du néoplatonisme. Il commentait Porphyre. Il avait aussi lu, de manière intelligente et judicieuse, l'œuvre de Cicéron : grâce à lui l'influence de l'Arpinate, associée à celle des Grecs, allait régner sur le Moyen Âge d'une façon plus profonde qu'on ne le croit souvent.*

Boèce a commenté les Topiques *de Cicéron qui lui proposaient, dans l'esprit de l'Académie, une transposition plus générale et plus ordonnée des livres rédigés par Aristote sur le même sujet. Dans cet esprit, il a cherché à définir les aspects mathématiques de la musique. Il avait sans doute traité de même les autres aspects du* quadriuium.

On le voit, plus que tous ses prédécesseurs (Aristote, Platon et Cicéron exceptés), il avait mis l'accent sur les rapports entre la philosophie et les arts. Les brefs traités de métaphysique religieuse dont on lui a parfois refusé l'attribution parce qu'ils ne ressemblent pas en apparence à la Consolation, *en sont au contraire très proches si l'on se réfère avec précision aux doctrines néo-platoniciennes qui s'étaient développées à travers l'histoire de l'Académie. Ils portent surtout sur la nature de Dieu et sur la connaissance qu'on peut avoir de lui : l'essence* (quod est) *et l'existence* (esse) *sont à* *la fois distinctes et confondues dans l'unité. La question qui se pose alors à un platonicien est de savoir où placer les idées. Elles ne sont pas en Dieu (qui leur est encore transcendant et qui se situe au-delà des formes comme des images). Elles sont dans les choses, mais à titre de modèles qui se matérialisent à leur tour en genres et en espèces. Ainsi Platon et Aristote se trouvent accordés en une méditation sur l'un et le multiple dans la création (qui se trouvait déjà dans l'éclectisme académique et que nous rencontrons par exemple dans la* Lettre 65 de Sénèque).*

Or la même conception du cosmos et de sa beauté se trouve dans la Consolation. *Elle permet à Boèce d'insister sur quelques points qui se trouvaient impliqués par ses traités ou ses commentaires. D'abord, il établit une démarche d'unification et une réflexion sur le multiple qui lui permettent de poser le problème des universaux en conciliant nominalisme et réalisme. Les universaux n'ont pas l'être véritable, puisqu'ils comportent une part de multiple. Mais ils existent dans la pensée. Il en va de même pour la liberté et la nécessité, qui sont analysées ici en termes de prédestination. Le monde subit la loi du temps, il est perpétuel. Mais Dieu est éternel. Il est au-dessus du temps et voit ensemble toutes choses et toutes actions. Pour lui, donc, il n'y a pas de nécessité qui dépendrait du temps, mais la liberté de l'éternelle présence.*

Cela conduit, chez Dieu comme chez l'homme, à une méditation sur la connaissance. Elle implique, comme dans la doctrine d'Augustin, la distinction entre les sens, l'imagination, la raison et l'intellect. Mais Boèce insiste particulièrement sur la théorie de l'image. En elle s'accordent le dynamisme extérieur du sensible et le dynamisme intérieur de l'esprit. Quant à la connaissance de Dieu, elle semble totale, puisqu'il est la source de toute lumière. Mais cette source est au-delà de la lumière. L'allégorie de Philosophie nous montre que sa tête est très haut, dans la nuée. Ici commence sans doute la théologie mystique. À travers la critique de la connaissance, que formule l'Académie, Boèce rejoint une source plus ancienne, l'œuvre de Parménide, qui disait que l'être est une sphère de ténèbres, autour de laquelle l'âme et la connaissance ne peuvent que tourner.

Reste l'amour, où tout se concilie, à condition qu'il soit amour céleste et qu'il comporte en soi le désintéressement absolu. Orphée s'est trompé, lui, le poète. Pourtant, il faut aimer les Muses, mais il s'agit des Muses de la philosophie. Dans le moment de la plus grande souffrance, Boèce ne nie pas sa douleur. Il ne prétend nullement à l'impassibilité stoïque. Mais il fait de la Consolation *une allégorie, c'est-à-dire une image spirituelle assortie d'un dialogue d'amour et il la présente en forme de « prosimètre », en mêlant la prose aux vers[1], le chant et sa musique à la prose et à sa sagesse. Toute l'œuvre de Boèce n'a cessé de mêler dans la philosophie la*

---

1. Il s'agit essentiellement des diverses catégories de vers lyriques. L'auteur cherche à la fois l'élévation et la concision dans le symbolisme et l'allégorie dont le poète Prudence (v. 348-v. 410) avait donné l'exemple en un style épique (*Psychomachia*).

vérité transcendante et la musique humaine, la pen-
sée et la beauté. Tel est le sens, si chrétien, si anti-
que, de l'hymne à l'amour qui domine la Consolation, *que Cicéron*[1] *avait trouvé chez Empédocle et*
que Dante reprendra à la fin du Moyen Âge et de la
Divine Comédie[2].

LA CONSOLATION POÉTIQUE
ET LA DOULEUR

Moi qui jadis au temps des études en fleur ai
rédigé des poèmes,

1. Cicéron, *De l'amitié*, 23; Boèce, *Consolation*, II, poème 8.
2. Bibliographie de Boèce:
Principales œuvres: voir *P. L.*, t. 63-64; *The Theological Trac-*
tates with an English Translation par H.F. STEWART, E.K. RAND
et S.J. TESTER, Loeb, 1973; *In Porphyrii Isagogen commen-*
tarium editio duplex, éd. G. SCHEPPS et S. BRANDT, « *Corpus*
scriptorum ecclesiasticorum latinorum », 48, Vienne, 1906. Traductions d'Aristote: *Catégories, De syllogismo categorico et de*
syllogismo hypothetico, Premiers et Seconds Analytiques, Réfuta-
tions sophistiques, De interpretatione. Boèce a d'autre part
composé des *Topiques* qui s'inspirent d'Aristote et de l'Académie (c'est essentiellement à travers ces sources que l'œuvre
d'Aristote a été connue du premier Moyen Âge, avant le
XIIIe siècle); *Institutiones* (4 l.): arithmétique, musique, *astro-*
nomia d'esprit pythagoricien, géométrie. Ces disciplines constituent le *quadriuium*; les précédents livres tenaient au *triuium*
(grammaire, rhétorique, dialectique). Les opuscules religieux
(*De la Sainte Trinité; Sur les deux natures et la personne unique*
du Christ, sur les substances, sur la foi) sont considérés aujour-
d'hui comme authentiques ainsi qu'au Moyen Âge.
Études: H. CHADWICK, *Boethius: the Consolations of Music,*
Logic, Theology and Philosophy, Oxford, 1981; Pierre COUR-
CELLE, *La Consolation de Philosophie dans la tradition littéraire*,
Institut d'études augustiniennes, 1967; N. M. HÄRING, *The*
Commentaries on Boethius by Gilbert of Poitiers, Toronto,
1966.

hélas! il faut pleurer sur moi et je suis contraint
d'aborder les rythmes de désolation.

Voici que les Muses en lambeaux dictent ce que je
dois écrire

et que leurs vers élégiaques baignent ma face de
pleurs vrais.

Elles du moins, nulle terreur n'a pu triompher
d'elles

et les empêcher de nous suivre, compagnes de
notre chemin.

Gloire autrefois d'une jeunesse heureuse et épanouie,

elles consolent maintenant mon destin de vieil-
lard souffrant.

Car elle est venue, hâtée par les maux, la vieillesse
inattendue

et sur l'ordre de la douleur tel fut son temps fixé.

Avant l'heure les cheveux blancs se répandent sur
ma tête

et la peau qui se détend tremble sur mon corps
épuisé.

Heureuse la mort humaine, quand elle ne s'insère
plus dans les douces années

et qu'elle vient aux malheureux qui ne cessent de
l'appeler.

Las! qu'elle fait la sourde oreille pour les écarter

et pour refuser, la cruelle, de fermer les yeux qui
pleurent.

Lorsque la fortune sans foi me caressait de biens
légers,

une heure funeste avait presque suffi à me sub-
merger tout entier.

Maintenant, comme une nuée a changé la face
   trompeuse de ma chance;
une vie impie prolonge ses délais privés de profit.
Pourquoi avez-vous si longtemps vanté mon bonheur, mes amis?
Celui qui est tombé, son pas n'était pas sûr.

Consolation..., I, poème 1.

DESCRIPTION ALLÉGORIQUE DE PHILOSOPHIE

Pendant qu'en moi-même je rappelais ces pensées en silence, et que, pour noter ma plainte et
mes pleurs, je les confiais à mon stylet, il me sembla qu'au-dessus de ma tête s'était dressée auprès
de moi une femme dont le visage était digne de
toute vénération : ses yeux étaient ardents et
pénétrants au-delà des pouvoirs communs, son
teint vif témoignait d'une vigueur inépuisable,
quoiqu'elle fût dans une telle plénitude d'années
qu'on ne pouvait en aucune façon la croire de
notre âge. Sa stature incertaine offrait un double
aspect. Car tantôt elle se réduisait à la commune
mesure des humains, tantôt elle semblait frapper
le ciel de la cime suprême de sa tête; lorsqu'elle
l'avait dressée plus haut, elle pénétrait le ciel
même et se dérobait à la vision des hommes qui la
regardaient. Ses vêtements étaient parfaitement
agencés des fils les plus fins selon un art subtil en
une matière indissociable; comme je l'appris plus
tard d'elle-même, c'est de sa propre main qu'elle
les avait tissés; l'éclat de leur beauté, comme il

arrive généralement aux icones enfumées, était assombri par une sorte d'ombre, qui provenait de la vieillesse et du manque de soin. Sur leur bordure la plus basse, on lisait la lettre grecque π qui y était inscrite et sur la bordure supérieure θ[1]; en direction des deux lettres, on voyait marqués certains degrés en forme d'échelle, par lesquels se faisait une ascension du signe le plus bas au plus haut. Ce même vêtement avait pourtant été déchiré par les mains de quelques violents et chacun avait emporté les petits morceaux qu'il avait pu. La main droite de la femme tenait des livrets, sa gauche un sceptre.

Quand elle vit les Muses de la poésie à mon chevet et dictant des paroles à mes pleurs, bouleversée quelques instants, tandis que s'enflammait la lumière de ses yeux farouches, elle dit : « Qui a permis à ces petites courtisanes de théâtre d'accéder au malade que voici non seulement pour ne réchauffer ses douleurs par aucun remède mais pour les nourrir de surcroît de leurs doux poisons ? Ah! si du moins c'était un profane, selon votre habitude vulgaire, que vos caresses séduiraient, cela me paraîtrait moins lourd à supporter — car en celui-là nos soins ne subiraient nul dommage, mais celui-ci, qui s'est nourri dans les études des Éléates et des Académiciens...! Partez plutôt, Sirènes douces jusqu'à la mort et laissez-le avec mes Muses pour être soigné et guéri.

Consolation..., I, prose 1, 1-11.

1. De *pratique* et *théorique*; la robe de Philosophie a été déchirée par les polémistes et les sectaires, qui ont détruit son unité.

PHILOSOPHIE, RHÉTORIQUE, MUSIQUE

Après cela, la Philosophie se tut un court moment. Et quand elle eut, par ce silence mesuré, rassemblé mon attention, elle commença ainsi : « Si j'ai bien pris connaissance des causes et du tableau de ta maladie spirituelle, c'est l'attachement à ton ancienne fortune et son regret qui te rongent ; selon ce que tu te représentes, en changeant elle a bouleversé ton âme. Je connais les fards multiformes de ce monstre et sa familiarité si caressante à l'égard des victimes qu'elle s'efforce de jouer, jusqu'à ce qu'elle confonde d'une intolérable douleur ceux qu'elle abandonne sans qu'ils s'y attendent. Si tu te rappelles sa nature, ses habitudes et ce qu'elle mérite, tu reconnaîtras que tu n'as ni trouvé en elle ni perdu rien de beau, mais, à mon avis, je n'aurai pas de peine à prendre pour te rappeler cela en mémoire. Car, alors qu'elle était présente et qu'elle te flattait, toujours tu l'attaquais par des paroles viriles et tu la poursuivais par des sentences que tu tirais de notre sanctuaire. Mais tout changement soudain dans les choses est nécessairement accompagné d'une certaine fluctuation des âmes. Il est ainsi arrivé que toi aussi, pendant un moment, tu t'es départi de ta tranquillité. Mais il est temps pour toi de puiser et de déguster quelque chose d'onctueux et d'agréable qui, une fois transmis à l'intérieur de toi, ouvrira le chemin à des boissons plus puissantes. Que nous assiste donc la douceur de la persuasion rhétorique, qui avance sur un chemin droit seulement lorsqu'elle ne déserte pas nos enseignements et lorsque la musique, qui est la jeune servante de notre foyer domestique, chante auprès d'elle sur des modes tantôt plus légers, tantôt plus graves. »

Consolation..., II, prose 1, 1-8.

DE LA FORTUNE MONDAINE
À L'AMOUR COSMIQUE

Enfin la fortune heureuse entraîne loin du vrai bien ceux qu'elle détourne, mais la fortune contraire, le plus souvent, ramène vers les vrais biens ceux qu'elle reconduit au bout de son croc. Ou bien veux-tu par hasard estimer des plus négligeables le fait qu'aujourd'hui, alors qu'elle est âpre et horrible, elle t'a découvert les esprits fidèles de tes amis, elle a distingué pour toi les visages clairs et ambigus, en partant elle a emporté les siens, laissé les tiens. De quel prix aurais-tu acheté cela lorsque tu étais indemne et, à ton avis, fortuné ? Pleure maintenant les richesses perdues : ce qui est le genre de richesse le plus précieux, les amis, tu l'as trouvé.

Consolation..., II, prose 8 (fin).

Si l'univers par une stable foi
varie ses retours accordés,
si les semences opposées
gardent un pacte perpétuel,
si Phoebus sur son char d'or
porte le jour couleur de rose,

si, lorsqu'Hesperus les conduit,
Phoebè a l'empire des nuits,
pour que l'avide mer contienne
ses flots dans des limites sûres
et que les terres incertaines
ne puissent étendre leurs termes,
cette série de toutes choses
en régissant terres et mer
et en exerçant son pouvoir
sur le ciel, son lien est l'amour.
Lui, s'il relâche ses rênes,
tout ce qui maintenant fait échange d'amour
aussitôt fera la guerre
et la machine qu'aujourd'hui
de beaux mouvements l'on anime,
on luttera pour la défaire.
Lui aussi par un pacte saint
contient les peuples réunis.
Lui par de chastes amours
noue le sacrement des époux.
Lui encore dicte ses droits
aux fidèles compagnons.
Ô heureux le genre humain
si sur vos âmes l'amour,
qui règne sur le ciel, régnait !

Consolation..., II, poème 8.

HYMNE PLATONICIEN À DIEU

Ô toi qui gouvernes le monde par la raison
  perpétuelle
semeur des terres et du ciel, qui depuis la durée
  des temps

fais aller toutes choses et, en demeurant stable,
　　les mets en mouvement,
toi que les causes extérieures n'ont point poussé
　　à façonner
une œuvre de matière fluctuante, mais qui suivis
　　l'idée du bien suprême
semée en toi sans nulle jalousie, toi, tu conduis
　　toutes choses
selon l'exemple supérieur, toi qui es beau entre
　　tous,
en sa beauté menant le monde, et le formant
　　selon ta ressemblance,
tu lui enjoins à lui parfait, de déployer de
　　parfaites parties.
Par les nombres, tu lies les éléments entre eux,
　　pour que le froid s'accorde aux flammes,
aux liquides le sec, pour que le feu plus pur
ne prenne pas son vol ou que le poids des terres
　　ne les immerge pas.
Toi, connectant en ton milieu avec sa triple
　　nature l'âme qui meut toutes choses
tu la réunis à travers des membres harmonieux ;
lorsque après s'être divisée, elle a groupé ses
　　mouvements en deux orbes,
pour revenir en soi elle s'avance, elle fait un
　　circuit
autour de son esprit profond et par une image
　　semblable elle convertit le ciel.
Toi, par des causes égales, tu lances en avant les
　　âmes et les vies d'ordre inférieur
et, adaptant des chars légers à leur sublimité,
tu les sèmes dans le ciel et sur la terre et, par
　　une loi énigmatique

tu les convertis vers toi et tu les fais revenir
  dans le feu.
Donne, Père, à mon esprit de faire l'ascension de
  son séjour céleste,
donne-lui de visiter la source pure du bien,
  donne-lui une fois retrouvée la lumière,
de fixer en toi les visions pénétrantes de l'âme.
Dissipe les nuées et la pesanteur de la masse
  terrestre
et fais scintiller ta splendeur; car tu es la
  sérénité,
le repos tranquille des hommes pieux; leur fin
  est de t'apercevoir,
principe, conducteur, guide, chemin et terme
  tout ensemble.

Consolation..., III, poème 10.

DIALOGUE AVEC PHILOSOPHIE
SUR DIEU, LE BIEN ET LE MAL

« Personne, dit-elle, ne saurait douter que Dieu soit tout-puissant.

— En tout cas, dis-je, quiconque a l'esprit solide ne peut hésiter sur ce point. — Mais, dit-elle, celui qui est tout-puissant n'a rien qui lui soit impossible. — Rien, dis-je. — Crois-tu donc par hasard que Dieu peut faire le mal? — Pas le moins du monde. — Donc, dit-elle, le mal n'est rien, puisqu'il ne peut être fait par celui à qui rien n'est impossible. — Est-ce que tu te joues de moi, dis-je, en tissant par tes raisonnements un labyrinthe inextricable dans lequel tu veux tantôt entrer par le chemin où tu en sors et dont tantôt

tu sortiras par où tu es entrée, compliquant ainsi
le cercle admirable de la divine simplicité? En
effet, il y a peu de temps, commençant par le bonheur, tu disais qu'il était le bien suprême et tu
déclarais qu'il était placé dans le Dieu suprême.
Dieu même, tu démontrais qu'il était aussi le bien
suprême et le suprême bonheur et à partir de cela
tu me faisais comme un petit cadeau : personne
ne serait heureux sans être également dieu. Inversement, tu disais que l'idée du bien elle-même
était la substance de Dieu et du bonheur et tu
enseignais que l'un même est le bien même, qui
est cherché par toute la nature. Tout cela, tu le
développais sans aucun argument extrinsèque,
mais chaque point tirant sa foi du précédent par
des preuves internes et domestiques. » Alors elle :
« Nous ne jouons pas le moins du monde et par le
don de Dieu, que nous priions tout à l'heure, nous
avons accompli la plus grande entreprise. Car la
forme de la substance divine est telle qu'elle ne se
dissipe pas à l'extérieur et qu'elle ne recueille pas
en soi quelque chose d'extérieur, mais, comme dit
Parménide à son sujet :
   "elle ressemble à une sphère arrondie de belle
façon".
Elle fait tourner l'orbe mobile du monde, tandis
qu'elle-même se maintient immobile. Si nous
avons aussi agité des raisons que nous n'avions
pas cherchées au-dehors mais qui se trouvaient à
l'intérieur du domaine propre à notre sujet, tu
n'as pas à t'en étonner alors que, selon l'autorité
sacrée de Platon, tu as appris que les paroles
doivent être parentes des choses dont on parle. »

Consolation..., III, prose 12, 26-38.

SENS SPIRITUEL DE LA FABLE
D'ORPHÉE

Heureux qui a pu du bien
voir la source lumineuse ;
heureux qui a pu dénouer
les liens pesants de la terre.
Jadis le prophète thrace
pleurait la mort de son épouse ;
après que ses modes plaintifs
eurent fait courir les forêts,
s'arrêter les fleuves mouvants
et que la biche sans trembler
se fut jointe aux lions farouches,
que le lièvre n'eut plus de crainte
en voyant le chien sous ses yeux apaisé par le
     chant,
le poète, tandis qu'un feu trop bouillonnant
brûlait son cœur au plus profond
et qu'en soumettant toutes choses
les modes n'avaient pas de douceur pour leur
     maître,
déplora la dureté des dieux supérieurs
et gagna les demeures infernales.
Là, sur les cordes sonores
il rythme selon la mesure ses chants caressants,
ces dons qu'aux meilleures sources
de sa mère[1] il avait puisés,
et que lui offrait le deuil violent,
ainsi que l'amour redoublant le deuil ;

1. Calliope (ou une autre Muse).

il pleure, il émeut le Ténare,
et par une douce prière
il supplie le maître des ombres.
Le gardien aux trois corps reste dans la stupeur,
il est saisi par le poème;
celles qui de terreur harcèlent les coupables,
les déesses vengeresses des crimes
sont déjà désolées et leurs larmes s'épanchent.
La roue par sa vélocité
ne précipite pas la tête d'Ixion,
et perdu dans sa longue soif
Tantale dédaigne les fleuves;
le vautour, saturé de modes,
n'arrache plus le foie de Tityos.
Enfin l'arbitre des ombres
cède à la pitié et il dit :
« Donnons pour compagne au mari
la femme rachetée par son poème;
mais qu'une loi règle nos dons :
avant qu'il quitte le Tartare,
son regard ne doit pas fléchir. »
Qui pourrait imposer une loi aux amants ?
L'amour est pour lui-même une plus grande loi.
Hélas ! lorsqu'il touchait aux termes de la nuit,
Orphée vit son Eurydice,
il la perdit, il la tua.
C'est vous que ma fable regarde,
vous qui vers le jour supérieur
cherchez à guider votre esprit;
car celui qui vers la caverne
du Tartare, vaincu, a fléchi ses regards,
tous les biens de très grand prix qu'il emportait
   avec lui,

ils sont perdus pour lui lorsqu'il voit les
  enfers.

Consolation..., III, poème 12.

NÉRON ET LES FAUX HONNEURS

Quoique, dans son orgueil, de pourpre tyrienne
il se parât et de cailloux neigeux,
tout le monde haïssait pourtant Néron quand il
  brillait
avec son luxe furieux.
Mais le trompeur donnait aux pères vénérables
d'indignes sièges curules.
Qui donc pourrait trouver heureux
les honneurs qu'attribuent les malheureux ?

Consolation..., III, poème 4.

DU BON USAGE DE LA FORTUNE

« C'est pourquoi, dit-elle, le sage ne doit pas
supporter difficilement tous les cas où il se trouve
mis en conflit avec la fortune, de même qu'il ne
convient pas pour un homme courageux de s'indi-
gner lorsque a retenti le signal de la guerre. À chacun des deux en effet, à l'un pour étendre sa gloire,
à l'autre pour se conformer à la sagesse, la difficulté même donne matière. C'est aussi de là que la
vertu tient son nom parce que en s'appuyant sur
ses propres forces elle n'est pas dominée par
l'adversité ; vous également, qui vous consacrez à
faire progresser votre vertu, vous n'êtes pas venus

pour vous fondre dans les délices et vous dis-
soudre dans la volupté. Vous engagez avec toute
fortune un âpre combat spirituel, pour que,
funeste, elle ne vous écrase pas, ou, agréable, ne
vous corrompe pas. Avec des forces fermes tenez
le milieu ; tout ce qui subsiste au-dessous ou progresse au-delà, implique le mépris du bonheur,
non la récompense du labeur. Il vous appartient
(c'est dans votre main) de savoir quelle forme
vous voulez donner à votre fortune. Car toute fortune d'apparence rude, si elle ne nous exerce ou
ne nous corrige, nous punit. »

Consolation..., IV, prose 6,17-22.

À PROPOS DE L'AVENIR : LES DEGRÉS DE LA CONNAISSANCE

Notre erreur a une cause : chacun estime que ce
qu'il connaît n'est perçu qu'à partir de l'essence et
de la nature de cela même dont on acquiert le
savoir. C'est tout le contraire : car tout ce qui est
connu est compris non selon son essence mais
plutôt selon la faculté de ceux qui le connaissent.
Pour éclaircir ma pensée par un bref exemple, la
sphéricité d'un corps est perçue en même temps
de manières différentes par la vue et par le toucher ; la première, comme elle se tient loin au-
dessus de lui, le voit tout entier en jetant sur lui
ses rayons ; l'autre s'attache à la sphère, lui est
même conjoint et en suit dans son mouvement la
périphérie : il l'embrasse par ses parties. L'homme
lui-même est vu de façon différente par la sensation, par l'imagination, par la raison et par l'intel-

ligence. Car la sensation juge de la figure dans la
matière qui lui est soumise, l'imagination juge de
la figure seule sans matière, la raison la transcende aussi et apprécie l'espèce qui est inhérente
aux êtres singuliers par une considération universelle. Mais l'œil de l'intelligence s'élève plus haut.
Il ne fait pas seulement le tour de l'universel mais,
par la pure pointe de l'esprit, il en regarde la
forme simple en elle-même. En l'occurrence, il
faut surtout considérer ceci : la forme supérieure
de compréhension embrasse l'inférieure, mais
l'inférieure ne se dresse en aucune façon jusqu'à
la supérieure. Car la sensation n'a aucune portée
hors de la matière, l'imagination ne considère pas
les espèces universelles, la raison ne saisit pas la
forme simple, mais l'intelligence, comme si elle
regardait de haut, une fois qu'elle a saisi la forme
dans son ensemble, juge aussi tout ce qui est au-
dessous d'elle. En effet l'universalité de la raison,
la figure de l'imagination, la matière sensible sont
connues par elle sans qu'elle use ni de la raison ni
de l'imagination ni des sens mais, si je puis dire,
par ce seul coup de l'esprit dans lequel elle voit
tout devant elle formellement. La raison aussi,
lorsqu'elle regarde quelque universel, n'use pas de
l'imagination et des sens pour embrasser l'imaginaire ou le sensible. C'est elle en effet qui définit
ce qu'il y a d'universel dans sa conception, comme
ceci : l'homme est un animal bipède pourvu de
raison. Cette notion est universelle, mais personne n'ignore qu'il s'agit d'une réalité imaginable
et sensible puisqu'on considère ces objets non par
l'imagination ou la sensation mais selon la

conception de la raison. L'imagination aussi,
même si elle tire des sens ses premiers moyens de
voir et de former les figures, cependant c'est en
l'absence de la sensation qu'elle parcourt
ensemble tous les sensibles, par un procédé de
jugement non sensible mais imaginaire. Vois-tu
donc comment, dans toute connaissance, nous
usons plutôt de notre propre faculté que de celle
des objets que nous connaissons ? Et c'est à bon
droit : en effet comme tout jugement est l'acte de
celui qui juge, il est nécessaire que chacun
accomplisse son travail par ses propres moyens et
non par ceux d'autrui.

Consolation..., V, prose 4,24-39.

LE DYNAMISME DE L'ESPRIT
DANS LA PERCEPTION

Jadis le Portique a fourni
des vieillards aux pensées obscures
pour qui sensations et images
à partir des corps extérieurs
s'impriment dans nos esprits :
ainsi toujours le stylet prompt,
sur l'étendue de la page
qui ne porte encore aucun signe,
inscrit profondément les lettres.
Mais si l'esprit en sa vigueur
ne déploie rien en ses mouvements propres,
mais demeure seulement gisant et passif,
soumis à la marque des corps,
s'il rend des images vaines
à la façon d'un miroir,

d'où vient si forte dans nos âmes
la connaissance qui voit tout?
Quel regard peut distinguer les êtres pris
    séparément?
Quel pouvoir peut diviser ce qui est connu?
Lequel peut réunir ce qu'il a divisé
et, en prenant un chemin alterné,
tantôt insérer sa tête dans ce qu'il y a de plus
    haut,
tantôt descendre au plus infime,
tantôt se référant à soi
réfuter le faux par le vrai?
Telle est avec plus d'efficience
la cause de loin plus puissante
que celle qui, semblable à la matière,
reçoit des marques imprimées.
Elle est pourtant précédée dans le corps vivant
par une passion qui l'anime et qui meut les
    forces de l'âme
lorsque la lumière frappe les yeux
ou quand la voix retentit aux oreilles.
Alors la force de l'esprit se trouve animée.
Elle appelle les idées
qu'elle tient à l'intérieur
à de semblables mouvements
et les applique aux marques extérieures;
aux profondes formes cachées
elle mêle les images.

                              Consolation..., V, poème 4.

LA LIBERTÉ COMME PRÉSENCE
DE L'ÉTERNITÉ

Puisqu'il n'a pas pu demeurer immobile, le mouvement infini des choses temporelles s'est attaché au cheminement infini du temps et de cette manière il est arrivé qu'il a prolongé en marchant une vie dont il n'a pu embrasser la plénitude en demeurant. C'est pourquoi, si nous voulons donner aux choses des noms appropriés, nous devrons dire en suivant Platon que Dieu sans doute est éternel, mais le monde perpétuel. Puisque donc tout jugement embrasse selon sa nature ce qui lui est soumis et que Dieu possède un statut d'éternelle présence, sa science aussi, ayant dépassé tout mouvement temporel, demeure dans la simplicité de sa présence et, embrassant tous les espaces infinis du passé et de l'avenir, les considère dans sa simple connaissance comme s'ils s'accomplissaient à l'instant. C'est pourquoi, si tu veux apprécier la prescience par laquelle il distingue toutes choses, tu devras estimer qu'il s'agit en quelque façon non d'une prescience du futur mais plus exactement de la science d'un instant qui ne fait jamais défaut. Aussi vaut-il mieux dire non prévoyance mais providence, puisque établie loin en avant de ce qui est infime elle regarde toutes choses de la haute cime des êtres. Pourquoi donc demandes-tu que devienne nécessaire tout ce qui est éclairé par la lumière divine, lorsque les hommes eux-mêmes ne rendent pas nécessaire ce qu'ils voient?

Consolation..., V, prose 6,13-18.

I

*De la renaissance grégorienne
à l'époque romane*

SAINT GRÉGOIRE IER LE GRAND

v. 540-604

Il appartient particulièrement à un pape de trouver et d'utiliser dans toute leur étendue le langage de la foi et la culture qui le fonde. Nous citerons pour le montrer ses admirables Moralia in Job. *Ils nous enseigneront que le meilleur modèle pour un pape est sans doute fourni par le personnage de Job (avec celui du Christ, bien entendu).*

Mais il faut d'abord rappeler que Grégoire, en qui se prolongent les Anicii, famille de Boèce, et l'aristocratie romaine, et qui est lié profondément à la tradition latine, a d'abord occupé d'importantes charges urbaines. Il a été préfet de la Ville, avant de transformer son palais romain du Caelius en monastère. Une fois devenu moine et prêtre, il a représenté le pape auprès des Byzantins et donc connu les Grecs, leurs tendances, leur pensée. Il a acquis une expérience d'administrateur et de diplomate. En 590, il a été élu pape et il est mort le 12 mars 604. En lui se joignent la formation monastique et le sens efficace de l'action. Il réussit à accorder dans sa pensée et dans son langage la prudence qui cherche l'universel et la ferveur personnelle qui sait parler individuellement aux humains et à Dieu. De là vient la référence à Job, qui connut successivement les plus grandes joies

du monde et, apparemment, ses plus grandes souffrances. On ne conduit pas le peuple chrétien sans
comprendre et sans épouser ses douleurs.

Pour le montrer dans le Livre de Job, il faut
d'abord être un interprète. Comme la plupart des
auteurs que nous étudions ici, Grégoire se fixe cette
tâche. Mais son étude des sens de l'Écriture est fortement gouvernée par son sens de l'action. Il privilé-
gie donc ensemble le sens historique et le sens
moral, en s'apercevant de plus en plus que l'un et
l'autre tendent à se confondre sous le signe de la
vertu chrétienne. Il insiste sur l'idée que celle-ci est
sacrifice et immolation et aussi est liée au temps,
qu'elle possède chaque fois « son jour ». Telle est la
convenance de la vie religieuse.

Lorsqu'il commence les Moralia, Grégoire n'est
pas encore devenu pape. Mais, par sa méditation
religieuse, il se prépare à trouver les moyens nécessaires à l'accomplissement de sa tâche pontificale.
Il s'attachera à multiplier le nombre des fidèles et à
augmenter leur foi. Utilisant ses talents de diplomate, il accomplit dans tous les peuples d'Europe
une grande œuvre de diffusion religieuse et fait
notamment de l'Angleterre, où la chrétienté vacil-
lait, une pépinière de saints. Pour accomplir une
telle œuvre spirituelle, il faut organiser la communication et la vie des idées. Cela signifie d'abord
qu'il constitue des foyers actifs en chaque région
mais aussi qu'il les met en dialogue les uns avec les
autres et s'arrange pour tout faire converger vers
Rome, où l'on tire les fruits d'une telle confrontation. C'est ce qui se produit notamment pour la
naissance des chants religieux auxquels on a donné

le qualificatif de grégoriens. Ils ne viennent pas directement du pape, ont commencé avant lui, continué après lui. Mais il a contribué à favoriser le travail des groupes de maîtres ou d'experts qui rassemblaient et normalisaient les productions de la Germanie ou de la Gaule.

Cette prière était belle, elle était ardente. C'est pourquoi Job lui fournissait un modèle de sainteté. Il disait la joie de la vertu immolée, il disait la douleur et la joie de la douleur. Lui-même, Dieu n'avait pas voulu la douleur de Job. Mais il avait voulu soutenir l'épreuve que Satan lui imposait en disant qu'il n'y a pas de mérite à être saint dans le bonheur. Dieu avait parié et Job lui avait permis de gagner. Chaque fois qu'un homme souffre, il faut comprendre qu'il ne porte nullement en lui le signe d'une culpabilité et d'une punition céleste. Il porte au contraire la marque de la dilection de Dieu, qui fait de lui un témoin des victoires de la sainteté et d'abord une figure du Christ.

Alors, du symbole de la souffrance, se dégage l'image rayonnante de la beauté. Elle resplendit dans le vrai sublime, qui est à la fois grandeur et douceur, qui se manifeste dans la ténèbre lumineuse d'un ciel de nuit, où chaque étoile est l'image d'un saint. Il faut écouter la parole des anges et des hommes lorsqu'ils s'adressent à Dieu, il faut célébrer la beauté des saints annonciateurs. Telle est dans sa musique, dans sa véhémence et dans sa modération, dans sa majesté et dans sa modestie, la parole pontificale de celui qui se voulait seruus seruorum Dei, serviteur des serviteurs de Dieu[1].

1. Bibliographie de saint Grégoire Ier le Grand :

LES SENS DE L'ÉCRITURE : HISTOIRE, ALLÉGORIE, MORALE

Lorsque vous voyez que nos textes ne tiennent pas en surface, cherchez en nous l'ordre et la cohérence qui peuvent être trouvés intérieurement.

Quelquefois au demeurant, celui qui néglige d'accepter selon la lettre les termes de l'histoire et désire y trouver à grand-peine un sens intrinsèque, couvre la lumière de la vérité alors qu'elle s'offre à lui et perd ce qu'il pouvait atteindre au-dehors sans difficulté. Par exemple, le saint homme dit ceci : « Si j'ai refusé aux pauvres ce qu'ils voulaient et si j'ai laissé l'attente dans les yeux de la veuve, si j'ai fini tout seul mon bout de pain et si l'orphelin n'en a pas eu de part, si j'ai regardé avec mépris le pauvre et si je l'ai laissé passer, parce qu'il n'avait pas de manteau et ne pouvait se couvrir, si ses flancs ne m'ont pas béni et s'il n'a pas été réchauffé

Principales œuvres : voir *P.L.*, t. 75-79 ; *Morales sur Job* (35 l.) : nous leur empruntons nos extraits : elles sont en cours de publication dans la collection « Sources chrétiennes » (éd. du Cerf) ; voir l'édition du « *Corpus christianorum* » par Marc ADRIAEN, 143, 143 A, 143 B, Turnhout, Brépols, 1979-1985 ; *Homélies sur les Évangiles ; Expositiones* sur le *Cantique des cantiques et le premier livre des Rois* (œuvre complétée par Robert de Tombelaine en 1090) ; *Règle pastorale ; Dialogues* (peut-être apocryphes).

Études : Jacques FONTAINE, Robert GILLET, Stan PELLISTRANDI, *Grégoire le Grand*, colloque de Chantilly, 1982, Éd. du C.N.R.S., 1986 ; R. GODDING, *Bibliografia di Gregorio Magno, 1890-1990*, Rome, 1990.

par les toisons de mes brebis... » En voulant à
toute force plier cela au sens allégorique, nous
vidons de leur contenu tous ses actes de miséricorde. Car la parole de Dieu exerce les prudents
par ses mystères mais, de la même façon, elle
réchauffe très souvent les simples par son sens
superficiel. Elle a aux yeux de tous de quoi nourrir
les tout-petits, dans le secret elle garde de quoi sus-
pendre les esprits à l'admiration de ses sublimités.
En vérité, elle ressemble à un fleuve, pour ainsi
parler guéable et profond, dans lequel un agneau
pourrait marcher et un éléphant nager.

In Job, Lettre-dédicace, 5.

LES QUESTIONS DE JOB À DIEU.
LE PROBLÈME DU MAL
ET LA TENDRESSE

Il faut scruter avec plus de finesse les raisons
pour lesquelles il subit tant de coups de fouet, lui
qui maintint si grande la garde de ses vertus.

In Job, Préface, 7.

« Éloigne de moi ta main et que la peur de toi
ne me terrifie pas. » Dans ces deux demandes, que
recherche-t-il d'autre par la voix de la prophétie
que le temps de la grâce et de la rédemption ? Car
la Loi a tenu le peuple sous les coups de la vengeance : quiconque péchait sous elle était aussitôt
puni de mort. La plèbe d'Israël ne servait pas le
Seigneur par amour mais par crainte. Or jamais
la justice ne peut trouver sa plénitude dans la
crainte, puisque, selon la parole de Jean : « la cha-

rité parfaite chasse la crainte ». Et Paul aussi console les fils de l'adoption en disant : « Vous n'avez pas reçu un esprit de servitude pour retomber dans la peur, mais l'esprit de l'adoption filiale, dans lequel nous clamons : Abba, père. » C'est donc par la voix du genre humain que Job, désirant traverser la loi et ses coups et parvenir de la peur à la dilection, proclame dans sa prière les deux maux que le Dieu tout-puissant peut éloigner de lui : « Éloigne ta main de moi et que la crainte que j'ai de toi ne me terrifie pas », c'est-à-dire : écarte la dureté de tes coups, décharge-moi du poids de la crainte, mais, par le rayonnement de ta grâce de dilection, infuse en moi l'esprit de sécurité, puisque, si je ne suis pas loin des coups et de la peur, je ne me déroberai pas à la rigueur de ton examen, car le juste ne peut rester sous ton regard s'il te sert non par dilection mais par crainte. Aussi Job cherche-t-il comme familièrement et corporellement la présence même de son créateur pour que, par elle, il entende ce qu'il ignore et qu'on écoute ce qu'il sait. En effet il ajoute aussitôt :

« Appelle-moi et je te répondrai, ou bien en tout cas je parlerai et toi, réponds-moi. »

In Job, XI, 55 sq.

C'EST PAR LA DOULEUR QUE LES SAINTS SE FONT CONNAÎTRE

Cet homme s'appuyait donc sur les plus grandes forces : il était connu de lui et de Dieu ; mais, s'il n'était flagellé, nous ne le connaîtrions aucunement. Car la vertu s'exerce aussi par le repos mais l'opinion relative à la vertu produit son parfum quand les fouets l'enflamment. Et celui qui, dans le repos, a contenu en lui-même ce qu'il était, lorsqu'il fut agité par les coups, répandit sur tous et leur fit connaître l'odeur de son courage. Car de même que les huiles ne peuvent exhaler leur odeur au loin si on ne les agite, et que les aromates ne répandent pas leur senteur si on ne les fait brûler, de même les saints révèlent tout le parfum de leurs vertus dans leurs tribulations. C'est pourquoi il est dit justement dans l'Évangile : « Si vous aviez de la foi gros comme un grain de moutarde, vous diriez à cette montagne : Viens de là et elle viendrait. » Car, si le grain de moutarde n'est broyé, on ne reconnaît nullement la force de sa vertu : tant qu'il n'est pas broyé, il est doux : mais, s'il est broyé, il s'embrase et il montre ce qui se cachait en lui de plus âpre. Ainsi chaque saint, tant que rien ne le heurte, semble modeste et doux, mais si quelque persécution le broie et l'écrase, bientôt il montre partout la saveur de sa flamme ; et l'on voit se convertir dans la ferveur brûlante de sa vertu tout ce qui auparavant semblait en lui méprisable et infirme ; et tout ce qu'il avait aimé cacher dans les temps de tranquillité, sous l'aiguillon de ses tribulations il est contraint de le faire connaître. Aussi est-il bien dit par la voix du Prophète : « C'est pendant le jour que le Seigneur a envoyé sa miséricorde et c'est pendant la nuit qu'il l'a mise en lumière. »

In Job, Préface, 6.

LA VERTU SUPRÊME : RENDRE GRÂCES
DANS LA DOULEUR

Comme Job avait accompli parfaitement tous les mandats des vertus, une seule chose lui manquait : savoir rendre grâces même dans la flagellation. On n'ignorait pas qu'il savait servir Dieu au milieu de ses dons. Mais il convenait que la rigueur de la sévérité cherchât s'il resterait voué à Dieu même au milieu des fouets. Car c'est la peine qui fait savoir si l'on aime vraiment dans le repos.

L'ennemi demanda Job pour qu'il fît défaut ; il lui fut accordé pour rendre de plus grands services. Le Seigneur permit dans sa bonté ce que le diable demandait iniquement. En effet, lorsque l'ennemi l'avait demandé pour le consumer, il fit en sorte, en le tentant, d'augmenter ses mérites. Car il est écrit : « En tout cela, Job ne pécha point par ses lèvres. » Et sans doute certaines paroles de ses réponses résonnent de manière rude aux oreilles des lecteurs sans expérience. C'est qu'ils ne savent pas comprendre les pieuses paroles des saints comme elles sont dites. Car c'est la compassion descendant vers celui qui souffre qui sait bien peser son état d'esprit.

On croit donc que le bienheureux Job a failli dans ses discours lorsqu'on le regarde avec trop peu d'attention : si l'on critique ses réponses, on atteste que le jugement du Seigneur à son sujet était faux. En effet, le Seigneur dit au diable : « As-tu remarqué mon serviteur Job ? personne ne lui est semblable sur la terre : c'est un homme simple, droit, craignant Dieu et s'écartant du mal. » Le diable lui répond promptement : « Est-ce gratuitement que Job rend un culte à Dieu ? Est-ce que tu ne l'as pas fortifié avec toute sa famille ? Mais envoie ta main, touche-le, pour voir s'il ne cessera pas de bénir ta face. »

Donc c'est contre le bienheureux Job que l'ennemi a exercé ses forces, mais c'est contre Dieu qu'il a engagé le combat. Au milieu, entre Dieu et le diable, le bienheureux Job fut la matière du combat. Lorsque le saint se trouve placé sous les fouets, quiconque soutient qu'il a péché par ses paroles ne fait assurément rien d'autre que de blâmer Dieu qui avait pris position en sa faveur et qui l'a perdu. Car c'est lui qui a voulu prendre sur soi la cause de celui qui était tenté, qui l'a présenté de préférence à la flagellation et qui l'a mis en avant pour être tenté par ce moyen.

Donc, si on dit que Job a cédé, on déclare que son laudateur a succombé, quoique les dons mêmes qu'il a reçus attestent qu'il n'a commis de fautes à aucun degré. Qui, en effet, ignore que les fautes appellent non les récompenses mais les châtiments ? Donc celui qui a mérité de recevoir le double de ce qu'il avait perdu, a montré par une telle rémunération que toutes ses paroles n'ont jamais relevé du vice mais de la vertu. À cette affirmation on ajoute encore maintenant qu'il intercède lui-même pour ses amis fautifs : celui qui se trouve sous le poids de lourds péchés, alors, lorsqu'il est pressé par ses propres fautes, n'efface pas celles des autres. Il montre donc qu'il est pur quant à lui, celui qui a pu obtenir la purification des autres.

Il déplaît peut-être à certains qu'il ait évoqué lui-même tout ce qu'il avait de bon : il faut savoir que parmi tant de dommages survenus à ses biens, parmi tant de blessures de son corps, parmi tant de deuils le frappant dans les enfants qui étaient ses gages, alors que ses amis venaient pour le consoler et éclataient en reproches violents, il se trouvait poussé à désespérer de sa vie. En effet, ceux qui étaient venus pour le consoler, en faisant comme s'ils l'accusaient d'injustice, le forçaient à désespérer de lui-même au plus profond. Donc, celui qui rappelle en son esprit ce qu'il a de bon ne s'élève point par jactance ; mais il réforme en la tournant vers l'espérance son âme qui s'était comme effondrée au milieu des blessures et des mots.

In Job, Préface, 8.

Donc les amis du bienheureux Job, ne sachant pas distinguer entre les genres de coups, ont cru qu'il avait été frappé selon sa faute et lorsqu'ils entreprenaient d'affirmer que Dieu frappe justement, ils ont été forcés d'accuser le bienheureux Job de manquer de justice : ils ignoraient évidemment qu'il avait été flagellé pour que la louange de la divine gloire s'accrût et non pour émender par la flagellation les péchés qu'il n'avait nullement commis. Dès lors, ils rentrent plus vite en grâce parce qu'ils ont péché plutôt par ignorance que par méchanceté. La divine justice humilie d'autant plus vivement leur orgueil que Dieu ne les rétablit dans sa bienveillance que par l'entremise de celui qu'ils avaient méprisé. Car un esprit hautain est fortement frappé s'il est soumis à celui-là même au-dessus duquel il s'était placé.

In Job, Préface, 12.

LA NUIT ET LA LUMIÈRE DES SAINTS

Mais, parmi les œuvres admirables de la dispensation divine qui apparaissent devant nous, il me plaît de voir comment les astres viennent sur la face du ciel chacun à son tour, jusqu'à ce qu'à la fin de la nuit le Rédempteur du genre humain se lève comme la véritable étoile du matin. En effet l'étendue de la nuit, tandis qu'elle est éclairée par les courses des étoiles qui se couchent et qui se lèvent, est parcourue entièrement par la grande beauté du ciel. Donc, pour que les rayons des étoiles, produits chacun en son temps et permutant tour à tour, touchent les ténèbres de notre nuit, Abel est venu pour montrer l'innocence ; pour enseigner la pureté dans l'action, Énoch est venu [1] ; pour suggérer la longanimité dans l'espoir et dans les œuvres, Noé est venu ; pour manifester l'obéissance, Abraham est venu ; pour faire voir la chasteté de la vie conjugale, Isaac est venu ; pour nous conduire doucement à supporter le labeur, Jacob est venu ; pour payer le mal selon la grâce du bien qui le rétribue, Joseph est venu ; pour montrer la mansuétude, Moïse est venu ; pour figurer la confiance contre l'adversité, Josué est

---

1. Énoch (*Genèse*, 4, 17) était descendant de Caïn. Mais il a changé de vie et a vécu purement avec ses compagnons. Aussi Dieu l'a ravi auprès de lui.

venu ; pour montrer la patience au milieu des
fouets, Job est venu. Voici que nous voyons les
étoiles fulgurantes dans le ciel pour que du pas
sûr de nos œuvres nous marchions sur le chemin
de notre nuit. En effet la dispensation divine a
révélé à la connaissance humaine tant de justes,
comme si le ciel avait envoyé tant d'astres au-
dessus des ténèbres des pécheurs, jusqu'au lever
du véritable lucifer[1] qui, nous annonçant l'éternel
matin, pourra lancer plus clairement que les
autres étoiles les rayons de la divinité.

C'est lui que tous les élus, qui le précèdent en
vivant selon le bien, ont promis en prophétisant
par leurs actions et leurs paroles. Car personne
n'a été juste sans apparaître par figure comme
son annonciateur. Il convenait en effet à tous de
montrer en eux-mêmes le bien à partir duquel ils
étaient tous bons et qu'ils savaient utile à tous.
Dès lors il a fallu que fût promis sans cesse ce qui
était donné à percevoir sans prix et à garder sans
fin : tous les siècles devaient dire ensemble ce que
la fin des siècles révélait dans la rédemption commune. Il a donc été nécessaire que, lui aussi, le
bienheureux Job, qui mit au jour les mystères si
grands de l'Incarnation, figurât par son comportement celui dont sa voix parlait, qu'il montrât par
ce qu'il souffrit la passion que le Rédempteur
devait souffrir et qu'il proclamât à l'avance les
sacrements de cette passion avec d'autant plus de
vérité que ce n'était pas seulement par des paroles
mais aussi en la souffrant qu'il la prophétisait.

1. Le « véritable » lucifer est l'étoile du matin qui révèle la
lumière, non le démon qui la cache.

Or notre Rédempteur a montré qu'il ne fait qu'une personne avec la sainte Église qu'il s'est unie (il est dit de lui-même : « il est notre tête à tous », et de son Église il a été écrit : « le corps du Christ, qui est l'Église » : donc, tous ceux qui portent en soi le signe du Christ, le désignent tantôt par leur tête tantôt par leur corps, de telle sorte qu'ils tiennent le langage non seulement de la tête mais aussi du corps).

In Job, Préface, 14.

LA MORALE DE JOB : L'ESPRIT ET LES VERTUS

« Ses fils allaient les uns chez les autres et faisaient des banquets dans leurs maisons, chacun à son jour. »

Ses fils font des banquets dans leurs maisons lorsque tour à tour les vertus repaissent l'esprit, chacune selon son mode propre. Et il est bien dit : « Chacun à son jour. » Car le jour de chaque fils est l'illumination de chaque vertu : la sagesse a un jour, l'intellect un autre, le conseil un autre, le courage un autre, la science un autre, la piété un autre, la crainte un autre. En effet, être sage n'est pas la même chose qu'être intelligent, parce que beaucoup ont la sagesse des choses éternelles, mais ne peuvent aucunement en avoir l'intelligence. La sagesse fait donc son banquet en son jour : elle restaure l'esprit par l'espoir et la certitude des choses éternelles. L'intelligence prépare son banquet en son jour : en restaurant notre cœur qu'elle pénètre quand on l'écoute, elle

éclaire ses ténèbres. Le conseil fait voir son banquet en son jour : interdisant la précipitation, il
remplit l'âme de raison. Le courage fait son banquet en son jour : en ne craignant pas l'adversité,
il apporte à l'esprit tremblant les nourritures de la
confiance. La science prépare son banquet en son
jour : dans le ventre de l'esprit, elle domine le
jeûne de l'ignorance. La piété fait voir son banquet en son jour : elle remplit les entrailles du
cœur des œuvres de la miséricorde. La crainte fait
son banquet en son jour : lorsqu'elle pèse sur
l'esprit pour qu'il ne tire pas orgueil du présent,
elle le conforte pour l'avenir en le nourrissant
d'espoir.

Mais dans ce festin des fils de Job, il faut, je
le vois, méditer profondément sur ceci : ils se
repaissent mutuellement. Car chaque vertu,
quelle qu'elle soit, se trouve bien abandonnée, si
elles n'apportent l'une à l'autre leur suffrage. La
sagesse est inférieure si l'intelligence lui fait
défaut; et l'intelligence est tout à fait inutile si
elle ne tire pas sa substance de la sagesse : en
effet, comme elle pénètre ce qui est trop profond
pour elle sans être lestée par le poids de la
sagesse, sa légèreté ne la soulève que pour la laisser tomber plus lourdement. Vil est le conseil à
qui manque le courage, fort comme le chêne; ce
qu'il vient à toucher, comme il est privé de forces,
il ne le conduit pas jusqu'à des œuvres parfaites;
et le courage est complètement détruit s'il n'est
étayé par le conseil : d'autant plus il se voit puissant, d'autant plus grands sont les dommages où
la vertu sans la raison est précipitée par sa chute.

La science n'est rien, si elle n'a l'utilité de la piété :
négligeant d'atteindre les biens qu'elle connaît,
elle resserre plus étroitement sur elle le jugement.
La piété elle aussi est tout à fait inutile si elle est
privée du discernement qui appartient à la
science : lorsque aucune science ne l'illumine, elle
ne sait comment avoir pitié. La crainte elle-même,
si elle ne possède aussi ces vertus, ne s'élève à
aucune œuvre qui soit assurément bonne :
lorsqu'elle tremble devant tout, sa terreur même
la plonge dans une torpeur qui l'empêche toujours
de bien agir. Donc, puisque chaque vertu est res-
taurée par le ministère alterné d'une autre vertu,
c'est à juste titre qu'il est dit que les fils de Job se
reçoivent tour à tour...

In Job, I, 44-45.

Le texte poursuit : « Et ils envoyaient des mes-
sagers à leurs trois sœurs pour les inviter à manger et boire avec eux. »

Nos vertus, dans toutes leurs actions, mettent
en mouvement la foi, l'espérance et la charité,
comme des fils travailleurs qui invitent leurs trois
sœurs à leur banquet : ainsi la foi, l'espérance et la
charité peuvent se réjouir devant le bon travail
que chaque vertu accomplit. Elles en reçoivent
des forces comme d'une nourriture, en devenant
plus confiantes par l'effet des bonnes œuvres. Et
quand, après avoir mangé, elles désirent que la
rosée de la contemplation soit versée sur elles,
elles puisent comme une ivresse dans cette coupe.

In Job, I, 45-46.

LE SACRIFICE DE COMPONCTION

« Se levant de bon matin, Job offrait un holocauste pour chacun d'eux. »

Nous nous levons de bon matin lorsque, imprégnés de la lumière de la componction, nous abandonnons la nuit de notre humanité et ouvrons les yeux de notre esprit aux rayons de la vraie lumière. Et nous offrons un holocauste pour chacun de nos fils, lorsque pour chaque vertu nous immolons à Dieu l'hostie de notre prière, afin que la sagesse ne nous exalte pas, que l'intelligence ne s'égare pas dans la subtilité de ses courses, que le conseil, en se multipliant, ne devienne confusion ; que le courage, en procurant la confiance, ne nous précipite ; que la science, quand elle est connaissance sans amour, ne nous enfle ; que la piété, lorsqu'elle s'abaisse en sortant de la rectitude ne nous détourne ; que la crainte, en tremblant plus qu'il n'est juste, ne nous plonge dans la fosse du désespoir. Donc, lorsque nous répandons nos prières devant le Seigneur pour chaque vertu, pour qu'elle accomplisse son devoir de pureté, que faisons-nous d'autre que de manifester, selon le nombre de nos fils pris un à un, notre holocauste pour chacun ? En effet, on parle d'holocauste quand tout est consumé. Donc offrir un holocauste, c'est embraser l'esprit tout entier du feu de la componction, pour que le cœur brûle sur l'autel de l'amour et qu'il consume comme les délits de ses propres enfants les souillures de sa pensée.

In Job, I, 48.

DIEU, LA GRANDEUR ET LA DOUCEUR

Dieu lui-même demeure à l'intérieur de tout, lui-même hors de tout, lui-même au-dessus de tout, lui-même au-dessous de tout; il est supérieur par sa puissance, inférieur par son soutien; extérieur par sa grandeur, intérieur par sa subtilité; il gouverne dans les hauteurs, il enveloppe dans les profondeurs; il entoure à l'extérieur, il pénètre à l'intérieur : il n'est pas supérieur pour une part, inférieur pour une autre, ni extérieur pour une part en demeurant intérieur pour une autre : mais un, identique, tout entier, partout, il soutient en présidant, il préside en soutenant, il pénètre en entourant, il entoure en pénétrant; parce qu'il préside par sa supériorité, il soutient par son infériorité; parce qu'il nous enveloppe par son extériorité, il nous remplit par son intériorité; il nous régit en haut sans inquiétude, il nous soutient en bas sans peine; il nous pénètre intérieurement sans s'amenuiser, il nous enveloppe extérieurement sans s'étirer. C'est pourquoi il est inférieur et supérieur hors de tout lieu : il est plus vaste sans occuper une étendue, plus subtil sans amenuisement.

In Job, **II**, 20.

COMMENT LES ANGES ET LES ÂMES
PARLENT À DIEU ET COMMENT
IL LEUR RÉPOND

Les anges parlent autrement à Dieu, lorsqu'ils disent par exemple dans l'*Apocalypse* de Jean : « L'agneau qui a été tué est digne de recevoir la vertu, la divinité et la sagesse. » Car la voix des anges réside dans la louange du Créateur, elle est l'admiration même que suscite la contemplation intérieure. La stupeur devant les merveilles de la vertu divine s'est exprimée en paroles : car le mouvement accompagné de révérence qui s'est trouvé animé dans le cœur n'est autre que la grande clameur d'une voix montant vers les oreilles de l'esprit incirconscrit. Cette voix se déploie en quelque sorte en mots distincts, en se donnant forme selon les modes innombrables de l'admiration. Donc Dieu parle aux anges, lorsque sa volonté intime leur est manifestée. Quant aux anges, ils parlent au Seigneur par le fait que, lorsqu'ils regardent au-dessus d'eux-mêmes, ils se dressent dans un mouvement d'admiration.

Dieu parle autrement aux âmes des saints et les âmes des saints autrement à Dieu. De là, derechef, ces paroles de l'*Apocalypse* de Jean : « J'ai vu sur l'autel les âmes de ceux qui sont morts à cause de la parole de Dieu et à cause du témoignage qu'ils rendaient : et ils criaient d'une grande voix en disant : « Jusques à quand, Seigneur, toi qui es saint et vrai, ne rendras-tu pas ton jugement et ne vengeras-tu pas notre sang sur ceux qui habitent la terre ? » Le texte ajoute aussitôt : « On leur a donné des robes blanches et il leur a été dit de rester encore en repos pendant un temps modique, jusqu'à ce que fût complété le nombre de leurs compagnons de servitude et de leurs frères. » Qu'est-ce donc pour les âmes de prononcer leur pétition de vengeance, sinon de désirer le jour du jugement dernier et la résurrection des corps qui se sont éteints ? Car leur clameur est grande, grand leur désir. Chacun crie d'autant moins qu'il désire moins ; et d'autant plus grande est la voix par laquelle il s'exprime aux oreilles de l'esprit incirconscrit, d'autant il l'épanche avec plus de plénitude dans son désir. Donc les paroles des âmes sont elles-mêmes des désirs. Car si le désir n'était pas langage, le Prophète ne dirait pas : « Ton oreille a entendu le désir de leur cœur. » Mais, alors que l'esprit qui demande est ordinairement ému d'une autre manière que celui qui reçoit la demande, et quand les âmes des saints adhèrent si étroitement à Dieu dans le sein de son intimité profonde qu'elles trouvent le repos dans cette adhésion, comment peut-on dire qu'elles demandent alors qu'on reconnaît qu'elles sont en harmonie avec sa volonté intérieure ?

In Job, II, 10-11.

JOB FIGURE DU MÉDIATEUR

Dieu dit à Satan par figure : « As-tu considéré mon serviteur Job ? » C'est montrer en face de lui son fils unique sous la forme d'un esclave. Car, en faisant connaître dans la chair combien sa vertu était grande, il a en quelque façon indiqué à son orgueilleux adversaire ce qu'il devait considérer avec douleur. Mais, puisqu'il lui avait opposé le bien qu'il devait admirer, il restait maintenant, pour réprimer son orgueil, à énumérer de surcroît les vertus de Job.

Le texte poursuit : « C'était un homme simple et droit, craignant Dieu et s'écartant du mal. »

En effet, il est venu parmi les hommes, le Médiateur entre Dieu et les hommes, l'homme Jésus-Christ, simple pour donner aux hommes un exemple de vie, droit, pour ne rien céder aux esprits malins, craignant Dieu, pour combattre l'orgueil, mais aussi s'écartant du mal pour laver dans ses élus l'impureté de la vie.

In Job, II, 42-43.

LA MALADIE DU CORPS ET DE L'ESPRIT

Pour passer sous silence les douleurs qu'il supporte, les fièvres qui le font haleter, ce que nous appelons la santé de notre corps est angoissé par une certaine maladie. Le repos le corrompt, le travail l'affaiblit... Lorsque les fièvres sont écartées, que les douleurs cessent, la santé même est maladie et la nécessité de la soigner ne disparaît jamais. Combien de consolations cherchons-nous en effet pour répondre aux besoins de la vie, comme si c'étaient autant de médicaments pour notre maladie.

In Job, VIII, 53.

IL EST DOUX D'ÉCHOUER
DANS LES AFFAIRES TERRESTRES

Lorsque les esprits vertueux voient passer le bonheur temporel, le souci de dispenser les biens terrestres leur est aussi retiré, lui qu'on voyait les torturer dans leurs pensées. En effet, tandis qu'ils cherchent à être toujours dressés pour percevoir ce qui est céleste, par le fait même que quelquefois les dispensations terrestres les conduisent à descendre jusqu'à la pensée des plus basses obligations, ils se sentent torturés. Il en résulte que l'adversité même de la persécution tourne à l'exultation d'une grande allégresse à cause du repos acquis par le cœur. C'est pourquoi le texte ajoute à juste titre : « Ils ont changé la nuit en jour. »

In Job, XIII, 46.

SOUFFRIR EST PARFOIS UNE GRÂCE
ET LA SÉCHERESSE SPIRITUELLE
EST ENCORE UN DON DE DIEU

Mais quelquefois, alors que notre esprit s'appuie sur la plénitude et la fécondité d'un tel don, s'il y jouit d'une sécurité continue, il oublie de qui cela lui vient; il croit tenir de lui-même ce dont il ne constate jamais l'absence. Il en résulte que quelquefois cette même grâce se dérobe utilement et montre à l'esprit présomptueux combien il est infirme en lui-même. Alors en effet nous connaissons vraiment d'où viennent nos biens lorsqu'en quelque sorte leur perte apparente nous fait percevoir que nous ne pouvons les préserver par nous-mêmes. C'est pourquoi, pour nous enseigner une telle humilité profonde, lorsque fond sur nous le moment critique de la tentation, il arrive très souvent à notre sagesse d'être frappée d'une stupidité telle qu'elle ignore comment faire face aux maux imminents ou se prémunir contre la tentation. Mais cette stupidité même instruit le cœur selon la prudence, car, dès lors qu'il perd la sagesse pour un moment, il la possède ensuite d'autant plus vraiment qu'elle est plus humble...

Parfois, alors que nous disposons toutes choses religieusement, lorsque nous nous félicitons que la piété emplisse nos entrailles, nous sommes frappés par une certaine dureté d'esprit qui nous envahit. Mais, dans cette sorte d'endurcissement, nous connaissons à qui nous devions auparavant les biens de notre piété; et la piété est retrouvée plus vraiment lorsque, comme si on l'avait perdue, elle est aimée plus amplement.

In Job, II, 78.

L'HYMNODIE GRÉGORIENNE

Plasmateur de l'homme, Dieu,
qui seul ordonnes toutes choses,
tu veux que la terre produise
la race aussi de la bête rampante.

Toi, les grands corps des choses
que fait vivre la voix de tes commandements,

pour qu'ils servent selon l'ordre,
tu les donnas à l'homme en les lui soumettant

Écarte de tes sujets
tout ce qui par l'impureté
ou dans les mœurs s'accumule
ou qui s'insère dans les actes.

Récompense-nous par les joies,
fais-nous les dons de ta grâce,
dénoue les liens du procès,
serre les pactes de ta paix.

Attribué à saint Grégoire dans
l'*Antiphonaire grégorien*; cf. Spitzmuller,
p. 211[1]

1. Le poème est donc attribué à Grégoire en même temps
que la forme de chant religieux qui porte son nom. Il est sans
doute apocryphe mais il se rattache vraisemblablement aux
activités de la *Schola cantorum* instituée par le Pape pour unifier la liturgie catholique et en garantir l'esprit romain, tout en
accueillant les innovations (issues en particulier de la Gaule
du sud-ouest et de la tradition rhénane). Noter aussi, très
proche de Grégoire, la méditation sur le mal et l'ordre du cosmos. À la même époque Venance Fortunat développe un usage
beaucoup plus libre et puissant des images (voir plus bas,
p. 435). Voir aussi, dans son audace hiératique, la tradition
irlandaise (Colomban, etc.).

JEAN SCOT ÉRIGÈNE
† v. 870

Voici l'une des plus grandes œuvres du Moyen Âge. Son influence a été profonde jusqu'à l'époque moderne : on le comprend mieux en s'appuyant sur le symbolisme de Claudel, qui était revenu aux mêmes sources, sinon à ce théologien lui-même. Mais les écrits de Jean Scot, du fait de la puissance de leur pensée et du caractère novateur de leur langage, ont été souvent mal compris. On a cru à un panthéisme qui était tout à fait étranger à sa conception si profonde de l'unité divine. Il a été condamné en 1225, bien longtemps après sa mort et sans pouvoir se défendre. La recherche moderne supplée à cette lacune en reconnaissant chez lui une théologie du symbole où s'accordent merveilleusement la transcendance mystique du Père, l'action lumineuse du Verbe et les initiations amoureuses de l'Esprit.

Une méditation si vaste ne saurait s'accomplir dans l'abstrait. Elle naît de la condition même de l'auteur et de son temps. Il s'appelle Johannes Scotus Eriugena. Il est né dans le premier quart du ixe siècle en Irlande[1], laquelle comprenait alors la Scotie. De là certaines hardiesses de sa langue poétique, qui évoque les audaces de la tradition locale. Mais, dès 847, il est à Paris, où son influence domine l'école théologique organisée par Charles le Chauve. Il y rédige l'essentiel de son œuvre et meurt probablement vers 870. Nous retiendrons deux faits. Le premier est certain. En 851, Jean Scot écrit un traité De praedestinatione, qu'Hincmar de Reims lui a demandé pour répondre aux erreurs de Godescalc. Il montre qu'il ne peut y avoir de prédestination, parce que Dieu, étant esprit, rejette la nécessité matérielle et qu'au demeurant il ne connaît ni l'avenir ni lui-même. Cette doctrine, qui dépasse si puissamment tout anthropomorphisme, est aussitôt condamnée. D'autre part, une légende sans preuve veut que Jean, revenu en Angleterre, ait été massacré à coups de stylets par ses élèves. L'anecdote, qui imite certains récits relatifs à l'antiquité tardive, est sans doute controuvée. Mais elle témoigne peut-être des difficultés qu'a pu rencontrer une pensée si forte dans une Europe où les frontières intellectuelles se fermaient et où la renaissance culturelle voulue par Charlemagne et Alcuin se trouvait mise à l'épreuve. L'admirable effort entrepris par Jean Scot pour maintenir le contact avec l'hellénisme, en écrivant parfois des poèmes mêlés de grec et de latin, coïncide avec un temps où la belle unité de la culture antique s'affaiblit. C'est alors que le rôle individuel des penseurs, des savants, des artistes prend toute son importance.

1. Le latin *Eriugena* (qu'on traduit communément par Érigène) signifie : Irlandais.

Si Jean Scot, *comme il arrivait à ses prédéces-*
seurs irlandais, emploie volontiers des termes rares,
ce n'est pas seulement pour marquer son érudition.
Il propose en réalité une méditation fondamentale
sur le langage. Elle procède essentiellement d'une
interrogation sur les noms de Dieu. À ce sujet, Jean
traduit et commente le traité Des noms divins *du*
pseudo-Denys l'Aréopagite. Il fait ainsi allusion à
*l'un des textes d'un auteur du vi*e *siècle qui se don-*
nait pour le disciple de saint Paul et en qui l'on vou-
lait voir le martyr de Montmartre, le dédicataire de
Saint-Denis, église des rois de France. Ce person-
nage de grand talent et de grand génie avait produit
l'ultime synthèse des enseignements de la patris-
tique grecque, tout imprégnée de néo-platonisme. Il
avait montré en particulier qu'il est impossible de
nommer Dieu en employant des termes propres. Par
son infinité, par la plénitude de son être, il dépasse
tous les vocables. Chacun d'eux est limité par le fait
que son contraire existe. Dieu est le seul être auquel
rien ne puisse être opposé. Il se tient donc au-
dessus de toute définition. Le langage humain ne
peut l'atteindre qu'en dépassant, par transfert ou
par métaphore, les termes qui désignent les catégo-
ries de l'être ou les qualités des substances. On peut
dire qu'il est « superessentiel » ou qu'il « superest ».
De même il est au-dessus du bien ou de l'éternité.
Aux yeux de Jean, la langue grecque est particulière-
ment apte à forger de ces termes composés.

Un tel recours au dépassement du langage par
l'usage de la métaphore ou de l'hyperbole établit un
lien fondamental entre la poésie et la théologie. Il
rend à la fois nécessaire et compréhensible l'usage

des symboles, puisque sous le sens apparent l'esprit affleure. Il implique aussi une interprétation métaphysique et mystique des textes de la théologie.

Dès lors que l'on distingue, à propos du sens de chaque mot, entre la finitude du sens obvie et l'infini qui le dépasse, la négation vient élargir et compléter l'affirmation. On ne dit pas seulement : Dieu est ou n'est pas, mais : il sur-est. Dès lors, la théologie de la négation, à condition de se dépasser, est plus importante que la théologie de l'affirmation. Le pseudo-Denys l'avait déjà montré dans sa « théologie mystique ».

Le néo-platonisme intervient d'une troisième façon chez notre auteur. Il s'inspire de la théorie de la « procession », telle que Plotin l'avait conçue, et l'applique au Christ et aux âmes. De par sa « condescendance » divine, Jésus est descendu en l'homme et s'est donc « humanisé ». Quand il est remonté ensuite vers le Père, il a entraîné avec lui l'homme qu'il avait sauvé et dont il assure la « déification » qui répond à l'humanisation divine.

Telle est, dans le Peri phuseon*, la doctrine de la nature. Le titre latin est* De diuisione naturae*. Dans cette œuvre majeure, l'auteur étudie de manière dialectique la création en distinguant Dieu, l'incréé créateur, puis le créé créateur (les idées), puis la nature qui est créée et ne crée pas (toutes les créatures), enfin l'incréé non-créateur (Dieu de la théologie négative).*

Les nuances qui se déploient à partir d'une telle méditation sont nombreuses et admirables. Nous pouvons en distinguer quelques-unes qui apparaissent aussi dans le Commentaire sur l'Évangile de Jean, *dont la bibliothèque de Laon conserve un exemplaire qui a sans doute été utilisé et contrôlé par l'auteur. Il méritait bien son nom, proche de celui de l'Évangéliste.*

L'œuvre est dominée, comme on pouvait s'y attendre, par une puissante réflexion sur la connaissance de Dieu. Comme nous l'avons déjà compris, Jean nous dit à la fois qu'elle est partout présente et partout impossible. Dieu nous apparaît partout et « nul n'a jamais vu Dieu [1] ». Il se manifeste dans chaque créature, mais aucune ne se confond avec lui (on voit que tout panthéisme est rejeté). Oui, Dieu échappe à toute vision, même à la sienne propre, car on ne peut voir que ce qui est et il est au-delà de l'être. En revanche, dans la création, tout est apparition de Dieu, qui est vu non en lui-même mais par symbole et par mystère, dans les analogies de la pensée et dans la signification profonde de l'histoire. Ce symbolisme doit beaucoup à saint Augustin et au De Trinitate, mais insiste avec Marius Victorinus sur le rôle spécifique de Jésus, qui participe à la fois du mystère de Dieu et du sens de la création et qui, de ce fait, est seul capable de nous renseigner directement sur Dieu. Mais on ne doit pas oublier que tout est théophanie.

Il faut pour le comprendre associer, « grâce pour grâce », le corps et l'esprit. Celui-ci a besoin des pensées charnelles. La totalité de l'homme doit passer de la purification à la contemplation. Jean Scot donne divers exemples : Nicodème qui interroge le Christ dans la nuit, la Samaritaine, qui symbolise

---

1. Cf. saint Jean, *Lettre* 1, 4, 8 sqq. Seul celui qui voit et reconnaît l'amour voit et reconnaît Dieu.

*l'universalisme chrétien, les foules que Jésus fait
asseoir « dans l'herbe » pour leur distribuer les
pains. Mais cela ne suffit pas aux proches disciples
qui, pour assister à la Transfiguration, doivent gravir la « montagne de la théologie ». Ils admirent
Jean le Baptiste qui est uox clamantis in deserto.
Mais celui qui crie dans le désert est Dieu. Il ne fait
que prêter sa voix à certains annonciateurs.*

*Dans le mouvement de la « condescendance » et
de l'ascension, le Christ est toujours présent avec la
chair et l'Esprit en face du Père. C'est dans l'Esprit
que tout prend sens, et d'abord le péché, qui est
« général » et a été commis, pour l'Érigène, avant la
distinction des sexes. Jésus, lui aussi, les représente
tous deux. Quant au Paradis terrestre, il est dans les
cœurs innocents.*

*Telle est, dans son audace et avec ses anticipa-
tions de la modernité, la puissante et audacieuse
doctrine de Jean Scot Érigène. À travers le pseudo-
Denys, elle retrouve Origène. Elle se réfère expressément à Grégoire de Nysse, à Grégoire de Nazianze, à
Maxime le Confesseur*[1]. *Ces auteurs, à des titres
divers, méditent sur la ténèbre et la lumière de Dieu
et préparent toute la théologie du mystère, toute la
mystique chrétienne. Mais Jean Scot est aussi
imprégné d'Augustin, auquel il doit l'essentiel de sa
méditation sur la foi, la vertu et la connaissance du
divin. Tout s'accorde dans la théologie de l'unique
amour où se concentre la prière antique et nouvelle.
Nul mieux que l'Érigène, au moment où il assistait
aux grandes mutations de la culture européenne,*

---

1. Il s'agit des grands maîtres de la théologie grecque au
IVᵉ siècle.

*n'a montré dans sa prière l'union vivante de la fidé-
lité et de l'espoir*[1].

De la division de la nature
(Peri phuseon)

À PROPOS DES NOMS DIVINS :
ESSENCE ET SURESSENTIEL

— Le maître : Tu discutes correctement, à mon
avis. Si donc les noms divins que je viens de dire

1. Bibliographie de Jean Scot Érigène :
Principales œuvres : voir *P.L.*, t. 122 ; *De divisione naturae
(Peri physeon)*, éd. I.P. SHELDON-WILLIAMS, Dublin, 1968 et
suiv. ; trad. française revue par John O'MEARA, Montréal,
1987 ; *Homélie sur le Prologue de Jean*, éd. Édouard JEAUNEAU,
« Sources chrétiennes », 151, Cerf, 1969 ; *Commentaire sur
l'Évangile de Jean*, même éd., « Sources chrétiennes », 180,
Cerf, 1972 ; *Le « De imagine » de Grégoire de Nysse traduit par
Jean Scot Érigène*, éd. M. CAPPUYNS, « Recherches de théologie
ancienne et médiévale », 32, 1965, p. 205-262.
Études : il est impossible de les citer dans leur riche diversité. Signalons entre autres : Dom M. CAPPUYNS, *Jean Scot Érigène, sa vie, son œuvre, sa pensée*, Louvain-Paris, 1933 (réimp.
Bruxelles, 1965) ; Mario Dal PRA, *Scoto Eriugena*, 2ᵉ éd., Milan,
1951 ; Édouard JEAUNEAU, *Études érigéniennes*, Institut
d'études augustiniennes, 1987 ; Goulven MADEC, *Jean Scot et
ses auteurs*, Institut d'études augustiniennes, 1988. Voir aussi :
*Maximi confessoris ambigua ad Iohannem iuxta Iohannis
Scotti Eriugenae latinam interpretationem*, éd. Édouard JEAU-
NEAU, « *Corpus christianorum, series graeca* », t. 18, Turnhout,
Brépols, 1988 ; *Maximi confessoris quaestiones ad Thalassium
una cum latina interpretatione Iohannis Scotti Eriugenae iuxta
posita*, éd. C. LAGA et C. STEEL, *ibid.*, t. 7 et 22, 1980 et 1990.

regardent d'autres noms qui leur sont directement opposés, il est nécessaire aussi que les choses qu'ils signifient proprement soient comprises comme contenant les contraires qui leur sont opposés et, pour cette raison, elles ne peuvent qualifier proprement Dieu, par rapport auquel on ne peut affirmer rien d'opposé ou de différent par nature dans une commune éternité. En effet, dans les noms que j'ai dits et dans d'autres qui leur sont semblables, une juste raison ne peut en trouver aucun pour lequel on ne trouve pas, du côté opposé, ou avec lui, dans le même genre, un autre nom s'écartant de lui. Et ce que nous constatons dans les noms, il est nécessaire que nous le constations dans les choses qu'ils signifient. Mais puisque les significations divines qui, dans l'Écriture sainte, sont transférées de la créature au Créateur et affirmées de Dieu (si tant est qu'il soit correct de dire qu'un prédicat peut être affirmé de Dieu, ce que nous aurons à considérer en un autre lieu) sont innombrables et ne peuvent être ni trouvées ni rassemblées en une seule par la petitesse de nos raisonnements, on peut pourtant proposer quelques noms divins, à titre d'exemples.

On donne à Dieu le nom d'essence, mais il n'est pas proprement essence, lui à qui rien n'est opposé ; il est donc *hyperousios*, c'est-à-dire super-essentiel. De même il est dit bonté, mais il n'est pas proprement bonté, car à la bonté s'oppose la

---

Voir les bibliographies de M. Brennan dans *Studi medievali*, 3ᵉ série, t. 18 (1977) et *Guide des études érigéniennes*, Fribourg-Paris, 1989.

malice : il est donc *hyperagathos*, plus que bon, et
hyperagathotès, c'est-à-dire plus que bonté. Il est
dit Dieu, mais n'est pas Dieu à proprement parler ;
à la vision s'oppose la cécité et au voyant le non-
voyant : il est donc *hypertheos*, plus que voyant, si
theos est traduit par voyant. Mais si tu as recours
à une autre étymologie de ce nom, de manière à
comprendre que le mot Dieu dérive non de *theoro*
mais de *theo*, c'est-à-dire : je cours, un semblable
raisonnement s'offre à toi. Non-courant s'oppose
à courant, comme lenteur à célérité. Il sera donc
hypertheos, c'est-à-dire plus que courant [1], comme
il est écrit : « Sa parole court avec vélocité. » En
effet, par ce terme attribué à Dieu, nous comprenons qu'il court ineffablement à travers tous les
êtres qui sont pour qu'ils soient. Nous devons
admettre de même manière le mot « vérité ». En
effet à vérité s'oppose fausseté, et de ce fait elle
n'est pas proprement vérité ; elle est donc *hyper-
aléthès* et *hyperalétheia*, plus que vraie et plus que
vérité. Le même raisonnement doit être observé
pour tous les noms divins. En effet on ne parle
pas proprement d'éternité, puisque à l'éternité
s'oppose la temporalité : Dieu est donc *hyperaio-
nios* et *hyperaionia*, plus qu'éternel et plus qu'éternité. De la sagesse aussi, nulle autre raison ne
vient rendre compte et, de ce fait, on ne doit pas
juger qu'elle est un prédicat propre à Dieu, puisque à sagesse et à sage s'opposent sans sagesse et
absence de sagesse : par conséquent on parle

---

1. Étymologies imaginaires, à la manière des anciens, qui
ignorent la philologie moderne.

d'*hypersophos* c'est-à-dire plus que sage, et
d'*hypersophia*, plus que sagesse, d'une façon vraie
et correcte. De même il y a plus que vie, s'il est
vrai qu'à la vie la mort est opposée. Il faut
comprendre de même façon ce qui concerne la
lumière; en effet à la lumière les ténèbres font
obstacle. Il me semble maintenant que j'en ai
assez dit sur ce sujet.

— Le disciple : Oui, il faut reconnaître que
nous en avons assez dit sur ce sujet. Tout ce qui
doit nécessairement être traité dans notre présente affaire n'est pas admis par le propos de
notre actuelle discussion. Reviens donc, s'il te
plaît, à la considération des catégories qui sont au
nombre de dix.

— Le maître : J'admire l'acuité de ton attention
qui, jusqu'ici, n'a cessé de me paraître vigilante.

— Le disciple : D'où vient cela ? dis-le-moi, je
t'en prie.

— Le maître : N'avons-nous pas dit que la
nature ineffable ne peut être signifiée proprement
par aucun mot, aucun nom ou aucun son sensible ? Et tu m'as aussi accordé cela. Car ce n'est
pas au sens propre mais par métaphore [*transla-
tiue*] qu'on parle d'essence, de vérité et de toutes
les autres choses de ce genre; on dit : superessentiel, plus que vérité, plus que sagesse, et ce qui est
semblable. Mais est-ce que ces noms mêmes ne
semblent pas en quelque façon être propres, si
essence n'est pas un mot qui n'est pas dit au sens
propre, alors que superessentiel est dit proprement ? Il en va de même si, alors que vérité ou
sagesse ne sont pas ainsi appelées au sens propre,

plus que vérité et plus que sagesse le sont. Dieu ne manque donc pas de noms qui lui soient propres.

De la division de la nature, P.L.,
t. 122, 460-461 D.

L'UNITÉ DE LA NATURE HUMAINE ET SA DIVISION PAR LE PÉCHÉ GÉNÉRAL

D'abord donc il est enseigné que le Seigneur Jésus a uni en lui ce qui avait été divisé dans la nature humaine, c'est-à-dire les deux sexes mâle et féminin : ce n'est pas en effet dans le sexe corporel mais seulement en tant qu'être humain qu'il a ressuscité des morts : « il n'y a en effet en lui ni homme [*masculus*] ni femme », quoique après la Résurrection il soit apparu à ses disciples dans le sexe viril, dans lequel il est né de la Vierge et a souffert sa Passion : cette apparition devait confirmer la foi en sa Résurrection. Car ils n'avaient aucun autre moyen de le reconnaître, s'ils ne voyaient pas l'aspect physique sous lequel il leur était connu, puisqu'ils n'avaient pas encore reçu pleinement l'Esprit Saint, qui leur enseigna tout. Ensuite, après la Résurrection, le Seigneur accoupla ensemble en lui-même le monde terrestre et le Paradis. En effet, revenant de chez les morts dans le paradis, il fut présent auprès de ses disciples et leur montra de façon manifeste que le Paradis n'est rien d'autre que la gloire de la Résurrection, qui apparut d'abord en lui et qu'il donnera à tous ceux qui croient en lui ; il leur enseignait aussi que notre monde terrestre, selon la raison de nature, ne comporte aucune différence

par rapport au Paradis; en effet ils ne sont pas
séparés par nature, mais par les qualités et les
quantités, et par les autres variations qui, à cause
du péché général de la nature humaine prise en
général, ont été ajoutées à la terre qu'elle habite,
pour la punir ou plutôt la corriger et l'exercer : et
puisque la terre, qui est une par sa constitution,
en elle-même, est indissociable, elle préserve la
rationalité de la nature où elle réside et qui reste
libre de toute division impliquée par la différence : ce n'est en effet ni par la masse ni par les
dimensions spatiales que le Paradis est distingué
de ce monde habitable et terrestre, mais par la
diversité des situations et la différence relative au
bonheur. En effet le premier homme, s'il n'avait
pas péché, aurait pu vivre heureux dans le monde
de la terre, puisqu'une seule et même raison intervient dans les causes originelles du monde terrestre et du Paradis. Cela a été manifesté de la
manière la plus ouverte par Notre-Seigneur après
sa Résurrection : en effet il était à la fois dans le
Paradis et sur cette terre et il demeura quelque
temps auprès de ses disciples.

Il ne faut pas croire en effet qu'il soit venu loca-
lement d'ailleurs pour apparaître à ses disciples et
qu'il soit reparti ailleurs, quand il n'apparaissait
pas, lui qui après sa Résurrection avait surpassé
la nature des lieux et des temps non seulement
par sa divinité mais aussi par son humanité. Car
je ne saurais facilement croire que les corps spirituels soient réduits aux dimensions du lieu et du
temps comme aux qualités ou aux lignes de quelque forme : ce sont en effet les natures les plus

simples. On arrive surtout à cette conclusion en tirant argument du feu pur qui, alors qu'il se diffuse à travers tous les corps du monde sensible, est d'une telle subtilité qu'il n'est retenu en aucun lieu et dont on reconnaît cependant qu'il manifeste sa nature dans toutes ses opérations.

De la division de la nature,
P.L., t. 122,537 D-538 D.

LA CONDESCENDANCE DE DIEU EST SA DESCENTE DANS LA CRÉATURE

J'appelle condescendance non celle qui s'est déjà accomplie par l'Incarnation mais celle qui s'accomplit par *theosis*, c'est-à-dire par déification de la créature. Donc, à partir de la condescendance même de Dieu qui vient à la nature humaine par la grâce et à partir de l'exaltation de cette nature jusqu'à la sagesse même par l'amour de dilection, s'accomplit la théophanie. Notre père Augustin semble donner son assentiment à cette manière de voir, en expliquant le mot de l'Apôtre : « Il a été fait pour nous justice et sagesse. » Il l'explique de cette façon : « La Sagesse du Père, en laquelle et par laquelle toutes choses ont été faites, qui n'est pas créée mais créante, est produite dans nos âmes par une certaine condescendance ineffable, et elle se joint à notre intellect pour que, d'une certaine manière ineffable, elle devienne comme une sagesse composée à partir de lui, qui descend vers nous et qui habite en nous, et de notre intelligence que, par amour, il a prise pour lui et formée en lui. »

De la même façon, il expose au sujet de la justice et des autres vertus qu'elles ne peuvent être produites « qu'à partir d'une certaine conformation commune de la divine sagesse et de notre intelligence ». En effet, comme le dit Maxime, « l'intellect humain monte par la charité autant que la divine sagesse descend par la miséricorde ». Et telle est la cause de toutes les vertus, ainsi que leur substance. Donc toute théophanie, c'est-à-dire toute vertu, d'une part dans cette vie où elle commence encore à se former chez ceux qui en sont dignes, et d'autre part chez ceux qui vont recevoir dans la vie future la perfection de la divine béatitude, est produite non hors d'eux mais en eux, et à partir à la fois de Dieu et d'eux-mêmes.

— Le disciple[1] : C'est donc à partir de Dieu que les théophanies sont suscitées dans la nature angélique et humaine, une fois qu'elle est illuminée, purifiée [*purgata*] et parfaite par la grâce : elles résultent de la descente de la divine sagesse et de l'ascension de l'intelligence humaine et angélique.

— Le maître : Tu dis bien. En effet, à ce raisonnement s'accorde ce que déclare le même Maxime : « Tout ce que l'intellect peut comprendre, il le devient lui-même. » Donc autant l'esprit [*animus*] comprend la vertu, autant il devient lui-même vertu.

---

1. L'auteur se réfère en particulier à Maxime le Confesseur, *Ambigua*, I et VI, *P.G.*, 91.

Si tu cherches cependant des exemples de cela, ils ont été mis dans la plus grande évidence par Maxime encore : « De même que l'air illuminé par le soleil ne semble être rien d'autre que lumière, non qu'il perde sa nature, mais parce que la lumière prévaut en lui, de telle sorte que lui-même paraît appartenir à la lumière ; de même la nature humaine ajoutée à Dieu est, dit-on, Dieu présent à travers toutes choses, non qu'elle cesse d'être nature humaine, mais parce qu'elle reçoit la participation à la Divinité, de telle sorte que Dieu semble être seul en elle. » De même : « Lorsque la lumière est absente, l'air est obscur, mais la lumière du soleil, qui subsiste par soi, n'est totalement comprise [*comprehenditur*] par aucun sens corporel. Or, lorsque la lumière solaire se mêle à l'air, alors elle commence à apparaître de telle façon que prise en elle-même elle ne peut être complètement comprise par la perception sensible, mais qu'elle peut l'être une fois mélangée à l'air. » Comprends par cela que la divine essence est incompréhensible par soi mais que jointe à une créature intelligente [*intellectuali*] elle apparaît d'une manière merveilleuse, de telle sorte qu'elle-même (je veux dire : la divine essence) apparaît seule dans cette créature (bien sûr celle qui est intelligente). Car son ineffable excellence surpasse toute nature qui participe à elle de telle sorte que rien d'autre qu'elle-même ne se présente à ceux qui sont intelligents, alors que par elle-même, comme nous l'avons dit, elle n'apparaît d'aucune façon.

— Le disciple : Je vois tout à fait suffisamment

ce dont tu veux me persuader; mais si cela peut convenir aux paroles de notre père Augustin, je ne le distingue pas assez clairement.

— Le maître : Sois donc plus attentif et revenons à ses termes, que nous avons d'abord proposés. Ceux que je vais citer se trouvent, je crois, dans le livre XXII de *La Cité de Dieu*[1] : « À travers les corps dont nous aurons la charge, dans tout corps que nous verrons, en quelque direction que nous tournions les yeux de notre corps, nous contemplerons Dieu dans une clarté transparente. » Considère la force de ces mots : il n'a pas dit : par l'entremise [*per*] des corps dont nous aurons la charge, nous contemplerons Dieu lui-même, parce qu'il ne peut être vu lui-même par lui-même [*ipse per se*]; mais il a dit : « par les corps dont nous aurons la charge, dans tout corps que nous verrons, nous contemplerons Dieu lui-même ». Donc nous le verrons à travers les corps, c'est-à-dire dans les corps, et non par lui-même. Semblablement, c'est par l'intellect dans les intellects, par la raison dans les raisons que la divine essence nous apparaîtra. En effet si grande est l'excellence de la divine vertu qui se manifestera dans la vie future à tous ceux qui seront dignes de la contempler elle-même : rien d'autre qu'elle ne fera de lumière ni dans les corps ni dans les intellects : car « Dieu sera toutes choses en tous ». Et si l'Écriture parlait ouvertement, on aurait : « Dieu apparaîtra seul

1. XXII, 29,6.

en tous. » De là vient ce que dit le saint Job :
« Dans ma chair aussi je verrai Dieu. »

De la division de la nature,
P.L., t. 122,449 B-450 D.

Commentaire sur l'Évangile de Jean

GRÂCE POUR GRÂCE

Nous avons reçu la grâce par laquelle nous
croyons en Jésus-Christ, par laquelle nous le
comprenons [*intellegimus*]. Et c'est ce qui suit :
« grâce pour grâce » : il faut sous-entendre : de sa
plénitude nous avons reçu « grâce pour grâce »,
c'est-à-dire la grâce de contempler la vérité en
échange de la grâce de confesser [*confessionis*]
l'humanisation du Christ [*inhumanatio*], la grâce
de la vision idéale [*species*] en échange de la grâce
de foi, la grâce de la déification dans l'avenir en
échange de la grâce d'action et de science dans le
présent.

Commentaire sur l'Évangile de Jean,
P.L., t. 122,299 D-300 A; éd. Jeauneau, p. 113.

DE LA LOI À LA GRÂCE :
LES HIÉRARCHIES ECCLÉSIASTIQUES

Augustin dit : « La loi a été donnée pour que la
grâce fût cherchée, la grâce a été donnée pour que

la loi fût pleinement accomplie. » Jean propose donc trois termes : la loi, la grâce, la vérité, insinuant ainsi trois hiérarchies, l'une dans l'Ancien Testament, qui a été transmise dans des énigmes très obscures, la seconde, que nous appelons aussi intermédiaire, dans le Nouveau Testament, où l'abondance de grâce et des paroles et des actions qui ont été accomplies mystiquement dans la loi sont éclairées de la façon la plus ouverte ; la troisième, que j'appelle céleste, commence déjà en cette vie et doit être rendue parfaite dans l'autre vie, dans la pure contemplation de la vérité, exempte de toute ténèbre, qui sera donnée à ceux qui seront déifiés.

Commentaire sur l'Évangile de Jean,
P.L., t. 122,500 B ; éd. Jeauneau, p. 115.

Dans le sacerdoce de la loi, en quelque sorte au-delà du Jourdain, c'est sous la loi de nature et sous la loi écrite que fut dégrossie et corrigée l'humaine nature elle-même qui commit la prévarication et obscurcit en elle l'image de Dieu par ignorance de la vérité et la contamina par concupiscence des choses temporelles. Dans le sacerdoce du Nouveau Testament sous le Christ, cette même nature a été illuminée et éduquée sous la loi de grâce, rendue comme toute proche du sacerdoce futur et parfaite : elle était sans doute illuminée par la foi, mais éduquée par l'espérance et rendue toute proche de la vision de Dieu par la charité, dans la mesure où il lui est permis de pénétrer alors qu'elle est encore dans la chair les sublimités des choses divines.

Commentaire sur l'Évangile de Jean,
P.L., t. 122,308 D-309 A ; éd. Jeauneau, p. 165.

LA LOI DE GRÂCE

La loi de grâce est celle qui enseigne aux hommes de s'aimer mutuellement et discerne les vertus et les vices, mais au-dessus de cela — ce qui n'est possible qu'à la grâce divine — leur apprend à mourir, si cela est nécessaire, non seulement pour les bons mais aussi pour les mauvais. Cette loi a été pleinement accomplie en lui-même par le Christ, puisqu'il a subi sa Passion non seulement pour tous les hommes, mais même pour tous les impies.

Commentaire sur l'Évangile de Jean,
P.L., t. 122,309 B;
éd. Jeauneau, p. 167.

LE CHRIST ET L'INVISIBILITÉ DE DIEU

Pour mettre le comble à la louange de la plénitude du Christ, ces paroles s'ajoutent : « Personne n'a jamais vu Dieu. » Et, par le fait de cette invisibilité de Dieu, la nature humaine se trouverait privée de tout bonheur — car la contemplation de Dieu est la vraie béatitude — si la bonté divine ne lui portait pas secours par l'Incarnation du Fils unique qui, dans la chair, c'est-à-dire dans l'humanité totale qu'il a acceptée, non seulement se découvrit lui-même, mais manifesta aux hommes Dieu le Père qui leur était auparavant complètement inconnu...

C'est donc universellement et à toute créature pourvue d'intellect et de raison qu'a profité l'humanisation du Verbe-Dieu, à la créature douée de raison en la tirant, pour assurer sa liberté naturelle, de la mort, de la servitude à l'égard du diable et de l'ignorance de la vérité, à la créature pourvue d'intellect pour qu'elle connaisse sa cause, qu'elle ignorait d'abord. De là ce que dit l'Apôtre : « En lui ont été restaurées toutes choses au ciel et sur la terre »...

Ce n'est pas au sujet d'une seule personne mais de toute la Trinité, qui est Dieu unique, qu'il faut comprendre ce qui a été dit : « Personne n'a jamais vu Dieu », c'est-à-dire l'essence et la substance de la Trinité unique parce que cela surpasse tout intellect chez les créatures pourvues de raison et d'intellect : il est donc juste de se demander si Dieu est apparu visiblement ou invisiblement. Le bienheureux Augustin affirme sans hésiter que le Fils est apparu dans l'Ancien Testament, non pourtant dans la substance par laquelle il est l'égal du Père, mais dans quelque créature qui était son image au-dessous de lui, qu'elle fût visible ou invisible. De même, quand nous lisons que l'Esprit est apparu, par exemple sous la forme d'une colombe, il faut comprendre que ce n'était pas par lui-même, dans la substance par laquelle il est coessentiel au Père et au Fils, mais dans une créature qui est leur image inférieure. Comprends qu'il en va de même pour le Père. Les visions mêmes des prophètes, par lesquelles on rapporte qu'ils ont vu Dieu, ont été faites à partir de quelque créature placée au-dessous de lui; mais la substance divine en elle-même ne leur est apparue en aucune façon : Denys l'établit sans hésitation, pour qu'on n'estime pas que l'invisible et l'incompréhensible peut en aucune façon être vu ou compris [*comprehendi*].

> *Commentaire sur l'Évangile de Jean,*
> *P. L.,* t. 122, 300 C, 301 A, B-C ;
> éd. Jeauneau, pp. 115-121.

LA VOIX QUI CRIE DANS LE DÉSERT

Il a abandonné tout ce qui est à l'intérieur du monde, il est monté dans les hauteurs, il a été fait voix du Verbe... « Ainsi, je suis une voix, non ma voix, mais la voix de celui qui crie. » Car le mot voix est dit relativement. Donc Jean est la voix du Verbe qui crie, c'est-à-dire qui prêche par la chair...

La voix est l'interprète de l'esprit [*animi*]. En effet, tout ce que l'esprit pense d'abord et ordonne à l'intérieur de lui-même de manière invisible, il le produit sensiblement par la voix dans la perception de ceux qui entendent. C'est pourquoi l'esprit, c'est-à-dire l'intelligence [*intellectus*] de toutes choses, est le Fils de Dieu. Lui-même, comme le dit saint Augustin, est l'intelligence de toutes choses ou plutôt toutes choses.

... À un niveau élevé de contemplation [*theoria*], on entend par désert l'élévation ineffable, éloignée de tout, de la nature divine. Elle est en effet désertée par toute créature, parce qu'elle surpasse tout intellect, alors qu'elle ne déserte aucun intellect.

> *Commentaire sur l'Évangile de Jean,*
> *P. L.,* t. 122, 304 A, 304 B, C ;
> éd. Jeauneau, p. 140.

LA CONTEMPLATION DE L'AGNEAU ET
SA HIÉRARCHIE

Il n'est pas étonnant que l'ombre soit attribuée à la vérité. L'ombre était l'agneau de la loi. La vérité était comme le corps d'une ombre : Jésus-Christ. On l'appelle aussi agneau sans manquer à la raison. En effet, l'agneau fournit trois choses à ceux qui le possèdent : le lait, la laine et aussi la nourriture de sa chair. Notre Seigneur procure à ceux qui croient en lui les vêtements des vertus ; il les nourrit de lait, c'est-à-dire de la simple doctrine de vérité ; et il les conduit jusqu'à la parfaite nourriture de la divine contemplation. Le Christ est dit « agneau de Dieu » parce qu'il a été immolé pour le monde entier...

L'apôtre dit : « De même qu'en Adam tous meurent, de même dans le Christ tous sont vivifiés. » Nous ne comprenons pas cela du premier homme personnellement mais nous avons appris que sous le nom d'Adam c'est toute la nature humaine en général qui est signifiée. En effet l'Adam individuel ne serait pas né à ce monde corruptible par génération si la faute de la nature humaine n'avait pas précédé. Car la division de la nature en deux sexes, je veux dire le sexe de l'homme et celui de la femme et, à partir d'eux, la génération du progrès de l'humanité et de son accroissement numérique, sont le châtiment de ce péché général par lequel le genre humain tout entier a trahi en prévaricateur le mandat divin dans le Paradis.

Commentaire sur l'Évangile de Jean,
P. L., t. 122, 310 D ; éd. Jeauneau, p. 174.

SE CRUCIFIER AVEC LE CHRIST

« ... Chacun de ceux qui croient au Christ selon sa propre vertu et selon l'état et la qualité de cette vertu qui est en lui, est crucifié et en même temps crucifie pour lui le Christ, c'est-à-dire est crucifié avec le Christ... »

En effet, en chacun des fidèles, tel sera l'état de son âme grâce à l'accroissement de l'esprit [*animus*] par l'augmentation des vertus, telle sera la foi qu'il aura dans le Christ par l'accroissement de l'intelligence [*intelligentia*]. Et toutes les fois qu'il meurt aux modes de sa vie première et inférieure et se trouve transporté jusqu'à des degrés plus hauts, toutes les fois ses opinions sur le Christ, malgré leur simplicité, mourront quand même en lui et avec lui et seront transportées par la foi et l'intelligence [*intelligentia*] dans des théophanies plus sublimes venues de lui. Ainsi le Christ meurt chaque jour dans ses fidèles et il est crucifié par eux, lorsqu'ils abolissent leurs pensées charnelles à son sujet ou celles qui sont spirituelles mais encore imparfaites et qu'ils montent toujours vers les hauteurs, jusqu'à ce qu'ils parviennent à la vraie connaissance; car, étant infini, c'est infiniment qu'il prend forme, même dans les esprits les plus purifiés.

« L'un se tient dans un parfait repos à l'écart des opérations mêmes de l'intellect », comme s'il était parfaitement mort; non seulement il surpasse les actions naturelles de l'âme [*anima*] mais aussi ses opérations intellectuelles. « Un autre est crucifié pour la philosophie active. » Or la philosophie active est celle qui concerne l'unification et le discernement des vertus naturelles. C'est aussi la philosophie active qui considère, dans la mesure où elle en a la force, les raisons de l'humanisation du Verbe. Tout cela, c'est-à-dire toute la philosophie morale, relative aux vertus de l'âme et à l'Incarnation du Christ, l'homme spirituel le surpasse « pour monter de manière transcendante à la véritable contemplation spirituelle qui se fait en esprit, en allant de quelque aspect charnel du Verbe jusqu'à son âme même » [*anima*].

« Un autre meurt à la contemplation naturelle. » Or la contemplation naturelle est la vertu spéculative de l'âme rationnelle, que le Christ a acceptée. L'homme spirituel meurt à elle, lorsque déjà non seulement il nie que le Christ soit charnel, comprenant par l'intellect qu'il s'est désormais converti en esprit, mais même il rejette l'idée qu'il soit une âme rationnelle. En effet, de même que la chair du Christ a été exaltée et changée en âme rationnelle, elle est soulevée, transportée, convertie pour devenir intellect. Et, par cette voie, celui qui monte parfaitement jusqu'à lui « doit nécessairement être transporté jusqu'à l'introduction uniforme et simple dans la science contemplative ».

Un autre, partant de la même « science théologique simple qui se déploie surtout autour de l'intellect du Christ », s'élève mystiquement à l'infinité même de Dieu qui est parfaite et secrète ; il le fait par la négation, « mourant à tout ce qui est après Dieu : il semble partir d'une certaine intellection du Christ pour aller dans son ascension jusqu'à sa propre divinité ». Ainsi l'agneau de Dieu est immolé dans les cœurs des fidèles et cette immolation le vivifie. Ainsi le péché du monde est enlevé de toute la nature humaine.

Commentaire sur l'Évangile de Jean,
P. L., t. 122, 311 B, 312 A-313 A ;
éd. Jeauneau, pp. 179-189.

LA GRÂCE DE L'ESPRIT

Lorsque tu entends ma voix, tandis que je parle de mon Esprit, tu ne sais d'où vient cet Esprit, c'est-à-dire selon quelle occasion il veut que l'homme naisse de lui en Esprit ou à quelle perfection il conduit l'homme qui naît de lui. En effet, l'homme qui naît de lui est fait un avec lui. De même que cet Esprit est saint par nature, de même aussi il rend saint par grâce l'esprit qui naît de lui.

Commentaire sur l'Évangile de Jean,
P. L., t. 122, 317 C-D ;
éd. Jeauneau, p. 214.

LA « PROCESSION » DU CHRIST : DESCENTE ET MONTÉE

Donc sa sortie du Père est son humanisation ; et son retour au Père est la déification de l'humanité [*hominis*] qu'il a acceptée et son assomption dans la hauteur de la divinité. Il est descendu seul parce qu'il s'est seul incarné. Mais s'il est monté seul, quel espoir ont ceux pour qui il est descendu ? Leur espoir est grand et inexplicable, puisque tous ceux qu'il a sauvés montent en lui, maintenant par la foi dans l'espérance, à la fin par la vision dans la réalité.

Commentaire sur l'Évangile de Jean,
P. L., t. 122, 319 C-D;
éd. Jeauneau, p. 224.

DONUM ET DATUM

Jean séparait de lui la grâce qu'il avait reçue non de ses mérites mais de l'abondance de plénitude de celui dont il était le précurseur. On considère deux choses en l'homme : ce qui est donné et le don. Ce qui est donné se réfère à la nature, le don se réfère à la grâce.

Commentaire sur l'Évangile de Jean,
P. L., t. 122, 325 C;
éd. Jeauneau, p. 242.

LA MONTAGNE DE LA THÉOLOGIE

Le nombre cent, s'il est doublé, donne deux cents, qui fournit avec beauté le type et le symbole de l'action bonne et de la science rationnelle; elles ne suffisent pas pour leur donner pâture, c'est-à-dire pour les instruire dans la foi, si l'élévation de la théologie ne leur est ajoutée. Car l'action des vertus purifie seulement les âmes des fidèles, tandis qu'elles sont illuminées par la science des choses créées. Mais cette purification et cette illumination ne leur suffisent pas, si la stabilité de la parfaite contemplation ne s'y ajoute.

Commentaire sur l'Évangile de Jean,
P. L., t. 122, 341 A;
éd. Jeauneau, p. 330.

MYSTÈRE ET SYMBOLE : LES DEUX ACCOMPLISSEMENTS DE L'ALLÉGORIE

Dans le Nouveau Testament les mystères du baptême et ceux aussi du corps et du sang du Seigneur, ainsi que du saint chrême s'accomplissent à propos des réalités historiques [*res gestae*] et sont transmis et exprimés par des textes littéraires. Cette forme de sacrements est appelée par les saints pères en termes rationnels allégorie des faits et des paroles [*facti et dicti*]. L'allégorie peut prendre une autre forme qui a reçu en propre le nom de symbole et est appelée allégorie du dit, non du fait, parce qu'elle réside seulement dans les paroles qui exposent la doctrine spirituelle, mais non dans les faits sensibles. Donc les mystères sont ce qui, dans les deux Testaments, a été fait selon l'histoire et raconté selon la lettre. Mais les symboles non seulement ne se sont pas produits mais sont exposés dans le seul enseignement comme s'ils s'étaient produits.

Commentaire sur l'Évangile selon Jean,
P. L., t. 122, 345, A-B;
éd. Jeauneau, pp. 352-354.

Hymne au Christ

LA TÉNÈBRE DE DIEU ; SON SUR-ÊTRE

Si tu veux t'élever, volant par les brises
    ouraniennes,
et sillonner d'un esprit transporté les pôles de
    l'Empyrée,
d'un œil qui pénètre la nuit tu parcourras les
    temples de sagesse [*sophia*]
dont les hauteurs sont toujours recouvertes
    d'une nuée épaisse et sombre
qui surpasse la perception de tout esprit et de
    toute raison [*noeros logosque*]
. . . .
Connaissez d'abord le Christ, principe premier
    des choses,
Verbe créant tous les êtres, né du sein du Père,
art, loi, conseil, vie [*zoé*], sagesse, vertu,
source, milieu, fin, lumière engendrée de la
    lumière.
Il est, il n'est pas, il sur-est [*superest*], lui qui à
    tous donna l'être,
qui régit et qui maintient le tout qu'il a fondé
    [*condidit*] lui-même.

Monumenta Germaniae historica,
Poetae aeui carolini, III, p. 538 sq.

SAINT ANSELME
DE CANTORBÉRY
v. 1033-1109

Voici encore une grande figure de penseur et d'écrivain. Nous sommes au XIᵉ siècle. Anselme est né à Aoste en 1033 ou 1034. Il est devenu en Normandie prieur du Bec-Hellouin, abbaye où il a succédé à son maître Lanfranc et où il a manifesté une grande activité spirituelle. Il a succédé au même Lanfranc comme archevêque de Cantorbéry (1093). Il a occupé cette charge jusqu'à sa mort, le 21 avril 1109, mais il n'a pu en exercer véritablement les fonctions que pendant les deux dernières années. Ancien protégé de Guillaume le Conquérant, il s'était trouvé en conflit avec ses successeurs et avait été obligé à un long exil parce qu'il défendait les droits de Rome au début de la querelle des investitures. Nous voyons se dessiner ici une situation qui persistera au temps de Thomas Becket et Jean de Salisbury.

Ainsi donc, comme toujours, le développement de la pensée religieuse se trouve lié d'assez près à l'histoire et à ses événements politiques. Il ne s'agit pas pourtant de leur accorder la primauté et de mettre la religion à leur service. Mais elle est puissante

*parce qu'elle dirige les âmes et qu'elle détient le pou-
voir spirituel. Le christianisme favorise ensemble
les deux aspects de la culture : l'autonomie des
âmes et des personnes, le sens des collectivités.*

*Ainsi se forme et se déploie la puissante person-
nalité d'Anselme, appelé plus tard « docteur magni-
fique ». Venu d'Aoste à Cantorbéry en passant par
la Normandie, il connaît les différents aspects de la
pensée européenne (il a aussi discuté avec les
Byzantins pour concilier leur doctrine de la Trinité
avec celle d'Augustin, parlant comme eux d'hypo-
stases plutôt que de personnes). L'une de ses origi-
nalités majeures réside dans le fait qu'il parle peu de
symbolisme. Il saisit directement et en elle-même la
connaissance de Dieu. Il établit le rapport entre
l'être de Dieu et le sentiment de celui qui le pense. Il
trouve ainsi l'ontologie dans la logique et il est le
grand initiateur de la joie chrétienne. C'est en elle
qu'il entre pleinement dans l'allégresse de l'infini
divin.*

*Il le fait dans ses diverses œuvres, même là où les
modernes hésitent à l'approuver parce qu'ils le
lisent parfois avec trop peu d'attention. Par
exemple, ils ont tendance à contester la doctrine du
Cur Deus homo. D'après lui, seul Dieu peut laver
l'offense faite à Dieu. C'est pour cela qu'il se fait
homme. On lui reproche de soumettre le divin à la
loi du talion. Mais on ne s'aperçoit pas assez que,
dans le divin, c'est l'infini qui est en cause. La miséricorde infinie répond aux exigences de la justice
infinie.*

*Toute l'œuvre d'Anselme constitue une médita-
tion sur la plénitude infinie de l'être. Nous avons*

choisi de le montrer à propos de ses deux œuvres les plus célèbres, le Monologion *et le* Proslogion, *rédigés au Bec-Hellouin en 1076 et 1077-1078. Ici encore, leur lecture a suscité à la fois l'admiration et la perplexité des interprètes. Les uns considèrent qu'il s'agit d'une démarche purement intellectuelle, dans laquelle la Révélation n'intervient pas. Les autres, tel Karl Barth, trouvent au contraire qu'au-delà de la philosophie et même de la théologie c'est la foi seule qui permet de comprendre un tel enseignement. Nous pensons quant à nous qu'il a lié les deux approches avec une force et une intensité exceptionnelles. Cela nous est prouvé par le deuxième titre qu'il donne au* Proslogion, *dans l'esprit de la tradition augustinienne et selon son vocabulaire :* Fides quaerens intellectum.*

Cela est déjà vrai dans l'admirable* Monologion. *Anselme commence par donner de l'existence de Dieu des preuves qui ne lui appartiennent pas en propre : il est en toutes choses et de toutes manières le principe unificateur. Mais, à partir de cela, l'auteur expose les différents aspects de l'être tel qu'il le conçoit. D'abord il est un. Mais cette unité n'est pas parfaite si elle n'est unifiante. Elle engendre donc le Verbe, qui ne fait qu'un avec elle et qui la transmet au multiple. Cette transmission ne peut s'accomplir que dans l'amour du Père et du Verbe, amour qui se confond avec l'Esprit. Il est bien vrai qu'au départ Anselme n'a eu recours qu'à la logique de l'être, dont l'unité ne peut exister qu'en se déployant dans l'expansion du Verbe selon la communication de l'amour. Les preuves initiales ne prennent sens que dans la révélation chrétienne* qu'elles éclairent à leur tour selon les lumières de l'intellect.

Cela est encore plus clair dans le Proslogion. Anselme commence par une merveilleuse prière de douleur, qu'il convient de lire avec attention. Cette douleur ne relève pas de la seule psychologie. Il s'agit en réalité d'une inquiétude spirituelle et métaphysique. L'homme sait qu'il ne peut rien apprendre sur Dieu que de Dieu. Il peut souffrir profondément de la faiblesse qu'il éprouve devant la quête infinie. Mais en même temps, s'il a de Dieu une idée haute et parfaite, il doit savoir que celui qui cherche l'infini le trouve, puisqu'un tel espoir exclut par son objet même toute limitation. Qui demande l'infini le trouve puisqu'il est au-delà de tous obstacles.

Nous sommes déjà au cœur du Proslogion. La preuve de l'existence de Dieu se fonde précisément dans son infinité ou, pour parler comme Anselme, dans le fait qu'il est plus grand que tout ce qui peut être pensé. Comme le montre Michel Corbin, l'argument relatif à l'existence de Dieu, tel que le présente Anselme, comporte trois temps. Premièrement, la célèbre formule ontologique : ce par rapport à quoi rien de plus grand ne peut être pensé existe nécessairement si cela est pensé. Car ce qui n'est que pensé est moins grand que ce qui, de surcroît, existe. Au point où nous en sommes, Anselme prouve simplement, avec la tradition platonicienne, que l'idéal existe, puisqu'on peut le penser. Mais il faut encore appliquer cet argument au Dieu de la Révélation. L'auteur, analysant ses vertus et ses qualités, montre d'abord qu'il est plus grand que tout. Certes, il rappelle en concluant qu'il ne peut être pleinement pensé. Cela signifie qu'il ne peut être compris, ni complètement exprimé. Nous avons cité, de Platon au pseudo-Denys, les prédécesseurs d'Anselme : ils savent tous qu'on peut connaître l'idéal par évidence, mais que son infinité le rend ineffable et dépasse les limites de notre pensée[1].

Une telle doctrine comporte un certain nombre d'implications très profondes. Nous soulignerons certaines d'entre elles.

En premier lieu, ici comme dans le Monologion, le point de vue théologique et chrétien se mêle étroitement au point de vue ontologique. C'est la Révélation qui prouve, de manière concrète, effective, existentielle, que « le plus grand que tout peut être pensé ». Nous sommes plus près d'Augustin et de Pascal que de Descartes et Leibniz qui ont repris l'argument dans un sens idéaliste. Du même coup, les objections de Kant se trouvent affaiblies, puisqu'il ne s'agit pas d'abstraction. Nous aurons à revenir sur celles de saint Thomas.

En second lieu, l'angoisse dont nous parlions révèle ici qu'elle est nourrie de joie. C'est elle, la joie chrétienne, qui éclate dans le Proslogion. Nous sommes à l'époque où se développe, chez les troubadours et chez les romanciers, l'idée d'une « quête de joie ». Bien sûr, le mot « joie » peut avoir plusieurs

---

1. Il ne peut être totalement défini par la pensée, qui éprouve son évidence existentielle, mais ne peut embrasser son essence infinie. Le langage rencontre ainsi l'essence et l'existence à propos de l'être et les unit tout en les distinguant ; cf. *Proslogion*, XV.

sens. Il peut venir de iocus *ou de* gaudium. *Anselme emploie le second terme. Il l'a trouvé chez les philosophes antiques et dans la Vulgate, chez saint Matthieu*[1]. *Il a compris que, puisque cette joie est infinie, elle n'entre pas en nous, quoiqu'elle nous soit intime. C'est nous qui entrons en elle. Elle est l'expression sensible au cœur et à l'intellect de l'argument ontologique. La doctrine ainsi exposée sera, pour le christianisme, l'un des moyens les plus forts d'unir l'expérience mystique et les exigences spirituelles de la raison. Elle ira jusqu'à Claudel, elle passera par saint François. Elle s'épanouit chez saint Bonaventure, qui conclut son* Itinerarium *par une longue citation de notre texte du* Proslogion[2].*

Une telle vision, à la fois intellectuelle, spirituelle et amoureuse, ne se borne pas à réaliser dans le verbe une fusion extraordinaire entre la douleur et la joie. Elle aboutit à l'un des langages les plus purs et les plus ardents qu'ait connus l'histoire du latin. L'extrême dépouillement des formules logiques s'accorde à tout instant à l'émotion de la charité et au sublime du cœur. Nous rencontrons ici l'un des points les plus forts, des moments les plus mystérieux et les plus lumineux de la parole chrétienne. Nous venons de saint Jean et, en passant par Augustin, nous allons vers Pascal[3].

1. *Évangile* de saint Matthieu, 25,21.
2. Cf. plus bas, p. 544 ce que nous dirons de cet auteur, ainsi que de saint Thomas d'Aquin pour qui Anselme a raison de dire que l'être existe nécessairement, mais il reste à définir l'être et Dieu avec lui.
3. Bibliographie de saint Anselme de Cantorbéry :
Œuvres. Au temps du priorat du Bec : *Monologion* (1076) : *Proslogion* (v. 1077-1078); *De grammatica* (les mots disent ensemble la substance et la qualité); *De ueritate; De libertate*

LA PRIÈRE DE DOULEUR :
CROIRE POUR COMPRENDRE

Mais hélas! malheureux que je suis, moi l'un des malheureux fils d'Ève éloignés de Dieu, qu'ai-je entrepris, qu'ai-je accompli? Vers quoi ai-je tendu, où en suis-je venu? À quoi ai-je aspiré, en quoi soupiré-je? « J'ai cherché les biens, voici le trouble » (*Jérémie*, 14,19). Je tendais vers Dieu et je me suis heurté à moi-même. Je cherchais le repos dans le secret de moi-même, et j'ai trouvé « les tribulations et la douleur » (*Psaumes*, 116,3) en mon intimité. Je voulais rire selon la joie de mon esprit et je suis forcé de rugir « du gémissement de mon cœur » (*Psaumes*, 38,9). L'allégresse était espérée et voici que s'épaissit la source des soupirs!

Et « Toi, ô Seigneur, jusques à quand? Jusques à quand, Seigneur, nous oublieras-tu? Jusques à quand détournes-tu ta face de nous? » (*Psaumes*, 6,4). « Quand nous regarderas-tu et nous exauceras-tu? Quand illumineras-tu nos yeux et nous montreras-tu ta face? » (*Psaumes* 12,4). Quand te restitueras-tu à nous? Regarde-nous, Seigneur,

arbitrii (1080-1085); *De casu Diaboli* (v. 1085-1090). Sous l'épiscopat : *Epistolae de Incarnatione Verbi; Cur Deus homo* (éd., trad. et notes par René Roques, « Sources chrétiennes », 91, Cerf, 1963). 472 lettres; *Orationes siue meditationes*... Voir *P.L.*, t. 158-161, et l'édition latine-française de Michel Corbin, Cerf, 1986 (nous avons suivi pour l'essentiel son interprétation du *Proslogion*. Il en existe beaucoup d'autres : Karl Barth, Alexandre Koyré, Étienne Gilson, H. Desmond Paul, Jules Vuillemin).

exauce-nous, illumine-nous, montre-toi toi-même à nous. Restitue-toi à nous, pour que nous soyons bien, nous qui sommes si mal sans toi. Aie pitié de nos peines et de nos efforts vers toi, nous qui ne pouvons rien sans toi. Tu nous invites, « aide-nous » (*Psaumes*, 78,9). Je t'en supplie, Seigneur, que je ne désespère pas en soupirant, mais que je respire en espérant. Je t'en supplie, Seigneur, mon cœur est rempli d'amertume par sa désolation, adoucis-le par ta consolation. Je t'en supplie, Seigneur, j'ai commencé à te chercher parce que j'étais affamé, que je ne cesse pas en restant à jeun de toi. Je t'ai approché dans la faim, que je ne me retire pas sans pâture. Je suis venu pauvre vers le riche, malheureux vers le miséricordieux : que je ne revienne pas vide et méprisé. « Et, si je soupire avant de manger », donne-moi au moins de quoi manger « après les soupirs » (*Job*, 3,24). Seigneur, je suis courbé, je ne puis regarder qu'au-dessous de moi : élève-moi pour que je puisse tendre vers les hauteurs. « Mes iniquités se sont dressées au-dessus de ma tête » (*Psaumes*, 38,5), elles m'enveloppent et « comme une charge pesante », elles m'alourdissent. Développe-moi, décharge-moi, pour que l'orifice de leur fosse ne vienne pas sur moi pour m'aspirer. Qu'il me soit permis de te chercher et montre-toi à celui qui te cherche ; car je ne peux même pas te chercher si tu ne me l'enseignes, ni te trouver si tu ne te montres. Que je te cherche en te désirant, que je te désire en te cherchant. Que je trouve en aimant, que j'aime en trouvant.

Je le confesse, Seigneur, et j'en rends grâces, tu

m'as créé à ton image que voici, pour qu'en me
souvenant de toi je te pense et je t'aime. Mais elle
a été si détruite par l'usure des vices, si noircie par
la fumée des péchés qu'elle ne peut accomplir ce
pour quoi elle a été faite, si tu ne la rénoves et ne
la réformes. Je ne tente pas, Seigneur, de pénétrer
ton élévation, parce que je ne lui compare à aucun
degré mon intelligence ; mais je désire avoir
jusqu'à un certain point l'intelligence de ta vérité,
que croit et aime mon cœur. Car je ne cherche pas
à comprendre pour croire mais je crois pour
comprendre. Car je crois également ceci : « Si je
ne crois pas, je ne comprendrai pas. »

Proslogion, I.

QUE DIEU EST VRAIMENT :
L'ARGUMENT ONTOLOGIQUE

Donc, Seigneur, toi qui donnes l'intelligence de
la foi, donne-moi de comprendre, autant que tu le
sais utile, que tu es tel que nous croyons et que tu
es ce que nous croyons. Et assurément nous
croyons que tu es quelque chose par rapport à
quoi rien de plus grand ne peut être pensé. Ou
bien est-ce que par hasard une telle nature
n'existe pas parce que « l'insensé a dit dans son
cœur : Dieu n'est pas » ? Mais certes le même
insensé, lorsqu'il entend cela même que je dis :
« Quelque chose par rapport à quoi rien de plus
grand ne peut être pensé », il comprend ce qu'il
entend ; et ce qu'il comprend est dans son intelligence, même s'il ne comprend pas que cela est.
En effet, lorsqu'un peintre pense à l'avance ce

qu'il va faire, il l'a sans doute dans son intelligence mais il ne comprend pas pour autant que ce qu'il n'a pas encore fait soit. Lorsqu'il a déjà peint, il a dans l'intelligence et il comprend que ce qu'il a fait désormais existe. Donc, même l'insensé est obligé de reconnaître qu'il y a au moins dans l'intelligence quelque chose par rapport à quoi rien de plus grand ne peut être pensé, parce qu'il comprend ce qu'il entend et que tout ce qui est compris est dans l'intelligence. Et certes ce par rapport à quoi rien de plus grand ne peut être pensé, ne peut être dans la seule intelligence. Si en effet cela est dans la seule intelligence, on peut penser que cela est aussi dans la réalité, ce qui est plus grand. Si donc ce par rapport à quoi rien de plus grand ne peut être pensé existe dans la seule intelligence, cela même par rapport à quoi rien de plus grand ne peut être pensé sera tel qu'on puisse penser quelque chose de plus grand. Mais assurément cela ne peut être. Ainsi donc, sans aucun doute, quelque chose par rapport à quoi rien de plus grand ne peut être pensé existe à la fois dans l'intelligence et dans la réalité.

Proslogion, II.

DIRE ET NE PAS DIRE LA PLUS HAUTE PENSÉE : LE SIGNE ET LE RÉFÉRENT

Mais comment l'insensé a-t-il dit dans son cœur ce qu'il n'a pu penser ? ou comment n'a-t-il pu penser ce qu'il a dit dans son cœur alors que c'est la même chose de dire dans son cœur et de penser ? Mais si vraiment, ou plutôt dès lors que vraiment il a pensé parce qu'il a dit dans son cœur et n'a pas dit dans son cœur parce qu'il n'a pu penser, ce n'est pas seulement d'une manière que quelque chose est dit dans le cœur ou pensé. Une chose en effet est autrement pensée lorsque la parole qui la signifie est pensée, autrement lorsqu'on comprend cela même qu'est la chose. C'est pourquoi de la première façon on peut penser que Dieu n'est pas, mais de la seconde nullement. Car nul homme, s'il comprend ce qu'est Dieu, ne peut penser que Dieu n'est pas, même s'il lui est permis de le dire dans son cœur, sans aucun sens ou avec une signification étrangère. Car Dieu est ce par rapport à quoi rien de plus grand ne peut être pensé. Celui qui le comprend bien comprend de toute façon que cela est tel que, même dans la pensée, il ne peut ne pas être. Donc celui qui comprend que Dieu est ainsi ne peut penser qu'il n'est pas.

Je te rends grâces, bon Seigneur, je te rends grâces parce que ce que j'ai d'abord cru par le don que tu me faisais, je le comprends maintenant par ta lumière, de telle sorte que si je voulais ne pas croire que tu es, je ne pourrais ne pas le comprendre.

Proslogion, IV.

DIEU EST LE BIEN SUPRÊME

Qu'es-tu donc, Seigneur mon Dieu, toi par rapport à qui rien de plus grand ne peut être pensé ? Mais qu'es-tu sinon la réalité suprême existant seule par elle-même, qui a fait tout le reste de rien? Car tout ce qui n'est pas elle est moins que ce qu'on peut penser. Mais cela ne peut être pensé de toi.

Quel bien manque-t-il donc au bien suprême, par qui est tout bien? C'est pourquoi tu es juste, vérace, heureux et tout ce qu'il vaut mieux être que ne pas être. Car il est meilleur d'être juste qu'injuste, heureux que malheureux.

Proslogion, V.

COMMENT DIEU EST TOUT-PUISSANT ALORS QUE BEAUCOUP DE CHOSES LUI SONT IMPOSSIBLES

Mais comment es-tu omnipotent si tu ne peux pas tout? Ou si tu ne peux être corrompu, ni mentir ni faire que le vrai soit faux ou que ce qui a été fait ne l'ait pas été et beaucoup d'autres choses semblables, comment es-tu tout-puissant?

Mais pouvoir tout cela ne serait-il pas impuissance plutôt que puissance? En effet, celui qui peut cela, peut ce qui ne lui est pas utile et qu'il ne doit pas. D'autant plus il le peut, d'autant plus la perversité et l'adversité ont de pouvoir contre lui et lui-même moins de pouvoir contre elles. Celui qui possède un tel pouvoir, ce n'est pas par pouvoir qu'il peut mais par impuissance...

Donc, Seigneur Dieu, tu dois une plus véritable omnipotence au fait que tu ne peux rien par impuissance et que rien n'a de pouvoir contre toi

Proslogion, VII.

LA JUSTICE ET LA MISÉRICORDE
SE CONFONDENT DANS LE MYSTÈRE
DE L'INFINI

Ô miséricorde, de quelle opulente douceur et de quelle douce opulence tu ruisselles sur nous ! Ô immensité de la bonté de Dieu, de quelle affection tu dois être aimée par les pécheurs ! Car tu sauves les justes en compagnie de la justice, mais ceux-là, tu les libères quand la justice les condamne. Les uns, c'est avec l'aide de leurs mérites, les autres alors que ce qu'ils ont mérité s'y oppose. Les uns en connaissant les biens que tu leur as donnés, les autres en condamnant le mal que tu hais. Ô immense bonté qui dépasses ainsi toute intelligence, que vienne sur moi cette miséricorde, qui procède de ton opulence si grande ! Qu'elle se répande sur moi, elle qui ruisselle de toi ! Épargne-moi par clémence, ne me punis pas par justice ! En effet, quoiqu'il soit difficile de comprendre comment ta miséricorde n'est pas absente de ta justice, il est nécessaire de croire que ne s'oppose nullement à la justice ce qui déborde de la bonté, laquelle n'est rien sans la justice ou plutôt s'accorde en vérité avec la justice. En effet, si tu es miséricordieux parce que tu es suprêmement bon et si tu n'es suprêmement bon que si tu es suprêmement juste, en vérité tu es suprêmement bon selon la vérité parce que tu es suprêmement juste : donc tu es suprêmement miséricordieux par la raison que tu es suprêmement juste. Aide-moi, Dieu juste et miséricordieux, dont je cherche la lumière, aide-moi à comprendre ce que je dis. Tu es donc miséricordieux selon la vérité parce que tu es juste.

Proslogion, IX.

DIEU EST VU ET N'EST PAS VU
DE CEUX QUI LE CHERCHENT

As-tu trouvé, mon âme, celui que tu cherchais? Tu cherchais Dieu et tu as trouvé qu'il était une réalité suprême entre toutes, par rapport à laquelle rien de meilleur ne peut être pensé; et que cela est par excellence la vie, la lumière, la sagesse, la bonté, le bonheur éternel et l'heureuse éternité; et que cela est partout et toujours. En effet, si tu n'as pas trouvé ton Dieu, comment est-il ce que tu as trouvé et ce que tu as reconnu en lui par l'intelligence avec une si certaine vérité et une si vraie certitude? Mais si tu l'as trouvé, d'où vient que tu ne t'aperçois pas que tu l'as trouvé? Pourquoi, Seigneur Dieu, mon âme ne te sent-elle pas si elle t'a trouvé?

Ou bien ne trouve-t-elle pas celui dont elle a trouvé qu'il était lumière et vérité? En effet, comment a-t-elle compris cela, si ce n'est en voyant la lumière et la vérité? Ou peut-elle absolument comprendre quelque chose à ton sujet, si ce n'est « par ta lumière et ta vérité »? Si donc elle a vu la lumière et la vérité, elle t'a vu. Si elle ne t'a pas vu, elle n'a pas vu la lumière ni la vérité. Ou bien ce qu'elle a vu est-il vérité et lumière et ne t'a-t-elle pourtant pas encore vu, parce qu'elle t'a vu jusqu'à un certain point mais ne t'a pas vu tel que tu es? (*Jean*, 3,2).

Seigneur mon Dieu, mon formateur et mon réformateur, dis à mon âme qui est dans le désir ce que tu es d'autre que ce qu'elle a vu pour qu'elle voie purement ce qu'elle désire. Elle se tend pour voir davantage et elle ne voit rien au-delà de ce qu'elle voit, sinon des ténèbres; ou plutôt elle ne voit pas les ténèbres, qui ne sont rien en toi, mais elle voit qu'elle ne peut rien voir de plus à cause de ses propres ténèbres. Pourquoi cela, Seigneur, pourquoi cela? Son œil est-il plongé dans les ténèbres par son infirmité ou ébloui par ton éclat foudroyant? Mais assurément il est en même temps dans les ténèbres en soi et ébloui par toi. De toute manière il est à la fois obscurci par sa faible portée et écrasé par ton immensité. En vérité, il est resserré par l'étroitesse qui l'angoisse et vaincu par ton ampleur. Qu'elle est grande, en effet, cette lumière à partir de laquelle toute vérité donne sa lumière à l'esprit raisonnable! Qu'elle est ample, cette vérité dans laquelle réside tout ce qui est vrai et hors de laquelle il n'y a que le rien et le faux! Qu'elle est immense, elle qui, d'un seul regard, voit tout ce qui a été fait et par qui, par quelle action, de quelle manière cela a été fait à partir de rien! Combien de pureté, combien de simplicité, combien de certitude se trouve là! Certes, plus que la créature ne peut le comprendre.

Proslogion, XIV.

DIEU EST PLUS GRAND QU'ON NE LE PUISSE PENSER

Donc, Seigneur, tu n'es pas seulement ce par rapport à quoi on ne peut rien penser de plus grand, mais tu es quelque chose de plus grand qu'on ne le puisse penser. Puisqu'en effet il est possible de penser que quelque chose de cette sorte existe : si tu n'es pas cela même, quelque chose de plus grand que toi peut être pensé, ce qui ne peut se produire.

Proslogion, XV.

DIEU CONTIENT TOUTE BEAUTÉ DANS L'INEFFABLE

Tu te caches jusqu'ici à mon âme, Seigneur, dans ta lumière et ta béatitude et pour cette raison elle séjourne jusqu'à aujourd'hui dans ses ténèbres et sa misère. Car elle regarde autour d'elle et elle ne voit pas ta beauté. Elle écoute, et elle n'entend pas ton harmonie. Elle sent, et elle ne perçoit pas ton odeur. Elle goûte, et elle ne connaît pas ta saveur. Elle palpe, et elle ne sent pas ta douceur. Tu possèdes cela en toi, Seigneur Dieu, d'une manière ineffable, toi qui l'as donné aux choses que tu as créées selon leur mode sensible ; mais les sens de mon âme ont été durcis, abrutis, obstrués par la vieille langueur du péché.

Proslogion, XVII.

QUE DIEU EST SEUL CE QU'IL EST ET CELUI QUI EST

Donc toi seul, Seigneur, es ce que tu es et celui qui est. En effet ce qui est autre dans le tout et autre dans les parties, et en qui quelque chose est susceptible de changement, n'est pas absolument ce qu'il est. Et ce qui a commencé à partir du non-être, dont on peut penser qu'il n'est pas, et qui ne subsiste que par autre chose, revient dans le non-être ; ce qui a un être passé qui n'est plus et un être futur qui n'est pas encore, cela n'est pas proprement et absolument. Mais toi, tu es ce que tu es, parce que ce que tu es quelquefois ou de quelque manière, tu l'es tout entier et toujours.

Et tu es celui qui es proprement et simplement, parce que tu n'as pas de passé ou de futur, mais seulement l'être présent et on ne peut penser qu'à quelque moment tu n'es pas. Et tu es la vie, la lumière, la sagesse, la béatitude, l'éternité et beaucoup de biens de cette sorte et pourtant tu n'es que le bien unique et suprême, toi qui te suffis absolument, qui n'as aucun des besoins que tous éprouvent pour être et pour être bien.

Proslogion, XXII.

DIEU EST LA TRINITÉ, L'UNIQUE NÉCESSAIRE

Tu es ce bien, Dieu père ; c'est ton Verbe, c'est-à-dire ton fils. En effet, dans la parole que tu dis toi-même, rien ne peut être autre que ce que tu es ou plus grand ou plus petit que toi, puisque ton verbe est vrai comme toi-même es véridique et pour cette raison est la vérité même comme toi, non autre que toi ; et tu es d'une telle simplicité que rien ne peut naître de toi autre que ce que tu es. Cela est précisément l'amour unique qui t'est commun avec ton fils, c'est-à-dire l'Esprit Saint qui procède des deux. Car c'est le même amour, qui n'est pas inégal pour toi ou pour ton fils parce que tu t'aimes et tu l'aimes, il t'aime et il s'aime lui-même autant que tu es toi et lui. Et il n'est pas autre chose que toi ou celui-là, puisqu'il n'est inégal ni à toi ni à lui ; de la simplicité suprême rien ne peut procéder d'autre que ce qu'est cela dont il procède. Ce qu'est chacun en son particulier, cela est toute la Trinité en même temps, le Père, le Fils et le Saint-Esprit puisque chacun pris séparément n'est rien d'autre que l'unité suprêmement simple et la simplicité suprêmement une, qui ne peut ni être ni être multipliée ni devenir autre et autre.

« Au demeurant, une seule chose est nécessaire » (*Luc*, 10,42) : cet unique nécessaire est cela en quoi réside tout bien, ou plutôt qui est tout bien unique et total.

Proslogion, XXIII.

QUELS GRANDS BIENS APPARTIENNENT À CEUX QUI JOUISSENT DE DIEU

Ô qui jouira de ce bien ? Qu'est-ce qui sera pour lui et qu'est-ce qui ne sera pas ? Certainement, ce qu'il voudra sera et ce qu'il ne voudra pas ne sera pas. Car là seront les biens du corps et de l'âme, tels que « ni l'œil de l'homme ne les a vus, ni son oreille entendus, ni son cœur » pensés (*Paul*, I *Corinthiens*, 2,9). Pourquoi donc erres-tu par de multiples chemins, petit homme, en cherchant les biens de ton âme et de ton corps ? Aime le bien unique dans lequel sont tous les biens : il suffit. Aime le bien simple, qui est tout bien : c'est assez. Qu'aimes-tu, ma chair, que désires-tu, mon âme ? Là est, là est tout ce que vous aimez, tout ce que vous désirez.

Si la beauté nous délecte, « les justes brilleront d'une lumière fulgurante, comme le soleil » (*Matthieu*, 13,43). Si c'est la vélocité, la force ou la liberté d'un corps auquel rien ne puisse résister, « ils seront semblables aux anges de Dieu » (*ibid.*, 22,30). Si c'est une vie longue et saine, là sont la saine éternité et l'éternelle santé, parce que « les justes vivront à jamais » (*Sagesse*, 5,15) et « le salut des justes vient du Seigneur » (*Psaumes*, 37,39). Si c'est la satiété, ils seront rassasiés lorsque apparaîtra la gloire de Dieu. Si c'est l'ivresse, « ils seront enivrés par l'abondance de la maison » de Dieu (*Psaumes*, 36,9). Si c'est la mélodie, là les chœurs des anges chantent sans fin pour Dieu. Si c'est tous les plaisirs qu'on veut, pourvu qu'ils soient purs et non impurs, Dieu « les abreuvera dans le torrent de son plaisir » (*Psaumes*, 36,9).

Si c'est la sagesse, la sagesse même de Dieu se montrera à eux. Si c'est l'amitié, ils aimeront Dieu plus qu'eux-mêmes et s'aimeront mutuellement

comme eux-mêmes et Dieu les aimera plus qu'ils
ne s'aiment eux-mêmes parce qu'ils l'aiment,
qu'ils s'aiment et qu'ils s'aiment mutuellement par
lui, et que lui s'aime et les aime par lui-même. Si
c'est la concorde, pour tous il n'y aura qu'une
seule volonté, parce que leur seule volonté sera
celle de Dieu. Si c'est le pouvoir, ils auront tout
pouvoir sur leur volonté comme Dieu sur la
sienne. En effet, comme Dieu pourra ce qu'il voudra par lui-même, ainsi ils pourront ce qu'ils voudront par lui; car, de même qu'ils ne voudront
rien d'autre que ce qu'il voudra, de même lui voudra tout ce qu'ils voudront; et ce qu'il voudra ne
pourra pas ne pas être. Si c'est l'honneur et les
richesses, Dieu placera ses serviteurs bons et
fidèles au-dessus de bien des choses; ou plutôt ils
seront appelés « fils de Dieu » (*Matthieu*, 25,21 et
23; 5,9) et dieux, et ils le seront; et où sera son
fils, là ils seront eux aussi, « héritiers de Dieu,
cohéritiers du Christ » (*Paul, Romains*, 8,17). Si
c'est la vraie sécurité, assurément ils seront ainsi
assurés de ne jamais manquer de ces biens ou
plutôt de ce bien, de même qu'ils seront assurés
de ne pas le perdre de leur propre volonté parce
que le Dieu de dilection n'enlèvera pas cela contre
leur gré à ceux qui l'aiment avec dilection et que
rien de plus puissant que Dieu ne les séparera de
Dieu contre sa volonté et la leur.

Quelle joie et combien grande, lorsque existe un
bien tel et si grand! Cœur humain, cœur indigent,
cœur expert en tribulations, plutôt écrasé de tribulations, combien tu te réjouirais si tu abondais

de tout cela! Demande au plus profond de toi-
même si ta conscience intime pourrait contenir sa
joie devant une béatitude si grande. Mais en vérité
si quelqu'un d'autre, que tu aimerais absolument
comme toi-même, possédait la même béatitude,
ta joie serait double, parce que tu ne te réjouirais
pas moins pour lui que pour toi-même. Si deux ou
trois ou beaucoup plus possédaient la même
chose, tu te réjouirais autant pour chacun que
pour toi-même, dès lors que tu les aimerais chacun comme toi-même. Ainsi donc, dans cette parfaite charité de tous les innombrables bienheureux, anges et hommes, où personne n'aimera
l'autre moins que lui-même, tous se réjouiront
pour le bonheur de chacun des autres, non autrement que pour eux-mêmes. Si donc le cœur des
hommes, devant un si grand bien, contient avec
peine sa joie, comment sera-t-il capable de recevoir des joies si nombreuses et si grandes? Et en
tout cas, autant chacun aime l'autre, autant il se
réjouit de son bien, dès lors, dans cette parfaite
félicité, chacun sans comparaison aimera plus
Dieu que lui-même et que les autres avec lui, et de
même il se réjouira inestimablement plus de la
félicité de Dieu que de la sienne et de celle des
autres avec lui. Mais s'ils aiment ainsi Dieu de
tout leur cœur, de tout leur esprit, de toute leur
âme, de façon que cependant tout leur cœur, tout
leur esprit, toute leur âme ne suffisent pas à la
dignité de leur amour, en vérité ils se réjouiront
de telle manière de tout leur cœur, de tout leur
esprit, de toute leur âme, que tout leur cœur, tout

leur esprit, toute leur âme ne pourront suffire à la plénitude de leur joie (cf. saint Matthieu, 22,37).

Proslogion, XXV.

LA JOIE PLEINE QUE PROMET
LE SEIGNEUR

Mon Seigneur et mon Dieu, toi mon espoir et la joie de mon cœur, dis à mon âme si cela est la joie dont tu nous parles par ton fils : « Demandez et vous recevrez pour que votre joie soit pleine. » (*Jean*, 16,24). Car j'ai trouvé une certaine joie pleine et plus que pleine. Oui, une fois le cœur plein, plein l'esprit, pleine l'âme, plein tout l'homme de cette joie, la joie les surpassera encore au-delà de toute mesure. Ce n'est donc pas la joie tout entière qui entrera dans ceux qui se réjouissent mais ceux qui se réjouissent qui entreront tout entiers dans la joie. Dis, Seigneur, dis à ton serviteur dans l'intime de son cœur si cela est la joie dans laquelle entreront tes serviteurs qui « entreront dans la joie » (*Matthieu*, 25,21) de leur Seigneur. Mais certes cette joie dont se réjouiront tes élus, « ni l'œil ne l'a vue, ni l'oreille ne l'a entendue et elle n'est pas montée dans le cœur de l'homme » (*Paul*, I *Corinthiens*, 2,9). Donc, Seigneur, je n'ai pas encore dit ou pensé combien se réjouiront tes bienheureux. En un mot, ils auront autant de joie que d'amour, autant d'amour que de joie. Combien te connaîtront-ils alors, Seigneur, et combien t'aimeront-ils ? En cette vie, certes, « ni l'œil n'a vu ni l'oreille entendu ni le cœur senti » monter en lui cette question : combien te connaîtront-ils et t'aime-ront-ils dans la vie de là-bas ?

Je te prie, mon Dieu, fais que je te connaisse, que je t'aime, que de toi je reçoive la joie. Et si je ne le peux en cette vie jusqu'à la plénitude, du moins que je progresse de jour en jour jusqu'au moment où cela viendra jusqu'à la plénitude. Sei-gneur, tu m'ordonnes par ton fils ou plutôt tu me conseilles de demander et tu me promets d'obte-nir « que notre joie soit pleine ». Je te demande, Seigneur, ce que tu nous conseilles par notre admirable conseiller : puissé-je recevoir ce que tu promets par ta vérité, « que ma joie soit pleine ». Que cependant mon esprit médite cela, que ma langue le dise. Que mon cœur l'aime, que ma bouche en parle. Que mon âme en soit affamée, que ma chair en ait soif, que toute ma substance le désire, jusqu'à ce que « j'entre dans la joie de mon Seigneur » (*Matthieu*, 25,21) qui est « Dieu trine et un », béni pour tous les siècles. Amen.

Proslogion, XXVI.

LA POÉTIQUE DU SAINT-ESPRIT

IXe-XIIIe siècles

Parmi les chapitres que nous consacrons à des thèmes religieux ou à des genres littéraires, il est évident que la poétique du Saint-Esprit mérite une place particulière. Elle se déploie selon une topique assez constante pendant toute la période qui nous intéresse. Il convient assurément de parler de poétique à propos de l'Esprit. D'une part, il est *spiritus*, souffle, inspiration. D'autre part, il constitue l'un des sujets principaux de la théologie et des fêtes liturgiques, notamment de la Pentecôte. La célébration s'unit ainsi à la méditation. En particulier l'évocation de l'Esprit est liée à celle de ses grâces, c'est-à-dire de ses sept « dons » (auxquels renvoie le mot septénaire) : intelligence (où la foi s'accorde avec le discernement), conseil (ou prudence, ou douceur), force, science, crainte de Dieu, pitié, sagesse (ou prudence) ; cf. Isaïe, 11,2. Tout l'équilibre et tout l'élan de la pensée théorique, active, poïétique trouvent ici leur origine : comme les théologiens de notre époque ont tendance à y insister en se tournant vers la Bible, l'esprit est d'abord souffle élémentaire. Mais il nous confère aussi toutes les *vertus de la pensée, où la contemplation s'unit à l'action et à la création.*

Les poèmes que nous citons ici représentent toutes les formes de la création liturgique. On commence par l'hymne, plus ou moins solennel, avec ses strophes égales que peuvent chanter les fidèles ensemble. Avec Notker « le petit bègue », nous voyons s'affirmer la séquence, dont les strophes alternées permettent à deux parties du chœur plus ou moins étoffées de se répondre. Les versets employés échappent au mètre, et même parfois au rythme numérique. Ils constituent alors des « proses ». Cela laisse place à la virtuosité, qui s'exprime souvent dans les vocalises. Si Notker fut appelé balbulus, *ce fut pour cette raison et non pour un quelconque défaut d'élocution. Le jaillissement des syllabes dans la musique grégorienne traduit la jubilation et l'allégresse qui sont aussi, dans la beauté, des dons de l'âme. Plus tard, les deux formes de l'hymne et de la séquence tendent à se confondre dans des cantiques strophiques et versifiés.*

Revenons un instant sur les différents textes que nous citons. Le premier est attribué avec assez de vraisemblance à Hraban Maur (vers 780-856). Nous sommes en un temps et chez un poète dans lesquels la célébration prime sur toutes choses. Dans une forme dont la pureté « mallarméenne » (Heinrich Lausberg[1]) s'accorde à une extrême transparence, l'auteur fixe dans une simplicité admirable les thèmes majeurs de la topique : l'esprit est créateur, il est source, feu, charité, grâce et

---

1. Dans son édition de l'*Ave maris stella*, Opladen, 1976.

Paraclet (*défenseur, avocat*), « *doigt de la droite de Dieu* », *parole, lumière pour la sensibilité, amour infusé dans les cœurs. Par ses dons, il nous permet de connaître la Trinité. L'auteur évite de faire allusion à une question qui, depuis Augustin, divise les théologiens : l'Esprit procède-t-il du Fils comme du Père ? Elle provoquera deux siècles plus tard le grand Schisme d'Occident.*

L'hymne de la Pentecôte de Bède le Vénérable (672/673-735/736) est antérieur. Nous le citons en second lieu parce qu'il présente, dans une forme très classique, une doctrine moins complète. Il insiste essentiellement sur la concorde et l'unité religieuse qui vont s'établir à partir de la venue de l'Esprit et s'étendre dans l'histoire aux dimensions de la catholicité. Nous avons déjà parlé de Notker (840-912), qui fut moine à Saint-Gall. Sa séquence, tout en évoquant l'unanimité morale, étend la célébration et affirme aussi le rôle de l'Esprit dans l'unité du cosmos.

Notre quatrième texte est anonyme. Il est postérieur aux autres. Par l'étendue de sa pensée comme par le bel équilibre de ses strophes, il atteste une manière nouvelle, où la méditation s'ajoute à la contemplation. L'auteur cite le Veni creator Spiritus *(« le doigt de la droite de Dieu »). Il célèbre « la sobre ébriété » spirituelle, dont parlaient déjà les Pères de l'Église, après Philon le Juif. Il exalte l'amour et la prière qui en naît. L'Esprit est vie, feu, fleuve. Il procède du Fils comme du Père (le poète, cette fois, est explicite). Il est aussi un maître de douceur et de consolation qui veille non seulement sur le spirituel mais sur le temporel.*

Hildegarde de Bingen (1098/1100-1179/1181) est ici représentée par une de ses plus admirables séquences. Nous reviendrons sur son œuvre dans un chapitre spécial. Retenons seulement la beauté de sa prose rythmée et l'union profonde qu'elle établit entre l'Esprit et la matière (il est « vivificateur des formes »).

Nous consacrerons des chapitres aux grands Victorins, Hugues et Richard. Dans la même école, Adam de Saint-Victor (mort peu avant 1150) est un des plus grands poètes du Moyen Âge. Nous avons cité de lui deux hymnes de la Pentecôte [1]. Son style se reconnaît par le caractère élaboré de la structure strophique, par la transparence et la dense profondeur du symbolisme. Adam sait utiliser la typologie biblique pour introduire le sacré dans les images. L'Esprit anime le chant du chœur, et du cœur, et règle sa modulation. Il établit ainsi l'unité par la musique. À la Pentecôte, il est fondateur de l'Église. C'est lui qui donne aux deux peuples, juif et chrétien, les trois mille pains de la loi. Il accomplit dans la douceur la célébration du Père et la parfaite purification des créatures. Dans le second hymne, Adam évoque davantage l'union de la langue, des langues apparues à la Pentecôte et de l'amour. Il en célèbre l'action d'éveil et de consolation (en particulier auprès des pauvres). Partout, il insiste sur le rôle fondateur de l'Esprit, qui assure et symbolise la fonction novatrice du christianisme.

Nous citons enfin le Veni Sancte Spiritus. *Par sa sobriété et sa brièveté, il apparaît, au XIIIe siècle,*

1. Voir aussi p. 442.

comme le pendant du *Veni creator Spiritus*. *Il l'imite dans le ton et dans les paroles. Mais, en même temps, il reprend avec sobriété les thèmes majeurs qui se sont développés ensuite : l'Esprit est le meilleur consolateur, le doux hôte de l'âme. À propos du « septénaire sacré », le dernier mot est laissé à « l'éternelle joie ». Qu'il nous suffise pour conclure la présente introduction.*

HRABAN MAUR[1] : *VENI CREATOR SPIRITUS*

Viens, Esprit créateur,
visite les esprits des tiens,
remplis de la grâce d'en haut
les cœurs que tu as créés !

Toi qui es nommé Paraclet,
don du Dieu très haut,
source vive, feu, charité
et onction spirituelle :

toi septiforme par tes dons,
toi, doigt de la droite de Dieu,
toi, promesse rituelle faite par le Père,
qui enrichis notre gorge de la parole :

enflamme la lumière dans notre sensibilité,
infuse l'amour dans nos cœurs,
ce que notre corps a d'infirme,
confirme-le toujours par ta vertu.

1. 776/784-856. L'attribution est incertaine.

Repousse l'ennemi au loin
et donne-nous dès lors la paix :
guidés par toi sur le chemin,
évitons tout ce qui peut nuire :

par tes dons apprenons à connaître le Père
et connaissons aussi le Fils,
et toi, l'Esprit de tous deux,
croyons en toi en tous les temps !...

Accorde-nous cela, ô Père très pieux
et toi, égal dans l'unité au Père,
avec l'Esprit Paraclet
régnant à travers tous les siècles[1].

Cf. Spitzmuller, p. 262 sqq.

---

1. Nous ne citons pas l'avant-dernière strophe. — Rappelons que nous renvoyons à Henry Spitzmuller simplement comme référence à sa publication. Mais la traduction est nôtre.

I Veni, creator Spiritus,
   Mentes tuorum visita,
   Imple superna gratia,
   Quae tu creasti, pectora.

II Qui paracletus diceris,
   Donum Dei altissimi,
   Fons vivus, ignis, caritas
   Et spiritalis unctio.

III Tu septiformis munere,
    Dextrae Dei tu digitus,
    Tu rite promisso patris
    Sermone ditans guttura.

IV Accende lumen sensibus,
   Infunde amorem cordibus,
   Infirma nostri corporis
   Virtute firmans perpeti.

V Hostem repellas longius
   Pacemque dones protinus,
   Ductore sic te praevio
   Vitemus omne noxium.

VI Per te sciamus, da, patrem
   Noscamus atque filium,
   Te utriusque spiritum
   Credamus omni tempore...

VIII Praesta, pater piissime
     Patrique compar unice,
     Cum spiritu paracleto
     Regnans per omne saeculum.

BÈDE LE VÉNÉRABLE[1] :
HYMNE DE LA PENTECÔTE

Envoie, Christ, de ton Esprit
Paraclet le don,
afin que, remplis de lui,
nous chantions selon le rite ses bienfaits.

Lui a choisi à l'origine
ce jour plus sacré que les autres
pour consacrer à cette date
son Église de sa grâce.

En une fois son admirable
descente nous a instruits
pour qu'à travers les ans sa grâce
éclaire toute piété.

Sur une même terrasse avec leurs compagnons
les Apôtres se tenaient
vaquant aux sublimes
louanges de Dieu

lorsque l'Esprit envoyé
du haut du trône du Père
de ceux qui chantaient ses louanges
remplit les cœurs dans sa bonté.

Il vint dans un chant très suave,
il vint dans l'extrême ferveur,
dans une vision de flamme,

1. 672/673-735.

grâce lumineuse partie des hauteurs,

Lui de la flamme du savoir
toujours nous illumine et du flambeau
de l'intérieure dilection
met le feu dans notre cœur.

Haut dans les langues de feu,
l'esprit créateur de la langue
est apparu aux croyants
et leur porta le don du Verbe.

Aux docteurs il fit le don
ensemble de la langue et du lare sacrés,
il leur apprend à parler par les mots
et à l'aimer dans leurs cœurs.

Ceux qui ont les langues de feu
avec l'esprit de charité
en chantant le Christ attisent
par leur feu l'esprit du prochain.

Par un miracle plus grand,
à ceux dont il remplit le cœur,
à tous bientôt il conféra
la langue des nations lointaines,

pour qu'à toutes nations au monde,
où manquait leur langage propre,
Jésus, ils disent ta puissance
ainsi que tes louanges.

Ô la belle grâce des choses
lorsque les peuples dissonants

d'abord par leurs mœurs et leurs voix
étaient noués entre eux par un unique esprit.

Ô cité vraiment sainte
et vraie vision de la paix
lorsque la lumière de foi
faisait un seul cœur du grand nombre.

D'abord cette béatitude
remplit la Judée de son don,
sa joie jusqu'aux confins du monde
jette ses éclairs en tous lieux.

Que la gloire unique du Christ
sous les sons différents des langues
par l'égale dévotion de toutes intelligences
reçoive louange commune dans l'unité de
   l'esprit.

Cf. Spitzmuller, p. 239 sq.

NOTKER BALBULUS[1] :
SÉQUENCE DE LA PENTECÔTE

Que du Saint-Esprit
la grâce nous soit présente,

Que de nos cœurs
elle se fasse
une demeure,

après en avoir écarté

1. 840-912.

tous les vices
spirituels.

Esprit nourricier,
toi qui donnes lumière aux hommes,

purifie les affreuses
ténèbres de notre esprit.

Toi qui aimes
les pensées
toujours saintement ressenties,

infuse
ton onction,
ô clément, dans nos sentiments.

Toi, purificateur
de tous nos crimes,
Esprit,

purifie en nous
l'œil de l'homme
intérieur,

afin que la vision
du Géniteur suprême
soit possible pour nous,

lui que seuls les yeux
d'un cœur pur
peuvent discerner.

Tu as inspiré les prophètes

pour qu'ils annoncent du Christ
les merveilles par leur chant;

tu as conforté les apôtres
pour que le trophée du Christ
fût porté par eux dans le monde entier.

Quand par sa parole
Dieu fit
la machine
du ciel, de la terre, des mers,

toi, au-dessus des eaux,
pour les réchauffer,
tu as répandu, Esprit,
ta divine volonté,

et toi aussi sur les âmes
pour les vivifier
tes eaux fécondes.

Toi, par ton souffle,
tu donnes aux hommes
d'être spirituels.

Toi, le monde divisé
par les langues
et les rites,
tu l'unifias, Seigneur.

Les idolâtres
vers le culte
de Dieu sont par toi rappelés,
Ô toi le meilleur des maîtres.

Ainsi donc, nous
qui te supplions,
sois-nous propice, exauce-nous,
Saint-Esprit.

Toi sans qui
toutes prières sont vaines,
à ce qu'on croit, et indignes
des oreilles de Dieu,

Toi qui as instruit les saints
de tous les siècles
en les embrassant dans l'élan
de ta volonté divine,
Esprit,

toi-même aujourd'hui,
faisant aux apôtres du Christ
le don d'un bienfait
insolite et inouï
pour tous les siècles,

ce jour, tu l'as fait
glorieux.

> Cf. Spitzmuller, p. 322 sqq.

ANONYME : *SÉQUENCE POUR LE
SAINT-ESPRIT*

Que du Saint-Esprit
la grâce nous assiste,
elle en qui venant du ciel

nous est donné un pouvoir efficace.

Car l'Esprit bienveillant,
le doigt de la droite de Dieu,
touchant les cordes de nos cœurs,
élève aussitôt notre esprit
et il anime l'amour
dans les cœurs des fidèles.

Pour nous par des gémissements
inénarrables,
il prie efficacement
quand il nous fait demander
le bien et le rechercher,
lui qui met ainsi le comble à ses dons.

Déjà, doucement consolé,
l'esprit est lavé de son crime
et il s'étonne soudain
de pouvoir ce qu'il ne pouvait
et d'être ce qu'il n'était,
maintenant, sous le doigt de Dieu.

En lui nous vivons vraiment,
en lui nous croyons vraiment
que tout a été créé.
En lui sont donnés les présents,
sont remis les crimes,
les pertes sont restaurées.

Feu brûlant les vices,
fleuve irriguant les cœurs
si variés qu'il enseigna;
Auster qui apporte

charismes et aromates
les voit ruisseler lorsqu'il a soufflé.

Viens, brise qui tempères
tout et qui modères
tous les sens de l'homme,
splendeur illuminant le cœur,
toi qui écartes de lui
l'ombre hideuse du crime,

toi, don de Dieu, charité,
source des biens et bonté,
amour de grande douceur,
raison des raisons,
assurée consolation,
tuteur de bénignité grande,

du Père non engendré,
du Fils même qu'il engendra
procédant également,
pleinement semblable à tous deux
et leur égal en honneur
indivisiblement,

toi l'habitant des esprits
qui te cherchent pieusement,
toi qui es le meilleur maître,
toi notre sobre ébriété[1]
enivre nos esprits,
joie et paix de notre âme;

---

1. Cette méditation sur l'ébriété est volontiers reprise par les Pères de l'Église après Philon d'Alexandrie (*De ebrietate*) et Platon (*Banquet*).

égal au Père et au Fils,
par ton conseil élevé
console-nous dans le ciel
et quand tu auras dit le vrai,
daigne qu'à nous, malheureux,
il appartienne, ô Paraclet,

pour que dans le spirituel
ainsi que dans le temporel
agissant heureusement
nous obtenions par la suite
guidés par toi les royaumes
étoilés du ciel toujours.

Cf. Spitzmuller, p. 360 sq.

SAINTE HILDEGARDE DE BINGEN[1] :
SÉQUENCE POUR LE SAINT-ESPRIT

Ô feu de l'Esprit Paraclet, vie de la vie de toute créature, tu es saint en vivifiant les formes.

Tu es saint en oignant ceux qui sont périlleusement brisés, tu es saint en essuyant les fétides blessures.

Ô soupirail de sainteté, ô feu de la charité, ô goût suave dans les cœurs et infusion des cœurs dans la bonne odeur des vertus.

Ô source pure entre toutes, dans laquelle on considère comment Dieu rassemble les étrangers et va chercher ceux qui étaient perdus.

Ô cuirasse de la vie, espoir de l'assemblage de

1. 1098/1100-1179/1181.

tous les membres, ô ceinture de l'honneur, sauve les bienheureux.

Garde ceux qui ont été emprisonnés par l'ennemi et dénoue les liens de ceux que la puissance divine veut sauver.

Ô chemin du plus grand courage, qui as tout pénétré dans les hauteurs suprêmes, tu composes et rassembles tous les hommes.

À partir de toi les nuées s'écoulent, l'éther vole, les pierres épanchent des humeurs, les eaux font jaillir leurs ruisseaux et la terre exsude la verdure.

Toi aussi toujours tu éduques les doctes létifiés[1] par l'inspiration de la sagesse.

Donc, louange à toi, qui es la voix de la louange et la joie de la vie, l'espoir et l'honneur les plus forts, toi qui donnes les récompenses de la lumière.

Cf. Spitzmuller, p. 582 sq.

ADAM DE SAINT-VICTOR :
HYMNE DE LA PENTECÔTE, I

Lumière agréable, lumière insigne,
par laquelle le feu, envoyé de son trône,
vers les disciples du Christ,

remplit les cœurs et enrichit les langues,
nous invitant dans la concorde
à moduler les chants du cœur et de la langue.

Le Christ envoya celui qu'il promit

---

1. Ce néologisme est employé par Remy de Gourmont pour traduire *laetificatos*.

en gage à l'épouse qu'il revint voir
le cinquantième jour.

Après la douceur du miel
la pierre a répandu l'huile,
la pierre déjà si ferme.

C'est sur des tables de pierre,
non dans des langues de feu
que le peuple reçut la loi qui venait de la
    montagne.

Au petit nombre fut donnée
dans le cœur la nouveauté, dans les langues
   l'unité
au Cénacle.

Ô quel bonheur, quelle fête
en cette journée où l'Église
primitive est fondée !

Vives sont les prémices
de l'Église naissante,
trois mille tout d'abord

sont les pains de la loi première,
sous une seule loi ensemble
sont deux peuples adoptifs.

Entre les deux s'interposa
en les faisant uns tous deux
la pierre d'angle, la tête.

Les outres neuves, non les vieilles

contiennent le moût nouveau;
qu'on prépare les vases vides.

Élisée verse la boisson,
mais à nous c'est Dieu qui donne la sainte rosée
si nos cœurs lui conviennent.

De ce moût, de cette liqueur,
de cette rosée nous sommes indignes
si nos mœurs sont discordantes.

Les cœurs obscurs ou divisés
ne peuvent servir de demeure
à un tel paraclet.

Viens, consolateur nourricier,
régis les langues, adoucis les cœurs,
jamais de fiel ou de venin
en ta présence.

Rien d'agréable, rien d'aimable,
rien de salubre, de serein,
rien de doux et rien de plein
sans ta grâce.

Tu es lumière des onguents,
tu es céleste condiment,
pour l'élément de l'eau tu es enrichissant
par ta vertu mystérieuse.

Faits par une création neuve,
nous te louerons d'un esprit pur,
fils maintenant de la grâce
mais par nature d'abord de la colère.

Toi qui es donateur et don,
et dans notre cœur tout le bon,
rends notre cœur prompt aux louanges,
formant le son de notre langue
pour ta célébration.

Purifie-nous de nos péchés,
toi qui es l'auteur même de la pieuse pitié
et, rénovés dans le Christ,
de la parfaite nouveauté
recevons les pleines joies.

Cf. Spitzmuller, p. 632 sqq.

HYMNE DE LA PENTECÔTE, II

Toi qui procèdes de tous deux,
du géniteur, de l'engendré
également, ô Paraclet,
rends les langues éloquentes,
fais fervents en toi les esprits
par ta riche flamme.

Amour du Père et du Fils,
égal aux deux et à chacun
pareil et semblable,
tu emplis tout et tu réchauffes tout,
tu régis le firmament et tu meus le ciel
en demeurant immobile.

Lumière aimée, lumière claire,
des ténèbres intérieures
tu fais fuir l'obscurité ;

tu purifies ceux qui sont purs,
c'est toi qui détruis le péché
et la rouille du péché.

Tu rends la vérité connue
et montres la voie de la paix
et le chemin de la justice;
tu évites les cœurs pervers
et tu enrichis les cœurs bons
par le don de la science.

Tu enseignes, rien n'est obscur,
tu es présent, rien n'est impur;
sous le couvert de ta présence
l'esprit trouve agrément et gloire.
Par toi allègre, par toi pure
se réjouit la conscience.

Tu commues les éléments,
et par toi les sacrements
ont leur efficacité;
tu repousses les nuisances,
tu confonds et tu rejettes
le vice des ennemis.

Quand tu arrives ici, tous les cœurs sont
    adoucis,
quand se fait en nous ta venue, de la ténébreuse
    nue
l'obscurité est mise en fuite;
ton feu sacré, ton cœur de feu
ne brûle pas mais des soucis
nous purge quand tu nous visites.

Les esprits qui d'abord étaient sans expérience
et assoupis et oublieux,
tu les dégrossis, les éveilles ;
tu échauffes les langues et tu formes le son,
elle incline le cœur au bien,
la charité donnée par toi.

Ô secours des opprimés,
consolation des malheureux,
refuge des pauvres,
donne-nous de mépriser les choses terrestres.
et vers l'amour des hauteurs
entraîne notre désir.

Consolateur et fondateur,
habitant et amoureux
des cœurs humbles,
chasse le mal et lave les souillures,
rends accordés les cœurs en désaccord,
apporte-nous ta protection.

Toi qui jadis as visité,
enseigné, réconforté
tes disciples qui craignaient,
tu daigneras nous visiter,
et, s'il te plaît, nous consoler
avec les peuples des fidèles.

Les personnes sont égales par leur majesté,
égal est leur pouvoir,
la déité leur est commune ;
toi qui procèdes des deux,
tu es égal à chacun :

nulle différence en aucun.

Car tu es aussi grand et tel
que le Père est grand et tel quel.
L'humilité des serviteurs
au Dieu Père et à son Fils
rédempteur et à toi aussi
doit rendre les louanges dues.

Cf. Spitzmuller, p. 664 sqq.

ANONYME : *VENI SANCTE SPIRITUS*

Viens, Esprit Saint,
et envoie du haut du ciel
le rayon de ta lumière ;
viens, père des pauvres,
viens, dispensateur des dons,
viens, lumière des cœurs.

Consolateur le meilleur,
doux hôte de l'âme,
son doux rafraîchissement,
toi repos dans le labeur,
dans la fièvre modérateur,
consolation dans les pleurs.

Ô lumière bienheureuse,
remplis l'intime des cœurs
de tes fidèles ;
sans ta volonté divine,
il n'est rien dans l'homme,
rien n'est innocent.

Lave ce qui est sordide,
arrose ce qui est aride,
guéris ce qui est blessé ;
fléchis ce qui est rigide,
réchauffe ce qui est languide,
redresse ce qui dévie.

Donne à tes fidèles,
confiants en toi,
le septénaire sacré ;
donne le prix de la vertu,
donne l'issue du salut,
donne l'éternelle joie[1].

Cf. Spitzmuller, p. 1426 sqq.

1. Veni, sancte Spiritus,
et emitte caelitus
   lucis tuae radium :
veni, Pater pauperum ;
veni, dator munerum ;
   veni, lumen cor-
   dium,

Consolator optime,
dulcis hospes animae,
   dulce refrigerium,
in labore requies,
in aestu temperies,
   in fletu solacium.

O lux beatissima,
reple cordis intima
   tuorum fidelium :

sine tuo numine
nihil est in homine,
   nihil est innoxium.

Lava quod est sordidum,
riga quod est aridum,
   rege quod est devium,
fove quod est languidum,
flecte quod est rigidum,
   sana quod est saucium.

Da tuis fidelibus
in Te confidentibus
   sacrum septenarium ;
da virtutis meritum,
da salutis exitum,
   da perenne gaudium.

SAINT BERNARD DE CLAIRVAUX
1090-1153

Voici, à tous égards, une des plus grandes œuvres du Moyen Âge. Pourtant, elle semble éloignée ou parfois hostile par rapport aux thèmes qui dominent notre livre : la littérature, la philosophie, les artes, la théologie elle-même, dont Bernard réprouve quelquefois les aspects abstraits ou abusivement intellectuels. Mais il convient de réfléchir plus attentivement sur la portée de tels écrits. Notre intention, au départ, a été de montrer combien le latin de l'Église médiévale est supérieur, même dans ses aspects techniques, aux reproches que les modernes lui adressent souvent. Or, saint Bernard va particulièrement loin dans la voie que nous avons voulu suivre. Il se tient au-delà des langages techniques et il exprime avec une spontanéité admirable ce qu'on pourrait appeler son sentiment direct de Dieu. Il faut donc étudier sa vision contemplative et mystique et le style qui l'exprime. Nous sommes au plus profond du courant que nous n'avons cessé de reconnaître et qui nous conduit notamment d'Augustin à Pascal.

Saint Bernard (1090-1153) est né de petite

noblesse bourguignonne. C'est, dès sa jeunesse, un prodigieux animateur. Il a reçu la culture littéraire qui fait de lui un maître de la parole. On lui avait aussi donné la formation qui convenait aux chevaliers. Il y avait ainsi en lui deux tendances, l'une militaire, l'autre littéraire, qui ne pouvaient se rencontrer pleinement que dans la rigueur spirituelle de la vie religieuse. Dans un tel esprit, Bernard s'est présenté en 1112 avec ses proches et ses vassaux dans l'abbaye de Cîteaux, où l'on venait d'apporter quelques réformes à la vie des puissants moines clunisiens. Puis, en 1115, il fonde Clairvaux, dont il restera l'abbé[1]. Son influence deviendra immense dans le monde chrétien : il est le conseiller des rois, prêche à Vézelay la deuxième croisade, dirige le pape Eugène III, moine cistercien. Une telle réussite est due à ses qualités et ses vertus, à sa ferveur ascétique, mais d'abord à sa mystique à la fois contemplative et active, qui est pétrie d'amour.

De l'amour de dilection, qui s'adresse à Dieu et vient de lui, il connaît les exigences, la beauté, le langage. Il en définit le sens et les degrés dans le De diligendo Deo. Quelle est la mesure d'un tel amour ? Il nous le dit : « c'est d'aimer sans mesure ». En lui s'accomplit la rencontre de l'infini divin et des limites humaines. Même notre faiblesse n'exclut pas notre tendresse et notre espoir infinis, puisque « qui cherche trouve » et « qu'on ne chercherait pas si l'on n'avait d'abord trouvé ». Bernard

---

1. Cîteaux, près de Dijon, avait annoncé la réforme des Bénédictins de Cluny. Bernard va lui donner son ampleur et sa rigueur. Ainsi s'affirme l'ordre cistercien. Clairvaux se trouve aux environs de Bar-sur-Aube.

reprend ici une formule esquissée par saint Augustin et qui ira jusqu'à Pascal.

Nous sommes au point de contact de l'amour mystique et de la philosophie religieuse. Bernard ne rejette pas cette dernière. Il sait que la culture des artes est nécessaire pour éclairer la foi. Mais, comme les Victorins et notamment Richard le pensent en son temps, il estime, lui aussi, qu'une telle formation scientifique est utile à la condition de ne favoriser ni l'orgueil ni l'ambition. Elle doit servir au salut, viser à la fois la charité et la prudence, lorsqu'elle nous aide à édifier les autres ou à être édifiés.

Dans cette perspective, on voit se développer une série de thèmes.

En premier lieu, la volonté de charité conduit Bernard à joindre l'action à la contemplation. Toutes deux sont étroitement jointes dans l'amour. L'abbé de Clairvaux souligne cette exigence de deux façons. D'abord, il sait bien que les moines doivent éviter l'oisiveté. Il confronte donc Marthe et Marie. Certes, la seconde a choisi la meilleure part mais la première, qui veille aux travaux de la vie commune, exerce une tâche complémentaire, qui ne saurait passer pour négligeable. Le deuxième exemple auquel s'attache notre auteur est celui du pape Eugène III. De par ses fonctions religieuses et concrètes, il est obligé de se tenir entre la contemplation et l'action. Bernard rédige pour lui un De consideratione. La « considération » est la démarche spirituelle qui permet de concilier la contemplation et l'action. Elle implique l'équité et l'amour, se tient au-dessus des jugements profanes.

En second lieu, la méditation de Bernard implique un humanisme qui est dominé par ce qu'on appelle le socratisme chrétien. La foi comme la philosophie exige que l'homme se connaisse lui-même. Une telle connaissance implique la connaissance de Dieu. Notre auteur reprend les formules qu'Augustin présentait dans le De Trinitate : il existe dans notre âme des reflets ou des images de la Trinité (par exemple la mémoire, la volonté, l'intelligence, ou la volonté, la crainte et l'espoir). Il ne faut pas laisser se dégrader de tels reflets de Dieu.

D'une manière plus générale, c'est le problème de la connaissance qui se pose. Augustin l'avait évoqué dès le temps du Contra Academicos. Avec l'antiquité déclinante, il avait fait l'expérience du doute, qui était devenu dominant chez les philosophes et notamment chez les platoniciens. Mais ceux-ci croyaient à l'existence de l'idéal et au progrès infini de la connaissance, tournée vers lui, fondée sur lui. Bernard s'écarte entièrement du doute. Il trouve une certitude dans l'amour mystique, qui ne se trompe pas sur la réalité de l'absolu et qui constate aussi dans l'extase qu'il est indicible et même plus qu'ineffable, impensable selon les moyens de la connaissance humaine. Il faut donc passer par les ténèbres ; seule la grâce d'illumination, qui vient de Dieu, peut les dissiper. Bernard reprend la même doctrine, qui est augustinienne, en accentuant son aspect mystique. Il sait que la connaissance de Dieu est une « expérience ». À l'expertus appartient la vraie joie, dans laquelle se rencontrent la douceur et l'exultation. Les profanes, déjà, réfléchissant sur la beauté de grâce (deçus ou decorum) et de convenance, la définissaient par le plaisir et par la noble dignité. Mais il s'agit ici de la Grâce au sens religieux : en elle les vertus humaines sont transfigurées. Il s'agit pour les hommes de réaliser le Cantique des cantiques, de célébrer et de vivre le mariage de leur âme et de Dieu. L'évidence du sacré devient alors toute-puissante. Mais, comme il arrive dans le cas de la musique, un tel langage, qui règne à la fois dans le ciel et dans les profondeurs, ne peut s'entendre que dans le silence : il n'est pas perçu « au-dehors » et il n'existe que dans la « consonance » des esprits : « Seule celle qui chante entend et celui pour qui l'on chante. » La véritable connaissance se fait donc dans les fiançailles de l'amour. Elle est « co-naissance » comme dira Claudel. Là est le fondement de toute expérience et de toute parole : nous sommes bien au cœur de notre livre.

Dès lors, il est possible de méditer sur la morale qui s'accorde à une telle grâce. Mais on comprend qu'il ne s'agit pas de préceptes abstraits. Il faut encore parler plutôt d'expérience, engageant tout l'humain, chair et âme, et le dépassant dans le dialogue avec Dieu. On y trouve la douleur à côté de la douceur et la rigueur à côté de la compassion. Bernard n'a cessé d'insister à la fois sur la sévérité et sur le pardon, qu'il situe à un degré supérieur. La compassion, que nous venons d'évoquer, permet en tout cas d'accorder dans la douleur (et peut-être dans la joie d'aimer) la dureté et la tendresse fraternelle.

Il n'est pas sûr que Bernard (par exemple dans les polémiques qui l'ont opposé à Gilbert de la Porrée ou surtout à Abélard) ait pleinement réussi à réaliser ce programme, qui n'était point aisé. Mais on ne doit pas méconnaître la réalité de son amour. Les Sermons sur le Cantique des cantiques *qu'il rédige à la fin de sa vie nous le montrent assez. Il y décrit dans sa plénitude et dans son intensité le dialogue de l'âme avec Dieu. Là se manifeste d'abord son aptitude à souffrir, qui l'oppose à la conception philosophique de l'impassibilité, telle que l'avait préconisée un certain stoïcisme. L'amour, tel que le conçoivent les chrétiens, connaît et accepte la souffrance. Bernard, méditant sur la mort de son frère Gérard, reprend ce que saint Jérôme disait à propos de celle de Blesilla, sa jeune disciple victime d'austérités extrêmes.*

Tout chrétien qui accueille la souffrance pense au Christ. En lui aussi, il reçoit la douleur et la joie. Mais surtout, il comprend à la fois sa propre dignité humaine et la souffrance de Dieu. Telles sont les affirmations admirables du Sermon XLV. *Dieu a besoin de l'âme comme elle de lui. Pour qu'elle puisse accomplir la tâche qu'il veut lui fixer, il faut d'abord qu'elle croie en elle-même et qu'elle ne cède pas au sentiment de sa misère et de sa laideur. Il est clair que le Moyen Âge a été tenté, à cause de sa perception de la perfection divine, par l'obsession de la pénitence et de l'auto-flagellation. On le lui a reproché bien souvent. Mais tous les auteurs que nous citons dans ce livre, si forte que soit leur expérience du péché, savent que la nature, en tant qu'œuvre de Dieu, reste bonne, au principe de l'amour. Bernard atteint ici la formulation la plus profonde : Dieu dit à l'âme qu'elle est belle, pour qu'elle puisse à son tour lui dire qu'il est beau. La beauté naît donc de l'homme et de Dieu dans leur joie et dans leur souffrance, qui provient essentiellement d'être privés l'un de l'autre. C'est pourquoi Dieu s'incarne. Il le fait d'abord pour connaître le vide et le manque, pour expérimenter la* kénose[1] *et pour parler à la chair son langage (de là le symbole du baiser mystique, qu'il puise dans le* Cantique des cantiques*). Mais il le fait surtout dans le jaillissement d'amour qui constitue la création. La véritable mission de l'homme est de chanter Dieu et la création. On le sait au moins depuis Philon d'Alexandrie et Épictète. Saint François et saint Thomas d'Aquin le répéteront, chacun à sa façon.*

En faisant la place si grande à la beauté dans l'amour, Bernard s'impose à lui-même des exigences esthétiques. Nous voudrions conclure sur elles, puisqu'il est, en son temps, le plus grand contemplateur de la beauté, qu'il situe, comme nous l'avons dit, dans la démarche fondamentale de l'amour, et l'un des plus grands créateurs dans l'ordre du langage et du style. Nous dirons que, par suite de l'idée qu'il se fait de l'expérience mystique, il cherche essentiellement à traduire directement son expérience de Dieu, en passant moins que d'autres par les figures et les symboles.

Ce dépouillement existe d'abord dans sa conception générale de l'esthétique religieuse. De là ses polémiques contre Suger à propos de l'ornementation des sanctuaires. Il bannit, dans les monastères cisterciens, toute complaisance envers le plaisir et

---

1. L'opération par laquelle Dieu semble se « vider » de son être infini dans l'Incarnation (cf. Platon, *République*, 585).

la richesse. Mais il faut souligner qu'il n'en écarte pas pour autant la beauté. Il sait qu'elle naît avant tout d'un amour purifié. On s'en aperçoit aussi dans son style écrit. Les figures n'y manquent pas : répétitions, métaphores et images, symboles aussi, quoique nous ayons pu dire, parallélismes, comparaisons, gradations, soulignées par le jeu des assonances. Dans son éloquence, nous rencontrons sans cesse de véritables hymnes en prose. Tout aboutit à la transparence et à la pure simplicité.

Soulignons que cette manière d'écrire était préconisée par Augustin, qui en avait trouvé le modèle dans la Bible et notamment chez saint Paul et dans son hymne à l'amour. C'est pourquoi nous parlons ici de symboles plutôt que d'allégories. Les interprétations proposées par Bernard ne sont jamais abstraites. Elles ne cherchent pas à expliquer les phénomènes physiques ou même les préceptes des devoirs. Partout, elles cherchent directement à rendre visible la présence de Dieu, c'est-à-dire de l'amour, de la joie et de la douleur. De là deux faits de style qui se retrouvent souvent : d'une part, le caractère concret des images : la pluie d'hiver symbolise la sévérité purificatrice de Dieu, mais la pluie d'été représente sa grâce; il faut marcher vers Dieu une fleur à la main; d'autre part Dieu, en s'incarnant, « bondit » du ciel vers la terre. Bernard « bondit » lui aussi, joignant à l'abondance augustinienne la breuitas du cœur; il annonce ainsi Pascal, qui lui doit beaucoup.

Toutes les questions qu'il pose, toutes les réponses qu'il proclame dans la douleur et dans la joie, portent sur la charité : nous conclurons donc par une citation du De caritate : « *Qui aime, aime l'amour. Or aimer l'amour forme un cercle si parfait qu'il n'y a pas de limite à l'amour.* » *C'est ainsi que l'infinité de Dieu se marie dans l'amour avec l'unité de l'homme*[1].

L'AMOUR DE DIEU *(DILECTIO)* :
« TU NE ME CHERCHERAIS PAS... »

La cause d'aimer Dieu est Dieu. La mesure en est d'aimer sans mesure. Cela suffit-il ? Absolument peut-être. Mais seulement au sage...

1. Bibliographie de saint Bernard de Clairvaux :
Principales œuvres : voir *P.L.*, t. 182-183. Dom Jean LECLERCQ assisté de L.H. TALBOT et Henri ROCHAIS a publié 8 vol. de *S. Bernardi opera*, Rome, 1975-1977, comprenant les *Sermones super Cantica canticorum* (1-2), les *Tractatus et opuscula* (3), les *Sermones* (4-6) et les *Epistulae* (7-8); trad. française : *Œuvres complètes* par l'abbé CHARPENTIER et l'abbé DION, Paris, 1867-1870; Albert BÉGUIN, Saint Bernard, *Œuvres mystiques*, Seuil, 1953 (*De l'amour de Dieu* ; 86 *Sermons sur le Cantique* ; œuvres mariales); P. DALLOZ, *La Considération*, Grenoble, 1945; *Sermons*, éd. bilingue en cours aux « Sources chrétiennes », Cerf. Anthologie (avec trad.) : Paul ZUMTHOR, *Saint Bernard de Clairvaux*, Fribourg, 1947; *Textes politiques*, 10-18, 1986; Jean CHÂTILLON, *Saint Bernard : Prière et union à Dieu*, Paris, 1953.
Études : elles sont dominées par l'œuvre de Dom Jean LECLERCQ : *Recueil d'études sur saint Bernard et le texte de ses écrits*, 4 vol., « Storia e letteratura », 92, 104, 114 et 167, Rome, 1962, 1966, 1969 et 1987; *Saint Bernard et l'esprit cistercien*, Seuil, 1966; *Essais sur l'esthétique de saint Bernard*, « Studi medievali », 3ᵉ série, t. 9, 1968, p. 688-728; Georges DUBY, *Saint Bernard et l'art cistercien*, Arts et métiers graphiques, 1976; Jacques VERGER et Jean JOLIVET, *Bernard-Abélard ou le cloître et l'école*, Mame, 1982; Étienne GILSON, *La Théologie mystique de saint Bernard*, Vrin, 1934.

Que dire si notre amour lui-même n'est pas dépensé gratuitement mais payé comme un dû? Donc, l'immensité aime, l'éternité aime, la charité qui s'élève au-dessus de la science aime, Dieu aime, lui dont la grandeur n'a pas de fin, dont la sagesse n'a pas de nombre, dont la paix surpasse tout intellect et nous lui rendons la pareille avec mesure...

Tu es bon, Seigneur, pour l'âme qui te cherche. Qu'est-ce donc pour celle qui te trouve? Mais en cela il est admirable que personne ne puisse te chercher, si ce n'est celui qui t'aura d'abord trouvé. Tu veux donc être trouvé pour être cherché, cherché pour être trouvé. En vérité, tu peux être cherché et trouvé, non prévenu.

L'Amour de dilection envers Dieu, 16, 22.

LE CANTIQUE DES DEGRÉS[1] :
SEULE ENTEND CELLE QUI CHANTE...

Je pense que vous le reconnaissez en vous-mêmes : ces cantiques dans le psautier ne sont pas appelés cantiques des cantiques mais cantiques des degrés pour la raison qu'à chacun de nos progrès, selon les ascensions que chacun accomplit dans son cœur, il faut chaque fois entonner un cantique particulier pour la louange et la gloire de celui qui les suscite. Je ne sais comment expliquer autrement dans sa plénitude ce

1. Les « cantiques des degrés » étaient ceux des pèlerins accédant aux marches du Temple de Jérusalem.

verset : « C'est la voix de l'exultation et du salut dans les tentes des justes. » Ou assurément cette exhortation de l'apôtre, belle et salutaire entre toutes : « Dans les psaumes, les cantiques et les hymnes spirituels, vous chantez en vos cœurs pour le Seigneur. »

Mais il est un cantique qui, à cause de sa dignité et de sa douceur particulières, l'emporte à juste titre sur tous ceux que nous avons cités, et je puis l'appeler à bon droit Cantique des cantiques, parce qu'il est lui-même le fruit de tous les autres. Un cantique de ce type n'est enseigné que par l'onction, seule l'apprend l'expérience.

> Que les experts le reconnaissent,
> que les non experts brûlent du désir
> non tant de le connaître
> que d'en faire l'expérience.
> Ce n'est point le bruit d'une bouche
> mais la jubilation du cœur,
> non le son des lèvres
> mais le mouvement des joies,
> la consonance non des voix
> mais des volontés.
> On ne l'entend pas au-dehors,
> elle ne retentit pas en public ;
> seule celle qui chante entend
> et celui pour qui l'on chante,
> c'est-à-dire l'époux et l'épouse.

Car c'est le cantique nuptial qui exprime les chastes et charmants embrassements des âmes, la concorde des mœurs, la charité mutuelle où s'accomplit l'accord des affections.

Sermons sur le Cantique des cantiques,
I, 10 sq.

QU'IL ME BAISE DU BAISER DE SA BOUCHE : LE VERBE BAISER DE DIEU

Voici que je contiens à peine mes larmes, tant j'ai honte de la tiédeur et de la torpeur de notre malheureux temps ! — Qui d'entre nous à la vue d'une grâce si grande est aussi enflammé que l'étaient les anciens saints par le désir de voir accomplie la promesse ? Car voici que bien des gens vont se réjouir à la Noël, dont la célébration est proche. Mais plaise au ciel que ce soit de la Nativité, non de la vanité. C'est donc leur désir brûlant et la pieuse attente de leur affection qui me sont inspirées par ces paroles : « Qu'il me baise du baiser de sa bouche. » Bien sûr, quiconque pouvait alors être spirituel avait perçu ce que serait la grâce épanchée sur ces lèvres : aussi, dans le désir de son âme, il parlait et disait : « Qu'il me baise du baiser de sa bouche. » Bien sûr il désirait de toutes manières que sa participation à tant de douceur ne lui fût pas dérobée. Car tous les parfaits disaient : « Que m'importent les paroles des prophètes ? Leurs bouches sont presque sans mots. Que plutôt le plus beau parmi les fils des hommes me baise lui-même du baiser de sa bouche. Désormais, je n'écoute plus Moïse. Sa langue est devenue trop embarrassée à mes yeux. Les lèvres d'Isaïe sont impures ; Jérémie ne sait pas parler, parce que c'est un enfant. Celui dont ils parlent, que lui-même me parle, que lui-même me baise du baiser de sa bouche... Que ce ne soit pas en eux ou par eux qu'il me parle, puisqu'ils sont une eau ténébreuse dans les nuées de l'air, mais qu'il me baise lui-même du baiser de sa bouche, que sa présence pleine de grâce et que les flots de son admirable enseignement deviennent en moi la source d'une eau jaillissante pour la vie éternelle. Le père l'a oint de l'huile d'allégresse avant ses compagnons : n'est-ce pas en venant de lui-même qu'une grâce plus abondante s'épanchera en moi, pourvu qu'il me baise du baiser de sa bouche ? De toute façon, sa parole vive et efficace est pour moi un baiser, et non pas la jonction des lèvres, qui parfois nous trompe sur la paix des âmes, mais le clair épanchement des joies intérieures, la révélation des secrets, un mélange merveilleux et en une certaine façon indifférencié de la lumière supérieure et de l'esprit illuminé. Car celui qui adhère à Dieu est un seul esprit. Dès lors, je rejette à juste titre les visions et les songes, je ne veux pas des figures et des énigmes ; même la beauté des anges me fatigue. Car eux aussi, Jésus les surpasse de loin par sa splendeur et sa beauté. Donc ce n'est à aucun autre, ni ange ni homme, mais à lui-même que je demande de me baiser du baiser de sa bouche.

Sur le Cantique..., II, 2.

LE VERBE ET L'INCARNATION :
JÉSUS EST LE BAISER DU VERBE
À LA CHAIR

Soyez attentifs : la bouche qui offre le baiser sera le Verbe qui donne le baiser et la chair par qui il est donné : or le baiser, qui est accompli à égalité par celui qui embrasse et celui qui est embrassé, c'est la personne même formée par l'assemblage de l'un et de l'autre, le médiateur de Dieu et des hommes, l'homme Jésus-Christ.

Sur le Cantique..., II, 3.

PRIÈRE AU CHRIST AU SUJET DE LA
JOIE QU'IL DONNE ET QU'IL REÇOIT

Je t'en supplie, beau plaisir, douceur ruisselante de miel, suavité du parfum, parfum de la suavité, allégresse suprême, gloire éternelle, vie des saints, honneur des anges, sauveur du monde, fils du Dieu vivant, Jésus, plein de douceur, de beauté, de tendresse et d'amour, dis, je t'en prie : quelle est la cause de ta dilection, du ciment de ta charité, par laquelle tu nous donnes le précepte de t'aimer et de demeurer dans ta dilection. Dis à ceux qui ne t'aiment pas de t'entendre et de t'aimer et à ceux qui t'aiment d'accroître de plus en plus leur ferveur dans ta dilection...

Quiconque en effet embrasse le Christ et s'attache à lui dans la moelle la plus intime de son cœur, de manière pure, inébranlable, sans

réserve, tiendra toute la joie de Jésus pour la
sienne. Bien plus, il se réjouit plus grandement de
la joie que le Christ a reçue de son père en ressus-
citant, en montant aux cieux, en siégeant à sa
droite que de cette joie qu'il doit recevoir du
Christ au jour du jugement. Donc, frères très
chers, que demeure en vous la joie du Christ,
qu'elle soit active ou passive, qu'elle vienne de
l'amant ou de l'aimé, c'est-à-dire qu'elle soit la joie
par laquelle le Christ se réjouit de nous ou la joie
par laquelle nous nous réjouissons du Christ.

Dans la Cène du Seigneur, XIII.

LA TRINITÉ ET L'AMOUR

C'est donc à bon droit que la Fiancée, cherchant
celui qu'aime son âme, ne se confie pas aux sens
de sa chair, ne se repose pas dans les vaines ratio-
cinations de la curiosité humaine, mais cherche le
baiser, c'est-à-dire invoque l'Esprit-Saint, pour
recevoir de lui à la fois le goût de la science et le
condiment de la grâce. Et c'est conformément au
bien que la science, donnée dans le baiser, est
reçue avec amour. Car le baiser est l'indice de
l'amour. Donc la science qui nous enfle, dès lors
qu'elle est sans charité, ne procède pas du baiser.
Ceux qui ont le zèle de Dieu, mais non selon la
science, ne sauraient le réclamer. Car c'est l'esprit
de sagesse et d'intelligence qui, comme s'il portait la cire et le miel, possède entièrement ce qu'il
lui faut pour allumer la lumière de la science et
infuser la saveur de la grâce. Personne en effet ne

doit croire avoir reçu le baiser, ni celui qui comprend la vérité et n'aime pas, ni celui qui aime et ne comprend pas. Assurément, dans ce baiser, ni l'erreur n'a de place, ni la tiédeur. Aussi, pour recevoir la double grâce du sacrement saint, celle qui est fiancée doit tendre ses deux lèvres : la raison qui donne l'intelligence, la volonté de sagesse, pour que, dans la glorieuse plénitude du baiser, elle mérite d'entendre : « La grâce s'est répandue sur tes lèvres : c'est pourquoi Dieu t'a bénie pour l'éternité. »

C'est pourquoi le Père embrassant le Fils exhale pour lui dans leur plus grande plénitude les arcanes de sa divinité et lui insuffle la suavité de l'amour; c'est le sens des paroles de l'Écriture : « La bouche de Dieu donne le jour au jour. » Bien sûr, à cet embrassement éternel où chaque partenaire trouve le bonheur, il n'est donné d'avoir part à aucune créature (je l'ai déjà dit) : seul l'Esprit est témoin pour chacun d'eux et partage la conscience de leur reconnaissance et de leur dilection mutuelles. Qui en effet a connu la pensée de Dieu ou qui fut son conseiller intime? Quelqu'un pourra me dire : Mais à toi donc d'où te vient ce savoir qui de ton propre aveu n'a été confié à aucune créature? Assurément, « le Fils unique qui est dans le sein du Père, c'est lui-même qui me l'a exposé ». Il l'a exposé, devrais-je dire, non à moi, dans ma misère et mon indignité, mais simplement à Jean, l'ami du fiancé...

Sur le Cantique..., VIII, 6 sq.

RÉDEMPTION ET COMPASSION

Je vous conseille, mes amis, d'écarter vos pas du souvenir pénible et angoissé des chemins que vous avez suivis et de déboucher sur les itinéraires moins accidentés qu'ouvre la mémoire des bienfaits de Dieu : ainsi, vous qui êtes confondus en vous-mêmes, vous reprendrez votre souffle dans sa vision. Je le veux, faites l'expérience que le saint prophète conseille en disant : « Délecte-toi dans le Seigneur et il t'accordera ce que ton cœur demande. » Et certes il est nécessaire de souffrir pour nos péchés, mais à condition qu'une telle douleur ne soit pas continuelle. Qu'elle soit sainement interrompue par l'allégresse plus grande que suscite le souvenir de la divine bonté afin qu'il n'arrive pas à notre cœur de s'endurcir par tristesse et qu'il ne doive plutôt sa mort au désespoir. Mêlons le miel à l'absinthe, pour qu'une amertume salubre puisse donner la santé lorsqu'on pourra la boire en la tempérant par un mélange de douceur. Écoute enfin Dieu pour savoir comment il tempère l'amertume d'un cœur contrit, comment il rappelle l'âme faible loin du gouffre du désespoir, comment il la console grâce au miel de sa promesse douce et fidèle. Il le dit par le prophète : « Je mettrai un frein à ta bouche, pour que tu ne t'égares pas », c'est-à-dire : « Dans l'égarement de tes fautes, ne cours pas vers la tristesse, ne ressemble pas au cheval emballé et ne te précipite pas dans la mort. Je te retiendrai, me dit-il, par le frein de mon indulgence, je t'élèverai par les

louanges que tu me donneras, tu retrouveras le
souffle dans le bien que je fais, toi qui seras
confondu dans le mal que tu accomplis : car, en
vérité, tu trouveras en moi plus de bonté qu'en toi
de culpabilité. Si ce frein avait freiné Caïn, il
n'aurait jamais dit par désespoir : « Trop grande
est mon iniquité pour que je mérite le pardon. »
Non, non ! Plus grande est sa pitié que toute iniquité. Aussi, le juste n'est pas toujours son propre
accusateur, il l'est seulement quand il commence
à parler. Mais du même mouvement il a pris
l'habitude de conclure son discours dans la
louange de Dieu.

Sur le Cantique..., XI, 2.

L'ESPOIR DE LA PLÉNITUDE
DÉBORDANTE : DIEU TOUT EN TOUS

Mais, puisque les biens dont le Seigneur de
miséricorde et de pitié ne cesse de faire largesse
aux mortels ne peuvent être rappelés et réunis par
la mémoire d'aucun homme (qui en effet dira tous
les pouvoirs de Dieu, fera entendre toutes ses
louanges ?), ce qui tient la place principale et
suprême pour le salut ne doit s'écarter à aucun
degré de la mémoire des rachetés. Dans cette
œuvre deux exigences majeures viennent tout aussitôt à se présenter devant moi : j'aurai soin de les
introduire au plus profond de votre zèle studieux.
Je le ferai aussi brièvement que mon propos le
permettra, en me souvenant de cette sentence :
« Donne une occasion au sage et il sera plus
sage. » Donc, il y a là deux points, la mesure et le

fruit. La mesure est le vide de Dieu, le fruit la plénitude qui nous vient de lui. La première méditation est la semence du saint espoir, la seconde est la flamme qui allume l'incendie du plus haut amour. Toutes deux sont nécessaires à nos progrès, pour que l'espoir ne soit pas mercenaire, s'il n'est accompagné par l'amour ou que l'amour ne s'attiédisse pas, si on pense qu'il n'a pas de fruit. Dès lors nous espérons de notre amour un fruit tel que nous l'a promis celui-là même que nous aimons, ces méditations vous le donneront plein, pressé, mêlé, débordant, elles le placeront dans votre sein. Cette mesure (comme je l'entends) sera sans mesure...

Pour ne rien dire du corps, je vois dans l'âme trois choses : la raison, la volonté, la mémoire ; ces trois sont l'âme même. Chacune est privée dans le siècle présent d'une partie de son intégrité et de sa perfection : quiconque marche sur les chemins de l'esprit le mesure. Pourquoi cela, sinon parce que Dieu n'est pas encore toutes choses en tous ? De là vient que la raison se trompe très souvent dans ses jugements, que la volonté est ballottée par quatre sortes de troubles et que la mémoire est rendue confuse par de multiples oublis. À cette triple vanité la noble créature est soumise sans le vouloir, mais en restant dans l'espoir. En effet, celui qui remplit de ses biens le désir de l'âme doit devenir lui-même pour la raison la plénitude de la lumière, pour la volonté l'abondance de la paix, pour la mémoire la durée continue de l'éternité. Ô vérité, charité, éternité ! Ô Trinité heureuse et béatifiante ! C'est vers elle que ma misérable trinité

soupire misérablement, puisqu'elle est malheu-
reusement exilée loin de toi. En s'écartant de toi,
dans quelles erreurs, quelles douleurs, quelles
peurs elle s'est empêtrée! Hélas sur moi, quelle
trinité avons-nous échangée pour toi! Mon cœur
est troublé et je souffre; ma vertu m'a abandonné
et j'ai peur; la lumière de mes yeux n'est pas avec
moi et de là vient mon errance. Ô trinité de mon
âme, quelle Trinité différente tu as offensée! Mais
cependant pourquoi es-tu triste mon âme, et
pourquoi me troubles-tu? Espère en Dieu parce
que je le confesserai encore, lorsque je verrai
toute erreur s'écarter de la raison, toute douleur
de la volonté et de la mémoire toute peur et
lorsque leur succédera ce que nous espérons, une
admirable sérénité, une pleine suavité, une éternelle sécurité. La première sera suscitée par la
vérité qui est Dieu, la seconde par la charité qui
est Dieu, la troisième par le pouvoir suprême qui
est Dieu, de telle sorte que Dieu soit toutes choses
en toutes choses, puisque la raison reçoit la
lumière inextinguible, que la volonté obtient la
paix qui ne peut être troublée, et que la mémoire
s'attache à une source éternelle qui ne fait jamais
défaut.

Sur le Cantique..., XI, 3,6.

LA RÉDEMPTION ET LA KÉNOSE

Tels sont les fruits de la Rédemption. Quant au
mode de son accomplissement, si vous vous en
souvenez, nous l'avons défini comme un vide qui
se fait en Dieu : je vous demande de considérer

trois points particulièrement. Car cet anéantissement ne fut ni simple ni modique, mais il s'anéantit jusqu'à la chair, à la mort, à la Croix... Cependant, quelqu'un dira : le créateur ne fut-il pas capable de réparer son œuvre sans cette difficulté ? Il l'a été, mais il a préféré y joindre l'injustice subie par lui pour ne pas laisser après cela dans l'homme une occasion pour le pire et le plus odieux des vices : l'ingratitude. Certes, il assume de grandes peines pour tenir l'homme par la dette d'un grand amour.

Sur le Cantique..., XI, 7.

LA COMPASSION : MARIE-MADELEINE ET LE VASE DE PARFUMS

Je me rappelle que je vous ai transmis deux onguents. L'un est celui de la contrition, il embrasse beaucoup de fautes ; l'autre est celui de la dévotion, il contient beaucoup de bienfaits. Tous les deux sont salubres, mais tous les deux ne sont pas suaves. Le premier, sans doute, nous point, parce que l'amer souvenir des péchés nous pousse vers la componction et cause la douleur ; celui qui vient après lui produit un effet d'adoucissement, parce que la vision de la bonté divine est consolante et apaise la douleur. Mais il est un onguent qui dépasse de loin les deux autres en excellence : c'est, dirai-je, celui de la pitié, pour autant qu'elle naît des besoins des pauvres, de l'angoisse des opprimés, des troubles de la tristesse, des fautes des délinquants, et enfin des tri-

bulations de tous les malheureux, même s'ils ont
été nos ennemis.

Sur le Cantique..., XII, 1.

LES FLEUVES DE GRÂCE
ET LA CIRCULATION DES LOUANGES

Si l'abondance des eaux revient sans cesse par
des retours secrets et souterrains vers les plaines
de la mer, pour jaillir de nouveau de là vers nos
yeux et vers notre usage en un service constant et
infatigable, pourquoi les ruisseaux spirituels, eux
aussi, afin de ne pas cesser d'irriguer les prairies
des intelligences, ne seraient-ils pas rendus à leur
source propre sans fraude et sans interruption ?
Que les fleuves des grâces retournent au lieu d'où
ils sortent, afin de couler de nouveau. Que le jaillissement céleste soit renvoyé à son principe, pour
qu'il s'épanche sur la terre avec plus de fécondité.
De quelle façon ? dis-tu. Selon la parole de
l'Apôtre : tout ce que tu as confiance d'avoir en
fait de sagesse, de vertu, attribue-le à la vertu de
Dieu et à la sagesse de Dieu, attribue-le au Christ.
Et qui est assez fou, dis-tu, pour présumer d'une
autre origine ? Personne absolument, au point
que le pharisien lui-même rend grâces, lui dont la
justice n'est pas louée par Dieu... On ne se moque
pas de Dieu, ô pharisien...

Sur le Cantique..., XIII, 1-2.

GLORIA IN EXCELSIS...

Dieu seul est admirable parce que seul il a fait ce qui est admirable...

C'est pourquoi en immolant l'hostie de louange et en nous acquittant de nos vœux de jour en jour, nous nous attacherons de toute notre vigilance à joindre la pratique à la sensibilité, l'exultation à l'affection, l'humilité à la profondeur, la liberté à l'humilité, pour progresser cependant selon les libres pas d'un esprit purifié et pour déboucher dans l'extase, par certaines affections extraordinaires, jusqu'aux allégresses spirituelles, dans la lumière de Dieu, dans la suavité, dans l'Esprit-Saint, en prouvant que nous sommes embrassés parmi ceux que contemplait le prophète lorsqu'il disait : « Seigneur, ils marcheront dans la lumière de ton visage et ils exulteront tout le jour en ton nom et ils seront exaltés dans ta justice. »

Sur le Cantique..., XIII, 6 ; 7.

SÉCHERESSE ET CONVERSION

Souvent moi-même, je n'ai pas honte de l'avouer (et surtout au début de ma conversion), j'étais dur et froid dans mon cœur et je cherchais celui que mon âme voulait aimer entre tous et en effet elle ne pouvait aimer à ce moment celui qu'elle n'avait pas encore trouvé, ou du moins l'aimait moins qu'elle ne l'aurait voulu et le cherchait pour cette raison afin de l'aimer davantage, lui qu'elle n'aurait nullement cherché si elle ne l'avait aimé jusqu'à un certain point.

Sur le Cantique..., XIV, 6.

L'ÂME ET L'ÉGLISE

Mais revenons aux paroles de l'Épouse et attachons-nous à écouter ce qu'elle dit afin de mettre notre étude à être sages selon sa sagesse. Comme je l'ai dit, l'Épouse est l'Église. C'est à elle-même qu'il a été plus pardonné parce qu'elle a plus aimé. Qu'une rivale l'affronte pour l'injurier, elle tourne elle-même cela à son avantage. Dès lors, elle est plus douce pour corriger, plus patiente devant la peine, plus ardente à l'amour, plus sagace dans ses précautions, plus humble selon sa conscience, mieux accueillie du fait de sa délicatesse, mieux préparée à l'obéissance, plus dévote et plus totalement attentive pour l'action de grâces.

Sur le Cantique..., XIV, 7.

L'EFFUSION DU NOM DIVIN

L'esprit de la sagesse est bienveillant et il n'a jamais pris l'habitude de se montrer difficile d'accès à ceux qui l'invoquaient, lui qui souvent même avant d'être invoqué, dit : « Me voici, je suis présent »...

Voici que je vous montre le nom qui a mérité d'être comparé à l'huile, et je vous dirai par quel mérite. Vous lisez sans doute beaucoup de vocables désignant l'Époux; ils sont semés dans toutes les pages du livre divin, mais je les embrasse pour vous dans deux termes universels. Vous n'en trouverez à mon avis aucun qui ne fasse entendre ou la grâce de la pitié ou la puissance de la majesté. L'Esprit parle ainsi même par l'organe qui lui est le plus familier : « J'ai entendu ces deux choses : le pouvoir est à Dieu et à toi, Seigneur, la miséricorde. » Ainsi donc, selon la majesté, son nom est : saint et terrible. Quant à la pitié, il n'a été donné sous le ciel aux hommes aucun autre nom sous l'invocation duquel nous devions être sauvés. Mais cela deviendra plus clair par des exemples. Voici, est-il dit, le nom dont ils l'appelleront : notre juste Seigneur. C'est le nom de la puissance. De même : « On lui donnera le nom d'Emmanuel. » Il insinue le terme de pitié luimême à son propre sujet. « Vous m'appelez, dit-il, Maître et Seigneur. » Le premier vocable relève de la grâce et le second de la majesté. Car il n'est pas moins pieux d'enseigner à un esprit la science que de donner de la nourriture au corps. Revenons au prophète : « Il sera appelé, dit-il, admirable conseiller, Dieu fort, père du siècle futur, prince de la paix. » Le premier, le troisième et le quatrième termes sont l'écho de la majesté, les autres de la pitié. Qu'est-ce qui s'épanche donc en eux? Assurément, ce qui relève de la piété et de la grâce accomplit une sorte de transfusion et le terme luimême produit une effusion abondante par JésusChrist notre sauveur. Prenons un exemple : le nom de Dieu, n'est-il pas vrai? se liquéfie et se défait pour devenir : « Dieu avec nous », c'est-à-dire : Emmanuel. De même « admirable » se fond dans « conseiller » et « Dieu » et « fort » dans « père du siècle futur » et « prince de la paix ». « Notre juste Seigneur » se transfuse en « notre Seigneur de miséricorde et de pitié »....

Que signifiait, dirai-je, ce qui fut d'abord répondu aux vives questions de Moïse ? « Je suis celui qui suis » et sa parole : « Celui qui est m'a envoyé vers vous » ? Je ne sais si Moïse lui-même comprendrait, sans l'effusion de cette évidence. Mais la fusion a eu lieu et la compréhension aussi. Et non seulement la fusion mais l'effusion. Car elle était déjà infuse. Déjà les cieux la possédaient : déjà elle s'était fait connaître aux anges. Or elle a été envoyée à l'extérieur. Et ce qui était infus dans les anges, tout en restant un bien privé, s'est effusé en même temps en tous les hommes, de telle sorte qu'on pouvait crier de la terre : « Ton nom est une huile qui s'est effusée. »

Sur le Cantique..., XV, 1 ; 2.

LE DOUTE ET LA SÉCHERESSE

Voici enfin ce qu'il nous demande d'être : il nous veut semblables à des hommes qui attendent leur seigneur lorsqu'il revient d'une noce : en tout cas, il ne revient pas des délices qu'offre la table d'en haut avec des mains vides. Il faut donc veiller et veiller à toute heure, parce que nous ne savons pas à quelle heure l'esprit doit venir ou partir de nouveau...

C'est une chose d'avoir tel ou tel sentiment sous

l'effet d'une opinion incertaine, c'en est une autre d'affirmer témérairement ce qu'on ignore. En effet, ou bien l'Esprit parlera toujours, ce qui ne relève pas le moins du monde de notre liberté, ou, quand il lui plaît de se taire, il peut nous indiquer cela même : qu'au moins son silence nous parle, pour que, pensant à tort qu'il marche devant nous, nous ne suivions pas à sa place notre propre erreur, en nous fiant à une sécurité mauvaise. Même s'il nous a suspendus à l'ambiguïté, qu'il ne nous abandonne pas au mensonge.

Sur le Cantique..., XVII, 2 sq.

BERNARD PLEURE LA MORT DE SON FRÈRE GÉRARD : LE CHRÉTIEN ET LA DOULEUR

Mes entrailles ont été arrachées de moi et on me dit : « Ne le sens pas. » Je le sens, je le sens, et ma chair n'est pas de bronze : oui, je le sens pleinement et je souffre et ma souffrance est toujours sous mes yeux. Il ne pourra nullement nous accuser de dureté et d'insensibilité, celui qui me frappe, comme il le fait pour les gens dont il dit : « Je les ai frappés et ils n'ont pas souffert. » J'ai confessé mon affection et je ne l'ai pas niée. On dira que je suis charnel, je ne nie pas que je suis humain, de même que je ne nie pas être un homme.

Sur le Cantique..., XXVI, 9.

MARTHE ET MARIE

C'est pourquoi l'Époux a répondu : « Ô toi qui es belle entre toutes les femmes », c'est-à-dire entre Marthe et Marie, parce que je ne veux pas que tu choisisses l'une d'entre elles, mais que tu t'attaches à l'une et l'autre, c'est-à-dire à la vie contemplative et à la vie active ; ô toi qui es belle entre toutes les femmes, si tu veux me connaître, veuille ne pas t'ignorer : tel est l'oracle de l'Apollon de Delphes : connais-toi toi-même ». Il y a deux causes qui nous font nous ignorer nous-mêmes, soit une témérité trop grande que nous tirons de nous, soit la timidité trop grande qui vient de l'humiliation.

Bref exposé sur le Cantique des cantiques,
22.

POUR OU CONTRE LA SCIENCE ?

Je semble peut-être excessif dans mes attaques contre la science ; je parais blâmer les doctes et interdire l'étude des lettres. Que cette apparence soit écartée. Je n'ignore pas combien l'Église a trouvé et trouve de profit dans ses lettrés, soit pour réfuter ceux qui sont du côté opposé, soit pour instruire les simples. Enfin, j'ai lu ceci : « Puisque tu as rejeté la science, moi aussi je te rejetterai pour que tu ne sois pas chargé de mon sacerdoce. » J'ai encore lu ceci : « Ceux qui auront été savants brilleront comme la splendeur du firmament et ceux qui dégrossissent beaucoup d'esprits pour la justice seront comme des étoiles pour de perpétuelles éternités. » Mais je sais aussi où j'ai lu : « La science est enflure » et encore : « Celui qui apporte la science apporte aussi la douleur. » Vois-tu la différence qui existe entre les sciences ? L'une est enflure, l'autre produit la tristesse. Je voudrais que tu saches laquelle semble plus utile ou plus nécessaire au salut, celle qui se gonfle ou celle qui souffre. Mais je ne doute pas que tu préfères la souffrante à l'enflée : car la santé, que l'enflure simule, est demandée par la douleur. Or qui cherche le salut l'approche, puisque qui demande reçoit. Enfin celui qui sauve les cœurs contrits exècre ceux qui s'enflent, selon la parole de la sagesse : « Dieu résiste aux superbes, aux humbles il donne sa grâce. » Et l'apôtre s'exprimait ainsi : « Par la grâce qui m'a été donnée, je vous dis de ne pas être sages plus qu'il ne convient mais d'être sages selon la sobriété. »

Il n'interdit pas d'être sage mais d'être plus sage qu'il ne convient. Or qu'est-ce qu'être sage selon la sobriété ? C'est observer de la façon la plus vigilante ce qu'il convient de savoir davantage ou d'abord. Car le temps est bref. Ce qui est par soi constitue toute bonne science, celle du moins qui s'appuie sur le vrai...

Vous voyez que le Maître n'approuve pas celui qui sait beaucoup de choses, s'il ignore la mesure du savoir. Vous voyez, dis-je, comment il place le fruit et l'utilité de la science dans la mesure du savoir. Qu'appelle-t-il donc la mesure du savoir ? Qu'est-ce, sinon de savoir selon quel ordre, quelle étude et quelle fin il convient de connaître chaque chose? Selon quel ordre? Donner le premier rang à ce qui est le plus sûr pour le salut. Selon quelle étude? Mettre plus d'ardeur là où il y a plus de véhémence pour l'amour. Selon quelle fin? Non pour une gloire ou une curiosité vaines ou pour quelque chose de semblable, mais seulement pour votre édification ou celle du prochain. Car il y a des gens qui veulent savoir seulement pour une fin, qui est le savoir, et la curiosité est honteuse. Il y en a aussi qui veulent connaître pour être eux-mêmes connus, et la vanité est honteuse. Assurément, ceux-là n'échapperont pas à la raillerie du satirique : « Ton savoir n'est rien si autrui ne sait que tu sais. » Il y a encore des gens qui veulent savoir pour vendre leur science, en un mot, pour de l'argent, pour des honneurs, et le désir du gain est laid. Mais il y en a aussi qui veulent savoir pour édifier : là est la charité. Il y en a qui veulent savoir pour être édifiés : là est la prudence. Entre tous, seules les deux dernières catégories ne se trouvent pas abuser de la science, parce que s'ils veulent l'intelligence, c'est pour faire le bien.

Sur le Cantique..., XXXVI, 2 ; 3.

DIEU DIT À L'ÂME : « TU ES BELLE » ET L'ÂME LUI EN DIT AUTANT

Donc, pour le Verbe, dire à l'âme « tu es belle » et l'appeler son amie, c'est lui donner des raisons d'aimer et de présumer qu'elle est aimée. Mais pour elle, nommer à son tour le Verbe son bien-aimé et proclamer qu'il est beau, c'est lui assigner sans fiction et sans fraude le fait qu'elle aime et qu'elle est aimée, s'émerveiller d'en être jugée digne et rester stupide d'admiration devant la grâce, s'il est vrai que sa beauté est son amour.

Sur le Cantique..., XLV, 8.

L'AMOUR CHARNEL DU CHRIST

Je pense donc que le Dieu invisible a eu une raison particulière de vouloir être vu et vivre avec les hommes en homme dans la chair : il voulait évidemment, chez des êtres charnels qui ne pouvaient aimer sinon charnellement, ramener d'abord toutes les affections à l'amour salutaire de sa chair et les conduire ainsi graduellement à l'amour spirituel.

Sur le Cantique..., XX, 6.

DIEU BONDIT DU HAUT DES MONTAGNES SPIRITUELLES

Sa voix est son inspiration qui nous frappe de juste crainte. Donc, lorsqu'elle a fait l'expérience de cette parole, la fiancée se réjouit et exulte : « C'est, dit-elle, la voix de mon bien-aimé. » Elle est son amie et elle se réjouit dans la joie à cause de la voix de l'Époux. Et elle ajoute : « Voici qu'il vient en bondissant dans les montagnes, sautant par-dessus les collines. » L'ouïe la conduit à la vision, parce que la Foi vient de l'ouïe, la foi qui purifie les cœurs pour que Dieu puisse être vu.

Enfin, la sainte habitation du ciel possède ces

montagnes et ces collines non seulement spirituelles mais vives et rationnelles : Isaïe le dit,
écoutez-le : « En présence de Dieu, les montagnes
et les collines chanteront ses louanges. » Que
sont-elles sinon ces mêmes esprits qui habitent le
ciel et que la voix de Dieu, comme nous l'avons
dit, a appelés ses brebis ?... Selon la lettre sans
doute, cela rend un son rude, mais selon l'intelligence spirituelle il s'en dégage dans la sagesse
un parfum de douceur, si nous remarquons selon
l'esprit de finesse que le pasteur qui conduit les
deux troupeaux de brebis, c'est-à-dire le Christ qui
est la sagesse de Dieu, fournit à tous la même
pâture de vérité d'une façon sur la terre et d'une
autre dans le ciel.

David dit de lui qu'il a dressé sa tente dans le
soleil et que lui-même comme l'époux sortant de
sa chambre nuptiale il a exulté comme un géant
au moment de courir sur sa voie. Il sortait du
sommet du ciel. Oh, quel bond il a fait du sommet
du ciel jusqu'à la terre !

Sur le Cantique..., LIII, 4-7.

LA PLUIE D'HIVER ET LA PLUIE D'ÉTÉ : ALLONS À DIEU UNE FLEUR À LA MAIN

Cette crainte n'est pas dans la charité ; elle est
pour tous le commencement de la sagesse, mais
elle ne conduit personne à sa totalité, puisque la
charité venant par surcroît la repousse comme
fait l'été pour l'hiver. Car l'été, c'est la charité. Dès
qu'il est venu, ou plutôt parce qu'il est venu

(comme il est juste que je le pense à votre sujet), il faut nécessairement qu'il ait séché les larmes de l'angoisse que le souvenir amer du péché vous arrachait auparavant ainsi que la crainte du jugement. C'est pourquoi (je le dis sans hésiter), sans vous quitter tous peut-être mais assurément chez la plupart cette pluie s'est éloignée et retirée.

L'été lui-même a ses pluies douces et fécondes. Quoi de plus doux que les larmes de la charité ? Car la charité pleure, mais d'amour, non de douleur. Elle pleure de désir, elle pleure avec ceux qui pleurent.

Je ne doute pas qu'une telle pluie irrigue les actes de votre obéissance avec plus de fécondité et je vois avec grande joie qu'ils ne sont pas souillés par des murmures, assombris par la tristesse mais fleuris par les agréments de la joie spirituelle. Ils sont comme si toujours vous portiez des fleurs dans vos mains.

Sur le Cantique..., LVIII, 11.

LE CHANT DE LA TOURTERELLE : LA TERRE, LA TENDRESSE ET LA PURETÉ

« La voix de la tourterelle a été entendue sur notre terre. » Je ne peux le dissimuler désormais, voici que pour la seconde fois celui qui vient du ciel parle de la terre. Et il en parle si dignement, dans une association si grande qu'on croirait qu'il est un terrien parmi les autres. Il est l'Époux. Lorsqu'il disait d'abord que les fleurs étaient apparues sur la terre, il ajouta : « notre terre ».

Remarquez donc avec quelle suavité Dieu dit : « sur notre terre ». Et maintenant il parle d'une façon qui n'est moindre en rien : « La voix de la tourterelle a été entendue sur notre terre. » Est-ce qu'elle sera donc privée de raison, cette manière de dire qui est si inhabituelle pour Dieu (pour ne pas dire si indigne de lui) ? Nulle part, à mon avis, tu ne trouveras qu'il ait ainsi parlé du ciel, nulle part ailleurs de la terre. Remarque donc toute la suavité de cette parole de Dieu : « sur notre terre ». Vous tous, fils de la terre et enfants des hommes, écoutez : c'est le *Magnificat* que chante le Seigneur pour avoir agi en commun avec nous. Il a beaucoup en commun avec la terre, beaucoup avec l'Épouse, qu'il lui a plu de s'associer en la prenant sur terre. « Sur notre terre », dit-il. Il est clair que cette parole ne signifie pas principat mais communauté de condition et familiarité. L'Amour parle, qui ne connaît pas de Seigneur. Son chant est bien sûr un chant d'amour. Il ne devait s'appuyer sur d'autres chants que les chants d'amour. Dieu aussi aime et il ne tient pas cela d'ailleurs ; mais il est lui-même l'origine de son amour. Et il aime d'une façon d'autant plus véhémente qu'il n'a pas tant l'amour qu'il ne l'est lui-même. Mais ceux qu'il aime, il les a pour amis, non pour esclaves. Enfin de maître il devient ami. Et il n'appellerait pas ses disciples amis s'ils ne l'étaient. Vois-tu qu'à l'amour cède la majesté même ? Il en est ainsi, mes frères, l'amour ne regarde personne ni de bas ni de haut. Il jette un regard égal sur tous ceux qui s'aiment parfaitement, il met en lui sur le même plan ceux qui sont

élevés et ceux qui sont humbles et ne les fait pas
égaux mais uns. Tu penses peut-être encore que
Dieu est dispensé de cette règle d'amour ? Mais
celui qui adhère à Dieu est avec lui un seul esprit.
Pourquoi t'en étonner ? Il s'est fait lui-même
comme l'un d'entre nous. J'ai trop peu dit : non
comme l'un, mais un. C'est peu d'être égal aux
hommes, il est homme. C'est pourquoi il revendique pour lui notre terre, mais comme une
patrie, non comme une possession. Comment ne
la revendiquerait-il pas ? De là lui vient sa fiancée,
de là la substance de son corps. De là vient qu'il
soit fiancé lui-même, de là qu'ils soient deux en
une seule chair. Si la chair est une, comment la
patrie ne le serait-elle pas ? « Le ciel, dit l'Apôtre,
est au Seigneur du ciel, mais il a donné la terre
aux fils des hommes. » Donc comme Fils de
l'homme, il hérite de la terre, comme Seigneur il
la tient en soumission, comme Créateur il l'administre, comme époux il la possède en communauté. En disant ainsi « sur notre terre », il nie
toute propriété personnelle mais il ne repousse
pas l'association. C'est pour cette raison que le
fiancé a utilisé ce mot dont la bonté est si douce :
il a daigné dire : « sur notre terre ».

Voyons maintenant le reste : « La voix de la
tourterelle s'est fait entendre sur notre terre. »
Cela indique que l'hiver est passé et aussi que le
temps de la taille est venu. Tel est le sens littéral.
Mais la voix de la tourterelle sonne autrement,
d'une façon qui n'est pas tout à fait douce mais
qui signifie la douceur. Le petit oiseau lui-même
ne coûte pas cher à l'acheteur ; mais, si l'on en

débat, son prix n'est pas négligeable. Sa voix est
sans doute plus semblable à un gémissement qu'à
un chant ; elle nous rappelle que nous sommes en
voyage. J'écoute volontiers un maître dont la voix
ne provoque pas pour lui des applaudissements
mais en moi la plainte... Agis comme tu parles :
non seulement tu me corriges plus facilement
mais tu te délivres toi aussi d'un reproche qui
n'est pas léger. Car personne n'aura lieu de dire :
« ils lient de lourds fardeaux que l'on ne peut porter et ils les imposent sur les épaules des gens,
mais ils ne veulent pas employer un seul de leurs
doigts pour les mouvoir ».

« La voix de la tourterelle a été entendue sur
notre terre. » Tant que les hommes n'ont reçu un
salaire du culte qu'ils rendaient à Dieu que sur la
terre — et c'était la terre même, qui ruisselait
alors de lait et de miel —, ils n'ont pas reconnu en
eux-mêmes des voyageurs sur cette terre et ils
n'ont pas gémi à la manière de la tourterelle
comme s'ils avaient la réminiscence de la patrie.
Abusant d'un exil qu'ils prenaient pour la patrie,
ils se consacrèrent plutôt à manger grassement et
à se gorger de vin miellé. Ainsi se prolongea le
temps où la voix de la tourterelle ne fut pas entendue sur notre terre. Et donc, lorsque fut faite la
promesse des cieux, alors les hommes comprirent
qu'ils n'avaient pas ici de cité durable mais
commencèrent à chercher la cité future de toute
leur avidité et alors pour la première fois la voix
de la tourterelle retentit sur la terre de façon
manifeste. En effet, quand chaque âme sainte
soupirait après la présence du Christ, quand elle

supportait avec peine le report du règne et saluait de loin la patrie désirée par ses gémissements et ses soupirs, est-ce que toute âme ne te semble pas avoir rempli le rôle de la très chaste et très plaintive tourterelle, lorsqu'elle s'était ainsi comportée? Dès lors donc et par la suite, la voix de la tourterelle a été entendue sur la terre. Comment des larmes abondantes et des gémissements quotidiens ne seraient-ils pas suscités en moi par l'absence du Christ? Seigneur, tout mon désir est devant toi et ma plainte ne t'est point cachée. J'ai connu, tu le sais, la peine des gémissements, mais heureux qui a pu dire : « Chaque nuit, je laverai ma couche, j'inonderai mon lit de larmes. » Mais ce n'est pas moi seulement, ce sont tous ceux qui ont pour sa venue un amour de dilection qui ont l'expérience de ce gémissement...

D'autre part, si beaucoup gémissent, pourquoi ne parler que d'un seul? Il dit : « la voix de la tourterelle ». Pourquoi ne parle-t-il pas des tourterelles? Peut-être l'Apôtre résout-il cette difficulté lorsqu'il dit : « Parce que l'Esprit lui-même postule pour les saints par des gémissements ineffables. » ... Quand donc Dieu rendrait-il vaine la voix de son esprit? Il sait lui-même ce que désire l'Esprit, puisque c'est selon Dieu qu'il postule pour les saints.

Sur le Cantique..., LIX, 1-6.

LES NOCES SPIRITUELLES :
COMMENT L'AMOUR EST AIMÉ

Lorsque Dieu aime, il ne veut rien d'autre qu'être aimé : il n'a d'autre intention en aimant que d'être aimé, car il sait que ceux qui l'aiment sont heureux par cela même. C'est une grande chose que l'amour, mais elle comporte des degrés. L'Épouse se tient au sommet... Le pur amour ne recueille pas ses forces dans l'espoir, il ne ressent point cependant les peines de la défiance. Il appartient à l'Épouse parce que l'Épouse est cela quelle qu'elle soit. Le bien et l'espoir de l'Épouse, c'est le seul amour. De cela l'épouse abonde, de cela l'époux se contente. Il ne cherche rien d'autre, elle n'a rien d'autre. C'est par lui qu'il est Époux et qu'elle est Épouse... Comment l'Épouse n'aimerait-elle pas ? Elle est l'Épouse de l'Amour. Comment l'Amour ne serait-il aimé ?

Il est clair que les flots qui s'écoulent de l'Amour et de l'amante n'ont pas la même abondance, ni ceux qui coulent de l'âme et du Verbe, de l'Épouse et de l'Époux, du Créateur et de la créature, de la source et de celui qui a soif. Quoi donc ? Est-ce que, pour cette raison, le souhait de la future épouse se perdra et se videra totalement, avec les désirs de celle qui soupire, l'ardeur de l'amante, la confiance dont elle présume, parce qu'elle n'est pas capable de courir à égalité avec un géant, de rivaliser de suavité avec le miel, de douceur avec l'agneau, de blancheur candide avec le lys, d'éclat avec le soleil, d'éclat avec celui qui est l'éclat même ? Non, car, même si la créature aime [*diligit*] moins, puisqu'elle est plus petite, néanmoins, si son amour vient de la totalité d'elle-même, rien ne manque là où est tout. Pour cette raison (comme je l'ai dit) aimer ainsi revient à s'être marié : car elle ne peut aimer ainsi et être peu aimée, si dans le consentement des deux s'établit en intégrité et perfection un stable mariage.

Sur le Cantique..., LXXXIII, 5-6.

LA PAROLE EST LUMIÈRE

« La parole est lumière. » L'éclaircissement des paroles est illumination et il donne l'intelligence aux tout-petits. Tu es heureux si tu peux dire toi aussi : « Ta parole est une lampe devant mes pas et une lumière sur mes sentiers. » Ton âme n'a pas fait peu de progrès, elle dont la volonté sans changement et la raison illuminée ont permis qu'elle voulût et connût le bien. D'un côté, elle reçut la vie, de l'autre la vision. En effet, en voulant le mal, elle était morte, en ignorant le bien, elle était aveugle. Maintenant, elle vit, maintenant elle voit, maintenant elle se tient ferme dans le bien, mais c'est par les ressources et par l'œuvre du Verbe.

Sur le Cantique..., LXXXV, 2-3.

L'ÂME DOIT CHOISIR LA FORCE
QUI VIENT D'EN HAUT

Heureuse l'âme qui a offert aux anges qui la regardaient la joie et l'émerveillement qu'elle suscitait également, si bien qu'elle put entendre leurs paroles à son sujet : « Quelle est celle-ci qui monte du désert toute ruisselante de délices, appuyée sur son bien-aimé ? »...

Tout n'est-il pas possible à qui s'appuie sur celui qui peut tout ? Combien de confiance dans cette parole : « Je peux tout en celui qui me conforte. » Rien ne rend plus éclatante l'omnipotence du Verbe que le fait qu'il rend omnipotents tous ceux qu'il a faits.

Sur le Cantique..., LXXXV, 5.

DECOR, HONESTUM, VERITAS

« Le roi désirera ta beauté [*decorem tuum*] », dit le Psaume. Et le prophète : « Le Seigneur a régné, il a revêtu la beauté. » Comment n'aurait-il pas cherché un vêtement semblable à son image et à son épouse ? En vérité, celle-ci lui était d'autant plus chère qu'elle lui était plus semblable. Où réside donc la beauté de l'âme ? N'est-ce point peut-être dans ce qu'on appelle l'honnête ? Admettons-le pour le moment, si rien de meilleur ne nous vient à l'esprit. Quant à l'honnête [*honestum*], il faut interroger notre comportement extérieur, non que l'honnête en vienne, mais il passe par lui. En effet, c'est dans la conscience que se trouvent son habitation et son origine, s'il est vrai que son éclat est le témoignage de la conscience. Rien de plus clair que cette lumière, rien de plus glorieux que ce témoignage, lorsque la vérité est fulgurante dans l'esprit et que l'esprit se voit dans la vérité. Mais comment se voit-il ? Pudique, respectueux, craintif, circonspect, n'admettant au fond de soi-même rien qui efface la gloire de la conscience, mais attestant que rien en elle ne la fait rougir de la présence du vrai et ne l'oblige à détourner sa face sous le choc de la lumière de Dieu. Telle est absolument, telle est cette beauté qui au-dessus de tous les autres biens de l'âme charme les regards divins et que nous nommons et définissons comme l'honnête.

Sur le Cantique..., LXXXV, 10.

VERS LES NOCES SPIRITUELLES

Heureux l'esprit qui a revêtu cette beauté de chasteté, ainsi qu'une blancheur éclatante qui semble appartenir à l'innocence céleste et par laquelle il peut revendiquer dans la gloire de ses rayons la conformité non au monde mais au Verbe, dont on lit qu'il est la candeur de la vie éternelle, la splendeur et la figure de la substance de Dieu.

De ce degré où elle est parvenue, l'âme qui a de telles qualités ose penser à ses noces. Comment ne l'oserait-elle pas, se voyant apte à un tel mariage par le fait même de sa similitude ? Elle

n'a pas de terreur devant l'élévation que la similitude lui associe, que l'amour lui concilie, et que la
profession de foi lui donne en mariage.

Sur le Cantique..., LXXXV, 11-12.

L'EXTASE ET LES DEUX JOIES

Mais fais-y attention : dans le mariage spirituel
il y a deux genres d'enfantement, et de là viennent
deux descendances, diverses mais non adverses,
lorsque les saintes mères enfantent soit des âmes
par la prédication soit, par la méditation, des
intelligences spirituelles. Dans ce dernier genre,
quelquefois on sort des sensations corporelles et
même on s'en sépare, de telle sorte que celle qui
perçoit le Verbe ne se perçoit pas elle-même. Cela
se produit lorsque l'âme, charmée par l'ineffable
douceur du Verbe, se dérobe en quelque façon, ou
plutôt est ravie et s'échappe à elle-même pour
jouir du Verbe. L'esprit est affecté de façon bien
différente selon qu'il porte des fruits pour le
Verbe ou qu'il jouit [*fruitur*] du Verbe. Là il est
sollicité par la nécessité du prochain, ici il est
invité par la suavité du Verbe. Et certes une mère
s'épanouit de joie dans ses enfants, mais sa joie
est plus grande dans les embrassements de son
époux. Les gages venus de ses fils lui sont chers
mais les baisers sont plus délectables. Il est bon
de sauver beaucoup de gens, mais il est bien plus
agréable de sortir dans l'extase et d'être avec le
Verbe. Mais quand cela et combien de temps ?
C'est un doux commerce mais un bref moment, je

me souviens d'en avoir parlé : il s'agit pour l'âme de chercher avant tout le Verbe, pour en jouir selon son agrément. Quelqu'un persistera peut-être à me demander aussi ce qu'est jouir du Verbe. Je réponds : qu'il cherche plutôt pour le lui demander celui qui en a fait l'expérience. Ou bien, si cette expérience m'était donnée, crois-tu que je pourrais dire ce qui est ineffable ? Écoute l'expert : « ou bien nous sommes sortis de nous pour Dieu, ou bien nous sommes sobres et c'est pour vous ». C'est-à-dire : autre est mon affaire avec Dieu, dont il est seul juge, autre mon affaire avec vous. Il m'a été permis d'en faire l'expérience, mais très peu de le dire. Sur ce sujet je consens à m'abaisser pour vous à une concession, pour que je puisse parler et que vous puissiez m'entendre : « Ô qui que tu sois, toi qui es curieux de savoir ce que c'est que jouir du Verbe, prépare pour lui non ton oreille mais ton esprit ». On ne reçoit pas cet enseignement de la langue mais de la grâce. Il est caché loin des sages et des prudents et il est révélé aux petits enfants. Grande, mes frères, grande et sublime est la vertu d'humilité, qui mérite ce qui ne s'enseigne pas, étant digne d'acquérir ce qu'elle n'est pas capable d'apprendre, digne de concevoir, en le tenant du Verbe et au sujet du Verbe, ce qu'elle ne peut expliquer elle-même par ses propres paroles. Pourquoi cela ? Non parce qu'elle l'a mérité mais parce que ce fut le bon plaisir du Père du Verbe époux de l'âme, Jésus-Christ notre Seigneur, qui est béni pour les siècles au-dessus de toutes choses. Amen.

Sur le Cantique..., LXXXV, 13-14.

Cantiques attribués
à saint Bernard

MARIE-MADELEINE SE SOUVIENT
DE LA RÉSURRECTION

Douce mémoire de Jésus,
donnant au cœur les vraies joies ;
mais plus que le miel et que tout,
douce sa présence.

Rien n'est plus suave à chanter
ni plus agréable à entendre,
rien n'est plus doux à penser
que Jésus, le Fils de Dieu.

Jésus espoir des pénitents
si pieusement pitoyable [*pius*] envers ceux qui
    vont vers toi,
si bon pour ceux qui te cherchent
mais que dire de ceux qui trouvent ?

Jésus douceur des cœurs,
source du vrai, lumière des esprits,
au-delà de toute joie
et de tout désir.

La langue ne peut le dire
ni la lettre l'exprimer ;

par l'expérience on connaît tendrement
ce que c'est que d'aimer Jésus.

Dans mon tout petit lit je chercherai Jésus,
dans la chambre close du cœur;
en privé comme dans le peuple,
je le chercherai d'un amour sans faille.

Avec Marie[1] au point du jour,
je chercherai Jésus dans le tombeau,
dans la clameur plaintive de mon cœur,
par l'esprit et non par les yeux.
...

Alors les embrassements, alors les baisers,
surpassant des coupes de miel,
alors le couple bienheureux que je forme avec
   Jésus,
mais si court le temps ainsi retenu!

Je vois maintenant ce que j'ai cherché,
je tiens ce que j'ai désiré;
je languis d'amour pour Jésus
et dans mon cœur je brûle tout entier.

Cet amour brûle avec douceur,
il s'adoucit de manière admirable,
il a un goût [*sapit*] délectable,
est délectable avec bonheur.

Cet amour envoyé du ciel

    1. C'est Marie-Madeleine qui, la première, a rencontré près
du tombeau le Christ ressuscité.

s'attache à mes moelles ;
il incendie ma pensée jusqu'au fond,
pour mon esprit [*spiritus*] il est délectation.

Ô bienheureux incendie,
ô ardent désir,
ô doux rafraîchissement,
aimer le Fils de Dieu.

Jésus, fleur de la Vierge mère,
amour de notre douceur,
louange à toi, honneur de Dieu,
royaume de béatitude...

                    Cf. Spitzmuller, p. 1344 sqq.

CHANT D'AMOUR DES FILLES DE SION

Écoutez-moi enfin,
filles de Sion !
voyez : je suis malade ;
dites au bien-aimé :
je suis d'amour blessée
et d'amour enterrée.

Portez-moi dans les fleurs,
épuisée de langueur ;
amoncelez les citrons
et les pommes d'or ;
par des flambeaux trop mordants,
je suis liquéfiée.

Apportez ici des rameaux
odoriférants,

soporiférants;
composez-en des bûchers;
je mourrai comme le phénix,
je naîtrai dans les flammes.

Si l'amour est douleur
ou la douleur amour,
j'ignore l'un et l'autre;
je ne sens qu'une chose :
agréable est douleur
si douleur est amour.

Amour, pourquoi me mettre en croix?
cesse tes relâches,
tu es un tyran trop mou;
l'année est un moment,
si tardive est la mort
que donnent tes blessures.

Dès maintenant, mon âme,
romps les fils de la vie!
Le feu, c'est à monter
qu'il tend, pour s'élever
vers les atriums du ciel;
c'est là qu'est ma patrie[1].

Cf. Spitzmuller, p. 560 sqq.

---

1. L'attribution de ce poème est incertaine.

GUILLAUME DE SAINT-THIERRY
av. 1075-1148

Guillaume de Saint-Thierry (av. 1075-1148) a
été l'admirateur, le compagnon, l'ami de saint
Bernard. Il était plus âgé que lui. Pourtant nous le
citons après l'abbé de Clairvaux. Le dialogue entre
les deux hommes possède un caractère à la fois
émouvant et suggestif. Guillaume partage profondément les exigences et l'expérience du maître cistercien. Mais il s'en distingue par son style et par
sa culture. Il se montre plus attentif au langage
philosophique et il se réfère davantage à la patris-
tique grecque, alors que Bernard était plus proche
des Latins et d'Augustin. Dans son style, il
s'attache moins au feu de la breuitas qu'à
l'ampleur d'une méditation paisible et aux périodes qui traduisent la totalité d'une contemplation bien ordonnée.

Guillaume, né à Liège, est avant tout un moine et
un théologien contemplatif. Il est devenu abbé du
monastère de Saint-Thierry, qui se trouvait dans la
mouvance clunisienne, mais il a été très sensible à
l'action réformatrice de Bernard et il a fini, en 1135,

par être admis comme simple moine au monastère cistercien de Signy[1].

Dans son œuvre, nous étudierons surtout les ouvrages consacrés à l'amour mystique. Nous verrons ainsi comment il conçoit la présence du divin et comment se développe, s'approfondit, de manière admirable, le langage de son oraison.

Mais il faut insister d'abord sur la richesse et sur les nuances de son humanisme et de son anthropologie. Cela est très sensible dès ses premières œuvres et domine ensuite d'une part son Traité de la nature du corps et de l'âme *et de l'autre sa* Lettre d'or *aux chartreux de Mont-Dieu (Ardennes). On y observe à la fois le primat de l'esprit mystique et l'influence de l'*humanitas *antique. Il connaît et il applique à la vie chrétienne la célèbre formule de Térence :* « Je suis homme et je pense que rien d'humain ne m'est étranger. » *De fait, il cite assez volontiers les anciens, par exemple Ovide. Mais il pratique bien entendu une transposition mystique. Bernard procède de même quand il évoque les textes de Lucrèce sur le miel et l'absinthe. Guillaume conçoit la nature humaine d'une manière à la fois élevée et nuancée. Il évite d'employer à son propos des termes trop univoques. Il ne distingue pas systématiquement* animus, anima, mens, spiritus. *Comme tous les platoniciens, il distingue fortement l'âme qui monte et le corps qui descend. Mais cette descente le mène vers la terre et les éléments qui contribuent à donner forme à l'âme. Comme chez Bernard, celle-ci imite également les structures de la Trinité divine.*

1. Saint Thierry : près de Reims ; Signy : près de Rethel.

*En fin de compte, elle unit en elle les formes de Dieu et de la création. Nous atteignons ce qu'il y a de plus original et de plus profond dans la conception du divin que propose Guillaume de Saint-Thierry. C'est ici qu'il réfléchit de la façon la plus précise sur les conditions de la connaissance de Dieu. Il ne se contente pas de la réflexion de Bernard sur le doute et l'extase. Il reconnaît, comme son ami, que Dieu ne peut être connu directement par notre esprit limité. En ce monde, nous ne pouvons le voir que dans son œuvre, en miroir, en énigmes, par figures ou par symboles. Il semble que même au Paradis la vision directe ne puisse exister. Toutefois, elle se produit dès notre vie d'une certaine façon. Certes, la raison lui reste aveugle. Mais l'amour, lui, est capable de voir Dieu. Il peut écarter ce qui le contracte et s'étendre à la mesure de l'infini. Notre âme est semblable à Dieu par son amour et donc, en l'aimant, elle s'identifie à lui, car il est amour. Dans la Trinité, l'amour est le Saint-Esprit. Nous nous identifions à Dieu dans la part de notre âme qui imite l'Esprit, qui réunit ensemble le pouvoir d'aimer et le pouvoir de penser, c'est-à-dire dans l'intellect et dans l'*amor* intellectualis Dei. Une telle identification est absolue puisqu'elle porte sur l'absolu. Mais en même temps, puisque l'infini est en cause, elle s'approfondit à l'infini. Telle est, dans l'homme, la connaissance de Dieu.*

On comprend dès lors que toute l'œuvre de Guillaume, comme celle de Bernard, soit une méditation sur l'amour. Elle commence dès sa jeunesse par le traité De natura et dignitate amoris, *dont nous donnons ci-après quelques extraits. Le paral-*

lélisme avec l'ouvrage consacré à « la nature du corps et de l'âme » est significatif. La réflexion sur l'amour part de la nature et la déploie en la façonnant par un art supérieur. L'auteur transpose ici Ovide d'une manière radicale : « L'art des arts est l'art d'aimer. »

Dès lors, le De natura et dignitate amoris développe avec plénitude et continuité le sujet que l'auteur a choisi. L'amour suit la voie du vrai bonheur, indiquée par la nature. Il imite ainsi la Trinité par son dialogue intérieur. La force de son élan vers l'infini dépasse la raison et touche à « la folie de Dieu ». L'on parvient ainsi, dans la privation même et dans la pauvreté, à la joie parfaite, en même temps qu'on respecte et qu'on préserve en soi la jeunesse spirituelle. On éprouve à la fois la faiblesse de la chair et la puissance de l'Esprit, qui ne peut manquer de la sauver puisqu'il provoque à coup sûr l'impuissance du péché. En réalité le corps lui-même est formé et régi par l'esprit : Guillaume dégage le symbolisme réel qu'on peut attribuer aux cinq sens, depuis le toucher, qui est le plus grossier et qui se confond avec les affections familiales, jusqu'à la vue, comparée à l'amour divin puisqu'elle voit la lumière, en passant par le goût (l'amour social), l'odorat (rien d'humain ne m'est étranger) et l'ouïe (qui nous rend attentifs à ce qui nous est extérieur, donc au prochain et qui nous rend capables de mourir pour nos ennemis). Toute une morale des béatitudes se trouve ainsi esquissée. Peu d'auteurs ont aussi bien exprimé que Guillaume l'expérience de la joie d'amour. Elle implique aussi la douleur, puisqu'elle demande d'accompa-

gner et de partager la crucifixion. *Au point de rencontre de l'âme et du corps, la souffrance et son
amertume se joignent à la douceur. Ainsi
s'accomplit, si l'on peut dire, la co-naissance*[1] *de
l'âme et de Dieu.*

Les méditations Sur le Cantique des cantiques
*approfondissent cette réflexion sur l'amour. Mais,
précisément, ce sont des méditations et non seulement des sermons ou des homélies. La pensée s'y
déploie dans toute son étendue. Guillaume ne se
limite pas aux intuitions directes et souvent fulgurantes de saint Bernard. Il se réfère d'assez près aux
commentaires d'Origène et aux sources grecques,
qu'il remet en honneur comme l'avaient fait
Anselme ou Jean Scot.*

*Il traite donc, de manière approfondie, du
mariage de l'âme et de Dieu et du baiser mystique
qui les unit. Nous insisterons sur deux points.*

*D'une part, une méditation sur la grâce concilie
d'une certaine façon Augustin et les Grecs, la toute-
puissance de Dieu et la liberté humaine. La première grâce est la grâce de création, qui nous
constitue dans un état de liberté, ensuite vient la
grâce d'illumination sans laquelle nous ne pourrions pas comprendre cette liberté. Mais une telle
lumière rend le péché impuissant. Notre liberté se
confond avec la liberté de Dieu, donc tout est grâce,
même la douleur.*

*Ceci est le deuxième point sur lequel nous vou-
lons insister. La douleur humaine naît essentiellement de l'absence de Dieu. Or il arrive que Dieu*

---

1. Nous utilisons le néologisme employé par Paul Claudel
dans son *Art poétique*. Cf. p. 238.

s'absente, même aux yeux des fidèles les plus fervents. Cela ne tient pas seulement à la difficulté de le connaître, à laquelle l'amour peut porter remède. Mais il semble que la grâce illuminante fasse elle-même défaut. L'œuvre de Guillaume de Saint-Thierry touche ici à l'une des plus graves angoisses de l'humanité, car les mystiques parleraient à ce sujet de sécheresse et le commun des hommes de l'absurdité du mal. Guillaume répond que ces allées et venues de Dieu sont voulues par lui parce qu'elles donnent plus de ferveur à l'amour, le privent de toute complaisance et l'entraînent à l'acceptation totale. On rejoint l'une des plus profondes parmi les Béatitudes. Guillaume ne dit pas, comme le fera plus tard Simone Weil : « Il ne faut pas pleurer pour n'être pas consolé » mais plutôt, en modifiant lui aussi la parole du Christ : « il faut pleurer pour n'être pas consolé », car il n'y a rien de plus doux que de pleurer en Dieu et avec lui.

Il nous resterait à revenir sur le style de ces textes admirables. Nous avons déjà indiqué combien il épouse le mouvement propre d'une spiritualité empreinte à la fois de douceur et de grandeur. Qu'il suffise de citer la belle image du lys. Il connaît lui aussi les alternances de la nuit et de la lumière. Pendant la nuit, il resserre ses pétales sur sa fleur qui est couleur de feu; il l'enveloppe et la cache dans la blancheur de sa pureté. Mais, quand vient le soleil, il se déploie, s'épanouit et offre sa lumière à la lumière de Dieu[1].

1. Bibliographie de Guillaume de Saint-Thierry :
Principales œuvres : voir *P.L.*, t. 180, 184, 185; *De contemplando Deo* (1121-1124); *De natura et dignitate amoris* dans Marie-Madeleine DAVY, Guillaume de Saint-Thierry, *Deux*

La beauté de l'amour

L'ART D'AIMER

L'art des arts est l'art d'aimer, dont le magistère a été gardé pour soi par la nature elle-même et par Dieu, auteur de la nature. Car l'amour lui-même, placé en nous par le Créateur de la nature, si sa noblesse naturelle n'a pas été altérée par des affections adultères, lui-même, dis-je, s'enseigne mais ceux qui sont dociles à son enseignement sont « dociles à Dieu ». En effet l'amour est une

traités de l'amour de Dieu, Vrin, 1953, p. 33-66 et 70-136; autre éd. Jacques HOURLIER, « Sources chrétiennes », 61 *bis*, Cerf, 1977; *Expositio super Cantica canticorum* (1139), éd. Marie-Madeleine DAVY, Vrin, 1958; autre éd. Jean-Marie DECHANET, « Sources chrétiennes », 82, Cerf, 1962; *Meditativae orationes* (1137), éd. Marie-Madeleine DAVY, Paris, 1934, et Jean-Marie DECHANET, Bruxelles, 1946; Paul VERDEYEN, *Guillelmi a Sancto Theodorico opera omnia*, t. I, « Corpus christianorum, Continuatio medievalis », 86, Turnhout, Brépols, 1939; *De natura corporis et animae* (1138?), éd. Michel LEMOINE, « Auteurs latins du Moyen Âge », Belles Lettres, 1988; *Speculum fidei* (1142-1144), éd. Jean-Marie DECHANET, « Sources chrétiennes », 301, Cerf, 1983; *Epistula ad fratres de Monte Dei* (1144-1145), éd. par Marie-Madeleine DAVY, Paris, 1940, et par Jean-Marie DECHANET, « Sources chrétiennes », 223, Cerf, 1975.

Études : elles sont dominées par le dialogue de Marie-Madeleine DAVY et de Jean-Marie DECHANET, dans leurs diverses éditions (notamment à propos de la « Lettre d'or »); voir aussi Jean-Marie DECHANET, *Œuvres choisies de Guillaume de Saint-Thierry*, Aubier, 1943.

force de l'âme qui la porte par un certain poids naturel en son lieu ou vers sa fin...

L'homme aussi est agi par son poids, qui porte naturellement son esprit vers le haut, son corps vers le bas, chacun vers son lieu ou sa fin. Quel est le lieu du corps? « Tu es terre, est-il dit, et tu reviendras à la terre. » Quant à l'Esprit, nous lisons dans le livre de la Sagesse : « L'esprit retournera à Dieu qui l'a créé... Quand tout procède bien et selon son ordre, l'esprit retourne à Dieu qui l'a créé », le corps à la terre, et non seulement à la terre mais aux éléments selon lesquels il avait été composé par assemblage et dont il avait reçu sa forme...

Et alors qu'aucun de ces éléments ne s'écarte du sentier de nature, seuls l'âme malheureuse et l'esprit qui dégénère, alors que par eux-mêmes ils tendaient naturellement vers ce but, s'ils sont corrompus par les défauts qui leur viennent du péché, ne savent pas revenir à leur principe ou apprennent difficilement à le faire. En vérité, ils sont toujours poussés dans ce sens par leur poids naturel, ils désirent le bonheur, rêvent sans cesse du bonheur, ne cherchent rien si ce n'est le bonheur. Or heureux (et aucun autre) celui « dont le Seigneur est son Dieu ». Pourtant celui qui cherche le bonheur mais non en son propre domaine ni par sa propre voie, erre loin de son intention naturelle. Donc, une fois qu'il a perdu les enseignements de la nature, il a désormais besoin des enseignements d'un homme qui, au sujet du bonheur, qu'on cherche naturellement par l'amour, lui enseigne par ses admonitions où et comment, dans quel domaine et par quelle voie on doit le chercher.

De la nature et de la dignité de l'amour, 1-2.

Car l'amour est donné par Dieu seul et n'est dû à personne, sinon à lui en propre et à cause de lui. Allons plus loin, puisque nous parlons de sa naissance. Lorsque la Trinité créait l'homme à son image, elle a formé en lui une certaine similitude de la Trinité, dans laquelle devait luire aussi l'image de la Trinité créatrice, et par laquelle ce nouvel habitant du monde, puisque le semblable se retournait naturellement vers le semblable pour courir vers lui, pouvait s'attacher en une inhérence indissoluble s'il le voulait au Dieu qui l'avait créé et qui était son principe, afin que, ne se laissant pas séduire, entraîner, distraire par la multiple variété des créatures, cette trinité inférieure évitât de s'écarter de l'unité appartenant à la Trinité suprême et créatrice. En effet, lorsqu'elle infusa sur le visage de l'homme nouveau l'esprit de vie, la force spirituelle, c'est-à-dire intellectuelle, que désignent les mots de spiration et de souffle, elle infusa aussi et créa en l'infusant la force vitale, c'est-à-dire animale, que désigne le mot « vie » ; en ce qui constituait en elle comme une citadelle, elle logea la faculté de la mémoire, pour qu'elle se souvînt sans cesse de la puissance et de la bonté du Créateur. Aussitôt et sans aucune forme de délai, la mémoire engendra la raison et la mémoire et la raison produisirent la volonté... Dans la Trinité suprême, le Père est géniteur, le Fils engendré et le Saint-Esprit procède des deux.

Voilà les dons de naissance de la volonté, son origine, son adoption, sa dignité, sa noblesse. Lorsque la grâce la prévient par sa coopération, elle commence à adhérer intérieurement à l'Esprit-Saint lui-même, qui est l'amour du Père et du Fils et leur volonté, par son bon assentiment, et à vouloir ardemment ce que Dieu veut et que la mémoire et la raison lui suggèrent de vouloir ; et par cette volonté ardente l'amour est produit. Car l'amour n'est rien d'autre qu'une ardente volonté dans le bien.

De la nature et de la dignité de l'amour,
5-6.

LA FOUGUE DE LA JEUNESSE
ET LA FOLIE DE DIEU

Donc que le jeune homme manifeste le courage et la valeur non de son âge mais de sa vertu. Même si la raison interdit de la corrompre, qu'il ne perde pas le feu naturel de la jeunesse. Si par ce feu sont rendus fous les corrupteurs, ceux qui passent comme un songe, dont l'esprit ressemble à celui des bêtes et des troupeaux, « dont la chair, selon le prophète, est semblable à celle des bêtes », il convient bien davantage que ceux qui sont dans la vérité de l'amour et sont animés par ses flammes spirituelles, deviennent fous à leur manière dans le fervent embrasement de la jeunesse spirituelle. Car c'est une grave source d'opprobre contre la nature si ses corrupteurs peuvent aller plus loin dans le sens du mal que dans le sens du bien ses vrais amants. Écoute la sainte folie : « Si nous sortons des limites de la pensée, dit l'Apôtre, c'est pour Dieu. » Veux-tu encore écouter une folie ? « Si tu leur remets, dit-il, leur péché, remets-le ; sinon, détruis mon nom dans le livre que tu as écrit. » Veux-tu un autre fou ? Écoute l'Apôtre lui-même : « Je souhaiterais, dit-il, être anathème et rejeté par le Christ pour mes frères. »

De la nature et de la dignité de l'amour, 8.

LA PAUVRETÉ ET LA JOIE PARFAITE

La sagesse accourt en riant sur les chemins, selon les paroles de Job : « Elle cache la lumière dans ses mains et commande à son ami de revenir sur ses pas et d'aller vers elle, et elle lui annonce qu'elle est sa possession et qu'il peut monter jusqu'à elle. » Dès lors, l'âme qui est depuis longtemps à la peine commence à rassembler en elle certaines petites affections qui ont de la douceur, elle s'y repose tendrement lorsqu'elles sont présentes, elle est crucifiée lorsqu'elles lui sont enlevées et ne reviennent pas dès qu'elle en fait le vœu. Comme si elle avait été nourrie à la campagne et habituée aux nourritures des paysans, comme si, à sa première entrée dans une cour royale, elle avait commencé à savourer ce que nous avons dit, dès qu'il lui est arrivé d'en être ignominieusement chassée et violemment expulsée, elle accepte avec peine de revenir après cela dans la maison de sa pauvreté. Souvent, elle court de nouveau vers la porte, elle se montre importune, impudente, angoissée, elle est comme une mendiante, espérant, soupirant, elle plonge et elle élève ses regards pour voir si quelque don lui est tendu, si on lui ouvre un jour. Et quelquefois par son impudence et son importunité elle remporte la victoire sur tous les obstacles et les franchit de telle manière que, par le bond de son désir qui la jette en avant, elle arrive jusqu'à la table intérieure de la sagesse, et que, dans son effronterie, elle s'y assoit comme convive, alors qu'on devrait la chasser à nouveau : or, voici ce qu'elle entend : « Mangez, mes amis ; buvez et enivrez-vous, mes bien-aimés. » Dès lors naît l'amour de la sainte pauvreté, le désir de vivre caché, la haine des distractions du siècle, la pratique de la prière, la psalmodie fréquente.

De la nature et de la dignité de l'amour, 13.

LA FAIBLESSE DE LA CHAIR ET L'IMPUISSANCE DU PÉCHÉ

Autre est l'affect, autre l'affection. L'affect est ce qui possède l'esprit par une sorte de puissance générale et de vertu ferme et stable, qu'il a obtenue par grâce. Mais les affections, dans leur variété, sont apportées par les variations de l'événement. Car l'infirmité de la chair, qui provient du vice de sa première origine, rencontre souvent les obstacles, la chute, les blessures graves ; elle subit des dommages et l'esprit souffre intérieurement en étant plutôt passif qu'actif ; il ne perd pas la charité mais, par la charité, il gémit et crie vers

Dieu : « Malheureux homme que je suis, qui me délivrera de ce corps de mort ? » De là les paroles du même Apôtre : « Moi, par mon esprit je sers la loi de Dieu, mais par ma chair la loi du péché. » Et derechef : « Ce n'est pas moi qui fais cela, mais le péché qui habite en moi. » C'est pourquoi, comme le dit le bienheureux Jean, tout homme, dès lors qu'il est né de Dieu, c'est-à-dire selon la raison qui régit l'homme intérieur, ne pèche pas, pour autant qu'il hait plutôt qu'il n'approuve le péché que ce corps de mort produit : il est préservé intérieurement par la semence de la naissance spirituelle, dans laquelle il est né de Dieu. Même si cependant il est parfois lésé et usé par les incursions du péché, pourtant la racine de la charité s'enfonce profondément en lui et l'empêche de périr : bien au contraire elle reprend force aussitôt avec plus de fécondité et de vitalité dans l'espoir de porter un bon fruit et elle se dresse. Ainsi parle le bienheureux Jean : « Quiconque est né de Dieu n'accomplit point le péché, puisque sa propre semence demeure en lui. »

De la nature et de la dignité de l'amour, 17.

LES CINQ SENS ET LEUR SIGNIFICATION SPIRITUELLE

Au toucher est comparé l'amour des parents : cet affect est immédiatement présent chez tous et d'une certaine manière grossier et palpable : il s'offre ainsi à tous et se porte en nous par une sorte de rencontre naturelle, de telle façon qu'on ne peut y échapper, même si on le veut. Car le toucher est un sens totalement corporel qui agit par la rencontre des corps quels qu'ils soient, à la seule condition que l'un d'entre eux (ou tous les deux) soit vivant...

Au second sens, c'est-à-dire au goût, est comparé l'amour social, amour fraternel, amour de la sainte Église catholique, dont il a été écrit : « Qu'il est bon et agréable pour des frères d'habiter ensemble... »

Au troisième sens, l'odorat, est comparé l'amour naturel, qui aime de dilection tout homme naturellement, à cause de la similitude et de la communauté de nature, en dehors de tout espoir de récompense. Cet amour vient tout vif des retraites secrètes de la nature, il s'introduit dans l'âme, à laquelle il ne supporte pas que rien d'humain soit étranger...

Au quatrième sens, à l'ouïe, est comparé l'amour spirituel, l'amour des ennemis. Car l'ouïe n'opère rien intérieurement, c'est-à-dire à l'intérieur du corps, mais c'est extérieurement d'une certaine façon, c'est-à-dire en frappant les oreilles, qu'elle appelle l'âme au-dehors pour qu'elle sorte et entende. Ainsi l'amour de nos ennemis n'est suscité dans notre cœur par aucune force naturelle et par aucune nécessité personnelle, mais par la seule obéissance, qui est signifiée par l'ouïe...

Au cinquième sens, la vue, est comparé l'amour divin. Car la vue est le sens principal, de même qu'entre toutes affections l'amour divin obtient le principat.

De la nature et de la dignité de l'amour,
19-24.

L'EXPÉRIENCE DE LA JOIE

La raison comporte une sobriété plus grande, l'amour une béatitude plus grande. Cependant, puisque, comme je l'ai dit, ils s'aident entre eux, que la raison enseigne l'amour et que l'amour illumine la raison, il arrive aussi que la raison aboutisse à l'affection amoureuse et que l'amour accepte d'être contenu dans les limites de la raison. Ils peuvent quelque chose de grand. Mais qu'est-ce que leur pouvoir ? De même que celui qui fait un progrès n'a pu apprendre à le faire, si ce n'est par l'expérience, de même il n'a pu le communiquer à celui qui n'en fait pas l'expérience. C'est que, selon la parole de l'Écriture, « à sa joie l'étranger ne se mêlera pas ».

Dès lors, l'âme, nourrie jusqu'alors tendrement par la suavité et les délices de l'amour, mais quelquefois marquée par les leçons des châtiments que lui infligeait la pitié paternelle, est envahie par « la dilection forte comme la mort » : elle meurt sous le doux glaive de l'amour et la dilection la fait profondément mourir au siècle et à ses affections et l'emporte comme la mort emporte le corps.

De la nature et de la dignité de l'amour,
25-26.

MOURIR AU MONDE :
ÊTRE CRUCIFIÉ POUR LUI

« La vaillance du simple est le chemin vers le
Seigneur. » L'âme se mortifie donc des actions et
des affections du siècle, comme l'apôtre Paul :
« Le monde, dit-il, est crucifié pour moi, comme
je le suis pour le monde. » Comme en effet l'un ne
s'occupait pas de l'autre, comme ils étaient liés
par leurs affections et ne pouvaient accéder l'un à
l'autre, ils étaient mutuellement crucifiés l'un
pour l'autre. Mais pourtant, comme la conversation de Paul était tout entière dans les cieux, il ne
la refusait pas aux hommes toutes les fois où elle
leur était nécessaire sur la terre.

De la nature et de la dignité de l'amour, 26.

AU POINT DE RENCONTRE ENTRE
L'ÂME ET LE CORPS :
LE GOÛT ET LA DOUCEUR

Au goût fait suite une certaine douceur savou-
reuse que l'âme ressent intérieurement et qui,
d'une façon singulière et incommunicable pour
les autres sens, discerne et juge tout ce qu'elle perçoit : elle s'anime et se confirme ainsi que les
autres sens. Donc, le goût, qui est placé dans la
tête et à la limite du corps, c'est-à-dire dans le
palais, et qui semble les nouer l'une à l'autre,
désigne celui qui, par sa condition charnelle, a été
placé un peu au-dessous des anges, de Moïse,

d'Élie et des autres patriarches et prophètes. En montrant sa patience et son humilité, il s'est fait de quelque façon plus humble qu'eux.

De la nature et de la dignité de l'amour, 35.

LA COMMUNICATION PAR LE SACRÉ ET LA CO-NAISSANCE DES HOMMES EN DIEU

Par l'harmonie de leur visage et de leur corps tout entier, par la noble beauté de leur vie, de leurs mœurs et de leurs actes, par les services mutuels qu'on les voit se rendre avec dévouement et par leur pieuse hospitalité, ils s'accueillent et s'unissent ensemble selon le plaisir de leur bonne grâce, de manière à être vraiment un seul cœur et une seule âme. On ne s'étonne pas de voir qu'ici déjà ils donnent commencement à la gloire future de leurs corps, à partir de la pureté de leur conscience et de la grâce de leur conversation mutuelle; cette gloire leur appartiendra parfaitement dans la vie future et éternelle.

En effet, de même que maintenant tous les vivants sont inondés par la clarté du soleil et semblent s'en imprégner les uns les autres, de même ici-bas nous nous voyons vivre les uns les autres et pourtant nous ne voyons pas la vie par laquelle nous vivons : ainsi, dans l'autre vie, Dieu sera vu particulièrement par chacun en tous et par tous en chacun, non que la divinité soit vue par les yeux corporels, mais la glorification des corps montrera la présence de la divinité par la manifestation de la grâce qui lui appartient. C'est aussi pour cette fin que la pratique des sacrements corporels est valable en cette vie. En effet, nous ne comprenons guère que les corps et ce qui est corporel, aussi longtemps que nous passons dans le monde de l'image, et nous sommes reliés à Dieu par les sacrements corporels, pour que nous ne nous écartions pas de lui. De là vient que le mot « religion » ait « relier » pour origine. Mais lorsque l'âme fidèle, dégrossie par de tels moyens, commencera à ne plus souffrir de telles privations et à passer du corporel au Créateur du spirituel et du corporel, cela sera vraiment pour elle se dégager de sa charge. Elle aura laissé le corps et tous ses soucis, toutes ses entraves, elle oublie tout ce qui existe, excepté Dieu, car elle ne prête attention à rien excepté Dieu et n'estime que Dieu seul en qui elle voit son seul être : « Mon bien-aimé, dit-elle, est à moi et moi à lui. Qu'est-ce qui est à moi dans le ciel et, en dehors de toi, qu'ai-je voulu sur la terre ? Ma chair a défailli, ainsi que mon cœur : Dieu de mon cœur, Dieu, mon partage pour l'éternité. »

> *De la nature et de la dignité de l'amour,*
> 51-52.

La parole du Cantique
des cantiques

LES DEUX GRÂCES : LA PRIÈRE,
PAR L'IMAGE, MÈNE DE LA CRÉATION
À LA LUMIÈRE

Le spirituel, dis-je, possède dans son esprit la similitude et l'image de Dieu, du fait de la grâce créatrice ; cette similitude est d'autant plus grande et plus proche de la connaissance de Dieu qu'elle est plus capable de contenir les choses éternelles ; et elle est d'autant plus capable de contenir les choses éternelles qu'elle est plus purifiée de ce qui passe dans ce monde, du fait de la grâce illuminante. En effet, aussi longtemps que Dieu n'est vu que par l'entremise d'un miroir et en énigme, l'homme ne passe qu'en image à la contemplation de Dieu. Que cela soit miroir ou énigme, c'est-à-dire image plus manifeste ou plus obscure, pendant la durée tout entière de sa vie, l'homme n'accomplit son passage vers ce lieu qu'en image. Cependant, autant l'esprit a maintenu en lui-même avec plus de fidélité la dignité de l'image de Dieu, et sa vérité, autant c'est par des images plus fidèles et plus proches de la vérité qu'il fait effort vers Dieu ; il ne façonne pas par une présomption imaginaire et superstitieuse en Dieu ou au sujet de Dieu ce qu'il n'est pas en lui-même ; mais comme il peut selon la forme d'affection qui lui est donnée, il accède à celui qui est.

Car promettre ou espérer en cette vie la perfection de la vision ou de la connaissance de Dieu, est le fait de la présomption la plus vaine. Un homme authentique prie Dieu en tant que Dieu : la raison le lui conseille, le progrès le lui enseigne, l'affection amoureuse le forme. Se conformant à Dieu, il ne demande pas Dieu pour lui, il ne demande rien de lui, si ce n'est lui-même et pour lui-même. Comme je l'ai dit, aussi longtemps qu'il est purifié, il est rationnel ; une fois purifié, il est désormais spirituel.

Sur le Cantique des cantiques, Liminaires,
22-23.

LE DÉPART ET L'ABSENCE DE
L'ÉPOUX : VANITÉ DE LA SCIENCE
SANS PRÉSENCE

L'Époux est sorti et s'en est allé. L'Épouse, blessée d'amour, bouillonnante du désir de l'absent, affectée par la douceur de sa sainte nouveauté, rendue neuve par son bon goût, mais soudain destituée et abandonnée à soi, se lasse des celliers eux-mêmes, qui lui semblent vides et désertés, c'est-à-dire de la science qui, en l'absence de l'Époux, n'apporte rien que la douleur, comme il a été écrit : « Celui qui apporte la science apporte la douleur » ; accompagnée des jeunes filles qui avaient jusqu'à un certain point partagé sa condition dans la grâce des celliers, elle court au-dehors en suivant le parfum de celui qui fuit. Et, dans le tourbillon de son désir, elle entonne le saint Cantique, elle dit dans un grand cri : « Qu'il me baise du baiser de sa bouche. »

Sur le Cantique des cantiques,
chant I, Prélude, 29.

PLEURER POUR N'ÊTRE PAS CONSOLÉS

Aussi longtemps que tu dis à l'Épouse : « Je m'en vais et je viens », et ne restes pas éternellement avec elle, ô Époux des âmes chastes, aussi longtemps, alors que tes fils sont exilés sur une terre qui n'est point leur par une décision providentielle de ta sagesse, ô père des orphelins, tu les laisses quelquefois dans la douleur de leur désir, comme exclus à l'extérieur, tu permets qu'ils soient abattus par tes coups et qu'ils se liquéfient par amour de ton amour, les purifiant ainsi sur le chemin de leur pauvreté et, par la difficulté même de te recevoir, les tirant plus fortement à toi. Mais quelquefois par la douceur de ta grâce tu ouvres spontanément à tes tout-petits et tu ne les repousses pas lorsqu'ils parviennent jusqu'à toi; tu leur permets de se coucher dans ton sein et d'y pleurer, et ils pleurent sans vouloir être consolés : s'ils l'étaient, ils ne pleureraient pas pour toi mais ils considèrent comme le plus grand de tes dons de pleurer pour toi : car à leurs yeux rien n'est meilleur et c'est la douceur même que de pleurer en ta présence pour toi leur Seigneur et leur Dieu, qui les as faits. Et c'est afin qu'ils pleurent pour toi, pour cela même que tu les fais.

Et lorsque tu essuies le flot de leurs larmes, comme la main même de celui qui l'essuie devient pour eux la cause suave d'une douleur qui les attire et les caresse, ils trouvent par la conscience de leur bonne espérance une consolation d'autant plus ardente qu'elle réside dans une souffrance plus ardente. En effet, l'impétuosité de ce flot créateur de joie manifeste que tu es ici présent et tes fils, habitants d'une terre étrangère, ne peuvent oublier qu'ils sont en voyage.

Sur le Cantique des cantiques,
chant I, strophe 1, 33.

VIOLENCE DE L'AMOUR

L'amour de soi et du prochain n'est rien d'autre que l'amour de Dieu... Voici la langueur de l'Épouse qui languit d'amour; voici la dilection forte comme la mort; voici les rivalités, cruelles comme l'Enfer; voici l'ivresse suscitée par la fécondité de la maison divine et par le torrent des voluptés de Dieu...

Alors, comme l'intellect voit quelque chose mais ne le voit pas à fond, de même qu'ajouter la science ajoute la douleur, de même ajouter la sagesse ajoute l'amour.

Sur le Cantique des cantiques,
chant I, strophe 10, 121-122.

L'AMOUR EST DIEU EN L'HOMME

> Sa main gauche est sous ma tête et
> sa droite me tiendra embrassée
> *Cantique des cantiques*, 2, 6.

Cet embrassement enveloppe l'homme, mais il est au-dessus de l'homme. Car l'embrassement dont je parle est le Saint-Esprit. Lui qui est la communion du Père et du Fils, qui est charité, amitié, embrassement, lui-même il est la totalité même des êtres dans l'amour de l'Époux et de l'Épouse. Or là est la majesté de la nature consubstantielle, ici le don de la grâce; là, la dignité, ici la reconnaissance de la dignité. C'est le même pourtant, simplement le même Esprit. Or, l'embrassement commence ici-bas mais il faut le parfaire ailleurs. Cet abîme invoque l'autre abîme; cette extase rêve bien autre chose que ce qu'elle voit; ce secret soupire après un autre secret; cette joie imagine une autre joie; cette suavité ordonne à l'avance une autre suavité. D'un bien et de l'autre, la matière est la même, mais la face dissemblable.

> *Sur le Cantique des cantiques,* chant II,
> strophe 11, 132.

Il y a unité d'esprit non seulement parce qu'elle est réalisée ou préparée à l'avance dans l'esprit de l'homme par le Saint-Esprit, mais parce qu'elle est réellement l'Esprit-Saint lui-même, l'Amour-Dieu. Elle existe quand Celui qui est l'amour du Père et du Fils, leur unité, leur suavité, leur bien, leur bai-

ser, leur embrassement... devient à sa façon, dans
l'homme et pour Dieu, ce qu'il est par l'union
consubstantielle pour le Fils envers le Père et
pour le Père envers le Fils.

Lettre d'or, 263.

En effet, ce qui se goûte par la sagesse ne t'est
pas étranger, ni éloigné ce qui te saisit, si pourtant
est saisi celui que nul lieu sensible ou intelligible,
nul sens, soit par l'instrument du corps, soit par
l'intelligence de la raison, ne peut saisir. Or le sein
dilaté de l'amour, qui s'étend selon ta grandeur,
lorsqu'il t'aime ou aime t'aimer dans toute ton
étendue, saisit l'insaisissable et comprend
l'incompréhensible. Mais pourquoi disons-nous :
saisit ? Bien plutôt l'amour lui-même est ce que tu
es : ô Père ; c'est l'Esprit-Saint, qui procède de toi
et du Fils, avec lequel vous êtes un, toi et le Fils.
Dès lors que l'esprit humain mérite son affection,
esprit pour Esprit, amour pour Amour, l'amour
humain, de quelque façon, est rendu divin.

Sur le Cantique des cantiques, chant I,
strophe 8, 100.

LA PAROLE DE DIEU

Lorsque l'Épouse puise sa contemplation dans
la joie de Dieu et arrive ainsi à des conceptions
spirituelles ou divines, alors l'Époux la voit, c'est-
à-dire la fait voyante. Or, dans les dispensations
temporelles du Médiateur, il existe une grille, à
travers laquelle se fait la contemplation de
l'Épouse : c'est la foi temporelle, qui l'élève
jusqu'à l'éternel et dans laquelle il est nécessaire à

celui qui contemple Dieu de faire passer oblique-
ment son regard, lorsque, dans l'unique personne
du Christ, il admire sans éprouver aucun doute le
sacrement de sa double nature. En lui, dans la
part de lui-même qui assume du moins l'humiliation, l'âme a l'impression d'obliquer au plus haut
point alors qu'elle tend vers Dieu, jusqu'à ce que la
grâce illumine la foi et que non la seule foi mais
aussi l'intelligence connaissent le Dieu qui est
homme et l'homme qui est Dieu. Alors, l'esprit
contemplatif, par la fenêtre et à travers la grille,
commence à trouver la pâture la plus agréable
dans une seule et même lumière. Alors, à l'intelligence l'Esprit dit les mystères, le Verbe de Dieu
s'exprime lui-même et sa parole court rapidement
à son effet, quand, en celui à qui il parle,
s'accomplit efficacement ce qui est entendu intelli-
giblement. On se dresse, on se hâte, on voit se produire tout ce que les paroles suivantes semblent
souhaiter par leurs préceptes ou leur enseignement : « Voici que mon bien-aimé me parle. Lève-
toi, hâte-toi, mon amie, ma belle, et viens. »

> *Sur le Cantique des cantiques,* chant II,
> strophe 1, 159.

LA GRÂCE ET LA GRATITUDE

Je suis à lui, précisément pour qu'il me possède :
lui-même en me payant d'avance avec sa grâce ;
moi devant ses largesses, en n'étant pas ingrate ; lui
en me donnant la foi, moi en la préservant.

> *Sur le Cantique des cantiques,* chant II,
> strophe 4, 173.

COMMENT LE LYS REÇOIT LA GRÂCE

Le lys est la fleur la plus belle entre les fleurs, mais elle est stérile. Se dressant vers les hauteurs à partir de la terre sur une tige droite et verte, elle est d'une couleur blanche et candide à l'extérieur, mais d'une couleur de feu à l'intérieur, elle est pleine de grâce pour l'œil, suave pour l'odorat, elle a la vertu naturelle d'adoucir ce qui est dur. Or vois le lys avant le lever du soleil : il semble fuir la face du froid nocturne et des ténèbres de la nuit et se cacher à l'intérieur de lui-même en contenant enfermées en lui ses tendres délices ; mais bientôt, quand la face du soleil naissant a brillé pour lui d'une lumière plus pure, il semble s'ouvrir à lui tout entier dans un sourire et reconnaître le sceau de son Créateur dans toute sa gloire. Tel est exactement l'état d'un esprit que la grâce créatrice rend bon, mais qui est encore stérile quant aux fruits de l'intelligence et de la sagesse ; il les attend de la grâce illuminante. Telle est la conscience même d'une volonté et d'une intention dirigées tout droit vers Dieu, préférant parmi les hommes la blancheur lumineuse de la chasteté et des œuvres extérieures de la foi, envers Dieu le joug intérieur et la fragrance du désir, répandant autour de soi la bonne odeur du Christ, en tout lieu, dans les tribulations et l'oppression, gardant la vertu de patience pour amollir toute dureté de la méchanceté humaine, possédant tous ses biens dans le secret de la grâce créatrice et donatrice jusqu'à ce que soit produite au-dehors comme la lumière sa justice, avec le jugement qui l'atteste comme le temps de midi, dans la manifestation de la grâce illuminante.

> *Sur le Cantique des cantiques,* chant II, strophe 4, 174.

ADESSE DEO

L'Épouse sait ce qui se passe en elle, ce que l'Époux fait en elle, aussi longtemps qu'ils sont mutuellement l'un pour l'autre; mais elle ne le sent pas, aussi longtemps qu'ils ne sont pas présents mutuellement l'un à l'autre. Car ils sont l'un à l'autre par la foi, présents l'un à l'autre par l'amour.

> *Sur le Cantique des cantiques,* chant II, strophe 4, 175.

LE « FAIRE » DIVIN ET LA VISION BÉATIFIQUE : AFFECTION, AFFECTATION, CONFECTION OU DÉFECTION

Dans les mystères sacrés du Nouveau Testament, le jour de la Grâce nouvelle a commencé ses aspirations; mais alors dans cette fin où tout sera consommé se produira le midi dans lequel il n'y aura ni miroir ni énigme, où rien ne sera partiel, mais où existera la vision face à face et la plénitude du bien suprême : lui que la raison entourait de ses détours, l'intellect se fixera en lui, lui vers qui bouillonnaient les désirs de l'amour, il sera le fruit de l'affection ; il ne sera pas l'intelligence de la raison mais celle de l'amour illuminé, non pas un affect confectionné par celui qui en est affecté n'importe comment, mais effectué par Dieu de manière divine, comme le dit l'Apôtre : « Celui qui nous a faits pour cela même est Dieu. » En effet, chez l'homme qui a partagé la gloire de Dieu, toutes les forces de l'âme, ses vertus, ses volontés, ses intentions, ses affections, libérées par la vertu de la résurrection de la servitude de la corruption et de la sujétion envers la vanité, seront immuablement stabilisées pour voir pleinement ce que les sens pouvaient croire, pour posséder avec la plus grande certitude ce qui était espéré dans le tremblement, pour tirer un fruit solide de ce que la foi aimait.

Mais le jour des aspirations de cette vie est changeant ; il ne trouve pas une joie continue dans sa lumière, mais il a ses heures, il connaît les vicissitudes de la grâce qui s'allume pour celui qui s'approche de Dieu, afin de l'illuminer. Or le jour du ciel, le jour de l'éternité, le jour au-dessus des jours est absolument exempt de toutes les ombres de ce siècle, il est tout entier disponible pour sa lumière, pour sa joie, sans désir de vouloir plus, sans crainte de perdre, sans douleur d'avoir perdu. En attendant, cependant, l'attente de la créature qui espère la révélation des fils de Dieu gémit et souffre jusqu'à maintenant les douleurs de l'enfantement ; ceux aussi qui possèdent à l'intérieur d'eux-mêmes les prémices de l'Esprit attendent l'adoption des fils de Dieu, la rédemption de leurs corps.

Sur le Cantique des cantiques, chant II, strophe 4, 177-178.

REVIENS

« Reviens, dit l'Épouse, reviens. Reviens, quoique bientôt tu doives repartir; en te laissant glisser en moi, donne-moi l'allégresse, en te glissant hors de moi, donne-moi la désolation. Tout m'est bon qui me vient de toi : puisque tu es bon, tout ce que tu fais est bienfait; et que tu t'en ailles ou reviennes, toujours je suis consolée par cette affection amoureuse et je supporterai de toi toutes défections. »

Sur le Cantique des cantiques, chant II, strophe 5, 179.

SAINTE HILDEGARDE
DE BINGEN
1098/1100-1179/1181

Sainte[1] Hildegarde de Bingen est une des plus admirables personnalités de la littérature et de la mystique allemandes. Elle a vécu de 1098-1100 à 1179-1181 dans la région rhénane, en étant successivement abbesse bénédictine de Disiboden et de Rupertsberg, près de Bingen et de Mayence. Proche par sa famille de l'empereur Frédéric Barberousse, elle fut mêlée à la vie spirituelle de sa patrie et dialogua courageusement avec les grands prélats de l'Empire. Mais son œuvre est essentiellement spirituelle, tout en se développant dans une perspective féminine qui est originale. D'une part, elle était abbesse et s'adressait à ses moniales, pour lesquelles elle a composé notamment un admirable ensemble de séquences. D'autre part, comme il arrivait souvent aux femmes en son temps, elle pratiquait la médecine : de là ses Causae et curae. Elle se trouvait ainsi conduite à mêler la méditation morale et la physique (De diuersis naturis). L'inspiration mystique lui permettait d'unifier les diffé-

1. Nous lui gardons ce titre, quoique le dossier de béatification ait été perdu.

rents aspects de sa pensée. Mais elle ne se bornait pas à décrire une expérience intérieure. Puisqu'elle voulait tenir compte de la nature et des réalités du cosmos et conserver en même temps la spontanéité mystérieuse de la contemplation amoureuse, elle fut conduite à choisir une forme littéraire qui avait connu de grands succès dans les textes évangéliques et bibliques et qui était encore en honneur, notamment dans les religions orientales et chez les Juifs : la vision en forme d'apocalypse, c'est-à-dire de révélation des mystères. C'est ainsi qu'elle écrit le Liber diuinorum operum simplicis hominis, « *Livre des œuvres divines à l'intention de l'homme simple* » (dont nous citerons le livre VI, qui se situe en son centre) et le Scivias (« *connais les voies* » de Dieu).

On s'est souvent demandé si tous ces textes, dont l'écriture latine est à la fois libre et somptueuse, lui appartiennent en propre. Savait-elle le latin ? Connaissait-elle la philosophie religieuse et la théologie ? Il est certain qu'elle eut des secrétaires, tel Vollmar. Ils l'ont assurément aidée à mettre de l'ordre dans sa pensée et dans l'expression qu'elle en donnait. Il est sûr d'autre part que, dès son enfance, ses idées se présentaient à elle sous forme de visions symboliques. Mais, aidée peut-être par les moines dont nous avons parlé, elle donnait à ses textes une unité puissante qui ne peut appartenir qu'à elle.

On peut alors répondre de façon plus précise à deux questions que les modernes se sont posées à son sujet. Que peut-on penser de la beauté poétique qui se dégage de ses écrits ? Que dire de leur signification philosophique ?

Quant au second point, il faut noter qu'Hildegarde joint aux visions proprement dites des interprétations ou explications qu'elle attribue à une voix divine, mais qui lui permettent de donner à sa parole une cohérence rationnelle. Il y a chez elle un double souci d'intelligence rationnelle et de compréhension cosmique. Nous voyons se dessiner une des tendances majeures du XIIe siècle. Hildegarde est célèbre ; elle se trouve en contact avec saint Bernard, qui l'estime ; il est possible qu'elle connaisse les maîtres de l'École de Chartres qui établissent alors, si l'on peut dire, une métaphysique de la nature. Elle accorde en elle les deux tendances, la mystique, la physique ; le caractère symbolique et concret de ses visions lui permet d'éviter à la fois le refus de la sagesse philosophique et les excès du dogmatisme logique, dont Bernard se méfiait.

De la même façon, elle porte au plus haut degré la grandeur et la puissance poétiques de son style. Personne au Moyen Âge n'a poussé aussi loin la fusion de l'esprit et de la matière, qui constitue l'une des marques majeures de la poésie. Elle le montre en particulier dans la séquence que nous avons citée dans notre chapitre sur la poétique du Saint-Esprit. L'Esprit, dit-elle, est celui « qui vivifie les formes ». Au même moment, les Chartrains méditent sur la Genèse. Ils essaient de l'interpréter selon les enseignements du *Timée* de Platon : Dieu, d'après eux, a jeté dans la matière les formes que constituent ses idées. Hildegarde reprend une telle doctrine, que les Pères ébauchaient déjà. Mais elle y ajoute sa méditation sur la vie. Elle décrit à la fois la matière et dans la matière le souffle qui fait verdir les plantes et qui rend les pierres mêmes ruisselantes de fécondité. Les images qui nous sont ainsi proposées prennent une vivacité admirable. Dans le texte que nous citons, les anges sont représentés par des étoiles semblables aux lampes que l'on suspend au bord de la mer et qui unissent doucement leur tintement à la voix immense des flots.

La poésie d'Hildegarde est admirable parce qu'elle est étroitement liée à la joie et à l'émerveillement que lui inspire la Création et aux échanges entre l'esprit et la matière tels qu'elle les décrit en montrant qu'ils sont la source même de la vie. Nous avons cité la séquence au Saint-Esprit. Il faut évoquer également la série des séquences dédiées à Marie, et en particulier celle qui s'achève par cet admirable jeu de mots : « Maria, mater, materia ». Peut-on mieux marquer ce qu'a de féminin la spiritualité d'Hildegarde[1] ?

Nous disons bien : spiritualité. C'est bien elle qui pénètre la matière en la transfigurant. Mais il faut souligner qu'il ne s'agit pas ici de panthéisme. On songe plutôt au Claudel de la Cantate à trois voix. Le langage même d'Hildegarde lui permet de distinguer les degrés de sa pensée en affirmant en même temps que des liens étroits les unissent. Telle est sa conception de l'Esprit, spiritus. Il est évidemment au-dessus de la matière puisqu'il est du côté des idées et qu'il vivifie les formes. Mais la vie appartient aussi à la matière et spiritus signifie également souffle. Or, selon notre moniale, le mouve-

---

1. La spiritualité mariale est un aspect essentiel de la tradition médiévale et catholique. Nous avons cité l'*Ave maris stella*. Voir « Marie » dans notre index.

ment des étoiles est provoqué par des vents célestes voulus par Dieu. L'image est à la fois réaliste et symbolique. Elle réunit en elle les deux sens de spiritus, *souffle et esprit. Il faut tenir compte d'un tel art de jouer sur les mots pour comprendre à la fois la transcendance de Dieu et sa présence mystique et poétique dans la vision vive de l'univers*[1].

LA CITÉ, LA MONTAGNE RESPLENDISSANTE, LE MIROIR ET LA NUÉE

De nouveau, je vis comme une grande cité construite en carré, qui semblait entourée d'une

1. Bibliographie de sainte Hildegarde de Bingen :

Œuvres, voir *P.L.*, t. 197; *Œuvres complètes*, 7 vol. : Adelgundis FÜHRKÖTTER, Maura BOCKELER, Heinrich SCHIPPERGES, etc. (trad. allemande avec commentaire approfondi portant également sur le texte), Otto Müller, Salzbourg, 1954 et suiv.; on consultera en particulier *Lieder* (hymnes et cantiques), éd. par Pudentiana BARTH, M. Immaculata RITSCHER, Joseph SCHMIDT-GÖRG, 1969, avec le texte latin; *Louanges*, éd., trad. et commentaires par Laurence MOULINIER, La Différence, 1990; *Scivias*, éd. critique par Adelgundis FÜHRKÖTTER, « *Corpus christianorum, Continuatio medievalis* », t. 43, Turnhout, Brépols, 1978; *Le Livre des œuvres divines*, trad. et introduction de Bernard GORCEIX, Albin Michel, 1982.

Études : Adelgundis FÜHRKÖTTER et Mariana SCHRADER, *Hildegard von Bingen* dans *Die grossen Deutschen*, 5, 1957; Heinrich SCHIPPERGES, *Hildegard von Bingen... Die Schöpfung der Welt in Gottes Ebenbild*, Olten, 1958; O. D'ALESSANDRO, *Mistica e filosofia in Ildegarda di Bingen*, Padoue, 1966; P. DRONKE, *Women Writers of the Middle Ages*, Cambridge, 1984; Georgette EPINEY-BURGARD et Émilie ZUM BRUNN, *Femmes troubadours de Dieu*, Turnhout, Brépols, 1988.

Remy de GOURMONT a publié dans *Le Latin mystique* quel-

certaine splendeur et de certaines ténèbres, de-ci
de-là, comme par un mur, et aussi ornée de certaines montagnes et de certaines images. Je vis
aussi, au milieu de sa zone orientale, comme une
montagne grande et élevée, faite de pierre dure et
blanche, d'où est rejeté du feu : elle possède une
forme belle et sur son sommet resplendissait
comme un miroir d'une clarté et d'une pureté si
grandes qu'il semblait dépasser en excellence
même la splendeur du soleil : sur lui apparut
aussi une colombe aux ailes déployées, prête au
vol. Ce même miroir encore, portant en lui le plus
grand nombre concevable de merveilles cachées,
émettait une certaine splendeur d'ample étendue
et de haute élévation, dans laquelle apparaissaient
de nombreux mystères et les formes très multiples
de diverses images. En effet cette splendeur laissait voir du côté de la région astrale, dans la zone
supérieure, une nuée blanche et, dans la zone
inférieure, apparaissait une nuée noire au-dessus
de laquelle une multitude innombrable d'anges
jetaient un éclat fulgurant : parmi eux certains
semblaient ignés, certains clairs, certains pareils à
des étoiles : tous étaient mis en mouvement par
un certain vent comme des lampes ardentes : lui
aussi dans son vol était plein de voix qui son-
naient comme le bruit de la mer. Et ce vent, dans
son zèle, étendait encore ses voix : de lui-même il
envoya le feu dans les ténèbres que nous évo-
quions à propos de la nuée dite ; à partir de là elle
s'embrasa sans flamme, en noirceur ; mais bientôt

---

ques admirables traductions de poèmes : nous les avons utili-
sées ici.

il souffla aussi sur elle et il la fit s'évanouir et
s'abattre comme une épaisse fumée. Ainsi encore
il la fit s'abattre depuis l'ouest vers l'aquilon sur la
montagne que j'ai dite et la projeta dans une profondeur infinie, sans lui laisser ensuite la possibilité de s'élever, à ceci près qu'elle envoie quelquefois une nébulosité sur la terre. Et j'ai entendu
comme des trompettes lançant leurs voix du haut
du ciel : « Comment se fait-il que le fort soit
tombé dans ses propres forces ? » Et ainsi, dans la
nuée dont j'ai parlé, la partie qui rayonnait d'une
blancheur candide jeta un éclat plus fulgurant et
plus clair qu'elle ne l'avait fait jusqu'alors et, au
vent qui par les trois modes de ses voix avait
abattu la noirceur de la nuée dont j'ai parlé, personne désormais n'a pu résister. Et de nouveau
j'entendis la voix venue du ciel qui me parlait...

Livre des œuvres divines, Vision VI, I.

EXPLICATIONS DE LA VOIX CÉLESTE

Dieu dans sa prescience connaît toutes choses,
puisque, avant que les créatures ne fussent faites
dans leurs formes, il les a connues et que rien ne
lui est resté caché de tout ce qui procède depuis le
commencement du monde jusqu'à sa fin. C'est ce
que rend claire la présente vision. Tu vois en effet
la construction carrée d'une grande cité, qui
désigne l'œuvre stable et solide de la divine prédestination : elle est comme entourée d'une certaine splendeur et de certaines ténèbres, parce
que les fidèles sont assignés à la gloire, les infi-

dèles aux peines selon le juste jugement qui les sépare les uns des autres ; cette œuvre est en quelque sorte ornée de montagnes et d'images, comme par un mur, de-ci et de-là, c'est-à-dire équipée et exaltée par les grands prodiges des merveilles et des vertus, puisque Dieu, rendant ses œuvres vraies et justes, leur a donné la puissance d'une telle force que celle-ci ne leur fît jamais défaut en les poussant à une complète destruction. D'autre part, il semble que tu voies au milieu de la zone orientale une montagne grande et élevée, ayant une forme belle : cela signifie que Dieu réside dans la force de la justice, grand en pouvoir, élevé en gloire, dur dans sa sévérité, rayonnant de blancheur dans sa douceur, puisqu'il accomplit tous ses jugements dans le feu ardent de l'équité. Lui-même est juste en effet, il broie entièrement l'injustice, parce que le ciel et la terre ont été fondés sur lui et qu'il soutient le firmament avec toutes les créatures, comme la pierre angulaire fait tenir ensemble tout l'édifice. Au sommet resplendit une sorte de miroir d'une clarté et d'une pureté si grandes qu'elle semble dépasser en excellence même la splendeur du soleil, parce que, dans l'excellence de Dieu, sa prescience se distingue par tant de lumière et de pénétration qu'elle dépasse tout ce que les créatures ont de fulgurant. Sur lui apparaît aussi comme une colombe aux ailes déployées, prête à l'envol, puisque dans la même prescience, la divine ordination[1] se déploie aussi... C'est pour-

---

1. *Ordinatio* : exactement : « mise en ordre ».

quoi cette ordination est tenue par Dieu sous le voile de ses ailes, si bien que celui qui vole vers lui en disant : « En toi j'exulterai puisque tu m'as fait : de là vient que mon âme reste attachée après toi », il le reçoit en le protégeant de sa droite et il lui attribue une multitude d'ornements ; mais celui qui refuse de s'attacher à lui, il lui permet de périr, comme j'ai dit. Mais aussi, lorsque le Fils de Dieu prit pour lui le vêtement de la chair qui s'attacha à sa sainte divinité, pour que par elle il accomplît dans son humanité son œuvre encore imparfaite, bientôt, suscitant l'émerveillement des anges, c'est avec les hommes qu'il s'envola, ce que nul parmi eux, excepté le Verbe incarné de Dieu, n'aurait pu faire et il les sanctifia en même temps par ce vêtement, aussi longtemps que, regardant vers lui, ils faisaient abnégation d'eux-mêmes : il voulait les faire voler avec lui sur ses ailes étendues vers les désirs supérieurs.

Le miroir aussi dont j'ai parlé, ayant en lui la multitude de toutes les merveilles cachées, émet une certaine splendeur, grande par son étendue et son élévation : cela signifie que la science de Dieu, portant en soi des secrets nombreux et inconnus, produit selon son bon plaisir par l'amplification et l'élévation, l'ostension de ses merveilles. En cela beaucoup de mystères et les formes très nombreuses des diverses images apparaissent, parce que, lorsque l'ostension des merveilles de Dieu se sera ouverte à la connaissance, ce qui d'abord était resté inconnu et hors de vue procédera jusqu'à une manifestation ouverte. En effet, c'est dans la même splendeur que, dans la zone aus-

trale, la nuée apparaît en quelque façon rayonnante de blancheur dans le haut et, dans le bas,
noire : cela signifie que dans l'ostension de
l'ardente justice de Dieu on voit mise à nu la
louable intention des esprits bienheureux, mais
aussi l'intention exécrable des réprouvés. Au-dessus, la multitude innombrable des anges semble
jeter sa lumière fulgurante : parmi eux, certains
paraissent ignés, certains clairs, certains semblables à des étoiles, puisque ceux qui semblent
ignés sont revêtus de la plus grande force ; ils ne
peuvent en aucune façon être mis en mouvement,
parce que Dieu a voulu qu'ils fussent placés
devant sa face même, afin qu'ils la regardent toujours. Ceux dont la clarté se fait voir sont
aujourd'hui en mouvement : ils s'occupent des
devoirs relatifs aux œuvres de l'homme, qui est
l'œuvre de Dieu : les œuvres attachées à ces
devoirs se font en présence de ces mêmes anges
dans le regard de Dieu, puisqu'ils les considèrent
sans cesse et offrent à Dieu leur bonne odeur,
choisissant l'utile et rejetant l'inutile. Quant à
ceux qui apparaissent semblables à des étoiles, ils
ont compassion pour la nature humaine, ils la
présentent devant Dieu comme une écriture, ils
accompagnent les hommes et, selon la volonté de
Dieu, ils leur parlent le langage de la rationalité,
et ils louent Dieu de leurs bonnes actions ; des
mauvaises ils se détournent.

Livre des œuvres divines, Vision VI, II-III.

LES SANCTIONS DE L'ESPRIT

Tous ces anges sont mus par le vol d'un certain vent, comme des lampes ardentes, parce que l'Esprit de Dieu vivant et ardent dans la vérité les meut pour son zèle et contre ses ennemis. Il est plein de voix qui retentissent comme le bruit de la mer, puisqu'il possède la plénitude et la perfection de toutes louanges, dont sont inondées les créations angélique et humaine pour la louange de Dieu. Et, comme tu vois, le même vent étend ses voix dans son zèle, parce que l'Esprit de Dieu tourne les paroles de la rectitude de son jugement vers la punition des réprouvés. Par elle, il a envoyé le feu dans la noirceur et la nuée dont nous avons parlé : de là vient que celle-ci s'est embrasée en restant noire, alors que les esprits bienheureux qui voient ce qu'entreprennent les anges de perdition se hâtaient vers l'honneur de Dieu. Ils répandaient aussi le feu du châtiment avec ardeur sur le manque de foi de ces grands coupables qui étaient leurs ennemis, non pour les corriger mais pour porter plus loin leur exécration, alors qu'ils brûlent loin du salut dans le gouffre tourbillonnant et qu'ils ne voulaient pas rendre à leur Créateur l'honneur qui lui était dû.

Livre des œuvres divines, Vision VI, IV.

LA LOUANGE ANGÉLIQUE

Car les multitudes des bons anges regardent vers Dieu et le connaissent en l'accompagnant de tout le chœur des louanges et en célébrant dans sa merveilleuse singularité ses propres mystères, qui toujours ont été et sont en lui : ils ne peuvent en aucune façon omettre cela, parce qu'ils ne sont alourdis par aucun corps de terre. Ils racontent aussi la Divinité avec les sons vivants de leurs paroles excellentes qui dépassent le nombre des grains de sable de la mer, le nombre de tous les fruits qui germent sur la terre, le nombre des cris qui sont proférés par tous les êtres animés, tous les coups de foudre qui fulgurent dans les eaux par l'action du soleil, de la lune et des étoiles, tous les bruits de l'éther produits par le souffle des vents qui élèvent et soutiennent les quatre éléments. Mais dans toutes ces paroles de louange les esprits bienheureux ne peuvent saisir la divinité dans les limites d'aucune définition. Pour cette raison eux aussi dans leurs paroles innovent toujours.

Livre des œuvres divines, Vision VI, IV.

LES ORDRES DES ANGES ET LEUR JOIE

« Les fleuves ont élevé, Seigneur, les fleuves ont élevé leur voix. Les fleuves ont élevé leurs flots loin des paroles des eaux multiples » (*Psaumes*, 92). Le sens de cette pensée doit être compris de la façon suivante : dans leur amour à ton service les esprits angéliques se sont dressés, ô Seigneur de toutes les créatures, et ils ont déployé toutes leurs forces pour la submersion de tes ennemis et de nouveau les armées des mêmes esprits ont tendu vers les hauteurs la force de leur courage en lui offrant la voix retentissante des louanges les plus nombreuses, parce que les cohortes angéliques sont comme des fleuves d'eau vive, que le vent de l'Esprit divin met en mouvement pour sa gloire, alors qu'auparavant ils combattaient contre le dragon noir...

Car le Dieu tout-puissant a établi la milice céleste en ordres divers, comme il lui a convenu, de telle sorte que chaque ordre accomplisse ses devoirs propres et que chacun soit pour un autre un sceau spéculatif; en chacun de ces miroirs se trouvent les divins mystères que ces mêmes ordres ne peuvent ni voir pleinement, ni connaître par la science, ni percevoir par la sagesse, ni limiter par la définition. C'est pourquoi, dans leur admiration, ils montent de louange en louange, de gloire en gloire et ainsi ils innovent toujours, parce qu'ils n'ont pas la force de conduire tout cela jusqu'à une fin. Eux aussi, par le don de Dieu, sont esprit et vie. Dès lors, même dans les louanges de Dieu, ils ne font jamais défaut, ils regardent toujours la clarté de Dieu et de la clarté du divin vient comme une flamme scintillante. Ces paroles, les fidèles les perçoivent par la dévote affection de leurs cœurs, puisque c'est par l'entremise de celui qui est le premier et le dernier qu'elles ont été publiées pour l'utilité des croyants.

Livre des œuvres divines, Vision VI, VI.

Séquences

À LA SAINTE VIERGE

Ô tige, diadème du roi de pourpre, ton jardin est pareil à une forteresse;

tes frondaisons ont fleuri en une haute prévoyance, alors qu'Adam devait produire tout le genre humain.

Salut, salut, de ton ventre une autre vie est issue, autre que celle dont Adam avait dépouillé ses fils.

Ô fleur, tu n'as pas germé de la rosée, ni des gouttes de la pluie et l'air n'a pas plané autour de toi, tu es née sur une très noble tige par l'œuvre de la divine clarté.

Ô tige, ta floraison, Dieu l'avait prévue dès le premier jour de sa création et son verbe te fit surgir toute en or, ô très louable vierge.

Oh! qu'il est grand dans ses forces, le flanc de l'homme d'où Dieu tira la forme femme, miroir de ses divines parures, résumé de toute sa création...

Donc, ô Salvatrice, qui as porté la nouvelle lumière du genre humain, rassemble les membres de ton fils dans la céleste harmonie.

Trad. Remy de Gourmont,
Le Latin mystique, p. 162 sq.

À SAINT DISIBODE[1]

Ô montagne d'esprit intérieur, assidûment tu as reflété la beauté de ta face dans le miroir de la colombe.

Tu t'es cachée dans l'ombre, enivrée de l'odeur des fleurs, resplendissant pour Dieu seul dans les cellules des saints.

Ô cime entre les clefs du ciel...

Ô tour dont l'altitude se dresse devant l'autel du suprême Dieu, et la cime de cette tour, tu l'as obombrée de la fumée des aromates.

> Trad. Remy de Gourmont,
> *op. cit.*, p. 166 sq.

À LA SAINTE VIERGE :
MARIA, MATER, MATERIA

Ô gemme très resplendissante,
sereine beauté du soleil
qui est infus en toi,
toi source qui jaillis du sein du Père,
lui qui est son Verbe unique,
toi par laquelle il a créé la prime matière du monde,
celle qu'Ève a troublée,
c'est ce Verbe qui fabriqua, pour toi, Père, l'homme
et c'est pourquoi tu es, toi, cette matière lumineuse

1. Saint patron du monastère dirigé plus tard par Hildegarde.

par laquelle ce Verbe même a ex-spiré [*exspirauit*]
toutes vertus
quand de la prime matière il produisit toutes les
créatures.

Poème n° 5, éd. P. Barth, et al.

HUGUES DE SAINT-VICTOR
† 1141

*Nous abordons ici ce qu'on a appelé la Renais-
sance du XII*e *siècle. Elle se manifeste en particulier
(mais non exclusivement, certes) dans l'abbaye
parisienne de Saint-Victor, qui se trouvait sans
doute à la limite du Quartier latin, près de la rue
Saint-Victor et de la Halle aux vins. Les chanoines
réguliers de cette école, qui devaient suivre la règle
de saint Augustin, ont exercé une influence considérable dans l'histoire de la culture chrétienne. Ils
ont su trouver, entre la piété et le savoir, la mystique et la raison, un équilibre qui caractérise la fin
de l'époque romane. Nous avons déjà cité Adam de
Saint-Victor. Nous nous tournerons maintenant
vers Hugues et Richard.*

*Hugues de Saint-Victor, Saxon d'origine, est
arrivé dans cette abbaye vers 1115. Il en a dirigé
l'École à partir de 1133 et a joué un grand rôle dans
la définition des programmes, des idées, des* artes.
*Il procédait volontiers par opuscules. Même dans
ses grandes œuvres, le* Didascalicon, *le* De sacramentis fidei christianae, *il cherche essentiellement
des séries aussi complètes que possible de défini-*

tions qu'il classe en rubriques et articule en questions, plutôt que de les utiliser spécialement pour former des argumentations ou démontrer des idées.

Nous insisterons d'abord sur le Didascalicon. Hugues y présente en éducateur sa tradition des artes. Nous touchons donc ici à l'objet même de notre livre. Bien entendu, il reprend la tradition du triuium *et du* quadriuium *instituée par Martianus Capella et dominatrice en son temps. Mais il l'élargit complètement et la refond. En cela, il suit certaines des tendances majeures de son temps et aussi des penseurs de l'antiquité : Augustin qui, nous l'avons dit, avait médité sur les arts, lui permet, mieux que l'auteur des* Noces de Mercure et de Philologie, *de regrouper les différentes disciplines sous l'autorité de la philosophie. Cela l'aide à les classer selon l'avis des philosophes : mathématique (qui permet de découvrir des modèles de certitude), physique, morale, arts du langage et du raisonnement (on revient alors au* triuium : grammaire, rhétorique, dialectique). À travers Augustin, on retrouve Cicéron, dont les thèses, depuis le temps de l'évêque d'Hippone, sont interprétées dans le sens chrétien et permettent aussi de nouvelles interprétations du christianisme.

Dès lors, on peut souligner quelques enseignements originaux.

D'abord, Hugues ne se limite pas à la philosophie au sens étroit. Il sait qu'elle implique une réflexion sur la parole et sur son inuentio. De là vient son attention envers la logique, avec les listes de définitions qu'il fournit; il n'ignore pas la technique de la quaestio disputata *qui confronte des thèses*

opposées lorsque chacune est partiellement dou-
*teuse (*disputatio in utramque partem, *disaient les*
anciens). Mais il sait aussi que la logique, comme
les autres arts, doit accepter le patronage de la phi-
losophie. Telle était l'affirmation la plus profonde
de Cicéron.

De là plusieurs conséquences. L'une des princi-
pales est le rôle donné à la morale, qui constitue la
« pratique » à côté de la « théorie ». Hugues ajoute
les « disciplines mécaniques » : tissage, chasse (ou
élevage), agriculture, architecture (qu'il appelle
theatrica), *armurerie, navigation, médecine. Tout*
cela constitue les différents éléments de la civilisa-
tion des monastères, des cités et des cathédrales,
qui accomplit sa renaissance à l'époque romane.

On voit que la culture humaine et les activités
auxquelles elle préside sont reconnues, évaluées,
hiérarchisées. Le Victorin, après Augustin ou sur-
tout les Latins de l'époque classique, reconnaît
l'importance de la culture générale. Surtout, il défi-
nit avec netteté les degrés de l'activité spirituelle. On
*commence par la simple pensée ou réflexion (*cogitatio). *Celle-ci trouve son ordre et sa méthode*
rationnelle dans la meditatio, *qui, lorsque aidée de*
Dieu elle s'élève jusqu'à lui, devient contemplatio.
En tant qu'éducateur, Hugues s'intéresse surtout à
la meditatio, *à laquelle il consacre un opuscule. Le*
schéma qu'il nous propose au sujet de la contem-
plation sera développé de manière admirable par
Richard de Saint-Victor.

Nous nous écartons maintenant du Didascalicon. *C'est aux nuances de l'effort spirituel, à la pré-*
sence de Dieu dans la démarche théologique que

nous devons nous intéresser. Nous pourrions la décrire de manière détaillée dans le De sacramentis fidei christianae. *Dans l'idée de sacrement, Hugues cherche avant tout le sacré et il le trouve dans les institutions de l'Église et dans l'esprit de création qui préside aux signes et à la parole liturgiques.*

Cependant, nous avons choisi de citer des opuscules : ils insistent sur le Verbe et son esprit, La Méditation, La Parole de Dieu, La substance de la dilection amoureuse. *Car la parole divine est un sacrement. En elle, le Verbe se réunit à la chair. Elle donne la vie et on la reconnaît à sa saveur intérieure. Hugues définit en elle trois qualités : elle est vive, efficace, pénétrante comme un glaive à deux tranchants, car elle se plonge en nous en apportant soit la mort, soit la vie. Aux trois qualités s'accordent trois fonctions : la chair, l'esprit, la pensée.*

La parole vient de Dieu ou, par notre bouche et par notre cœur, s'adresse à lui. Elle procède des pensées, des désirs et des intentions, elle marque leurs articulations. Elle naît de l'inspiration et de la prédication, qui s'appuie elle-même sur la nature et sur la grâce. Elle écrit les livres de nos âmes, qui doivent se référer au Livre unique : le Christ. Ainsi nous parlons à Jésus. En suivant l'ordre de l'amour, nous venons de Dieu, nous sommes avec Dieu, nous allons vers Dieu et tels sont le mouvement et l'équilibre que nous retrouvons en toutes choses, dans le monde, dans le prochain, dans les vertus.

On voit comment procède la méditation théologique d'Hugues de Saint-Victor : par un enchaîne-

ment articulé et cohérent d'intuitions amoureuses qui portent en elles leur lumière et leur mystère. On s'en aperçoit d'une façon plus frappante encore dans son traité sur les invisibles de Dieu et les jours de la création. Ces invisibles sont la puissance du Père, la sagesse du Fils, la bonté de l'Esprit-Saint. À la sagesse se rattache la beauté, qui, dans son essence spirituelle, est donc invisible. Pour la décrire (comme il analyse les autres invisibles), il se réfère à la terminologie esthétique qui avait notamment été élaborée par Cicéron, ses maîtres et ses disciples. La beauté intervient dans la musique et ses mélodies, dans la suavité des goûts et des parfums, dans la douceur que perçoit le toucher. La grâce ou decor est liée à la bonne adaptation, donc à la commodité proche du confort et à l'utilité, qui se rattache à la nécessité.

Il s'agit bien d'une nomenclature. Mais elle se fonde sur une culture très large et elle aboutit à des formules fécondes : crainte, vérité, charité ou, pour conclure, admiration, vérité illuminant le cœur, amour[1].

1. Bibliographie d'Hugues de Saint-Victor :
Principales œuvres : voir *P.L.*, t. 175-177 ; J.-B. Schneyer, *Repertorium*, t. 2, Münster, 1970, p. 786-813. *L'Art de lire, Didascalicon*, trad., introd. et notes par Michel Lemoine, Cerf, 1991 ; *Six opuscules spirituels : La Méditation. La Parole de Dieu. La Réalité de l'amour. Ce qu'il faut aimer vraiment. Les Cinq Septénaires. Les Sept Dons de l'Esprit Saint*, introd., texte critique, trad. et notes par Roger Baron, « Sources chrétiennes », 155, Cerf, 1969 ; P. Crapillet, *Le « Cur Deus homo »* d'Anselme de Canterbury et le « De arrha animae » d'Hugues de Saint-Victor traduits pour Philippe le Bon*, textes présentés par Robert Bultot et Geneviève Hasenohr, Louvain-la-Neuve, 1984.
Études : Roger Baron, *Science et sagesse chez Hugues de*

Les divisions de la philosophie

La philosophie est divisée en théorique, pratique, mécanique, logique. La théorique est divisée en théologie, physique, mathématique. La mathématique en arithmétique, musique, géométrie. La pratique en solitaire, privée, publique. La mécanique est divisée en tissage [*lanificium*], armement [*armatura*], navigation, agriculture, chasse [*uenatio*], médecine, architecture urbaine [*theatrica*]. La logique est divisée en grammaire et dissertive [*dissertiua*]. La dissertive est divisée entre démonstrations probables et sophistiques. La logique du probable est divisée en dialectique et rhétorique. C'est seulement dans cette division que sont contenues les parties de la philosophie.

De la formation didactique,
III, 1, *P.L.,* t. 176, col. 765.

La méditation

La méditation est une fréquente mise en œuvre de la pensée [*cogitatio*] recherchant le mode, la

Saint-Victor, Paris, 1957 (bibl.); P. Picard, *Hugues de Saint-Victor et son école* (introd., choix de textes, commentaires), Turnhout, 1991.

cause et la raison de chaque chose. Le mode : ce qu'elle est. La cause : pourquoi elle est. La raison : comment elle est.

Il y a trois genres de méditation : l'un sur les créatures, l'autre sur les écrits, l'autre sur les mœurs. Le premier jaillit de l'admiration, le second de la lecture, le troisième de l'attention que nous portons autour de nous.

La Méditation, I, éd. R. Baron, 44.

LA MÉDITATION SUR LES CRÉATURES

Dans le premier genre, l'admiration engendre la question, la question la recherche, la recherche la découverte (*inuentio*). L'admiration est relative à la disposition, la question à la cause, la recherche à la raison. La disposition fait que dans le ciel toutes choses soient égales, sur la terre hautes ou abaissées : pour cela, l'admiration. La cause fait qu'à cause de la vie terrestre il y ait la terre, à cause de la vie céleste le ciel : pour cela, la question. La raison fait que telle est la terre, telle est la vie terrestre ; tel est le ciel, telle est la vie céleste : pour cela, la recherche.

La Méditation, I, 1, éd. cit., p. 44.

LA MÉDITATION SUR L'ÉCRITURE

Dans la lecture, il faut considérer ceci : 1° la lecture procure une matière pour connaître la vérité ; la méditation lui donne une adaptation cohérente ; la prière [*oratio*] la soulève, l'opération la

compose ; la contemplation exulte en elle.
Exemple : il est écrit : « Détourne-toi du mal et
fais le bien. » La méditation s'ajoute à la lecture :
pourquoi a-t-il été dit d'abord : « Détourne-toi du
mal » et ensuite : « Fais le bien » ? La cause est
que, si le mal ne se retire d'abord, le bien
n'advient pas. La raison : de même façon, les
germes mauvais sont déracinés, ensuite sont plan-
tés ceux qui sont bons.

La Méditation, II, 1, éd. cit., p. 46.

D'autre part la méditation qui s'accomplit dans
la lecture dépend d'une triple considération : celle
de l'histoire, de l'allégorie, de la tropologie. Selon
l'histoire, lorsque nous cherchons la raison des
faits et que nous en admirons la perfection dans
son temps, dans ses lieux et dans la convenance
de ses modes. En elle, celui qui médite est exercé
par la considération des jugements divins, dont la
rectitude et la justice n'ont fait défaut en aucun
temps et par qui a été fait ce qu'il fallait et rendue
la justice. Dans l'allégorie, la méditation opère
relativement à la disposition des précédents,
s'attachant à la signification de ce qui suivra avec
une raison et une prévoyance admirables et adap-
tées comme il fallait à édifier l'intelligence et la
forme idéale de la foi. Dans la tropologie, la méditation opère le discernement des fruits
qu'apportent les paroles, en cherchant ce qu'elles
suggèrent de faire et ce qu'elles apprennent à éviter, ce que la lecture de l'Écriture suggère pour la
formation, pour l'exhortation, pour la consolation, pour la terreur ; ce qu'elle illumine pour

l'intelligence de la vertu, ce qui nourrit l'affection, ce qui enseigne la forme idéale de la vie pour cheminer vers la vertu.

La Méditation, II, éd. cit., p. 48.

LA MÉDITATION SUR LES MŒURS

La méditation sur les mœurs est relative aux affections, aux pensées [*cogitationes*] et aux œuvres.

Dans les affections, il faut prendre en considération qu'elles soient droites et sincères, c'est-à-dire viser ce qu'elles doivent et comment elles le doivent. En effet, mettre sa dilection dans ce qu'il ne faut pas est mal et de même aimer ce qu'il faut aimer d'une manière qu'il ne faut pas est mal...

Dans les pensées, il faut prendre en considération qu'elles soient pures et ordonnées. Elles sont pures quand elles ne sont pas engendrées par de mauvaises affections et n'engendrent pas de mauvaises affections. Elles sont ordonnées quand elles adviennent rationnellement, c'est-à-dire en leur temps. En effet, penser même ce qui est bien en dehors de son temps n'est pas sans défaut, comme à la prière pendant la lecture et à la lecture pendant la prière...

Dans les œuvres, il faut d'abord considérer qu'elles soient produites selon une bonne intention. Est bonne l'intention qui est simple et droite : simple, qui est sans volonté de mal; droite, sans ignorance. Car si elle est sans malice,

elle possède le zèle mais celle qui réside dans
l'ignorance ne le possède pas « selon la science ».
C'est pourquoi il faut que l'intention soit à la fois
droite par discernement [*discretio*] et simple par
la bénignité. En second lieu, il faut considérer
dans les œuvres que, commencées dans une intention droite, elles soient conduites à leur fin avec
une ferveur persévérante, de façon que ni la persévérance ne s'assoupisse ni l'amour ne s'attiédisse.

De même : la méditation sur les mœurs discourt
selon une double considération, à l'intérieur et à
l'extérieur...

De même, la méditation sur les mœurs s'exerce
à surprendre tous les mouvements qui naissent
dans le cœur, pour savoir d'où ils viennent et où
ils tendent... Ce qui est douteux dans son origine
est éprouvé selon sa fin...

Il faut faire d'abord ce qui ne peut être négligé
sans faute.

De même, la méditation sur les mœurs considère qu'il faut particulièrement se garder dans
une bonne action de deux défauts : l'affliction et
l'obsession. L'affliction tend à l'amertume,
l'obsession [*occupatio*] à la dissipation... Par elle,
la tranquillité est dissipée...

De même, la méditation des mœurs juge de la
forme idéale de la vie par une autre considération
en prouvant qu'il n'est pas bon de désirer avec
impatience ce qui ne se produit pas ni de se lasser
sottement de ce qui se produit...

La Méditation, III, 1-8, éd. cit., p. 48 sqq.

La parole de Dieu

LE SACREMENT DE LA PAROLE DIVINE

« Dieu a parlé une seule fois » parce qu'il a engendré un seul Verbe par lequel il a tout fait. Ce Verbe est sa parole [*sermo*]. Une est donc la parole de Dieu, puisqu'un est le Verbe de Dieu. Et il est unique vraiment, puisqu'il est unique et de l'unique : il n'embrasse pas des sens multiples, mais il s'accomplit dans sa somme par un Verbe unique et simple.

Pourquoi donc est-il dit dans le Psaume : « Pour que tu sois trouvé juste dans tes paroles » et ailleurs : « Vivifie-moi pour que je garde tes paroles » ? Si en effet on croit vraiment que la parole de Dieu est unique, comment dit-on que ses paroles sont multiples ? Mais il faut savoir que Dieu parle autrement par les bouches des hommes, autrement par lui-même...

Examinons donc ce grand sacrement.

La Parole de Dieu, I, 1, éd. cit., p. 60.

LE VERBE DE DIEU
ET LA CHAIR HUMAINE

Le Verbe de Dieu, vêtu de la chair humaine, est apparu visiblement une seule fois et maintenant il vient à nous tous les jours, présent profondément dans la voix humaine. Et, si autrement qu'il soit connu des hommes par la chair et autrement par la voix humaine, d'une certaine manière cependant il faut reconnaître ici la voix du Verbe qui, là, est la chair de Dieu. L'humanité du Christ, les mauvais aussi et les incrédules ont pu non seulement la voir mais aussi la tuer, et aujourd'hui encore ils entendent de l'extérieur la parole de Dieu et ils la méprisent. Et de même qu'autrefois ils n'auraient pu avoir la présomption de tuer l'homme s'ils avaient été capables de connaître Dieu, de même aussi ils ne cracheraient aucunement sur les paroles divines, s'ils étaient en mesure d'en goûter la vertu par sa saveur intérieure.

Donc, « la parole de Dieu est vivante », parce que la vie est en elle. En ce qui excite l'ouïe à l'extérieur réside ce qui intérieurement vivifie le cœur, en ce qui pénètre dans les oreilles, ce qui est inspiré au cœur. Ce qui est à l'extérieur passe, ce qui est au-dedans n'admet pas la mutabilité. Ce que le discours déploie en mots à l'extérieur, à l'intérieur la vérité immuable le dicte. Aussi, dit-il, « le ciel et la terre passeront, mes paroles ne passeront pas ». Elles ne passeront absolument pas là où elles ne sont pas transitoires. C'est que, de même qu'un mot unique ne se divise pas, de même dans un mot unique il n'y a pas de variation multiple.

La Parole de Dieu,
I, 2-3, éd. cit., p. 60 sqq.

LES VERTUS DE LA PAROLE DE DIEU

« La parole de Dieu, dit l'apôtre[1], est vivante et efficace, et plus pénétrante que tout glaive. » Vivante, parce qu'elle est sans changement. Efficace, parce qu'elle ne fait pas défaut. Pénétrante, parce qu'elle ne se trompe pas. Elle est sans changement dans ce qu'elle promet, sans défaut dans la pratique, sans faute dans le jugement. Son opération n'est pas vaincue par la difficulté. Son jugement n'est pas trompé par l'ambiguïté. Elle promet avec vérité, agit avec force, distingue avec subtilité. La parole de Dieu est vivante pour que tu croies, efficace pour que tu espères, pénétrante pour que tu craignes. Elle est vivante dans les préceptes et dans les interdictions, efficace dans les promesses et les menaces, plus pénétrante dans les jugements et dans les condamnations. Mais comme la vérité de ses promesses et son omnipotence dans ses œuvres relèvent de la foi plutôt que de la discussion, considérons la subtilité de ses jugements.

« La parole de Dieu, dit l'apôtre, est plus pénétrante que tout glaive à deux tranchants. » Un glaive est à deux tranchants quand il frappe des deux côtés, et, lorsqu'il pénètre en se plantant tout droit, s'ouvre en second lieu une voie des deux côtés ; lui pourtant n'incise que la chair ; le glaive de Dieu coupe de part et d'autre, parce qu'il peut « perdre l'âme et le corps dans la géhenne de

1. *Hébreux*, 4, 12.

feu ». Ou bien : dans ses jugements, il taille des deux côtés, puisque dans les deux cas il juge, tranche et discerne.

L'apôtre dit ensuite : « atteignant jusqu'à la division de l'âme et de l'esprit ». Dans chacun des hommes il y a trois choses : la chair, l'esprit et la pensée [*mens*]. À la chair se rattache la délectation, à l'esprit l'exercice de la pensée [*cogitatio*], à la pensée le discernement.

La Parole de Dieu, II-III, éd. cit., p. 62 sqq

LE DISCERNEMENT DES PENSÉES,
DES DÉSIRS ET DES INTENTIONS

Il continue : « des articulations aussi et des moelles »... Or ce que nous devons entendre par articulations et moelles s'explique lorsqu'il ajoute : « des pensées [*cogitationum*] et des intentions ». Les articulations sont les pensées, les moelles les intentions. D'abord les œuvres sont à l'extérieur comme la peau, ensuite la délectation, comme la chair, ensuite les pensées comme les os, ensuite l'intention comme la moelle. De même que la peau couvre la chair, les œuvres couvrent la délectation ; et de même que les os étayent la chair, les pensées nourrissent les désirs ; et de même que les moelles sont intérieures aux os, de même les intentions se cachent dans les pensées. Les pensées sont aussi appelées articulations parce que d'une certaine manière elles accouplent les désirs les uns avec les autres, comme l'assemblage des membres est lié par les articulations.

L'articulation est en effet un lien qui est placé au milieu et joint les extrêmes. Et de même les pensées, du fait qu'elles naissent des désirs et engendrent les désirs, d'une certaine façon, en nourrissant ceci et en engendrant cela, lient les deux choses ensemble. En effet, elles semblent établir une connexion parce qu'elles sont produites par les désirs et les désirs par elles.

Nous avons dit que les désirs engendrent les pensées : cela ne peut être ignoré de personne qui se connaisse soi-même, car assurément nous roulons plus souvent dans notre pensée ce dont l'amour nous affecte davantage. C'est pour cela aussi que le Seigneur dit dans l'Évangile : « Là où est ton trésor, là est aussi ton cœur », c'est-à-dire : « où est ton désir, là est aussi ton cœur », autrement dit : là où est ton affection, là est ta pensée. Derechef, que les pensées engendrent les désirs, le Psalmiste le montre en disant : « Dans ma méditation le feu s'embrasera. »

La Parole de Dieu, III, éd. cit., p. 68.

LA PAROLE QUE DIEU NOUS ADRESSE ET CELLE QUE NOUS ADRESSONS À DIEU

Il y a d'abord la parole de Dieu à notre adresse et celle que nous adressons à Dieu. La parole que Dieu nous adresse se fait de deux façons : intérieurement et extérieurement. Intérieurement par l'inspiration, extérieurement par la prédication. De même, par l'inspiration, de deux façons : par la nature et par la grâce. Par la nature quand il inspire aux créatures la connaissance du bien ; par la grâce, lorsqu'il suggère à ceux qu'il a réparés l'amour du bien. De deux manières aussi notre parole s'adresse à Dieu : en consultant la raison ou en rendant raison.

La Parole de Dieu, V, 1, éd. cit., p. 74.

LES LIVRES

Les livres, ce sont les cœurs des hommes, le livre de vie est la sagesse de Dieu. Les livres sont ouverts quand les secrets des cœurs sont manifestes ; le livre de vie sera ouvert quand pour chacun dans la lumière intérieure tout ce qu'il faut faire deviendra patent. Les morts aussi sont jugés d'après ce qu'il y a dans les livres, non dans le Livre, parce que les pécheurs seront jugés d'après leurs œuvres. Nos livres ont été écrits d'après le Livre de Dieu, parce que nos cœurs ont été créés à la ressemblance de la sagesse de Dieu comme il est dit : « La lumière de ton visage s'est marquée sur nous, Seigneur. » Maintenant encore nos livres doivent être écrits selon l'exemple du Livre de vie, comme dit l'Apôtre : « Soyez les imitateurs du Christ comme ses fils très chers. » Même s'ils sont écrits, ils doivent au moins être corrigés...

Autre exégèse : « À qui s'adresse notre parole ? » Nous parlons au Christ de nous afin qu'il parle au Père pour nous, parce qu'il exerce le pontificat pour offrir à Dieu les vœux du peuple et parce qu'il est grand : grand selon sa divinité parce qu'il est fils de Dieu, grand selon son humanité, parce qu'il pénètre les cieux. « Approchons-nous donc avec confiance du trône de sa grâce », c'est-à-dire de lui-même en qui règne la grâce. Elle règne de deux manières : il n'y a point en lui de malice qui l'empêche de vouloir l'effet de la grâce, ni en nous de misère qui l'empêche de le pouvoir... Enfin, il compatira toujours volontiers, parce que lui-même a été enveloppé d'infirmités à cause de nous.

« Il a été établi », parce qu'il le fut par Dieu : en effet, il ne s'est pas établi lui-même, mais c'est Dieu qui l'a glorifié, lui qui a dit : « Tu es mon Fils, aujourd'hui je t'ai engendré. »

La Parole de Dieu,
V, 1-4, éd. cit., p. 76 sqq.

L'OFFICE DES PRÉLATS

Autre est l'office du prélat pour autant qu'il est légat du peuple devant Dieu et autre pour autant qu'il est légat de Dieu devant le peuple.

La Parole de Dieu, VI, 2, éd. cit., p. 80.

La substance de la dilection amoureuse

L'ORDINATION DE LA CHARITÉ

Ordonnez donc la charité, afin que par le désir elle coure à partir de Dieu, avec Dieu, vers Dieu ; à partir du prochain, avec le prochain et non vers le prochain ; à partir du monde et non avec le monde, ni vers le monde ; ainsi, qu'elle se repose en Dieu seul par la joie. Voilà ce qu'est la charité ordonnée et, elle exceptée, tout ce dont il s'agit n'est pas charité ordonnée mais avidité sans ordre.

La Substance de la dilection amoureuse,
IV, 6, éd. cit., p. 92.

Les trois invisibles et les trois jours

LES TROIS INVISIBLES DE DIEU

Le Verbe de bonté et la vie de sagesse, qui a fait le monde, est visible dans la contemplation du monde. Et le Verbe lui-même n'aurait pu être vu, et il a été vu par l'entremise de ce qu'il a fait. « Car les invisibles qui sont en lui sont sous notre regard une fois qu'ils sont compris par l'entremise de ce qui a été fait » (*Romains*, I). Il y a trois invisibles en Dieu : la puissance, la sagesse, la bonté. De ces trois procèdent toutes choses, en ces trois consistent toutes choses, et par ces trois sont régies toutes choses. La puissance crée, la sagesse gouverne, la bonté conserve. Cependant ces trois choses, qui sont ineffablement une en Dieu, ne peuvent ainsi être tout à fait séparées dans leur opération. La puissance par bonté crée sagement. La sagesse par la puissance gouverne avec bonté. La bonté par la sagesse conserve avec puissance. La puissance est manifestée par l'immensité de la création, la sagesse par sa beauté [*decor*], la bonté par son utilité. L'immensité de la création réside dans la multitude et la grandeur, la multitude dans ce qui est semblable, divers, mélangé, la grandeur dans la masse et dans l'espace, la masse dans ce qui est massif et pesant. L'espace réside dans la longueur, la largeur, la profondeur, la hauteur. La beauté des créatures réside dans la situation, le mouvement, l'apparence et la qualité. L'ordre est dans le lieu, le temps, la propriété. Le mouvement comporte quatre parties : locale, naturelle, animale, rationnelle ; celui qui est local se fait en avant et en arrière, à droite et à gauche, vers le haut, vers le bas, tout autour. Le mouvement naturel est dans l'accroissement et la diminution. Le mouvement de l'âme est dans les sens et les appétits. Le mouvement rationnel est dans les actions et les réflexions. L'apparence est une forme visible, qui est discernée par l'œil, comme les couleurs et les figures des corps. La qualité est une propriété intérieure, qui est perçue par les autres sens, comme la mélodie des sons dans l'ouïe des oreilles, la suavité de la saveur selon le goût de la bouche, le parfum de l'odeur selon l'odorat qui appartient aux narines, la douceur du corps selon le toucher des mains. L'utilité des créatures consiste dans ce qui est gracieux, adapté, commode et nécessaire. Est gracieux ce qui plaît, adapté ce qui convient, commode ce qui est profitable, nécessaire ce sans quoi quelque chose ne peut exister.

Des trois invisibles,
I, *P.L.*, t. 176, 811 B-813 A.

BEAUTÉ DU MONDE :
LE SYMBOLE DU DIVIN

Ce monde sensible est comme un livre écrit par le doigt de Dieu, c'est-à-dire créé par la vertu divine et les créatures, chacune prise en soi, sont comme des figures qui n'ont pas été découvertes selon le bon plaisir de l'homme mais instituées selon le jugement divin pour manifester la sagesse des invisibles de Dieu : si un illettré voit un livre ouvert, il voit des figures mais ne reconnaît pas les lettres ; de même, le sot, « l'homme animal, qui ne perçoit pas ce qui appartient à Dieu » (I *Cor.* II) voit dans les créatures visibles l'apparence extérieure, mais il ne comprend pas intérieurement leur raison.

Des trois invisibles, IV, *P.L.*, t. 176, 814 B.

L'APPARENCE ET LES FIGURES

L'apparence est la forme visible qui contient deux choses : les figures et les couleurs. Or les figures des choses apparaissent admirables de nombreuses manières. Parfois par leur grandeur, parfois par leur petitesse, parfois parce qu'elles sont rares, parfois parce qu'elles sont belles, parfois, pour le dire en passant, parce qu'elles sont avec convenance dépourvues d'adaptation, parfois parce qu'elles sont diverses dans l'unité, parfois parce qu'elles sont unes dans la multiplicité et que nous les suivons chacune selon leur ordre. On prête attention à une figure selon la grandeur quand une chose quelconque dépasse la mesure de son genre en quantité : c'est ainsi que nous admirons un géant parmi les hommes...

Vois donc ce que tu admires davantage, les dents d'un sanglier ou d'une mite, les ailes d'un griffon ou d'un moustique, la tête d'un cheval ou d'une sauterelle, les cuisses d'un éléphant ou d'un moucheron, le groin d'un porc ou d'un pou, un aigle ou une fourmi, un lion ou une puce, un tigre ou une tortue ? Là tu admires la grandeur, là la petitesse. Tu admires un petit corps créé avec une grande sagesse. Or grande est la sagesse dans laquelle ne se glisse aucune négligence. Elle a donné à ces êtres des yeux que l'œil peut à peine saisir, et dans des corps si petits elle a été si bien distribuée, dans la plus complète plénitude, les linéaments qui convenaient à leur nature que, tu

peux le voir, rien ne manque dans les plus petits
de tout ce que la nature a formé dans les grands.

Des trois invisibles,
IX, *P.L.*, t. 176, 819 B-C.

LES TROIS JOURS DE L'HISTOIRE
HUMAINE ET DIVINE

De même que le Fils de Dieu pour opérer notre
salut lui-même en soi et par soi voulut avoir trois
jours, de même à nous, pour nous faire opérer en
nous, par lui-même, notre salut, il nous donna
trois jours. Mais, parce que ce qui a été accompli
en lui-même fut non seulement un remède mais
aussi un exemple et aussi un sacrement, il a fallu
que cela fût rendu visible à l'extérieur, dans la
mesure où se trouvait de la sorte signifié ce qui
avait dû se produire en nous invisiblement. Donc,
ses jours ont été à l'extérieur, les nôtres doivent
être cherchés à l'intérieur. Nous avons donc intérieurement trois jours par lesquels notre âme est
illuminée. Le premier jour est concerné par la
mort, le second par la sépulture, le troisième par
la résurrection. Le premier est crainte, le second
vérité, le troisième charité. Le jour de la crainte
est le jour de la puissance, le jour du Père ; le jour
de la vérité est le jour de la sagesse, le jour du
Fils ; le jour de la charité est le jour de la bonté, le
jour de l'Esprit-Saint. Sans doute le jour du Père,
le jour du Fils et le jour de l'Esprit-Saint sont un
seul jour dans la clarté de la divinité ; mais dans
l'illumination de notre esprit, le Père a comme un
jour, le Fils un autre et le Saint-Esprit un autre :

non qu'en aucun point il ne faille croire que la Trinité, qui par nature est inséparable, puisse être séparée dans ses opérations, mais pour que le discernement [*discretio*] des personnes soit en mesure d'être perçu par l'intelligence dans la distinction [*distinctio*] des œuvres. Donc quand la considération de l'omnipotence de Dieu touche vivement notre cœur en excitant notre admiration, c'est le jour du Père; quand la sagesse de Dieu illumine notre cœur par la connaissance de la vérité, c'est le jour du Fils; quand la bonté de Dieu, attentive à l'amour, enflamme notre cœur, c'est le jour de l'Esprit-Saint. Dans le jour de la puissance, nous mourons de peur. Au jour de la sagesse, par la contemplation de la vérité nous sommes ensevelis loin du fracas de ce monde. Au jour de la bonté, par l'amour et le désir des biens éternels nous ressuscitons. C'est pour cela en effet que le Christ est mort le sixième jour, a été gisant au sépulcre le septième jour, est ressuscité le huitième jour, pour que de la même façon, d'abord la prudence en son jour nous tuât extérieurement en nous éloignant des désirs charnels, puis que la sagesse en son jour nous ensevelît intérieurement dans le secret de la contemplation, et enfin que la bonté en son jour nous fît nous dresser, vivifiés par le désir du divin amour; car le sixième jour concerne le travail, le septième le repos, le huitième la résurrection.

Des trois invisibles,
XXVII, *P.L.*, t. 176, 838 A-D.

RICHARD DE SAINT-VICTOR

† 1173

Richard de Saint-Victor, venu sans doute des îles britanniques, a été sous-prieur puis prieur de Saint-Victor. Il est mort en 1173. Les commentateurs modernes insistent surtout sur sa spiritualité mystique. Il arrive assez peu de temps après Hugues, il produit essentiellement dans la partie centrale du siècle, juste après la maturité et la vieillesse de saint Bernard et Guillaume de Saint-Thierry. Plus encore que chez Hugues on discerne chez lui le souci de confronter l'approche rationnelle de la foi et son expérience mystique. Il se trouve ainsi conduit à développer au-delà des définitions et dans un discours ample et élevé les formules méthodiques de son prédécesseur. C'est pourquoi, en fonction de son intention d'ensemble, nous avons choisi dans son œuvre d'étudier surtout le Benjamin minor[1] *et le traité sur* La Formation de l'homme intérieur. *Il s'agit bien pour nous de réfléchir sur l'éducation*

---

1. Sous-titre : *De la préparation de l'âme à la contemplation.* Il s'agit d'une interprétation de la pédagogie mystique appliquée à la Bible (Benjamin était le petit frère de Joseph. Richard a aussi écrit un *Benjamin major*).

et sur la culture dans leurs rapports avec la mystique.

Bien entendu, il faut commencer par l'amour. Les médiévaux le savent. On ne peut manquer de citer le De quatuor gradibus violentae caritatis. *L'auteur connaît la force ou même la violence de l'amour, dans ses divers degrés, jusqu'à ses formes extrêmes : il blesse, il lie, il devient langueur et défaillance. Dans le temps même où les allégories de l'amour profane le rapprochent d'une psychologie de l'absolu, la mystique précise, d'une manière parallèle ou transcendante, les degrés sublimes de ses extases (*excessus*) et des ascensions célestes que nous accomplissons dans notre propre cœur.*

C'est pourquoi nous avons choisi de citer d'abord ce qui est dit de Marie-Madeleine. Elle symbolise la purification qu'accomplit l'amour céleste. Elle a choisi la meilleure part, qui est celle de la contemplation. On pourrait dire que toute l'œuvre de Richard, et en tout cas son principal projet, consistent à passer de la méditation, qu'Hugues avait si bien décrite, à la contemplation, qu'il n'ignore pas, mais dont Richard approfondit les exigences.

*La contemplation est un passage, une montée au pur amour par les voies de la culture et notamment du symbolisme, qui ne constitue pas seulement une démarche plus ou moins abstraite de l'intelligence et du savoir, mais qui se trouve mis en relation, à chacun de ses degrés, avec l'expérience mystique. Celle-ci accueille et transfigure la sensibilité (qui se confond ici avec l'*imaginatio, *la faculté des images, réelles ou non) et la raison. Dans l'extase, elle*

*semble se confondre avec l'*intellectus, *ce qui permet à l'amour de réunir les deux voies. Toute
culture chrétienne implique cette fusion sublime,
qui s'accomplit dans l'élévation du divin et qui
implique à la fois la modestie, l'ampleur compréhensive des vues, la charité, la rigueur et l'esprit de
transcendance.*

*À plusieurs reprises, s'inspirant de l'Évangile
johannique et de l'*illuminatio augustinienne, *Richard décrit donc les degrés que suit l'ascension
de l'esprit. Il s'inspire aussi du pseudo-Denys pour
monter, comme il le dit, vers le « superessentiel ».
Comme nous venons de l'indiquer, trois termes
sont en cause : l'*imaginatio, *la* meditatio, *la*
contemplatio. *Mais leur force et leur profondeur se
trouvent affinées et vivifiées par le fait que les trois
démarches ne sont pas séparées selon des distinctions brutales. L'esprit qui monte se souvient de sa
faiblesse première, il ne la méprise pas et il se
tourne vers elle avant de la dépasser. Chaque fois, à
propos des trois termes, il distingue deux degrés.
L'imagination permet d'accueillir la vérité du sensible ; mais elle perçoit en lui les symboles qui le
dépassent. La raison, dans les symboles, sait se
souvenir du sensible, mais elle sait aussi qu'elle le
dépasse. La contemplation atteint le divin, mais elle
sait d'abord que la raison en a analysé les traces et
les exemples ; alors vient l'*excessus *qui est vision
directe.*

*La mystique et la raison sont donc distinguées et
associées, chacune à son rang. Soulignons que la
mystique aussi est connaissance, en même temps
qu'au-delà de la connaissance. Richard de Saint-*

Victor, directement inspiré par Hugues, se retrouve entre Jean Scot et Bernard de Clairvaux d'une part, et d'autre part saint Bonaventure, qui le suivra.

Il reste à tirer, chez Hugues, les conséquences d'une telle doctrine. Elle implique d'abord une relative synthèse des sagesses. La culture païenne peut être consultée et le prophète Daniel peut être considéré comme le collega *des sages païens que le roi Nabuchodonosor a réunis autour de lui dans une période de crise. Mais sa manière d'aborder le savoir est différente. Il ne considère pas les disciplines comme des fins en soi et il écarte donc les polémiques auxquelles les savants se complaisent. Tout doit être au service de la contemplation et de la dévotion authentique. Sinon, la culture s'effondre et connaît la ruine. Richard l'explique à propos de l'interprétation que donne Daniel du deuxième songe de Nabuchodonosor. Le premier décrivait la statue aux pieds d'argile et soulignait qu'un royaume divisé allait à sa ruine. Seul le Dieu d'Israël, parce qu'il est unique, rendait impossible cette division. Il fallait donc lui reconnaître toute supériorité par rapport au pouvoir humain. On mesure la portée politique d'une telle interprétation, à l'époque où le pouvoir de l'Église et celui du roi se trouvaient si souvent en conflit. Il en va de même à propos du songe de l'arbre, qui vient ensuite. Il représente la culture humaine, dans sa beauté, dans sa fécondité. Ses feuilles sont les mots et ses fruits constituent le savoir, dans sa diversité et dans sa cohérence organique. Il est universel, puisqu'on peut apercevoir l'arbre jusqu'au bout du monde. Mais le livre de Daniel ajoute qu'il faudra l'abattre, tout en conservant ses racines et en limitant l'exubérance des nouvelles pousses.*

Telle est aussi la situation de ceux qui s'élèvent vers Dieu. Ils vont très haut. Puis, très souvent, ils s'effondrent. La Providence a voulu cela pour leur enseigner l'humilité. Celle-ci ne peut être éliminée de l'expérience de la grandeur suprême qui constitue, dans la contemplation, la part du sublime : il ne peut être perçu que dans l'admiration — mais l'admiration nous enseigne que la part du sublime est aussi la part de Dieu et que celui qui admire éprouve sa propre faiblesse. Il aboutit comme Augustin à la célébration qui est extase et qui enseigne la vraie joie en même temps que l'humilité véritable.

Alors Benjamin et Joseph peuvent s'embrasser. Notons que le second est le modèle de l'homme politique. Lui aussi est en contact avec le roi. Auprès de lui il est, comme Daniel, l'interprète des songes. Philon d'Alexandrie l'avait souligné. Richard le sait sans doute lorsqu'il reprend la même image à propos de Daniel. Il évoque directement la rencontre de Benjamin et de Joseph, la réconciliation fraternelle. Seid umschlungen, Millionen, *diront Schiller et Beethoven. Voici, dans la joie de l'extase, dans la plénitude et l'humilité du savoir, l'union de la raison et de la mystique, garantie par la confession de l'amour vrai*[1].

1. Bibliographie de Richard de Saint-Victor :

Principales œuvres : voir *P.L.*, t. 196 ; *Les Quatre Degrés de la violente charité*, texte, trad., notes par G. DUMEIGE, « Textes philosophiques du Moyen Âge », 3, Vrin, 1955 ; *La Trinité*, texte, trad., notes par Gaston SALET, « Sources chrétiennes », 63, Cerf, 1959 ; *De statu interioris hominis*, éd. par Jean RIBAIL-

Benjamin minor

MARIE-MADELEINE ET L'ARCHE
DE SANCTIFICATION

Le Seigneur allait donner des préceptes à Moïse au sujet de la construction du tabernacle ; avant tout il l'instruisit sur la fabrication de l'arche pour lui signifier que tout le reste devait être fait à cause d'elle. Je pense que l'arche a été le sanctuaire principal et premier entre tous, elle qui contenait les tables de la loi. À celui, donc, qui cherche quelle grâce peut signifier ce sanctuaire, qui l'emporta en dignité sur tous les autres, la réponse vient facilement à l'esprit, à moins par hasard qu'il ne doute que Marie ait choisi la meilleure part. Mais quelle est cette meilleure part que Marie a choisie (*Luc*, 10,42), sinon de rester disponible et de voir combien doux est le Seigneur (*Psaumes*, 33)? En effet, comme le dit l'Écriture, alors que Marthe agissait selon les soucis de sa sollicitude, Marie, assise aux pieds du Seigneur, écoutait sa parole. La suprême sagesse de Dieu,

LIER, « Archives d'histoire doctrinale et littéraire du Moyen Âge », 34, 1967-1968, p. 7-128 ; *Opuscules théologiques*, texte, trad., notes par Jean RIBAILLIER, « Textes philosophiques du Moyen Âge », 15, Vrin, 1967.

Études : voir Jean CHÂTILLON, *Dictionnaire de spiritualité*, 13, Beauchesne, 1988, col. 593-654.

qui se cachait dans la chair et qu'elle ne pouvait voir, elle la comprenait en écoutant et en comprenant, elle la voyait et de cette façon, en restant assise et en écoutant, elle était disponible pour la contemplation de la suprême vérité. Telle est la part qui n'est jamais enlevée aux élus et aux parfaits. Telle est en vérité l'activité qui ne se termine par aucune fin. En effet, la contemplation de la vérité commence en cette vie mais, dans l'autre, elle est célébrée en une perpétuité inépuisable. Par la contemplation de la vérité l'homme est formé à la justice et préparé à la plus haute gloire... Sans aucun doute rien n'émonde mieux le cœur de tout amour mondain, rien n'enflamme ainsi l'esprit pour l'amour céleste. De toute manière c'est cette grâce qui émonde, elle qui sanctifie, pour que, par la contemplation assidue de la vérité, elle se purifie de l'immonde par le mépris du monde et se sanctifie par sa dilection envers Dieu.

Benjamin minor, P.L., t. 196, 64-65.

COGITATIO, MEDITATIO, CONTEMPLATIO

Voici trois choses : l'imagination, la raison, l'intelligence. L'intelligence obtient la place suprême, l'imagination la plus basse, la raison la place intermédiaire. Tout ce qui est soumis au sens inférieur doit nécessairement être soumis au sens supérieur. Il en résulte que tout ce qui est compris par l'imagination, ainsi que beaucoup d'autres choses qui sont déjà au-dessus, est compris par la raison. De même ce qui est compris par l'imagination ou la raison tombe sous l'intelligence ; c'est aussi le cas de ce qu'elles ne peuvent comprendre. Vois donc combien s'étend le rayon de la contemplation, qui purifie toutes choses en les parcourant. Et il se peut que, du même objet, l'un s'occupe par la pensée, l'autre par la méditation, l'autre par la contemplation ; mais, quoique la voie empruntée ne soit pas différente, tous sont pourtant emportés par un mouvement différent. La pensée passe toujours par un mouvement indéterminé d'un objet à l'autre ; la méditation s'attache avec persévérance à un objet unique ; la contemplation sous le rayon unique de sa vision se diffuse sur des objets innombrables s'il est vrai que, par l'intelligence, ce qui est au sein de l'esprit se répand immensément, tandis que la pointe de l'esprit s'aiguise dans sa contemplation, si bien qu'il est capable de comprendre beaucoup de choses et perspicace pour pénétrer ce qui est subtil. En effet, il ne peut jamais y avoir de contemplation sans une certaine vivacité de l'intelligence. Car, de même qu'est dû à l'intelligence le fait que l'œil de l'esprit se fixe dans les choses corporelles, de même on s'accorde à reconnaître que, par la même puissance, dans un seul regard il se dilate pour comprendre dans les choses corporelles une telle infinité d'objets. Enfin, toutes les fois que l'esprit de celui qui contemple se dilate jusqu'à ce qui est le plus bas, toutes les fois qu'il s'élève jusqu'au plus haut, toutes les fois qu'il s'aiguise pour ce qui ne peut être scruté, toutes les fois qu'avec une agilité admirable il est emporté presque sans délai à travers l'innombrable, ne doute pas que cela se produit de par une certaine puissance de l'intelligence. Cela a été dit à cause de ceux qui trouvent indigne que ces objets inférieurs tombent sous le regard de l'intelligence ou relèvent à un degré quelconque de la contemplation. Cependant, on appelle spécifiquement et proprement contemplation celle qui intervient sur des objets sublimes, lorsque l'esprit use de la pure intelligence. Au demeurant, la contemplation concerne toujours des choses soit manifestes par leur nature, soit connues familièrement par l'étude, soit pleinement connues par la révélation.

Benjamin minor, P.L., t. 196, 67.

LA JOIE DE LA CONTEMPLATION

Lorsque l'esprit, donnant satisfaction à son désir, consacre son étude à une telle recherche, déjà il dépasse en pensant la mesure de la pensée et la pensée se transforme en méditation. En effet, l'esprit a coutume de saisir avec avidité la vérité qu'il a longtemps cherchée, de l'admirer avec exultation et de s'attacher plus longtemps à l'admiration qu'il a pour elle. Et cela revient déjà à sortir en méditant de la méditation : la méditation se transforme en contemplation. Aussi le propre de la contemplation est de s'attacher au spectacle qui fait son agrément avec admiration.

Benjamin minor, P.L., t. 196, 68, B-C.

GENRES ET DEGRÉS
DE LA CONTEMPLATION

Donc il y a six genres de contemplation, entièrement divisés en eux-mêmes et entre eux. Le
premier est dans l'imagination et selon l'imagination seule. Le second est dans l'imagination
selon la raison. Le troisième est dans la raison
selon l'imagination. Le quatrième est dans la raison et selon la raison. Le cinquième est au-dessus de la raison, mais il ne la laisse pas de côté.
Le sixième est au-dessus de la raison, et il
semble la laisser de côté. Il y en a donc deux
dans l'imagination, deux dans la raison, deux
dans l'intelligence. Notre contemplation réside
sans aucun doute dans l'imagination quand la
forme du visible et l'image sont prises en considération, chaque fois que nous sommes attentifs
dans la stupeur et que notre attention nous stupéfie : ces êtres corporels dont nous puisons la
perception par la sensibilité corporelle, nous
voyons avec émerveillement combien ils sont
multiples, combien grands, combien divers,
combien beaux ou agréables et en tous nous
vénérons en admirant, nous admirons en véné-
rant la puissance, la sagesse, la munificence de
cette superessence créatrice. D'autre part, notre
contemplation réside dans l'imagination et elle
est formée selon la seule imagination, quand
nous ne cherchons rien par l'argumentation, rien
par les investigations du raisonnement, mais
lorsque notre libre esprit court et discourt çà

et là, dans la direction où l'admiration l'emporte devant ce genre de spectacles.

Le second genre de contemplation est celui qui sans doute consiste dans l'imagination, mais se forme et procède cependant selon la raison, ce qui se produit quand, pour ce que nous traitons dans l'imagination et qui, nous l'avons déjà dit, touche au premier genre de contemplation, nous cherchons et trouvons la raison, ou plutôt après l'avoir trouvée et connue la prenons en considération avec admiration. Dans le premier genre donc ce sont les choses mêmes, dans le second ce sont surtout leur raison, leur ordre, leur disposition et la cause de chaque chose, son mode et son utilité que nous scrutons, que nous observons par la spéculation, que nous admirons. C'est pourquoi cette contemplation consiste dans l'imagination, mais selon la raison, parce qu'à propos de ce qui réside dans l'imagination elle procède par le raisonnement. Et comme, à peu de choses près, cette contemplation semble consister aussi dans la raison, elle en qui on recherche la raison du visible, c'est à bon droit cependant qu'on dit qu'elle consiste dans l'imagination, parce que tout ce que nous y cherchons ou trouvons par le raisonnement, nous l'accommodons sans aucun doute à ce que nous traitons par l'imagination lorsque, sur ces sujets et à cause d'eux, nous nous attachons au raisonnement.

Nous avons dit que le troisième genre de contemplation est celui qui se forme dans la raison selon l'imagination. Nous usons en vérité de ce genre de contemplation lorsque, par la similitude des choses visibles, nous nous élevons à la spéculation sur les choses invisibles. Or cette spéculation consiste dans la raison, parce qu'elle insiste seulement par l'intention et l'investigation sur ce qui dépasse l'imagination parce qu'elle tend seulement vers les invisibles, et à ceux-là seuls principalement qu'elle comprend par la raison. Mais on dit qu'elle se forme selon l'imagination parce que l'image des choses visibles entraîne, dans cette spéculation, une similitude à partir de laquelle l'esprit est aidé dans la recherche des choses invisibles. Et c'est à bon droit sans doute qu'on dit que cette contemplation est dans la raison mais selon l'imagination, quoiqu'elle soit promue par le raisonnement, parce que toujours son raisonnement et son argumentation trouvent leur fondement dans l'imagination ainsi que leur confirmation et tirent de la propriété des imaginables la raison de leur investigation et de leurs assertions.

Le quatrième genre de contemplation est celui qui se forme dans la raison et selon la raison, ce qui se produit toujours lorsque, une fois écarté tout office de l'imagination, l'esprit tend seulement vers ce que l'imagination ne connaît pas, mais qu'il rassemble par le raisonnement ou comprend par la raison. Nous nous attachons à une spéculation de cette sorte lorsque nous connaissons par expérience ce qui nous est invisible, le saisissons par l'intelligence et le prenons en considération et qu'à partir de cette considération nous nous dressons dans la contemplation des esprits célestes et des intellects suprêmement

bons. Or cette contemplation consiste dans la raison, parce qu'elle écarte le sensible et tend vers les
seuls intelligibles. Or on voit qu'elle prend son origine et reçoit son fondement toujours de ces réalités qui nous sont invisibles, elle que, de l'accord
de tous, l'esprit humain connaît par expérience ou
comprend par l'intelligence commune. Mais c'est
seulement pour cette part qu'on peut dire aussi de
manière correcte que ces réalités mêmes qui nous
sont invisibles sont comprises par la raison, et en
cela même elles ne s'écartent pas du moindre pas
du mode du raisonnement. Celui-ci procède selon
la seule raison, parce qu'à partir des invisibles
qu'il connaît par expérience, il rassemble en rai-
sonnant d'autres et d'autres conclusions qu'il ne
connaît pas par expérience. C'est d'abord dans
cette contemplation que l'esprit humain use de la
pure intelligence; une fois écarté tout office de
l'imagination, notre intelligence elle-même
semble se comprendre elle-même par elle-même
d'abord dans cette activité. En effet, quoiqu'elle
semble ne pas manquer à ces premiers genres de
contemplation, cependant elle n'est présente nulle
part si ce n'est dans la raison qui médite ou dans
l'imagination. Là elle use comme d'un instrument
et semble voir par l'entremise d'un miroir. Ici, elle
opère par elle-même et contemple en quelque
sorte les idées en soi. Ici donc elle semble s'incli-
ner vers ce qui est le plus bas, sans avoir absolument aucun moyen de descendre plus bas par
elle-même.

Le cinquième degré de contemplation est, nous
l'avons dit, celui qui se trouve au-dessus de la rai-

son, mais ne la laisse pas de côté. Or, sur cet observatoire de la contemplation nous montons alors que notre esprit est soulevé, quand nous connaissons par la révélation divine ce que nous ne suffisons pas à chercher entièrement par notre raisonnement. Telles sont les connaissances auxquelles nous croyons sur la nature de la divinité et sur son essence simple et que nous prouvons par l'autorité des Écritures divines. Donc, alors, notre contemplation monte véritablement au-dessus de la raison, quand l'âme, par l'élévation de l'esprit, voit ce qui transcende les bornes de la capacité humaine. Mais on doit considérer qu'une telle contemplation est au-dessus de la raison et non pourtant qu'elle la laisse de côté : ce que distingue la pointe de l'intelligence, la raison humaine ne peut s'y opposer, bien au contraire elle y acquiesce facilement et y donne avec complaisance son témoignage.

Nous avons dit que le sixième genre de contemplation est celui qui concerne ce qui se trouve au-dessus de la raison et qui semble laisser la raison de côté ou même aller contre elle. C'est surtout dans l'observation de cette contemplation, qui est le plus haut et le plus prestigieux, que l'âme exulte et bondit de joie, quand par l'irradiation de cette divine lumière elle connaît et considère ce qui fait protester l'humaine raison. Tel est à peu près tout ce qu'il nous est ordonné de croire au sujet des personnes de la Trinité. Lorsque la raison humaine est interrogée à leur sujet, elle semble ne faire rien d'autre que contredire.

Benjamin minor, P.L., t. 196, 70 B-72 C.

De la formation
de l'homme intérieur

POURQUOI DANIEL RÉPONDIT À
NABUCHODONOSOR EN MÊME TEMPS
QUE LES SAGES DE BABYLONE

Aux sages de Babylone s'applique la sagesse de ce monde, qui est folie auprès de Dieu. Aux sages de Babylone s'applique la prudence de la chair, qui est ennemie de Dieu. C'est pourquoi les sages de Babylone représentent les folies les plus aiguës de la philosophie mondaine. Les sages de Babylone représentent les conseils les plus aigus de la prudence charnelle. Que sera-ce donc d'introduire des sages de cette sorte et de les rappeler à ce qui est intérieur, sinon de convertir les fouilles très aiguës de notre recherche, que nous avions l'habitude de consacrer aux affaires du siècle, aux études spirituelles ? En effet cela est comme extérieur qui peut être perçu par la sensibilité extérieure. Mais nous considérons comme intérieur ce qui ne peut être entièrement compris que par le sens intérieur. Le spirituel est donc à l'intérieur, le corporel au-dehors. Nous introduisons donc les sages de Babylone lorsque nous convertissons ce qui appartient au siècle et toutes les études extérieures à l'intelligence spirituelle et à la recherche du spirituel.

De la formation de l'homme intérieur, P.L.,
t. 196, 1302 B-C.

L'INTERPRÉTATION DES SONGES
ET LA RÉUNION DES SAGES

Mais voyons maintenant pourquoi le roi rassemble ses sages, c'est-à-dire les pousse ensemble à l'intérieur, « pour que je trouve, dit-il, la solution de mon rêve ». Comme nous l'avons déjà dit dans l'exposé de l'autre vision, c'est une chose de distinguer les jugements divins par l'œil de la contemplation et comme par un songe, et une autre d'apprécier leurs raisons par la vivacité du discernement (*discretionis*) et de juger avec quelle équité ou quelle utilité ils nous parviennent. Une chose concerne la vision du rêve, l'autre son interprétation. Donc nous voyons le rêve d'une certaine manière quand nous introduisons les jugements cachés de Dieu dans notre contemplation et notre admiration. Nous recherchons l'interprétation de notre rêve lorsque, après les spectacles de notre contemplation, nous cherchons la raison, le mode et l'ordre de ce que nous avons vu par l'élévation de notre esprit. Est-ce que cela ne concerne pas la vision de notre rêve que de prendre en considération la grandeur stupéfiante des jugements divins que nous lisons dans les Écritures et de nous attacher plus longtemps et avec plus d'amour à notre admiration pour eux? Est-ce que cela ne concerne pas leur interprétation que de chercher leur intelligence mystique et de pouvoir les expliquer par notre exposition? Est-ce qu'il n'aspirait pas à des songes de ce genre celui qui disait dans sa prière : « Illumine mes

yeux et je considérerai les merveilles de ta loi »
(*Psaumes*, 119,18)?

> *De la formation de l'homme intérieur, P.L.,*
> t. 196, 1303 B-C.

LA VRAIE DÉVOTION CONVERTIT
LA SAGESSE PROFANE EN L'UTILISANT

Grâce à la recherche et à son approfondissement la vraie dévotion a quelque chose de commun avec les sages de Babylone, si bien qu'elle mérite d'être appelée leur collègue. Il y a entre elle et eux une différence d'intention. En effet, la vraie dévotion étudie les doctrines vagues et perverses non pour s'y attacher ou pour placer en elles aucune confiance mais pour les convaincre, les réfuter et les condamner par ses jugements. C'est pourquoi notre Daniel et les sages du monde courent dans leur recherche sur le même chemin quoique, par leur intention, ils n'aboutissent pas à la même conclusion. C'est donc de manière correcte que Daniel est appelé le collègue de ces gens avec qui, dans le discours de ses études, il semble avoir quelques points communs.

> *De la formation de l'homme intérieur, P.L.,*
> t. 196, 1306, B-C.

GRANDEUR ET MISÈRE
DE L'ILLUMINATION

Ceux qui ont été illuminés et éclairés sont encore et encore rejetés à terre; une fois tombés et humiliés, ils sont encore et encore illuminés.

Cette alternance par laquelle ils tombent et se relèvent se produit souvent et beaucoup de gens répètent souvent et abondamment ces modes d'alternance. Or, chez beaucoup, cette habitude finit par aboutir à la pire conséquence : à leur sujet il est patent qu'ils ont reçu la grâce des charismes spirituels non pour leur utilité mais pour celle des autres. De cela sans aucun doute Balaam a fourni le type dans ses œuvres, il en a exprimé le sens propre dans ses paroles, lorsqu'il a dit : « Celui qui a parlé est l'auditeur des paroles de Dieu, qui voit la vision de l'Omnipotent, qui tombe, et ainsi s'ouvrent ses yeux » (cf. *Nombres*, 24,16).

> *De la formation de l'homme intérieur, P.L.,*
> t. 196, 1309 D-1310 A.

SERVITUDE ET UTILITÉ
DES SCIENCES PROFANES

En effet, pour taire le reste, est-ce qu'alors Daniel ne tient pas la première place ? Est-ce que toute science perverse n'est pas forcée de servir la dévotion, puisque, par cette considération, l'âme connaît l'humiliation, la confusion, la componction et qu'elle reçoit une instigation aux études de la dévotion ? Est-ce que toute science perverse n'est pas au service de la dévotion quand l'esprit se demande à lui-même compte de tout le temps qu'il s'est accoutumé à perdre dans l'ineptie de telles études et quand il conclut de la comparaison combien de veilles doit consacrer aux études spirituelles celui qui se rétracte après

avoir consacré ses sueurs en quelque moment à
de telles inepties ? C'est pourquoi Daniel doit être
considéré comme un collègue par ceux qui
parlent sagement ; on peut croire qu'en ces propos il tient selon le droit de l'équité la première
place. Donc les sciences du siècle, quelles qu'elles
soient, doivent servir les études spirituelles et ne
rien placer au premier rang de leurs exercices
qui ne milite pour les gains de la vraie dévotion.
Ainsi, quand nous insistons de manière importune sur les sciences du siècle, quand nous inter-
rompons par l'importunité de nos études les
exercices de notre dévotion, celui qui assurément
doit tenir la première place est poussé par nous
dans la servitude. Mais il faut y faire attention,
c'est un grand mal d'abuser même des bonnes
sciences et par cet abus d'entraver les études
meilleures.

De la formation de l'homme intérieur, P.L.,
t. 196, 1316 C-1317 A.

À PROPOS DE LA VISION DE L'ARBRE
(*Daniel*, 4)

On ajoute ceci à propos de cet arbre : ses
feuilles sont belles entre toutes, son fruit surabon-
dant, il y a en lui la nourriture de tous. Dans ses
feuilles, les paroles, dans son fruit la science, dans
la nourriture la doctrine. Son fruit est orné de
feuilles et le sens est orné d'une composition de
mots : « Car la bouche du sage orne sa science »
(*Proverbes*, 15,2). Le bon fruit a le goût de la
sagesse, il est nourriture, il nous restaure suave-

ment de la faim spirituelle par son admonition sacrée. Les feuilles belles entre toutes sont les paroles disertes, le fruit copieux, le sens affiné [*eruditus*], l'intellect multiple. La nourriture de tous ensemble est la pleine formation de tous, l'admonition particulière [*discreta*] de chacun. Les belles feuilles des mots, à ce que je pense, cet arbre les possédait et il abondait des fruits des bonnes pensées et des conseils utiles, lui qui aurait pu dire avec vérité : « Ceux qui m'écoutaient attendaient ma pensée et se taisaient devant mon conseil. Ils n'osaient rien ajouter à mes paroles et au-dessus d'eux se distillait mon éloquence » (*Job*, 29,21-22).

De la formation de l'homme intérieur, P.L.,
t. 196, 1314 C-D.

LES FORMES DE LA DÉVOTION

Avant de manger il est nécessaire de soupirer. Pour les uns, dans leurs méditations, les révélations divines affluent et peut-être sont encore tels ceux qui, sans méditation préalable, ne peuvent absolument pas pénétrer ce qui est subtil ni disserter avec subtilité. Les premiers, c'est par leurs prières, les seconds par leurs méditations qu'ils allument pour eux le feu de la divine révélation. « Et dans ma méditation s'embrasera le feu », dit le Psalmiste (*Psaumes*, 38,8-9). Le feu s'embrase dans la méditation quand l'âme progresse aussi par ses propres investigations vers la lumière de la révélation divine et la manifestation des arcanes. Le feu s'embrase dans la méditation quand, par sa propre recherche vers la connaissance de la connaissance et de l'amour de la vérité, l'esprit devient incandescent. Il est cependant établi que certains ont progressé jusqu'à une formation si vaste qu'ils peuvent à toute heure disserter subtilement sur tout sujet subtil et répondre presque toujours suffisamment à toute interrogation, toujours prêts, comme il est écrit, à donner satisfaction à quiconque demande une explication, avec la foi et l'espérance qui sont en nous (I *Pierre*, 3,15-16). Certains de ceux qui sont tels possèdent de façon si naturelle la lumière de cette révélation que beaucoup de choses leur sont révélées dans le moment où ils parlent, de ce qu'ils ignoraient auparavant...

Voici à quelle perfection de la science est souvent conduit l'esprit par le mérite de la dévotion, voici quel fruit suit souvent la vraie dévotion...

On est introduit auprès du roi et, en quelque sorte, on se tient debout auprès du pouvoir royal pour l'assister, lorsqu'on possède la vraie dévotion par le fait de la vertu et que l'âme en use selon son jugement. L'introduction est prompte lorsque, facilement et sans délai, quand il le faut, devant la contrition du cœur l'esprit s'amollit. Qu'il s'attache donc à posséder une telle faculté (ou facilité) de dévotion et de componction, celui qui désire atteindre cette dilatation de la science que nous avons assignée.

De la formation de l'homme intérieur, P.L.,
t. 196, 1256.

CONCLUSION : LE BAISER DE JOSEPH
ET DE BENJAMIN

Benjamin et Joseph joignent leurs baisers quand la divine révélation et le raisonnement humain s'accordent dans l'attestation unique de la vérité. Vois-tu comment la divine Écriture, au sujet d'une seule et même chose, alterne le mode de signification, mais y joint partout quelque chose à partir de quoi elle ne laisse pas son sens caché de tous côtés. Dans la mort la contemplation de Rachel[1] monte au-dessus de la raison; dans l'entrée de Benjamin en Égypte, la contemplation descend jusqu'à l'imagination; dans le baiser de Benjamin et Joseph, la raison humaine applaudit à la révélation divine.

De la formation de l'homme intérieur, P.L., t. 196, 63-64 A.

1. Rachel est la mère de Joseph et de Benjamin.

PHILOSOPHIE, RHÉTORIQUE,
POÉTIQUE AU XIIᵉ SIÈCLE

Nous sommes arrivé vers 1150. Chaque fois, il s'agissait avant tout d'auteurs importants, sur lesquels nous désirions insister. Il faut maintenant revenir sur trois sujets d'ensemble : la philosophie, la rhétorique, la poétique. Nous n'avons cessé de constater que ces disciplines entrent nécessairement en cause dans la réflexion sur la parole religieuse qui n'a pas cessé de conduire notre recherche.

Philosophie : École de Chartres ; le nominalisme d'Abélard

Nous avons surtout réfléchi sur la théologie, qui ne se confond pas avec elle. Maintenant que nous avons insisté sur ses principaux aspects, nous poserons avec plus de chances de réponse la question des différences et de ce qu'on peut appeler philosophie chrétienne.

Il convient de revenir à Boèce. L'influence qu'il a exercée sur l'ensemble de la pensée médiévale est immense. Nous la retrouverons au sujet de la rhétorique. Il la joint à la recherche de la sagesse, comme l'avaient fait Aristote et Cicéron. Nous n'avons cité que la Consolation de Philosophie. *Or les commentateurs ont été étonnés de ce livre, qui ne fait aucune allusion expresse aux textes saints et qui paraît donc, conformément à son titre, se contenter des arguments de la raison philosophique. Mais, plutôt que de se limiter à une telle constatation, il faut en chercher le sens. D'abord les allusions indirectes à l'esprit même du christianisme sont très importantes : je pense à son éloge de l'amour. En second lieu, il convient de se référer aux autres œuvres que ses admirateurs lui ont attribuées et qui lui ont toutes été rapportées pendant le Moyen Âge. On doit reconnaître qu'elles traitaient des sujets très importants et dont l'argumentation s'appuyait sur la nature, la raison et l'intellect. Il a médité, avant Gilbert de la Porrée, sur les rapports existant entre Dieu et la déité. Il a réfléchi sur la culture, sur le classement des arts et surtout sur l'éloquence et sur la musique. Dans la* Consolation, *il avait esquissé une cosmologie où s'accordaient sous le gouvernement et dans l'ordre de Dieu les philosophies de l'Académie, du Lycée et du Portique.*

Cette manière éclectique de conduire son enseignement lui permettait de remonter à Platon et à Aristote ainsi qu'aux stoïciens. Il s'inspirait surtout de l'Académie platonicienne dont le maître principal, à Rome, avait été Cicéron : les néo-platoniciens du monde grec, Plotin, Porphyre, Proclus avaient *approfondi la doctrine. Ce dernier courant est bien connu. La tradition plotinienne était passée par saint Ambroise et par saint Augustin. Le juif Philon d'Alexandrie, dont Ambroise connaissait très bien les œuvres, témoignait dans la génération qui suivit Cicéron de l'influence exercée par l'Académie sur les lecteurs de la Bible. Nous n'avons cessé d'insister sur la cohérence de tels courants de pensée. Nous avons souligné qu'elle existe dès le Ier siècle et qu'elle s'est trouvée largement conservée et préservée par la survie de la culture antique et par l'ouverture d'esprit dont témoignait l'humanisme malgré toutes les tentations de la polémique et du fanatisme, accordés comme toujours à la dégradation ou à la destruction des « humanités ».*

Nous retrouvons les espérances et les questions qui se dessinent ainsi dans la période médiévale tout entière. Aux indications que nous avons déjà données, nous ajouterons ici trois faits spirituels qui s'inscrivent dans les mêmes ensembles : la cosmologie et la « physique » de l'école de Chartres; la dialectique d'Abélard; le platonisme et le nominalisme.

Nous savons par Jean de Salisbury de quel prestige jouissait Bernard de Chartres. Il domine par son autorité l'« école de Chartres ». Il mourut vers 1126. Nous n'avons gardé de lui que des fragments, à moins qu'on ne puisse lui attribuer le De mundi universitate (De l'universalité du monde) *que l'on accorde le plus souvent à Bernard Silvestre*[1]. *Nous n'entrerons pas ici dans le détail des auteurs. Citons seulement parmi les plus célèbres Gilbert de la Por-*

---

1. Il n'appartient pas à proprement parler à l'école de Chartres.

*rée (1080?-1154), Thierry de Chartres (mort avant
1155) et Guillaume de Conches (mort après 1154).*

L'originalité des enseignements de l'école de
Chartres tient d'abord au grand intérêt qu'ils
attachent à la création et à la nature dans ses rapports avec l'humanisme (théorie du microcosme et
du macrocosme). Cette doctrine s'appuie, comme
on peut s'y attendre, sur une conception de l'éducation et de la culture que Bernard de Chartres a illustrée, après l'évêque Fulbert (960/970-1028). Elle
met l'accent sur le rôle de la Providence, l'ordre des
êtres et l'analogie qui existe entre le monde et
l'homme. Nous renvoyons en particulier au De
mundi universitate, que nous avons déjà cité.
D'une manière générale, cette philosophie accorde,
juste avant le temps de Jean de Salisbury, les divers
courants de la philosophie antique. Elle connaît
encore très bien le rationalisme stoïcien, mais elle
en élimine le panthéisme et se réfère pour l'écarter à
la transcendance platonicienne, présentée à l'époque classique par l'Académie et son éclectisme
méthodique. Dès lors, elle prête aussi beaucoup
d'attention à l'aristotélisme et sa théorie de la
nature. Mais elle ne l'adopte pas. Son choix n'est
pas celui de Jean. Certes, elle connaît la distinction
entre la forme et la matière, mais elle préfère substituer l'idée à la forme. Elle précise la distinction
entre l'idée, qui est modèle exemplaire dans l'esprit
de Dieu, et l'eidos, terme aristotélicien, qui représentait l'insertion de ce modèle dans la matière. La
distinction des deux termes, qui s'est prolongée à
l'époque impériale, apparaît dans la Lettre 65 de
Sénèque, où les différentes tendances que nous

venons d'évoquer s'accordent et s'organisent ensemble.

De tels rapprochements ne vont pas sans difficulté, surtout lorsqu'on veut les mettre en relation avec le christianisme. On s'est méfié du panthéisme chartrain, mais nous avons vu qu'il n'existait pas. De même, nos auteurs ont été tentés d'emprunter aux stoïciens la notion d'âme du monde et de la confondre avec le Saint-Esprit. Là encore pourtant ils se sont souvent méfiés et ils ont préféré parler de Dieu et de sa sagesse.

Il s'agit ici d'une philosophie dont nous voyons l'ampleur, l'esprit de compréhension et les multiples fidélités. La médiation de Boèce n'est pas oubliée, non plus que celle de Platon. On s'en aperçoit simplement en observant la forme littéraire du De mundi universitate. Il s'agit essentiellement d'un mélange de prose et de vers, comparable en cela à la Consolation. Ainsi se dessine une philosophie chrétienne, qui doit tout à la nature et à l'allégorie et qui ne s'appuie donc que sur des notions laïques et rationnelles, tout en faisant comprendre qu'elles coïncident avec l'idéal chrétien. Il n'y a pas deux classes de modèles. Les reflets et les images qu'apporte la nature proviennent toujours du même Dieu.

Cette haute pensée se retrouve chez Alain de Lille (v. 1128-1203) qui n'appartient pas à proprement parler à l'école de Chartres, mais qui en reprend les principales idées, en insistant particulièrement sur la théorie de la Nature. Il contribue donc à montrer combien se trompent ceux qui considèrent le Moyen Âge comme une période où dominerait la

*haine de la nature, dégradée par le péché. Saint
Thomas portera plus tard à la perfection les arguments théologiques et métaphysiques qui défendent
la beauté de la nature et ses vertus : certes le péché
l'altère mais c'est lui qui est condamnable et elle
reste l'œuvre et l'analogue de Dieu, qu'elle rejoint
par l'amour et par l'allégorie.*

*Chez Alain, la parole et la beauté s'unissent dans
la nature, qui est ainsi source de vérité, associée à
la création. Il nous le dit dans son* De planctu naturae, *qui n'est pas une contemplation mais une
déploration, un chant de plainte et de pitié envers
tout ce qui souille la création de Dieu. Deux textes
admirables se détachent. L'un est un hymne de versification horatienne où l'auteur présente, selon les
images de Sénèque, dame Nature comme l'ouvrière
qui produit et gouverne les formes. L'autre passage
est le portrait de Genius, c'est-à-dire la théophanie
aussi bien païenne que chrétienne qui révèle l'ordre
et le sens des êtres. Outre quelques traités de théologie et un art de la prédication sur lequel nous
reviendrons, Alain a surtout composé une épopée
allégorique qui évoque la* Psychomachie *de Prudence, contemporaine d'Augustin, et qui prépare
Dante. Il s'agit de l'*Anticlaudianus, *qui peut préfi-
gurer la* Divine Comédie : *Prudentia, affligée par la
décadence des humains, traverse les palais de la
culture pour atteindre le Paradis où elle demande à
Dieu, à la Vierge et à son Fils, de créer un homme
nouveau, pour rétablir le bon fonctionnement des
modèles et la perfection heureuse du divino-humanisme. Nous sommes très près de la théologie
moderne. Mais nous voyons surtout comment la*

parole d'Alain trouve des procédés originaux d'expression. Dans une période qui se situe entre le symbolisme roman, que purifiait la simplicité, et l'abstraction scolastique, il s'écarte du classicisme et découvre une profusion d'allégories dont l'école de Chartres lui a donné les principaux modèles. Nous allons vers le Roman de la Rose *et aussi vers les roses, ou rosaces, des églises.*

En tout cela, les jeux de la logique et de l'intelligence ne cessent de s'affiner. Les intuitions lucides de l'intellect rejoignent et nourrissent dans l'usage des mots et des pensées les paradoxes de la dialectique; Alain le montre lorsqu'il établit en vers formulaires une série d'oxymores liant ensemble les lois de la logique et la théologie négative qui paraît les nier. Après Jean Scot Érigène et les théologiens du IXe et du Xe siècles, mais en utilisant un langage plus concis et plus systématique, il s'attache à reconnaître en Dieu l'incompréhensible et la compréhension, l'infini et le défini, l'« incirconscrit » et la forme parfaite.

*Ici comme dans toute l'école de Chartres, la métaphysique rejoint ou fonde la logique et la dialectique. Nous quittons maintenant les diverses allégories de la cosmologie. En approfondissant de telles disciplines et en posant des questions qui, elles aussi, avaient été esquissées par les platoniciens, Boèce, Porphyre et déjà Sénèque ou Cicéron (*Orator, 7 sq.*), nous nous bornerons à signaler quelques traits importants, qui apparaissent dans l'œuvre d'Abélard (1079-1142).*

En tant que dialecticien, il a profondément modifié ou approfondi l'approche et l'utilisation du lan-

gage ou de toute recherche. En premier lieu, la connaissance et l'amour de la dialectique risquent de faire le malheur de ceux qui les possèdent. Ils effraient leurs auditeurs, ils suscitent la méfiance ou la jalousie de leurs rivaux, qui se multiplient dans la discussion et la polémique. De surcroît, une telle manière d'aborder les questions religieuses paraît incongrue puisqu'elle fait primer l'intelligence sur l'amour et qu'elle semble laisser une place trop grande à l'orgueil. La virtuosité d'Abélard, qui rend méfiants et jaloux les théologiens, peut être aussi à l'origine de ses malheurs avec Héloïse. Il ne s'agit certes pas de la lui reprocher. Mais elle le faisait apparaître comme un intellectuel brillant, plus ami de sa gloire et de son plaisir que de la morale. Bernard de Clairvaux et Guillaume de Saint-Thierry lui ont durement reproché cette opposition si sensible à l'esprit monastique.

On raconte qu'entre autres talents il était grand créateur de chansons profanes. Nous n'en avons rien gardé et il s'agit peut-être d'une calomnie. Mais il nous a laissé des cantiques latins d'une grande beauté. Les plus remarquables, sous l'inspiration de la Bible, expriment le lyrisme de la douleur, à propos d'Absalon, de Rachel et des filles de Sion pleurant leurs enfants. Nous citerons le poème consacré à la fille de Jephté, qui avait été sacrifiée par son père (cf. Juges, 11); celui-ci avait fait vœu de sacrifier à Dieu, s'il remportait la victoire, la première victime qui se présenterait devant lui. Or sa fille, par amour, avait été la première à aller au-devant de lui. De tels hasards, que le ciel semble avoir acceptés, sinon suscités, constituent ce qu'il y a de

plus absurde et de plus atroce pour un croyant,
pour un fidèle. Pourtant la fille de Jephté a accepté,
elle a encouragé son père, elle a seulement demandé
d'aller avec ses compagnes danser et pleurer sur les
montagnes avant de revenir vers la mort. Héloïse
n'est pas morte, mais Abélard ne peut sans doute
pas éviter de penser qu'elle a été sacrifiée.

Donc, alors même qu'il se voue presque totalement à la logique et à son austère rigueur, Abélard
garde la connaissance de la douleur, de ses chants,
de sa beauté. Mais, puisque la connaissance et la
dialectique se trouvent en cause, il faut insister sur
un autre point. Il le fait dans le Sic et non (« oui et
non »), notamment dans l'introduction. Assurément, il existe une orthodoxie. L'Église la définit
fortement. Pourtant lorsqu'on sait lire, écouter,
identifier les pensées, lorsqu'on sait mesurer leurs
significations et leur cohérence interne ou externe
(ce qui est pour notre auteur le premier but de sa
recherche et la première forme de sa compétence),
on s'aperçoit que leur rigueur logique n'est pas parfaite : il existe des contradictions entre les théologiens et même entre les apôtres. Il convient donc
d'essayer non pas de supprimer de tels conflits en
forçant le sens mais de les éliminer en contrôlant le
texte, en cherchant son sens exact ou son intention,
en employant les divers moyens par lesquels le langage exprime et découvre la vérité ou découvre parfois la pluralité des sens.

On comprend, quand on découvre un tel enseignement, le courage de son auteur mais aussi sa
générosité. La connaissance de la logique, si elle est
véritable, ne conduit pas au fanatisme mais à la

compréhension. *La doctrine ainsi exprimée a été reprise, comme on sait, par Jean de Salisbury ; nous verrons qu'il l'a intégrée dans sa théorie d'ensemble de la dialectique, en étudiant, comme l'avaient fait les Académiciens, les différents degrés de la probabilité et en distinguant les cas où la foi intervient. Plus tard, des* Quaestiones disputatae *aux diverses formes de dialogues religieux et, si l'on peut dire, de topiques spirituelles, de Thomas d'Aquin à Guillaume d'Occam, la théologie ne cessera de se rappeler que les dogmes de la religion n'étaient pas ceux de la philosophie et que le vraisemblable et le probable pouvaient trouver leur place dans la discussion sur les textes sacrés, leur métaphysique et leur morale.*

Nous venons d'évoquer les problèmes de la forme et de l'idée. Cela va nous ouvrir ou, en tout cas, élargir pour nous, d'autres voies, celles des idées platoniciennes et d'abord du nominalisme. Ici encore, Abélard se trouve en cause.

*Il vient juste avant Jean de Salisbury. Nous verrons comment ce dernier esquisse la solution du problème des universaux, qui lui venait elle aussi des textes déjà cités de Cicéron, de Sénèque, de l'*Isagogè *de Porphyre et de la* Consolation *de Boèce. Jean choisit le nominalisme, mais il garde de la sympathie pour la thèse des Chartrains, qui lui paraît moins simple et moins probable, mais vraisemblable cependant. Au fond, il pense, selon les lois d'une dialectique de synthèse et de conciliation hiérarchique, que l'idée existe comme modèle et comme moteur, mais qu'elle n'est ni concrète ni réelle. Elle ne possède pas le même être que les choses mais elle permet de les définir en droit et de* classer les genres et les espèces selon les lois de l'être et ses catégories. À vrai dire un tel nominalisme est fondé dans l'être par les catégories (substance, temps, lieu, qualité, quantité, etc.) en même temps que dans la pensée par les conventions du langage.

Abélard cherche lui aussi, d'une manière radicale et proche des Chartrains, à garder l'idée qu'il place dans la pensée de Dieu. Il reste proche de Sénèque qui distinguait dans un esprit semblable les idées (ideai) et leurs insertions dans la matière (eidè). Dès lors, à la différence de ce qui se passe chez Dieu, les idées générales ne possèdent plus la réalité : elle n'appartient qu'aux choses, qui sont toutes particulières. Abélard emploie pour le prouver divers types d'arguments. Les choses sont toutes particulières mais on peut les rapprocher abstraitement en rapprochant des qualités qu'elles ont en commun et qui n'existent pas séparément. La meilleure preuve est fournie par le langage. La même chose, désignée par son nom, peut être désignée comme un genre ou comme une espèce. On peut dire que la terre est un astre ou qu'elle est ronde. Dans toutes ces formules, c'est seulement de la terre qu'on peut dire qu'elle existe. Les mots « genre » et « espèce » transportent cette existence des choses à la parole afin de préciser la définition [1].

1. Bibliographie sur l'école de Chartres, Abélard, le nominalisme et la logique médiévale :
École de Chartres : nous n'avons pu citer ici ou étudier le détail des auteurs. Certains, que nous avons évoqués, n'ont pas fait directement partie de l'école, mais l'ont connue et en reflètent plus ou moins directement la pensée (Alain de Lille, Jean de Salisbury, Gilbert de la Porrée). Voir notamment Tullio GREGORY, *Anima mundi. La filosofia di Guglielmo di Conches*

L'ÉCOLE DE CHARTRES

Résumé du De mundi universitate
(De l'universalité du monde)

Dans le premier livre de cet ouvrage, qui a pour titre *Megacosmus*, c'est-à-dire le plus grand des deux mondes, Nature se plaint à Noys[1], c'est-à-dire à la Providence de Dieu, de la confusion de la matière première, c'est-à-dire Hylé ; elle verse des larmes et demande que le monde soit poli avec plus de beauté...

Dans le second livre, qui a pour titre *Microcosmus*, Noys parle à Nature, elle se glorifie d'un monde si bien poli et promet de façonner l'homme en complétant son œuvre. Elle donne donc l'ordre à Uranie, qui est la reine des astres, de chercher aussi avec soin Physis, qui a de toutes choses la plus grande expérience. Nature aussitôt suit avec obéissance celle qui lui donne cet ordre et cherchant Uranie à travers les cercles du ciel elle la trouve béant aux astres...

---

e la scuola di Chartres, Florence, Sansoni, 1955 ; Édouard JEAU-NEAU, *Lectio philosophorum*, Amsterdam, Hakkert, 1973.

Abélard : voir *P.L.*, t. 178. Voir les travaux de Jean JOLIVET, notamment *Arts du langage et théologie chez Abélard*, « Études de philosophie médiévale », 57, Vrin, 1969 ; *Abélard ou la philosophie dans le langage*, « Philosophes de tous les temps », 60, Seghers, 1969 ; *La Théologie d'Abélard*, Cerf, 1997.

Nominalisme et logique médiévale : nous ne pouvons entrer ici dans le détail des problèmes. Renvoyons simplement à Alain de LIBERA, *La Querelle des universaux. De Platon à la fin du Moyen Âge*, Seuil, 1996.

1. *Noys* pour le grec *nous*, qui signifie esprit.

Toutes deux se lèvent donc, elles parcourent les cercles des planètes et reconnaissent à l'avance leurs pouvoirs; enfin, en un certain lieu, dans le giron de la terre fleurissante, parmi les parfums des aromates, elles trouvent Physis siégeant entre ses deux filles, Théorie et Pratique.

> Bernard Silvestre, *De l'universalité du monde*, abrégé.

Paroles de l'Esprit divin

Déesses, mes chers gages qu'avant la création
   des siècles j'ai créées, moi-même je me glorifie
   de mes enfants.
Voici ma volonté suprême : vous êtes venues
   partager
   mon projet et mon propos.
Si dans les choses et les formes le monde a fait
   défaut,
   que par notre volonté votre main y supplée.
Que moins plein, moins parfait, de moins noble
   beauté
   trop souvent soit ce que j'ai fait, cela m'est
   une honte excessive.
Pour que ce monde sensible, image d'un monde
   meilleur,
   puisse être plein en ses pleines parties,
une image sera faite parente des dieux, clausule
   sainte
   et bienheureuse de mes œuvres : ce sera
   l'homme,
tel qu'il vit éternellement, depuis le monde
   premier,

idée digne de mon esprit auquel elle ne cède
pas.
Il tiendra sa pensée du ciel et son corps des
éléments...

> Bernard Silvestre, *De l'universalité du
> monde*, I, 10 sqq.

ALAIN DE LILLE

Hymne à la Nature

Ô fille de Dieu, génitrice des choses,
lien du monde, stable nœud,
gemme dans le terrestre, miroir de ce qui
    tombe,
    lucifer du monde,

paix, amour, vertu, royauté, pouvoir,
ordre, loi, fin, voie, lumière, origine,
vie, louange, splendeur, beauté [*species*], figure,
    règle de l'univers,

qui, en le modérant avec tes rênes,
noues toutes choses rendues stables par ton
    nœud
de concorde et qui maries par le ciment de la
    paix
    ce qui est céleste à la terre,

toi qui rassemblant de Noys les pures idées
en chaque chose monnaies la beauté qui lui est
    propre

et qui donnant à la chose la toge et la chlamyde
de la forme,
les formes de ton pouce...

La Plainte de Nature, cf. Raby, p. 367.

*Au-delà de la logique : l'absolu saisi par
la négation*

Dieu met en figure la forme
informe, il met en lieu l'immense, il montre ce
qui est caché,
il décrit l'incirconscrit, il présente à la vision
l'invisible ; ce que la langue ne peut, sa peinture
le proclame...
Comme Dieu reçoit en lui de toutes choses les
noms
que sa nature elle-même ne récuse pas,
pourtant, par le moyen du trope et sous la
dictée de la forme
il conçoit tout et il adopte des paroles pures
sans choses :
l'étant, le juste sans justice, le vivant sans vie,
le principe sans principe et la fin sans fin,
l'immense sans mesure, le fort sans la force du
chêne.

Anticlaudianus, V, 115 sqq. ; 124 sqq., éd.
Robert Bossuat, 1955.

Voici une translation neuve,
neuve couleur en jointoyure,
une neuve construction.
Dans cette copule du Verbe
toute règle est en stupeur.

Tout donné est optimum
et tout don est parfait :
chez le père des lumières,
rien n'est imparfait...

Je sais parce que je ne sais pas.
Là où n'existe nulle cause,
aucune raison n'affirme.
Pour la connaissance
la négation prévaut.

Ms. British Library, Stowe, 36 v, cf. N.M.
Haring, *Analecta cisterciensia*, 32 (1976).

Les leçons de Genius : culture et théophanie.

Grâce à l'aide de son stylet, les images des choses faisaient migration de l'ombre de la peinture à la vérité de l'essence et elles recevaient en don la vie appartenant à leur espèce... Ici, il montrait Hélène qui, par sa beauté, était une demi-déesse et méritait par sa propre beauté d'être appelée la beauté même... Là règne en Turnus la foudre de l'audace, là en Hercule la vigueur... Là Caton était enivré par le nectar de sa pudique sobriété... Là le paon de Tullius étalait sa queue constellée... Là Aristote enveloppait le sens des paroles énigmatiques...

La Plainte de Nature, P.L., t. 210, 471 sq.

PIERRE ABÉLARD

La propriété des termes

Et comme, selon Tullius, en toutes choses l'identité est mère de la satiété, c'est-à-dire engendre le dégoût, il faut en un même sujet varier les mots et ne pas toujours mettre à nu des termes vulgaires et communs ; ceux-ci, comme le dit le bienheureux Augustin, sont couverts pour ne pas s'avilir et ils plaisent d'autant plus qu'il faut consacrer plus d'étude à leur recherche et les trouver avec plus de difficulté. Souvent même, en fonction de la diversité de ceux avec qui nous parlons, il faut changer les mots, lorsqu'il arrive que leur signification propre soit inconnue de quelques-uns ou moins usitée. En tout cas, si nous voulons, comme il le faut, parler pour enseigner, c'est plus l'usage que nous devons imiter plutôt que la propriété de l'expression, comme le prince de la grammaire et le maître de l'élocution, Priscien[1], nous l'apprend. Même le docteur le plus exigeant de l'Église, le bienheureux Augustin y fit attention lorsque, dans le quatrième livre de *L'Éducation chrétienne*, il instruisait les maîtres ecclésiastiques : il leur conseillait de laisser de côté tout ce qui gênait leurs interlocuteurs pour comprendre.

Sic et non, Prologue, *P.L.*, t. 178, col. 1339.

1. Grammairien latin du vi[e] siècle dont l'influence était alors dominante.

*Que penser des contradictions apparentes
qui existent chez les Pères ?*

Il nous plaît, comme nous l'avons décidé, de
rassembler les paroles de sens contraires qu'on
trouve chez les saints Pères, lorsqu'elles se sont
présentées à notre mémoire à cause de quelque
dissonance qu'elles peuvent sembler comporter
et qu'elles posent question en provoquant le plus
activement l'exercice de la recherche du vrai et
en la rendant plus aiguë. Car c'est ainsi qu'on
définit la première clef de la sagesse : une interrogation assidue ou fréquente ; en tout cas, c'est à
nous y attacher de tout notre désir que le philosophe le plus perspicace, Aristote (...) nous
exhorte en disant : « Sans doute est-il difficile de
s'exprimer avec assurance sur des sujets semblables, si l'on n'en a traité souvent. Mais il ne
sera pas inutile d'être chaque fois dans le
doute. » En effet c'est en doutant que nous en
venons à chercher ; en cherchant, nous percevons
la vérité ; à ce propos la Vérité même nous dit :
« Cherchez et vous trouverez, frappez et on vous
ouvrira » (*Matthieu* 7,7).

> *Sic et non*, Prologue, *P.L.*, t. 178,
> col. 1349.

Nominalisme et langage

En effet la même chose est comprise par un
nom universel et particulier et en ce lieu le mot
« subsiste » est transporté des choses à la parole

par adjonction de ces noms : genre et espèce, qui
ont été donnés à des paroles.

> *Logique élémentaire*, éd. B. Geyer, Munster,
> 1919, p. 525, 33-36.

La fille de Jephté

Aux danses de fête venez,
vierges sans époux, selon la coutume !
qu'on chante les chants des pleurs, selon la
   coutume,
et les plaintes aussi nombreuses !
que vos visages navrés ne soient point parés
mais semblables à ceux qui pleurent et qui se
   lamentent !
qu'ils soient loin les colliers d'or,
loin les riches ornements !

La vierge, fille de Jephté le Galaditain[1],
la malheureuse devenue la victime de son père,
ce sont les élégies des vierges
et les modes du chant pieux
dû à la vertu d'une vierge
qu'elle exige pour chaque année.

Ô toi, digne de stupeur plutôt que de pleurs !
oh, combien il est rare l'homme qui ressemble à
   cette vierge !
Pour que le vœu de son père ne fût pas violé
et que par fraude il ne privât le Seigneur du don
   promis

---

1. Originaire de Galaad en Transjordanie.

alors que par son entremise il avait sauvé le
  peuple,
elle le presse, elle lui tend la gorge.

Cf. Raby, p. 173.

Rhétorique

*Nous cherchons maintenant le langage de l'être
ou, pour mieux dire, sa rhétorique, si nous définissons la rhétorique comme l'ensemble des observations qui décrivent de manière critique ou créatrice
l'expérience de la parole, de son efficacité persua-
sive, de sa beauté, de son pathétique, autrement dit
de sa vérité et de son amour. Les modernes ont eu
tort de laisser le mot prendre une valeur péjorative
et de le confondre avec le mensonge ou l'enflure. Il
ne s'agissait alors que de la mauvaise rhétorique ou
de celle qui est détournée des buts qu'elle s'assigne à
elle-même et qui devient alors une arme efficace, en
visant uniquement la force et l'effet.*

*Mais pouvons-nous parler de rhétorique quand il
s'agit du langage chrétien? Est-il permis alors de
recourir à des effets? Non sans doute s'ils doivent
être utilisés dans un esprit de violence, de mensonge ou de ruse. Mais certainement oui s'il s'agit
de l'amour et de les mettre en relation dans la
beauté qui leur appartient. Le Christ a parlé aux
foules, il a dialogué avec les prophètes ou les
patriarches sur la montagne de la Transfiguration.
Ses disciples ont imité son langage. Avant lui,*

l'Ancien Testament avait un style qui annonçait sa parole, depuis le symbolisme du Jardin jusqu'à la foi d'Abraham et de Job ; il l'avait connu ainsi que les premiers chrétiens, Jean, Paul, puis les Pères et beaucoup de saints. Nous avons pu reconnaître les diverses beautés de leurs langages dans toutes les citations que nous avons données. Aussi, ce que nous allons ajouter n'a rien d'exhaustif. Nous voulons seulement rappeler l'unité et la complexité d'une évolution. La rhétorique chrétienne est toujours associée à la sagesse et cherche de ce fait un style approprié où le sublime se marie à la grâce, à tous les sens de ce mot. Elle s'associe au langage de la prédication, qui est toujours présente, même en dehors des sermons. Nous allons revenir sur ces points. En somme, nous devons distinguer et unir la théorie et la pratique.

La théorie est d'une très grande richesse. On commence à l'étudier, surtout dans le domaine latin. Il faudrait approfondir les recherches portant sur les Grecs, de Polycarpe, Jean Chrysostome et Clément d'Alexandrie, Origène et les grands Cappadociens[1], jusqu'au monde byzantin en passant par le pseudo-Denys. Les qualités qui se manifestent dans cette tradition sont d'une part la majesté hiératique de l'éloge contemplatif et d'autre part la ferveur douce et violente du pathétique amoureux. De

---

1. Clément d'Alexandrie (v. 160-v. 220) précède Origène (185-253). Polycarpe de Smyrne (martyr en 156) et Jean Chrysostome (347-407) sont avant tout de grands prédicateurs dont l'enseignement porte sur le martyre et la persécution. Les Cappadociens (Grégoire de Naziance, v. 328-390, Grégoire de Nysse, v. 335-394) sont des théologiens.

telles intentions peuvent s'accorder aux procédés d'expression que les sophistes et les sages avaient utilisés et développés depuis le IIe siècle en langue grecque. L'œuvre d'Hermogène de Tarse est fondamentale à cet égard. Il propose l'exposé le plus complet des ideai logou, *les genres de style, qu'on peut définir et mettre en œuvre par le choix méthodique des figures. On peut ainsi distinguer la grandeur, la douceur, la violence ou la finesse avec sa délicatesse et ses pointes. Dès le Ier siècle, sans doute dans la période qui va de Denys d'Halicarnasse à Tacite, on voit se dessiner la notion de sublime, qui concurrence alors la notion de grandeur* (megaloprepeia) *mais qui ne sera pas présente chez Hermogène. Il s'agit de l'élévation* (hypsos) *où se combinent la « grandeur d'âme », vertu chère aux stoïciens et déjà aux péripatéticiens, et l'« élévation » platonicienne. Le sublime implique donc une simplicité qui s'oppose à l'enflure, dont on était mal protégé par la seule recherche de la grandeur. Il veut la simplicité, sans rejeter la profusion qui doit seulement être contrôlée par la convenance spirituelle. Cela est évidemment important dans le christianisme. Au IIe siècle, c'est-à-dire à l'époque d'Hermogène,* Clément d'Alexandrie, *dans ses* Stromates *et dans son* Pédagogue, *insiste en même temps sur l'*emphasis, *terme qui, chez les rhéteurs, définissait l'expressivité, sans nuance péjorative, et sur la dia-phasis ou transparence. D'autre part, de Platon aux auteurs médiévaux, les philosophes et les écrivains religieux réfléchissent sur le mythe, le symbole et l'allégorie. Les auteurs juifs et notamment Philon d'Alexandrie interprètent de cette manière l'Écri-*

ture. La méditation sur ses quatre sens se développe ainsi. Le sens historique, qui prend les récits à la lettre, est accompagné du sens moral, qui définit leurs leçons psychologiques et pratiques et des sens symboliques ou figurés, qui sont autres qu'ils ne semblent et dégagent ainsi un implicite qui ne pouvait être indiqué directement : les médiévaux distingueront l'allégorie qui découvre Dieu sur la terre par les voies de l'Incarnation et l'anagogie qui est ascension spirituelle vers les réalités célestes. Naturellement, il faut s'interroger sur la vérité ou la liberté de tels rapprochements. Saint Thomas indiquera que seul le sens « historique » est objet de certitude. Mais il ne faut pas négliger les autres interprétations, qui favorisent l'usage des images et l'activité de l'esprit. On arrive ainsi à la Renaissance qui veut tout ramener (et d'abord l'esprit) à la rigueur de la vérité historique.

Chacun peut mesurer l'ampleur de l'enseignement donné par les Grecs, la richesse de son contenu et la fécondité de son évolution. Elle est profondément chrétienne et religieuse, en même temps qu'elle marque sa fidélité à la beauté classique et païenne. Deux idées majeures nous paraissent se dégager. La première concerne les rapports de la rhétorique et de la philosophie. Elles sont mutuellement nécessaires l'une à l'autre. Ce sont les philosophes (Aristote et même Platon) qui l'ont dit, en insistant sur le symbolisme, le mythe, la dialectique et la logique. La sophistique, qui connaît un renouveau au IIe siècle, n'est pas restée indifférente. On le voit dans les œuvres de Dion Chrysostome et Aelius Aristide, qui introduisent *dans leurs discours des thèmes stoïco-cyniques et surtout une discussion avec Platon qui laisse la porte ouverte à toutes les conciliations.*

D'autre part, la rhétorique grecque et byzantine, même si elle reste sensible aux vertus traditionnelles de l'atticisme, favorise dans l'éloquence et dans la recherche littéraire de la beauté une abondance qui évoque aussi l'asianisme. Le monde byzantin favorise cette rencontre par sa situation même. Il rejoint ainsi le sublime et la poésie et il confirme l'accord entre la rhétorique et la philosophie dont nous avons déjà parlé, ainsi que la conciliation entre Platon et les sophistes selon l'esprit d'Aristote. Toutes ces tendances se manifestaient au grand complet dans le Traité du sublime *du pseudo-Longin.*

Elles existaient plus anciennement chez les Romains dans les dialogues que Cicéron a consacrés à la rhétorique. Elles reparaissent de façon plus originale chez Tacite, dont le Dialogue des orateurs *est proche du* Traité du sublime, *qui lui est peut-être antérieur de quelques décennies*[1].

Nous revenons donc aux Latins, qui constituent le véritable objet de notre livre. Ils dépendent bien sûr de la tradition grecque que nous venons d'évoquer. Mais il suffit d'étudier leurs principaux auteurs pour constater qu'ils donnent son orientation particulière à la culture de l'Europe occidentale.

Nous avons cité quelques noms. Bien entendu celui d'Augustin est le plus grand. En lui

1. Cf. notre éd., P.U.F., coll. « Érasme », 1960.

*s'annoncent toutes les formules qui vont dominer
pendant les siècles suivants la pensée catholique et
son expression. Nous l'avons montré dès le début
du présent ouvrage en citant le* De doctrina christiana *à côté du* De Trinitate, *des* Soliloques *et des*
Confessions. *Augustin n'a jamais oublié qu'il avait
d'abord voulu être un maître de rhétorique. Mais
chez lui,* oratio, *qui désigne le discours, avait deux
sens : le mot signifiait aussi « prière ». Le terme de
« soliloque » était significatif et ne devait pas nous
tromper : il ne voulait pas dire qu'Augustin parle
tout seul, mais qu'il parle à Dieu, qu'il trouve en
lui. On arrive ainsi à la* confessio, *vocable qui
résume lui aussi deux termes apparemment opposés : il désigne bien sûr l'aveu des péchés et il a
gardé cette valeur jusqu'à notre temps. Mais* confi-
teor *signifie aussi la joie de trouver Dieu et d'éprouver sa bonté infinie dans la grandeur même de sa
miséricorde. Un lien existe donc en Dieu entre la
douleur et l'allégresse. C'est ainsi que, tout d'abord,
la musique du chant de l'âme se manifeste au plus
profond de l'être. Les bruits du monde ne doivent
pas y avoir accès.* Non impedias musicam. *Mais la
musique elle-même dépasse les mots. Elle est la rhétorique de la joie, la marque de la tension et de
l'attention qui nous élèvent jusqu'au ciel. Elle
donne la joie mais elle ne refuse pas la douleur. Au
jardin des Oliviers, le Christ souffre « dans tous ses
membres », c'est-à-dire dans tous les êtres (cf.*
Enarratio in Psalmum 42). *Nous comprenons de la
sorte pourquoi et comment on chantait les
Psaumes sur les bords des fleuves de Babylone et
comment le Christ a pu crier dans sa passion :*

« *Mon âme est triste jusqu'à la mort... mon Dieu,
pourquoi m'as-tu abandonné ?* » *On rejoint ici le*
De Trinitate, *puisque, comme le dit le Père Urs von
Balthasar, le Verbe est présent en toute prière, avec
« la Gloire, la Croix » et la « dramatique » de son
sacrifice. Tout alors devient symbole, de Dieu, en
Dieu.*

*On voit qu'Augustin n'ignore pas les affirmations
majeures de la dialectique et de la symbolique
grecques. Mais il les joint à la tradition latine, il les
unifie dans son âme, dans sa musique, dans l'expérience même qu'il rencontre dans sa patrie africaine, puis à Milan, à Rome, à Ostie, puis dans son
siège épiscopal. Il s'est d'abord inspiré de Cicéron et
de l'*Hortensius, *c'est-à-dire qu'il a médité sur la
rhétorique et sur la philosophie. Puis il a rencontré
Dieu, il l'a reconnu dans les hauteurs et aussi « au
plus intime de lui-même ». Conduit par Plotin, il est
arrivé à saint Jean, à saint Paul, il est arrivé à
l'amour qui est aussi la grâce. Il a connu le don des
larmes et la lumière de la beauté.*

*C'est au cœur de cette expérience que s'est déve-
loppé en Europe l'enseignement de la rhétorique
chrétienne. Il s'agissait, nous le voyons, de parler à
Dieu et avec Dieu. Nous rejoignons ici le* De doctrina christiana[1] *qui médite sur les symboles de la
sagesse et du Dieu caché, qui montre comment on
passe de la crainte de Dieu à la sapience et de
celle-ci à l'amour de charité, qui médite sur les
styles, simplicité, mesure, sublime, et sur la juste
opportunité de leur emploi, c'est-à-dire sur la grâce*

1. Livre IV.

dans la prière. La raison et la technique ne sont pas négligées, mais elles sont à la fois purifiées et dépassées par le « cœur », pectus; Pascal reprendra exactement cette doctrine et cette terminologie. Avant lui, Augustin atteint la brièveté intense qui procède aussi de Sénèque et des stoïciens parce que, chez eux, il est question de l'amour et de ses embrassements foudroyants où la lumière se concentre et où jaillissent les larmes invincibles de la compassion qui bannit la violence chez ceux qui écoutent et chez ceux qui parlent.

En mariant ainsi la douceur et la sublimité, en les accordant aux hautes exigences de la démonstration évangélique où la rigueur dialectique s'est unie dans l'amour aux illuminations de l'intellect, Augustin conduit à son terme la grande méditation sur la parole que les Romains et les Grecs n'ont jamais interrompue depuis Platon et Cicéron. Son originalité extrême va nourrir en Europe la parole chrétienne. Certes, il se tourne comme les Orientaux vers le platonisme et vers la mystique. Mais il sait comme les Romains que la religion est étroitement liée à l'action par la conscience, qui est aussi contemplation. Ainsi se dessinent, dans l'unité de la parole, les deux courants également spirituels dont l'un procédera d'Origène et du pseudo-Denys et l'autre de l'augustinisme. Le premier part du logos, du symbolisme et des images. Le second met l'accent sur l'intériorité et sur l'action. Ils cherchent à se rejoindre dans l'être et dans le langage.

Bien entendu, toute source est faite pour s'épancher largement et pour devenir fleuve ou aboutir à la mer. Le jaillissement devient étendue. Dans les *citations qui suivent, nous avons dépassé Augustin sans le méconnaître. Nous évoquons d'autres auteurs dont le prestige est très grand et qui s'inspirent de manière autonome de la tradition antique pour préciser, élargir ou approfondir les données de la culture et des arts.*

Le premier est Marius Victorinus Afer, mort après 382; Augustin a découvert son œuvre et son souvenir lorsqu'il est arrivé à Milan en 384. Sa réflexion le conduit à insister fortement sur la rhétorique. Il travaille sur la grammaire; il commente les Topiques *de Cicéron, traduit des ouvrages d'Aristote et Porphyre. On voit donc se dessiner une culture qui combine l'aristotélisme et le néo-platonisme, qui lui faisait volontiers place dans ses synthèses. Nous avons déjà signalé l'importance de tels rapprochements. Marius Victorinus reprend à son compte l'anthropologie telle que la concevaient les anciens et l'Académicien Cicéron : l'homme est composé d'une âme et d'un corps. La culture et la parole doivent maintenir leur unité et leur accord de façon à assurer l'intégrité de l'humain. Cet humanisme, qui n'écarte pas certains aspects stoïciens, nous renvoie de manière exacte à la tradition cicéronienne dans ce qu'elle a de plus docte et de plus généreux; elle tend à la purification de l'âme qui doit être « décapée ». On reprendra volontiers cette image au temps de la Renaissance. Victorinus marquait dans son approche de la connaissance une conception à la fois ontologique et théologique de la Trinité. Tout s'accomplit dans une vaste « procession » où le Père, le Fils et l'Esprit tiennent leur place. Le Père est l'être existant dans sa pureté; il ne peut ni agir ni être connu (on pense à Parménide) : seul le Fils, qui n'est pas moins divin, sort de Dieu qui l'engendre; il le fait connaître et agit en son nom, tout en étant Dieu lui-même. Seul le logos, le Verbe peut parler, créer, communiquer, agir. C'est ainsi que la procession, au sens plotinien, se fait incarnation, au sens chrétien pour donner Dieu au monde dans une parole qui dépasse le silence. L'Esprit ramène le monde à Dieu et la parole au silence.*

On voit la profondeur et l'audace d'une telle pensée. Elle annonce Augustin, dont le De Trinitate *présentera pourtant un symbolisme plus complexe. Mais surtout elle donne une place plus originale à la culture littéraire, insiste sur la philosophie et le logos dans leurs rapports avec l'être et annonce Boèce non moins qu'Augustin. Elle prépare aussi Eckhart.*

Nous n'avons pas besoin d'insister sur Boèce, puisque nous l'avons déjà longuement présenté. Nous soulignerons seulement qu'ici encore la philosophie, abordée dans l'esprit et dans le langage de Cicéron, va prendre un rôle grandissant par rapport à la théologie qui, là aussi, n'apparaît de manière véritable qu'à propos de l'être. Boèce, comme l'atteste son Commentaire des Topiques *de Cicéron, se veut dialecticien. Il analyse les « lieux » de l'argumentation logique et il le fait à propos du traité de l'Arpinate, ce qui signifie qu'il s'appuie sur la pensée de l'Académie. Comme nous l'avons souvent constaté, celle-ci s'attache généralement à concilier les traditions issues de Platon et d'Aristote. En fait il est rare que Platon soit directement*

*utilisé. Cicéron le remplace et Boèce apparaît sur-
tout comme l'une des principales sources de l'aristotélisme avant le XIIᵉ siècle. Ainsi la réflexion sur la
parole et sur la dialectique qui la met en œuvre est
elle-même inspirée par une philosophie imprégnée
de rhétorique. Dans le texte que nous citons, Boèce
compare et distingue, d'une manière féconde, dialectique et rhétorique. Il définit en particulier la
« thèse » générale et l'« hypothèse » particulière.
L'une et l'autre ont leur importance et il faut les
combiner dans l'argumentation. Ici encore l'auteur
s'inspire de Cicéron. Mais il le dépasse en élaborant
la théorie des* maximae propositiones, *qui jouent le
rôle d'axiomes généraux et sont à la base des autres
distinctions.*

*Nous arrivons maintenant au Moyen Âge propre-
ment dit, c'est-à-dire au XIIᵉ siècle. Là encore, il
aurait fallu insister sur le cheminement. Les
auteurs sur lesquels nous avons mis l'accent étaient
ceux qui ont affirmé expressément leur christianisme et qui ont lié de façon particulièrement marquée la rhétorique et la philosophie. Il faut encore
monter jusqu'au Vᵉ siècle et au VIᵉ siècle pour déce-
ler la formation de pratiques plus modernes qui,
tout en restant fidèles à la tradition antique, la
dépassent dans l'ordre de la culture et du langage.*

*On ne sait pas si Martianus Capella, un rhéteur
d'origine africaine qui vécut au Vᵉ siècle, fut chrétien. Mais il expose une théorie de la culture qui
s'accorde à la fois avec le néoplatonisme et avec certains aspects de cette doctrine qu'Augustin reprenait sans doute un peu avant. On arrive ainsi à une
théorie des* artes *qui comprend le* triuium *(gram-*

maire, rhétorique, dialectique ou logique) et le quadriuium (arithmétique, géométrie, musique et
astronomie) et qui sera très souvent utilisée par la
suite pour définir les programmes d'études. Certes,
il ne s'agit pas d'un platonisme exclusif et intégral.
La dialectique et les sciences mathématiques sont
exposées avec prédilection. Les sciences de la
nature, qui nous renverraient sans doute à Aristote,
ne sont pas présentes. Mais la philosophie, que tout
socratisme devrait placer au premier rang, n'est pas
évoquée expressément, même si l'on perçoit qu'elle
est sous-jacente. Surtout la répartition des disciplines est significative. À côté du quadriuium, qui
traite des sciences surtout dans leurs aspects
mathématiques, on trouve dans le triuium les disciplines littéraires, que Platon rejetait à la différence
d'Aristote. Le classement adopté vise plutôt la synthèse des enseignements que leur opposition.

C'est en fonction de ces enseignements que les
hommes du xiie siècle ont manifesté à la fois leur
fidélité et le souci de marquer les nuances. Nous
verrons que Jean de Salisbury définit une théorie de
la culture qui respecte certes Platon mais à travers
Cicéron et l'Académie; cela lui permet si l'on peut
dire un certain éclectisme culturel où Aristote
trouve sa place quand la logique vient relayer la dialectique et où la poésie est présente avec la
recherche du beau. Juste avant lui, Hugues de
Saint-Victor propose une classification des arts où
le philosophe reprend sa place dominante, où les
disciplines du triuium et du quadriuium gardent
leur rôle sinon leur ordre, mais où la morale retrouve sa valeur spécifique et où est introduite, à

une époque où les techniques gagnent une nouvelle importance, la liste des « arts mécaniques ».

Dès Jean de Salisbury, on assiste donc à une sorte de retour à saint Augustin, qui s'était déjà intéressé à la théorie des arts et qui l'avait formulée presque complètement dans son De ordine. *De manière plus générale, il avait distingué la philosophie et la « philocalie », qu'il plaçait au second rang mais à laquelle Jean de Salisbury ajoute, de manière féconde, la philologie.*

À ces considérations générales, qui résument la première partie de notre ouvrage, il faut ajouter des remarques plus religieuses. Déjà, Platon et ses disciples ne les ignoraient pas. Elles expliquent le titre, l'ordre et la structure de l'ouvrage de Martianus Capella. On doit se rappeler ce titre : Les Noces de Mercure et de Philologie. *Une telle allégorie avait une double portée.*

D'une part, elle insistait sur la notion de philologie, amour et science de la parole et du logos, dont nous venons d'évoquer la postérité mais qui existait déjà chez Platon. L'allégorie qui est ici proposée constitue un vaste récit, qui occupe tout le livre I. On pourrait donc employer le terme de mythe, puisque tout récit allégorique peut être qualifié de mythe. Le deuxième personnage, l'époux de Philologie, n'a pas été choisi au hasard : il s'agit de Mercure, qui est à la fois le Trismégiste des Égyptiens expert en magie, le Psychopompe des Grecs, qui conduit les âmes des morts dans l'au-delà et le maître de tout commerce et de toute communication. Il joue donc, selon la symbolique païenne, un rôle important dans tous les aspects médiateurs de

*la connaissance. Mais le savoir auquel il préside
ainsi est supérieur à tout savoir issu de la raison ou
de l'expérience. Il est connaissance directe du divin.
On peut en parlant de lui utiliser le terme de
« gnose ».*

*Le christianisme est une forme de gnose puisqu'il
résulte d'une révélation. Mais, d'une part, il se méfie
de l'irrationnel et, d'autre part, il se souvient que
cette révélation est donnée dans un livre et dans une
Parole. C'est pourquoi il faut marier Mercure à Philologie, qui introduit elle-même tout le savoir antique, tout le logos, toute la cosmologie. Elle est à la
fois conscience directe d'une plénitude qui mène à
l'être, connaissance du logos qui l'exprime et qui le
connaît, gage d'immortalité, puisqu'elle dépasse la
mort. Elle s'élève dans les cieux en passant parmi
les sphères et en écoutant les Sirènes, dont le chant
est en réalité celui des étoiles. Elle est de même célébrée par les Muses (les* Noces, *comme la* Consolation *de Boèce, font alterner prose et vers). Voici le
début du beau poème par lequel la Muse Clio
exprime un tel éloge :*

Heureuse vierge qui entres
parmi de si grands chœurs d'étoiles,
toi qui obtiens la chambre conjugale,
et par la faveur du cosmos
es jointe au Tonnant comme bru,
oh ! de quelle divinité
il t'est donné d'être l'épouse :
le dieu qui seul a dépassé
de son aile voyageuse
les astres de l'univers

veilleurs des tempêtes de vent,
qui, passant là-haut à la nage
les détroits, retourne au Tartare
et seul en avant du char
aux deux chevaux de lumière,
as pouvoir et as mémoire
de lancer de son père altier
la baguette magique... (II, 126 sqq.)

*Cet admirable poème, comme beaucoup d'autres
dans le même livre, nous définit la conception de la
parole religieuse à laquelle la philosophie païenne
était parvenue. Boèce allait s'y rallier à sa manière.
Le poète de la* Psychomachie, *Prudence, l'avait déjà
mise en œuvre à propos de la représentation symbolique des vices et des vertus. Le texte que nous
citons ici n'est pas chrétien. Mais il formule des exigences que les chrétiens ont reprises en leur donnant un caractère plus rigoureux. Dans la parole
religieuse, il faut préserver le mystère tout en rejetant la magie, garder l'espérance et respecter le sacré
tout en sauvegardant la mémoire et le savoir.*

*Dès lors il est possible de présenter une théorie de
l'éloquence religieuse et de la prédication.*

*Il apparaît d'abord que le Moyen Âge n'a pas
méconnu la rhétorique, même dans ses formes profanes. On le croit souvent et on déplore (à moins
qu'on ne s'en réjouisse) que cette longue période ne
nous ait pas laissé de témoignage important de son
éloquence judiciaire, politique, délibérative. À vrai
dire, la recherche ne nous a pas offert beaucoup
d'analyses sur ce sujet. Elles mériteraient d'être
entreprises et donneraient sans doute des résultats*

importants, qu'elles s'attachent à l'histoire politique où elles apporteraient sans doute des suggestions notables (Richard Cœur de Lion se faisait appeler Oc *et* No, « *oui et non* ») *ou à la* fabula *(jeux, sagesse, théâtre). En tout cas, les deux textes théoriques que nous citons à ce propos attestent que, dans ce domaine, la tradition antique s'est prolongée de façon compétente et approfondie. Thierry de Chartres respecte l'esprit de son école lorsque, dans un fragment célèbre, il réfléchit sur la notion d'éloquence politique. Il sait, comme les maîtres de l'antiquité grecque et latine, que toute parole oratoire doit poser les questions de la cité (à première vue il semble que cela n'est pas en rapport avec le sujet que nous traitons, mais il n'en est pas moins notable qu'un maître ecclésiastique pose la question et introduise cette pensée politique dans ses cours; il en allait de même pour Bernard de Chartres qui, comme nous le rappellera Jean de Salisbury, faisait intervenir dans son enseignement la dialectique et les figures de style).*

La rhétorique ainsi utilisée ne relève pas seulement de l'argumentation mais de la convenance qui touche à la fois à l'esthétique et à la morale. Nous sommes alors dans une société très hiérarchisée qui met fortement l'accent dans le langage sur les différences qui existent entre les conditions sociales. Elle se manifeste dans l'écriture épistolaire, amoureuse ou féodale. Les notions de decorum, *de grâce et de* compositio, *qui intervenaient si volontiers chez Cicéron et qui permettaient à la dignité de rejoindre la convenance s'affirment en accentuant à la fois la grâce et la rigueur.*

Ici encore, la matière traitée, les sujets choisis ne sont pas nécessairement religieux. Mais la vraie noblesse et le sens de la pure beauté sont des vertus que les éducateurs religieux ne peuvent méconnaître. Cependant, il existe une éloquence strictement religieuse, pour laquelle le Moyen Âge a cherché des règles. Il convient de les évoquer ici.

Elles portent d'abord sur les fonctions et les devoirs de l'orateur sacré. Alain de Lille, qui s'est aussi intéressé à ces problèmes, les a exposés dans son traité de la prédication. La parole sacrée vise l'instruction des humains. Elle s'appuie sur la charité, qui agit même sur Dieu. Sa puissance est donc immense. C'est la parole qui parle à Dieu par amour, alors que Dieu est amour. Ainsi s'accomplit un parfait échange, une totale communication. Des conseils pleins de bon sens et parfois malicieux viennent ensuite au sujet de ceux qui dorment au sermon. Saint Bernard de Clairvaux y songeait aussi lorsqu'il s'adressait à ses moines. Il faut se méfier même du sommeil naturel, a fortiori de la paresse. Seule l'extase est autorisée, mais on sent bien qu'elle ne doit pas servir d'alibi, qu'elle se produit rarement et qu'elle ne peut pas être confondue avec la somnolence! Le prédicateur doit veiller à la décence et fuir l'excès des effets. On notera que son rôle est essentiellement de veiller sur les mœurs. Il se présente comme un véritable éducateur, ce qui est normal puisqu'il parle de l'amour et par amour. Il a donc le droit et le devoir d'utiliser le pathétique, ses figures, ses images, en les purifiant.

La parole est un moyen d'action; elle agit contre le péché. Il faut savoir par quels moyens. Nous avons pu les discerner. Ils favorisent une large variété. Nous en reconnaîtrons l'exacte et souple application lorsque nous citerons des sermons de Bernard ou de Bonaventure, mais peut-être devons-nous résumer les procédés essentiels. Ici comme toujours, le christianisme favorise à la fois la précision rationnelle de la scolastique et les intuitions de l'amour uni à l'intellect. Il doit associer les mouvements ardents de la foi avec les ornements de la raison et sa haute sobriété, que nourrit un savoir à la fois biblique et théologique. De là l'utilisation, plus ou moins solennelle, du « thème » et du « prothème », citations bibliques sur lesquelles doit se construire le sermon au moyen de variations qui s'appuient sur les divers sens de l'Écriture, sur la suggestivité des images, sur les figures du langage et sur les savantes divisions de la logique. L'orateur est alors en mesure de choisir son style, qui peut être « ancien », lorsqu'il respecte la pureté originelle, ou nouveau et moderne lorsqu'il multiplie les figures et les effets de sentiment ou d'émotion. L'expression allégorique favorise l'apostrophe ou l'interrogation ; elle dit volontiers la douleur ; le style anagogique traduit plutôt la jubilation et la joie.

Nous parvenons ici à la fin de la brève synthèse que nous avons voulu consacrer à la rhétorique en arrivant au milieu du XIIe siècle. Le lecteur pourra la confronter aux diverses citations que nous avons proposées. Nous voulons, pour conclure, insister seulement sur quelques points.

D'abord, on peut mesurer la richesse et la diversité des moyens offerts à l'orateur par l'étendue de sa culture. Il sait, comme on le savait à Athènes ou

Rome, que la rhétorique ne lui apporte pas seulement des recettes toutes faites (en ce cas, elle échouerait) mais qu'elle doit et peut s'appuyer sur une théorie très ancienne, très souple et très fine de l'expression. La philosophie y intervient comme le sens pratique ou esthétique. Elle fait continuellement sentir ses exigences, en même temps qu'elle s'interroge sur le devoir de communication ou de beauté. Dès lors, la réussite apparaît (et elle va souvent très loin!); on s'aperçoit que la multiplicité des suggestions et des possibilités qui lui sont offertes lui confère une étonnante liberté.

Car, il faut le souligner encore et nous n'avons cessé de le constater, la beauté est liberté de création et de joie, en même temps qu'elle est fidélité à l'être, au vrai. Il n'est pas possible de fixer une fois pour toutes les structures du langage mais il est nécessaire de les connaître pour savoir en quoi elles constituent des formes symboliques, qui favorisent à la fois la création et l'amour. Nous l'avons vu, l'art roman et l'art gothique ont chacun leur beauté, comme aussi la Renaissance et le Moyen Âge, qu'on oppose si volontiers. Certes, ils ne se ressemblent pas littéralement, l'un n'est pas la copie de l'autre. Mais ils dialoguent entre eux avec d'autres cultures, chrétienne, païenne, antiques, modernes, qui les ont précédés ou qui les accompagnent.

Du même coup, un autre fait très important doit être souligné. Au-delà de ses variations apparentes, la pensée des artistes d'Occident comporte, dans la période que nous avons étudiée, une esthétique véritable qui manifeste son unité dans les œuvres, quelles que soient les disciplines, les artes *abordées.*

Depuis Vitruve, les anciens avaient affirmé cette unité au nom de la tradition grecque. L'Arpinate y avait cru aussi avec Aristote tout en maintenant l'exigence transcendante de l'Un. Jean de Salisbury, évêque de Chartres, la retrouvera dans les années où commencera la construction de l'actuelle cathédrale, d'abord romane puis gothique, sans qu'il y ait opposition ou rupture. Il lira en profondeur Platon, Augustin, Aristote et Cicéron. Ne doit-on pas dire que tous ces auteurs ont contribué ensemble à construire la cathédrale de Chartres ?

On pourrait le prouver pour tous les langages comme pour tous les arts. Nous avons voulu montrer ces confluences, rendre leur vie et leur sens à ces débats. On pourrait les évoquer partout. La mystique, nous l'avons vu, dialogue, parfois durement, avec la scolastique, mais ne la détruit pas, comme l'attestera l'œuvre de maître Eckhart. Dans la mystique même, chez des hommes aussi proches que Bernard de Clairvaux et Guillaume de Saint-Thierry les styles diffèrent profondément pour dire la même expérience. La longue phrase de Guillaume semble se modeler sur l'ampleur de la cantilène grégorienne. Dans tant de lumière, il semble qu'on va vers Jean-Sébastien Bach. Mais Bernard, qui évoque le même amour, le compare aux orages d'été, dans lesquels se concentrent de manière fulgurante l'illumination d'Augustin et la brièveté ardente que retrouveront les formules pascaliennes.

LA THÉORIE

Marius Victorinus

La vertu est une manière d'être de l'esprit [*animus*] qui est en accord [*consentaneus*] avec la raison selon le mode de la nature ; nous sommes en effet constitués de deux choses, l'âme et le corps ; l'âme est immortelle ; si elle est immortelle, elle descend de ce qui est divin ; si elle descend de ce qui est divin, elle est parfaite ; mais l'acuité du regard, quoiqu'elle appartienne à une âme parfaite, est enveloppée comme d'un filet par l'épaisseur du corps qui la recouvre et se répand autour d'elle : il arrive ainsi qu'elle contracte un certain oubli de soi ; lorsqu'elle a commencé, grâce à l'étude du vrai et à la discipline qui en procède, à être décapée et mise à nu, alors la manière d'être de l'esprit est ramenée et rappelée à son mode de nature.

> *Sur les* Rhetorica (Traités de rhétorique)
> *de Cicéron*, R. Halm, *Rhetores latini*
> *minores*, p. 155, 28.

Boèce

Toute la différence qui existe entre rhétorique et dialectique réside dans la matière, l'usage ou la fin : dans la matière, parce que la thèse et l'hypothèse constituent la matière qui est sous-jacente [*subiecta*] à l'une et à l'autre ; dans les usages, parce que l'une discute par interrogation et l'autre par discours continu ou parce que l'une se plaît dans des syllogismes complets et l'autre dans les enthymèmes [1] ; mais d'autre part dans la fin, parce que l'une s'efforce de persuader un juge, l'autre d'arracher à l'adversaire ce qu'elle veut.

Sur les différences topiques, P.L., t. 64, 1205 C-1206 D.

Thierry de Chartres

Le genre de l'art rhétorique réside dans la qualité même de ses productions artificielles : or cela signifie que cette technique [*artificium*] elle-même constitue la plus grande partie de la science politique [*scientia ciuilis*]. En effet, on appelle science politique (ou civile) tout ce que la cité dit ou fait de manière rationnelle. De même la raison politique est le nom donné à la science de dire et de faire quelque chose de façon rationnelle. Et cette raison en tout cas est appelée science politique : l'une de ses parties intégrantes, peut-être la plus grande, est la rhétorique ; la sagesse, c'est-à-dire la conception des choses selon leur nature, et la rhétorique composent la science politique. En effet, si quelqu'un n'a pas été sage et éloquent, on ne dit pas qu'il possède la science politique. Mais on dit que la rhétorique est la plus grande partie de la science politique, parce qu'elle opère dans les causes politiques plus que la sagesse, même si sans sagesse elle n'est d'aucun profit. Car l'éloquence a la plus grande vertu dans la cité si elle est jointe à la sagesse...

1. Syllogismes « dialectiques », dans lesquels la démonstration n'arrive qu'au vraisemblable (Aristote) et dont la présentation rhétorique peut être abrégée.

D'autre part, on l'appelle en même temps science et art dans le maître parce qu'il assujettit cette discipline à des règles, et faculté dans l'orateur, parce qu'elle produit en lui la faconde.

> *Commentaire du* De inuentione *de Cicéron,*W.H.D. Suringar, *Historia critica scholiastarum latinarum. Lugduni Batavorum,* 1834-1835, p. 217.

LA PRÉDICATION

Alain de Lille

La prédication est l'instruction manifeste et publique relative aux mœurs; elle est au service de la formation des hommes et provient des chemins de la raison et de la source des autorités.

> *Somme de l'art de la prédication, P.L.,* t. 210, 111.

La prédication ne doit pas comporter en elle-même de paroles bouffonnes ou puériles ni de mélodies rythmées ou de consonances relevant de la métrique : tout cela est produit plutôt pour flatter l'oreille que pour instruire l'esprit.

> *Op. cit., P.L.,* t. 210, 112.

Telle est la charité, dont la puissance a tellement prévalu en Dieu qu'elle l'a conduit du siège de la suprême majesté jusqu'à ce que notre mortalité avait de plus bas : elle blessa l'impassible, entraîna l'immuable, lia l'insurmontable, rendit le

---

mortel éternel. Si la charité a eu tant de pouvoir sur Dieu, ô homme, que doit-elle pouvoir sur toi-même?

Op. cit., P.L., t. 210, 152.

Aux somnolents : il y a sommeil quand quelqu'un est ravi dans la contemplation des réalités célestes et qu'alors les forces naturelles sont en repos... Il y a un troisième sommeil lorsque la raison dort... Le premier sommeil s'accomplit au-dessus de l'homme, le second selon l'homme, le troisième au-dessous de l'homme.

Op. cit., P.L., t. 210, 195 sq.

Poétique et poésie

En abordant ce dernier sujet, qui a beaucoup d'importance, nous aurons encore à distinguer la théorie et la pratique. Nous constaterons de nouveau que la première doit beaucoup à la pensée païenne mais qu'elle la confronte aux exigences du christianisme. Celui-ci ne se limite pas à la théologie et à la philosophie mais on doit aussi tenir compte de sa liturgie. Quant à la pratique, elle nous fournit des textes en grand nombre. La confrontation avec la théorie est donc beaucoup plus facile que pour la rhétorique. Celle-ci apparaît au demeurant très souvent et il faut tenir compte de sa présence et en montrer la signification.

Quiconque utilise ou cherche la poésie sait qu'il va combiner dans le langage le beau et le vrai. Les trois termes sont importants et ils doivent être maintenus ensemble. Commençons donc par le beau. Nous aurons ensuite à le confronter avec le vrai. Nous finirons par l'expression et ses moyens.

Qu'est-ce que le beau ? Les païens en ont beaucoup parlé et les chrétiens n'ont pas manqué de s'interroger, au moins implicitement, sur la beauté de Dieu. Il leur fallait en tenir compte dans leurs contacts avec lui. Comme nous l'avons dit, il se manifestait aussi bien dans les divers arts que dans l'écriture. La rhétorique et la poétique, qui se trouvaient étroitement liées depuis Aristote, assuraient une médiation entre les disciplines.

Quels étaient donc les termes dont on se servait depuis le temps des Grecs et des Romains ? Platon avait dit dans le Phèdre que le beau est la « splendeur » du vrai ou de l'idéal. Il montrait ainsi qu'il existait une possibilité de passer de l'intérieur, où se produisaient la prise de conscience, la réminiscence, l'admiration, à l'extérieur où se manifestaient la lumière et l'éclat. Tel était sans doute l'un des plus grands paradoxes de l'expérience esthétique. Les pythagoriciens, qui avaient précédé Platon, insistaient sur les formes mathématiques de la beauté. Ils les avaient découvertes dans la musique ou dans l'astronomie. Dès maintenant, nous reconnaissons la survie médiévale de telles conceptions : il suffit de penser aux Noces de Mercure et de Philologie et à la théorie des arts.

Aristote et ses disciples avaient apporté des nuances différentes. Le Stagirite avait insisté sur l'être plutôt que sur l'idée. Il avait réfléchi à la fois sur la logique et sur la nature. Il s'était donc intéressé aux rapports du vrai et du vraisemblable. *Les rhéteurs et les philosophes ne l'ont jamais oublié, non plus que sa théorie de l'imitation ou de la* catharsis. *Une telle réflexion sur l'art de convaincre ou sur l'anthropologie s'accompagnait d'une méditation sur la nature qui prenait beaucoup d'importance dès lors que l'idée en perdait. Mais comment accorder ce goût de l'immanence avec la transcendance chrétienne? La question ne cessera de se poser. En tout cas, la double enquête sur la rhétorique et sur la physique ne pouvait manquer de conférer un intérêt particulier à certaines notions de rhétorique. Aristote et son disciple Théophraste furent conduits à réfléchir sur les « qualités de l'expression »* (aretai tes lexeos). *La dernière d'entre elles était la convenance* (prepon), *terme que les Latins traduisirent par* decorum *et qui pourrait aujourd'hui répondre à l'idée de grâce. Ainsi s'ébauchait la distinction célèbre de la grâce et de la beauté, qui ne resta pas étrangère aux chrétiens, puisque Augustin semble l'avoir reprise, avec diverses nuances, dans son premier ouvrage, le* De pulchro et apto *que nous avons perdu et dont nous parlent les* Confessions.

Ainsi, au *moment où s'annonce le Moyen Âge, toute une série de notions dominantes s'affirment. Déjà l'un dialogue avec l'être. L'harmonie mathématique, souvent désignée par le terme de* pulchritudo, *mais aussi par* symmetria, *cherche à s'accorder avec la grâce* (decorum), *qui est plus naturelle et intuitive. Vers le* XIᵉ *ou le* XIIᵉ *siècle, le vocabulaire esthétique revêt des significations qui se précisent et qui demandent à être prises en considéra-*

tion. La jouissance esthétique pouvait être définie par uoluptas *ou surtout par* delectatio. *Mais voici que se développent les vocables de la joie et de la peine.* Gaudium *désigne, dans sa haute sérénité, la joie spirituelle appuyée sur la raison. Mais* iocus *exprime la plaisanterie, qui procure les plaisirs de la fantaisie et de la liberté. Le terme ne peut manquer de plaire à une époque où les relations sociales insistent sur les hiérarchies établies, tout en dénonçant volontiers ce qu'elles ont de futile ou de menteur. Notre mot « joie » semble mêler les deux types de sentiments. Ainsi se trouve approfondie la notion de beauté, qui réunit en elle-même l'élévation et le plaisir. On retrouve le* kalos kagathos *des Grecs, sur lequel le pseudo-Denys avait insisté. De semblable façon, le lien qui existe entre la morale et l'esthétique se voit renforcé. Déjà les Latins avaient désigné par* honestum *la beauté morale, qui était* to kalon *dans l'hellénisme. Dans le français médiéval,* bellus *est un diminutif de* bonus.*

Quatre grandes questions se posent donc à la philosophie de l'art (ou des arts) dans la période qui nous intéresse.

1. Il y a une unité entre les différentes approches du beau. Elle est attestée par la rhétorique, dont la terminologie peut être utilisée par toutes les disciplines, grâce à la philosophie de l'éclectisme et de l'unité. Les résistances à une telle manière de voir resteront rares, même si elles doivent avoir un grand poids : qu'on pense à Léonard de Vinci.

2. L'idée platonicienne semble entrer en conflit avec le naturalisme aristotélicien. Mais les artistes et les penseurs ne s'arrêtent pas à ces contradic-

tions. Ils s'efforcent plutôt d'y trouver les moyens d'une fécondité plus grande et d'un approfondissement créateur, si l'on considère en particulier les arts plastiques : ils se servent à la fois de la nature et de l'idée pour donner toute son ampleur à une esthétique universelle qui se déploie d'abord en Europe. De grandes doctrines s'affirment ainsi. On les voit apparaître surtout dans la peinture et la sculpture qui allie d'abord, dans une frontalité austère, le sublime humaniste des Grecs et l'espace cosmique où se sacralisent les coupoles byzantines. Les recherches plus récentes sont allées plus loin. Elles ont montré l'influence qu'a exercée en Italie la naissance de la tradition franciscaine. Celle-ci semble d'abord freiner les arts par crainte du luxe. Mais elle exalte en même temps la fraternité avec les créatures et donc avec une nature purifiée. Le même souci de rétablir l'admiration de la nature en la voyant dans la lumière d'une idéalisation se manifeste dans la musique et la poésie. Qu'il nous suffise d'aller à Chartres et d'écouter, vers 1100, les poèmes de l'évêque Fulbert qui accorde dans la science harmonique et dans le chant du rossignol les enseignements de l'amour, de l'esprit et du printemps. Du XIe au XIVe siècle, un tel équilibre se maintiendra. Il contrôlera la création esthétique et littéraire, en lui donnant une étendue extrême et en favorisant à la fois la grâce, qui est nature et conciliation, et le sublime, qui est élévation idéale dans la transparence, la lumière et l'amour.

3. *Une autre question se pose alors. Elle est relative aux ornements dans l'art chrétien. Avant même qu'arrive saint François, deux tendances divisent la*

*pensée et la piété monastiques. Elles se manifestent
par le débat qui oppose Suger et Bernard de Clairvaux dans la première moitié du XIIᵉ siècle. Suger
cherche à justifier la splendeur des églises
gothiques, telle qu'elle fleurissait au temps de ses
débuts à Saint-Denis, et telle aussi qu'elle existait
déjà chez les clunisiens et leurs amis dans l'épanouissement de l'art roman. On sait que Bernard a
refusé cette somptuosité, même si elle prétendait se
justifier par un symbolisme anagogique et par
l'exaltation de la joie chrétienne. Il voulait expulser
toute trace de jouissance et de sensualité. Cependant, deux corrections doivent être apportées à cette
doctrine. D'abord, dans la conception et dans
l'architecture de leurs couvents, les cisterciens éliminent la complaisance ou l'abus des ornements,
mais non la beauté, qu'ils éclairent au contraire de
toute la lumière de la pureté, de la sublimité, de la
sobriété extatique. Nous assistons d'une manière
particulièrement parfaite à la victoire du sublime
sur l'ornatus. Les platoniciens antiques l'avaient
décrite et Bernard, après Augustin et avec Guillaume de Saint-Thierry, avait retrouvé ce langage
spirituel qui lui était apparu dans la Bible, les
Évangiles et dans sa propre expérience mystique.
On retrouvera un enseignement analogue chez
saint François d'Assise, qui lui joindra sa propre
expérience de la douceur, de la charité et de
l'humble pauvreté, c'est-à-dire de la joie parfaite.*

*Or Bernard n'écrit pas comme le fera saint Fran-
çois. Il ne revient pas à l'extrême dépouillement.
Certes, on pourrait d'abord penser qu'il a voulu le
faire et cela serait sans doute vrai. Ses sermons et*

les célèbres poèmes qui lui sont attribués ou qui ont été composés sous son influence, sont présentés dans une versification rythmique qui leur confère la plus pure transparence, la légèreté la plus délicate. Mais la profusion des images et des figures qu'il introduit dans son texte, la multitude des oxymores, l'intensité pathétique de la joie et de la douleur annoncent ce qu'on pourra plus tard appeler la préciosité. Notons qu'on retrouvera une écriture analogue dans les poèmes de saint Jean de la Croix. On a reproché aux écrivains mystiques cette manière d'écrire qui devait prendre tant d'importance dans l'Espagne baroque. Mais il faut comprendre d'abord que les auteurs rejoignaient ainsi le Traité du sublime *(alors même que, sans doute, ils ne connaissaient pas ce texte). Ils combinaient la simplicité de la composition et l'abondance ou la profondeur pénétrante des images, des symboles, des figures. On arrivait ainsi à une plénitude particulière où se retrouvaient ensemble le mystère et la lumière, la concision et l'expansion du cœur, l'énigme et l'évidence, la nuit obscure de l'amour et la clarté de l'intellect. Une fois encore, la rencontre des contraires aboutissait non à la rupture mais à la conciliation créatrice dans la confiance de l'esprit.*

4. Nous disons bien que l'esprit est en cause. Car il s'agit de la connaissance. Qu'on parle de l'image, des figures, des mots eux-mêmes, elle intervient toujours dans le langage et dans la beauté. On s'en aperçoit lorsqu'on parle de l'idée, de la sensibilité et du sentiment, du réalisme au sens le plus étroit et le plus large.

Réfléchissons sur l'idéal et sur l'imitation. Nous avons parlé de la nature et de sa transfiguration par l'art. Mais ne nous y trompons pas : c'est du réalisme qu'il s'agit. Il avait fasciné Pline l'Ancien quand celui-ci avait décrit les œuvres d'art, en se comportant comme un « empirique », c'est-à-dire comme un amoureux de l'apparence. Il était donc proche des sceptiques. Mais, avant lui, Cicéron pratiquait un autre scepticisme de caractère différent, qui n'excluait pas l'idée et cherchait à en retrouver trace dans le vraisemblable et le probable. Pour lui, la connaissance de l'absolu et du beau n'était jamais complète. Elle s'inscrivait dans une espérance et dans un progrès vers la perfection. La question qui se posait alors concernait l'absolu et le relatif. Pouvait-on les exprimer ensemble et faire apparaître les rapports qui les unissaient ? On ne le pensait guère au temps de Cimabue. Mais, en parlant des philosophes, des franciscains d'Oxford et de Roger Bacon, nous verrons qu'ils ont essayé d'accorder Aristote et Platon, le sensible et l'idée, le relatif et l'absolu. La méditation sur la perspective et la profondeur les y a aidés. On atteignait ainsi un double réalisme qui procédait, d'une part, de l'idée (qui est la réalité dans toute sa lumière et non pas une abstraction) et, d'autre part, du sensible qui en est le reflet et comme la peinture inférieure et pourtant sublime, le uestigium*; cela se situe dans l'espace d'images où s'accomplit selon les lois de la vraisemblance et les procédés de l'imitation la découverte des volumes, de l'élévation, de la profondeur : ils conduisent aux variations et à l'élan du mouvement, à la poursuite de l'immuable. Alors*

*paraît Giotto, successeur des Siennois, contempo-
rain de Dante. Dans la totalité du divino-humanisme, en un moment de perfection dont la souffrance n'est pas exclue et où chante la voix des
anges, la véritable coopération de l'absolu et du
relatif se trouve réalisée au sens le plus fort du mot.*

*Ajoutons que le terme de réalisme a une valeur
particulière au Moyen Âge. Il s'oppose aussi à
nominalisme. Des difficultés se présentent à cet
égard. Michel Foucault les a résumées dans* Les
Mots et les Choses. *D'après lui et beaucoup de
modernes qui l'ont suivi, on ne peut pas penser les
universaux. En ce cas, il est difficile de penser
l'humanité et la beauté, qui en est plus ou moins la
mesure. On aurait envie de citer* Le Nom de la rose
et d'imaginer un titre : Foucault, Eco, *mais on
ajouterait volontiers un autre nom, un peu plus
ancien :* Vico. Foucault, Eco, Vico : *ces trois noms
semblent résumer la situation de la pensée moderne
face à la tradition de la beauté, de la sagesse et des
arts antiques. La beauté se croit impuissante et elle
semble s'effacer, le scepticisme « positif » triomphe.
Mais il s'oblige lui-même à se dépasser et Platon
triomphe. L'histoire de la beauté ne cesse de témoi-
gner de ce paradoxe. Là où les abstractions
s'effondrent, la plénitude de l'être ou son vide
demeurent. Comment en parler sans toucher l'être
— ou le néant qui revient au même ? On le savait du
VIe au XIVe siècle ; on s'en rendait compte plus tôt,
près de l'arbre de la science ou chez Parménide et on
ne l'a pas oublié depuis, comme l'attestent tous les
héritiers de l'Ecclésiaste, parmi lesquels Hölderlin,
Chateaubriand et notre contemporain Edmond*

Jabès, dont nous reparlerons à la fin de ce livre. Tel est encore l'avenir de la poésie. La théologie médiévale le savait déjà. Non sans chutes et sans rechutes, la montée vers l'Idéal continue et le Jardin d'Éden reste ouvert.

Nous avons parlé de la beauté. Cela était nécessaire pour réfléchir sur la poésie au Moyen Âge. Mais nous devons dès lors nous rappeler que dans le Verbe on aboutit toujours à l'amour. Dieu est-il le « beau » Dieu ? Oui, certes. Ce que nous avons dit de Platon et de la terminologie de l'esthétique antique nous aidait à le comprendre. Le mot « beau » est proche de « bon », nous retrouvons le kalos kagathos. *Dès lors, on peut préciser pourquoi et comment Dieu est beau. Il a d'abord toute la beauté de l'être, c'est-à-dire celle qui dépasse la perception. Il a les beautés de l'Esprit et celles du Verbe qui, du fait de son Incarnation, impliquent la beauté charnelle. Il a donc la beauté de la souffrance et celle de l'enfance. Avant tout « le plus beau des enfants des hommes » a la beauté de l'Amour, celui qu'il donne et celui qu'il suscite. Il faut songer ici à l'admirable* Sermon 45 sur le Cantique des cantiques *de saint Bernard de Clairvaux, où l'époux divin dit à l'épouse humaine qu'elle est belle, pour l'empêcher de désespérer d'elle-même et pour lui permettre de se juger digne d'accomplir la seule mission qu'il a laissée aux humains : dire à Dieu qu'il est beau. Dès lors on comprend que cette « intention » amoureuse, propre à l'homme et à Dieu et capable de susciter la réalisation de leurs Noces, n'est autre que la beauté.*

Nous devons maintenant en venir à la poétique et

à la poésie, c'est-à-dire à la théorie et la pratique.
Comme nous l'avons dit, les textes sont nombreux ;
nous en avons donné des exemples. Mais ils se présentent sous diverses formes et avec diverses fonctions. Cela est vrai dans le domaine religieux
comme dans la poésie profane. En particulier, on
peut s'interroger sur les limites de la formation, sur
la légitimité de son utilisation dans la poésie sacrée,
sur l'unité des langages païen et chrétien, ancien et
moderne.

Comme toujours, nos auteurs s'inspirent des
leçons antiques. Chez Horace ils trouvent le sens de
la convenance et de la grâce qui se manifeste dans
la « *douceur* » (non satis est pulchra esse poe-
mata : dulcia sunto[1]), ainsi que la callida iunctura : les poéticiens médiévaux traduisent en leur
français : « la belle jointoyure[2] ». À part cela,
Horace insiste sur les rapports de la poésie avec la
nature, la vraisemblance, le cœur et la sagesse. Il ne
parle pas de l'expression, sauf pour dire qu'elle doit
respecter la pureté et le bon usage. L'auteur des
Satires et des Épîtres insiste sur la morale, qu'il
rattache de très près à l'élégance naturelle et à la
grâce d'un épicurien ironique.

Rien de tout cela n'est ignoré des médiévaux. À
partir du xiiie siècle, ils pourront remonter plus
haut, car ils s'inspirent aussi de la Poétique d'Aristote, en utilisant notamment la traduction de Guillaume de Morbeke. Aristote leur permet de lier la

---

1. « Il ne suffit pas que les poèmes soient beaux ; il faut
qu'ils aient de la douceur. » *Sunto* est une forme archaïsante et
juridique d'impératif.
2. *Callida iunctura. Art poétique.*

poétique à la philosophie (ce qu'Horace faisait moins). Il propose une réflexion sur l'expression (c'est-à-dire les formes, les tropes et les figures) que le Moyen Âge connaît aussi par les rhéteurs latins mais qui entre ici dans l'esthétique de la philosophie péripatéticienne.

Cependant, au-delà de Quintilien, qui restait très proche de Cicéron, l'époque impériale apporte en Grèce et à Rome d'importantes innovations dans l'histoire de la prose d'art et de la poésie. La déclamation joue un grand rôle ainsi que la seconde sophistique. On leur a reproché d'abuser des effets (sententiae, figures, couleurs, styles et ideai logou*) et de donner trop de place à l'imagination, aux dépens de la vérité. À partir du IIe siècle, l'esprit de l'asianisme a tendance à l'emporter sur l'atticisme classique. On essaie d'établir la synthèse et l'équilibre entre l'un et l'autre. Mais il suffit de lire Sénèque, Lucain, Tacite même, quoiqu'il goûte les classiques, puis leurs successeurs, comme Claudien, Ammien Marcellin ou Macrobe. On voit progresser, en vers et en prose, l'évolution qui conduit à un maniérisme épique ou précieux.*

Tous ces traits se retrouvent dans la poétique médiévale. La réflexion sur la langue et sur ses figures est dominante. La déclamation et l'étude des figures tiennent une grande place dans les arts poétiques qui se multiplient au XIIe siècle et au début du XIIIe. Nous retiendrons ici deux aspects qui nous paraissent prendre une importance remarquable. D'une part, les descriptions se multiplient, mais on s'interroge sur les conditions dans lesquelles elles deviennent souhaitables. D'autre part, on se demande si leur rôle est seulement de décrire ou si elles ont aussi à donner des modèles. Alors apparaît une technique d'écriture qui va jouer un grand rôle et qui, à première vue, paraît profane. Il s'agit des *exempla*.

Nous en citons un certain nombre que nous empruntons à Matthieu de Vendôme, qui enseigna la rhétorique au XIIᵉ siècle. Ils se présentent, nous venons de le dire, comme des modèles mais, pour atteindre ce but, ils ont besoin de dégager des types, qu'ils trouvent soit dans la vie sociale et politique du temps (le pape, l'Empereur, l'esclave ou le serviteur), soit dans la nature ou aussi dans l'idéal (la laideur fait partie des types comme l'atteste le portrait de la vieille Béroé, qui se change tout entière en pourriture; au contraire, Hélène est le type de la beauté).

Ni le réel, ni le réalisme, ni l'idée, ni l'idéalisation ne font donc défaut. Mais la stylisation qui permet de construire les types entraîne un double mouvement vers les extrêmes, en bien comme en mal. Le symbolisme et le jeu des figures prennent ainsi une grande importance qui entre souvent en conflit avec le désir de la simplicité, laquelle apparaît quelquefois elle-même comme une figure de style. Les poèmes profanes se présentent parfois comme des chansons légères, qui doivent tout à leur naïveté. Telle pastourelle naïve, que nous citerons, annonce Brassens : « Allons à la chasse aux papillons ». Mais d'autres fois c'est la grandeur de la louange pindarique qu'on retrouve à travers Horace. Ou bien, dans une série de poèmes lyriques dont l'héroïne s'appelle souvent Flora, l'emploi du style

*figuré favorise la naissance d'une préciosité galante
et raffinée. La poésie qu'enseignent ainsi les maîtres
de rhétorique et de poétique ne se limite pas au formalisme, quoiqu'elle lui fasse une grande place.
Elle tend à répondre par la stylisation aux exigences
du sens. Certes, le poème est d'abord un discours
métrique et bien lié, mais sa définition ne se limite
pas à cela. Il doit rechercher la convenance et viser
grâce à elle trois fins majeures : « le poli des mots,
la couleur de la parole », et « le rayon de miel » qui
est plus intérieur et qui réside sans doute dans la
substance de la pensée. Bref, il faut apprendre à lier
les mots et les choses par une* callida iunctura,
*comme disait Horace. Cela implique notamment la
science de la description et celle des symboles. Rappelons ici les formules de Raimbaut d'Orange, troubadour de langue profane que nous avons déjà cité :
« J'entrelace, pensif et pensant, des mots précieux,
obscurs et colorés, et je cherche avec soin comment,
en les limant, je puis en gratter la rouille, afin de
rendre clair mon cœur obscur. »*

*Le texte n'est pas écrit en latin. Mais on voit
combien il doit à un enseignement qui procède de
cette langue et de la tradition qu'elle représente.
Bien entendu, nous devons insister sur un autre
point. La poésie que nous évoquons ici est souvent
rédigée en latin, mais obéit aux mêmes lois en
langue vulgaire, avec un décalage temporel; sous
l'influence d'un tel enseignement, la langue verna-
culaire gagne peu à peu en virtuosité (vers le temps
des Grands Rhétoriqueurs, c'est-à-dire à la fin de la
période que nous allons étudier; elle devient apte à
se suffire à elle-même). Il nous reste donc à cher-*

cher ce qui caractérise l'aspect proprement religieux.

Bien sûr, il n'y a pas absolue opposition. Les lois
définies par les maîtres de poétique valent quel que
soit le sujet. Il faut néanmoins adapter les moyens
d'expression au sens. Le Moyen Âge, fortement
nourri de rhétorique antique, sait qu'il faut accorder les mots (et les couleurs ou les styles) aux
choses. Cela peut se faire par le moyen des figures
profanes que nous avons signalées. Un texte de
Geoffroi de Vinsauf[1], que nous citons, prouve que,
pour décrire la passion du Christ, on peut utiliser
une profusion de figures qui viennent de l'épopée, et
notamment de Lucain.

Il est vrai que les lecteurs réagiront de manières
diverses, voire opposées. Beaucoup d'entre eux
regretteront la simplicité du style sublime; il leur
semblera plus proche de l'esprit évangélique. Mais
d'autres trouveront dans les figures de Geoffroi de
Vinsauf une véhémence ornée qui prépare le style
baroque et Shakespeare, par exemple. Faut-il choisir ou mélanger les effets, en les harmonisant plus
ou moins?

Par le moyen des citations que nous avons choisies dans la poésie religieuse proprement dite, nous
nous sommes contenté de signaler les différents
choix accomplis par les auteurs. Il suffira ensuite
de regrouper ou de distinguer les tendances.

Il apparaît aussitôt que la simplicité domine. Elle
prend le plus souvent la forme du sublime biblique
et chrétien. Cela signifie qu'elle est dominée par

---

1. Ce poète anglais est mort vers 1220.

l'expérience de la douleur et de la joie. L'indifférence n'est jamais prise en compte et la grandeur naît de l'expérience de l'amour, où le divin et l'humain se rejoignent et s'unissent dans l'Incarnation et où la transparence s'accorde avec le mystère, dolor *avec* gaudium. *Pour voir comment de telles nuances s'illuminent les unes par les autres, il suffit de lire la séquence* Victimae Paschali laudes, *les poèmes attribués à saint Bernard, où nous avons signalé l'harmonie de la simplicité et de l'oxymore, les admirables cantiques franciscains (*Dies irae, Stabat mater*) sans parler de saint Bonaventure, où les deux formes de l'éloge de la Croix se rejoignent (description de la Passion et figures de la joie mystique).*

*On peut aussi suivre un chemin inverse et remonter aux sources. La célébration de la Croix, au début du IX*ᵉ *siècle, passe par Hraban Maur et ses* carmina quadrata, *où trois formes d'expression viennent se conforter mutuellement : les textes sont « cadrés », ce qui leur confère un équilibre numérique et mathématique. Dans chacun d'entre eux des formes plus ou moins symboliques, qui sont définies par le dessinateur et le peintre délimitent des espaces où se révèle, à l'intérieur du texte d'ensemble, une autre signification. Il s'agit de « calligrammes », à la manière des calligrammes hellénistiques ou romains, dont Apollinaire reprendra bien plus tard la pratique. Chez nos chrétiens, cette démarche n'est pas seulement un jeu, mais l'exaltation simultanée de toutes les formes de la méditation liturgique.*

*Si l'on recule dans le temps, du VI*ᵉ *au IV*ᵉ *siècle, on voit que l'expression de la prière est de plus en* *plus simple et majestueuse. En témoignent le* Te Deum *et les hymnes d'Ambroise de Milan, où saint Augustin s'émerveillait de trouver le vers le plus simple, un dimètre iambique, qui exprimait l'être le plus parfait :* Deus creator omnium.

Cependant, vers le vi^e *ou le* viie *siècle, le chant chrétien admet les bizarreries de la poésie « hispérique », qui conciliait les obscurités baroques d'une culture décadente et les rayons sauvages de la civilisation barbare naissant auprès de l'Océan*[1]. *Mais surtout les diverses nuances que nous avons distinguées s'unissaient au* vi^e *siècle chez Venance Fortunat : chez lui, le symbolisme de la Croix accordait le triomphalisme de la Résurrection à la souffrance de la Passion et à l'humilité de Noël*[2].

Quelle beauté pourrions-nous préférer ? Où nous arrêter ? L'humilité répond sans cesse à la virtuosité, l'esprit d'enfance à la sainteté héroïque. On doit maintenir de tels dialogues. Ils existent au xiie *siècle chez Herrade de Landsberg, dont le* Jardin des délices *est une anthologie de la poésie liturgique où l'auteur glisse quelquefois sa malice paysanne et son esprit d'enfance. Mais je voudrais, en terminant, remonter plus haut vers l'origine et citer l'*Exsultet *pascal, qui réunit toute l'histoire de la foi dans la prière autour de la Croix, qui constitue le plus beau des hymnes à la nuit et à l'illumination, qui chante la* felix culpa *« qui nous a valu un tel Rédempteur ». Ici plus que jamais, la méditation*

1. Cf. plus haut, p. 41.
2. Vers 535-vers 600 : ce grand poète, né près de Trévise, formé à Ravenne, a fini sa vie comme évêque de Poitiers, dans l'amitié de sainte Radegonde.

chrétienne associe dans la prière de repentir et de jubilation les deux faces de la beauté telle qu'elle la conçoit au plus profond : la ténèbre et l'illumination[1].

En concluant ces quelques remarques, je voudrais encore insister sur deux observations.

D'abord, le caractère spécifique de la poésie chrétienne, telle qu'elle nous est apparue, réside dans le fait que la beauté dont elle parle est la beauté de Dieu et que, grâce à Jésus et à l'Esprit, elle se confond avec la beauté humaine.

En second lieu l'unité d'intention et de création qui s'est manifestée à nous dans les textes, les paroles, les institutions et les actions, lorsque la sainteté s'exerçait véritablement, est toujours confirmée par les œuvres d'art. La peinture, la sculpture et aussi l'architecture et la musique ne peuvent s'en tenir à la description de l'apparence. Jamais les créateurs n'acceptent de nier la beauté au profit de l'indifférence et de la laideur, comme ils croient bien souvent pouvoir le faire aujourd'hui. Nous l'avons vu à propos des portraits qui constituent toujours des exempla, *exprimant l'idéal à travers le réel et pour lui. Les deux exigences sont toujours liées dans Marie, dont le visage est médiateur comme tout son être, comme tout l'être de tout humain.*

Puisque nous parlons de médiation, il reste à signaler quelques interférences. La première est celle de l'amour, la seconde celle de la poésie.

À propos de l'amour, le Moyen Âge pose naturelle-

---

1. L'*Exsultet*, qui est anonyme, semble avoir été composé vers le temps de saint Ambroise ou de Prudence.

ment les questions du sacré, ainsi que de la nature. Contrairement à ce qu'on pourrait croire, il ne conduit pas la poésie vers la seule morale. Il est obsédé par le péché mais surtout par la liberté. Il glorifie l'ascétisme, il prépare Dante ou Pétrarque, mais il annonce aussi Boccace (qui était d'ailleurs l'ami du second). Le fabliau dialogue naturellement avec le platonisme pour montrer les tares et gaillardises de la sensualité, soit qu'il dénonce la lubricité, soit qu'il prenne prétexte de la lutte contre l'hypocrisie pour se plaire à la licence. On s'explique ainsi que les textes religieux soient souvent présents dans les œuvres des vagants et des goliards.

En l'occurrence, les distinctions restent pourtant fort nettes et il n'y a que peu de confusions. Il n'en va pas tout à fait de même lorsqu'il s'agit de l'amour mystique et de l'amour courtois. Du premier, nous avons beaucoup parlé, par exemple à propos de saint Bernard. Il est évident qu'un langage de l'amour passionné s'est formé et qu'il appartient à la fois aux religieux (qui s'inspirent du Cantique des cantiques et de ses figures) et aux amants. Cela favorisera beaucoup de confusions. S'agit-il de provocations sacrilèges ou de perversions morales ? On peut le penser quelquefois. Mais peut-être faut-il seulement reconnaître ici une recherche du sacré dans le vocabulaire. Les poètes veulent exprimer l'extrême intensité de leur sentiment qui, certes, n'est pas conforme à la morale orthodoxe, puisque bien souvent il favorise l'adultère. Qu'on songe à Tristan et Yseut. Pourtant, cet amour se confond maintenant avec l'idéal et l'absolu. Il ne peut qu'en aviver la recherche. Il en *reprend donc nécessairement le langage. Il s'agit moins de provocation ou de parodie que de concurrence et d'émulation. Il est clair que l'amour courtois est une sorte de sainteté amoureuse où la Dame rivalise avec Marie pour recevoir la prière, le culte et la liturgie. Nous le montrerons par un exemple. L'interférence de l'amour mystique et de l'amour courtois est ambiguë. L'un et l'autre sont différents, mais ils parlent le même langage, qui est celui des poètes quand ils veulent dire l'absolu*[1].

POÉSIE RELIGIEUSE

Inuolucrum *et* integumentum

Le style figuré est un discours qu'on appelle ordinairement voilé [*inuolucrum*]. Celui-ci est d'autre part divisé en deux parties : l'allégorie et le sens caché [*integumentum*]. L'allégorie est un discours qui, sous un récit historique, déploie un sens vrai et différent de la signification extérieure, comme à propos du deuil de Jacob. Le sens caché est un discours qui, sous la narration d'une fable, enferme un sens vrai, comme à propos d'Orphée. En effet, là l'histoire et ici la fable comportent un mystère occulte, qu'il faudra dissiper ailleurs.

1. Bibliographie sur la poésie, la rhétorique et la poétique médiévales : nous nous bornons à renvoyer à notre ouvrage *In hymnis et canticis* et à notre bibliographie (Remy de Gour- mont, Curtius, etc.) qui pourront aussi être consultés pour la partie consacrée au xiiie et au xive siècles.

L'allégorie convient aux écrits divins, le sens
caché à la philosophie.

Thierry de Chartres, *Prologue à*
l'Heptateucon, Intr., Édouard
Jeauneau, *Lectio philosopho-*
rum, Amsterdam, 1973, p. 40.

La simplicité : Victimae Paschali laudes

> Qu'à la victime pascale
> les chrétiens immolent leurs louanges.

> L'agneau racheta les brebis,
> le Christ innocent a réconcilié
> avec son père
> les pécheurs.

> La mort et la vie combattirent
> en un duel admirable,
> le guide de vie, qui est mort,
> règne vivant.

> Dis-nous, Marie,
> qu'as-tu vu sur le chemin ?
> Le sépulcre du Christ vivant
> et sa gloire en ressuscitant,

> les témoins angéliques,
> le suaire et les vêtements.
> Le Christ mon espoir, s'est dressé,
> il vous précédera en Galilée.

> Seule doit être crue
> Marie qui dit le vrai
> plus que les Juifs, foule trompeuse.

Nous savons que le Christ est ressuscité
des morts selon la vérité.
Toi, roi vainqueur, pitié pour nous!

Wipon[1], cf. Spitzmuller, p. 380 sqq.

L'ingénuité souriante

L'âne et le bœuf sont en joie,
Dieu soit loué par toute voix,
car le chaos a péri,
entre les anges et nous...

Herrade de Landsberg, *Jardin des délices
(Hortus deliciarum)*, n° 327.

Le printemps et la musique

Que la lyre d'or résonne de ses claires
modulations,
que la corde simple se tende sur sa voix à
quinze degrés,
le son premier doit venir de la mèse, selon la loi
hypodorique[2].

Donnons louange à Philomèle sur la voix de
l'organon,
chantons la douce mélodie, comme l'enseigne la
musique
sans laquelle et sans son art vrai les cantiques
ne valent rien.

1. V. 990-1050.
2. Il s'agit de la répartition des notes selon l'équilibre des
modes antiques.

Lorsqu'en terre au printemps nouveau, la
  germination se produit
et que des bois tout alentour les bras se
  chargent de feuillages,
combien suave est le parfum qui brûle dans les
  champs fleuris.

Philomèle se met à rire, elle connaît sa douce voix,
elle étend en les modulant les souffles de sa gorge
et elle répond par ses cris aux indices du temps
  d'été...

                  Fulbert de Chartres, cf. Raby, n° 126.

Le symbolisme de la Croix : Pange lingua

I. Chante, ma langue, le combat du glorieux
    affrontement
    et sur le trophée de la Croix dis son noble
    triomphe,
    comment le Rédempteur du monde a vaincu
    par l'immolation.

II. Le démiurge [*factor*] par compassion du père
    premier façonné,
    lorsqu'il fut ruiné par la mort en mordant le
    nuisible fruit,
    lui-même marqua le bois pour du bois
    absoudre les fautes.

III. L'ordre de notre salut avait exigé cette œuvre
    pour tromper par son art l'art de l'auteur aux
    mille formes
    de la perdition et trouver remède là où
    l'ennemi l'avait blessé.

v. L'enfant vagit caché au fond de l'étroit berceau,
    ses membres enveloppés de langes la Vierge
    mère les lie
  et couvre ses pieds et ses mains de strictes
    bandelettes.

vi. Six lustres sont achevés : remplissant le
    temps de son corps,
      lui, selon sa volonté, né pour cela, livré à la
      Passion,
    l'agneau est élevé pour y être immolé sur la
    souche de la Croix.

vii. Ici le vinaigre, le fiel, le roseau, les crachats,
    les clous, la lance,
      le doux corps est perforé, le sang, l'eau
      ruissellent,
    fleuve où sont lavés la terre, la mer, les
    astres, le monde[1]...

                    Venance Fortunat, cf. Spitzmuller, p. 188.

1. C'est à cet hymne de Venance Fortunat que saint Thomas d'Aquin empruntera l'incipit de son hymne célèbre.
  i. Pange, lingua, gloriosi   proelium certaminis
     Et super crucis tropaeo,   dic triumphum nobilem,
     Qualiter redemptor orbis   immolatus vicerit.
 ii. De parentis protoplasti   fraude factor condolens,
     Quando pomi noxialis   morte morsu corruit,
     Ipse lignum tunc notavit, damna ligni ut solveret.
iii. Hoc opus nostrae salutis   ordo depoposcerat,
     Multiformis perditoris   arte ut artem falleret
     Et medelam ferret inde,   hostis unde laeserat...
  v. Vagit infans inter arta   conditus praesaepia,
     Membra pannis involuta   virgo mater adligat,
     Et pedes manusque, crura   stricta pingit fascia.

Felix culpa

Ô heureuse faute, qui mérita d'avoir un Rédempteur tel et si grand! ô nuit vraiment heureuse, qui seule mérita de savoir le temps et l'heure et dans laquelle le Christ ressuscita des enfers! C'est la nuit dont il fut écrit : Et la nuit sera illuminée comme le jour, et la nuit est mon illumination dans mes délices...

Exsultet pascal.

POÉTIQUE ET POÉSIE PROFANE

L'art poétique : res et uerba, *les mots et les choses*

Le vers est un discours métrique progressant de manière succincte et liée, peinte selon la vétusté par le mariage des mots et par les fleurs des pensées, qui ne contient en soi rien de diminué, rien d'oiseux. En effet, ce n'est pas l'agrégat des expressions, ni le nombre des pieds ou la connaissance des temps qui font le vers mais l'élégante jointure[1] des expressions, la mise en valeur

---

VI. Lustra sex qui iam peracta   tempus implens corporis,
Se volente, natus ad hoc,   passioni deditus,
Agnus in crucis levatur   immolandus stipite.

VII. Hic acetum, fel, arundo,   sputa, clavi, lancea
Mite corpus perforatur,   sanguis, unda profluit,
Terra, pontus, astra, mundus   quo lavantur flumine.

1. Cf. la *callida iunctura* dont nous avons parlé et qui était chère à Horace.

[*expressio*] des propriétés et l'observance des épi-
thètes qui conviennent à chaque chose.

Plus largement, il ne faut pas laisser de côté
cette question : la personne dont il s'agit doit-elle
être décrite ou faut-il négliger sa description ?
Quelquefois, la description de la personne est
opportune, quelquefois superflue. Par exemple,
s'il s'agit de la virilité d'un personnage, de
l'inconstance de son esprit, de son appétit d'honneur, de sa volonté de fuir la servitude, comme
c'est le cas chez Lucain pour la rigueur de Caton,
il faut décrire dans ses expressions multiples la
vertu de Caton pour qu'une fois connus l'élégance
[*elegantia*] de ses mœurs et les privilèges multiples
de sa vertu, tout ce qui pourra suivre sur son
mépris de César [*Caesaris neglegentia*] et sur son
observance de la liberté puisse plus facilement
pénétrer l'auditeur...

Il y a donc trois parfums qui s'exhalent d'un
poème : le poli des mots, la couleur de la parole, le
rayon de miel qui est plus intérieur.

Matthieu de Vendôme, *Art de versification*,
I, 1 ; 38 ; III, 1 (Edmond Faral, *Les Arts
poétiques du xiiᵉ et du xiiiᵉ siècles*, 1923,
pp. 110 sq., 167).

Des portraits qui sont des modèles :
les exempla

Le pape

Le monde marche à l'exemple du pape, son
   honneur
scintille, sa raison milite, son ordre est en sa
   force.

Sacré en religion et modeste en paroles, de
l'honneur [*honesti*]
il a le culte, il y pourvoit par ses conseils, il est
la fine pointe du monde.

César

Elle est fulgurante au combat, la constance de
César, il fait obstacle
à ce qui lui est opposé. Il brise la force et
dompte la fureur.
Sa pitié réchauffe les affligés, il prouve aux
ennemis
qu'il est leur ennemi et il s'attache à être doux
aux doux.

La sorcière Béroé

Son sinistre sourcil est retenu à peine par la
pourriture du cou,
en s'avançant il couvre les narines.
Elle s'écoule par son oreille crasseuse qui, loin
de s'arrondir
produit un flot de vers et qui pend çà et là obèse
et fluide.

Hélène

Elle appauvrit les dons de la nature artiste, la
vénusté
de la fille de Tyndare, la fine fleur de sa beauté,
la noblesse de son visage;
sa beauté nous dégoûte de la face des humains;
elle est prodigue

de son charme, elle est brillante de la grâce des
  étoiles.

> Matthieu de Vendôme, *op. cit.* I, 50 sqq.
> (Faral, p. 121 sq.).

L'usage des figures et la facilité ornée :
la mort du Christ

Ô douleur! ô plus que douleur! ô mort, ô affreuse
mort! Plût aux dieux, mort, que tu fusses
  morte! Qu'as-tu pensé
après avoir osé un si grand sacrilège? Il t'a plu
  d'enlever le soleil
et de condamner le jour aux ténèbres : sais-tu
  qui tu as ravi?
Il fut lui-même la lumière dans nos yeux et la
  douceur
et la stupeur dans notre esprit. Impie, sais-tu
  qui tu nous as ravi?

> Geoffroi de Vinsauf, *Poetria noua*,
> 386 sqq. (Faral, p. 209).

La naïveté et la galanterie

La pastourelle de l'étudiant

> Elle sortit au point du jour,
> la fillette rustique,
> avec son troupeau, sa houlette,
> avec sa laine nouvelle.
>
> Sont dans le tout petit troupeau
> la brebis, la jeune ânesse,
> la génisse et le petit veau,
> le chevreau et la chevrette.

Elle a vu sur le gazon
l'étudiant assis :
« Que fais-tu, seigneur ?
viens jouer avec moi. »

> *Carmina burana*, A. Hilka-O. Schumann,
> II, 2[1].

La galanterie précieuse

Prends, fleur, cette fleur, parce que la fleur
    désigne l'amour.
Pour cette fleur je suis captif d'un amour
    excessif.
Ô Flore, de cette fleur, respires-en toujours, ma
    très douce, l'odeur.
Oui, comme l'aurore, que ta beauté te décore.
Flore, la fleur que tu vois, en la voyant
    souris-moi.
Dis à la fleur des mots amènes : ta voix est
    chant de Philomène.
Donne des baisers à la fleur : ta bouche est
    rouge comme fleur.
La fleur en peinture n'est fleur, mais plutôt
    figure.
Celui qui peint une fleur de la fleur ne peint
    l'odeur.

> *Carmina burana*, Hilka-Schumann, II, 2.

---

1. Les *Carmina burana* sont un recueil de poèmes latins qui
date du XIIe siècle (monastère bavarois de Beuron, Benedikt-
beuern).

INTERFÉRENCES

L'amour sacré et l'amour courtois

>   Salut, mère du Sauveur,
>   vase élu, vase d'honneur,
>   vase de céleste grâce...
>
>   Toi vallée d'humilité,
>   terre qu'on ne peut labourer,
>   tu accouches de ton fruit.
>
>   fleur de campagne, des vallées
>   tu es le lys singulier,
>   le Christ est sorti de toi...

>   Adam de Saint-Victor, Spitzmuller,
>   p. 628 sqq.

>   Ainsi donc seul j'aime une seule,
>   je fus pris par son hameçon ;
>   elle ne me rend pas la pareille.
>   Une vallée la nourrit
>   que je puis croire un paradis
>   où la loge pieusement
>   le créateur, elle sa créature,
>   claire de traits, pure d'esprit,
>   elle que mon cœur invoque...

>   *Carmina burana*, cf. Raby, p. 321.

*Scolastique et comédie : paroles de
l'esclave Geta*[1]

Malheur à moi qui étais, qui maintenant
   deviens néant !
Geta, que peux-tu être ? Homme ? Non, par
   Hercule ! car,
   si Geta est un homme, que pourrait-il être
   sinon Geta ?
Or je suis Platon. Mes études peut-être ont fait
   de moi Platon.
   En toute vérité je ne suis pas Geta mais Geta
   je suis appelé.
Si je ne suis Geta, il ne faut pas que je sois
   nommé Geta.
   On m'appelait Geta. Quel sera donc mon
   nom ?
Mais je n'aurai nul nom, puisque je ne suis rien.
   Hélas, je ne suis rien
   mais maintenant je parle et je me vois et je
   me touche de ma main.
... Ainsi je suis et ne suis. Que périsse la
   dialectique
   qui m'a tué complètement. Je le sais
   maintenant, le savoir nuit.
Dès que Geta a appris la logique, aussitôt il a
   cessé d'être.

> Attribué à Vital de Blois, *Geta*, v. 396-404 ;
> 409-411.

---

1. Il s'agit d'un personnage de comédie. L'auteur raille la
scolastique naissante et les abus qu'elle fait de la dialectique.

JEAN DE SALISBURY
1115/1120-1180

Jean de Salisbury doit tenir une place très importante dans notre livre. Nul n'a cherché aussi profondément que lui à montrer le rôle de la culture et des lettres dans la pensée chrétienne. Il est apparu, au XIIe siècle, comme l'humaniste par excellence, aussi bien au sens que la philosophie antique, et notamment Cicéron, donnaient à ce terme que dans une rigoureuse méditation chrétienne. On dit assez volontiers que cet esprit éclectique et harmonieux n'avait pas la puissance qu'on trouve chez les grands théologiens scolastiques. On loue surtout sa délicatesse. Éloge justifié, certes. Mais nous croyons qu'il faut aller plus loin. En un temps où la théologie commençait à se spécialiser de manière excessive, il était utile de maintenir le rôle des *artes* et de montrer comment ils se complétaient mutuellement. Mais une telle démarche qui impliquait beaucoup de compréhension et de prudence, cherchait aussi la rigueur et le sens des exigences spirituelles dans l'appréciation des doctrines et dans l'évaluation des valeurs affirmées par l'Église. Jean de Salisbury a été le secrétaire de saint Thomas Becket. *Il l'a accompagné jusqu'à son assassinat, survenu en 1170 en pleine célébration dans la cathédrale de Cantorbéry. Auprès de lui il pouvait apprendre et méditer ce que le prélat appelait* « *l'honneur de Dieu* ».

Jean de Salisbury, né en Angleterre après 1115, a reçu une formation d'une ampleur exceptionnelle. À Paris et à Chartres, il a connu les plus grands maîtres, notamment Abélard, Thierry de Chartres, Gilbert de la Porrée. Après 1148, il est à Cantorbéry. Il devient conseiller du pape Adrien IV, anglais comme lui, dont il affirme les droits dans la querelle des Investitures. Puis il est secrétaire de Thomas Becket. Après la mort de l'archevêque, il devient en 1176 évêque de Chartres et mourra en 1180. On voit que, comme Thomas Becket, il se tient à la frontière politique et culturelle des deux royaumes français et anglais. Il a également été en contact avec Rome. Lors d'un voyage dans les Pouilles, il a pu s'intéresser à des traductions nouvelles des œuvres grecques (notamment les Seconds Analytiques *d'Aristote). Il a aussi lu les œuvres du pseudo-Denys et favorisé leur diffusion.*

Ses œuvres majeures, le Policraticus *et le* Metalogicon, *ont été rédigées après 1148, au moment où il se trouvait engagé dans l'action spirituelle et participait aux luttes de Thomas Becket. Le* Policraticus *reflète les questions qui existent à ce sujet, tandis que le* Metalogicon *pose les problèmes de la culture et des arts. Comme nous le verrons, les deux ouvrages sont profondément influencés par le platonisme académique et surtout par Cicéron. Dans toute l'histoire de la pensée occidentale, Jean de*

Salisbury est un de ses meilleurs connaisseurs. Or, la période où il rédige ses grandes œuvres est à peu près exactement celle où est édifié le Portail royal de Chartres. On est sans doute en droit de dire que Cicéron a contribué à la construction de la cathédrale.

En tout cas, l'œuvre de Jean comporte quatre aspects. Il médite moins sur les contenus et les résultats de la philosophie que sur ses rapports avec la rhétorique et les autres arts. Il s'interroge en particulier sur la logique et les universaux, en s'efforçant d'établir une synthèse sur ces questions. Il établit plus largement les voies de la connaissance dans ses rapports avec le divin. Il définit les valeurs de la morale chrétienne dans le monde juridique et politique et dans la vie de la cité, au milieu des nugae curialium, _des bagatelles de cour. Nous reviendrons successivement sur ces quatre types de sujets._

Donc, après les Victorins, Jean revient sur le classement des arts. Il le fait d'une manière à la fois plus profonde et plus traditionnelle. Disons qu'il cherche le fondamental. Il revient à la fois à Martianus Capella[1] _et à Cicéron, en se référant aussi à Platon, Aristote et Augustin, ainsi qu'à Boèce, qui avait déjà accordé ensemble ces diverses doctrines. On mesure d'emblée l'ampleur et la cohérence de la culture qui se trouve ainsi mise en jeu. Cicéron est en l'occurrence le principal modèle. C'est lui qui, dans le_ De inuentione, _l'_Orator _et surtout le_ De oratore, _que notre auteur semble connaître au_

---

1. Cf. notre index et, plus haut, p. 34, etc.

moins par extraits, avait affirmé : 1. que l'éloquence ne peut se passer de la culture générale; 2. que la rhétorique et la philosophie se complètent mutuellement. Jean reprend à son compte ces deux idées. Il souligne que la connaissance de la parole et de ses règles est nécessaire non seulement pour le maniement de la raison et pour la vie intérieure, mais aussi pour la vie extérieure et la communication dans la cité. L'insistance sur la vie intérieure n'est pas négligeable, elle nous renvoie à des stoïciens comme Sénèque et à saint Augustin. Jean de Salisbury se rappelle aussi que le Verbe a besoin de s'incarner.

À l'intérieur de la philosophie, un rôle particulier doit être attribué à la logique. Comme le fait l'auteur des Analytiques, Jean la sépare de la dialectique : elle traite des démonstrations, qui visent l'être et la vérité, tandis que la dialectique, dans sa marche vers le vrai, s'arrête au probable.

Tout en affirmant la dignité fondamentale et première de la logique, Jean de Salisbury ne cesse d'indiquer l'ampleur d'un tel concept. Le mot logos a en effet deux sens. Il désigne la parole et la raison. C'est pourquoi la logique comprend d'abord la grammaire et la poésie : en insistant sur l'originalité de cette discipline, Jean prend une position féconde et personnelle. Il y fait entrer en particulier le pathétique. Elle comprend, bien sûr, les tropes et les figures, mais notre auteur en traite surtout à propos de la rhétorique, dont le rôle majeur est d'assurer à la parole pouvoir de persuasion et de communication. Il faut respecter à la fois la transparence sobre, qui appartient aux classiques et *la virtuosité ou l'abondance, lorsqu'elles sont agréables et nécessaires, notamment pour réfuter la sophistique en décelant ses pièges. Jean de Salisbury parvient à une remarquable conciliation de la brièveté socratique et de l'abondance cicéronienne, qui se traduit non seulement dans ses citations mais dans son style à la fois serré et élégant.*

Il aboutit ainsi à un admirable éloge de Bernard de Chartres qui fut, à son avis, le meilleur des maîtres à son époque. Il montre comment, dans son enseignement, la grammaire et la poétique se joignaient à la rhétorique et à la philosophie. Il signale que la doctrine n'était pas présentée sous forme systématique, mais à l'occasion des lectures suivies de mémorisations et d'exercices. Les élèves pouvaient pratiquer l'imitation des modèles classiques, à condition de l'avouer et d'éviter l'excès d'érudition en se limitant aux grands auteurs. On peut admirer l'ampleur et l'équilibre d'une telle pédagogie des lettres. Bernard de Chartres prenait soin de l'accorder avec la spiritualité de la prière chrétienne, adoration et pénitence. Il pensait sans doute que toute éducation conduit à la confession, aux deux sens que le mot prend chez Augustin. D'autre part, il définissait profondément la signification de toute culture. Elle vise le présent et l'avenir. Mais elle doit être consciente de ce qu'elle tient du passé : « Nous sommes des nains sur les épaules d'un géant[1]. »

La logique implique la culture générale. Mais, dans son sens le plus précis, elle implique d'abord

---

1. Selon l'allégorie de Bernard de Chartres.

une réflexion sur les idées générales, non seulement sur leurs aspects formels mais dans leurs rapports avec l'être et le langage. Le Moyen Âge, jusqu'à la fin du XIIe siècle, est dominé par la querelle des universaux. Nous avons déjà eu ou nous aurons l'occasion de l'évoquer à propos de Boèce et d'Abélard. Jean de Salisbury donne en son temps le résumé le plus complet des débats.

On les conçoit de façon particulièrement claire quand on remonte comme lui aux origines antiques du problème. L'attention très vive qu'il porte à l'histoire de la parole le conduit à revenir à Platon, si attentif à la réalité des idées, et à Aristote, qui les considère comme des abstractions. Boèce, commentant Porphyre, disait qu'on ne pouvait trancher. Des traces de la même doctrine apparaissent dans l'*Orator* de Cicéron inspiré lui-même par l'éclectisme de la Nouvelle Académie. L'Arpinate, comme le fera Jean de Salisbury, s'intéresse à l'éloquence idéale. Mais il ne sait si l'idée de l'orateur existe en réalité ou si c'est un « genre » conçu par son esprit (*Orator*, 7 sqq.).

Au XIIe siècle, le débat prend toute sa force. Faut-il dire que les idées générales possèdent l'être, puisqu'elles recouvrent des réalités substantielles et simples, ou qu'elles sont seulement des abstractions dont l'esprit se sert pour réunir des réalités individuelles ? Abélard, en particulier, insiste sur la seconde solution, qu'il croit au demeurant compatible avec son interprétation du platonisme : les universaux peuvent être les idées de Dieu, qui possède seul la perception directe de l'universel.

L'école de Chartres, en particulier avec le maître

Bernard, s'appuie sur une interprétation latinisante du Timée, *qui est passée par Cicéron et par l'éclectisme stoïco-académicien. Nous avons dit que la question posée est celle de l'être dans le langage. Les idées se confondent-elles avec l'être des choses ou seulement avec les structures qui le définissent et le maintiennent en le faisant subsister ? Gilbert de la Porrée, évêque de Poitiers, reprend et précise la doctrine des Chartrains. Comme ces platoniciens, il remplace les notions que nous venons d'indiquer* (id quod est, id quo est) *par matière et idée. Les idées sont les formes imprimées dans la matière. Mais il faut ajouter un moyen terme qui appartient à Aristote : le genre ou* eidos, *qui est précisément l'empreinte de l'idée dans la matière et qui constitue ainsi chaque fois les « formes natives ». Jean ne peut manquer d'être séduit par un tel enseignement : il permet le réalisme, qui croit à la réalité des universaux, et le nominalisme, qui le conteste. Mais notre auteur propose une interprétation d'Aristote qui lui paraît plus conforme à ses manières de penser, c'est-à-dire à la logique, et plus simple. Il revient à Boèce : les universaux sont des abstractions commodes, qui permettent de sauvegarder le langage et l'usage communs : il en existe de semblables dans la grammaire et dans le droit. Elles représentent par des fictions utiles et belles les relations qui existent entre les êtres particuliers.*

*En fin de compte, nous voyons que Jean procède de la manière conciliatrice dont il a trouvé le modèle chez les anciens. La doctrine de l'*eidos, *telle que nous l'avons exposée chez Gilbert de la Porrée, se trouvait aussi dans la lettre 65 de Sénèque, où* *elle tendait à concilier Platon et le stoïcisme par une référence à l'aristotélisme. Jean de Salisbury admet l'intérêt d'une telle doctrine, dont il approuve la finalité : concilier dans l'idéal l'être et les figures du langage. Tel est toujours son propre but. Mais, connaissant mieux l'œuvre authentique d'Aristote, il pense qu'elle présente une philosophie de l'être et du langage plus directe et plus efficace pour arriver aux mêmes fins. En dernière analyse, il se contente d'hypothèses qu'il classe selon leur probabilité, sans les opposer par des démonstrations radicales.*

Nous pouvons maintenant reprendre avec Jean l'étude des voies de la connaissance, puisque rien sans doute ne l'intéresse davantage dans sa quête du divin. Il ne place pas au-dessus de tout l'étude de la logique pure. Elle n'est pour lui qu'une première approche du fondamental. Mais, dans la montée vers l'absolu qui est le but nécessaire de tout chrétien, il doit établir les degrés de ses valeurs, une morale, en somme, de la connaissance. Il la propose d'abord par des généalogies allégoriques : Phronesis, la prudence, est à la source des autres vertus, telles que Cicéron les avait décrites dans son De officiis : *la justice, le courage, la modération. Phronesis est aussi la sœur d'Aletheia, la vérité : et elle a donné le jour à Philologie, l'épouse de Mercure. Philologie, de son côté, a deux sœurs, Philosophie et Philocalie (l'amour de la beauté). Augustin avait déjà réuni les deux dernières. La formation d'un groupe de trois est due à Jean*[1].

Celui-ci exposera dans les derniers livres du

---

1. ... qui se réfère par erreur à Ésope.

Metalogicon *la théorie de la démonstration telle*
qu'il la conçoit. Nous n'y reviendrons pas. Mais
nous insisterons sur trois points.

1. On voit combien Jean associe à la philosophie
toute la culture et surtout la rhétorique.

2. Sa conception du savoir et de la dialectique le
conduit à faire dans son enseignement la part très
grande au doute. Il reconnaît souvent que les philo-
sophes et même les saints se contredisent mutuelle-
ment. Il retrouve ainsi les observations formulées
par Abélard dans son Sic et non. *Mais il indique*
d'abord qu'on peut éliminer de telles contradictions
par une connaissance exacte du langage, de ses pro-
cédés et de ses nuances. Surtout, la plupart des
affirmations théologiques doivent être considérées
comme des opinions plus ou moins probables, non
comme un savoir scientifique. La plupart des ques-
tions restent ouvertes, sauf celles qui sont garanties
*par l'évidence de l'*intellectus *ou par la sagesse issue*
de la grâce et de la foi.

3. Jean rejoint ici les mystiques et notamment le
pseudo-Denys. La foi en Dieu et en ses mystères fait
partie des obligations qui échappent au scepticisme
académique, elle ne tombe pas sous les pouvoirs de
la raison ni même de la connaissance humaine.
Nous ne connaissons ni Dieu ni notre âme. Mais
nous pouvons reconnaître les pouvoirs de l'un et de
l'autre à leurs actions et nous pouvons surtout
recourir à la théologie négative.

Nous voyons que Jean de Salisbury donne une
image *admirablement complète, cohérente et nuan-*
cée *de la culture de son temps et de ses rapports*
avec les lettres et la religion. Nous ne nous éten-

drons pas maintenant sur le *Policraticus*. *Nous nous bornerons à y puiser quelques remarques de complément ou de conclusion.*

Jean de Salisbury, secrétaire de Thomas Becket, se tient très proche à la fois de la morale cicéronienne, qui prêche l'action et qui, selon la tradition du Gorgias *et de Platon, récuse tout ce qu'on appellera plus tard machiavélisme. Il transpose cet idéal de* fides *selon les exigences de la foi chrétienne, de* « *l'honneur de Dieu* », *comme disait Becket, et de la consécration catholique. C'est ainsi qu'il donne la meilleure description du serment de chevalerie.*

Pour y parvenir, il s'appuie encore une fois sur la littérature antique, dans ses aspects les plus proches de la pensée cicéronienne. Pour dénoncer deux vices qui sont dominants en son temps, la brutalité de la classe militaire et l'hypocrisie des chrétiens, il utilise les types de Thrason et de Gnathon, qui avaient été dessinés par Térence dans son Eunuque. *Il montre ainsi l'unité de l'humanisme et la nécessité pour lui d'être fidèle à toutes ses sources.*

C'est ainsi que, dans la lumière chartraine, il glorifie ensemble l'héroïsme antique et la sainteté chrétienne. L'une doit confirmer l'autre dans sa fermeté première. Comme le dira Péguy, « *le bataillon des justes marche devant*[1]. »

1. Bibliographie de Jean de Salisbury :
Principales œuvres : voir *P.L.*, t. 199; *Policraticus*, éd. Clement C.J. Webb, Oxford, 1909; *Metalogicon*, éd. Clement C.J. Webb, Oxford, 1929; éd. J.B. Hall, « *Christianorum corpus, Continuatio medievalis* », 98, Turnhout, Brépols, 1991; cf. Clement C.J. Webb, « *Ioannis Saresberiensis Metalogicon : Addenda et corrigenda* », *Mediaeval and Renaissance Studies*,

RAISON ET COMMUNICATION :
L'ÉLOQUENCE EXIGE LA PHILOSOPHIE

De même que l'éloquence est non seulement téméraire mais même aveugle si la raison ne l'éclaire pas, de même la sagesse aussi, quand elle ne profite pas de l'usage de la parole, est non seulement débile, mais d'une certaine façon manchote. Car il se peut quelquefois jusqu'à un certain point qu'une sagesse sans langue se rende des services pour la consolation de la conscience, mais ils sont rares et limités, ceux qu'elle apporte à la pratique humaine de la vie sociale. En effet la raison, mère, nourrice et gardienne des vertus, conçoit le plus souvent à partir du verbe et c'est aussi par l'entremise du verbe qu'elle enfante des fruits plus nombreux et plus féconds. Ou bien elle resterait tout à fait stérile, ou en tout cas inféconde, si la pratique de la parole ne mettait pas au jour le fruit de cette conception et si elle ne publiait à son tour devant les hommes ce que per-

t. I, 1941-1943, p. 232-236; *Historia pontificalis*, éd. M. Chibnall, Londres, 1956 (av. trad. anglaise); *Lettres*, éd. W.J. Millor, H.E. Butler et C.N.L. Brooke, t. I, Londres, 1955, et t. II, Oxford, 1979; *Entheticus (De dogmate philosophorum) Maior and Minor*, éd. J. van Laarhoven, Leyde, 1987.

Études : Clement C.J. Webb, *John of Salisbury*, Londres, 1932; H. Liebeschütz, *Medieval Humanism in the Life and Writings of John of Salisbury*, Londres, 1950; Mario Dal Pra, *Giovanni di Salisbury*, Milan, 1951; M. Wilks, *The World of John of Salisbury*, Oxford, 1984; Peter von Moos, *Geschichte als Topik. Das rhetorische Exemplum von der Antike zur Neuzeit und die « historiae » im « Policraticus » Johanns von Salisbury*, Hildesheim-Zurich-New York, 1988.

çoit dans sa prudence la sage activité de l'esprit.
Telle est la douce et fructueuse conjugaison de la
raison et du verbe, qui a engendré tant de villes
d'élite, concilié par ses contrats tant de royaumes,
uni tant de peuples par les liens de la charité, de
sorte qu'on peut considérer comme l'ennemi
public de tous quiconque s'efforce de séparer ce
que Dieu a joint pour l'utilité de tous. Il est jaloux
de Mercure et lui envie Philologie, il arrache Mercure aux bras de Philologie, en écartant les préceptes de l'éloquence des études philosophiques.

Metalogicon, I, 1.

ÉLOGE DE L'ÉLOQUENCE

L'éloquence est la faculté de dire commodément ce que l'esprit veut dégager pour s'en servir.
Car, d'une certaine manière, elle porte à la
lumière ce qui se trouve dans le secret du cœur et
le produit en public. En effet, n'est pas éloquent
quiconque parle ou dit n'importe comment ce
qu'il aura voulu, mais seulement celui qui
exprime commodément le libre jugement de son
esprit. La commodité elle-même exige la facilité,
qui est nommée d'après la faculté, si nous suivons
notre coutume, nous à qui il plaît d'imiter en ce
domaine les stoïciens qui pour comprendre plus
facilement les choses, scrutent avec grand soin
l'origine même des mots...

Donc, celui chez qui la facilité est présente pour
exprimer en tout cas par la parole ce qu'il pense,
celui-là est éloquent; et la faculté d'accomplir cela

est très correctement appelée éloquence. Ce qui peut lui être supérieur dans la pratique, nous enrichir de plus de ressources, nous assurer de plus de crédit, nous donner plus commodément la gloire, je ne le vois pas facilement. Car ce don de la nature et de la grâce n'est jamais surpassé, ou rarement. En effet la vertu et la sagesse, qui peut-être, selon l'avis de Victorinus[1], diffèrent par les mots plutôt que par la substance, tiennent la première place parmi les biens à rechercher, mais l'éloquence revendique pour elle la seconde. La troisième va aux biens du corps, ce qui a pour objet la gestion de la communauté et ce qui constitue l'abondance des fortunes vient au quatrième rang. Le moraliste a suivi cet ordre et il a exprimé la série de ses vœux avec élégance. Qu'est-ce qu'une petite nourrice saurait souhaiter de mieux à son nourrisson que de pouvoir être sage et parler, que de rencontrer en abondance le crédit, la réputation, la santé, ainsi qu'une vie sans tache, où la bourse ne soit pas vide ? Si donc, par l'usage de la parole, la dignité humaine l'emporte sur la nature des autres vivants, qu'y a-t-il de plus favorable à toute réussite, de plus puissant pour nous concilier la célébrité, que de précéder ceux qui partagent notre nature et qui appartiennent comme nous au genre humain là où l'homme seul l'emporte sur tout le reste ? ... En effet, selon l'avis autorisé de Cicéron, il n'est rien de si incroyable qu'on ne le rende probable en le

1. Cf., plus haut, p. 26 ; 398. Marius Victorinus (mort après 382) a contribué à Milan à la conversion du jeune Augustin. Il laisse une importante œuvre théologique.

disant, rien de si horrible et inculte que le discours ne lui donne la splendeur et ne l'adoucisse d'une certaine façon, comme par une parure.

Metalogicon, I, 7.

LA LOGIQUE : SA DÉFINITION
ET SON LIEN AVEC LES AUTRES ARTS

La signification de ce mot est double : son origine grecque explique ensemble les deux sens, puisque logos signifie alors tantôt parole, tantôt raison. Mais, pour étendre le plus largement possible cette signification, attribuons-lui maintenant le magistère de tous discours, pour qu'elle ne soit jamais convaincue d'inutilité alors que, même selon l'interprétation la plus générale, elle est apparue tout entière comme très utile et nécessaire...

Donc tous les arts relatifs à la pratique doivent être embrassés et cultivés, avec d'autant plus de zèle qu'ils tiennent leur origine de la meilleure des mères, la nature, et qu'ils attestent la noblesse de leur naissance par l'effet facile et heureux de leur action.

Metalogicon, I, 10.

DÉFINITION DE LA GRAMMAIRE

De tous les arts libéraux, le premier est la logique, mais nous la considérons dans celle de ses parties qui concerne la première institution du langage et ne se réduit pas seulement à la science de la discussion. Car la grammaire est la science de parler et d'écrire correctement et l'origine de toutes les disciplines libérales. Elle est en effet aussi le berceau de toute la philosophie et pour ainsi dire la première nourrice de toutes les études littéraires, qui reçoit du sein de la nature la tendre substance de tous les nouveau-nés, nourrit la petite enfance, produit de degré en degré les progrès accomplis dans la philosophie et avec un empressement maternel conduit en avant le philosophe et le garde à tout âge.

Metalogicon, I, 13.

LA POÉTIQUE IMITE LA NATURE ET DÉPEND EN CELA DE LA GRAMMAIRE

La grammaire imite aussi la nature sur d'autres points : les préceptes de la poétique expriment de manière patente la nature des mœurs et ils exigent que l'artiste suive la nature. Car la nature nous forme d'abord intérieurement pour tous les états de fortune ; elle nous aide ou nous pousse à la colère, ou bien, sous le poids d'une tristesse accablante, elle nous jette à terre, dans l'angoisse ; ensuite elle extériorise les mouvements de notre âme, que la langue traduit. Dès lors, il faut assurément que le poète ne quitte pas la nature d'un pas, mais que par son attitude et ses gestes comme par sa parole il s'emploie de tous ses efforts à lui rester attaché. Si tu veux que je pleure, il faut d'abord que tu souffres toi-même. Si tu veux ma joie, tu dois d'abord être joyeux. Autrement, si tu dis mal ce qui est demandé, je somnolerai ou je rirai. Pour cela, il ne faut pas seulement tenir compte des pieds ou des temps et d'autres matières dont la mention ne relève pas de mon présent sujet, puisque tout provient de l'officine de nature. En tout cas, la poétique se tient si près des réalités naturelles que la plupart ont nié qu'elle fût une espèce de la grammaire : ils soutenaient qu'elle était un art par elle-même, qu'elle ne tenait pas plus à la grammaire qu'à la rhétorique, mais qu'elle avait cependant de l'affinité avec l'une et l'autre, parce qu'elle possède avec chacune des préceptes communs. Je laisse la querelle à ceux qui le voudront, je ne prétends point à ce procès mais je reste en paix avec tous en disant qu'à mon avis il faut rattacher la poétique à la grammaire comme à la mère et à la nourrice de ses études.

Metalogicon, I, 17.

UTILITÉ DES TROPES ET DES FIGURES

[L'ordre grammatical de l'expression] dispose aussi des tropes, c'est-à-dire des modes de l'expression, pour que le discours, selon une cause probable, soit entraîné de son sens propre à un sens qui ne l'est pas. Telles sont la métaphore, la métonymie, la synecdoque et d'autres, semblables, qu'il est trop long d'énumérer. Mais, comme les figures, ces tropes ont un caractère privilégié et leur usage n'est ouvert qu'aux gens les plus instruits. Aussi leur loi est-elle plus stricte : il

ne leur est pas loisible de trop s'en écarter. Les
règles de l'art indiquent qu'il n'est pas permis
d'étendre les figures. Si quelqu'un est l'imitateur
attentif des bons auteurs jusque dans les métaphores et les figures, il doit éviter que la métaphore ne soit dure, la figure inculte. En effet, la
meilleure vertu du langage est la clarté qui le rend
facile à comprendre et les figures ont pour cause
la nécessité ou l'ornement. Car le langage a été
institué pour expliciter l'intelligence du sens et les
figures sont admises pour qu'elles compensent
par une certaine commodité ce qui en elles est en
désaccord avec l'art. Leur connaissance est tout à
fait nécessaire parce que, parmi tous les obstacles
qui entravent l'intelligence, on en dénonce trois
avant tous les autres. Or, ce sont des figures, auxquelles se joignent les tropes des orateurs : il s'agit
des sophismes qui perdent les âmes des auditeurs
dans les nuées des tromperies et de la diversité
des raisons qui demeure à l'avance dans l'esprit de
celui qui parle et qui, une fois connue, fraie la
droite voie de l'intelligence. En effet, comme le dit
Hilaire, l'intelligence du sens doit procéder des
causes du discours. Autrement, même dans les
écritures canoniques, nos pères seront en conflit,
même les Évangélistes seront contraires les uns
aux autres si un juge insipide regarde seulement
la surface des mots et non l'esprit de ceux qui les
prononcent. Cela est en tout cas le fait d'un talent
perverti, qui méprise ses propres progrès. Est-ce
que Salomon, non seulement dans le même livre
et la même page mais aussi dans des versets successifs, ne dit pas : « Ne réponds pas au sot selon

sa sottise, ne te rends pas semblable à lui » et :
« réponds au fou selon sa sottise, pour qu'il
n'apparaisse point sage à ses propres yeux » ?
C'est pourquoi il faut connaître les règles pour
que d'après elles soit établi ce qui dans le discours
est correct et ce qui sort des normes.

Metalogicon, I, 19.

BERNARD DE CHARTRES, MAÎTRE DE
LECTURE ET D'IMITATION

Cette coutume était suivie par Bernard de
Chartres, qui fut à l'époque moderne la source la
plus jaillissante des lettres en Gaule et, dans la
lecture des auteurs, il montrait ce qui était simple
et proposé selon le modèle de la règle. Il exposait
devant tous les figures de la grammaire, les couleurs de rhétorique, les subtilités des sophismes et
la partie par laquelle chaque point de la lecture
regardait vers d'autres disciplines. Il prenait
cependant soin de ne pas donner chaque fois un
enseignement d'ensemble mais de dispenser selon
le temps une doctrine mesurée à la capacité de ses
auditeurs. Et comme la splendeur du discours
dépend soit de la propriété, lorsque l'adjectif ou le
verbe sont joints avec élégance au substantif, soit
du transfert de sens, lorsque le langage, pour une
raison plausible, est transposé dans une signification étrangère, il inculquait cela selon l'occasion à
l'esprit de ses auditeurs. Puisque l'exercice affer-
mit la mémoire, et aiguise le talent, il les pressait
d'imiter ce qu'ils entendaient, en faisant aux uns
des remarques, en punissant ou en fouettant les

autres. Tour à tour ils étaient obligés de rendre
compte le jour suivant d'un des enseignements
qu'ils avaient reçus la veille, les uns davantage, les
autres moins. En effet, pour eux, le jour suivant
était le disciple du précédent. L'exercice du soir,
qu'on appelait déclinaison, était nourri d'une si
grande abondance de grammaire que, si
quelqu'un le pratiquait pendant une année
entière, pour peu de ne pas être par trop obtus, il
devait avoir en main l'art de parler et d'écrire et
ne pouvait ignorer le sens des expressions qui
résident dans l'usage commun. Mais comme il
convient que ni aucune leçon ni aucun jour ne
soit exempt de pratique religieuse, il proposait
une matière propre à édifier la foi et les mœurs :
ceux qui s'étaient réunis en se fondant sur elle
pouvaient être animés pour le bien par une sorte
de rapprochement. Or le dernier article de cette
déclinaison, ou plutôt de cette collation philosophique, mettait en lumière les marques de la
piété et recommandait les âmes des défunts, par
l'offrande dévote du sixième Psaume sur la pénitence et par l'oraison dominicale à leur Rédempteur. Pour ceux à qui étaient imposés les exercices
préalables destinés aux enfants, dans l'imitation
de la prose ou des poèmes, il proposait des poètes
et des orateurs et il leur ordonnait d'en suivre les
traces, en leur montrant les jointures des expressions et les élégantes clausules du discours. Si
quelqu'un, pour donner de l'éclat à son œuvre, y
avait cousu un morceau de tissu étranger, il corri-
geait le larcin qu'il avait surpris, mais le plus
souvent il n'infligeait nulle punition. Celui qu'il

avait ainsi corrigé, si du moins la maladresse de la présentation l'avait mérité, il l'obligeait par son indulgence mesurée à s'élever jusqu'à l'exacte expression du modèle fourni par les auteurs et il faisait en sorte que celui qui imitait les anciens devînt imitable pour la postérité. Il enseignait aussi parmi les premiers rudiments, en le gravant dans les esprits, ce qu'est la vertu de l'économie, ce qu'il faut louer dans la beauté des choses, ce qu'il faut louer dans les mots, où il faut louer la bassesse et comme la maigreur du style, où l'abondance doit être approuvée, où la maigreur, où la mesure en tout. Il conseillait de parcourir les histoires, les poèmes, avec diligence en tout cas et en hommes que rien n'éperonnait pour la fuite et, chaque fois, il exigeait avec une instance diligente qu'on en retînt quelque chose en mémoire : c'était un devoir quotidien. Cependant, il disait qu'il fallait fuir le superflu et que les écrits des auteurs célèbres suffisaient.

Metalogicon, I, 24.

LA LOGIQUE ENSEIGNE LE VRAI, D'OÙ PROCÈDE TOUTE LA PHILOSOPHIE, PRATIQUE ET THÉORIQUE

Pour résumer la signification de son nom, la logique est l'art rationnel de la discussion, au moyen duquel toute l'action de la prudence est confirmée. En effet, puisque de tous les objets de notre recherche, le premier est la sagesse et que son fruit consiste dans l'amour du bien et le culte des vertus, il est nécessaire que l'intelligence réside dans cette recherche et qu'elle distingue pleinement les êtres par son enquête pour pouvoir porter sur chacun d'eux un jugement pur et incorruptible. Il est certain que son exercice consiste dans l'exploration de la vérité qui, selon l'autorité de Cicéron dans son livre *Des devoirs*, est la matière de la vertu primitive qu'on appelle prudence. Car des trois autres vertus dépend ce qui est utile et nécessaire. Mais la prudence tout entière réside dans la vue distincte du vrai et dans une certaine habileté relative à son examen. Dès lors, la justice l'embrasse, le courage le protège, la tempérance modère l'exercice des vertus précédentes. D'où il résulte que la prudence est la racine de toutes les vertus.

Metalogicon, III, 1.

NAISSANCE DE LA LOGIQUE

Donc Apulée, Augustin et Isidore[1] rapportent que Platon se voit attribuer le mérite d'avoir porté la philosophie à sa perfection en ajoutant à la physique et à l'éthique, que Pythagore et Socrate avaient respectivement enseignées, la logique, au moyen de laquelle, une fois dégagées les causes des êtres et des mœurs, il pouvait déployer le sens et la portée de leurs raisons. Cependant, il ne mit pas cela sous la forme d'un art. Pourtant l'usage et

1. Isidore de Séville (v. 560-636) laissa, notamment dans ses *Étymologies* des sortes d'abrégés de la culture antique.

l'exercice préexistaient : là comme ailleurs, ils ont précédé les préceptes. Ensuite Aristote saisit les règles de l'art et les transmit. Il est le premier des péripatéticiens, que cette secte[1] loue comme son principal auteur et qui possède les autres disciplines en commun avec leurs propres auteurs, mais a revendiqué celle-ci selon son droit en excluant les autres de sa possession.

Metalogicon, II, 2.

RANG ET GÉNÉALOGIE DE LA LOGIQUE

Faisons une digression du côté des fables. L'antiquité a pensé que Phronesis était sœur d'Alitia (Aletheia) et qu'elle ne resta pas stérile, mais qu'elle joignit son excellente fille aux chastes embrassements de Mercure. En effet la prudence est sœur de la vérité et elle féconde et illustre l'amour de la raison et du savoir par le moyen de l'éloquence, s'il est vrai que les noces de Philologie et de Mercure reviennent à cela. Elle a donc été appelée logique pour cette raison : elle est rationnelle, c'est-à-dire qu'elle administre et examine les raisons. Platon l'a divisée en dialectique et en rhétorique, mais ceux qui estiment son efficacité à un plus haut point lui attribuent davantage. Car ils lui soumettent la science des démonstrations, celle du probable et la sophistique. Mais la science démonstrative trouve sa force dans les principes des disciplines; elle progresse selon

---

1. Au sens, alors très commun, d'« école ».

leurs conséquences et elle ne s'attache pas beaucoup à ce qui semble vrai à qui que ce soit : elle
n'est attentive qu'aux exigences de l'être. Elle
convient à ceux qui enseignent droitement la
majesté de la philosophie, qui trouve sa force
dans son propre jugement sans entrer dans
l'assentiment des auditeurs. Quant à la science du
probable, elle réside dans ce qui semble vrai à
tous ou à la plupart ou aux sages et, parmi
ceux-là, à tous ou à la plupart ou aux plus connus
et aux plus dignes d'approbation ou à ceux qui
leur font suite. Elle contient la dialectique et la
rhétorique, puisque le dialecticien et l'orateur
s'efforcent de persuader, dans un cas l'adversaire,
dans l'autre le juge, et considèrent qu'il n'importe
pas beaucoup que leurs arguments soient vrais ou
faux, pourvu qu'ils tiennent la vraisemblance.
Mais la sophistique, qui est une sagesse apparente
et non existante, affecte l'image de la probabilité
ou de la nécessité : elle se soucie peu de savoir
ce qu'est ceci ou cela pourvu qu'elle enveloppe
d'apparences imaginaires ou comme d'ombres
trompeuses ceux avec qui elle noue conversation.
En un mot, la dialectique est la discipline que
tous briguent mais que peu de gens, selon moi,
atteignent : elle n'aspire pas au poids de ceux qui
enseignent, elle n'est pas submergée par les flots
de la vie politique, elle ne séduit pas par les tromperies, mais elle examine le vrai selon une probabilité rapide et médiocre[1].

Metalogicon, II, 3.

1. La dialectique ainsi entendue s'adresse au commun des
hommes, qu'elle persuade rapidement, puisqu'elle s'en tient à la
« médiocrité » des opinions moyennes et des lieux communs.

PARTIES DE LA LOGIQUE
ET DE LA DIALECTIQUE

Mais, pour revenir de l'espèce au genre, puisque apparemment quelques points communs nous restent à exposer, les auteurs ont divisé la logique en science de l'invention et science du jugement et ils ont enseigné que, dans son ensemble, elle résidait dans les divisions, les définitions, les collections. En effet, elle est maîtresse d'invention et de jugement et pour diviser, définir et argumenter, elle possède la compétence ou, pour mieux dire, elle façonne l'art. C'est pourquoi, entre les autres parties de la philosophie, elle est marquée d'un double privilège parce qu'elle est parée de l'honneur d'en être le principal membre et parce que, dans le corps tout entier de la philosophie, elle tient l'office d'un instrument efficace.

Metalogicon, II, 5.

LES LOGICIENS ONT TORT S'ILS
VEULENT RÉDUIRE LA PHILOSOPHIE À
LEUR ENSEIGNEMENT. JEAN LEUR
PROPOSE LA *COLLECTIO* DES AUTRES
ARTS

Oui, disent-ils, tout le monde cherche la connaissance, personne ne veut la payer. Je redoute d'être taxé d'ingratitude : aussi je leur

paie enseignement pour enseignement, nécessaire
pour nécessaire. Je leur fournis un abrégé de
règles en leur enjoignant de s'en ménager l'usage.
Et puisque j'ai reçu trois arts et qu'ils sont utiles,
j'en enseigne de même trois, mais plus utiles. Que
le premier soit l'art militaire, le second la médecine, le troisième tout ce qui relève du droit civil,
des dogmes moraux et de la perfection de toute
l'éthique. Donc, toutes les fois que tu dois affron-
ter l'ennemi, veille avec précaution à ce que
l'ennemi ne te cause nul dommage et toi, dès le
premier choc, dresse-toi tout entier contre lui et
blesse avant d'être atteint celui qui te blesse,
jusqu'à ce qu'il avoue que tu es vainqueur ou que,
privé de vie, il te cède la victoire selon le jugement
de tous. Dans la physique[1], vois avant tout la
cause de la maladie, soigne-la, écarte-la et dès
lors, par des moyens qui le rétablissent et le pré-
servent, relève le malade et réchauffe-le, jusqu'à
ce que sa convalescence soit complète. Enfin dans
les affaires civiles suis en tout la justice, rends-toi
aimable pour tous et, selon la parole du poète
comique, trouve sans provoquer l'envie la louange
et des amis égaux à toi. Pourquoi en dire plus? En
toutes choses revêts-toi de charité. En effet,
l'usage de ces arts est à ma disposition, comme les
logiciens disposent pour leur part de ce que nous
avons dit d'abord. Ils sont donc d'autant plus
misérables qu'ils ne connaissent pas leur misère
lorsqu'ils se trompent eux-mêmes en faisant en
sorte, dans leur désir de vérité, qu'ils ne sachent

1. La physique, art de connaître la nature, s'applique à la
médecine, art « pratique ».

rien. Car ils ne prennent point pour chercher le vrai la voie humble de la foi. Ainsi Pilate, lorsqu'il entendit qu'on faisait mention de la vérité, demanda ce que c'était; mais le manque de foi de celui qui posait la question fit qu'en auditeur gonflé d'orgueil il se détourna de celui qui la lui enseignait avant d'être instruit par l'oracle de la réponse sacrée.

Metalogicon, II, 6.

CRITIQUE DE L'ACADÉMIE ET RÉFLEXIONS SUR L'ABONDANCE ET LA SUBTILITÉ

Les Académiciens vieillissent dans des pratiques puériles, ils scrutent chaque syllabe des paroles et des écrits, chaque lettre même, doutant à tout propos, cherchant toujours mais ne parvenant jamais à la science et enfin ils se convertissent à un langage de vanité, ne sachant ce qu'ils disent ou ce qu'ils affirment. Ils créent des erreurs nouvelles et quant aux anciens, ils ne savent pas imiter leurs pensées ou ils dédaignent de le faire. Ils compilent les opinions de tous et dans leur manque de jugement ils écrivent et rapportent les dits et les écrits des auteurs les plus vils. En effet, ils proposent tout parce qu'ils ne savent pas préférer ce qui est meilleur. Telle est la masse des opinions opposées qu'elle peut à peine être connue de son auteur. Cela est arrivé à Didyme[1] : per-

---

1. S'agit-il d'Arius Didyme, célèbre commentateur inspiré par l'Académie qui, entre le 1er siècle av. J.-C. et le 1er siècle de

sonne n'a écrit plus que lui, au point que, lorsqu'il s'opposait à une enquête qu'il trouvait vaine, il publiait lui-même un livre qui la contenait. Mais maintenant tu trouveras beaucoup de Didymes dont les commentaires sont remplis, ou plutôt farcis, de telles apories des logiciens. Au demeurant, on parle à juste titre des opposés, puisqu'ils s'opposent à de meilleures études. Car ils s'opposent au progrès. Mais Aristote lui-même, que ces ventilateurs de bagatelles daignent seulement reconnaître, n'est pas entendu de manière fidèle : il dit de façon élégante et vraie qu'il est stupide d'être troublé par les opinions contraires que profère n'importe qui...

Il y a pourtant quelquefois un usage à tirer de ce mal : ceux qui prennent de telles habitudes, si cependant ils sont élevés dans la mesure, se préparent à l'abondance des mots, à la volubilité de la langue, à l'ampleur de la mémoire. C'est en effet à cela que sont utiles ces débats fréquents sur tous sujets. Un quatrième avantage s'ajoute aussi : la subtilité naturelle de l'esprit, pour peu qu'elle profite d'exercices continus. Mais si la modération fait défaut, tout cela se retourne en son contraire. En effet, la subtilité perd son utilité. Comme le dit Sénèque dans le premier livre de ses *Déclamations*, rien n'est plus haïssable que la subtilité, là où il n'y a rien d'autre que la subtilité.

Metalogicon, II, 7-8.

---

notre ère, publiait les opinions des philosophes tout en critiquant leurs enseignements ?

SUR L'ABONDANCE : CONCILIATION DE CICÉRON ET HORACE

Comme le dit Sidoine Apollinaire[1], il n'est pas plus glorieux de dire ce qu'on sait que de taire ce qu'on ignore. Mais Cicéron aussi critique les paroles qui sont proférées vainement, sans utilité ou sans plaisir, tant pour celui qui parle que pour celui qui écoute. On aboutit ainsi à l'adage poétique : les poètes veulent ou être utiles ou charmer, ou dire en même temps ce qui est agréable et ce qui convient à la vie. Il gagne tous les suffrages, celui qui a mêlé l'utile à la douceur. Les fautes accompagnent le bavardage, mais la volubilité de la langue est finalement profitable, si elle est disposée en vue de la sagesse.

Metalogicon, II, 8.

L'ÉLOQUENCE NE PEUT RIEN SANS LA SAGESSE ET LA DIALECTIQUE A BESOIN DES AUTRES DISCIPLINES

L'éloquence n'apporte nul profit sans la sagesse, cela est connu et vrai. Il en résulte qu'elle tire manifestement ses profits de la sagesse. Donc c'est aussi selon le module[2] de la sagesse acquise par chacun que l'éloquence est profitable. L'une

1. Sidoine Apollinaire (v.430-v.487), préfet de Rome, évêque de Clermont, poète latin.
2. Ce qui définit la mesure dans une proportion d'ensemble.

est nuisible si elle est dissociée de l'autre. Par conséquent, la dialectique qui, parmi les servantes de l'éloquence, est la mieux préparée et la plus disponible, profite à chacun selon la mesure de son savoir. Car elle profite le plus à celui qui connaît le plus de choses et, pour celui qui connaît peu, son profit est minime. Dans la main d'un pygmée ou d'un nain, le glaive d'Hercule est inefficace, alors que dans la main d'Achille ou d'Hector il renverse toutes choses à la façon de la foudre : de même la dialectique, si elle est privée de la vigueur des autres disciplines, est manchote en quelque façon et presque inutile, mais si elle tient sa vigueur de la force des autres, elle a le pouvoir de détruire toute fausseté et, si je veux lui fixer un minimum, il suffit qu'elle discute sur toutes choses de manière probable. En effet ce n'est pas grand-chose si, dans la bouche de nos gens, elle roule sans cesse sur elle-même, fait son propre tour, dévoile ses propres arcanes et ne s'occupe que des sujets qui n'offrent aucun intérêt ni à la maison ni à la guerre, ni sur le forum ni dans le cloître, ni dans la curie ni dans l'Église, en un mot nulle part si ce n'est à l'école. Là en effet l'âge tendre obtient plus d'indulgence.

Metalogicon, II, 9.

THÈSES, PROBLÈMES, SPÉCULATION

L'exercice de la dialectique intervient en toutes disciplines. Si elle a pour matière une question, mais celle qu'on appelle hypothèse, c'est-à-dire qui est impliquée par des circonstances, il la laisse à l'orateur. Les circonstances sont celles que Boèce énumère dans le quatrième livre de ses *Topiques* : qui, quoi, où, par quels secours extérieurs, pourquoi, comment, quand. Mais il revendique pour lui la thèse, c'est-à-dire la question dégagée des nœuds des circonstances dont nous venons de parler. En effet, elle aborde une spéculation commune et elle ne descend pas, selon ses propres lois, à ce qui est particulier; si cela arrive parfois, à la manière d'un hôte elle use des biens d'autrui. De plus, l'instrument dont la thèse et l'hypothèse usent l'une et l'autre au service de leur propos est le discours. Car celle qui touche un juge autre que les parties du conflit use plus fréquemment du discours continu et de l'induction parce qu'ils conviennent à plus de gens et captent le plus souvent l'assentiment du peuple. Mais l'hypothèse utilise un discours coupé et des syllogismes plus fréquents, parce qu'elle dépend du jugement de l'adversaire et s'adresse à un seul. Si elle le convainc, elle atteint la fin qu'elle se proposait. Elle ne s'adresse pas au peuple et n'attend pas le jugement de la loi. La raison elle-même, que le discours habille et met en mouvement grâce à l'aide de la parole en pénétrant par l'oreille jusque dans l'âme, est un instrument analogue.

Metalogicon, II, 12.

LE PROBABLE ET LE NÉCESSAIRE

Comme la dialectique relève de la recherche, elle ouvre un chemin vers les principes de toutes les méthodes, puisque tout art possède ses méthodes que nous pouvons interpréter de manière figurée comme ses vestibules ou ses entrées; à la recherche succède l'invention et le fruit de la science n'est point cueilli par celui à qui déplaît l'amour de la recherche. Mais l'art de la démonstration recherche des méthodes nécessaires qui enseignent, dans les choses, cette inhérence qui ne peut être dissociée. Or seul est nécessaire ce qui ne peut être autrement. Mais personne ou presque ne scrute pleinement les pouvoirs de la nature et Dieu seul connaît le nombre des possibles : aussi sur le nécessaire, le plus souvent, notre jugement est non seulement incertain mais téméraire. Qui en effet connaît à fond ce qui peut être ou ne le peut pas?...

Si c'est une grande affaire que de saisir la vérité qui, comme le disent nos Académiciens, est cachée comme au fond d'un puits, combien de temps faudra-t-il pour pénétrer les arcanes non seulement de la vérité mais même de la nécessité?...

C'est pourquoi les principes de la dialectique sont probables comme ceux de l'art démonstratif sont nécessaires : si quelque chose est probable et nécessaire, cela pourra convenir pour les deux disciplines, mais différemment pour chacune d'entre elles. Car la seule probabilité suffit au dialecticien. De là ce que dit Cicéron au second livre des *Tusculanes* : « Nous qui suivons le probable et ne pouvons progresser au-delà des vraisemblances qui se présentent à nous, nous sommes prêts à réfuter sans colère et à nous laisser réfuter sans obstination. » Il dit aussi la même chose ailleurs : « Notre Académie nous donne une pleine liberté : toute probabilité qui se présente, nos lois nous permettent de la soutenir. » Or le probable est ce qui se fait connaître même à un juge superficiel et qui, en tout cas, existe ainsi chez tous et toujours, ou n'existe autrement que dans très peu d'occurrences et tout à fait rarement. Car ce qui est toujours ou très fréquemment tel, est toujours probable ou le semble, même s'il en pouvait être autrement. Il est au demeurant d'autant plus probable qu'on le connaît avec plus de facilité et de certitude si l'on possède le jugement : il y a des évidences éclairées par une si grande lumière de probabilité qu'on les considère même comme nécessaires. Mais d'autres, comme elles sont moins familières à l'opinion, sont difficilement classées dans les probables. Car, si l'opinion parle bas, l'incertitude du jugement la fait vaciller. Si elle est véhémente, elle passe à la foi et elle aspire à la certitude du jugement. Si d'autre part sa véhémence déploie sa force jusqu'au point où il est impossible ou presque d'aller plus loin, quoiqu'elle reste en deçà de la science, cependant on l'égale à la science quant à la certitude du jugement. Cela est patent, comme l'atteste l'autorité d'Aristote, dans ce qui n'est connu que par les sens et qui pourrait être autrement.

Metalogicon, II, 13-14.

La querelle des universaux

Autant que je me souvienne, je n'ai lu nulle part d'où ils tiennent l'être ou quand ils ont commencé. Donc c'est seulement d'après Aristote qu'on comprend les universaux mais, en acte, il n'y a rien parmi les choses qui soit universel. En effet, selon le mode de l'intellection, ces noms ont été donnés de manière figurée et par licence, pour l'enseignement. Car tout ce qui est homme est celui-ci ou celui-là, c'est-à-dire une chose singulière.

Metalogicon, II, 20.

LES GENRES ET LES ESPÈCES : DES FICTIONS DE DROIT

Donc, selon la pensée d'Aristote, les genres et les espèces ne sont pas absolument quelque chose mais sont conçus de certaine façon comme quelque chose de tel et sont, comme certaines fictions de la raison s'exerçant elle-même dans la recherche et l'enseignement, qui concernent les choses avec une finesse particulière. Et elle mérite assurément en cela qu'on lui fasse foi puisque chaque fois qu'il en est besoin elle produit dans les choses un exemple manifeste de son activité. De même, le droit civil connaît ses fictions et jamais aucune discipline ne rougit de concevoir par la pensée les procédés dont relève sa propre mise en œuvre : au contraire chacune se réjouit d'une certaine façon des fictions qui lui sont propres. Que les espèces se réjouissent, dit Aristote...

Cette interprétation peut aussi être donnée à propos des idées platoniciennes, mais si l'on tient compte de l'appellation équivoque par laquelle l'étant ou l'être est distingué selon la diversité des sujets, on ne dit pas sans raison qu'elles sont en quelque façon. La raison nous persuade en effet de dire que l'être appartient à ce dont on voit les exemples dans les choses singulières : là, personne ne doute de l'être. Mais nous n'appelons pas les genres et les espèces modèles exemplaires de ce qui est singulier, comme le fait la doctrine platonicienne, selon laquelle ce sont des formes exemplaires, qui ont été établies de manière intelligible dans l'esprit divin, avant de passer dans les corps.

Metalogicon, II, 20.

PLATON, ARISTOTE ET LES AUTRES : TOUTE DISCUSSION DOIT ÊTRE POSITIVE

Quoique Platon ait pour le défendre une grande assemblée de philosophes et soit soutenu tant par Augustin que par beaucoup d'autres parmi nos amis dans sa théorie des idées, nous ne suivons en aucune façon sa doctrine dans la recherche relative aux universaux, puisque nous déclarons qu'Aristote, le premier des péripatéticiens, est notre premier maître. Mais c'est en tout cas une grande affaire que Boèce, lui aussi, avoue trouver trop ardue que de juger entre les pensées de si grands hommes. Pourtant, pour celui qui approche les livres des péripatéticiens, il faut plutôt suivre l'avis d'Aristote, non peut-être parce qu'il est plus vrai, mais il est clair qu'il s'accommode mieux à nos enseignements.

Metalogicon, II, 20.

Les voies de la connaissance

SUR LES ÉPAULES D'UN GÉANT : LE PASSÉ ET LE PROGRÈS DES CONNAISSANCES

Bernard de Chartres disait que nous sommes des nains assis sur les épaules des géants, afin de pouvoir voir plus et plus loin qu'eux, non que cela nous soit permis de toute manière par l'acuité de notre vision ou par la hauteur de notre taille, mais parce que nous sommes soulevés et enlevés vers les hauteurs par la grandeur des géants[1].

Metalogicon, III, 4.

1. À propos de l'École de Chartres, cf. plus haut, p. 382 sqq.

PRUDENCE, RAISON ET PHILOLOGIE

Comme la raison est ennoblie par son origine divine et qu'elle fleurit en un exercice divin, le décret de toute la philosophie a voulu qu'un culte lui soit rendu au-dessus de toutes choses... Elle a soin du corps et de l'âme et elle crée l'harmonie entre tous deux. Celui qui méprise l'un et l'autre est manchot et débile, si c'est l'un des deux, il est boiteux. Et puisqu'elle contrôle le témoignage des sens qui peuvent être suspectés à cause de leur habitude de nous tromper, la nature, qui est la meilleure des mères pour tous les êtres, en logeant l'ensemble des sens dans la tête comme une sorte de sénat dans le Capitole de l'âme, a placé la raison comme une maîtresse dans l'acropole du crâne, lui attribuant un trône entre la chambre de l'imagination et celle de la mémoire, de telle sorte que, de son observatoire, elle pût contrôler les jugements des sens et des images. En conséquence, en tout cas, puisqu'elle possède en propre ce pouvoir et alors même qu'elle est divine, elle est comme animée par le souffle des sens et des images. Et parce que Prudence recherche pour son investigation du vrai l'examen sincère de la raison, elle lui donne pour enfant Philologie, que suivent continuellement deux dames d'honneur, le sens des ensembles et l'attention aux détails. Car le souci des ensembles a pour fonction de faire tout le tour du travail et l'attention aux détails réside dans le choix attentif qui tempère l'exercice, pour éviter tout excès : l'amour est

sans repos. Philologie a une origine terrestre et
mortelle, mais comme elle s'en va vers le divin,
elle est divinisée par une certaine immortalité
parce que, chaque fois que Prudence, qui
concerne le terrestre et qui est amour de la raison,
se dresse vers les arcanes de la vérité incorruptible et des choses divines, se changeant en
sagesse, elle est en quelque façon tirée hors de la
condition mortelle.

Metalogicon, IV, 17.

RAISON ET INTELLECT

Selon la proportion dans laquelle la raison
transcende la sensibilité, l'intellect dépasse la raison, comme Platon l'atteste dans sa *République*.
En effet l'intellect atteint ce que la raison cherche.
Car l'intellect entre dans les travaux de la raison et
il thésaurise pour sa sagesse ce que la raison lui a
acquis par ses préparations. Donc l'intellect est le
suprême pouvoir spirituel de la nature : contem-
plant l'humain et le divin, il a en lui-même les
causes de toutes les connaissances rationnelles
qui lui sont naturellement perceptibles. Il y a en
effet des raisons divines qui surpassent toute perception tant humaine qu'angélique et se font
connaître à quelques-uns, plus ou moins selon les
cas et selon le décret de la dispensation divine.
Cela appartient à Dieu seul et à un très petit
nombre d'hommes, c'est-à-dire à des élus, comme
l'affirme Platon.

La sagesse, quant à elle, suit l'intellect, parce
que les choses divines, que la raison fait appa-

raître par ses discussions et que l'intellect cueille,
ont un goût suave et embrasent pour leur amour
les âmes intelligentes.

Metalogicon, IV, 18-19.

NOUS NE CONNAISSONS NOTRE ÂME QU'INDIRECTEMENT

Quoi qu'il en soit, assurément, cela est divin.
Pourtant, l'âme n'a pas les moyens de se voir pleinement elle-même. Mais, comme l'œil, l'âme, en
ne se voyant pas, discerne les autres choses. Elle
ne voit pas ce qui est le moins important, sa forme
peut-être, quoique cela même... Mais passons. En
tout cas ses pouvoirs, sa sagacité, sa mémoire, son
mouvement, sa rapidité, elle les voit. Voilà ce qui
est grand, divin, qui dure toujours. Quelle est sa
face, où elle réside, il ne faut même pas le chercher. Il en va de même pour l'esprit de l'homme :
aussi, quoique tu ne le voies pas, comme tu ne vois
pas Dieu, de même que tu reconnais Dieu à partir
de ses œuvres, de même, d'après la mémoire,
l'invention, la rapidité et toutes les beautés de la
vertu, tu devras reconnaître ce qu'a de divin la
puissance de l'esprit.

Metalogicon, IV, 20.

LES TROIS FILLES DE PRUDENCE

L'antiquité païenne a imaginé dans ses fables
trois sœurs, filles de Phronesis : Philologie, Philosophie, Philocalie. Augustin indique la naissance

de Philosophie et Philocalie, Martianus celle de Philologie, mais la parenté des trois, c'est Ésope[1] qui l'indique. Donc, comme l'infirmité humaine s'attache sans cesse à la valeur, à la sagesse et à la raison vraies, même si elle n'a pas l'arrogance d'oser se les promettre, elle demeure dans leur amour, jusqu'à ce que, dans l'exercice de l'amour et par l'entremise de la grâce, elle atteigne les choses mêmes qu'elle désire. En vérité, Phronesis enfante ces affections parce que leur saveur qui se fait douce pour la nature humaine provoque l'appétit du vrai et du bien...

Mais, parmi elles, Philologie est la première, et celle qui indique la nature, les pouvoirs et les projets des autres. En effet, de toutes parts, on voit accourir beaucoup de probabilités ; comme le dit Pythagore, presque sur tout sujet on peut discuter en sens contraires, mais elle cherche la certitude et par ses précautions diligentes elle évite les erreurs.

Metalogicon, IV, 29-30.

LE DÉBAT DES ÉCOLES

Platon pose la question de savoir s'il y a une seule idée ou si elles sont plus nombreuses. Et assurément si l'on considère la substance de la science ou de la raison, il y en a une seule. S'il considère la pluralité des choses qu'il voit à sa disposition, les idées sont en nombre infini. Voyant cela, le stoïcien vénère la *pronoia*, que nous appelons Providence et dit que ses lois enferment

1. Erreur de Jean.

toutes choses dans les nœuds de la nécessité. Épicure au contraire, attentif à la facile liberté des êtres, efface la Providence et libère tout de la loi de la nécessité. Mais le péripatéticien, craignant des deux côtés les précipices de l'erreur, n'est ému ni par les paradoxes des stoïciens ni par les *kuriai doxai* d'Épicure mais, avec les stoïciens, il affirme la Providence, sans introduire la nécessité dans les choses, et il les en délivre de même avec Épicure, sans enlever sa vérité à la Providence. Quant aux Académiciens, ils sont fluctuants et n'osent définir ce qu'il y a de vrai dans les choses singulières. Cependant, cette école est divisée en trois groupes. Elle compte en effet des gens qui proclament qu'ils ne savent rien absolument et qui, par leurs précautions excessives, ont cessé de mériter le nom de philosophes. Elle en compte d'autres qui avouent seulement qu'ils connaissent le nécessaire et ce qui est connu par soi, c'est-à-dire ce qui ne peut être ignoré. Le troisième degré est celui de nos amis qui ne précipitent pas leur jugement sur les sujets dont le sage peut douter.

Metalogicon, IV, 31.

VÉRITÉ, HÉROÏSME, SAINTETÉ

Suivons la pratique des stoïciens qui s'attachent à l'analyse ou aux analogies des mots : le vrai est appelé chez les Grecs *heron*[1], terme qui signifie ferme et stable ou certain et clair. De là le nom

---

1. Étymologie imaginaire, à la manière antique.

des héros qui ont acquis un rang ferme et stable
dans la compagnie des puissances divines, auxquelles la fable antique les a associés... Mais nous,
nous ne les appelons pas demi-dieux — il n'en
existe pas — ni héros, pour leur manque de foi
dont nous leur faisons grief, mais nous signifions
par un mot catholique la translation des élus qui
s'accomplit depuis les fluctuations et la vanité du
monde jusqu'à la gloire de la vraie certitude et de
la ferme stabilité. Ceux-là, d'après la confirmation
qu'ils ont reçue, nous les appelons saints, s'il est
vrai que sanctionner, c'est confirmer et que le
saint est confirmé dans la vertu ou dans la gloire.

Metalogicon, IV, 34.

DIEU EST MIEUX CONNU
PAR SON IGNORANCE

L'ignorance de Dieu, voilà la véritable sagesse
qui vient de lui. Et encore : ce n'est pas une petite
science au sujet de Dieu que de savoir ce qu'il
n'est pas, parce qu'on ne peut absolument pas
savoir ce qu'il est.

Donc, comme on ne peut pas savoir certaines
choses à cause du caractère éminent de leur
dignité, certaines à cause de leur multitude ou de
la grandeur de leur quantité, certaines à cause de
leur inconstance et de leur propension à s'effon-
drer, l'*Ecclésiastique* nous enseigne à quoi il faut
s'attacher de préférence et ce qui nous libère le
mieux de nos entraves. Ne cherche pas, dit-il, ce
qui est trop haut et ne scrute pas ce qui est trop
fort pour toi...

De là ce mot de Philon, dans le livre de la Sagesse : ceux qui se confient dans le Seigneur comprendront la vérité et les fidèles par leur amour de dilection trouveront le repos en lui, puisque le don et la paix appartiennent aux élus de Dieu.

Metalogicon, 40-41.

II

XIIIe et XIVe siècles

SAINT THOMAS D'AQUIN
1225-1274

Nous ne pouvons résumer ici tous les aspects d'une œuvre immense. Au demeurant, tel n'est pas notre objet. Nous voulons simplement situer le « docteur angélique » dans l'histoire de la culture chrétienne et de la parole de Dieu. Son œuvre prend place dans la période la plus haute et si l'on peut dire la plus classique de la scolastique, telle qu'elle s'épanouit au XIIIᵉ siècle. Elle se caractérise par l'admirable précision d'un langage original, mais aussi par sa beauté, dont il faut prendre conscience et expliquer les raisons. Certes, Thomas d'Aquin a mis au point des formulations philosophiques et théologiques d'une grande technicité. Ses lecteurs modernes le lui reprochent souvent, comme ils le font à l'égard d'Aristote, dont il est le disciple attentif. Mais il garde le désir d'atteindre une haute clarté et, quant aux notions fondamentales, il emploie le langage commun ou celui des principaux maîtres de la tradition. Il accorde les deux exigences avec une aisance incomparable.

L'une d'entre elles, la plus technique et la plus abstraite, est en plein développement à son époque, on commence à avoir une connaissance précise du corpus aristotélicien, dans la forme où nous le lisons actuellement. Thomas est l'élève d'Albert le Grand[1], qui a proposé d'importantes synthèses à cet égard. Mais nous devons tout simplement, dans la perspective qui est la nôtre, revenir à Jean de Salisbury. Thomas qui, dès sa jeunesse, reçut l'enseignement de l'Université de Paris, n'a pu manquer de connaître son œuvre. Jean, mort en 1180, se tenait exactement, à Chartres, au point historique et géographique où se rencontraient deux cultures qu'on pourrait appeler romane et gothique. La cathédrale elle-même porte les deux marques. D'une part, le Metalogicon et le Policraticus insistent sur les artes et sur les enseignements de Boèce et de Cicéron, sans méconnaître la pensée mystique, présente du pseudo-Denys à Bernard de Clairvaux. Mais d'autre part, l'auteur a lu les Analytiques, qui lui enseignent le contenu et la valeur propre de la logique. C'est pourquoi, tout en conservant une souplesse et un sens de la tolérance, de la conciliation qu'il doit à l'Académie et à Cicéron dont il propose une interprétation particulièrement profonde, il préfère se rallier à Aristote, quitte à le comprendre en un sens plus dialectique que strictement logique. Thomas, à son époque et selon le caractère de sa propre culture, adopte le même choix, en suivant avec une grande rigueur la doc-

1. Albert le Grand (1193-1280) a été l'inspirateur et le maître de saint Thomas d'Aquin qui l'a suivi notamment à Cologne. Il a développé les courants platoniciens qu'allait reprendre la mystique flamande. Cf. les travaux d'Alain de Libera cités en bibliographie.

trine du Stagirite, qui est désormais connue dans le détail ; il se réserve de la dépasser sans la trahir pour obéir aux enseignements de la foi et de la tradition chrétiennes, que les frères prêcheurs ont pour tâche d'enseigner. Ainsi se manifestent à la fois la continuité et l'évolution d'une culture et d'un langage. Dans l'ordre de la culture, saint Thomas compte dans l'histoire de la pensée occidentale comme l'un des principaux maîtres d'universalisme aussi bien dans le temps que dans l'espace. Il bénéficie d'une manière très profonde de la redécouverte d'Aristote qu'il interprète à la fois dans un esprit chrétien et selon les exigences d'une philosophie de la nature. Cette connaissance d'Aristote était due pour une très grande part à l'enseignement des Arabes. L'usage qu'en fait saint Thomas atteste l'étendue de son esprit. Il dominait ainsi les vues partielles et partiales qui se manifestaient en son temps dans l'Université et la théologie et qu'expliquent les nombreuses condamnations qu'a endurées l'aristotélisme.

Nous rencontrerons, dans la perspective qui est la nôtre, une série de questions fondamentales : théologie et sagesse, ou rhétorique du divin ; Dieu et le Verbe ; la connaissance de Dieu (intellect ou sensation ?) ; peut-on nommer Dieu ? l'amour et la parole théologique ; le plaisir et la joie ; la rhétorique de Dieu, des hommes et des anges ; la poétique de Thomas.

En premier lieu, il faut insister sur le statut de la théologie et sur ses rapports avec les sciences, les arts et la sagesse. On a souvent reproché à Thomas d'introduire trop de raison philosophique et pratique dans sa théologie, de négliger ainsi les aspects transcendants de la foi. Dès le temps où il vivait, cela fut à la source de ses débats avec les platoniciens et les augustiniens.

On peut répondre de deux façons. D'abord, il convient de revenir sur les principaux aspects de sa vie et de son œuvre. Nous avons dit dans quel milieu intellectuel il intervient. Il est né en 1225, près d'Aquin, un peu au nord de Naples. Après avoir été oblat à l'abbaye bénédictine du Mont-Cassin, il entre en 1244 dans l'ordre dominicain malgré les obstacles qu'y met sa famille. Il a étudié à Paris (1245-1248) puis suivi Albert le Grand à Cologne. Revenu à Paris, il y enseigne dans les différents grades (1252-1259 puis 1269-1272). Il revient à Naples et meurt alors qu'il se rendait au concile de Lyon (1274). Son œuvre est vaste. Nous citerons essentiellement la Somme de théologie (1266-1273) où sa pensée s'expose en plénitude quoiqu'il la laisse inachevée. Il se trouve donc au cœur des débats qui dominent son temps, il en connaît les diverses écoles et il défend avec son ordre l'universalisme du pape et les aspects généraux de l'orthodoxie.

Pour apprécier les problèmes que son rationalisme semble poser, il faut surtout revenir sur les rapports qui existent chez lui entre théologie et sagesse : c'est en réfléchissant sur eux qu'il écrit les premières pages de la Somme de théologie. Le P. Chenu a montré avec beaucoup de force et de profondeur que la conception de la sagesse qui se trouve ainsi exposée ne se confond nullement avec un simple positivisme scientifique. Certes, la théo-

logie existe : elle applique les méthodes de la science rationnelle à la révélation, qui, bien sûr, ne peut être épuisée par de tels moyens. Au-dessus de la science se trouve la sagesse, qui est son principe, comme l'est la mathématique à l'égard de la perspective. Dès lors, la théologie doit chercher un langage qui passe le langage. Le P. Chenu a su montrer la place considérable qu'occupe le pseudo-Denys, avec son traité sur Les Noms divins, *dans l'élaboration de la pensée de Thomas. Les métaphores et le symbolisme y trouvent toute leur place. C'est pourquoi Thomas présente à son tour une doctrine des sens de l'Écriture, qui est la plus complète. Il distingue très fortement le sens historique et littéral, le seul sur lequel on puisse argumenter, et les autres, qui se prêtent seulement à l'abondance et au déploiement des images. Dans une telle réflexion, il faut souligner l'effort accompli en un même temps pour défendre la raison et pour la mettre à sa place par rapport à ce qui la dépasse. La scolastique, telle qu'elle est ainsi présentée, n'ignore pas qu'on ne connaît jamais Dieu de manière complète, et qu'il est donc impossible d'argumenter à son sujet : tous les arguments sont alors insuffisants. Mais en revanche on peut partir de Dieu et de sa parole pour argumenter.*

Il est la source de toute pensée parce que seul il est le principe par quoi elle peut se lier à l'être. Autrement, les idées ne sont qu'abstraction, comme l'ont montré les nominalistes, de Boèce à Jean de Salisbury. Mais Dieu dit à Moïse : « Je suis celui qui suis. » La connaissance de Dieu est donc celle de l'être, à laquelle Aristote attribuait toute priorité.

Dans une telle ontologie, le réalisme des idées plato-
niciennes n'a plus de place. Elles sont tout au plus
des formes et des essences dont Dieu se sert pour
créer mais, dans l'être, elles ne constituent que des
abstractions. La création consiste à unir en acte la
forme et la matière. La révélation est seule à nous
dire qu'elle eut un commencement. La philosophie
n'en sait rien. Mais, puisque la rupture que le plato-
nisme semblait établir entre la réalité des idées et
l'inexistence de la matière n'existe plus, la suspicion
qui s'instituait à l'égard du sensible est abolie. Il est
permis de partir du sensible pour découvrir en lui la
montée de la connaissance spirituelle.

L'être est ce qui se trouve en acte dans toutes
choses subsistantes et qui se distingue d'elles tout
en les unissant. Dès lors, il est possible de réfléchir,
après Platon ou Anselme, sur les preuves de l'exis-
tence de Dieu. Thomas commence par revenir sur
l'argument ontologique. Il est indiscutable que tout
être est ce qu'il est. Donc quiconque pense l'être ne
peut manquer de penser qu'il existe absolument.
Mais il y a des gens qui séparent l'être et la pensée
(les platoniciens en font partie). Dès lors, la pensée
ne prouve ni l'être ni Dieu. Il faut donc revenir à
d'autres preuves, à celles qui, pour l'essentiel, figu-
raient dans le Proslogion *de saint Anselme et qui*
représentent Dieu comme le principe des choses, la
fin qu'elles visent, la cause des effets qu'elles consti-
tuent. On voit qu'en dernière analyse la réflexion
sur le divin est une recherche de l'absolu faite à par-
tir du relatif. L'unité de l'être ne saurait écarter cette
ambiguïté. On s'en aperçoit lorsqu'on essaie de
nommer l'être. Il n'est pas univoque, car son appli-

cation aux accidents peut changer. Il n'est pas équi-
voque, car il est toujours l'être. Puisqu'il n'est ni
l'un ni l'autre, on dira qu'il n'est connu que par
l'analogie, dans la proportio. *Le monde est plein*
d'être, qui se distribue diversement selon les cir-
constances et les accidents.

Ainsi se trouve assurée la hiérarchie des créa-
tures. L'homme n'a pas besoin de sortir totalement
du monde sensible. Il peut découvrir ou établir en
lui l'ordre et la pureté. Il suffit d'utiliser successive-
ment la sensibilité, l'imagination, la raison. Toutes
les trois, selon leur ordre, peuvent toucher le vrai.
*Plutôt que d'*intellectus, *on parlera d'intuition. Elle*
découvrira l'ordre, effectivement, mais aussi la
mesure et encore la species, *qu'on peut traduire par*
espèce, puisque nous sommes dans le monde de la
logique, mais qui est plus précisément ce qu'on voit
et qui est clair, distinct, vrai. C'est ainsi que tout
être tend vers Dieu, qui est la plénitude de l'être.
Nous retrouvons ici l'amour, tel que l'évoquaient
Platon et les mystiques. Il est désir mais trouve sa
propre plénitude dans le désir d'absolu. Il vise la
rencontre et la fusion de l'être et de la pensée, de
l'intuition et de l'essence. Cela ne peut se réaliser
qu'en Dieu, qui reste au demeurant au-delà de notre
vue directe. Autour de cette ontologie du concret, il
est possible de définir la hiérarchie des valeurs,
dans le langage qu'utilisait Cicéron, auteur du De
officiis : *on va de l'utile à l'honnête, qui est le bien*
suprême et se trouve donc associé à la connais-
sance de Dieu et à la joie qui l'accompagne, comme
la delectatio *suivait toutes les satisfactions par-*
tielles du désir.

Il est dès lors possible de méditer sur la beauté, sur l'amour et sur la joie.

La beauté se manifeste dans l'équilibre de la matière et de la forme, dans la plénitude de l'acte et donc de l'être. Elle apparaît dans la rencontre de la convenance et de la clarté. Nous retrouvons ici les affirmations majeures de l'esthétique antique. Les qualités qui sont ainsi recherchées sont celles que visaient principalement l'aristotélisme et l'atticisme. Thomas les utilise d'une manière admirable pour constituer son style, qui assure la cohérence extrême des mots et des choses, tout en accordant dans l'analogie l'univocité nécessaire des termes employés et la subtilité complexe des idées. Nous avons vu que toutes ces exigences existent d'abord dans l'approche de Dieu. Thomas parle donc exactement le langage de la théologie, qui est celui de l'être, perçu dans la plénitude et dans l'analogie. Là comme dans la structure même des premières cathédrales gothiques (notamment à Notre-Dame de Paris), nous saisissons l'essence même de la beauté « gothique ». La matière (voûtes et verrières) devient transparente aux formes, qui la régissent et lui confèrent équilibre, lumière et harmonie. Tel est notamment le rôle des arcs-boutants. On a contesté à tort leur utilité fonctionnelle. Mais ils servent essentiellement à manifester extérieurement la rencontre de l'idée et de la matière dans la relation et la proportion. La cathédrale est le lieu de rencontre de la ténèbre intérieure, de la lumière et de la couleur, qui rayonnent dans cette ombre par la grâce des vitraux, et de l'analogie esthétique et mathématique, qui se manifeste dans la force et dans l'éléva-

tion. *Nous rejoignons le sublime, que Thomas, en tant que théologien du christianisme, assimile à la grâce. Dieu nous enseigne à voir la lumière dans sa lumière. La beauté parfaite n'est donc rien d'autre que la connaissance de Dieu. Elle apparaît comme sacrée et même comme sacrement, puisque le sacrement est dans la matière le signe efficace de la présence et de l'action de Dieu. Thomas insiste essentiellement sur la Confirmation, qui est d'abord affirmation de l'Esprit, et sur l'Eucharistie, où il reconnaît à la fois le signe de l'incarnation et de la parole communautaire*[1].

La beauté conduit à l'amour, qu'elle enracine dans l'être. Comme toujours Thomas établit une synthèse entre la tradition grecque, qui vient à la fois de Platon, d'Aristote et du pseudo-Denys, et la ferveur augustinienne. Il cherche les noms de l'amour et sa nature (ou plutôt son rapport à la nature). Il distingue donc les différents noms latins de l'amour, comme Denys l'avait fait pour les termes grecs. Amor *est le terme le plus général (comme* eros*).* Dilectio *est le plus exigeant, le plus chrétien peut-être si l'on y joint* caritas*. Mais* amor *témoigne d'une passivité plus grande et fait ainsi une place plus large à Dieu et à la grâce. Comme Augustin, Thomas sait que l'amour est un « poids » naturel. Il reprend aussi la formule de saint Bernard : « La mesure de l'amour est d'aimer sans mesure. »*

On voit que Thomas n'ignore pas la réflexion sur la mystique. Si on le suit, on peut définir rationnel-

1. Nous reviendrons p. 534 sur l'*Office du Saint Sacrement* et sur les *Hymnes*.

lement la place que tient cette forme de spiritualité par rapport à la scolastique. Répétons-le, il ne s'agit pas pour lui de réduire de telles expériences aux dimensions de la pensée humaine et principalement de la raison. Il veut seulement se servir d'elle pour définir les voies qui conduisent au divin et qui permettent de tout éclairer par le principe et par la fin. Il se rappelle donc que, pour Denys, la connaissance du divin est extase, sortie de soi. L'auteur de la Hiérarchie céleste *et des* Noms divins *dit aussi que Dieu lui-même éprouve l'extase dans l'amour qui le porte vers sa création. Thomas ajoute qu'il y a plusieurs sortes d'extase, comme de connaissance. Elle peut procéder du désir sensible, de l'imagination ou de la raison, mais aussi de la pure illumination divine, issue de la grâce. À ce propos se pose le problème des apparitions et des visions. Thomas pense qu'elles peuvent être envoyées par Dieu ou relever de l'imagination. Elles ont le même statut que tout le sensible : elles peuvent parler de Dieu ou du Paradis, mais par le symbole plutôt que par l'intuition absolue (il pense par exemple à la colombe qui est apparue lors du baptême du Christ). Il est clair qu'une telle interprétation devra être retenue à l'occasion de toutes visions surnaturelles.*

L'amour ressemble à la parole. On ne peut les évoquer qu'ensemble puisque la parole est communication et rejoint donc l'amor amicitiae. Mais il faut bien comprendre que ni l'un ni l'autre ne se limitent à l'extériorité. Toute philosophie de l'être vient de l'intérieur et y retourne. Thomas décrit cette « procession », dont il trouve le modèle chez le pseudo-Denys, lui-même inspiré par la tradition plotinienne. L'unité de la parole et de l'être est aussi celle de l'amant et de l'aimé. On part du corps, on s'élève jusqu'à l'Esprit, mais il peut refluer sur le corps dans une sorte de redondance.

Alors s'épanouit la joie, qui est délectation, où la raison vient éclairer le désir, d'abord dans le repos puis dans l'admiration que nourrit la charité. En elle réside Dieu, qui est amour et se reconnaît à l'amour, comme le dit saint Jean. La joie n'exclut pas la tristesse devant les douleurs de ce monde. Mais elle marche vers la plénitude par le dépassement. Thomas rejoint Anselme : la joie de Dieu est plus grande que nous; il faut entrer en elle...

Nous pouvons conclure en insistant sur trois idées; elles nous confirmeront que la théorie de la parole est liée chez saint Thomas à la totalité de sa doctrine.

1. Il y a bien une rhétorique de Dieu, des hommes et des anges. Elle indique les pouvoirs du pathétique, de la délectation et d'abord de la preuve. Elle dit le vrai ou le probable, la beauté, l'amour. Elle nous enseigne à prier, non par désir ou pour posséder Dieu, mais pour parler de lui avec lui et donc pour nous rapprocher de lui. La prière est spirituelle mais elle peut être aussi corporelle dans la beauté du chant. Les anges, qui sont des esprits, parlent la langue intérieure, qui s'accorde pour nous avec le silence.

2. Nous n'avons pas parlé de la politique de Thomas : il ne s'agit pas exactement de notre sujet. Néanmoins, nous pouvons le rejoindre de plusieurs manières. Comme Jean de Salisbury, Thomas insiste sur la moralisation et même la sacralisation

du pouvoir. Mais il insiste davantage sur les exigences de la nature et sur celles d'un bonheur matériel associé à la mesure. Ici comme partout dans son œuvre, Thomas veut associer dans la justice les exigences du corps, les distinguer pour les unir. On sait l'importance qu'a revêtue cette doctrine au début du XXe siècle, quand les Maritain en ont montré l'actualité. Le naturalisme mesuré de saint Thomas lui permet de reproduire pour l'essentiel la conception cicéronienne de la constitution mixte et équilibrée, où s'accordent les trois classes ou ordres de la société médiévale, prêtres, noblesse militaire, paysans. La liberté doit y être maintenue dans les limites d'un humanisme de la justice et de l'amour, et Thomas croit comme Jean de Salisbury que la révolte est légitime contre la tyrannie. L'ordre politique qui est ainsi conçu au temps de saint Louis repose à la fois sur la religion et sur son interprétation conforme à la culture classique.

3. Peut-on vraiment parler de liberté ou de tolérance dans l'ordre de la culture et de la spiritualité ? Ici encore trois principes sont distingués et se complètent mutuellement. La rigueur même de la doctrine thomiste est extrême, comme il est normal dans une philosophie de l'être et de la raison. Mais la référence constante à la nature prise dans sa totalité assure dans une telle œuvre un pouvoir de compréhension et d'embrassement qui a été rarement atteint. On a souvent essayé de définir la doctrine thomiste par des conflits et des oppositions. Nous n'avons pourtant jamais cessé d'observer qu'elle s'appuie toujours sur l'esprit d'amour et de communauté. On le voit dans l'écriture même de la

Somme de théologie. *Elle est présentée sous la forme de « questions disputées » dans lesquelles Thomas présente, à propos de chaque problème, les thèses en présence parmi les théologiens. Il commence par celles qui ont paru plausibles à beaucoup — notamment les thèses augustiniennes. Puis il propose les avis contraires et tranche en ajoutant quelques commentaires. En général, il utilise la distinction des points de vue, selon les différents degrés qui vont du relatif à l'absolu. Cela lui permet de comprendre les opinions adverses et de les embrasser au nom de l'absolu dans une compréhension plus vaste. Il n'est pas question de condamner saint Augustin mais d'essayer de le dépasser, grâce à l'ontologie d'Aristote et à la sagesse platonicienne de Denys, dans une vision plus vaste et plus profonde de l'amour* [1].

1. Bibliographie de saint Thomas d'Aquin :
   Principales œuvres : nous avons concentré nos citations sur la *Somme de théologie* ; cf. *Opera omnia*, Marietti, Turin-Rome ; *Opera omnia*, éd. critique dite « léonine » en cours, Rome, Sainte-Sabine, 31 vol. parus depuis 1882 ; traductions : *Somme théologique* (français seul) par Aimon-Marie Roguet et Albert Raulin, 4 vol., Cerf, 1984 ; *Somme contre les Gentils*, éd. par C. Michon *et alii*, GF-Flammarion, à paraître.
   Études : nous citerons spécialement, dans la perspective qui est la nôtre : Étienne Gilson, *Le Thomisme*, Vrin, 1920 ; R.P. Marie-Dominique Chenu, *Introduction à l'étude de saint Thomas d'Aquin*, Montréal, 1950 ; *Saint Thomas d'Aquin et la théologie*, « Maîtres spirituels », Seuil, 1959 ; Jean-Pierre Torrell, *Initiation à saint Thomas d'Aquin. Sa personne et son œuvre*, « Vestigia », 13, Cerf-Éd. Universitaires de Fribourg, 1993 ; Umberto Eco, *Le Problème esthétique chez Thomas d'Aquin* (nouvelle éd., Turin, 1970), P.U.F., 1993 ; Édouard-Henri Weber, *Dialogue et dissensions entre saint Bonaventure et saint Thomas d'Aquin à Paris (1252-1273)*, « Bibliothèque thomiste », 41, Vrin, 1991 ; id., *La Personne humaine au*

La théologie de la sagesse

CARACTÈRES ET ÉTENDUE
DE LA DOCTRINE SACRÉE

Pour que notre projet soit embrassé dans certaines limites déterminées, il est nécessaire de chercher d'abord, au sujet de la doctrine sacrée elle-même, quels sont ses caractères et jusqu'où elle s'étend. À ce sujet, dix questions se posent :

1° : de la nécessité de cette doctrine,

2° : si elle est une science,

3° : si elle est une ou plurielle,

4° : si elle est spéculative ou pratique,

5° : de sa comparaison avec les autres sciences,

6° : si elle est sagesse,

7° : quel est son sujet,

8° : si elle est argumentative,

9° : si elle doit user de locutions métaphoriques ou symboliques,

---

XIIIe siècle, « Bibliothèque thomiste », 46, Vrin, 1991 ; *Saint Thomas au XXe siècle*, Actes du colloque du centenaire de la *Revue thomiste*, éd. Saint Paul, 1994, p. 362-378 ; ouvrage collectif : *L'Analogie* dans les *Études philosophiques*, 3/4, 1989 : Pierre AUBENQUE, Alain de LIBERA, Olivier BOULNOIS, J. ASHWORTH ; Michel de PAILLERETS, *Saint Thomas d'Aquin, frère prêcheur, théologien*, Cerf, 1992 ; thèse à paraître : Olivier VENARD, o.p., *La Parole et la beauté dans la théologie : Thomas d'Aquin poeta theologus.*

10° : si dans cette doctrine l'Écriture sacrée doit être exposée selon plusieurs sens,

Somme de théologie, I, I, qu. 1,1.

LES DISCIPLINES PHILOSOPHIQUES DOIVENT ÊTRE COMPLÉTÉES PAR LA THÉOLOGIE

Il faut dire qu'il a été nécessaire pour le salut des hommes qu'existât une certaine doctrine issue de la révélation divine en plus des disciplines philosophiques, qui sont scrutées par la raison humaine. C'est sans doute d'abord parce que l'homme est ordonné à Dieu comme à une certaine fin qui dépasse la compréhension de la raison, selon le mot d'Isaïe, 64, 4 : « L'œil n'a pas vu Dieu sans toi, qui as ménagé cette vision à ceux qui t'aiment. » Or la fin doit être connue à l'avance pour les hommes, qui ont à ordonner leurs intentions et leurs actions vers une fin. Il a donc été nécessaire à l'homme pour son salut que lui devînt connu par révélation divine ce qui dépasse la raison humaine.

Sur les sujets aussi qui peuvent être scrutés par la raison humaine à propos de Dieu, il a été nécessaire pour l'homme d'être instruit par la raison divine. En effet la vérité sur Dieu, lorsque la raison la cherchait, ne pouvait être trouvée que par peu de gens, dans une longue durée de temps, et avec le mélange de nombreuses erreurs ; de cette vérité pourtant dépend tout le salut de l'homme, qui est en Dieu. Pour que le salut parvînt donc aux hommes de façon plus appropriée et plus certaine, il a été nécessaire qu'ils fussent instruits des choses divines par la révélation divine.

Somme de théologie, I, I, qu. 1,1, rép.

LA DOCTRINE SACRÉE EST UNE SCIENCE DONT LE PRINCIPE EST LA SAGESSE

Il faut dire que la doctrine sacrée est une science. Mais il faut savoir que double est le genre des sciences. Il en est en effet certaines qui procèdent de principes connus par la lumière naturelle de l'intellect, comme l'arithmétique, la géométrie et tout ce qui procède de cette manière. Mais il en est certaines qui procèdent selon des principes connus par la lumière d'une science supérieure, de même que la perspective procède des principes que la géométrie fait connaître et la musique de ceux de l'arithmétique. C'est aussi de cette manière que la doctrine sacrée est une science, parce qu'elle procède des principes connus par la lumière d'une science supérieure, à savoir la science de Dieu et des bienheureux.

Somme de théologie, I, I, qu. 1,2, rép.

LES DOUTES DU THÉOLOGIEN VIENNENT DE LA FAIBLESSE DE L'ESPRIT HUMAIN ; ELLE JUSTIFIE AUSSI LE RECOURS COMPLÉMENTAIRE À LA PHILOSOPHIE

Le doute qui se produit chez certains à propos des articles de la foi ne tient pas à l'incertitude de la chose mais à la faiblesse de l'intellect humain. Et pourtant le minimum qu'on peut avoir dans la connaissance des réalités les plus hautes est plus désirable que la connaissance la plus certaine qu'on possède à propos des réalités les plus minimes...

Il faut dire que cette science peut recevoir quelque chose des disciplines philosophiques, non qu'elle en ait besoin par nécessité mais pour la plus grande manifestation de ce qui est transmis dans notre science... À partir de ce que fait connaître la raison naturelle, de laquelle procèdent les autres sciences, notre intellect est plus facilement conduit par la main à ce qui est au-dessus de la raison et que notre science transmet.

Somme de théologie, I, I, qu. 1,5, à 1,2.

LA THÉOLOGIE N'EST AUTRE QUE LA SAGESSE

Il faut dire que cette doctrine est au plus haut point la sagesse parmi toutes les sagesses humaines, non seulement dans quelque genre

mais simplement. En effet, comme il appartient
au sage d'ordonner et de juger, et que d'autre part
le jugement est porté selon une cause plus élevée
au sujet de ce qui est inférieur, on appelle sage
celui qui en tout genre considère la cause la plus
élevée de ce genre. De même, dans le genre constitué par l'architecture, l'artisan qui dispose la
forme de la maison est appelé sage et architecte,
si l'on considère les autres artisans qui dégrossissent le bois ou préparent les pierres : de là ce
qui est dit en I *Corinthiens*, 3,10 : « Comme un
sage architecte j'ai jeté les fondements. » Et derechef, dans le genre constitué par toute la vie
humaine, celui qui est prudent est dit sage, pour
autant qu'il ordonne les actes humains vers la fin
qu'ils doivent viser. D'où le mot des *Proverbes*, X,
23 : « Pour un homme, la sagesse est la prudence. » Celui donc qui considère dans la simplicité la cause la plus haute de tout l'univers, c'est-à-
dire Dieu, est dit sage entre tous ; dès lors on dit
aussi que la sagesse est la connaissance des
choses divines, comme Augustin nous le montre
de manière patente, *De Trinitate*, XII. Mais la doctrine sacrée détermine d'une façon qui lui est particulièrement propre la connaissance de Dieu
selon qu'il est la plus haute des causes, non seulement pour autant qu'on peut le connaître par
l'entremise des créatures et de ce qui est connu
des philosophes, comme il est dit en *Romains*, I,
19, mais aussi par rapport à ce qu'il connaît seul
de lui-même et qu'il a communiqué aux autres
par la révélation.

Somme de théologie, I, I, qu. 1,6, rép.

DIEU N'EST-IL PAS LE SUJET
DE LA THÉOLOGIE ?

Damascène[1] dit : « En Dieu, il est impossible de dire ce qu'il est. » Donc Dieu n'est pas le sujet de cette science.

En outre, tout ce qui est déterminé dans quelque science, est compris sous le sujet de cette science. Mais dans les termes dont traite la Sainte Écriture, il y a beaucoup d'autres choses que Dieu, par exemple, les créatures et les mœurs des hommes. Dieu n'est donc pas le sujet de cette science...

Je réponds. Il faut dire que Dieu est le sujet de cette science... Toutes choses en effet dans la doctrine sacrée sont traitées selon un raisonnement qui découle de Dieu, soit parce qu'elles sont Dieu lui-même, soit parce qu'elles sont ordonnées à Dieu comme à leur principe et leur fin.

Somme de théologie, I, I, qu. 1,7,1,2, rép.

FAUT-IL ÉCARTER LES ARGUMENTS LÀ
OÙ IL S'AGIT DE LA FOI ?

Il faut dire ceci : de même que les autres sciences n'argumentent pas pour prouver leurs principes, mais argumentent d'après les principes pour montrer d'autres choses dans les sciences

1. Saint Jean Damascène (v. 650-v. 750), Père de l'Église grecque.

mêmes, ainsi notre doctrine n'argumente pas pour prouver ses principes, qui sont articles de foi ; mais elle procède d'eux pour montrer quelque chose, comme l'Apôtre, en I *Corinthiens*, 15,12, argumente à partir de la Résurrection du Christ pour prouver la résurrection commune.

Somme de théologie, I, I, qu. 1,8, rép.

L'ÉCRITURE SACRÉE DOIT-ELLE USER DE MÉTAPHORES ?

Ce qui est propre à la doctrine la plus basse ne semble pas s'appliquer à notre science, qui parmi les autres tient le rang suprême, comme il a déjà été dit. Procéder par similitudes variées et par représentations est le propre de la poétique, qui tient le rang le plus bas parmi les autres doctrines...

En outre, notre doctrine semble être ordonnée à la manifestation de la vérité... Mais par des similitudes de ce genre la vérité est occultée. Il n'appartient donc pas à notre doctrine de transmettre ce qui est divin sous l'apparence des choses corporelles.

En outre, d'autant certaines créatures sont plus sublimes, d'autant plus elles accèdent à la ressemblance divine. Si donc quelques-unes des créatures étaient transposées en Dieu, il faudrait alors qu'une telle transposition s'accomplît d'après les créatures les plus sublimes et non d'après les plus basses. C'est pourtant ce qu'on trouve souvent dans les Écritures.

Mais à cela est contraire ce qui est dit dans *Osée*, 12,10 : « J'ai multiplié leur vision et dans les mains des prophètes j'ai reçu des ressemblances. » Or transmettre quelque chose sous des ressemblances, c'est le fait de la métaphore. Donc il appartient à la doctrine sacrée d'user de métaphores.

Je réponds ceci : il convient à l'Écriture sacrée de transmettre ce qui est divin et spirituel sous des métaphores corporelles. En effet Dieu exerce sa Providence envers toutes choses selon ce qui s'applique à leur nature. Or il est naturel pour l'homme de venir par le sensible à l'intelligible, parce que notre connaissance a toujours son début dans la sensibilité. C'est donc avec convenance que dans l'Écriture sacrée les choses spirituelles nous sont rapportées sous des métaphores tirées des réalités corporelles. Denys le dit au premier chapitre de la *Hiérarchie céleste* : « Il est impossible que le rayon divin luise pour nous s'il n'est enveloppé par la variété des voiles sacrés. »

Il existe une autre exigence qui convient à l'Écriture sacrée, qui est proposée à tous en commun, selon l'*Épître aux Romains*, 1,14 : « J'ai des obligations envers les sages et ceux qui ne le sont pas » : les choses spirituelles doivent être proposées sous la ressemblance des corporelles pour qu'au moins elles soient accueillies par ceux qui n'ont pas reçu une éducation suffisante pour être capables de percevoir ce qui est intelligible en soi.

Relativement au premier point, il faut donc dire que le poète use de métaphores parce qu'elles sont représentatives : la représentation est naturellement délectable pour l'homme. Mais la doctrine sacrée use de métaphores par nécessité et à cause de leur utilité, comme nous l'avons dit.

Relativement au second point, il faut dire que le rayon de la représentation divine n'est pas détruit à cause des figures sensibles qui l'enveloppent de leur voile, comme dit Denys, mais qu'il demeure dans sa vérité, de telle sorte qu'il ne permet pas aux esprits pour lesquels se fait la révélation de rester dans les ressemblances mais les élève à la connaissance des intelligibles...

Relativement au troisième point, il faut parler comme le fait Denys en son enseignement (*Hiérarchie céleste*, chap. II) : il apparaît plus convenable pour les Écritures de rapporter les réalités divines sous la figure des corps vils que sous celle des corps nobles. Et cela pour trois raisons : d'abord, par ce moyen, l'âme humaine est libérée de l'erreur. Il apparaît en effet de manière manifeste que ces choses ne sont pas dites à propos du divin ; cela pourrait être douteux si les choses divines étaient décrites sous la figure de corps nobles, surtout chez ceux qui ne savent concevoir rien de plus noble à partir des corps. En second lieu, cette mesure convient mieux à la connaissance que nous avons de Dieu en cette vie. En effet, ce qui nous est plus manifeste au sujet de lui-même, c'est ce qu'il n'est pas, non ce qu'il est ; dès lors, les ressemblances des choses qui sont plus éloignées de Dieu rendent plus vraie en nous l'estimation selon laquelle Dieu est au-dessus de ce que nous disons ou pensons de lui. En troi-

sième lieu, par de tels moyens, les choses divines
sont mieux cachées aux indignes.

Somme de théologie, I, I, qu. 1,9,
rép. 1,2,3.

LES QUATRE SENS DE L'ÉCRITURE

Il faut dire ceci : l'auteur de l'Écriture sacrée est
Dieu, dans le pouvoir duquel il entre non seulement d'accommoder les paroles à la signification,
ce que l'homme aussi peut faire, mais aussi les
choses elles-mêmes. Pour cette raison, alors que
dans toutes les sciences les paroles ont une signification, cette science a ceci de propre que les
choses signifiées par les paroles aient aussi une
signification par elles-mêmes. Donc la première
signification, par laquelle les paroles signifient les
choses, concerne le sens premier, qui est le sens
historique ou littéral. La signification selon
laquelle les choses signifiées par les paroles signifient à leur tour d'autres choses est appelée sens
spirituel : il s'appuie sur le sens littéral et le suppose.

Quant à ce sens spirituel, il est divisé en trois.
En effet, comme le dit l'Apôtre (*Hébreux*, 7,19), la
loi ancienne est la figure de la loi nouvelle ; et la
loi nouvelle elle-même, comme le dit Denys dans
la *Hiérarchie ecclésiastique*, est la figure de la
gloire future ; dans la loi nouvelle aussi, ce qui a
été accompli à l'origine est le signe de ce que nous
devons faire. Donc, du fait que ce qui appartient à
l'ancienne loi signifie ce qui appartient à la loi
nouvelle, là est le sens allégorique ; selon que ce

qui s'est accompli dans le Christ ou en quoi le
Christ est signifié constitue les signes de ce que
nous devons faire, il y a sens moral; pour autant
que cela signifie ce qui réside dans la gloire éternelle, il y a sens anagogique.

Comme d'autre part le sens littéral est celui
dont l'auteur a l'intention, et comme l'auteur de
l'Écriture sacrée est Dieu, qui embrasse toutes
choses en même temps par son intellect, selon le
mot d'Augustin dans les *Confessions* XII, il n'est
pas inconvenant que, dans la lettre unique de
l'Écriture, il y ait plusieurs sens.

... Il faut dire que la multiplicité de ces sens ne
suscite pas d'équivoque ni aucune autre forme de
multiplicité : en effet, comme il a déjà été dit, la
raison pour laquelle ces sens se multiplient n'est
pas qu'une parole a de multiples significations
mais que les choses mêmes signifiées par les
paroles peuvent être les signes d'autres choses. Et
ainsi il ne s'ensuit aucune confusion dans l'Écriture sacrée, puisque tous les sens se fondent sur
un seul, à savoir le sens littéral, duquel seul peut
être tiré argument; cela est impossible pour ceux
qu'on appelle allégoriques, comme l'indique
Augustin dans la *lettre à Vincentius*. Cependant,
l'Écriture ne souffre aucun dommage du fait que
rien de nécessaire à la foi n'est contenu sous le
sens spirituel si elle ne le transmet ailleurs de
façon manifeste par le sens littéral.

... Il faut dire que ces trois démarches : l'histoire, l'étiologie, l'analogie, concernent le seul
sens littéral. En effet l'histoire, comme l'expose
Augustin lui-même, intervient lorsque quelque

chose est proposé simplement; l'étiologie, lorsque la cause de ce qu'on dit est assignée...; l'analogie existe lorsqu'on montre que la vérité d'un texte de l'Écriture ne s'oppose pas à la vérité d'un autre. Dans tout cela, seule l'allégorie est présentée à la place des trois sens spirituels. Ainsi Hugues de Saint-Victor comprend dans le sens allégorique le sens analogique aussi, proposant dans ses *Sententiae*, III, trois sens seulement, à savoir les sens historique, allégorique et tropologique.

Somme de théologie, I, I, qu. 1, 10, rép. 1, 2.

L'être et les causes : Dieu et le Verbe

DIEU EST-IL CONNU PAR LUI-MÊME OU PAR LA CAUSALITÉ QUI DÉCOULE DE LUI?

Est déclaré connu par soi-même ce qui est connu dès qu'on en connaît les termes. Le philosophe attribue cela aux premiers principes de la démonstration (*An. post.* II) : dès qu'on sait ce qu'est le tout et ce qu'est la partie, on sait que le tout est toujours plus grand que sa partie. Mais, une fois compris ce que signifie ce nom : Dieu, aussitôt on tient ce qu'est Dieu. En effet, par ce nom est signifié ce par rapport à quoi rien de plus grand ne peut être signifié : or ce qui est dans la réalité et dans l'intellect est plus grand que ce qui est seulement dans l'intellect; il en résulte que, une fois compris ce nom, puisque Dieu est aussitôt dans l'intellect, il s'ensuit aussi qu'il est dans la réalité. Donc il est connu par soi-même que Dieu est...

Mais argument contraire :... Or on peut concevoir l'opposé de la proposition « Dieu est », selon la parole du *Psaume* 52 : « L'homme privé de sagesse a dit dans son cœur : Dieu n'est pas. » Donc il n'est pas connu par soi-même que Dieu est...

Je réponds : Je dis donc que cette proposition : « Dieu est », autant qu'elle est en soi, est connue par soi, parce que le prédicat est le même que le sujet. Dieu en effet est son être, comme cela sera plus bas manifeste. Mais comme nous ne savons pas au sujet de Dieu ce qu'il est, la proposition n'est pas connue par elle-même pour nous, mais elle a besoin d'être démontrée par ce qui est mieux connu selon nos limites et moins selon la nature, c'est-à-dire dans la limite des effets.

Somme de théologie, I, 1, qu. 2, rép. 1.

LE BIEN, LE BEAU, LA CONNAISSANCE ET LE DÉSIR

Il faut dire que le beau et le bien sont la même chose du moins dans le sujet, parce qu'ils se fondent dans la même chose, c'est-à-dire sur la forme; et pour cette raison le bien est loué comme le beau. Mais ils diffèrent en raison. En effet, le bien regarde proprement l'appétit; est bien en effet ce dont tous ont appétit. Et donc, en raison, le bien est fin, car l'appétit est comme un mouvement vers une chose. Quant au beau, il regarde la puissance de connaître : on appelle beau ce qui plaît quand on le voit. Dès lors le beau consiste dans la proportion due, parce que la sensibilité se plaît dans les choses dûment proportionnées comme dans ce qui est semblable à soi : en effet la sensation est raison d'une certaine manière et toute vertu relève de la connaissance. Et comme la connaissance se fait par assimilation, et que de son côté la similitude regarde la forme, le beau concerne proprement la raison de la cause formelle.

Somme de théologie, I, 5, 4, ad 1.

LA RAISON DU BIEN CONSISTE DANS LA MESURE, L'ESPÈCE ET L'ORDRE

Tout ce qui est dit bon l'est dans la mesure où il est parfait. Or, comme chaque chose est ce qu'elle est par sa forme, et que la forme comporte certains présupposés et certaines conséquences nécessaires, pour que quelque chose soit nécessaire et bonne, il est nécessaire que cela possède une forme et ce qui s'ensuit... Dès lors, la raison du bien, du fait qu'il consiste dans la perfection, réside dans la mesure, l'espèce et l'ordre.

Somme de théologie, I, 5, 5, rép.

L'*HONESTUM*, L'UTILE ET L'AGRÉABLE : LES DEGRÉS DU DÉSIR

Ainsi donc, dans le mouvement de l'appétence, l'objet d'appétence qui met un terme particulier à l'appétence en tant que moyen par lequel on tend vers autre chose, est appelé utile. Ce qui est recherché en tant que but ultime, mettant un terme total au mouvement de l'appétence, comme un objet vers lequel elle tend par elle-même, est appelé « honnête », parce qu'on appelle « honnête » ce qui est désiré par soi. Ce qui termine le mouvement de l'appétence, comme le repos dans la chose désirée, est la délectation.

Somme de théologie, I, 5, 6, rép.

La connaissance de Dieu : intellect ou sensation ?

NIHILISME OU THÉOLOGIE NÉGATIVE ? LA CONNAISSANCE DE DIEU DÉPASSE LA CONNAISSANCE

Il faut dire ceci : on ne parle pas de Dieu en tant que non existant comme s'il n'existait de nulle manière, mais parce qu'il est au-dessus de tout existant, pour autant qu'il est lui-même son être. Dès lors, il ne suit pas de cela qu'il ne puisse être connu en aucune façon, mais qu'il dépasse toute connaissance ; ce qui est précisément ne pas être compris.

Somme de théologie, I, qu. 12, 1, à 3.

SUBLIMITÉ DE DIEU : VOIR
LA LUMIÈRE DANS LA LUMIÈRE

Il faut dire que tout ce qui est élevé jusqu'à quelque chose qui excède sa nature doit être disposé selon une disposition qui soit au-dessus de sa nature... Lorsqu'un intellect créé voit Dieu dans son essence, l'essence même de Dieu devient l'essence intelligible de l'intellect. Dès lors, il convient qu'une certaine disposition surnaturelle lui soit ajoutée au-dessus de lui pour qu'il soit élevé à une si grande sublimité. Donc, comme la vertu naturelle de l'intellect créé ne suffit pas pour voir l'essence de Dieu, ainsi que je l'ai montré, il convient que par la grâce de Dieu croisse en lui la vertu d'intelligence. Et nous appelons cette augmentation de la vertu intellective illumination de l'intellect, de même que l'intelligible lui aussi est appelé lumière ou clarté.

Somme de théologie, I, qu. 12, 5, rép.

À PROPOS DU RAVISSEMENT DE SAINT
PAUL : EXTASE ET AMOUR

Il faut dire que le ravissement ajoute quelque chose au-dessus de l'extase. En effet l'extase implique simplement la sortie de soi, selon laquelle il est clair que quelqu'un est placé hors de son ordre. Mais le ravissement, au-dessus de cela, ajoute une certaine violence. L'extase peut donc concerner la puissance appétitive, par exemple lorsque l'appétit de quelqu'un tend vers un objet qui est en dehors de lui-même. Et conformément à cela Denys dit que « l'amour divin fait l'extase », c'est-à-dire pour autant qu'il fait tendre l'appétit de l'homme vers les choses aimées. C'est pourquoi Denys ajoute ensuite que « Dieu aussi, qui est la cause de tout, se produit hors de lui-même par l'abondance de sa bonté amoureuse dans sa providence envers tout ce qui existe ».

Somme de théologie, II-II, qu. 175, 2, à 1.

EXTASE ET CONTEMPLATION

Il faut dire que l'esprit humain est ravi divinement pour contempler la vérité divine de trois façons. D'une manière pour la contempler par certaines similitudes issues de l'imagination. Et telle fut l'extase qui s'abattit sur Pierre. D'une autre manière pour qu'il contemple la vérité divine par ses effets intelligibles ; telle fut l'extase de David disant : « J'ai dit dans mon extase : tout homme est menteur. » De la troisième façon, pour contempler cette vérité dans son essence. Et tel fut le ravissement de Paul et aussi de Moïse. Et cela est aussi approprié, car, de même que Moïse fut le premier docteur des Juifs, Paul fut le premier docteur des Gentils.

... Il faut dire que l'essence divine ne peut être vue par un intellect créé, si ce n'est dans la lumière de la gloire, dont il est dit dans le

Psaume 35 : « Dans ta lumière nous verrons la lumière »...

Somme de théologie, II, II,
qu. 175 à 1 et 2.

EXISTE-T-IL UNE SENSATION OU UNE IMAGINATION DE DIEU ? EXTASE ET AMOUR

Il faut dire que par la grâce nous possédons une connaissance plus parfaite au sujet de Dieu que par la raison naturelle. Voici comment cela est évident. La connaissance que nous avons par la raison naturelle demande deux choses : les représentations [*phantasmata*] obtenues à partir du sensible, et la lumière naturelle intelligible, par la vertu de laquelle nous en abstrayons les conceptions intelligibles. Et dans chacun des deux cas, la connaissance humaine est aidée par la révélation de la grâce. En effet la lumière naturelle de l'intellect est confortée par l'infusion d'une lumière gratuite. Et quelquefois même les phantasmes dans l'imagination de l'homme sont formés divinement : ils expriment plus les choses divines que celles que nous recevons naturellement du sensible, comme il apparaît dans les visions des prophètes. Et quelquefois aussi certaines réalités sensibles sont formées divinement, ou aussi des paroles, pour exprimer quelque chose de divin ; ainsi dans le baptême on a vu l'Esprit-Saint sous l'apparence d'une colombe, et la voix du Père fut entendue : « Celui-ci est mon Fils bien-aimé. »

Somme de théologie, I, qu. 12, 13, rép.

Peut-on nommer Dieu ?

ÉTYMOLOGIES : NATURE OU OPÉRATION ?

Damascène dit dans son livre II que « Dieu est nommé à partir de "thein" qui signifie veiller sur toutes choses et les réchauffer (...) ». Tout cela au demeurant concerne une opération. Donc ce nom de Dieu signifie une opération et non la nature.

Je réponds... : Denys dit au chapitre XII des *Noms divins* que « la déité est ce qui voit toutes choses par la bonté et la Providence parfaites ». Or le nom de Dieu, puisqu'il est adopté selon cette opération, a été posé pour signifier la nature divine.

Somme de théologie, I, qu. 13, 8, 1 et rép.

PARLER DE DIEU : L'UNIVOCITÉ, L'ÉQUIVOQUE ET L'ANALOGIE

Il faut dire ceci : ce nom, Dieu, selon les trois significations que j'ai indiquées, n'est utilisé ni univoquement ni équivoquement, mais analogiquement. En voici la preuve. Ce qui est univoque garde absolument la même raison et celle des termes équivoques est diverse, mais il convient que le nom reçu selon une seule signification soit utilisé dans la définition du même nom, alors qu'il est reçu selon d'autres significations. Ainsi le terme « étant », qui se dit de la substance, est utilisé dans la définition de l'étant selon qu'il se dit au sujet de l'accident.

Somme de théologie, I, qu. 13, 10, rép.

DIEU CONNAÎT TOUTES CHOSES PAR LES IDÉES SELON L'UN ET LE MULTIPLE

Il faut dire ceci : il est nécessaire de poser les idées dans l'esprit divin. Car le terme grec *idea* est traduit par *forma* en latin. Dès lors, par idées on entend les formes des autres choses, existant indépendamment des choses elles-mêmes. Or la forme d'une chose, existant indépendamment d'elle, peut exister de deux façons : soit pour être l'exemplaire de ce dont elle est dite forme, soit pour être le principe de sa connaissance même, selon qu'on dit que les formes des connaissables sont dans celui qui connaît. Et dans les deux cas, il est nécessaire de poser les idées.

Somme de théologie, I, qu. 15.

LA VÉRITÉ DE DIEU

Il faut dire ceci : la vérité se trouve dans l'intellect selon qu'il saisit la chose comme elle est et dans la chose selon qu'elle a un être qui peut se conformer à l'intellect. Or cela se trouve au plus haut point en Dieu. En effet, non seulement son être est conforme à son intellect, mais il est aussi son intelligence même... Il s'ensuit que non seulement la vérité est en lui, mais qu'il est lui-même la première et la suprême vérité.

Somme de théologie, I, qu. 16,5, rép.

L'amour et la parole théologique

LES « PROCESSIONS » DU VERBE ET DE L'AMOUR

Il faut dire ceci : dans le divin, il y a deux processions, à savoir la procession du Verbe et certaines autres choses. Pour marquer cette évidence, il faut considérer que dans le divin il n'y a pas de procession si ce n'est selon une action qui ne tend pas vers quelque chose d'extrinsèque mais demeure dans l'agent lui-même. Or, dans la nature de l'intellect, une action de ce genre est action de l'intellect et action de la volonté. Quant à la procession du Verbe, elle est entendue selon l'action intelligible. Or, selon l'opération de la volonté, on trouve en nous une autre procession, à savoir la procession de l'amour, selon laquelle ce qui est aimé se trouve dans l'amant, de même que par la conception de la parole, la chose dite et comprise est dans celui qui comprend. Dès lors, à côté de la procession de la parole, s'établit dans le divin une autre procession, qui est la procession de l'amour.

Somme de théologie, I, qu. 27,3, rép.

LES NOMS DE L'AMOUR

Il faut dire ceci : on trouve quatre noms qui s'appliquent d'une certaine façon à la même chose : à savoir l'amour, la dilection, la charité et l'amitié. Ils diffèrent cependant en ceci que, selon le Philosophe (*Éthique* VIII), l'amitié est « comme une manière d'être ; l'amour et la dilection sont signifiés selon le mode de l'acte et de la passion » ; la charité peut être entendue des deux façons. Cependant, l'acte est signifié différemment selon ces trois termes. En effet, l'amour est plus commun entre eux ; car tout amour est dilection ou charité, mais l'inverse n'est pas vrai. En effet, la dilection ajoute au-dessus de l'amour l'élection qui le précède, ainsi que le nom même le fait entendre. Dès lors la dilection n'est pas dans le concupiscible, mais seulement dans la volonté et elle réside dans la seule nature raisonnable. Quant à la charité, elle ajoute au-dessus de l'amour une certaine perfection de l'amour, pour autant que ce qui est aimé est estimé d'un grand prix, comme ce nom même le signifie.

... Denys parle de l'amour et de la dilection selon qu'ils sont dans l'appétit intellectif ; car ainsi l'amour est la même chose que la dilection.

... La dilection présuppose le jugement de la raison. Or l'homme peut davantage tendre vers Dieu passivement, lorsque d'une certaine façon il est attiré par Dieu même, plutôt que sa propre raison puisse le conduire, ce qui tient à la définition de la dilection, comme il a été dit. Et de ce fait l'amour est plus divin que la dilection.

Somme de théologie, I-II, qu. 25,2,1, rép., à 1, à 4.

L'EFFET DE L'AMOUR EST-IL UN ÉTROIT ATTACHEMENT MUTUEL ?

« Celui qui demeure dans la charité, demeure en Dieu, et Dieu en lui » (I *Jean*, 4,16). Or, la charité est l'amour de Dieu. Donc, par la même raison, tout amour fait que l'aimé est dans l'amant.

... L'amant est dans l'aimé autrement par l'amour de concupiscence et autrement par l'amour d'amitié. Car l'amour de concupiscence ne se repose pas dans une quelconque prise de possession ou dans n'importe quelle jouissance extrinsèques ou superficielles de l'aimé, mais il cherche à le posséder parfaitement, comme s'il parvenait au plus profond de lui. Mais dans l'amour d'amitié, l'amant est dans l'aimé pour autant qu'il considère les biens et les maux de son ami comme siens et la volonté de son ami comme sienne. Et pour cette raison « c'est le propre des amis de vouloir les mêmes choses et d'avoir les mêmes sujets de tristesse et de joie », selon le Philosophe (*Éthique* IX et *Rhétorique* II).

Somme de théologie, I-II, qu. 28,2, rép.

L'ESPRIT ET LE CORPS : REDONDANCE
DE L'AMOUR SPIRITUEL

Les délectations sensibles sont des passions de l'appétit sensitif : elles sont donc accompagnées d'une certaine délectation du corps. Cela n'arrive pas dans les délectations spirituelles, si ce n'est par certaines ondes qui refluent de l'appétit supérieur sur l'inférieur.

Somme de théologie, I-II, qu. 31,5, rép.

MESURE OU DÉMESURE
DANS L'AMOUR

Bernard dit dans son livre *De l'amour de Dieu* que « la cause d'aimer Dieu de dilection est Dieu : la mesure, de l'aimer sans mesure »...

... La fin de toutes les actions et les affections humaines est la dilection de Dieu, par laquelle nous touchons au maximum à la fin ultime, comme il a été dit plus haut. Et donc dans la dilection de Dieu il ne peut être reçu de mesure comme dans une chose mesurée, de manière qu'il soit possible de recevoir en elle le plus et le moins, mais comme on trouve la mesure dans l'évaluation, dans laquelle il ne peut y avoir d'excès, mais d'autant plus elle touche à ce qui la règle, d'autant cela est meilleur. Et ainsi d'autant Dieu est mieux aimé, d'autant la dilection est meilleure.

Somme de théologie, II-II, qu. 27,6, mais par contre et rép.

Le plaisir et la joie

L'ADMIRATION

L'admiration est un certain désir de savoir, qui se produit dans l'homme du fait qu'il voit l'effet et ignore la cause ou que la cause d'un tel effet excède sa connaissance où ses facultés. Pour cette raison, l'admiration est cause de plaisir pour autant qu'elle possède joint à elle l'espoir d'atteindre par la suite la connaissance de ce qu'elle désire savoir.

Somme de théologie, I-II, qu. 32,7, rép.

LE REPOS

La délectation ne possède pas le meilleur en ce qu'elle est délectation mais en ce qu'elle est le parfait repos dans le meilleur.

Somme de théologie, I-II, qu. 34,3, à 3.

DÉLECTATION ET JOIE

Tout ce que nous désirons, nous pouvons aussi le désirer avec un plaisir de la raison, mais non inversement. Donc pour tout ce qui suscite la délectation, il peut y avoir joie chez ceux qui possèdent la raison.

... Mais l'on parle d'agrément à partir de certains signes ou effets spécifiques d'allégresse. Et cependant tous ces noms semblent s'appliquer à la joie ; car nous n'en usons que pour les natures rationnelles.

Somme de théologie, I-II, qu. 31,3, rép. et à 3.

LA JOIE EST-ELLE UN EFFET DE LA CHARITÉ ?

La joie touche particulièrement l'amour de bienveillance par lequel quelqu'un se réjouit de la prospérité de son ami... D'autre part la charité est l'amour de Dieu, dont le bien est immuable parce qu'il est lui-même sa propre bonté. Et du fait même qu'il est aimé, il est dans celui qui aime par le plus noble de ses effets, selon la parole de Jean, (*Épître* I, 4,16) : « Celui qui demeure dans la charité demeure en Dieu, et Dieu en lui. Et ainsi donc la joie spirituelle, qui vient de Dieu, est causée par la charité.

Somme de théologie, II-II, qu. 28,1, rép.

Y A-T-IL DE LA TRISTESSE DANS LA JOIE HUMAINE ?

Il faut dire ceci : dans la misère où nous habitons actuellement, nous pouvons participer d'une certaine manière au bien divin par la connaissance et l'amour : cependant, la misère de cette vie nous interdit la parfaite participation au bien divin, telle qu'elle sera dans la patrie. Ainsi donc la présente tristesse, par laquelle on souffre des délais de la gloire, tient à l'empêchement de participer au bien divin.

Somme de théologie, II-II, qu. 28,2, r 3.

LA JOIE SPIRITUELLE PEUT-ELLE ÊTRE PLEINE ?

Le Seigneur dit à ses disciples (*Jean*, 15,11) : « Que ma joie soit en vous et que votre joie soit pleine. »

Selon le *Psaume* 103,5, « il remplira ton désir par ses biens ». Ainsi donc, que s'apaise le désir, non seulement celui par lequel nous désirons Dieu, mais il y aura aussi un repos de tous les désirs. C'est pourquoi la joie des bienheureux est parfaitement pleine et même supérieure à la plénitude, puisqu'ils obtiendront plus qu'ils n'auront été capables de désirer; « car ce qui s'élève jusqu'au cœur de l'homme n'est pas ce que Dieu a préparé pour ceux qui l'aiment », comme il est dit dans l'*Épître II aux Corinthiens*, 9. Et c'est ce qui est dit en *Luc*, 6,38 : « Ils mettront dans votre sein une mesure de biens qui jaillira même au-dessus de tout... » C'est que, comme nulle créature n'est capable de trouver en Dieu une joie digne de lui, il en résulte que cette joie absolument pleine n'entre pas dans la capacité de l'homme, mais que plutôt l'homme entre en elle, selon le mot de *Matthieu*, 25,21 : « entre dans la joie de ton Seigneur. »

... Il faut dire ceci : la compréhension implique

la plénitude de la connaissance en ce qui concerne la chose connue, c'est-à-dire que la chose soit connue autant qu'elle peut l'être. Mais la connaissance a aussi une certaine plénitude en ce qui concerne celui qui connaît, comme nous l'avons dit au sujet de la joie. C'est pourquoi l'apôtre dit aussi (*Aux Colossiens*, 1,9) : « Vous serez emplis de la connaissance de sa volonté dans la totalité de la sagesse et de l'intelligence spirituelle. »

Somme de théologie, II, II, qu. 28,3,
mais par contre, rép., à 3.

La rhétorique de Dieu, des hommes et des anges

PROBARE, DELECTARE, FLECTERE : LES FINS DE LA PAROLE ET LE SAINT-ESPRIT

Il faut dire ceci : les grâces données gratuitement le sont pour l'utilité d'autrui, comme nous l'avons dit. D'autre part, la connaissance que quelqu'un reçoit de Dieu ne pourrait être convertie pour l'utilité de l'autre sans la médiation de la parole. Et comme le Saint-Esprit ne fait pas défaut lorsque l'intérêt de l'Église est concerné, il a aussi égard aux membres de l'Église dans la parole. Il ne veut pas seulement que quelqu'un parle de manière à pouvoir être compris d'auditeurs divers, ce qui relève du don des langues, mais aussi qu'il parle efficacement, ce qui relève de la grâce de la parole. Et cela de trois façons. D'abord pour instruire l'intelligence, ce qui arrive lorsque quelqu'un parle de manière à enseigner. Secondement, de manière à émouvoir les affections, c'est-à-dire pour qu'on écoute volontiers la parole de Dieu ; cela se produit lorsque quelqu'un parle de manière à donner de la délectation. Personne ne doit chercher cela pour obtenir soi-même la faveur, mais pour attirer les hommes à l'audition de la parole de Dieu. Troisièmement, afin que l'on aime ce qui est signifié par les mots et veuille leur conférer leur plénitude, ce qui se produit lorsque quelqu'un parle de manière à fléchir l'auditeur. Bien sûr, pour obtenir cet effet, l'Esprit-Saint se sert de la langue humaine comme d'un instrument ; mais c'est lui-même qui parfait intérieurement l'opération. C'est pourquoi Grégoire dit dans une homélie sur la Pentecôte : « Si l'Esprit-Saint ne remplit les cœurs de l'auditoire, c'est en vain que la voix de ceux qui enseignent sonne aux oreilles du corps. »

Somme de théologie, II-II, qu. 177,1, rép.

SUR LA LOUANGE DE DIEU

Pour nous adresser à Dieu nous utilisons les mots non sans doute pour manifester nos conceptions à celui qui voit à l'intérieur de nos cœurs, mais pour nous induire nous-mêmes avec les autres auditeurs à la révérence envers lui. Et ainsi la louange orale est nécessaire, non sans doute à cause de Dieu, mais à cause de l'auteur même de la louange dont l'affection envers Dieu est animée, selon la parole du *Psaume* 49,23 : « Le sacrifice de louange me rendra honneur, et là est le chemin où je lui montrerai le salut de Dieu. »

Somme de théologie, II-II, qu. 91,1, rép.

IN HYMNIS ET CANTICIS

L'apôtre dit (*Colossiens*, 3,16) : « Vous donnant à vous-mêmes instruction et conseil dans les psaumes, les hymnes et les cantiques spirituels. » Mais pour le culte divin nous ne devons rien employer sinon ce qui nous est transmis par la tradition selon l'autorité de l'Écriture. Il apparaît donc que nous ne devons pas user dans les louanges divines de cantiques corporels mais seulement des spirituels.

... Il faut dire ceci : comme il a été indiqué, la louange vocale est nécessaire pour que l'affection de l'homme à l'égard de Dieu soit provoquée. Dès lors, tout ce qui est utile pour cela est employé avec convenance. Or il est manifeste que selon les diverses mélodies des sons les âmes humaines sont diversement disposées, comme cela est évident chez le Philosophe au livre VIII de la *Politique* et chez Boèce dans le prologue de la *Musique*. Ainsi, c'est par une institution salubre que les chants ont été employés pour les louanges divines, pour que les esprits infirmes fussent plus fortement appelés à la dévotion.

Somme de théologie, II-II, qu. 91,2 ï et rép.

LA PAROLE INTÉRIEURE DES ANGES
ET LE DIALOGUE DES ESPRITS

Il faut dire ceci : la locution extérieure, qui se produit par la voix, nous est nécessaire à cause de l'obstacle du corps. Elle ne convient donc pas à l'ange, mais seulement la locution intérieure; à celle-ci se rattache non seulement le fait qu'elle parle intérieurement à elle-même lorsqu'elle conçoit mais aussi qu'elle ordonne par la volonté ce qu'elle a conçu pour le rendre manifeste à autrui. Et ainsi on appelle par métaphore langue des anges ce qui est la vertu même de l'ange, par laquelle il manifeste ce qu'il a conçu.

Somme de théologie, I, qu. 107,1, à 2.

La poétique de saint Thomas d'Aquin

HONESTUM ET *DECORUM* : BEAUTÉ
MORALE ET GRÂCE DE CONVENANCE

Il faut dire ceci, comme on peut le trouver dans les paroles de Denys, *Les Noms divins*, IV : « Pour rendre raison du beau ou de la convenance concourent ensemble la clarté et la proportion due » : selon lui en effet Dieu est dit beau en tant que cause de la consonance et de la clarté universelles. Dès lors la beauté du corps consiste en ceci : les membres doivent être bien proportionnés et avoir la couleur voulue avec un certain éclat. De même, la beauté spirituelle consiste en ceci : l'équilibre intérieur de l'homme ou son action doivent être bien proportionnés selon la clarté spirituelle de la raison. Or cela tient à la définition rationnelle de l'honnête, dont nous avons dit qu'il est la même chose que la vertu, qui modère selon la raison toutes les choses humaines. Et donc l'honnête n'est rien d'autre que la beauté spirituelle de la convenance...

... Il faut dire ceci : l'objet qui meut l'appétit est le bien qu'il a saisi. Or la beauté qui apparaît dans cette appréhension même est reçue comme convenance et comme bien : pour cette raison Denys déclare (*Les Noms divins*, IV) que le beau et le bien sont aimables pour tous. Il en résulte que l'honnête lui-même, selon qu'il possède la convenance spirituelle, est rendu objet d'appétit. C'est pourquoi Tullius dit, dans le *De officiis*, I : « Tu vois la forme même et comme le visage de l'honnête. Si tu les voyais de tes yeux, elles susciteraient en toi, comme dit Platon, de merveilleuses amours pour la sagesse. »

Somme de théologie, II-II, qu. 145,2, rép. et à 1.

L'ESTHÉTIQUE DU *SECUNDUM QUOD* :
SIMPLICITÉ, PLÉNITUDE, RELATION

Ce bien suprême, l'homme le souhaite par charité parfaite parfois à Dieu, parfois à lui, parfois à son prochain. Selon qu'il souhaite à Dieu Dieu lui-même, on dit qu'il aime Dieu parce qu'il veut que Dieu lui-même soit le bien suprême et qu'il possède tout bien par essence. Pour autant qu'il souhaite cela à son prochain, on dit qu'il aime son prochain parce qu'il veut que celui-ci ait ce bien par grâce et par gloire. Selon qu'il se le souhaite à lui-même, on dit qu'il s'aime lui-même.

Commentaire aux Sentences,
III, Distinction, XXVII a 1,
qu. II, t. III, p. 524[1].

La poésie eucharistique

LAUDA SION

1. Loue, Sion, le Sauveur,
    loue ton guide et ton pasteur,
        dans les hymnes et les cantiques.

---

1. Il s'agit du *Livre des Sentences* de Pierre Lombard, dont les maîtres faisaient souvent la base et le cadre de leur enseignement (cf. p. 61, 538).

II. Autant que tu peux, ose autant,
   car il est plus grand que toute louange
   et tu ne suffis pas pour le louer.

III. De louange thème spécial,
   le pain vivant et vital
   aujourd'hui est proposé.

IV. Lors de la Cène, on n'en saurait douter,
   il fut donné sur la table sacrée
   aux douze frères tous mêlés.

V. Que notre louange soit pleine et qu'elle
   soit sonore,
   qu'elle soit agréable et belle [*decora*],
   la jubilation de l'esprit.

VI. Car voici le jour solennel
   où la première institution
   de cette table est célébrée.

   .....

XXI. Voici le pain des anges,
   fait aliment des voyageurs,
   il est le vrai pain des fils,
   qu'il ne faut pas livrer aux chiens.

XXII. Il est désigné en figures,
   lorsque Isaac est immolé,
   que l'Agneau pascal est choisi,
   qu'aux pères la manne est donnée.

XXIII. Bon Pasteur, pain véritable,

Jésus, aie pitié de nous.
Pais tes brebis, protège-nous,
fais-nous voir ce qui est bon
   sur la terre des vivants...[1]

Cf. Spitzmuller, p. 878 sqq.

1. Nous donnons ici le texte latin dont le lecteur appréciera l'admirable plénitude. À la même série se rattachent l'*Adoro te devote*, le *Pange lingua*, le *Sacris solemnis*, l'*Aue uerum*, et aussi *O salutaris hostia*. L'authenticité de ces textes a été souvent contestée, mais de tels doutes s'atténuent aujourd'hui.

I. Lauda, Sion, Salvatorem,
   Lauda ducem et pasto-
   rem
      In hymnis et canticis.

II. Quantum potes, tantum
   aude,
   Quia maior omni laude,
      Nec laudare sufficis.

III. Laudis thema specialis,
   Panis vivus et vitalis
      Hodie proponitur,

IV. Quem in sacrae mensa
   cenae
   Turbae fratrum duodenae
   Datum non ambigitur.

V. Sit laus plena, sit sonora,
   Sit iucunda, sit decora
      Mentis iubilatio!

VI. Dies enim sollemnis agi-
   tur,
   In qua mensae prima
   recolitur
      Huius institutio.
   ...

XXI. Ecce panis angelo-
   rum,
   Factus cibus viato-
   rum,
   Vere panis filiorum,
      Non mittendus cani-
      bus.

XXII. In figuris praesigna-
   tur,
   Cum Isaac immola-
   tur,
   Agnus Paschae depu-
   tatur,
      Datur manna patri-
      bus.

XXIII. Bone Pastor, panis
   vere,
   Iesu nostri miserere,
   Tu nos pasce, nos
   tuere,
   Tu nos bona fac
   videre
      In terra viventium...

SAINT BONAVENTURE
v. 1217-1274

*Saint Bonaventure (le « docteur séraphique »
dont le nom laïc est Jean Fidanza), né en 1217 ou
dans les années suivantes près de Viterbe, meurt
la même année que Thomas d'Aquin, en 1274. Les
carrières universitaires des deux hommes sont
très proches. Mais, alors que Thomas était dominicain et qu'il a consacré toute son activité à la
réflexion théologique et à l'enseignement, Bonaventure, qui fut lui aussi un maître en scolastique, représentait les franciscains et fut élu général de l'ordre en 1257. Il quitta cette charge en
1273, en devenant cardinal. Les doctrines des
deux saints répondent aux deux courants principaux qui dominaient alors la pensée médiévale :
l'aristotélisme, le platonisme. Ces auteurs, qui les
incarnaient et qui en donnaient l'expression la
plus parfaite, appartenaient aux deux grands
ordres, frères prêcheurs, frères mineurs, dont la
papauté utilisait l'autorité et l'esprit d'universalisme pour assurer, contre tout particularisme,
l'unité de la pensée catholique. Les deux hommes
ont beaucoup voyagé. Mais ils ont longue-*

ment voisiné dans l'université de Paris pour y affirmer et y confronter leurs doctrines.

Ils sont donc à la fois proches et différents, complémentaires peut-être. Cela se voit clairement dans la forme même de leurs écrits. L'un et l'autre se rejoignent pour commenter les Sentences de Pierre Lombard : travail de professeurs, utilisant, expliquant et dépassant un grand manuel. Mais Thomas aboutit aux Sommes tout en proposant d'autre part de denses monographies, sur des sujets précis. Bonaventure est pressé par le temps et doit accomplir de nombreuses tâches d'organisation. Il veut plutôt traduire le mouvement de la réflexion par laquelle il essaie de s'unir à Dieu. Il a beaucoup lu les Victorins et il nous présente des « méditations » spéculatives et contemplatives qui tendent à nourrir son amour, sa morale, son action. Trois exigences apparaissent de manière dominante : la perfection et ses voies, la christologie et ses questions, le rapport entre l'idéal et le réel, qui conduit le maître spirituel à réfléchir sur le sublime et sur l'admiration mais aussi sur l'humilité. La recherche des voies de Dieu et la méditation sur sa parole conduisent notre auteur à instituer, dans les deux sens, une dynamique de la base et du sommet et à unir de manière originale l'enthousiasme et la pénétration. Le Breuiloquium répond à l'Itinerarium.

L'originalité de Bonaventure se manifeste en particulier par son attitude envers les sources qu'il utilise et envers la culture qui s'est établie juste avant son temps. La synthèse thomiste était dominée par l'aristotélisme, que Jean de Salisbury préférait déjà et qu'on venait de redécouvrir largement. Il s'écar-

tait donc dans une large mesure de l'augustinisme platonisant. Bonaventure y revient. Il suit en cela l'éclectisme chartrain et surtout l'enseignement des Victorins, qui lui permet de donner une très grande place à la mystique. Nous retrouvons saint Bernard ou Guillaume de Saint-Thierry. Sur le chemin qui mène à Augustin, nous rejoignons saint Anselme, maître de certitude et de joie dont la place est, nous le verrons, très importante. Le pseudo-Denys n'est point absent.

Mais il faut comprendre pourquoi s'accomplissent de tels retours, qui ont en réalité un caractère créateur. La réponse est essentielle pour le but que nous nous sommes fixé dans ce livre. La parole de saint Bonaventure dépend de celle de saint François. Elle la traduit dans une théologie. Mais comment établir une théologie franciscaine et, qui pis est, en termes de scolastique ? Bonaventure a besoin de dépasser la scolastique. Il s'aperçoit, plus que Thomas et en tout cas de façon différente, qu'il ne peut la dépasser que par la scolastique, ou du moins dans son langage. Mais il doit en même temps la critiquer, comme l'a fait François, qui rejetait l'orgueil du savoir au nom de la pauvreté spirituelle. Il rejoint ainsi la critique cistercienne et cela lui permet de se tenir souvent très près de Bernard, que Thomas au demeurant ne dédaignait pas. Pour les mêmes raisons, notre auteur s'oppose résolument au rationalisme philosophique qui, à ses yeux, est impuissant dans la conquête de la vérité. La philosophie ne se suffit pas à elle-même. Augustin l'a montré en écrivant le Contra Academicos. *La tradition platonicienne aboutit au scepticisme et l'aristotélisme, limité à lui-même, ne peut enrayer une telle évolution. Seul Dieu peut la corriger par l'illumination qui vient de lui. La parole chrétienne est donc directement théologique. Ses exigences sont du même ordre que celles de Platon, mais plus grandes et plus transcendantes encore.*

Telle sera la parole théologique que Bonaventure nous propose : il n'ignore pas la modernité et la fécondité de la scolastique, mais il comprend qu'il doit la dépasser pour la fonder en Dieu, ou plutôt que c'est Dieu qui la dépasse pour la fonder en lui. Nous voyons qu'il retrouve les problèmes qui venaient de l'antiquité païenne et qui sont toujours présents à son époque. Il s'interroge sur la vérité, sur sa certitude. La réponse qu'il donne est à la fois philosophique et chrétienne. Mais les questions qu'il pose avaient été esquissées par Platon et Aristote, puis par leur disciple Cicéron, à propos du logos et de l'oratio. La ligne directrice de notre recherche ne s'interrompt donc jamais.

C'est le Dieu chrétien, et lui seul, qui fonde la connaissance du vrai. Il le fait à la fois par sa nature et par les Personnes de sa Trinité.

Pour nous dire sa nature, pour nous montrer ce qu'il est, Bonaventure revient à Anselme et à son argument ontologique, auquel il donne la forme la plus parfaite. On peut croire Dieu parce qu'il dispose de l'autorité absolue puisqu'il est infini. Tel est l'enseignement majeur de la révélation chrétienne. Dès lors sa parole est nécessairement vraie, puisque sinon elle ne traduirait pas cette infinité. D'autre part, cette parole est première. Elle se glisse donc au plus profond de notre âme, elle en précède et en fonde la pensée, elle est en nous plus nous-mêmes que nous. Dieu est la source du vrai parce qu'il est en nous ce qu'il y a de plus intime et de plus transcendant à la fois. Bonaventure rejoint ainsi le Proslogion *d'Anselme, en même temps que les* Confessions *d'Augustin :* Deus intimus intimo Deo.

Mais il se réfère aussi aux pages les plus fortes du Monologion. *Anselme y présentait d'une manière admirable la justification spirituelle de la Trinité. Ici encore, il était proche de l'augustinisme, il en saisissait l'esprit dans toute sa profondeur. Dieu est la perfection même. Mais il n'y a pas de perfection sans générosité, sans don : l'être n'est pas parfait s'il ne s'épanche. Il n'est pas parfait non plus s'il ne possède la plénitude. Enfin, il est l'unité même. Mais cette unité est celle de l'amour total. La création, qui reste limitée, ne produit rien de tel, même si le Dieu créateur ne cesse de la diviniser. Il le fait en coopération avec le Fils, qu'il engendre à la source et au-delà de toute création, et avec l'Esprit qui est leur amour commun. Les trois Personnes sont unies par cet amour et aussi par leur perfection, qui est totale et qui est donc chaque fois celle de Dieu. Toutes trois ne peuvent être que le même Dieu, qui s'épanche et qui jaillit en lui-même et en toutes choses.*

*Dès lors, il devient possible de retrouver Dieu dans la nature, dans l'action et dans l'amour. À travers les choses et les actes, il se présente de trois manières et même de quatre. Nous le voyons comme une ombre, comme une trace (*uestigium*) ou comme une image. L'imagination trouve donc ici son rôle mais elle peut aller plus loin si elle*

*affirme sa convenance avec la réalité et si l'on va
jusqu'à la ressemblance authentique (similitudo).
On se rapproche alors de la vérité, qui est adéqua-
tion et coïncidence dans l'être. Nous ne l'atteignons
jamais de manière totale en cette vie trop limitée.
Cependant, nous pouvons la distinguer de manière
progressive puisque l'absolu est présent partout, des
différentes manières que nous avons dites. Bien
entendu, il ne s'agit pas d'un panthéisme. En bon
platonicien et aussi en lecteur de la Bible, Bonaventure est trop sensible à la transcendance du divin
pour en venir à cette manière de voir. Il affirme
complètement l'indépendance et la supériorité de
Dieu. Son seul souci est d'établir avec lui la plus
grande similitude possible, de réaliser son imitation.*

*En suivant ainsi l'exemple de saint François,
Bonaventure montre le sens et les caractères de
l'imitation de Jésus-Christ. La formule connaîtra
un rayonnement considérable grâce à la tradition
franciscaine. Elle a toutes les raisons d'apparaître
dans la philosophie stricte et précise de notre
auteur. La principale tient à l'attention qu'il voue à
la Trinité. Certes, chacune des trois Personnes jouit
pleinement des attributs de la divinité. Mais le
Christ, du fait de son Incarnation, est plus directement visible aux yeux humains. C'est lui d'abord
qui apporte ou confirme la Révélation. Par la
connaissance que nous avons de lui et qu'il nous
donne grâce à sa* similitudo *et sa* conuenientia *en
se faisant semblable à nous, il rend possible l'imitation de Dieu. Il est* ratio essendi *comme* ratio
cognoscendi. *En lui, nous pouvons dépasser les*

*limites du temps et de l'erreur, atteindre la connais-
sance du monde et découvrir du même coup notre
rédemption. Il nous dévoile Dieu, il nous ramène à
Dieu.*

*Nous sommes ici, de la façon la plus mystérieuse
et la plus concrète, au cœur de la connaissance telle
que Bonaventure la conçoit. Il manifeste ce qu'on
peut appeler son exemplarisme. Car les hommes
n'ont pas seulement besoin de connaître les causes
finales, efficientes, formelles ou instrumentales. Ils
doivent aussi s'appuyer sur les causes exemplaires,
autrement dit sur des modèles que l'expérience réalise et confirme. Le platonisme les trouvait dans les
idées. Bonaventure ne récuse pas cette doctrine
mais, pour lui, l'*exemplum* suprême, dans lequel
existent tous les autres, est le Christ.*

*Il joint ainsi l'idéalisme infini au réalisme et à
l'humanisme les plus concrets et les plus vivants.
Le Christ est le maître des vertus. En lui, la
connaissance la plus élevée s'incarne de la façon la
plus corporelle ou la plus terrestre. Ainsi, toute
parole devient le lieu de rencontre de la chair et de
l'esprit. Aucun des deux ne se suffit à lui-même. La
connaissance vient de Dieu en même temps que de
nos âmes et de nos corps. Thomas, de son côté,
arrive à des résultats assez analogues en s'élevant
vers la transcendance à partir du sensible. Bonaventure ne récuse pas cette méthode, puisque lui
aussi s'élève vers Dieu à partir de ses traces. Mais,
pour reconnaître qu'elles sont des traces et des similitudes, il faut d'abord se référer aux modèles exemplaires dont elles procèdent. Ceux-ci n'existent
qu'en Dieu, en Jésus. La connaissance part donc du*

haut. Elle descend vers nous comme une lumière, elle nous illumine comme une grâce, qui ne nous asservit pas, ne nous rend point passifs, mais nous libère au contraire en favorisant tout le dynamisme ascensionnel de notre esprit, de notre volonté et de notre cœur. Partout, dans tous les aspects de l'anthropologie, Dieu intervient sans annihiler l'homme. Cela se manifeste en particulier dans toutes les formes du logos. Toujours la forme a besoin de la matière, qui l'appelle de son côté et qui est suffisamment déterminée pour l'attendre et avoir besoin d'elle. C'est ainsi que la grâce répond en les développant aux « raisons séminales » qui sont préformées en nous et nous permet d'atteindre les « raisons éternelles » par bien des moyens, qui vont de la nature et des traces qu'elle renferme jusqu'à l'extase.

On aboutit à la deiformitas, donc à la beauté véritable, qui est à la fois unité et grâce à tous les sens du mot. Ici encore, il faut revenir au Christ et à la Trinité. Quels sont les dons qui nous sont accordés, les exemples qui nous sont donnés ? Je répondrai par deux mots : la joie et la douleur.

Nous touchons à un des principaux aspects de la pensée de Bonaventure. Plus que Thomas sans doute, il célèbre la joie du chrétien. Il en a trouvé la plus haute exaltation dans le Proslogion de saint Anselme qui savait, selon les conseils de l'Évangile, « entrer » dans la joie infinie de son Seigneur. Notre auteur connaît bien ces textes. Il les cite longuement à la fin de l'Itinerarium lorsqu'il décrit, en s'inspirant aussi de La Cité de Dieu, le bonheur des élus après le jugement de Dieu. On s'aperçoit ainsi

que sa doctrine part bien des plus grandes hauteurs
et qu'il décrit la condition humaine d'après le Paradis. Une telle vision lui permet de transfigurer toute
sensibilité et toute expérience. Il s'aperçoit du même
coup, selon la tradition biblique, qu'il est un
homme de désir et il décrit volontiers la clameur de
ce désir et son « rugissement ». Il aboutit à
l'« ivresse sobre » dont parlaient déjà les Pères de
l'Église. Mais il est évident que cette « joie parfaite »
répond d'abord à la spiritualité de saint François
d'Assise, dont nous avons dit l'influence chez notre
auteur.

Le sentiment qui s'exprime ainsi est tout imprégné
d'amour et de lumière, de fraternité jaillissante
envers la création. Nous touchons ici à l'un des som-
mets de la pensée médiévale et chrétienne. Il suffit de lire l'œuvre de Paul Claudel pour mesurer la
fécondité d'une telle joie. Mais il faut aussi en mesurer le paradoxe. Elle ne peut venir que de Jésus dont
toutes les leçons et les exemples se résument sur la
Croix. Donc la plus grande joie semble naître de la
plus grande douleur. Tous les poètes franciscains
insisteront sur ce thème, à commencer par Jacopone
da Todi dans ses hymnes à l'amour. Ne trouvons ici
nul masochisme. Bonaventure pousse seulement à
son degré extrême la formule des Béatitudes : « Heureux ceux qui pleurent parce qu'ils seront consolés. »
Il nous fait comprendre que la consolation que le
Christ lui apporte est surabondante.

Dès lors, nous pouvons méditer sur le langage
employé par Bonaventure. Il n'atteint sans doute
pas l'équilibre admirable qu'on observe chez saint
Thomas. Tous deux ressentent l'obligation d'utiliser

la terminologie scolastique, d'en respecter le désir d'univocité. Mais notre auteur recherche davantage l'ampleur des périodes et l'abstraction des cadres de pensée. Il forge plus de mots. Il pratique une démarche plus paradoxale et plus baroque. Nous essayons de le faire voir d'une part à propos de son éloquence et d'autre part à propos des poèmes qui lui sont attribués.

Nous citons l'un de ses sermons prononcé le jour de la Pentecôte. C'est pour nous l'occasion de présenter in extenso *un sermon d'un auteur scolastique. Cela s'accorde à l'intention dominante de notre livre. Nous l'avons noté dans une page spéciale[1]. Nous aurions pu citer aussi la prédication de saint Thomas. Au-delà des différences de doctrine, nous constatons que les formes symboliques sont analogues. Ces sermons procèdent à la fois de l'analyse, qui fait entrer la logique dans l'ontologie et de l'allégorie, qui rejoint et exprime l'idée. Dans la recherche de l'absolu, la métaphore et la métonymie qui constituent, on le sait aujourd'hui, les axes majeurs du langage, se rejoignent. Bonaventure cite la formule fameuse :* Caeli enarrant gloriam Dei. *Il enseigne ainsi qu'il faut savoir « raconter » Dieu, ce qui implique l'ordre et le nombre, autant que l'exigent l'appel et l'approche de l'infini. Les astres ornent le cosmos et l'on découvre donc qu'ils sont l'image des apôtres, qui ornent la création de Dieu.*

Les éditeurs modernes soulignent que le texte des sermons, tel que nous l'avons reçu, ne cherche pas à transcrire l'éloquence proprement dite. Il vise plu-

1. Cf. plus bas, p. 567.

tôt à reproduire les structures de pensée, dans leur
fermeté logique. De là le recours au langage scolastique et à ses formules abstraites. Mais, précisément, la rencontre d'un tel langage avec la liberté
créatrice de l'envol spirituel nous paraît significative. Tel est l'esprit du XIIIᵉ siècle, qui accorde dans
la parole la rigueur du verbe et la plénitude de l'être,
de l'idée ou, comme disait François d'Assise,
l'amour de l'amour.

Les textes poétiques que nous citerons
confirment cette interprétation. Bien sûr, l'abstraction scolastique (si tant est qu'elle domine ailleurs)
en est absente. Tout nous renvoie à la Croix et au
Christ. Nous ne pouvons en être étonnés, après tout
ce que nous avons dit sur la douleur, la consolation
et l'exemplarisme tourné vers Jésus. L'esprit franciscain s'épanouit sur l'Alverne, quand François
éprouve en lui-même l'incendium amoris et reçoit
les stigmates. L'imitation de Jésus-Christ constitue
dès lors l'essence même de la poésie, puisqu'elle
donne seule un sens absolu à l'hymnodie et à la
célébration. Saint Thomas, nous l'avons vu, insiste
principalement sur le sacrement, Confirmation et
Eucharistie, qui révèle dans l'humain et dans la
nature la causalité rédemptrice de l'être divin.
Bonaventure parle surtout de la joie et de la douleur, telles qu'elles se rencontrent dans la « sura-
bondance » de la consolation chrétienne.

Dès lors, deux styles sont possibles, apparemment très différents, mais accordés en profondeur.
D'une part, le Laudismus sanctae Crucis (Louange
de la Sainte Croix que nous citons) insiste sur le
paradoxe de la joie chrétienne et franciscaine, si

étroitement liée à la douleur et à la passion. Les structures logiques, à la fois distinctes et unifiantes, sont ici présentes et rendent à peu près certaine l'attribution à Bonaventure. Mais, dans le style poétique, le paradoxe devient oxymore. La virtuosité « baroque » de l'expression donne leur portée véritable et concrète aux structures d'une pensée qui veut dépasser la terre tout en la sauvant par l'amour et la fraternité. Les deux langages existaient ensemble et se mêlaient chez saint Bernard. Bonaventure les distingue et les pratique l'un et l'autre, mais séparément.

D'un côté, l'oxymore, dans son mystère de joie et de douleur[1], où naît la « joie parfaite ». De l'autre, l'image toute simple, toute pure. Le Christ fut un homme, on peut le peindre. Nous passons du symbole (que Bonaventure ne néglige certes pas) à la peinture (qui va prendre au XIIIe et surtout au XIVe siècles l'importance que l'on sait). Comme les autres poètes franciscains Bonaventure aime à décrire, dans le chant le plus humble, le plus naïf et le plus populaire, les divers moments de la Passion. Les langues vernaculaires, dans ce qu'elles ont de plus humble et de plus universellement sensible, retrouveront une telle inspiration dans les temps qui suivront, de la complainte « triste et dolente » jusqu'à Péguy.

Toutes les formes de la parole chrétienne existent donc autour de Bonaventure. Nous retrouvons Anselme et Bernard, Jean de Salisbury et sa culture conciliatrice, Thomas lui-même et son ontologie du

---

1. Cf. plus bas, p. 578 sqq.

classicisme[1]. Auprès d'Aristote, qui n'est pas absent, une place plus grande est faite à Platon et Augustin. Le logos est toujours dialogue et nous le constatons mieux que jamais. Dante n'aura pas de peine à rassembler au Paradis Bernard, Thomas et Bonaventure. Ils ne seront pas très éloignés de Stace le baroque et de Virgile le classique[2].

Breviloquium *(Abrégé)* : *le jugement*

L'ÊTRE DU PREMIER PRINCIPE

Puisque le Premier Principe, par cela même qu'il est premier, est par lui-même, selon lui-même et à cause de lui-même, de ce fait il est lui-

1. C'est pourquoi nous le citons après Thomas, qui fut à peu près exactement son contemporain.

2. Bibliographie de saint Bonaventure :

Voir Jacques-Guy BOUGEROL, *Bibliographia Bonaventuriana*, Collegio S. Bonaventura, Grottaferrata, 1974 (4 842 titres, années 1874-1974).

Principales œuvres : *Opera omnia*, éd. Collegium S. Bonaventurae, Ad claras Aquas, Quaracchi, 1882-1902; *Breviloquium*, trad. dirigée par Jacques-Guy BOUGEROL, Éd. franciscaines, 1967; *Itinéraire de l'esprit vers Dieu*, trad. Henry DUMÉRY, Paris, 1967; *Les Six Lumières de la connaissance humaine (De reductione artium ad theologiam)*, trad. Pierre MICHAUD-QUANTIN, Éd. franciscaines, 1971; *Questions disputées sur le savoir chez le Christ*, trad. Édouard-Henri WEBER, Œil, 1985; *Les Six Jours de la création (Collationes in hexaemeron)*, trad. M. OZILOU, Desclée-Cerf, 1991; *Sermones dominicales*, éd. Jacques-Guy Bougerol, Grottaferrata, 1977.

même efficient, forme et fin, produisant, régissant et portant à la perfection toutes choses, si
bien que, comme il les produit selon l'élévation de
sa vertu, de même il les régit aussi selon la rectitude de sa vérité et les conduit à leur sommet
selon la plénitude de sa bonté.

Donc, l'élévation de la vertu suprême réclamait
qu'il ne produisît pas seulement sa créature selon
sa trace [*uestigium*] mais même selon son image
[*imago*], non seulement comme privée de raison
mais aussi comme raisonnable, non seulement
dans le mouvement de son élan naturel, mais
aussi selon la liberté de la volonté; donc, la créature faite à l'image, parce qu'elle est capable de
Dieu, est capable de béatitude; comme elle est
créature raisonnable, elle peut acquérir la discipline que donne un enseignement; comme elle
possède la liberté de la volonté, elle est susceptible d'être ordonnée et désordonnée selon la loi
de la justice : de là vient que la rectitude de la
vérité ait dû imposer à l'homme une loi dans
laquelle elle l'invitait à la béatitude, le formait à la
vérité, et l'obligeait à la justice, de manière pourtant à ne pas contraindre la liberté de sa volonté,
en l'empêchant de suivre ou d'abandonner la justice à son gré : car Dieu « administre les choses
qu'il a créées en les laissant suivre leurs propres
mouvements ».

Abrégé (Breviloquium), VII, 2.

Études : Étienne GILSON, *La Philosophie de saint Bonaventure*, Vrin, 1924; Jacques-Guy BOUGEROL, *Saint Bonaventure et
la sagesse chrétienne*, « Maîtres spirituels », Seuil, 1963; Joseph
RATZINGER, *La Théologie de l'histoire de saint Bonaventure*
(Munich, 1959), « Théologiques », P.U.F., 1988.

DIEU SEUL JUGE

Comme la promulgation de la sentence doit être faite par quelqu'un qui puisse être entendu et vu et dont la décision soit sans appel, et comme la suprême lumière ne peut être vue par tous, elle que des yeux ténébreux ne peuvent voir, du fait qu'elle ne peut être vue face à face sans la déiformité de l'esprit et l'agrément du cœur, il est nécessaire que le juge apparaisse sous l'effigie de la créature. Mais une pure créature ne possède pas la suprême autorité, contre laquelle on ne peut faire appel : dès lors, il faut nécessairement que notre juge soit Dieu, pour qu'en même temps il juge selon l'autorité suprême, et soit homme, pour qu'on le voie et qu'il discute avec les pécheurs sous son effigie humaine.

Abrégé (Breviloquium), VII, 4.

LA GLOIRE DU PARADIS

De la gloire du Paradis, voici en résumé [*in summa*] ce qu'il faut retenir : en elle-même, elle est une récompense substantielle, consubstantielle et accidentelle. La récompense substantielle, dis-je, consiste dans la vision, la fruition et la ferme maintenance de l'unique bien suprême, c'est-à-dire de Dieu, que les bienheureux verront face à face, c'est-à-dire nu et sans voile; ils en auront la fruition avide et délectable et le tiendront aussi éternellement en leur possession, de manière que se trouve ainsi vérifiée la parole de Bernard : « Dieu sera pour la raison plénitude de lumière, pour la volonté abondance de paix et pour la mémoire continuité éternelle » (*Sur le Cantique des cantiques* II,5).

La récompense consubstantielle consiste dans la gloire du corps (qui est dite « seconde robe ») : l'ayant revêtue, l'âme bienheureuse tend plus parfaitement vers le ciel suprême. Et cette robe consiste dans la quadruple dot du corps, c'est-à-dire dans les dots de clarté, subtilité, agilité, impassibilité : elles dépendront du plus ou du moins, de la majorité ou de la minorité de la charité d'abord possédée.

La récompense accidentelle consiste dans une certaine beauté [*decus*] qui vient s'ajouter et qu'on appelle auréole. Et selon l'avis des doctes elle est due à trois genres d'œuvres : le martyre, la prédication et la continence virginale. Dans tout ce que j'ai dit sera conservée la distinction des degrés du mérite.

Abrégé (Breviloquium), VII, 7,1.

GLORIFICATION DE L'ESPRIT
PAR DIEU ET EN DIEU

En premier lieu donc la récompense de tous les justes doit s'accomplir selon ce qu'exigent une juste rétribution et aussi une production conforme à la vertu. Or la production de Dieu rend l'esprit rationnel proche de Dieu, capable de Dieu. Cette capacité procède de la puissante image de la bienheureuse Trinité, qui est imprimée en nous : chez les justes, l'esprit humain s'est toujours consacré à son service suivant l'intégrité de l'image. De là vient qu'un esprit raisonnable ne peut être récompensé, rempli, comblé dans sa capacité par moins que par Dieu ; donc ce qui lui est donné en récompense, c'est la déiformité de la gloire, par laquelle il est fait conforme à Dieu, si bien que par la raison il le voit clairement, par la volonté il l'aime de pleine dilection, par la mémoire il le retient pour l'éternité : ainsi l'âme vit tout entière, elle est dotée tout entière des trois puissances de l'âme, elle est toute configurée à Dieu, elle est tout entière unie à lui, elle repose tout entière en lui, trouvant en lui comme en tout bien la paix, la lumière et ce qui suffit éternellement, par quoi, vivant de la vie éternelle « dans l'état de perfection obtenu par l'agrégation mutuelle de tous les biens » (Boèce, *Consolation*, III, prose 2), elle est dite heureuse et même glorieuse.

Abrégé (Breviloquium), VII, 7,3.

L'ÂME ET LE CORPS

Revenons sur ce point : cette rétribution doit être faite selon ce qu'exige non seulement une rétribution juste et une production efficace et vertueuse mais aussi un gouvernement ordonné ; et Dieu, dans sa production, a lié le corps à l'âme [*anima*] et les a accouplés ensemble par un mutuel désir, mais il a institué un gouvernement et un état de mérite pour que l'esprit, par condescendance, s'attache à gouverner le corps, afin de s'exercer au mérite. L'appétit naturel ne supporte pas que l'âme soit pleinement heureuse si ne lui est restitué le corps; elle possède une inclination naturellement introduite en elle à le revêtir à nouveau.

L'ordre du gouvernement ne supporte pas lui non plus que le corps soit restitué à l'esprit bienheureux s'il ne lui est en toutes choses conforme et soumis, autant qu'un corps peut se conformer à l'esprit. Puisque donc l'esprit est éclairé par la vision de la lumière éternelle, la clarté de la lumière doit rejaillir avec la plus grande force dans son corps.

Comme la dilection qu'il éprouve à l'égard de cet Esprit suprême l'a rendu suprêmement spirituel, l'esprit doit avoir dans le corps une subtilité et une spiritualité correspondantes.

Parce que la maintenance de l'éternité l'a rendu exempt de toute passion, de même toute passion doit être absente dans son corps tant à l'intérieur qu'à l'extérieur.

Parce que, pour toutes ces causes, l'esprit est particulièrement prompt, la plus grande agilité doit se trouver dans le corps glorieux.

Donc, comme ces quatre propriétés rendent le corps conforme à l'esprit et même soumis à lui, de là vient qu'on dise que le corps est doté de ces quatre avantages principaux : ils sont la raison qui le rend capable de suivre l'esprit et d'être logé dans la région céleste qui est la région des bienheureux. Car dans ces propriétés il est assimilé aux corps célestes : par elles un corps céleste s'éloigne comme par degrés des quatre éléments.

Ainsi la quadruple dot des corps rend le corps parfait en soi et conforme au séjour céleste et à l'Esprit bienheureux par l'entremise duquel, depuis la tête suprême, qui est Dieu jusqu'à l'extrémité du vêtement, c'est-à-dire du corps, rejaillissent et, autant que possible, sont dérivées la plénitude, la douceur et l'ivresse de la béatitude.

Abrégé (Breviloquium), VII, 7,4.

BEAUTÉ DU CORPS GLORIEUX

Enfin, le don des récompenses doit se faire selon ce qu'exigent une rétribution juste, une production efficace et vertueuse, un gouvernement ordonné et aussi une restauration glorieuse; et dans les divers membres du Christ, divers sont les charismes de ses grâces, non seulement quant aux biens intérieurs mais aussi quant aux exercices extérieurs, non seulement dans les manières d'être mais aussi dans les états de vie, non seulement selon les dimensions de la charité parfaite dans la pensée [*mens*] mais dans celles de la grâce [*decus*] et de la beauté [*pulchritudo*] des œuvres du corps.

De là vient qu'à certains membres sont dues non seulement la robe de l'âme [*stola animae*] avec ses trois dots et celle du corps, qui en a quatre, mais aussi une certaine excellence de grâce et de joie [*gaudium*] à cause de la précellence de la perfection et de la grâce qui appartiennent aux œuvres vertueuses et efficaces.

Or le triple genre d'opérations qui possède la précellence de la perfection, de la beauté et qui reçoit une spéciale beauté de la beauté formelle [*praecellenter perfectum et pulchrum et speciali formositate formosum*] est en rapport avec la triple puissance de l'âme : selon la puissance rationnelle, c'est la prédication de la vérité qui conduit les autres au salut ; selon la puissance concupiscible, c'est le refus parfait des désirs, grâce à l'intégrité perpétuelle de la continence virginale ; selon la puissance irascible, c'est le fait de supporter la mort pour l'honneur du Christ : de là vient qu'aux trois genres de justes, c'est-à-dire les prédicateurs, les vierges et les martyrs, soit due l'excellence de la récompense accidentelle, dont j'ai parlé et qui est appelée auréole. Cette récompense agit sur la beauté [*decor*] non seulement de l'âme mais aussi du corps, parce qu'elle n'est pas accordée à la seule volonté, mais aux œuvres extérieures ; elle implique le mérite et la récompense de la charité, qui consiste en une dotation septiforme, triple pour l'âme et quadruple pour le corps et renferme la somme, l'intégrité et la plénitude de tous les biens qui visent une gloire achevée.

Abrégé (Breviloquium), VII, 7,5.

L'exemplarisme et l'imitation de Dieu

LES FORMES DE LA RESSEMBLANCE

Triple est l'existence des choses : dans l'exemplaire éternel, dans l'esprit créé, dans le monde lui-même. Dans l'exemplaire éternel et dans l'intellect créé, les choses sont selon la ressemblance ; dans le monde lui-même selon leur entité propre... Chaque chose est plus vraiment dans son genre propre qu'en Dieu... Mais la ressemblance de Dieu possède en Dieu un être plus vrai et plus noble que la chose même dans le monde.

Commentaire des Sentences, I, 26,2,2, Rép.

Dieu est exemplaire vraiment et proprement, comme il est vraiment et proprement cause efficiente et finale ; mais il n'est vraiment et proprement exemplaire que parce qu'il a des ressemblances avec les choses dont il est l'exemple, ressemblances par lesquelles il les connaît et les fait : ainsi conviennent à Dieu les raisons de l'exemplarité comme celles de la ressemblance.

De la science du Christ, question 2,8.

Contra. Anselme, dans le *Monologion,* chapitre 31 : « Manifestement, dans le Verbe, par qui tout a été fait, il n'y a pas proprement de similitude..., mais seulement l'essence vraie et simple. » Donc, si Dieu n'a de connaissance en rien en dehors de lui, il ne connaît point par similitude mais plutôt par essence.

De même, partout où il y a similitude, il y a convenance et partout où il y a convenance, il y a convenance d'une unité avec une pluralité; mais Dieu et la créature ne communiquent en aucune unité, parce que alors elle serait plus simple que le Créateur.

> *De la science du Christ*, question 2, contre, 1,2.

Conclusion. Je réponds : il faut dire que, selon le bienheureux Denys et selon le bienheureux Augustin, qui l'ont dit en beaucoup d'endroits, Dieu connaît par des raisons éternelles...

D'autre part, pour comprendre cette question elle-même et les objections, il faut noter que la similitude est dite de double façon : selon la première, en vertu de la convenance de deux termes en un troisième : de cette manière, on dit que « la similitude est la qualité identique de choses différentes ». Selon la seconde, on parle de similitude lorsqu'une chose ressemble à l'autre; et cela se produit doublement : une similitude est imitative, et ainsi la créature est une similitude du Créateur; mais une autre similitude procède de l'exemple, et ainsi dans le Créateur est la raison exemplaire de la créature. Or, des deux façons, selon l'imitation et selon l'exemple, la similitude est exprimante et expressive; c'est elle qui est recherchée pour la connaissance des choses. Mais la connaissance est à la fois cause et causée. Pour la connaissance causée dans les choses, on recherche la similitude imitative; cette connaissance vient de l'extérieur et dès lors elle pose autour de l'intellect qui connaît quelque composition et quelques additions; cela est la marque de l'imperfection. Mais pour la connaissance qui est cause, on requiert la similitude qui procède de l'exemple, et celle-là ne vient pas de l'extérieur, elle n'introduit aucune composition, n'atteste aucune imperfection mais toute sorte de perfection. En effet, comme l'intellect divin est lui-même la loi suprême, la pleine vérité, l'acte pur, de même que la vertu divine est suffisante pour créer les choses et pour tout produire par elle-même, de même la lumière et la vérité divines suffisent à tout exprimer; et parce que l'expression est un acte intérieur, il est dès lors éternel; parce que l'expression est une sorte d'assimilation, dès lors l'intellect divin qui par la vérité suprême exprime tout selon l'éternité, possède selon l'éternité les ressemblances exemplaires de toutes choses; elles ne sont pas autre chose par rapport à lui-même mais elles sont ce qu'il est essentiellement. En retour, puisqu'il exprime en tant que lumière suprême et acte pur, son expression est la plus lumineuse, la plus expresse, la plus parfaite et, de ce fait, elle est toujours égale et son attention à la ressemblance n'est en rien diminuée: de là vient qu'elle connaît toutes choses de la façon la plus parfaite, la plus distincte, la plus intégrale.

De la science du Christ,
question 2, conclusion.

À PROPOS DE L'ACADÉMIE :
LA CONNAISSANCE ET LES IDÉES

À partir de cette manière de voir, que certains ont proposée en disant que rien n'est connu selon la certitude si ce n'est dans un monde archétype et intelligible (parmi eux figurent les anciens Académiciens), une erreur est née, comme le dit Augustin, en son second livre *Contre les Académiciens*, parce qu'il ne nous serait absolument pas donné de connaître quoi que ce soit, comme l'ont établi les nouveaux Académiciens, dès lors que ce fameux monde intelligible est caché aux esprits humains. Dès lors, en voulant soutenir le premier avis, ils ont précipité leur propre thèse dans une erreur manifeste : car « une erreur modique dans son principe est grande dans sa fin ».

L'autre façon de penser est celle selon laquelle ce qui concourt nécessairement à la connaissance et à la certitude est une raison éternelle qui agit selon la mesure de son influx, de telle façon que celui qui connaît ne touche pas lorsqu'il connaît la raison éternelle, mais éprouve seulement son influx... L'influx de cette lumière incréée est ou bien général, pour autant que Dieu influe en toutes créatures ou spécial, selon que Dieu influe par grâce. S'il est général, Dieu ne doit pas être appelé donateur de la sagesse plus que fécondateur de la terre, et l'on ne saurait dire que la science vient de lui plus que l'argent ; s'il est spécial, comme lorsqu'il s'agit de la grâce, toute connaissance est infuse et aucune n'est acquise ou innée; or tout cela est absurde.

Il existe donc une troisième manière de comprendre, qui semble tenir le milieu entre les deux voies : pour la connaissance certaine sont nécessairement requis la raison éternelle, comme régulatrice, et des motifs où la raison, certes, n'est pas seule dans toute sa clarté mais accompagne la raison créée et semble être vue par nous partiellement et selon la position que nous avons atteinte dans le voyage de la vie.

... Dans son état transitoire de voyageur, l'esprit humain n'est pas encore pleinement déiforme : il n'atteint pas les raisons éternelles de façon claire, pleine et distincte; selon qu'il accède plus ou moins à la beauté divine [*deiformitas*], il les atteint plus ou moins, mais toujours d'une certaine façon, parce que la raison de l'image ne peut jamais être séparée de lui. De là vient que dans l'état d'innocence l'image ne portait pas la laideur [*deformitas*] de la faute, mais elle n'avait pas encore la pleine déiformité de la gloire, et donc elle pouvait atteindre les raisons éternelles en partie, non en énigme. Dans l'état de nature, déchue, elle est privée de la déiformité et elle possède la *deformitas*, atteignant ainsi les raisons éternelles en partie et en énigme. Mais dans l'état de gloire, elle est exempte de toute *deformitas* et elle possède la pleine déiformité : elle atteint donc les raisons éternelles de façon pleine et transparente.

De la science du Christ, question 2, conclusion.

François sur l'Alverne

LA LÉGENDE DE SAINT FRANÇOIS

Voyant cela, il demeura dans une stupeur ardente et dans la vue gracieuse du Christ qui lui apparaissait aussi merveilleusement que familièrement, il concevait une certaine allégresse qui le transportait hors de soi et la dure affliction de la Croix traversait son âme par le glaive de douleur de la compassion... Donc, en disparaissant après ce mystère et ce colloque familier, la vision enflamma son esprit intérieurement d'un feu séraphique et marqua extérieurement sa chair d'une effigie conforme au Crucifié, comme si la vertu liquéfiante du feu avait été suivie de l'impression d'un sceau.

Biographie mineure (Legenda minor), VI, 2.

La douleur et la joie

LA DÉLECTATION VRAIE

Si donc la délectation est la conjonction de ce qui convient à ce qui convient et si la similitude du seul Dieu rend constamment raison de ce qui est suprêmement beau [*speciosi*], suave et salubre, et qui lui est uni selon la vérité, selon l'intimité et selon la plénitude qui remplit toute capacité, on peut voir de façon manifeste que c'est en Dieu seul que réside en sa source et sa vérité la délectation et que c'est précisément vers elle, pour la rechercher, que nous sommes conduits par la main à partir de tous les plaisirs.

Itinéraire de l'esprit vers Dieu,
II, éd. Duméry, p. 53.

L'AGRÉMENT SPIRITUEL

Il faut aller de l'un à l'autre et tarder jusqu'à ce qu'on perçoive la sérénité et la tranquillité, d'où naît l'agrément spirituel. Une fois qu'il est atteint, l'âme est prompte à tendre plus haut. Ce voyage commence donc à la stimulation de la conscience et se termine quand nous sommes touchés par l'allégresse spirituelle. On s'y exerce dans la douleur mais on s'y consomme dans l'amour.

La Triple Voie, I, 9.

Le désir porte principalement sur ce qui le meut le plus; or on aime surtout à être heureux; mais le bonheur n'est possédé que par ce qu'il y a de meilleur et par la fin ultime; le désir humain ne désire donc rien que le bien suprême ou ce qui le vise ou qui en possède quelque effigie. Telle est la puissance du bien suprême que la créature ne peut rien aimer par désir de lui, alors qu'elle se trompe et qu'elle erre lorsqu'elle prend une effigie et un simulacre pour la vérité.

Itinéraire de l'esprit vers Dieu, III, 4.

Personne n'est en quelque sorte disposé aux contemplations divines qui conduisent aux extases de l'esprit, s'il n'est avec Daniel un « homme de désir ».

Itinéraire de l'esprit vers Dieu, Prologue.

Le second degré est l'avidité : lorsque l'âme a commencé à s'habituer à cette suavité, il naît en elle une telle faim que rien ne peut l'assouvir si elle ne possède parfaitement celui qu'elle aime ; comme elle ne peut l'atteindre dans le présent, parce qu'il est loin, elle sort aussitôt et elle s'en va au-dehors par un amour extatique, en disant dans sa clameur le mot du bienheureux Job : « Mon âme a choisi le gibet, mes os ont choisi la mort. »

La Triple Voie, II, 9.

L'IVRESSE SOBRE

Au premier degré on perçoit l'odeur de cette douceur céleste ; au second, on la goûte ; et au troisième quelquefois on la recueille et on la boit jusqu'à l'ivresse.

Soliloque, II, 7.

LA CONSOLATION ET LA JOIE

Que l'allégresse te délecte à cause de la plénitude de l'époux, à tel point que tu pourras dire : selon la multitude des douleurs de mon cœur tes consolations ont mis l'allégresse dans mon âme, et encore : « Combien grande est la multitude de tes douceurs », et ce mot de l'Apôtre : « Je suis rempli de consolations, je surabonde de joie. »

La Triple Voie, III, 6.

LA CONSOLATION DE LA CROIX

Si quelque chose de triste, quelque chose de lourd, quelque dégoût, quelque amertume t'arrive, ou en tout cas si quelque bien a perdu sa saveur, cours aussitôt vers Jésus crucifié. Crois-moi : aussitôt, en une telle intuition, tu trouveras l'allégresse en toute tristesse, la légèreté dans tout fardeau, l'amour dans tout dégoût, la douceur et la suavité dans toute âpreté, si bien que tu te mettras à crier avec le bienheureux Job et à dire : « Ce à quoi mon âme d'abord n'a pas voulu toucher, je m'en nourris maintenant à cause des angoisses de la passion du Christ. »

La Perfection de vie, VI, 11.

DÉSIRER LES EAUX DES LARMES

Quiconque désire les eaux des larmes doit puiser aux sources du sauveur, c'est-à-dire aux blessures de Jésus-Christ.

Mémorial de la Passion, IV.

LA CLAMEUR ET LE RUGISSEMENT
DE L'EXULTATION

De même, quelquefois, devant l'immensité de l'exultation, lorsque l'âme s'est abreuvée de cette abondance intime de la suavité intérieure et que, dépassant toute affection mondaine, elle est ravie et transformée en un certain état de merveilleuse félicité, alors elle est forcée de crier et de dire la parole du prophète : « Combien grande est ma dilection pour tes tentes, Seigneur des vertus ! Mon âme désire et défaille en cherchant les *atrium* du seigneur. »

La Perfection de vie, V.

L'APPEL DE DIEU ET LES RÉPONSES DE L'AMOUR

Que la vigilance te rende attentif à cause de la promptitude de l'époux ; que la confiance te rende fort à cause de sa certitude ; que le désir t'enflamme à cause de son élévation ; que la complaisance t'apaise à cause de sa beauté ; que l'allégresse te rende ivre à cause de la plénitude de son amour ; que l'étroite adhérence te cimente à lui à cause de la force de son amour, pour que l'âme dévote dise toujours dans son cœur au Seigneur : « Je te cherche, j'espère en toi, je te désire, je me dresse en toi, je t'accueille [*accepto*], j'exulte en toi et finalement j'adhère à toi. »

La Triple Voie, III, 8.

Sermon pour le jour de Pentecôte

1. (*Thème*)[1] « L'Esprit de Dieu a orné les cieux », *Job*, 26,13.

(*Prothème*) En effet ce n'est pas vous qui parlez, mais l'Esprit de votre Père qui parle en vous » (*Matthieu*, 10,20). Les paroles qui sont proposées en second lieu sont empruntées à l'Évangile de Matthieu et sont des paroles du Seigneur, notre Sauveur, qui montre l'insuffisance de la petitesse humaine pour que nous ne présumions pas de nos forces et qui insinue aussi l'influx de la divine largesse, pour que nous ayons confiance en ses dons. En tout cas, la collation des paroles divines ne relève nullement des forces humaines, mais bien plutôt des dons divins. Pour cette raison, l'indigence ou l'insuffisance de la petitesse humaine est évoquée quand il est d'abord dit : « Ce n'est pas vous qui parlez » ; mais l'influx de la divine largesse est signalé lorsqu'on ajoute : « mais l'Esprit de votre Père qui parle en vous. » Donc, mes bienaimés, ne soyons pas du nombre de ceux qui ont dit : « Nous magnifierons notre langue, nos lèvres nous appartiennent » ; prions unanimement le Seigneur, qui fait largesse de tous biens, pour que lui-même par sa grâce et sa pitié écarte de nous l'insuffisance et qu'à ceux qui comprennent, selon

1. Le thème et le prothème sont les citations scripturaires sur lesquelles est bâti le sermon médiéval.

l'Apôtre, I *Corinthiens*, 12,3, que « personne ne peut dire Seigneur Jésus, sinon l'Esprit Saint », il confère l'influx de la divine largesse, de manière que par sa médiation nous puissions dire et entendre également ce qui est à la louange et à la gloire du Dieu tout-puissant et qui vise en tout auditeur la consolation et la grâce.

(*Sermon*) 2. « L'Esprit du Seigneur a orné les cieux. » Le plus grand artisan, l'Esprit Saint, voulant recueillir dans les vases apostoliques la manne céleste et le divin arôme du nom du Christ, orna d'abord les cieux des fulgurances célestes en leur donnant un bel aspect. Or ce bienfait institué pour elle est aujourd'hui célébré par l'Église notre mère, dans la parole que j'ai citée d'abord : « L'Esprit du Seigneur a orné les cieux. » Dans cette parole assurément le bienfait de ce jour est décrit selon l'ordre d'une triple comparaison : d'abord quant au principe effectif dans la nomination de la personne ; en second lieu quant au sujet qui reçoit dans la représentation de la convenance ; troisièmement, quant à l'acte intermédiaire dans l'opération singulière : d'abord donc selon le principe effectif dans la nomination de la personne, lorsqu'on dit : « L'Esprit du Seigneur » ; deuxièmement quant au sujet qui reçoit dans la représentation de la convenance, lorsqu'on ajoute : « les cieux » ; par les cieux en effet sont désignés ou représentés avec convenance les apôtres en raison de certaines nobles propriétés qui leur appartiennent ; troisièmement, quant à l'acte intermédiaire dans l'opération prise en sa singularité, lorsqu'on précise : « il a orné ». En effet, les cieux ont été ornés de manière singulière et excellente par les vertus de l'Apôtre.

3. Il est donc dit : « L'Esprit du Seigneur », quand est décrit le bienfait de ce jour, quant à son principe effectif. Or l'Esprit-Saint a en lui trois propriétés, selon lesquelles il est le principe et la cause d'un triple don, dans lequel le bienfait de ce jour consiste tout entier de manière radicale et essentielle. En effet dans l'Esprit-Saint réside premièrement la vérité infaillible ; deuxièmement, la charité libérale ; troisièmement le pouvoir insurmontable. Premièrement, parce que en lui est la vérité suprême, de lui procède la splendeur de l'intelligence de la foi, qui illumine la faculté cognitive. Deuxièmement, parce que dans l'Esprit-Saint est la charité suprême, de lui procède l'amour d'utile bienveillance, qui rend droite la faculté affective. Troisièmement, parce que dans l'Esprit-Saint est le suprême pouvoir, de lui procède la vigueur de la constance virile, qui donne force à la faculté effective. Et ces trois choses sont nécessaires pour le salut à toute condition, tout sexe, tout âge : en effet personne n'a grandi dans un état propre au salut, s'il ne possède l'intelligence de la foi dans l'intellect, la bienveillance de la charité dans ses affections et la constance finale dans l'accomplissement effectif. Et ces trois dons, par lesquels l'homme est rendu semblable à la bienheureuse Trinité, ont coulé à flots depuis le principe de la première source dans les vases apostoliques, initialement en ce jour ; ils sont opposés aux trois maux dans lesquels nous nous jetons à cause du premier péché : la ténèbre

de l'ignorance, la malignité de l'envie et la débilité qui accompagne le manque de maîtrise de soi.

4. Premièrement, parce que dans l'Esprit-Saint réside la vérité infaillible, il produit par son opération la clarté de la vérité dans l'intelligence : dans l'intellect elle s'oppose aux ténèbres de l'ignorance. De là *Jean*, 16,13 : « Lorsque sera venu cet Esprit de vérité, il vous enseignera toute vérité. » En ce jour en effet l'Esprit-Saint, docteur suprême et entre tous identique à la source, est venu dans les apôtres selon la promesse du Christ ; par le rayon primitif de la vérité il a donné une lumière si parfaite et excellente que leur intellect, par toute image et toute ressemblance de la déiformité et par la lumière intelligible, avec l'aide de la grâce d'en haut, se trouvait élevé dans le plus pur regard, autant qu'il est possible, à la connaissance spéculative de la déité. Est-ce qu'en ce jour qui est le nôtre, l'intelligence de ceux qui prêchaient le Christ n'était pas à son plus haut degré ? Ils disaient en paroles claires qu'il était le Fils de Dieu, qu'il était ressuscité des morts, ce que les prophètes avaient prédit en paroles obscures et par des paraboles métaphoriques et des figures énigmatiques. Qui de nous, je le demande, leur a enseigné à parler ainsi, de façon si claire et évidente ? Est-ce que c'était l'art du prêcheur ou « la chair » ou « le sang » ? Non certes, mais « l'Esprit du Père » céleste, qui parlait en eux. Donc, la vérité de l'Esprit-Saint est certaine, il faut y croire sans aucun doute, non aux fables des petites vieilles, aux sophismes des philosophes ni aux illusions des mages : ce docteur porte si loin

l'extrême compétence, toutes les facultés sont si bien confirmées en lui par la plus ancienne expérience que personne ne peut lui donner la contradiction en aucun enseignement, qu'il ne saurait supporter un échec venu de quiconque ou être ramené aux bornes de la réfutation, car il ne peut ni tromper ni être trompé.

5. Deuxièmement, parce que dans l'Esprit-Saint la charité est libérale ou invincible, il opère dans l'affection la large extension d'une bienveillance utile contre la malignité de l'envie. C'est pourquoi il est dit en *Romains*, 5,5 : « La charité de Dieu a été répandue dans nos cœurs par l'Esprit-Saint, qui nous a été donné. » Or la charité est « répandue dans nos cœurs » quand l'amour, ne venant pas de la surface extérieure mais de la moelle la plus intime du cœur, dilate son affection et met en mouvement toutes les vertus de l'âme pour aimer avec dilection tous les élus. Ô combien loin et largement fut diffusée dans tout l'univers la charité des apôtres qui, pour le salut de tous les élus, livrèrent leur vie à la mort avec un ardent désir ! Mais, puisque « l'iniquité fut abondante » sur la terre, puisque « chez beaucoup de gens la charité » s'est « refroidie » ou attiédie, l'Apôtre nous exhorte à la ferveur d'un mutuel amour, lorsqu'il dit aux Romains (12,10-11) : « Vous aimant les uns les autres par une charité fraternelle, vous prévenant les uns les autres par les honneurs que vous vous rendez, sans paresse dans votre sollicitude, pleins en esprit d'une ferveur brûlante, servant le Seigneur. »

6. Troisièmement, parce que dans l'Esprit-

Saint réside le pouvoir qui ne peut être surmonté, il confère par son opération la faculté de vigueur et de constance effective contre la débilité qui accompagne le manque de maîtrise de soi. De là, dans les *Actes des apôtres* 1,8 : « Vous recevrez la vertu de l'Esprit-Saint survenant en vous et vous serez mes témoins. » Notre Seigneur Jésus-Christ, lorsqu'il envoya ses apôtres combattre contre la violence des tyrans et l'astuce des démons, voulut d'abord les munir spirituellement de ses dons et de ses armes et leur donner la force par la vertu de l'Esprit-Saint. C'est pour cela qu'il est dit dans le *Psaume* 32,6 : « Dans le souffle [*spiritu*] de sa bouche réside toute leur vertu. » De là Grégoire : « La vertu des cieux a été reçue de l'Esprit, car ils n'auraient pas osé aller contre les pouvoirs, si la force de l'Esprit Saint ne les avait consolidés » (*Homélie sur l'Évangile*, II, 30,7).

7. En second lieu, ce bienfait est décrit selon le sujet qui le reçoit, quand on ajoute : « les cieux ». Par les cieux en effet sont désignés les apôtres, en parlant par métaphore, selon les raisons de la convenance et de la similitude. Car d'abord on voit rejaillir dans les cieux la redondance des flots créateurs ; en second lieu on y voit resplendir le spectacle fulgurant des lumières ; troisièmement, ils font entendre la terrible résonance des signes et des prodiges.

8. D'abord la prédication apostolique a comporté l'efficace redondance des bons enseignements, et cela pour signifier la perspicacité de l'intelligence. De là ce que dit le *Psaume* 67,9 : « La terre a été ébranlée, les cieux ont distillé leur

pluie depuis la face de Dieu sur le Sinaï. » En effet aujourd'hui la terre, c'est-à-dire les terriens et les pécheurs, ont été « ébranlés » pour faire pénitence, parce que « les cieux », c'est-à-dire les apôtres, ont « distillé » la rosée des paroles divines. Et cela « depuis la face de Dieu », parce qu'ils l'ont reçue non d'eux-mêmes mais de Dieu, de qui vient tout bien. Cette exposition est tirée de la Glose. De même il est dit ailleurs dans le *Psaume* 19,2 : « Les cieux racontent la gloire de Dieu », sans commencement et sans fin dans l'Incarnation; dans sa grandeur, sans qu'elle ait diminué dans la Passion; dans son extrême suavité, sans que la satiété soit intervenue dans la mission de l'Esprit.

9. Ensuite, leur manière d'être a comporté le spectacle fulgurant de leurs mœurs et de leurs exemples, et cela pour signifier la charité et la bienveillance. De là l'*Ecclésiastique*, 24,6 : « J'ai fait naître dans le ciel une lumière sans défaut. » L'honorable fréquentation [*honesta conuersatio*] des apôtres est nommée d'après les fulgurances de la lumière céleste parce que, comme la lumière céleste ne présente aucun mélange de boue et qu'elle est séparée de ce qui est terrestre pour éclairer de ce fait plus clairement l'univers, ainsi la fréquentation céleste des apôtres était maintenue à l'écart de l'ardeur libidineuse et des souillures charnelles. Pour cette raison, ceux qui se trouvaient dans le péché et les ténèbres étaient facilement attirés à l'amour de Dieu et à la lumière de la foi, dès lors que « l'exemple nous touche plus que la parole ». En effet la vue habituelle d'un saint, la pratique de ses paroles et

l'exemple de ses œuvres font que l'homme qui les reçoit s'enflamme pour l'amour de la vertu [*bonitatis*] et est illuminé par la lumière de la vérité. Et pour cette raison on peut dire des apôtres ce mot de la *Genèse* 15,5 : « Regarde le ciel et compte ses étoiles si tu le peux », comme si on disait : « il est impossible à l'homme mortel de regarder le ciel », c'est-à-dire le ciel apostolique, « et compte ses étoiles », c'est-à-dire les grâces septiformes, les dons et les béatitudes, par lesquelles brillaient dans l'univers comme des luminaires et qui contenaient le modèle de la vie; et tu verras de façon rationnelle qu'aucun homme mortel ne suffit pour les compter.

10. Troisièmement les apôtres font entendre la terrible résonance des miracles et des prodiges dans l'opération qui les accomplit et cela en signe de vertu et de constance. De là, dans le *Psaume* 144,5-6 : « Incline tes cieux et descends, touche les montagnes et elles fumeront. Jette les divers feux des éclairs de ta foudre et tu les dissiperas. » « Incline tes cieux », c'est-à-dire les hommes virils, contemplatifs et célestes vers les humains de la terre par la prédication; et « descends », par la cohabitation dans la grâce illuminante; « touche les montagnes », c'est-à-dire les orgueilleux, en leur inculquant la crainte qui vient de la révérence filiale; « et ils fumeront », dans les larmes de la contrition, pour que sortent d'eux les vapeurs vicieuses; alors jette tous les feux de la prédication des signes et des prodiges pour confirmer la prédication évangélique, pour que ceux que touche l'efficacité de la parole se

trouvent affermis par les miracles et que ceux que la prédication ne touche pas jusqu'à la foi soient du moins mis en mouvement par les prodiges ; car c'est par ce moyen que « tu les dissiperas », d'une dissipation spirituelle et bienheureuse quant aux vices et aux péchés, non pour qu'ils périssent mais pour qu'ils récupèrent la vie de la grâce.

11. En troisième lieu est décrit le bienfait présent quant à l'acte intermédiaire de l'opération prise dans sa singularité. Le texte précise : « il orna ». C'est d'une manière excellente et particulière qu'il orna les apôtres d'un triple ornement. D'abord, il les orna de l'abondance de la gratitude [*gratia*] ; deuxièmement de la dignité de la prélature ; troisièmement d'une gloire déiforme quant à l'excellence des récompenses.

12. Premièrement, il les orna de l'ornement d'une gratitude abondante, pour ce qui est de l'indéfectibilité des suffrages. De là l'*Ecclésiastique* 16,25 : « il assura leurs œuvres pour l'éternité, ils n'auront ni faim ni peine et ils ne seront pas destitués de leurs œuvres. » Cela veut dire que Dieu a « orné pour l'éternité les œuvres » vertueuses des apôtres pour la raison suivante : à cause de l'influence indéfectible et continue qu'ils ont dans l'Église militante du fait des suffrages que leur valent leurs mérites, de grands honneurs et une grande révérence leur sont témoignés par le peuple chrétien ; « ils n'auront pas faim », parce qu'ils ont été les objets d'une grâce si pleine et si abondante qu'elle pouvait non seulement les rassasier, mais rejaillir aussi sur d'autres. Et pour cette raison notre mère l'Église subvient à ce qui

manque à ses fils en puisant dans le trésor paternel des mérites parce que leurs pères, les apôtres, n'ont pas manqué à leurs œuvres vertueuses quant à ce qui concerne l'efficacité de leurs suffrages.

13. Deuxièmement il les orna de la dignité de la prélature, relative à la présidence qu'ils exercent sur ceux qui leur sont soumis. De là vient que s'est accompli en chacun d'entre eux ce qui est dit dans l'*Ecclésiastique*, 32,1,3 : « T'ont-ils choisi pour les conduire ? Ne veuille pas être élevé. » Et ensuite : « Reçois la couronne comme un ornement de reconnaissance et obtiens ainsi la considération [*dignitatem*] dans l'assemblée. » Comme les apôtres ne se laissaient pas soulever par l'orgueil, quoiqu'ils eussent été constitués comme dirigeants du monde entier par l'Esprit-Saint, chacun d'entre eux apparaissait au contraire comme un de ses sujets ; ils ont donc reçu l'ornement de la grâce qui rend gracieux [*gratiae gratum facientis*]. Et pour leur promotion et leur salut, ils ont obtenu en récompense la « couronne » du principat et « la considération de l'assemblée » ; or leur dignité et leur principat leur sont offerts du haut du ciel jusqu'à la profondeur de l'enfer : ils ont en effet « le pouvoir de fermer le ciel » et de lier et de délier les âmes des hommes, « de fouler aux pieds les serpents et les scorpions » et de réprimer les esprits immondes ; car leurs langues, comme des clefs célestes, ouvrent et ferment les portes du ciel, à leurs préceptes sont soumises la santé et la langueur de tous et même les esprits immondes, ce qui est l'indice du plus grand pouvoir et de la dignité suprême.

14. Troisièmement il les orna des ornements d'une gloire déiforme, relativement à l'excellence des récompenses. Et pour cette raison à chacun d'entre eux convient ce passage de l'*Ecclésiastique*,45,12 : « La couronne d'or sur sa tête était marquée du signe de la sainteté, de son honneur et de sa gloire : elle est ornée selon le désir des yeux », on y reconnaît le premier ornement ou la première robe de l'âme ; mais, pour autant qu'elle « est ornée selon le désir des yeux », on y reconnaît la seconde robe, qui est celle du corps. La première robe (ou ornement de l'âme) consiste en une quadruple dotation, celle de l'agilité, de la clarté, de la subtilité et de l'absence de la souffrance. De là Augustin dans la *Cité de Dieu* : « Des corps des élus seront écartées toute laideur [*deformitas*], toute lenteur [*tarditas*], toute infirmité, toute corruption. » Cela s'accomplira en plénitude lorsque la « couronne » de notre humilité sera entourée de gloire et « ornée du désir des yeux », puisque tout cela sera la délectation des yeux qui le verront. Toutes ces dotations seront possédées de manière excellente et singulière par les apôtres.

Prions le Seigneur...

Sancti Bonaventurae sermones dominicales,
éd. Jacques-Guy Bougerol, 27, p. 320 sqq.

La double poésie de la Croix

LOUANGE DE LA SAINTE CROIX

Souviens-toi de la sainte Croix,
toi qui mènes la vie parfaite,
    sois toujours en délectation.
De la sainte Croix souviens-toi
et médite en elle-même
    insatiablement.

Debout en Croix avec le Christ pour guide,
aussi longtemps qu'en cet éclat limpide
    tu vivras loin de tout dégoût,
rejetant repos et tiédeur,
en lui prends croissance et chaleur
    par le désir de ton cœur.

Aime la Croix, la lumière du monde
et tu auras le Christ pour te guider
    par les siècles éternels.
Sur la Croix embrasse le corps,
tu dois l'étreindre et la peindre
    en notant tout point par point.

Le cœur en croix, la Croix au cœur
résident sans rien de sordide
    en créant la tranquillité;
que la langue soit faite croix,

qu'elle montre et dise la Croix
  sans jamais faire défaut.

Croix au cœur et Croix sur la bouche,
par quelque intime saveur,
  doivent te donner la douceur;
que la Croix règne sur les membres
et en toute situation
  à l'intérieur de tout l'homme.

Que la Croix absorbe le cœur
et qu'il soit en elle ravi
  par l'incendie de l'amour.
Les combats de la chair une fois dissipés,
que l'esprit tout entier soit mis en croix
  par la joie spirituelle.
....
Souviens-toi, mon pieux frère,
sept fois dans la journée
  de la Passion du Seigneur
par laquelle libérés
nous avons été donnés à la vie d'éternité
  et à la lumière d'en haut.

Si tu aimes cette Croix et si tu l'honores,
consacre-lui certaines heures
  pour lui attacher ta ferveur :
l'heure de prime, de matines,
de sexte, de tierce, de vêpres,
  de nones, de complies.

Assis, debout et couché,
que tu parles ou te taises,

au repos après la fatigue,
cherche le Christ, espère en lui,
porte le crucifix au cœur,
    en tous lieux où tu seras.

Dispose en amour diligent
ta pensée sur le Christ patient
    pour partager son tourment;
la mort du Christ, ô chrétien,
pleure-la soir et matin,
    partage sa joie en pleurs.

Combien méprisé, rejeté
le Roi des cieux a été fait
    pour sauver le siècle!
Il a eu faim, il a eu soif,
pauvre et misérable, est allé
    jusqu'au gibet.

Souviens-toi de sa pauvreté,
de son extrême abaissement
    et de son supplice accablant;
si tu jouis de ta raison,
aie mémoire de sa Passion,
    du fiel et de l'absinthe.

Quand sous escorte emmené fut
l'Immense et en Croix suspendu,
    les disciples étaient absents;
on creusa ses mains et ses pieds,
de vinaigre fut abreuvé
    le Roi suprême du siècle.

Ses yeux bienheureux, les voici :
sur la Croix ils sont obscurcis
   et son visage a pâli.
Sur son corps alors dénudé,
la beauté n'a pas subsisté.
   Toute grâce s'est éloignée.
....

Cf. Spitzmuller, p. 852 sqq.

PAROLE DE JÉSUS EN CROIX

Les liens, tu ne les récusas,
ni les fouets, ni les coups,
ni les gibets des voleurs,
ni blêmissures, ni blessures.
Mais quand la croix te soulevait,
quand l'ennemi vers toi grondait,
quand le marteau te percutait
et que le clou ta chair tranchait,
qu'en souffrant plus, plus tu sentais
et que ton sang sacré coulait...
tu demandas, priant ton Père,
que comme à des ignorants
il pardonne à tes ennemis.

Cf. Spitzmuller, p. 936 sqq.[1].

---

1. L'esprit de la poésie franciscaine s'est aussi prolongé dans la profusion d'images amoureuses qui se manifeste, par exemple, à la fin du XIIIᵉ siècle, dans la *Philomena* de John Peckham (v. 1240-1292, cf. Spitzmuller, p. 936 sqq.). Ce titre signifie : « la bien-aimée ». Mais en même temps, comme il arrive d'autres fois au Moyen Âge, il se confond avec *Philomela*, nom mythique du rossignol, qui est « l'ami du chant », *melos*.

ANGÈLE DE FOLIGNO
1248-1309

Angèle de Foligno est née en 1248. Mariée vers
vingt ans, elle a perdu vers 1288 sa mère, son mari
et ses fils. Ces souffrances ne sont sans doute pas
étrangères à ce que sa conversion a d'absolu. Elle
était d'une condition élevée et avait aimé les joies
du monde. Mais elle assiste aux divisions et aux
désordres de l'Italie de son temps; Foligno est tout
près d'Assise. En 1285, à l'occasion d'un pèlerinage,
elle y rencontra un franciscain, aumônier de
l'évêque, qui reçut sa confession et qui la prépara à
se tourner vers la vie religieuse. Il devait rester longtemps présent dans sa vie, pour la guider et surtout
pour recevoir et transcrire en latin les récits et les
témoignages qu'elle lui donnait en langue
ombrienne de sa vie spirituelle. Plus tard, d'autres
indications nous ont été transmises par les
membres anonymes du groupe spirituel qui s'était
formé autour d'Angèle et auquel elle donnait un
enseignement.

Nous ne connaissons le premier conseiller que
par une initiale : il est le frère A. et la tradition le
désigne par le nom d'Arnaud, sans apporter de

preuve. En tout cas, c'est essentiellement à lui que revient une première série de témoignages qui forment ce qu'on appelle le « mémorial ». Il est constitué par un ensemble de vingt « pas », où la « fidèle du Christ », répondant aux questions qui lui sont posées ou aux demandes qui lui sont adressées, décrit chronologiquement les différents moments de son expérience mystique, ainsi que ce qu'elle a de constant. Puis viennent sept « pas supplémentaires » et un ajout (« Là où est le Christ, ses fidèles sont avec lui »). Une deuxième partie du livre est constituée par ses « instructions », au nombre de trente-six, suivies d'un épilogue. Un certain nombre de disciples s'étaient réunis autour d'Angèle qui, dès sa conversion, était devenue membre du Tiers-Ordre de saint François d'Assise. Les « instructions » reproduisent certains de ces enseignements. Leurs auteurs sont anonymes. Il est probable que le frère A. y intervient assez souvent. La dernière nous indique le message suprême d'Angèle et nous décrit sa préparation à la mort, qui est survenue au début de 1309.

On voit donc que le livre d'Angèle présente, en les unissant et en les distinguant, deux aspects qui existaient ensemble dans la pensée et dans la spiritualité de son temps : la mystique, la théologie. Elle appartient très intimement à son époque, qu'elle dépasse cependant de toute la lumière de la révélation chrétienne, car elle semble avoir été très cultivée. Sans doute, les commentateurs modernes ont tendance à ne lui attribuer que son expérience amoureuse et sensible de la religion et à croire que les moines qui l'entouraient ont pu interpréter ses paroles selon la théologie de leur temps. Il est difficile d'obtenir des certitudes à cet égard. Certes, on est souvent frappé par la haute qualité intellectuelle de la doctrine qui nous est proposée et par sa belle organisation scolastique. Mais, même si elle n'avait pas au départ les connaissances et la maîtrise qui se manifestent ainsi, Angèle a pu les acquérir progressivement au contact de ses amis, tout en restant fidèle à la simplicité fondamentale de saint François. Quelles qu'aient été les diverses participations qui sont intervenues dans l'élaboration de son livre, nous devons le prendre tel qu'il est dans sa totalité; nous pouvons alors admirer la synthèse humaine, divine et théologique qu'il réalise.

Il en va de même pour son époque et pour l'Ombrie où elle vit, à quelques kilomètres d'Assise. Elle est née vingt ans après la mort de saint François. Elle est exactement contemporaine de Dante et de Giotto dont elle a pu voir les ateliers dans la basilique. Certes, elle s'en défiait peut-être, puisqu'elle avait quitté ou vendu les châteaux de sa famille, qui étaient bien décorés, et qu'elle s'attachait avant tout aux préceptes de la sainte pauvreté. Mais elle ne pouvait ignorer les querelles qui divisaient en son temps, dans la pensée franciscaine, les « spirituels », qui avaient tendance à négliger ou à mépriser la lettre de la loi chrétienne et ses institutions, à commencer par l'obéissance au pape, et les tenants de la « communauté », qui manifestaient une stricte observance. François n'avait jamais favorisé une telle rupture. Elle-même ne parle jamais en ce sens. Certes, chez elle, tout est amour et cela lui suffit pour éviter toute invective, toute polémique, tout anathème. Mais, lorsqu'elle médite sur le message de Jésus, elle souligne qu'il a toujours prêché la soumission qui relève de l'esprit de paix et d'humilité. Aussi semble-t-il que de son vivant elle n'a pas été suspectée, alors qu'elle était protégée en même temps que les « spirituels » par le cardinal Jacques Colonna, qui fut condamné, et qu'elle exerçait une influence sur un de leurs maîtres à penser, Ubertin de Casale, qui la citait dans le prologue de son livre Arbor uitae crucifixae Iesu.

Angèle de Foligno eut ainsi plus de chance que les grandes mystiques rhénanes qui vécurent exactement en son temps, Hadewijch d'Anvers (vers 1240), Béatrice de Nazareth, morte en 1268, Mechtilde de Magdebourg (1297) et Marguerite Porète, qui fut brûlée en 1310. Il est difficile de savoir si elle a connu leur pensée et leurs écrits. Mais les mêmes causes provoquent les mêmes effets. En Italie, des femmes comme Marguerite de Cortone (1297) et Claire de Montefalco (1308) ont vécu comme elle. Nous réfléchissons dans le présent livre sur la parole chrétienne et sur sa poétique, telle qu'elle apparaît dans la littérature latine. Nous ne pouvons manquer de citer ici, à côté d'Angèle, le poète admirable qui fut l'un des plus grands écrivains parmi les spirituels et qui, à ce titre, encourut la persécution : Jacopone da Todi (v. 1230-1306) fut lui aussi, dans une région toute proche, un contemporain d'Angèle. On lui attribue, à tort ou à raison, le Stabat mater[1]*, mais l'essentiel de son œuvre est en*

1. Voir p. 65, 545.

*langue profane, selon l'esprit même de l'humilité
franciscaine.*

*Il fut essentiellement le maître mystique de la
compassion envers Jésus et le poète de l'amour fou
de Dieu. Avant d'en venir plus précisément à
Angèle, nous voudrions citer quelques-uns des vers
où il exprime exactement cette passion sublime en
évoquant l'amour « ordonnateur » de Jésus :*

Amour, amour qui m'as ainsi frappée[1],
je ne puis rien crier d'autre qu'amour ;
amour, amour, je suis unie à toi,
je ne peux rien que t'embrasser ;
amour, amour, tu m'as ravie de force ;
mon cœur toujours se dilate en aimant ;
pour toi je veux me pâmer afin d'être unie à toi ;
amour, par courtoisie, fais-moi mourir d'amour.

Laudi, 23, 32, 243-250.

*Ceux qui s'intéressent aujourd'hui à l'histoire de
la mystique ont tendance à y chercher surtout des
joies spirituelles, un avant-goût de Paradis. Ou
bien, comme les bergsoniens, ils opposent une telle
expérience à ce que la raison positive a de limité.
Tel n'est pas notre point de vue, même si de semblables recherches nous paraissent avoir été
fécondes. Nous parlons ici du langage. Ce sont
l'expression et l'imitation de l'amour divin qui sont
en cause.*

*Certes, Angèle rejoint souvent Jacopone da Todi
dans sa ferveur amoureuse. Nous avons dit que là*

---

1. C'est l'âme qui parle, en italien.

réside la première tendance de son œuvre. Elle se manifeste surtout dans le Mémorial *et on ne saurait négliger ces aspects autobiographiques, qui se situent bien au-delà du sentimentalisme et qui témoignent plutôt d'une évolution dans la constance. Comme il arrive aux musiciens de son temps, Angèle déploie peu à peu une polyphonie de pensées qui n'exclut ni la transparence ni l'unité.*

Au début de sa conversion, Angèle ne pouvait supporter le nom de Dieu. Elle hurlait lorsqu'elle l'entendait. Ses familiers et ses compatriotes craignaient de se trouver en présence d'un cas de possession satanique. Mais, en 1291, lors de son deuxième pèlerinage à Assise, elle connut dans l'église supérieure toute la suavité de l'extase. L'Esprit l'avertit pourtant qu'il la quitterait encore et ses cris recommencèrent. C'est alors qu'intervint le frère A., qui l'interrogea et qui comprit la valeur exceptionnelle de son expérience.

Aidée par ses questions, par ses encouragements, par sa ferveur, elle prend elle-même une meilleure conscience du sens qu'elle doit attacher à sa souffrance. La vue de l'absolu, qu'il lui est donné de percevoir, la plonge dans l'horreur devant ce qu'il y a de relatif en elle. La plus grande joie coïncide avec la plus grande douleur. Quiconque discerne en soi le Paradis y découvre du même coup l'Enfer. Angèle ne peut manquer de se croire damnée, de penser même que cela est juste : elle se sent si loin de Dieu.

Telle est l'expérience de la ténèbre, qu'Angèle pousse à l'infini, puisqu'elle se sent limitée. Mais elle s'aperçoit aussi que cette expérience est celle de l'amour. Elle prononce ainsi, en l'attribuant à

*Jésus, la plus célèbre de ses formules : « Ce n'est pas
pour rire [per truffam] que je t'ai aimée. » Truffa,
mot populaire et familier, désigne un spectacle plai-
sant et bouffon. Angèle a reconnu tout le sérieux de
la sainteté. Dès lors, la ténèbre même devient le chemin. Elle permet de reprendre la voie négative, sur
laquelle avaient déjà médité Moïse et les Pères grecs.
Celle qui « ne voit rien voit tout ». Elle voit Dieu
dans l'oraison qui permet de « trouver Dieu » et de
« ne s'occuper que de lui ». Cela ne signifie nullement qu'elle se désintéresse de la charité. Mais Dieu
même est la charité. C'est au moment où l'angoisse
et la béatitude se mêlent dans ses extases qu'elle
donne ses biens aux pauvres. François d'Assise lui
offre un modèle pour l'intériorité et pour la pauvreté. Elle sait désormais ce que c'est que d'aimer.
   Elle continuera à « crier intérieurement » :
« Suis-je amour ? » Trois observations apparaissent
alors, trois formes de la même contemplation.
D'abord, la mystique s'interroge sur sa joie. De
même que la tristesse y est mêlée, le doute pourrait
y rester présent. Mais il porte en réalité sur les
concepts et sur les idées. La joie ouvre, dans la
ténèbre même, une autre voie de connaissance qui
est certaine. L'extase ne comporte pas le doute. Il est
vrai qu'elle peut être suivie de sécheresse et qu'elle
doit s'accompagner d'humilité extrême. Ainsi deux
images voisinent toujours : la joie, la faux, qui supprime et qui tranche tout ce qui n'est pas Dieu. La
vie ne va pas sans la mort. Le corps lui-même ne
doit pas être séparé de l'esprit dans l'unité humaine
et divine. Angèle admire dans ses visions le visage et
« le cou » du Christ. Elle se dévêt devant la croix,*

mais elle ne suit ainsi nul instinct sensuel : elle imite le dépouillement de saint François.

« *Suis-je amour ?* » *Nous avons dit qu'elle se pose cette question. L'amour véritable consiste à voir purement Dieu. Celui qui voit vraiment s'identifie à ce qu'il voit et se transforme en cela. Or Jésus a voulu souffrir. Se transformer en lui, c'est se transformer en la douleur et y retrouver avec la compassion la sympathie absolue pour les êtres.*

Mais Angèle ajoute : « *Ce n'était pas moi qui aimais.* » *Son amour même, qui brûlait en elle, était Jésus, était Dieu. Cependant, il lui arrive d'aller plus loin encore. Dans les moments de la plus grande profondeur, elle ne pense même plus à la Passion ou à Jésus. Elle s'unit dans l'absolu à la divinité toute simple. On trouve la même tendance chez beaucoup de mystiques. Ernest Hello l'admirait chez Ruusbroec.*

Au point où nous sommes arrivés, une résignation bienheureuse domine tout et accorde la douleur et la joie. Même le péché, même l'Enfer n'excluent pas la joie, puisque Dieu les a acceptés. S'il doit nous damner, nous sommes obligés de l'aimer même pour cela.

Nous voudrions en conclusion revenir sur une indication qui, dès le début, nous est apparue comme très importante. Angèle de Foligno est une mystique dont nous est décrite l'expérience spirituelle. Mais elle ne s'en tient pas à noter approximativement des sentiments, des états d'âme, voire des plaisirs spirituels. L'amour tel qu'elle le décrit n'est pas séparable de la connaissance. On admire la place qu'elle donne à l'illumination et à ce qu'elle appelle la « sur-illumination ». Son amour implique cette « intelligence » supérieure, qui est donnée dans la grâce mais qui doit d'abord « aller vers » elle.

Il y a chez Angèle toute une théologie mystique. Elle est déjà présente dans le Mémorial. *Mais elle prend une structure plus raisonnée dans les* Instructions, *qui semblent parfois proches de la scolastique. La parole chrétienne reçoit ici une forme originale. Elle ne néglige pas la rigueur analytique mais nous dirions volontiers qu'elle contrôle l'intelligence par l'intellect, qui touche directement l'amour. On peut alors définir certains points majeurs de la doctrine et en montrer les sources.*

La visionnaire juge la nature de ses visions avec la même lucidité que les théologiens. Elle ne les présente pas comme des événements ; quand elle voit le Christ sanglant, elle ne dit pas qu'elle est transportée effectivement au pied de la Croix. Mais l'image est symbolique ; elle lui rappelle, dans la Passion, la condition du Dieu-homme. C'est ainsi que la pensée chrétienne utilisait dès le XIIIᵉ siècle la renaissance des images. Angèle peut aller au-delà mais dans cette élévation sublime elle s'appuie sur la beauté charnelle : au lieu de l'abandonner, elle la transfigure. Elle sait bien au demeurant, et elle le répète au frère A., que toutes ses intuitions se situent dans l'ineffable.

Un langage reste possible pour dire les évidences qui sont au-delà de toute évidence. Il implique la pensée des théologiens, la rejoint, la dépasse, en cherche l'esprit. Elle trouve l'humilité. Comme il est dit dès l'introduction de son livre, là est la vraie manière de se montrer spirituel. Il faut rejeter toute polémique, car le véritable esprit du christianisme se trouve dans l'humilité de l'amour. Sur ce terrain personne ne peut la condamner. Au début, le cardinal Jacques Colonna la protégeait. Il s'est opposé au pape Boniface VIII, a été vaincu. Mais Clément V rétablit la concorde et le pardon. C'est alors sans doute que le livre d'Angèle, après sa mort, fut diffusé. Il était symbole d'amour et de réconciliation. Plus que jamais spirituelle, humble, amoureuse, son œuvre rejoignait l'enseignement essentiel de saint François. La « joie parfaite », telle que la décrivent les Fioretti, *n'est-elle pas d'accepter les coups, même et surtout lorsqu'ils sont portés par ceux que nous aimons ?*

*La doctrine d'Angèle de Foligno prend alors toute son ampleur. Selon l'esprit franciscain, elle implique une méditation sur la joie et sur la douleur. Au-delà du langage scolastique, nous devons penser à Bonaventure. Deux admirables directions de pensée se dessinent en particulier. L'une porte sur les deux abîmes. Angèle exalte l'*inabissatio. *Telle est la profondeur véritable : se lancer dans l'abîme du Dieu infini. D'autre part, la mystique nous propose une admirable méditation sur la prière. Elle est la manifestation de Dieu en nous. En fait, c'est lui qui prie : il nous dicte par sa grâce les paroles d'amour, de désir et d'émerveillement qui le révèlent en le célébrant. Ainsi se trouvent affirmées et préservées toute plénitude, toute beauté. Encore faut-il aller vers la grâce pour la recevoir. La vie est un don de Dieu, mais pour vivre, il faut aller vers la vie, pour être beau, il faut aller vers la beauté, pour* *être il faut aller vers l'être. Nous citons ici l'*Instruction 32, *qui est une des plus caractéristiques de la théologie dont nous parlions.*

Elle traite de l'Eucharistie, en insistant sur l'union du Christ et de l'humain dans la souffrance acceptée et dans le bonheur amoureux de l'humilité. Jésus est à la fois homme et Dieu. C'est en lui que nous pouvons nous connaître, en admirant l'ordre du monde, car il est « l'ordonnateur ». Il nous fixe la fin qui fait la dignité éminente des saints : nous connaître tels que nous sommes dans l'infini qui nous dépasse mais où nous pouvons rejoindre Jésus par l'infini qui est dans son humanité. Telle est notre fin qui peut être atteinte par la « dilatation » amoureuse de notre âme, mais aussi lorsque nous avons plongé dans l'abîme de l'amour assez profondément pour savoir que nous atteignons l'être en son mystère quand nous « comprenons que nous ne pouvons pas le comprendre. »

Reste le regard de Jésus. Il a tant de douceur qu'il nous jette dans une joie insoutenable, mais aussi tant d'amertume devant les souffrances que nous infligeons à Dieu ! Notre amour purifié doit répondre.

Nous nous arrêterons ici. Est-il possible d'aller plus loin ? Cependant, nous ne voudrions pas finir sans citer un nom : celui d'Ernest Hello. C'est lui qui, à la fin du XIXᵉ siècle, remit en honneur Angèle de Foligno, qui avait été déclarée bienheureuse et qui était restée connue des mystiques. À son tour, il exalte un enseignement qui a été admiré de Léon Bloy, de Bernanos : ils connaissaient le sérieux de la sainteté, ils savaient que Jésus ne nous a pas aimés

« *pour rire* ». *Hello publia une traduction d'Angèle qui permit de diffuser sa pensée. Nous n'avons pu l'utiliser ici parce qu'elle apparaît souvent comme une paraphrase brûlante plutôt que comme une transcription exacte. Mais il faut admirer sa puissante ferveur, qui montre comment une telle pensée répond aux besoins de notre temps. Nous nous bornerons à citer quelques lignes de l'introduction : Hello y explique les raisons de son admiration :*

« *La parole est un blasphème à ses yeux, parce qu'au-delà des choses que cette parole détermine, son œil rencontre celles qu'elle ne peut pas déterminer.*

Cela ressemble un peu à ces traînées aperçues dans les nuits d'été qui se déterminent en nébuleuses, quand les télescopes se perfectionnent. Puis au-dessus apparaît une autre traînée de lumière vague, qui va devenir un nouvel amas d'étoiles au prochain perfectionnement du télescope.

Après chaque explosion de lumière et d'amour, Angèle demande pardon. Le sentiment qu'elle a de Dieu fait que son adoration est un blasphème aux yeux de son âme.

Le ciel est une figure, superbe quoique limitée, immense quoique finie. Comme la pécheresse du désert, il étale une chevelure d'or.

On dirait que la lumière, ne se trouvant pas assez pure pour subsister devant la face de Dieu, voudrait essuyer avec ses cheveux les pieds du trône et porter plus haut que les regards le repentir des soleils...

La vie d'Angèle est un drame où la vie spirituelle se déclare comme une réalité visible. La vérité secrète devient quelque chose de sensible et de pal-

pable. Il n'est plus possible de la prendre pour un rêve; elle est un drame plein de sang et de feu...

L'affinité des choses intimes et des choses sublimes est la lumière qui éclaire ce drame, où la hauteur et la profondeur se donnent le baiser de paix. Captive dans la parole humaine, Angèle fait comme Samson. Manué en hébreu veut dire repos. Comme Samson, fils de Manué, Angèle, fille de l'Extase, prend sur ses épaules les portes de sa prison, et les emporte sur la Hauteur.

Vous qui lirez ce livre, ne portez pas sur lui le regard froid de la curiosité. Souvenez-vous des réalités glorieuses, souvenez-vous des réalités terribles, et priez le Dieu d'Angèle pour le traducteur de son livre[1]. »

1. Bibliographie d'Angèle de Foligno :

Œuvres : *Il libro della beata Angela da Foligno*, éd. Sergio Andreoli, Milan, 1990, et *Il libro dell'esperienza*, anthologie, éd. par Giovanni Pozzi, Milan, 1992; trad. espagnole : *Angela da Foligno : Libro de la vida — Vivencia de Cristo*, Salamanque, 1991; en anglais : voir Paul Lachance, o.f.m.; *Angela of Foligno : Complete Works*, « The Classics of Western Spirituality », New York, 1993. La traduction d'Ernest Hello a été rééditée en 1991 dans « Sagesse » (Seuil) avec une préface de Sylvie Durastanti; cette traduction s'éloigne parfois du texte et en néglige l'exacte présentation; mais elle porte mieux que les autres la marque d'un génie spirituel. Nous avons surtout utilisé *Le Livre d'Angèle de Foligno. D'après les textes originaux, 1285-1298*, texte traduit du latin par Jean-François Godet, présenté par Paul Lachance et Thaddée Matura, Grenoble, Jérôme Millon, 1995.

Études : consulter surtout *Vita e spiritualita della beata Angela da Foligno*, Milan, 1990, Atti del Convegno di studi per il VII centenario della conversione della beata Angela da Foligno (1285-1985), éd. Clément Schmitt, o.f.m., Pérouse, 1987; *Angela da Foligno : Terziaria francescana*, Atti del Convegno storico nel VII centenario dell'ingresso della beata Angela da

JE NE T'AI PAS AIMÉE POUR RIRE

Une parole divine a été adressée à mon âme; elle disait : « Ce n'est pas pour rire [*per truffam*] que je t'ai aimée. Cette parole me frappa d'une mortelle douleur, parce que aussitôt furent ouverts les yeux de mon âme.

II, instruction 23.

CRIER D'AMOUR POUR DIEU

J'avais dans mon cœur le feu de l'amour de Dieu, à tel point que je ne me lassais point de l'amour de Dieu ni d'aucune pénitence. Je m'élevai ensuite jusqu'à un feu si grand que, si j'entendais parler de Dieu, je poussais des cris stridents. Même si quelqu'un s'était dressé au-dessus de moi avec une hache pour me tuer, je n'aurais pas pu m'abstenir. Et cela m'arriva pour la première fois lorsque j'avais vendu ma maison de campagne pour donner aux pauvres.

I, 18ᵉ pas.

SUR LA ROUTE D'ASSISE : DIALOGUE AVEC L'ESPRIT-SAINT

« Je ferai pour toi aussi ce qu'a eu mon serviteur François, et même plus si tu m'aimes. » À ces

Foligno nell'ordine francescano (1291-1991), éd. Enrico MENESTO, Spolète, 1992.

mots j'ai commencé à douter beaucoup et je me
suis dit en mon âme : « Si tu étais l'Esprit-Saint,
tu ne me dirais pas cela, parce que ce n'est pas
convenable. Dans ma fragilité je pourrais en tirer
une vaine gloire. » Il répondit : « Cherche seulement par la pensée si de tout cela tu peux tirer
une vaine gloire qui t'emporte et sors de ces
paroles si tu peux. » J'ai commencé et je me suis
efforcée de vouloir posséder une vaine gloire pour
me prouver si ce qu'il avait dit était vrai et s'il était
bien l'Esprit. J'ai commencé à regarder autour de
moi parmi les vignes, pour sortir de lui, c'est-à-
dire de ses paroles. Et partout où je regardais, il
me disait : « Cela est ma créature. » Je percevais
l'ineffable douceur de Dieu. Alors revenaient en
ma mémoire mes péchés et mes vices, et d'autre
part je ne voyais en moi que péchés et vices. Et je
ressentais en moi une humilité telle que je n'en
avais jamais ressenti. Et il m'était dit cependant
que le Fils de Dieu et de la bienheureuse Vierge
Marie s'était incliné sur moi. Et il me disait : « Si
le monde entier venait maintenant avec toi, tu ne
pourrais leur parler, car il vient tout entier avec
toi. » Et pour me donner l'assurance contre mon
doute, il disait : « Je suis celui qui a été crucifié
pour toi et j'ai répandu mon sang pour toi, tant je
t'ai aimée. » Il racontait sa passion tout entière. Il
disait : « Demande une grâce, celle que tu veux,
pour toi et pour tes compagnons et pour qui tu
veux. Prépare-toi à la recevoir. Car je suis beaucoup plus prêt à donner que toi à recevoir. » Et
moi aussi j'ai parlé et mon âme a clamé : « Je ne
veux rien demander parce que je suis indigne. »

Tous mes péchés étaient rappelés dans ma mémoire. Et mon âme dit : « Si tu étais l'Esprit-Saint, tu ne me dirais pas ces paroles si grandes. Et si tu me les disais, mon allégresse devrait être tellement plus grande que mon âme ne pourrait la soutenir. » Il répondit : « C'est que rien ne peut être ou se produire, sinon comme je le veux. C'est pourquoi je ne te donne pas plus d'allégresse que cela. J'en ai moins dit aux autres et celui à qui je l'ai dit est resté étendu à terre sans rien voir ni sentir. Toi tu viens avec tes compagnons et aucun ne sait rien. C'est pourquoi je ne t'ai donné aucun sentiment plus fort. Voici le signe que je te donne : entreprends, efforce-toi de parler avec tes compagnons et pense à d'autres choses, soit au bien, soit au mal : tu ne pourras penser à rien, si ce n'est à Dieu. Et si je fais tout cela, ce n'est pas pour tes mérites. »

Alors m'étaient rappelés en mémoire mes défauts et mes défaillances. Et je voyais que j'étais plus que jamais digne de l'Enfer. Il disait : « Je fais cela selon ma bonté. Et si tu étais venue avec des compagnons différents, je n'aurais pas fait cela pour toi »...

Combien grandes étaient l'allégresse et la douceur qui me venaient de Dieu et que je ressentais, je ne saurais l'apprécier, surtout lorsqu'il me dit : « Je suis l'Esprit-Saint, qui est intimement à l'intérieur de toi. » Et de même quand il me disait tant d'autres choses, je lui répondais dans mon zèle : « C'est ici qu'on discernera si tu es l'Esprit-Saint : tu viendras avec moi, comme tu l'as dit. » Il m'avait dit : « Pour ce qui est de cette consolation,

je m'écarterai de toi quand tu viendras à Saint-
François pour la seconde fois ; mais je ne te quitterai point par la suite, si tu m'aimes. »

Et dès que, pour la seconde fois, je fléchis le
genou à l'entrée de l'église et que je vis la peinture
qui représente saint François dans le sein du
Christ, il me dit : « Je te tiendrai ainsi serrée
contre moi, et bien plus qu'on ne peut le considérer par les yeux du corps. Et proche est l'heure, ô
ma fille, ô mon temple, où j'accomplirai pleinement ce que je t'ai dit : car, selon cette consolation, je te quitte, mais je ne te quitterai jamais si
tu m'aimes. » Alors, si amère que fût cette parole,
cependant je perçus en elle-même une suavité
d'une douceur extrême. Et alors je regardai pour
voir avec les yeux du corps et de l'esprit...

Je vis une réalité pleine, une immense majesté,
que je ne peux dire. Mais il me semblait que tout
était bien. Il me dit encore beaucoup de paroles
de douceur quand il me quitta. Il s'éloigna dans la
clarté, en s'attardant avec une immense suavité.
Et alors, après son départ, je commençai à pousser des cris grands et stridents, à vociférer et je
poussais sans aucune pudeur des clameurs stri-
dentes en prononçant cette parole : « Amour
inconnu, pourquoi m'abandonnes-tu ? » Je ne
pouvais ou je ne disais rien de plus, si ce n'est que
je clamais sans pudeur la parole que j'ai dite :
« Amour inconnu » et « pourquoi ? pourquoi ?
pourquoi ? » Cependant je prononçais cette parole
de façon si entrecoupée qu'on ne la comprenait
pas. Alors il me laissa dans la certitude indubi-
table et assurée qu'il était Dieu. Moi, je criais, je

voulais mourir. Et ma douleur était grande parce
que je ne mourais pas et que je restais. Tous mes
os se disloquaient. Et après cela, lorsque je suis
revenue d'Assise, c'est dans la plus grande douceur que je rentrais chez moi sur la route.

> I, 3 (pas supplémentaire commencé
> après le 20ᵉ).

L'*ACEDIA*[1] ET L'HUMILITÉ ;
LA TENTATION DU DÉSESPOIR ;
LA VICTOIRE IRRÉSISTIBLE
DE LA GRÂCE

Dans mon âme se sont accoutumés à combattre
une certaine humilité et un certain orgueil
qu'accompagne le plus lourd dégoût. Cette humilité réside dans le fait que je me vois tombée loin
de tout bien. Je me vois aussi tombée hors de
toute vertu et de toute grâce. Et je vois en moi une
telle plénitude de péchés et de vices que je ne puis
penser que Dieu veuille avoir pitié de moi quant
au reste. Et je vois que je suis la demeure du
Diable, l'opératrice des démons, que je crois en
eux, je vois que je suis leur fille. Je me vois hors de
toute rectitude, de toute vertu, et digne de l'ultime
et du plus profond enfer. L'humilité dont je parle
n'est pas l'humilité que j'ai parfois, qui rend l'âme

---

1. L'*acedia*, que les mystiques grecs et latins antérieurs à
Angèle de Foligno connaissaient déjà, consistait pour ceux qui
l'éprouvaient à reconnaître leurs faiblesses et à continuer
pourtant à s'y abandonner (cf. p. 256, 286, 646, 658). Ne pas la
confondre avec la sécheresse, manque d'amour sensible au
cœur.

contente et qui fait venir en elle la connaissance
de la bonté de Dieu; car le premier genre d'humilité n'apporte que des maux innombrables. À
l'intérieur de mon âme, il me semble que je suis
tout entière entourée par les démons. Je vois les
défauts dans mon âme et dans mon corps. Dieu
m'est fermé et caché de toutes parts, de sorte que
je ne puis en aucune façon me souvenir de lui ni
de la mémoire qu'il a de moi ni de ce qu'il permet
lui-même. Je me vois damnée, je ne me soucie
nullement de ma damnation, plus grands sont
mon souci et ma douleur d'avoir offensé mon
Créateur que je ne voudrais ni offenser alors ni
avoir offensé pour tous les maux et les biens qu'on
peut nommer...

Or, pendant que je mesure l'extrême profondeur de ma chute, voici qu'alors commence
l'orgueil; car je deviens toute colère, toute tristesse, toute amertume et enflure. Et je reçois une
autre amertume, la plus grande, des biens que
Dieu m'a faits. Je ne m'en souviens pas pour en
tirer quelque remède mais pour me faire injure et
pour m'étonner douloureusement qu'il ait jamais
pu y avoir en moi quelque vertu véritable; je
doute même qu'aucune vertu ait jamais existé en
moi de manière véritable. Je vais jusqu'à voir en
quelque façon pourquoi Dieu l'a permis...

Mais maintenant, depuis que j'ai changé d'état,
je connais qu'entre l'humilité dont j'ai parlé
d'abord et l'orgueil il se produit dans l'âme une
purgation et une purification grandes entre
toutes, parce que sans humilité nul homme n'est
sauvé. D'autant plus grande est l'humilité,

d'autant plus la perfection de l'âme. Par là je connais qu'entre cette humilité et cet orgueil, l'âme est embrasée, martyrisée, purgée par l'orgueil et par les démons. Dès lors, d'autant l'âme est abaissée au plus bas niveau, d'autant plus bassement elle est appauvrie, d'autant plus elle est adaptée, purgée, purifiée pour s'élever plus haut. Car nulle âme ne peut s'élever qu'autant qu'elle est humiliée et réduite au plus bas niveau.

I, 8 (6ᵉ pas supplémentaire).

LA TÉNÈBRE, LE NON-AMOUR ET LA JOIE INÉNARRABLE

La fidèle du Christ parla ainsi : Une fois, mon âme fut élevée et je voyais Dieu dans une telle clarté, une telle beauté et une telle plénitude que je ne l'avais jamais vu ainsi ni de cette façon pleine entre toutes. Et là je ne voyais pas l'amour. Alors j'ai perdu moi-même l'amour que je portais : j'ai été faite non-amour.

Après cela je le vis dans une ténèbre et ce fut dans la ténèbre parce qu'il est un bien qui dépasse la pensée et l'intelligence. Tout ce qui peut être pensé n'atteint ni lui ni jusqu'à lui. Alors fut donnée à mon âme une foi certaine entre toutes, un espoir sûr et ferme entre tous, une sécurité constante au sujet de Dieu et elle écarta de moi toute crainte. En ce bien visible dans la ténèbre, je me recueillis tout entière. Et je fus rendue si sûre de Dieu que je ne peux jamais douter de lui et que je le possède de la façon la plus certaine. Et en ce bien d'une efficacité si grande, qui est visible dans la ténèbre, mon espérance la plus ferme est désormais toute rassemblée et sûre...

Mon âme vient d'être soudain élevée et j'étais dans une allégresse telle qu'elle est absolument inénarrable : on ne peut rien raconter à son sujet. En elle je savais entièrement tout ce que je voulais savoir, tout ce que je voulais avoir, je l'avais entièrement...

Jamais alors l'âme ne peut penser au départ de ce bien ou à notre départ loin de lui ou qu'il doive par la suite s'en aller, mais elle se délecte toujours de lui. Et mon âme ne voyait absolument rien qu'elle pût raconter de sa bouche ou ensuite dans son cœur : elle ne voit rien et elle voit absolument tout...

Ce n'est en aucun bien qui puisse extérieurement être narré ou même compris que j'ai maintenant mon espérance ; j'ai mon espoir dans un bien secret, très secret et clos que je comprends dans la plus grande ténèbre...

Ce bien était très certain et surpassait toutes choses d'autant plus qu'on le voyait dans la ténèbre et dans le plus grand secret. Et si je le vois dans la ténèbre, c'est parce qu'il surpasse tout bien. Toutes choses, tout le reste sont ténèbres. Et partout où le corps et l'âme peuvent s'étendre, il y a moins que ce bien. Ce que j'ai rapporté jusqu'ici, c'est-à-dire quand l'âme voit Dieu emplir toutes choses créées et encore quand l'âme voit la divine puissance et quand elle voit la divine volonté..., tout cela est moins que ce bien très secret, parce que le bien que je vois dans la ténèbre est tout, mais tous les autres sont partiels...

Et quoique tout cela soit inénarrable, on en reçoit pourtant l'allégresse. Mais quand Dieu est vu de cette manière dans les ténèbres, cela n'apporte ni le rire sur les lèvres, ni la dévotion, ni la ferveur ni le fervent amour, parce que le corps et l'âme ne tremblent ni ne s'émeuvent comme d'habitude; mais elle ne voit rien et elle voit tout; le corps dort, sa langue est tranchée. Toutes les marques d'amitié que Dieu m'a données, multiples et inénarrables, toutes les paroles qu'il m'a dites..., je comprends qu'elles sont moins que ce bien que je vois dans une si grande ténèbre : aussi je ne place pas mon espoir en elles, il ne réside pas en elles. Bien plus, s'il pouvait arriver que tout cela ne fût pas vrai, d'aucune façon pourtant mon espoir n'en serait diminué : il ne serait pas amoindri dans sa grande sécurité parce qu'il est rendu certain par ce tout-bien que je vois dans une si grande ténèbre...

Dieu m'entraîne avec lui. Et si je dis qu'il m'entraîne avec douceur et amour ou avec quelque chose qui puisse être nommée, pensée, imaginée, tout cela est faux... Et si je dis qu'il est tout bien, je le détruis. Dans cette Trinité que je vois en une si grande ténèbre, il me semble être debout ou étendue en son centre. Cela m'entraîne plus qu'aucune chose que j'aie eue, qu'aucun bien dont j'aie parlé, tellement plus qu'il n'y a aucune comparaison. Et en tout ce que je dis, il me semble ne rien dire ou mal dire...

Quand je suis dans cette ténèbre, je ne me souviens plus d'aucune humilité ni du Dieu-homme ni d'aucune chose qui ait une forme; et pourtant

alors je vois tout. Et en voyant ce que j'ai déjà dit,
en m'en éloignant ou en y demeurant, je vois le
Dieu-homme et il entraîne mon âme avec tant de
mansuétude, avec tant de mansuétude il
l'entraîne, il entraîne tant mon âme qu'il dit parfois : « Tu es moi et je suis toi. » Je vois ces yeux,
je vois ce visage si prêt au baiser. Et ce qui jaillit
de ces yeux et de cette face est ce que j'ai dit voir
dans la ténèbre qui vient de l'intérieur. Voilà ce
qui me donne une délectation inénarrable. Mais
en se tenant dans ce Dieu-homme, l'âme est
vivante. Dans ce Dieu-homme, je me tiens debout,
beaucoup plus qu'en ce qui est accompagné de la
ténèbre. Et dans ce Dieu-homme, mon âme est
vivante. Mais ce qui vient de la ténèbre entraîne
jusqu'ici mon âme beaucoup plus que ce qui vient
du Dieu-homme : il n'y a pas de comparaison.
Cela est devenu certain depuis qu'une fois m'a été
donnée par Dieu l'assurance qu'il n'y avait pas
d'intermédiaire entre lui et moi. Depuis lors, pendant tout ce temps, il n'y a eu aucun jour, aucune
nuit que je n'aie eu cette allégresse venue de son
humanité. J'ai le désir de chanter des *laudi* et je
dis :

> Je te loue, Dieu, mon bien-aimé,
> Sur ta Croix j'ai fait mon lit;
> pour oreiller ou édredon,
> j'ai trouvé la pauvreté
> et comme autre partie du lit
> j'ai trouvé pour mon repos
> la douleur avec le mépris.

I, 9 (7ᵉ pas supplémentaire).

L'ORAISON

Il y a oraison quand on trouve Dieu. Et il y a trois écoles, c'est-à-dire trois parties de l'oraison, hors desquelles on ne trouve pas Dieu.

En effet l'oraison peut être corporelle, mentale, surnaturelle. Est corporelle celle qui comporte le son de la voix et des exercices corporels, comme les génuflexions. Je ne l'abandonne jamais. En effet, comme je voulais m'exercer dans l'oraison mentale, j'ai été quelquefois abusée par la paresse et le sommeil et je perdais mon temps ; c'est pourquoi je m'exerce dans l'oraison corporelle. Celle-ci conduit à la mentale. Elle doit cependant être faite avec attention, comme lorsqu'on dit : Notre Père. Il faut considérer ce qu'on dit, et non pas penser à courir pour achever un certain nombre de prières, comme les petites femmes qui font leur travail pour être payées.

Il y a oraison mentale quand la méditation de Dieu occupe l'esprit de telle manière qu'il ne pense à rien d'autre qu'à Dieu. Et si quelque autre réflexion entre dans l'esprit, je ne parle pas d'oraison mentale. Cette prière coupe d'abord la langue, parce qu'elle ne peut parler. L'esprit est en effet totalement rempli par Dieu si bien qu'en pensant ou en parlant, il ne peut s'occuper de rien d'autre que de Dieu et en Dieu. Et de cette oraison mentale nous venons à la surnaturelle.

Je parle d'oraison surnaturelle quand, par le don de Dieu qui l'en juge digne et par sa méditation, l'âme est élevée si haut qu'elle semble s'étendre au-dessus de sa propre nature; elle connaît de Dieu plus qu'elle ne voit par sa nature qu'on peut en comprendre. Et ce qu'elle comprend, elle ne peut l'expliquer, puisque tout ce qu'elle voit et sent est comme au-dessus de sa nature.

Dans ces trois écoles donc, elle connaît ce qu'elle est et ce qu'est Dieu. Et dès lors qu'elle connaît, elle aime. Dès lors qu'elle aime, elle désire posséder ce qu'elle aime. Et le signe du véritable amour réside en ceci : celui qui aime, ce n'est pas une partie de soi mais le tout qu'il transforme en l'être aimé...

Et Dieu le Père nous a fait un chemin par le bien-aimé, c'est-à-dire par son Fils, lui qui l'a fait Fils de pauvreté, de douleur, de mépris et d'obéissance véritables.

II, instruction 28.

SE TRANSFORMER EN JÉSUS DANS SON AMOUR ET SA DOULEUR

D'autant plus parfaitement et purement nous voyons, d'autant plus parfaitement et purement nous aimons. Comme nous voyons, ainsi nous aimons. Donc, d'autant plus nous voyons ce qui est de Jésus-Christ, Dieu et homme, d'autant plus nous sommes transformés en lui par l'amour; et selon la transformation d'amour, nous sommes aussi transformés dans la douleur que voit l'âme en ce Dieu et homme, Jésus-Christ. De même que j'ai dit de l'amour qu'autant l'âme voit, autant elle aime, de même je parle de la douleur tout à fait ineffable de Jésus-Christ, Dieu et homme : autant l'âme la voit, autant elle souffre de la souffrance absolument ineffable de Jésus-Christ Dieu et homme et autant elle se transforme en cette identité même. Comme elle voit la hauteur et la délicatesse de ce Dieu-homme, plus grande est la vision de son élévation et de sa délicatesse propres, plus elle est transformée en lui par l'amour ; ainsi, autant l'âme voit la douleur même de Jésus-Christ homme et Dieu, et autant plus grande est sa vision de cette douleur ineffable, autant elle se transforme en cette douleur même. De même que l'âme se transforme en lui par l'amour, de même elle se transforme en lui par la douleur. Et une fois que l'âme a vu cette sur-infinité ou cette sur-altitude divine — en la nommant, il me semble que je blasphème plutôt que je ne la nomme, en voyant aussi la profonde bassesse de ceux avec lesquels elle a daigné établir amitié et consanguinité, d'autant plus claire et profonde est la vision de cette âme, d'autant plus viscérale et profonde est sa transformation en la douleur même de Jésus-Christ Dieu et homme.

L'âme voit encore qu'elle est tombée par pauvreté et que Jésus-Christ, Dieu et homme, l'a relevée par une pauvreté opposée, elle voit qu'elle avait encouru des douleurs éternelles et que ce même Jésus, Dieu et homme, a voulu souffrir continuellement d'une douleur comme infinie pour la libérer de ces souffrances, elle voit aussi qu'elle en était venue à mériter le mépris de la déité suprême et tout à fait ineffable et que le même Dieu-homme a voulu être méprisé, injurié

et apparaître ainsi comme méprisable entre tous
pour la relever de ces mépris : alors l'âme est
transformée dans la douleur si grande de Jésus
Dieu et homme, ce qui est totalement ineffable. Et
tout cela s'est accompli parfaitement en notre
bienheureux père François, vers lequel nous
devons regarder pour le suivre.

II, instruction 1.

L'AMOUR DU CRUCIFIÉ
ET LES YEUX DU CORPS

En regardant le Crucifié avec les yeux du corps,
mon âme fut soudain embrasée de l'unique
amour et tous mes membres le ressentaient avec
la plus grande allégresse. Et je voyais et sentais
que le Christ à l'intérieur de moi embrassait mon
âme avec ce bras qui fut crucifié... Je me réjouis-
sais avec lui-même dans une allégresse et une
sécurité si grandes que je n'en avais jamais eu de
telles. Depuis lors mon âme demeura dans la
même allégresse : elle lui fait comprendre comment cet homme, je veux dire le Christ, demeure
dans le ciel, c'est-à-dire comment notre chair s'est
associée à Dieu dans l'unité : cela constitue la
délectation unique de mon âme, bien mieux qu'on
ne pourrait l'écrire ou le narrer. Dans cette allégresse continue, il reste en moi une sécurité si
grande que, si tous les écrits que nous avons écrits
n'étaient pas vrais, de nulle manière pourtant ne
demeurerait en moi aucun doute sur Dieu ou sur

la pensée que cet état vient très certainement de Dieu.

I, 6 (4e pas supplémentaire).

LA FAUX ET LA JOIE

Une fois, pendant le carême, disait la fidèle du Christ, il lui sembla qu'elle était dans une grande sécheresse et elle priait Dieu de lui donner quelque chose de lui, puisqu'elle était sèche de tout bien. Alors les yeux de son âme furent ouverts. Elle voyait clairement l'amour qui venait vers elle. Elle en voyait la tête et non la fin, mais il était continu. Elle ne sait dire elle-même rien qui ressemble à sa couleur. Mais, dès qu'il vint à elle, il lui semble qu'elle le vit à découvert avec les yeux de l'âme, plus qu'il ne peut être vu avec les yeux du corps : il prit en la touchant la ressemblance d'une faux. Il ne faut pas entendre ici quelque similitude commensurable, mais ce fut comme la similitude d'une faux parce que d'abord l'amour se rétracta, ne se livrant pas autant qu'il se donna à comprendre et qu'elle-même alors le comprit : il la fit davantage languir. Ce n'est donc pas une ressemblance commensurable ou sensible, puisque la compréhension a eu lieu selon l'opération ineffable de la grâce divine.

Aussitôt, la fidèle du Christ fut remplie d'amour et de l'indicible satiété qui, quoiqu'elle rassasie, engendre cependant la faim la plus grande, si grande qu'alors tous ses membres se disloquaient et que son âme languissait dans son désir d'aller jusqu'au bout. Elle ne voulait ni sentiment ni vue d'aucune créature. Elle-même ne parlait pas, elle ne sait pas si elle aurait pu prononcer des paroles extérieures; mais elle parlait intérieurement, criant intérieurement à Dieu qu'il ne la fît pas languir le temps d'une si longue mort, car elle tenait la vie pour une mort.

Et elle disait ceci : « Alors Dieu me parla. Comme je me croyais toute amour, à cause de l'amour que je ressentais, il dit : "Beaucoup croient être dans l'amour qui sont dans la haine et beaucoup, inversement, croient être dans la haine et sont dans l'amour." Mon âme répondit en disant : "Est-ce que moi, qui suis toute amour, je suis dans la haine?" Il ne répondit point par des paroles, mais il me donna de voir manifestement ce que je cherchais et de le ressentir de la façon la plus certaine; je demeurai complètement contente et je ne crois pas pouvoir être privée de lui par la suite. Même si un ange me le disait, je ne le croirais pas, mais je répondrais : "Tu es celui qui est tombé du ciel." Et je voyais deux parties en moi, comme si une route y avait été tracée. D'un côté, je voyais tout amour et tout bien, ce qui venait de Dieu et non de moi. Et par là, je voyais que ce n'était pas moi qui aimais, si grand que fût l'amour où j'étais : mais celui-ci venait seulement de Dieu. Et puis la réunion se fit et me conféra un amour tellement plus grand et tellement plus ardent. Je désirais aller vers cet amour.

Entre l'amour dont j'ai parlé, qui est si grand que je puis à peine savoir alors qu'un autre est possible, si ne survient l'autre amour qui est mortel, entre ce premier amour et l'autre, qui donne la mort et qui est très grand, il y en a un qui est intermédiaire et dont je ne puis rien narrer, parce qu'il est d'une telle profondeur, d'une telle allégresse, d'une telle joie qu'on ne saurait l'évoquer. Alors, je ne voudrais absolument rien entendre de la Passion. Je voudrais que rien ne soit nommé si ce n'est Dieu, car je le sens avec tant de délectation que tout le reste me serait obstacle, étant moins que lui. Je ne vois rien dans tout ce qui peut m'être dit de l'Évangile ni en aucune autre parole. J'ai des visions plus grandes encore.

Et lorsque je reste sans cet amour, je reste si contente, si angélique que j'aime les reptiles, les crapauds, les serpents et même les démons et tout ce que je pourrais voir se produire : même le péché mortel ne me déplairait pas, c'est-à-dire que je n'en aurais pas de déplaisir, croyant que Dieu le permet justement... »

La fidèle du Christ dit que maintenant la Passion la fait rarement souffrir : « Elle est pour moi la voie et l'enseignement qui me montrent comment je dois agir. »

I, 7 (5ᵉ pas supplémentaire).

DIEU, QUI EST LUI-MÊME L'AMOUR DE
L'ÂME, NE DEMANDE QUE SON AMOUR

Dieu disait en me parlant qu'il y avait peu de foi et il me semblait qu'il s'en plaignait. Et il disait : « Si grand est mon amour pour l'âme qui m'aime sans malice que, pour elle et pour quiconque me porte un véritable amour, j'accorderais de plus grandes grâces que je n'ai fait pour les saints, dans les temps où l'on rapporte toutes les grandes choses que j'ai accomplies pour eux. » Nul ne peut être excusé puisque tous peuvent l'aimer et il ne demandait rien d'autre que d'être aimé par l'âme, puisqu'il l'aime et qu'il est lui-même l'amour de l'âme...

Expliquant ensuite cette autre parole, que Dieu est l'amour de l'âme, la fidèle du Christ parla ainsi : « Que Dieu aime l'âme, qu'il est lui-même l'amour de l'âme, il me le montre par raison vivante au moyen de sa venue et par sa croix, alors qu'il était si grand. Et il m'expliquait tout, c'est-à-dire sa venue, la Passion de la Croix, alors qu'il était si grand. Il me le montrait par raison vive, disant ensuite : « Vois s'il y a en moi quelque chose, si ce n'est l'amour. »

I, 4 (2e pas supplémentaire).

MAÎTRE ECKHART
1260-v. 1328

Maître Eckhart pousse à son terme extrême
l'association de la mystique et de la théologie que
nous avons déjà signalée chez des auteurs comme
Angèle de Foligno ou saint Bonaventure.

Il fit quant à lui une grande carrière de théologien, ayant reçu sa formation et obtenu ses premiers succès à Paris. Il était né en Thuringe en
1260 et mourut en Avignon vers 1328, alors qu'il se
défendait contre un procès d'inquisition en faisant
appel devant le pape, qui le laissa condamner post
mortem. Après 1313, il avait résidé à Strasbourg
comme vicaire du général de l'ordre des prêcheurs :
il eut pour charge la direction spirituelle des religieuses de Teutonie : cela le mettait en contact avec
les formes les plus vivantes de la religion nouvelle
telles que la mystique rhénane venait de les définir.
Les accusations portées contre lui furent suscitées
par des arrière-pensées politiques (on se défiait en
pays impérial des dominicains et de leur obédience
romaine) mais aussi par l'inquiétude des théologiens conservateurs qui étaient effrayés par l'usage
qu'Eckhart faisait des mots : ils voulaient chercher

*la plus grande univocité. Eckhart au contraire
pétrissait et métamorphosait leur sens selon les exigences métaphysiques de sa théologie.*

Il s'agissait donc bien, ici encore, de la parole
chrétienne. Eckhart ne cessait de pousser à son
terme ce qu'on pourrait appeler la logique du logos.
Il avait d'ailleurs dû une grande partie de son succès à son talent de prédicateur. Il a donc sa place —
éminente — dans notre anthologie. Mais nous ne
pouvons analyser et citer ici tous les aspects de son
œuvre. Elle est en grande partie rédigée en langue
profane. Comme toujours au XIVe siècle le bilinguisme progresse. Le latin ne freine pas cette évolution mais la favorise au contraire en lui donnant de
meilleures assises linguistiques et culturelles. Chez
Eckhart, il offre à la pensée ou à l'expression une
précision plus grande et permet de mieux les situer
par rapport à ce qui a précédé. C'est dans cet esprit
que nous présenterons ici quelques citations assez
brèves. Certaines proviennent d'un commentaire de
saint Jean surtout destiné aux spécialistes. D'autres
constituent le plan d'un sermon : Eckhart pensait
en latin avant de rédiger en allemand, en une prose
dont il est un des fondateurs (Maurice de Gandillac).

En tant que prédicateur et comme théologien
« prêcheur », notre auteur ne peut manquer de rencontrer les questions qui fascinent ses contemporains. La plus importante, qui n'avait cessé de devenir pressante depuis le temps du pseudo-Denys,
concernait les rapports de la mystique, de la théologie et de leurs langages propres. Nous avons noté, à
propos d'Angèle de Foligno, qu'il n'y avait pas

contradiction entre les deux attitudes de pensée et que la théologie mystique ne pouvait se limiter à la psychologie mais devait se définir selon la métaphysique et l'ontologie. Eckhart pousse au plus profond les « propositions », les « questions » et les « expositions » qui se trouvent ainsi suscitées. Elles étaient déjà présentes chez Angèle et chez ses semblables mais il dégage avec la plus grande acuité les réflexions ou la spéculation qu'elles impliquent. Trois thèmes prennent ainsi une importance dominante et comme infinie : l'unité de l'être au-delà de la pensée, des mots et de la Trinité ; l'être, sa fin, son image, son identité avec le néant ; les rapports de l'intellect et de l'amour. Chaque fois les intuitions des « spirituels » ou des mystiques restent présentes. Mais Eckhart en tire les conséquences pour une pensée rigoureuse et savante.

Cela entraîne d'abord un bouleversement du langage. Maître Eckhart comprend que les mots n'ont de sens qu'en fonction de ce que nous appelons aujourd'hui le référent, c'est-à-dire, de son point de vue, l'être. Il ne veut rien connaître d'autre et on pourrait dire qu'il fonde, selon toutes les exigences possibles et toute la rigueur nécessaire, une rhétorique de l'être. Nous le verrons notamment dans le sermon Deus caritas est, *que nous allons citer. « Dieu est amour », dit Jean. Eckhart enchaîne immédiatement : « Dieu est lui-même l'être simple » :* Sum qui sum. *Nous sommes renvoyés par cette sorte de prothème à la parole biblique et à ses arguments fondamentaux sur l'existence de l'être : l'infini existe nécessairement mais savons-nous ce qu'il est ? Eckhart va jouer sur ce mystère et sur cette évidence. Il va concentrer sa pensée sur le mystère de l'être. On ne peut l'atteindre qu'en suivant la* uia negatiua. *Mais sur ce chemin, Eckhart se montre plus exigeant que le pseudo-Denys ou Jean Scot. Quand la clarté du sens faisait défaut, où l'indicible entravait la parole et lui révélait ses insuffisances, ils croyaient pouvoir recourir aux métaphores et aux analogies. Toute une série de mots inadéquats mais suggestifs pouvaient effleurer l'infini divin sans l'épuiser ou le comprendre : on pouvait par exemple parler de beauté ou de douceur à propos de Dieu, tout en sachant qu'il dépasse infiniment toute beauté, toute douceur. Mais Eckhart ne se prête pas à ces nuances. Il n'utilise pas le symbole et l'allégorie, parce qu'ils supposent une dualité de sens et qu'il cherche en Dieu l'unité infinie, qui est le caractère même de sa perfection. Quand on parle de Dieu, les nuances et les distinctions sont impossibles : il est tout ou il n'est rien. Or on ne peut tout dire, mais on peut ne rien dire. C'est dans le rien qu'on trouve Dieu. La voie négative atteint ici une sorte de terme. Une fois dépassées et abolies toutes les déterminations et les différences qui seraient nécessaires au savoir, elle touche au « fond de l'être », qui est aussi, dans l'univers et dans chaque créature humaine, la source de l'ego, de l'agir, de la vie. Par ce pouvoir de dépassement, l'homme porte en lui l'image de Dieu. Mais c'est une image obscure et mystérieuse, une image sans reflet, l'image d'un néant.*

On conçoit que les théologiens traditionnels aient été épouvantés. Mais les nonnes mystiques, les recluses, les solitaires, tous ceux qui avaient soif d'anéantissement devant le divin ne pouvaient manquer de trouver leur joie dans un tel détachement. Ils rejoignaient Dieu dans le dépouillement extrême qui était à leurs yeux et selon la logique la plus stricte la vérité suprême de l'absolu (je ne dirai pas la forme puisque nous sommes au-delà des formes).

À l'angoisse sans recours que pourrait susciter sa doctrine (et que nous avons vue quelquefois présente chez les mystiques), Eckhart sans doute répondrait que l'angoisse aussi est anéantie. Il ne reste que la pure vision de l'être. Quand on demandait à l'auteur ce qu'étaient les êtres avant la création, il répondait : « ils étaient ce qu'ils étaient. » Il ne pouvait rien dire d'autre. De même, il reprenait volontiers le thème qu'on trouve chez Angèle de Foligno et que Thérèse d'Avila semble avoir repris : si Dieu veut que j'aille en Enfer, ma joie sera d'y aller.

Mais j'y porterai donc mon amour et peut-être abolirai-je l'Enfer ! Hadewijch et ses amies semblent bien avoir pensé qu'elles pouvaient sauver des damnés. En tout cas, le Christ l'a fait. Il le pouvait parce qu'il était le Fils de Dieu et donc son image parfaite. Les hommes ne ressemblaient que d'une manière imparfaite au Dieu-homme. Mais il leur ouvrait le chemin qui mène à l'anéantissement et c'est ainsi qu'il les sauvait. Il était le médiateur entre le mystère et le désir, entre le réel et l'absolu, entre l'intellect et l'amour.

Car Dieu est amour, même si nous ne voyons en lui que le « fond de l'être », une image et un modèle de néant. Tous les textes que nous citerons sont des commentaires de saint Jean. Ils décrivent ainsi le rôle du Logos et le sens de son incarnation. « Dieu est tout ce qui peut être pensé ou désiré de meilleur par quiconque ou par tous ou encore davantage. Mais, si l'on se réfère à ce davantage, ce qui peut être désiré par chacun n'est qu'une sorte de néant. » Eckhart ne s'en tient pas à cela. Il répond que « Dieu est opposition au néant par la médiation de l'étant ». Là se manifestent toutes les qualités de l'être, là s'accomplissent la création et l'Incarnation. Dieu s'oppose donc au non-être, on le voit dans les « étants » mais l'être, en lui-même, est au-delà. Il existe par sa perfection même sans qu'on sache ce qu'il est. Notre auteur nous renvoie manifestement à saint Anselme. Mais, comme nous l'avons dit, il se rapproche d'abord de saint Jean et de sa conception de l'amour.

Car la méditation qui nous est ainsi proposée sur l'être et le néant n'exclut pas l'amour. Nous savons, depuis saint Bonaventure, Angèle de Foligno ou avec les mystiques rhénans qu'une telle conception de l'être répond à la définition la plus pure de l'amour : il est désir de l'être dans la vision la plus simple, celle de son unité. C'est précisément à cette simplicité que Maître Eckhart veut parvenir, c'est elle qu'il veut décrire et inspirer.

L'amour véritable est un, éternel, il n'est pas sujet au temps, en lui toutes choses sont contenues dans l'unité. Il est saisi dans l'élévation, donc dans le sublime. Il est diffusion et « abstraction », autrement dit détachement purifiant. Le nom de charité lui convient mieux que tout autre parce que la charité n'exclut personne, que Dieu, puisqu'il est l'être, est commun à tout étant, qu'il dépasse ce qu'il y a de fini en toute créature. Il est tout aimable et tout aimé. Il aime « de tout lui-même » et, comme son amour est un, il nous aime comme il s'aime et prévient ainsi notre amour. Il se donne à aimer comme rayonne le soleil et on ne doit pas l'en remercier puisque cela résulte de la nécessité de son être. Mais c'est l'être même qu'il faut louer.

« Il ne subsiste qu'en se communiquant. » Dès lors, c'est le sens même des mots qui se trouve mis en question. Hors de Dieu, il devient contradictoire. Hors de lui la joie est douleur et l'être non-être. Nous devons y penser lorsque Eckhart parle du « néant » divin. Mais nous voyons aussi que la référence à l'être et à ce qu'il « suppose » en son contexte métaphysique est essentielle pour déterminer le sens des mots. Ils n'ont aucune portée par eux-mêmes. On a l'impression que le nominalisme et le réalisme sont renvoyés dos à dos au nom de l'ontologie.

Tout le commentaire du Prologue de saint Jean se développe dans le même esprit. Il met l'accent sur l'égalité du Père et du Logos. Le second n'est pas « dans le premier » mais « auprès » de lui. Nous comprenons ainsi ce qu'est l'art du Verbe et le rôle que joue le modèle dans l'image. Il ne suffit ni à Dieu ni à l'artiste d'imiter une idée. Il faut aussi lui donner la vie. On doit encore comprendre le processus de la création : le modèle extérieur ne suffit pas s'il ne s'intériorise dans l'artiste, mais il est nécessaire qu'il reste transcendant, donc extérieur. Donc le Verbe *est* tout entier au-dedans et au-dehors. Dans le principe, l'image est contemporaine du

*modèle. Les hommes ne sauraient l'imiter directe-
ment puisqu'il leur est inconnu, mais le Christ, qui
est un avec lui, le connaît et peut les instruire. Le
Logos apparaît comme la lumière qui luit dans les
ténèbres. Elle a besoin des ténèbres pour éclairer.
Au-delà, elle ne brille pas, elle dépasse tout éclat.*

*Dès lors, les hommes peuvent comprendre la
signification de leur être et le sens de leur action. Ils
découvrent que le Verbe est leur source, leur cause
effective, la forme selon laquelle ils sont façonnés.
Mais cette forme est Dieu en nous et les appelle à
sortir d'eux-mêmes pour se diviniser. Telle est leur
cause finale, qui dépasse la cause efficiente ou plutôt lui est unie en la transcendant.*

*Maître Eckhart suit ainsi la double tradition de
Sénèque et de Boèce que nous n'avons cessé de rencontrer dans notre livre. Dieu est la « semence première » de l'être et fonde ainsi l'ordre de l'univers.
Eckhart cite la* Consolation de Philosophie*. Il
rejoint ainsi la tradition platonicienne, qui voyait
en Dieu la fin suprême. Mais surtout il montre,
contre l'interprétation à laquelle beaucoup de chercheurs se sont ralliés depuis, que la pensée de Boèce
était spécifiquement chrétienne. Il établit en effet un
lien entre la* Consolation *et les œuvres proprement
religieuses de l'auteur qui avaient exercé une forte
influence sur la tradition médiévale, en insistant
sur la transcendance de la déité.*

*On a souvent reproché à Maître Eckhart son
apparent intellectualisme. Mais nous avons déjà
souligné, en insistant sur les liens qui existent entre
lui et la mystique rhénane, qu'il est tout amour.
Certes Alain de Libera, dont nous suivons pour*

l'essentiel les interprétations, a montré qu'il reprend un enseignement philosophique issu d'Albert le Grand, qui a pu inspirer Thomas d'Aquin mais qui insistait surtout, en s'inspirant de Proclus, sur le néo-platonisme. La grande question était précisément celle de la forme et du modèle. Elle faisait intervenir dans un tel esprit l'intellect agent et l'intellect possible dont avaient parlé les aristotéliciens. Les Rhénans accordaient ainsi platonisme et aristotélisme. Mais Eckhart remontait aussi à Augustin. Il trouvait notamment dans les Confessions *ou les* Soliloques *une méditation très profonde sur l'imitation de Dieu dans la* docta ignorantia.

Il s'agissait de recourir à l'amour et de ramener toute action à la pensée de Dieu et à la finalité qu'elle implique. Angèle de Foligno ou Bernard de Clairvaux l'avaient déjà dit : on ne peut se connaître que par Dieu et en lui. Le principe de toute action est « la lumière de sa face » ou le pouvoir par lequel il donne vie à sa création. Le précepte suprême est peut-être celui-ci : « vois si ton œuvre est ta vie. » Car c'est au cœur de ma vie, espoir, mémoire, présent, que je rencontre Dieu.

Eckhart cite encore Augustin : « Tel est ce que tu aimes, tel tu es. » On voit que, de toutes manières, l'amour et l'être sont étroitement liés ensemble. Dès lors, le renoncement se confond avec la plénitude. Il est partout, celui qui n'est nulle part. Le chrétien n'a donc pas besoin de se réfugier dans la seule grâce. Toute perfection, même et surtout la plus humble, lui suffit.

Nous finirons sur le mot de joie. Eckhart a

*poussé si loin la transparence, la logique unitaire et
la lumière absolue de son amour qu'on ne l'a plus
compris. Il est parti avant d'être condamné, dans la
douce pitié de Dieu. On sait aujourd'hui que, selon
la plus pure tradition de l'intellect scolastique et de
l'amour mystique, il unissait le logos et l'être, dans
les « embrassements » de la vraie joie*[1].

Premier dimanche après la Trinité, à propos de l'Épître de Jean, I, 4,8 : Deus caritas est

Du fait que Dieu est appelé charité par abstraction, d'abord est manifestée en Dieu une simpli-

1. Bibliographie de Maître Eckhart :

Œuvres : *Die deutschen und lateinischen Werke. Die lateinischen Werke*, Stuttgart, en cours de parution. En France une édition de l'œuvre latine de Maître Eckhart est également en cours :
Commentaire de la Genèse précédé des *Prologues*, par Fernand
Brunner *et al.*, t. I, Cerf, 1984; *Commentaire de l'Évangile
selon saint Jean. Le Prologue*, par Alain de Libera *et al.*, t. 6,
1989; pour les traités et les sermons de langue allemande, voir
les éditions de Jeanne Ancelet-Hustache et Alain de Libera.

Études : Fernand Brunner, *Maître Eckhart*, « Philosophes
de tous les temps », 59, Paris, 1969; Alain de Libera et Émilie
Zum Brunn, *Maître Eckhart. Métaphysique du Verbe et théologie négative*, « Bibliothèque des archives de philosophie », 42,
Beauchesne, 1994; *Voici Maître Eckhart*, textes choisis et réunis par Émilie Zum Brunn, Grenoble, Jérôme Millon, 1994;
Maurice de Gandillac, « La dialectique de Maître Eckhart »,
La Mystique rhénane, Actes du colloque de Strasbourg (1961),
1963.

cité de tous modes et d'extrême pureté et de ce fait sa priorité en toutes choses et, de plus, qu'il est lui-même l'être simple, *Exode*, 3,14 : « Je suis celui qui suis. » Dès lors il est clair qu'en lui sont et sont contenues toutes choses, *Tobie* 10 : « Nous avons tout en toi seul. » À partir de là il apparaît ensuite qu'il est seul à donner le bonheur, d'une part parce qu'en lui seul sont toutes choses, d'autre part parce que toutes choses ne font qu'un. De cela il résulte clairement en troisième lieu qu'il est quelque chose d'éternel et qu'il n'est pas sujet au temps. Il faut donc que ceux qui veulent être unis soient élevés au-dessus du temps.

En second lieu, dis pourquoi on préfère l'appeler charité, alors qu'elle est de même manière sagesse, beauté [*decor*] et ce qui est semblable : c'est assurément parce que l'amour est unifiant et diffusif. De la même façon, en troisième lieu, il commence là où l'intellect s'arrête. Sur ce point, j'ajoute ceci : « Toi qui sièges au-dessus des Chérubins. » Expose en détail combien la charité est unifiante et combien grande est cette union, de même comment l'amour se diffuse tout entier en son abstraction.

Dieu est charité, d'abord, parce que la charité est commune à tous, n'excluant personne. Au sujet de cette communauté, note deux choses. Premièrement, que Dieu est commun : l'amour est lui-même tout étant et l'être de toutes choses, en lui-même, par lui-même et de lui-même. Mais note que Dieu est tout ce qui peut être pensé de meilleur ou désiré par quiconque ou par tous ou encore davantage. Mais tout ce qui peut être désiré par chacun, si l'on se réfère à ce « davantage » n'est qu'une sorte de néant. Là, dis ceci : « Dieu est opposition au néant par la médiation de l'étant. »

En second lieu, note que tout ce qui est commun, en tant que commun, est Dieu et que tout ce qui n'est pas commun, en tant que non commun, n'est pas Dieu, mais créé. Or toute créature est quelque chose de fini, de limité, de distinct et de particulier, et dès lors n'est plus charité. Mais Dieu, par tout son être, est charité commune.

En second lieu, dans le principe, « Dieu est charité » et il est appelé ainsi pour autant qu'il est lui-même ce qu'aime et recherche tout ce qui peut aimer. Ou encore : il est lui-même celui qui seul est aimé et recherché par tous et en tous. Ou il est celui dont la recherche et l'amour font subsister tout ce qui est ou peut être. Derechef il est lui-même celui en qui tout ce qui est amer, contraire, triste, non étant est doux, beau et sans qui tout ce qui est agréable est amer et nul.

En outre « Dieu est charité » parce qu'il est, de tout lui-même, aimable, par tout lui-même amour.

En troisième lieu, « Dieu est charité » parce qu'il aime de tout lui-même. Sur ce point, au sujet de l'amour de Dieu envers nous, note d'abord combien il nous aime, lui qui nous aime de tout son être et de tout ce qui lui appartient. En second lieu, c'est d'un même et égal amour qu'il nous aime et qu'il éprouve tendresse et dilection pour lui-même, pour son Fils qui lui est coéternel et pour le Saint-Esprit. Troisième conséquence : il nous aime pour la même gloire dans laquelle il s'aime lui-même. Dis ceci : « pour que vous mangiez et buviez à ma table », etc. De même : « Là où je suis, là aussi sera mon serviteur. » Quatrièmement, parce que l'amour par lequel il nous aime est l'Esprit-Saint lui-même. Cinquièmement parce que (selon Hugues de Saint-Victor) il nous aime « comme s'il avait oublié tous les autres, ou presque tous ». Sixièmement, parce qu'il aime comme si son bonheur était de nous aimer. De là : « J'ai eu pour toi une dilection éternelle » et « mes délices sont avec les fils des hommes ». Septièmement, parce qu'il nous aime encore quand nous ne l'aimons pas. C'est pourquoi il se donne lui-même à nous avant ses dons, comme s'il ne pouvait attendre les dispositions préparatoires. Huitièmement parce qu'il donne tous ses biens et lui-même. Sur ce point dis que nulle créature ne donne ce qui est à elle. De même, elle ne donne pas tout ce qui lui appartient, elle ne se donne pas elle-même.

Dis encore en neuvième lieu que la nature, l'être et la vie de Dieu subsistent en se communiquant et lui-même en se donnant tout entier. « D'abord, en effet, il est riche par soi. » Il s'appartient par lui-même à lui-même. De là vient selon Denys que ce n'est pas par raisonnement qu'il se donne à aimer, comme rayonne le soleil.

À ces prémisses ajoute trois remarques. D'abord, nous ne devons pas remercier Dieu parce qu'il nous aime : la nécessité lui en incombe. Mais je lui rends grâces d'être si bon qu'il lui est nécessaire de nous aimer. En second lieu note combien noble doit être la substance de l'âme elle-même, pour que Dieu l'aime tant, lui qui possède tout, maintenant et à l'avance. Troisièmement, l'âme est intime à Dieu et Dieu à l'âme, qui l'aime tant, lui qui n'aime rien hors de lui-même, rien qui lui soit dissemblable ou étranger.

Sermons latins, VI.

Commentaire sur le prologue de Jean

JEAN SURPASSE LES ÉVANGÉLISTES AU PLUS PROFOND DES MYSTÈRES DIVINS

« Dans le Principe était le Verbe. » « Le grand aigle aux vastes ailes, aux membres de vaste portée, couvert de plumes variées, vint au Liban et emporta la moelle du cèdre. Il arracha le sommet de ses frondaisons et le transporta dans la terre de Chanaan » (*Ézéchiel*, 17,3-4). Jean l'évangéliste lui-même « pose son nid dans les hauteurs escarpées, le nid de son attention, de sa contemplation et de sa prédication, parmi les rochers à pic et les pierres inaccessibles » (*Job*, 39,27 sqq.). « Il vint au Liban, emporta la moelle du cèdre, arracha le sommet de ses frondaisons et le transporta dans la terre de Chanaan » lorsque, puisant le Verbe lui-même dans le sein du Père il le manifesta aux

habitants de la terre en disant : « Dans le Principe
était le Verbe. »

I, 1.

LE PRODUIT EST DANS
LE PRODUCTEUR : PROCESSION
ET CRÉATION

Voici quatre données : ce qui procède est dans
ce qui produit, de même il est dans le producteur
comme une semence dans le principe, comme le
verbe dans celui qui parle, et de même il est en lui
comme la raison, dans laquelle et par laquelle
procède ce qui est produit par le producteur.

Mais il faut savoir encore en cinquième lieu que
ce qui procède d'autre chose en est distinct. C'est
ce qui suit : « Le Verbe était auprès de Dieu. » Il
ne dit pas : sous Dieu, ni : descendit de Dieu,
mais : Le Verbe était auprès de Dieu. En effet
l'expression « auprès de Dieu » a pour résonance
une certaine égalité. Il faut remarquer sur ce
point que dans les analogies, le produit est toujours inférieur, moindre, plus imparfait et inégal
par rapport au producteur ; mais dans les univoques le produit est toujours égal au producteur ;
il ne participe pas à la même nature mais il la
reçoit simplement tout entière, dans son intégra-
lité, dans l'égalité à partir du principe.

Et c'est pourquoi, sixièmement, ce qui procède
est fils de ce qui produit. Est fils en effet ce qui
devient autre dans la personne mais non autre
dans la nature.

Il s'ensuit septièmement que le fils ou le verbe

est le même que le père ou le principe. De là ce
qui suit : « Dieu était le Verbe. » Puissé-je avoir
fait entendre par ces paroles que ce que j'ai ici
écrit donne un enseignement au sujet de la procession des personnes divines : c'est cela même
qui est et que l'on trouve dans la procession et la
production de tout étant de la nature et de l'art.

IV-VI, 7.

L'ART, LE VERBE, LA VIE

On doit noter que le verbe, qui est la conception
de l'esprit ou l'art lui-même dans l'esprit de l'artisan, est ce par quoi l'artisan fait toutes ses œuvres
et sans quoi il ne fait rien comme tel. C'est aussi
ce qui suit : « Tout a été fait par lui, sans lui rien
n'a été fait. »

Il faut noter qu'un coffre, dans l'esprit et dans
l'art de celui qui le fait, n'est par lui-même ni
coffre ni fait ; mais l'art lui-même est vie, conception vive de l'artisan. C'est ce qui suit : « Ce qui a
été fait en lui était la vie. »

IX, 11-X, 12.

LA FORME INTÉRIEURE
ET LE MODÈLE EXTÉRIEUR

Parce qu'un effet est toujours expressif et repré-
sentatif, et qu'il est le verbe de son principe, de là
vient que les paroles précédentes : « dans le Principe était le Verbe et le Verbe était auprès de Dieu
et le Verbe était Dieu, il était dans le Principe

auprès de Dieu », peuvent être employées... au sujet de la nature et de l'art.

1. Il est établi en effet que dans le peintre la forme de la figure et son image, qu'il peint au-dehors sur un mur, ont le mode de la forme inhérente. C'est ce qui est dit ici : « Dans le Principe était le Verbe. »

2. Mais il faut encore que l'image existe chez lui dans le mode de la forme exemplaire selon l'opération et le but qu'il vise par le regard. « Or, cela ne change rien à la chose s'il possède à l'extérieur un modèle exemplaire, vers lequel il tourne ses yeux, ou s'il le conçoit intérieurement pour lui-même », comme le dit Sénèque dans une lettre (*À Lucilius*, 65,7). Et c'est ce qui est dit ici : « Le Verbe était auprès de Dieu. »

3. Inversement, l'image peinte dans l'esprit du peintre est l'art même, par lequel le peintre est le principe de l'image peinte. Et c'est ce qui est dit ici.

XXXVI-XXXVII, 3.

RAISON ET VIE, LUMIÈRE ET TÉNÈBRES

Le verbe, en tant que raison, appartient au rationnel, qui est le propre de l'homme. En effet, l'homme est un animal rationnel et le genre humain vit d'art et de raison, comme il est dit en *Métaphysique* I. C'est pourquoi le Verbe n'est pas seulement vie mais la vie est la lumière des hommes. C'est ce qui suit. « Et la vie était la lumière des hommes. »

Inversement, le verbe, la raison et l'art même ne
font pas moins de lumière la nuit que le jour,
n'éclairent pas moins ce qui est caché intérieurement que ce qui s'étale à l'extérieur. Et c'est ce qui
suit : « La lumière luit dans les ténèbres », à la différence de la lumière corporelle, qui n'est pas proprement vie ni lumière des hommes, et qui ne luit
pas dans les nuits ni n'éclaire ce qui est caché
intérieurement...

Et c'est ce qui est dit ici du Verbe : il est « la
lumière des hommes », c'est-à-dire la raison...

Il faut savoir que le Verbe, logos ou raison des
choses, est en elles, tout entier en chacune, de
telle manière qu'il n'est pas moins entièrement
hors de chacune, tout entier dedans, tout entier
dehors.

X, 13-XI, 14.

LA LUMIÈRE LUIT DANS
LES TÉNÈBRES : L'AMBIGUÏTÉ
ET LE DIEU CACHÉ

Par ce qui précède, il apparaît de façon manifeste comment Dieu parle une fois mais est
entendu de deux façons, comme dit le Psaume, et
Job, 33,14 : « Dieu parle une seule fois, il ne revient
pas une seconde fois sur cela même » parce que en
une seule action il engendre le Fils, qui est son
héritier, qui est lumière née de la lumière, et crée
la créature, qui est ténèbre, créée, faite, non fils ni
héritière de la lumière, de l'illumination et de la
création. Et l'on peut expliquer un très grand
nombre de choses semblables dans les Écritures à

partir de cette dernière explication : « La lumière luit dans les ténèbres et les ténèbres ne l'ont pas reçue... »

« La lumière luit dans les ténèbres », parce que selon Augustin, dans les trois jours où il ne voyait rien d'autre, Paul voyait Dieu. J'ai noté cela dans mon commentaire d'*Exode*, 20 : « il accéda à la ténèbre dans laquelle était Dieu »...

« La lumière luit dans les ténèbres. » On dit en effet que le milieu est illuminé par la lumière émanée [*lumen*] ou par la lumière source [*lux*] mais on ne dit pas que la lumière source est illuminée ou qu'elle participe à la lumière émanée...

« Dieu est lumière et en lui il n'y a pas de ténèbres » (I *Jean*). Voilà donc ce qui est dit ici : « La lumière luit dans les ténèbres », c'est-à-dire dans les créatures qui ont quelque chose d'opaque, c'est-à-dire du néant, qui leur est ajouté. Et c'est ce que dit Denys : « Il est impossible que le rayon divin luise pour nous s'il n'est enveloppé de la variété de ses voiles. » Ainsi en effet le feu en lui-même ne brille pas dans sa sphère. C'est pourquoi il est signifié par les ténèbres en *Genèse*, 1 : « les ténèbres étaient sur la face de l'abîme »...

« La lumière brille dans les ténèbres », parce que de manière universelle le Principe se cache, dissimulé en lui-même, mais il luit et se manifeste dans ce qui découle de lui : il est alors en son Verbe...

« La lumière luit dans les ténèbres », etc. parce que le mal est toujours dans le bien ; il n'est vu, n'est connu et ne luit que dans l'éclat du bien.

Ainsi le faux n'est connu que dans la vérité, la privation dans la possession, la négation dans l'affirmation.

LXXIII, 4-LXXX, 7.

LE MODÈLE ET L'IMAGE,
LE PÈRE ET LE FILS

L'image et le modèle exemplaire sont contemporains, et c'est ce qui est dit ici : « le Verbe (l'image) était dans le Principe auprès de Dieu », si bien que ni le modèle sans image ni l'image sans modèle ne peuvent être compris : *Jean*, 14, « Qui me voit voit aussi mon Père. »

... D'autre part, l'image n'est connue que par le modèle et personne ne connaît le modèle si ce n'est l'image, *Matthieu*, 11,27 : « Personne ne connaît le Fils si ce n'est le Père, ni le Père si ce n'est le Fils. » La raison en est que leur être est un et que ni l'un ni l'autre n'ont rien d'étranger. Or les principes de l'être et de la connaissance sont les mêmes et rien n'est connu par ce qui lui est étranger.

Ce que j'ai dit et bien d'autres choses semblables apparaissent manifestement si l'on compare le juste à la justice, l'étant à son être, ce qui est bon à la bonté et de façon universelle le concret à son abstrait.

XXV, 8-XXVI, 9.

L'INTÉRIORISATION DU MODÈLE
DANS L'ART

Le modèle exemplaire regardé extérieurement n'est jamais le principe de l'artisan s'il ne reçoit lui-même la raison de la forme inhérente. Autrement un homme sans compétence ferait une peinture comme un expert, dès lors que chacun regarderait le modèle d'une manière également extérieure. Il faut donc que l'œuvre qui est « auprès », « au-dehors », « au-dessus » s'accomplisse « dans » l'artisan, c'est-à-dire en lui donnant forme pour qu'il fasse œuvre d'art, selon *Luc*, 1 : « L'Esprit-Saint viendra de surcroît en toi... », c'est-à-dire pour qu'« au-dessus » devienne « en ». Et c'est ce qui est dit ici : « Il était dans le principe », puis : « et le Verbe était auprès de Dieu », d'abord selon la cause formelle (dans le Père), puis selon la forme ou la cause exemplaire (auprès du Père)...

Bien que Dieu soit pour toutes les choses créées la cause effective aussi bien que finale, cependant, d'une façon qui est de loin plus vraie, par priorité et proprement, il est cause finale de tout ce qui est causé selon le mot du philosophe qui dit qu'« il meut en tant qu'il est aimé ». Il faut même ajouter que la cause finale est la première des causes.

XLII, 6.

LA TRADITION DE BOÈCE

Voilà le sens de la formule : « Dans le principe (c'est-à-dire dans le Fils) Dieu créa le ciel et la terre », comme le dit Boèce (*Consolation*, III, 9) :

« ... Semeur des terres et du ciel,
tu conduis toutes choses
selon l'exemple supérieur,
par ton esprit gérant le monde et le formant à
ton image[1]. »

LX.

De même, dans la *Consolation*, III, 9, Boèce dit en parlant à Dieu :

« Toi que les causes extérieures n'ont pas poussé
à façonner une œuvre de matière fluctuante,
mais plutôt, semée en toi, la forme du bien
suprême. »

XLI, 5.

LA LIBERTÉ, LA VOLONTÉ
ET LE PRIMAT DU VRAI

La liberté est dans la volonté de par la raison et l'intellect...

Par exemple, alors qu'ils ont entendu que la justice est une certaine rectitude « par laquelle est rendu à chacun ce qui est sien », quelques-uns qui

---

1. Citation résumée, cf. plus haut p. 123 sq.

se tiennent au-dehors et « loin dans la région de dissemblance » « entendent sans entendre et ne comprennent pas » (*Matthieu*, 13,9 et 13).

Mais si un autre, qui médite dans son esprit ce qu'il a entendu, reçoit en lui l'affection de la justice, elle s'adoucit dans son cœur. Déjà il connaît les qualités du Verbe, puisque le Verbe est bon et suave, comme le dit le *Cantique* (5,16) : « Tel est mon bien-aimé et lui-même est mon ami. » En effet ce qui est aimé marque l'amant de son affection. Augustin : « Tel est ce que tu aimes, tel tu es. » Et c'est ce qui suit : « Et le Verbe était auprès de Dieu. » Il dit : « auprès », c'est-à-dire proche et portant affection. Cf. le Psaume : « Tu es proche, Seigneur, et toutes tes voies sont vérité ». Car « rien n'est plus fortement désiré par l'âme que la vérité », comme le dit Augustin (*Traité sur Jean*, XXVI, 5).

XLVIII.

LA QUALITÉ ET L'ÊTRE DU VERBE :
AUGUSTIN ET HUGUES DE
SAINT-VICTOR

Augustin parle ainsi au livre X des *Confessions* : « Tu m'introduis intérieurement à une affection qui m'est grandement inconnue, vers je ne sais quelle douceur. » Et Hugues de Saint-Victor cherche dans la vie personnelle de l'âme qui dit : « Qu'est-ce que cette douceur qui a coutume de me toucher quelquefois et de produire en moi une affection si véhémente et si suave, de sorte que je me mets de quelque façon à être maintenant aliénée tout entière en quelque façon par rapport à moi-même et entraînée [*abstracta*] je ne sais où. Car soudain je suis rendue nouvelle et tout entière changée et je commence à être bien, plus que je ne saurais dire. Ma conscience est exaltée de joie, toute la misère des douleurs passées entre dans l'oubli, l'esprit exulte, l'intellect s'épanouit, le cœur est illuminé, les désirs trouvent leur plaisir et je vois que je suis ailleurs, je ne sais où, et que je tiens en quelque sorte quelque chose dans les embrassements intérieurs de mon amour, et je ne sais ce que c'est » (*Soliloquium de arrha animae, P.L.*, t. 176,970).

Et à cette question : Qu'est-ce ? réponds ce qui suit ici en troisième lieu : « Et le Verbe était Dieu ».

XLIX-L.

CRITÈRE DE L'ACTION MORALE

La morale nous enseigne que le principe de toutes nos intentions et de toutes nos actions doit être Dieu parce que « dans le Principe était le Verbe et le Verbe était Dieu ». Veux-tu encore savoir au sujet de toute ton action intérieure et extérieure, si elle est divine ou non et si Dieu l'opère elle-même en toi, si elle a été faite par son entremise ? Vois si la fin de ton intention est Dieu. S'il en est ainsi, elle est divine, parce que le principe et la fin sont la même chose : Dieu...

D'après le Psaume, « beaucoup disent : qui nous montre ce qui est bien ? » Et il leur est répondu :

« La lumière de ta face est un signe marqué au-dessus de nous, Seigneur. »

LI.

Une fois encore, veux-tu savoir si ton œuvre est faite en Dieu ? Vois si ton œuvre est ta vie. *Siracide*[1], 4,28 : « Combats pour la justice qui est ton âme et jusqu'à la mort lutte pour la justice. »

LXVIII.

« IL ÉTAIT LA LUMIÈRE VÉRITABLE, QUI ILLUMINE TOUT HOMME VENANT EN CE MONDE »

À ce sujet, il existe pour beaucoup de gens une double et fausse imagination.

Premièrement, on s'imagine que les choses ne sont pas ensemble présentes à Dieu lui-même de manière égale et immédiate et on cherche un nœud sur un jonc, le milieu dans l'immédiat, une distance dans l'absence de quantité.

La seconde cause qui trompe l'imagination est qu'on pense que seule la grâce est lumière, alors que toute perfection, et en particulier l'être lui-même, est lumière et racine de toute perfection lumineuse.

XCIV.

---

1. C'est-à-dire l'*Ecclésiastique*.

HUMUS ET HUMILITÉ :
DIEU ET L'HOMME HUMBLE SONT UN

Ou bien dis brièvement que, sans doute, « Dieu illumine tout homme venant en ce monde ». Mais l'homme qui n'est pas humble [d'*humus*] n'est pas. Homme, en effet, vient d'*humus*.

XCV.

RAMENER À DIEU
TOUTE CONNAISSANCE

Pour cette raison, le Sauveur dit de façon excellente et significative : « La vie éternelle, c'est qu'ils te connaissent toi seul » (*Jean*, 17,3). Et *Matthieu*, 6,9 nous apprend à prier : « Que ton nom soit sanctifié. » Le nom est sanctifié parce qu'il est connaissance de Dieu, quand celui-ci est connu seul. En effet quand l'homme, ainsi que nous l'avons dit, reçoit tout l'être qu'il a en lui-même de Dieu seul qui est son objet, l'être pour lui n'est pas être pour soi mais être pour Dieu, Dieu, dis-je, en tant que principe donnant l'être et Dieu comme fin, pour laquelle il est et pour laquelle il vit, et c'est s'ignorer lui-même ainsi que tout si ce n'est Dieu, et ce qui est en Dieu, pour autant que cela est en Dieu et que c'est Dieu.

CVII.

COMMENT ÊTRE UNIFORME AVEC LE
DIEU UN ? SIMPLICITÉ DU REGARD,
LUMIÈRE DU CORPS

Il est donc manifeste qu'il n'est pas uniforme avec le Dieu un et qu'il n'est pas dans les choses en tant que déiforme celui qui n'est pas « en tout selon une seule disposition, et bien plus qu'il est au contraire dans les choses et aussi dans Dieu lui-même non sous forme divine, mais selon la nature et la propriété des choses créées elles-mêmes. Il est partout, celui qui n'est nulle part, il n'est, dis-je, fixé par l'amour à aucun lieu, aucune patrie, aucune maison. Il est ainsi en toutes choses, celui qui n'est affecté par aucun « ici » ou rien de créé.

Inversement, selon la seconde explication de la parole : « Il est venu dans ses propriétés », il faut noter au sens moral qu'autant on s'éloigne du multiple et on tend vers l'un, autant on est plus parfait et divin : cf. *Luc* : « Tu t'inquiètes pour beaucoup de choses, une seule est nécessaire », et encore : « Si ton œil est simple (c'est-à-dire ton intention), tout ton corps sera lumineux », *Luc*, 11,34.

CXII-CXIII.

LA CHAIR FAIT PARTIE DE L'HOMME

L'évangéliste préféra dire : « Le Verbe s'est fait chair » plutôt qu'homme pour faire valoir la bonté de Dieu qui assuma non seulement l'âme de l'homme, mais aussi sa chair.

CXVI, 1.

L'ÊTRE DE DIEU DANS
LES ŒUVRES HUMAINES

« Et nous avons vu sa gloire ; elle était comme la gloire du Fils unique, reçue du Père qui l'avait engendré. » Cela s'explique parce que toutes nos œuvres bonnes, en tant qu'elles sont faites en Dieu (cf. ci-dessous *Jean*, 3) montrent, disent et attestent que Dieu est en nous ; *Jean*, 14,10 : « Le Père en demeurant en moi accomplit lui-même mes œuvres. » « Nous avons vu, dit-il, sa gloire », c'est-à-dire le Verbe fait chair et habitant parmi nous, « plein de grâce et de vérité » (*Jean, Prol.*, 14). Car l'être divin nous est communiqué lorsque nous sommes fils de Dieu.

CLVII, 15.

THOMAS A KEMPIS
(1379/1380-1471)
ET
L'IMITATION DE JÉSUS-CHRIST :
LES MYSTIQUES RHÉNANS

L'Imitation de Jésus-Christ *constitue sans doute, parmi tous les livres qu'a produits la civilisation chrétienne depuis le Moyen Âge, l'un de ceux qui furent le plus lus et réédités. Sa simplicité et la pureté de la foi dont il témoignait lui permettaient d'éviter les querelles théologiques et de toucher les humbles. Cependant il était loin de proposer une pensée superficielle ou de tomber dans la fadeur qu'on lui reproche quelquefois. L'auteur était un héritier des mystiques rhénans. Nous montrerons par nos citations qu'il s'inspire de leur rigueur et de leur profondeur. Il sait aller aussi loin qu'eux dans la recherche de l'absolu et dans l'affirmation du sérieux de la sainteté. Il médite à la fois sur l'unité de Dieu, sur le néant de l'âme, sur la grâce et sur l'illumination. Il prépare donc, jusqu'au romantisme et à notre temps, certains traits essentiels de la religion moderne, que ses contemporains avaient présentés à juste titre comme des questions théologiques. Il revient quant à lui à la prière commune, en lui transmettant un tel esprit.*

Nous atteignons ici la limite chronologique de

*notre travail, c'est-à-dire la fin du XVᵉ siècle. L'Imi-
tation est anonyme* [1]. *Mais elle semble provenir de
textes spirituels émanant des couvents des Frères de
la vie commune, en Hollande, près du Rhin ; Gerhart Groote avait fondé le premier à Windesheim : il
allait voir passer plus tard Nicolas de Cues et
Érasme. Nous possédons un manuscrit qui prouve
que Thomas Hemerken, de Kempen (près de Dus-
seldorf), en avait assuré le remaniement et sans
doute la refonte totale. Ses annotations montrent
comment il était parvenu à l'unité du langage et de
la pensée, arrivant ainsi, dans un style rythmique et
souvent pourvu d'assonances, à la synthèse sobre et
ardente d'une tradition qui venait d'Augustin et qui
était passée par Bernard de Clairvaux et par les Rhénans. Dans* Le Latin mystique, *Remy de Gourmont
a montré la beauté d'une telle écriture.*

*Thomas a Kempis vécut de 1379/1380 à 1471. Il
fut sous-prieur, à partir de 1429, du couvent des
Frères de la vie commune qui avait été fondé près
de Zwolle. Il écrivit lui-même diverses œuvres de
spiritualité ascétique, notamment des* Soliloques *et
le* De disciplina claustrali *(De la discipline claustrale). Ils sont un peu plus ornés que l'*Imitation
*mais on y reconnaît la même pensée, les mêmes
influences, notamment celle d'Augustin (le terme
même de « soliloques » est significatif). Cependant,
au milieu du XIVᵉ siècle, le premier flot de la Renaissance a passé, avec Pétrarque. Tout en restant pro-*

---

1. Sur les huit cents manuscrits qui ont été produits entre
1424 et 1500, il faut notamment compter celui qui a été
« achevé et complété de la main de Thomas a Kempis » en
1441 ; la première édition imprimée est de 1482.

fondément fidèle au Moyen Âge et à son esprit, Tho-
mas a Kempis laisse paraître, au cœur de sa prière,
les nuances d'un humanisme nouveau. Il connaît,
comme Pétrarque, les rêveries de la conscience indi-
viduelle ou solitaire; le terme uagus *lui plaît et il*
sait s'isoler pour parler avec Dieu.

« Que dis-tu maintenant, vermisseau baigné
d'une si grande lumière ? » Sans doute, Thomas ne
« vocifère » pas, comme le faisait, au début, Angèle
de Foligno. Il évite le scandale, alors même qu'il
pourrait s'en servir pour stimuler les âmes. Mais il
nous indique pourtant, par une image forte et déjà
romantique, la difficulté du dialogue avec Dieu :
comment le néant est-il capable de recevoir l'illumi-
nation ?

Une autre formule des Soliloques *définit les*
conséquences psychologiques de cette situation
métaphysique (même si Thomas évite d'en exprimer
les conséquences en termes d'ontologie). Il « ne veut
pas être consolé », il cherche seulement la vision de
Dieu; elle peut aviver sa douleur, mais c'est elle
*qu'il cherche. Dès lors, l'*Imitation *va nous apporter*
des indications plus nuancées. Elle note que la visi-
tation divine s'accomplit de deux manières : par la
consolation qui nous apaise mais aussi par la ten-
tation qui nous éprouve. Aussi Dieu doit être béni
de toute manière, qu'il veuille notre douleur ou
notre joie. Thomas ne parle pas de l'Enfer mais on
sent qu'il est très proche des mystiques, qui allaient
jusqu'à en adorer l'éventualité. La prudence de
l'expression n'exclut pas la chaleur du cœur. C'est
elle que Thomas recherche, en même temps que
*« l'honneur de Dieu ». La prière de l'*Imitation

prend ici sa force et son sens. Nous comprenons exactement ce qu'est la parole pour Thomas a Kempis. Le dialogue naît dans une prière, il demande à Dieu de lui parler : « Parle-moi pour consoler mon âme dans l'intériorité. » L'idée de consolation reprend ainsi sa force dans l'échange intérieur. Le Christ répond du haut de la Croix : de là provient toute suavité : « Choisis les souffrances. »

Dès lors s'affirment quatre exigences majeures qui n'existeraient pas sans cette rencontre mystique et mystérieuse : l'anéantissement, la grâce, l'oblation sacrificielle et eucharistique, l'ignorance qui cherche la vraie voie.

Mais la charité vient d'abord. Sans elle, rien ne peut être fait. Avec elle, il est possible de répondre à l'obligation fondamentale : ne pas faire le mal. Encore une fois, sous la douceur et l'humilité de l'expression, nous distinguons le caractère radical de l'exigence.

Nous avons choisi, dans le présent ouvrage, de faire une exception à notre règle constante et de ne pas donner une traduction qui nous soit propre. Nous avons choisi celle de Lamennais qui fut, jusqu'à rompre avec l'Église, l'adepte fervent de la justice confondue avec la charité. Le style des Paroles d'un croyant *rejoint la prière des Psaumes à travers la tendresse violente de l'*Imitation. *Thomas a Kempis reprend à leur source les formules de Jésus : aimer Dieu par-dessus tout et le prochain comme soi-même pour l'amour de lui. Cela ne signifie pas que la charité est secondaire mais qu'elle est première en nous comme Dieu, parce qu'elle est Dieu. Le dialogue de prière que nous* avons admiré chez Augustin, chez Bernard et que nous retrouverons plus tard chez Pascal dans le Mystère de Jésus, prend ici tout son sens : en l'homme, c'est Dieu qui parle à Dieu. De là ce langage qui réunit tous les dialogues du christianisme, de la mystique médiévale au Cantique des cantiques, en passant par le Pater, le mont des Oliviers et la Croix.

Nous pouvons en venir à l'anéantissement ascétique. Ici encore, à travers l'humble douceur, Thomas a Kempis nous fait sentir la force radicale de l'exigence. La méditation sur le néant n'est pas négligée. Bien sûr, il n'est pas possible d'aller aussi loin que Maître Eckhart en parlant, dans le sens qui est le sien, du néant de Dieu, du néant de l'être. Mais il paraît suffisant de parler du néant de l'homme, ver de terre amoureux non seulement d'une étoile mais de toute la lumière. Dans la déréliction elle-même jaillit une source d'espoir. « Souviens-toi que je ne suis rien. » Tu peux donc me pardonner mes faiblesses. Si je suis vide, comment ne voudrais-tu pas me remplir ? Le besoin amoureux de l'homme n'est rien devant le désir amoureux de Dieu qui dépasse le monde et qui existait avant lui : « Tu m'as connu avant que le monde fût. » Et voici encore ce cri : « Tu es ma sagesse. » C'est Dieu en nous qui espère en nous, une fois que nous lui avons fait sa place.

De là une exaltation du désir qui, elle aussi, porte la marque de l'absolu. Il ne peut être rassasié. Il faut « s'élever au-dessus des dons de Dieu pour le voir ». « Qui me donnera des ailes ? » Ici encore, les solutions moyennes apparaissent insuffisantes. Il

*faut aller au-delà des dons, pour chercher dans la
pureté de son amour l'être qui les produit. « Rien ne
me plaît que toi. » Peut-on parler d'acedia, à propos
de Thomas a Kempis? Certes, nous sommes au
temps où Pétrarque vient de rendre toute son
importance à cette forme de prière, dans laquelle le
pécheur conscient de son péché dit sa tristesse de ne
pas le vaincre. Mais, quant à lui, notre auteur
comprend qu'il ne pouvait se libérer si Dieu n'inter-
venait en lui. Il sait que Dieu « se dérobe souvent ».
Plus que l'acedia, il redoute la sécheresse. Dieu fait
ce qu'il veut. Mais rien (et surtout pas lui-même) ne
peut nous empêcher de le prier. « Je ne me tairai
point, je ne cesserai pas de te prier, jusqu'à ce que la
grâce revienne. » De toute façon, le bien et le mal
alternent en nous; la joie et la componction
alternent aussi, créant une sorte de musique qui
ressemble sans doute à la monodie grégorienne ou à
la polyphonie de l'ars noua : « Si tu me donnes la
paix..., l'âme de ton serviteur sera emplie de modulation. »*

*On arrive alors à l'offrande et à l'oblation de soi,
qui est sacrificielle ou jubilante. C'est l'oblation de
tous les saints et de leur joie, pour qu'elle supplée à
notre langueur et à notre pauvreté. Dieu va toujours vers toute pauvreté. Mais c'est aussi l'oblation
de nos fautes pour qu'il les brûle en nous.*

*Dès lors, on arrive à la joie. Elle se manifeste
dans l'unité, donc dans la communion et dans
l'Eucharistie. Thomas a Kempis reprend toute la
tradition relative au Saint Sacrement. Cela l'aide
d'abord, si l'on peut dire, à faire l'analyse de sa joie.
Lorsqu'il rencontre Dieu, son cœur devrait « fondre*

de joie ». Mais il ne peut supporter une telle lumière. Claudel a repris cette image à la fin du Livre de Christophe Colomb. *Le héros est revenu à Valladolid, il va mourir. On lui dit que la Reine Isabelle a été heureuse de son serviteur. « À de telles paroles, mon cœur devrait bondir de joie... Il se fond seulement. »* Thomas a Kempis pense sans doute avant Claudel qu'il se fond de joie. Mais il ajoute que l'être humain ne peut supporter la pleine lumière. La forme extérieure du sacrement est un voile qui nous permet de le voir sans être aveuglés.

Il faut interpréter dans un tel esprit la réflexion de notre auteur sur la connaissance. Il semble se méfier des abus de la curiosité. Il est dangereux de trop chercher la lumière. Nous ne la trouvons pas, mais nous découvrons l'abîme, et le doute avec lui. Est-ce là un refus de la théologie et de ses approfondissements ? Beaucoup l'ont cru. Mais les observations que nous avons proposées ici prouvent que la théologie est sous-jacente à ce que sa prière a d'essentiel. Il l'a simplifiée, purifiée, mise au service de l'amour, de l'espérance, de la foi et de son humilité de pauvre. Il suivait saint François en cela. Mais en même temps il n'ignorait pas la tradition d'Eckhart. C'est pourquoi il demandait un langage lumineux et sobre, accordé tout ensemble à l'esprit de foi, de rectitude et de pauvreté. On ne thésaurise pas la connaissance mais elle est une voie vers Dieu, une voie de Dieu.

Nous voici au terme de nos remarques. Les textes vont venir. Comme nous l'avons dit, nous utiliserons la traduction de Lamennais. Nous n'introduirons que des modifications de détail, qui porteront

*notamment sur l'emploi de « tu » dans le dialogue
avec Dieu. Cette pratique latine et médiévale n'existait guère au XIXe siècle. Elle a reparu aujourd'hui.*

*Nous voudrions, en finissant, revenir sur la
modernité de Thomas. Il appartient fortement à son
temps, qui est celui de la première Renaissance. Ses
contemporains se trouvent conduits par le nouvel
épanouissement de la tradition antique à mettre
l'accent sur la notion d'humanitas. Quand il s'agit
des chrétiens, ils ont à méditer sur sa valeur ontologique et mystique. Ils se trouvent ainsi amenés à
insister sur le divino-humanisme. Tout cela est
exprimé de manière admirable dans un poème de
Thomas a Kempis que nous traduirons pour mettre
un terme à cette introduction. On y voit se rencontrer dans la simplicité du dialogue avec Dieu
tous les thèmes que nous avons trouvés chez les
Rhénans : l'illumination de l'abîme, le dépouillement et la création, l'intelligence et l'amour :*

Combien grand mon souci de toi,
homme, si tu le savais,
si misérable et pauvre en toi,
nullement tu n'existerais,
mais, puisque tu es loin de moi
comment éviter de flotter
dans l'exil, ô si tu savais !

Dans l'abîme de déité
je t'ai façonné de néant
et du signe je t'ai signé
de la Trinité suprême ;
libre au-dessus des créatures,

si l'on te compare à l'ange,
homme, tu as tant de noblesse!

Dans le lieu de volupté,
je t'ai posé dans la gloire;
quand le ministre de mensonge
t'a trompé, j'ai compati;
t'habillant de simplicité,
une fois nu je t'ai vêtu;
tel je fus, homme, en ta faveur.

Oui, je t'ai chassé justement
du séjour de l'allégresse,
mais jamais je ne t'ai privé
de l'espoir de miséricorde.
Car je t'ai prédestiné
au salut venant en son temps:
donc, homme, choisis de m'aimer.

Satan pour toujours te damnait,
j'ai voulu naître pour toi;
n'ayant accompli aucun mal,
j'ai subi la peine à ta place;
je fus circoncis et offert,
je n'ai point passé sur la loi:
homme, tu sais pourquoi j'ai fait cela.

Que n'ai-je fait qui fût à faire,
moi, homme parmi les hommes?
Je t'ai enseigné, t'ai parfait
par les paroles et les œuvres;
par les mystiques nourritures
de mon corps je t'ai restauré:
homme, que veux-tu de plus grand?

J'étais abject et méprisé
comme un vase de rebut,
affecté de crachats, de plaies,
je portais les maux de tous,
comme réprouvé, non élu
aux yeux de tous les hommes :
homme, tout cela pour toi.

Pour toi mes pieds, pour toi mes mains
furent percés en grande cruauté ;
l'épine au chef et le glaive au côté
me blessèrent par impiété,
et j'ai bu le fiel pour toi,
de toutes parts je fus en croix.
Homme, je t'ai aimé de cet amour de choix.

Moi, pauvre je suis né pour toi,
je t'enrichis de mes mérites ;
puisque je fus crucifié pour toi,
de ce que tu dois tu es quitte ;
comme tu es glorifié,
les récompenses te couronnent :
Homme, qu'est-ce que tu me donnes ?

Ô charité inouïe,
ô pitié stupéfiante,
unie à la déité
se trouve mon humanité.
Reçois-en dans l'infinité
louange, éclat et majesté,
ô bienheureuse Trinité !

Cf. Spitzmuller, pp. 1074 ss.

Nous avons ajouté aux textes d'Eckhart et de Thomas a Kempis deux citations tirées d'Henri Suso (1296 ?-1366) et Jean Gerson (1363-1429). Ils témoignent de façons diverses du mysticisme qui se développe alors, notamment sur les bords du Rhin. Nous aurions pu citer aussi Jean Tauler (1300-1361), Gerhart Groote (1340-1384), Gerlac Peters (1378-1411) et surtout l'admirable Jean Ruusbroec (1293-1381). Leurs œuvres sont trop considérables pour que nous puissions nous étendre sur elles. La langue profane y tient une très grande place. Nous les avons placées à la suite d'Eckhart et Thomas a Kempis d'abord pour des raisons chronologiques mais surtout parce qu'elles témoignent à la fois de l'originalité d'Eckhart, qui fut l'inspirateur de ces hommes, et de l'humble simplicité de l'Imitation, qui évitait par sa transparence de tomber dans ce que les querelles théologiques ont d'abstrait, de technique, d'orgueilleux. Tous avaient compris, comme « les femmes troubadours de Dieu », que dans l'œuvre d'Eckhart il fallait trouver l'amour à côté de la kénose. Certes ils semblaient parfois sortir de l'orthodoxie. Gerson, qui lui restait très strictement fidèle, l'a durement reproché à Ruusbroec. D'autre part, les débats relatifs à la justice, à l'oppression, à la pauvreté ont entraîné des révoltes, notamment dans la Prague de Jean Huss[1].

---

1. Bibliographie des mystiques rhénans : à l'exception de Maître Eckhart, qui permet de saisir à la source l'essentiel de leur pensée, nous ne pouvions les étudier de manière approfondie ; ils ne sont au sens plein du terme ni latinistes ni théologiens. Nous nous sommes borné à citer *L'Imitation de Jésus-Christ*, en utilisant la traduction de LAMENNAIS, qui est belle et

Thomas a Kempis

SOLILOQUE DE L'ÂME

Le sacrifice d'humilité et la joie qu'il donne

Que dis-tu maintenant, vermisseau, baigné d'une si grande lumière? Voici ton bien-aimé, il parle avec toi... Mon âme a refusé d'être consolée et je n'ai pas désiré le jour de l'homme; mais c'est en toi, Seigneur, que j'espérerai; car tu es mon roi et mon Dieu. Tu ne seras pas semblable aux amants errants; mais unique pour l'unique, cherchant l'unique qui n'admet aucun compagnon venant de l'extérieur.

I.

Ô Jésus, dans ton immense dignité, que trouverai-je jamais pour t'honorer ou quelle action de grâces te rendrai-je, toi qui m'as donné des marques infinies de miséricorde? Et si je trouvais quelque chose que je puisse te donner, est-ce que cela ne serait pas à toi avant ce don? Comment

qui montre quels échos une telle œuvre peut susciter dans la modernité; le courant théologique qui allait accorder thomisme et mysticisme platonicien avait lui-même été très puissant: cf. Alain de LIBERA, *La Mystique rhénane. D'Albert le Grand à Maître Eckhart*, Seuil, 1994; voir aussi Georgette ÉPINEY-BURGARD et Émilie ZUM BRUNN, *Femmes troubadours de Dieu*, Turnhout, Brépols, 1988.

donc te rétribuerais-je ? Ce que j'ai est peu ou rien.
Est-ce que de rien je peux faire un sacrifice ?

Reçois pourtant le sacrifice de mon humilité, de
ma pauvreté, de mon néant; et que soit inscrit
pour moi tout ce dont tu as voulu me faire part.
Qu'ils disent aussi pour moi leurs immenses
louanges, tous les chœurs des anges...

Je lirai donc ce qui est dit de toi, mon très doux
Jésus, j'écrirai sur toi, je te chanterai. Je penserai
à toi, je parlerai de toi; je ferai mes œuvres pour
toi, je souffrirai pour toi. J'exulterai en toi, je te
louerai, parce que tu es mon Dieu, toi en qui j'ai
cru, que j'ai aimé, que j'ai recherché, vers qui sont
toujours allés mes vœux.

XXII.

L'IMITATION DE JÉSUS-CHRIST

Ne jamais faire le moindre mal

Pour nulle chose au monde, ni pour l'amour
d'aucun homme, on ne doit faire le moindre mal.
On peut quelquefois cependant, pour rendre un
service dans le besoin, différer une bonne œuvre,
ou même lui en substituer une meilleure : car
alors le bien n'est pas détruit, mais il se change en
un plus grand.

Aucune œuvre extérieure ne sert sans la charité; mais tout ce qui se fait par la charité, quelque petit et quelque vil qu'il soit, produit des
fruits abondants.

Celui-là fait beaucoup qui aime beaucoup.

Celui-là fait beaucoup qui fait bien ce qu'il fait;

et il fait bien lorsqu'il subordonne sa volonté à l'utilité publique.

Ce qu'on prend pour la charité souvent n'est que la convoitise; car il est rare que l'inclination, la volonté propre, l'espoir de la récompense ou la vue de quelque avantage particulier n'influe pas sur nos actions.

Celui qui possède la charité véritable et parfaite ne se recherche en rien; mais son unique désir est que la gloire de Dieu s'opère en toutes choses.

Il ne porte envie à personne, parce qu'il ne souhaite aucune faveur particulière, ne met point sa joie en lui-même et que, dédaignant tous les autres biens, il ne met qu'en Dieu son bonheur.

Il n'attribue jamais aucun bien à la créature; il les rapporte tous à Dieu, de qui ils découlent comme de leur source et dans la jouissance duquel tous les saints se reposent à jamais comme dans leur fin dernière.

Oh! qui aurait une étincelle de la vraie charité, que toutes les choses de la terre lui paraîtraient vaines!

I, 15

Sur la privation de toute consolation

Il n'est pas difficile de mépriser les consolations humaines, quand on jouit des consolations divines.

Mais il est grand et très grand de pouvoir être privé tout à la fois des consolations des hommes et de celles de Dieu, de supporter volontairement pour sa gloire cet exil du cœur, de ne se recher-

cher en rien et de ne faire aucun retour sur ses
propres mérites.

II, 19.

La parole des prophètes et la parole du Seigneur

Que Moïse ne me parle point, ni aucun des prophètes; mais toi plutôt parle, Seigneur mon Dieu,
toi la lumière de tous les prophètes et l'esprit qui
les inspirait. Sans eux, tu peux seul pénétrer toute
mon âme de ta vérité; et sans toi ils ne pourraient
rien.

Ils peuvent prononcer des paroles, mais non les
rendre efficaces.

Leur langage est sublime, mais si tu te tais, il
n'échauffe point le cœur.

Ils proposent la lettre, mais tu en découvres le
sens.

Ils proposent les mystères; mais tu romps le
sceau qui en dérobait l'intelligence.

Ils publient tes commandements, mais ils
aident à les accomplir.

Ils montrent la voie, mais tu donnes des forces
pour marcher.

Ils n'agissent qu'au-dehors, mais tu éclaires et
instruis les cœurs.

Ils arrosent intérieurement; mais tu donnes la
fécondité.

Leurs paroles frappent l'oreille; mais tu ouvres
l'intelligence.

Que Moïse donc ne me parle point; mais toi,
Seigneur mon Dieu, éternelle vérité! parle-moi de
peur que je ne meure et que je n'écoute sans fruit

si, averti seulement au-dehors, je ne suis point intérieurement embrasé ; de peur que je ne trouve ma condamnation dans ta parole, entendue sans être accomplie comme sans être aimée, crue sans être observée.

« Parle-moi donc, Seigneur, parce que ton serviteur écoute : tu as les paroles de la vie éternelle » (I *Rois*, 3, 9 ; *Jean*, 6, 67).

Parle-moi pour consoler un peu mon âme, pour m'apprendre à réformer ma vie ; parle-moi pour la louange, la gloire, l'honneur éternel de ton nom.

III, 2.

La souffrance et la Croix

Dans la Croix est le salut, dans la Croix la vie, dans la Croix la protection contre nos ennemis.

C'est de la Croix que découlent les suavités célestes.

Dans la Croix est la force de l'âme, dans la Croix la joie de l'esprit, la consommation de la vertu, la perfection de la sainteté...

Laissez Dieu disposer de ses consolations : qu'il les répande comme il lui plaira.

Pour toi, choisis les souffrances et regarde-les comme des consolations d'un grand prix : car « toutes les souffrances du temps n'ont aucune proportion avec la gloire future et ne sauraient la mériter » (*Romains*, 8, 18) quand seul tu les supporterais toutes.

Lorsque tu en seras venu à trouver la souffrance douce et à l'aimer pour Jésus-Christ, alors estime-toi heureux parce que tu auras trouvé le Paradis sur la terre.

II, 12.

Les deux visites de Dieu

J'ai coutume de visiter mes élus de deux manières : par la tentation et par la consolation.

III, 2.

Prière pour que la Grâce supplée à notre faiblesse et à notre vide

Seigneur mon Dieu, tu es tout mon bien et qui suis-je pour oser te parler ?

Je suis le plus pauvre de tes serviteurs et un abject ver de terre, beaucoup plus pauvre et beaucoup plus méprisable que je ne sais et que je n'ose dire.

Souviens-toi cependant, Seigneur, que je ne suis rien, que je n'ai rien, que je ne puis rien.

Tu es seul bon, juste et saint ; tu peux tout, tu donnes tout, tu remplis tout, hors le pécheur, que tu laisses vide.

« Souviens-toi de tes miséricordes » (*Psaumes*, 25, 6) et remplis mon cœur de ta grâce, toi qui ne veux point qu'aucun de tes ouvrages demeure vide.

Comment puis-je, en cette misérable vie, porter le poids de moi-même, si ta miséricorde et ta grâce ne me fortifient ?

Ne détourne pas de moi ton visage, ne diffère pas à me visiter ; ne me retire point ta consolation, de peur que, « privée de toi, mon âme ne devienne comme une terre sans eau » (*Psaumes*, 114, 6).

« Seigneur apprends-moi à faire ta volonté » (*ibid.*, 10), apprends-moi à vivre d'une vie humble et digne de toi.

Car tu es ma sagesse, tu me connais dans la vérité et tu m'as connu avant que je fusse au monde et avant même que le monde fût.

III, 3.

L'acceptation totale

Pourvu, Seigneur, que ma volonté demeure droite et qu'elle soit affermie en toi, fais de moi tout ce qu'il te plaira, car tout ce que tu feras de moi ne peut être que bon.

Si tu veux que je sois dans les ténèbres, sois béni ; et si tu veux que je sois dans la lumière, sois encore béni.

Si tu daignes me consoler, sois béni ; et si tu veux que j'éprouve des tribulations, sois également toujours béni.

III, 17.

L'expérience du vide spirituel
et la prière de l'acedia

Tout ce que tu me donnes hors de toi, tout ce que tu me découvres de toi-même, tout ce que tu m'en promets est trop peu et ne me suffit pas si je ne te vois, si je ne te possède pleinement.

Car mon cœur ne peut avoir de vrai repos, ni être entièrement rassasié jusqu'à ce que, s'élevant au-dessus de tous tes dons et de toute créature, il se repose uniquement en toi.

Tendre époux de mon âme, pur objet de son amour, ô mon Jésus, Roi de toutes les créatures, qui me délivrera de mes liens, « qui me donnera des ailes » pour voler vers toi et me reposer en toi ? (*Psaumes*, 54, 7)

Oh ! quand serai-je assez dégagé de la terre pour voir, Seigneur mon Dieu, et pour « goûter combien tu es doux » ? (*Psaumes*, 33, 9)

Quand serai-je tellement absorbé en toi, tellement pénétré de ton amour que je ne me sente plus moi-même et que je ne vive plus que de toi, dans cette union ineffable et au-dessus des sens, que tous ne connaissent pas ?

Maintenant je ne sais que gémir et je porte avec douleur ma misère. Car, en cette vallée de larmes, il se rencontre bien des maux qui me troublent, m'affligent et couvrent mon âme comme d'un nuage. Souvent ils me fatiguent et me retardent ; ils s'emparent de moi ; ils m'arrêtent, et m'ôtant près de toi un libre accès, ils me privent de ces délicieux embrassements dont jouissent toujours et sans obstacle les célestes esprits...

Jusqu'à quand mon Seigneur tardera-t-il à venir ?

Qu'il vienne à ce pauvre qui est à lui et qu'il lui rende la joie. Qu'il étende la main pour relever un malheureux plongé dans l'angoisse.

Viens, viens, car sans toi tous les jours, toutes les heures s'écoulent dans la tristesse, parce que tu es seul ma joie et que tu peux seul remplir le vide de mon cœur.

Je suis oppressé de misère, et comme un pri-
sonnier chargé de fers, jusqu'à ce que, me rani-
mant par la lumière de ta présence, tu me rendes
la liberté et jettes sur moi un regard d'amour.

Que d'autres cherchent au lieu de toi tout ce
qu'ils voudront; pour moi, rien ne me plaît ni ne
me plaira jamais que toi; ô mon Dieu, mon espérance, mon salut éternel!

Je ne me tairai point, je ne cesserai point de
prier, jusqu'à ce que ta grâce revienne et que tu
me parles intérieurement.

III, 21.

La mélodie de l'âme et la componction

« Je suis pauvre et dans les travaux depuis mon
enfance » (*Psaumes*, 88, 16). Quelquefois mon
âme est triste jusqu'aux larmes; et quelquefois
elle se trouble en elle-même, à cause des passions
qui la pressent.

Je désire la joie de la paix, j'aspire à la paix de
tes enfants que tu nourris dans ta lumière et tes
consolations.

Si tu me donnes la paix, si tu verses en moi ta
joie sainte, l'âme de ton serviteur sera emplie de
modulation et dévote en ta louange.

Mais si tu te dérobes, comme tu le fais souvent,
il ne pourra point « courir dans la voie de tes
commandements » (*Psaumes*, 118, 32). Mais il
peut plutôt plier les genoux et se frapper la poi-
trine, parce qu'il n'en est plus pour lui comme
auparavant, lorsque « ta lumière resplendissait
sur sa tête » et « qu'à l'ombre de tes ailes il trou-

vait un abri contre les tentations » (*Job*, 29, 3 ;
Psaumes, 6, 10).

III, 50.

L'oblation des fautes

Toutes les fautes et tous les crimes que j'ai
commis devant toi et devant tes saints Anges,
depuis le jour où j'ai pu commencer à pécher
jusqu'à ce moment, je te les offre, Seigneur, sur
ton autel de propitiation, afin que tu les consumes
par le feu de ton amour, que tu effaces toutes les
taches dont ils ont souillé ma conscience et
qu'après l'avoir purifiée, tu me rendes ta grâce,
que mes péchés m'avaient fait perdre, me les par-
donnant tous pleinement et me recevant, dans ta
miséricorde, au baiser de paix.

IV, 9.

L'oblation des saints et des peuples

Je t'offre tous les transports d'amour et de joie,
les extases, les ravissements, les révélations, les
visions célestes de toutes les âmes saintes, avec les
hommages que te rendent et te rendront à jamais
toutes les créatures dans le Ciel et sur la terre ; je
te les offre ainsi que leurs vertus, pour moi et
pour tous ceux qui se sont recommandés à mes
prières, afin qu'ils célèbrent dignement tes
louanges et te glorifient éternellement.

Que tous les peuples, toutes les tribus, toutes les
langues te bénissent et célèbrent, dans les transports de joie et d'amour, la douceur et la sainteté
de ton nom.

Que tous ceux qui offrent avec révérence et avec piété les divins mystères et qui les reçoivent avec une pleine foi, trouvent devant toi grâce et miséricorde, et qu'ils prient avec instance pour moi, pauvre pécheur.

Et lorsque après s'être unis à toi selon leurs pieux désirs, ils se retireront de la table sainte, rassasiés et consolés merveilleusement, qu'ils daignent se souvenir de moi, qui languis dans l'indigence.

IV, 17.

Jésus présent dans l'hostie

Oh! qu'il me serait doux de répandre en ta présence des pleurs d'amour et d'arroser tes pieds de mes larmes comme Madeleine!

Mais où est cette tendre piété, et cette abondante effusion de larmes saintes?

Certes, en ta présence et celle des saints anges, tout mon cœur devrait s'embraser et se fondre de joie.

Car tu m'es véritablement présent dans ton Sacrement, quoique caché sous des apparences étrangères.

Mes yeux ne pouvaient supporter l'éclat de ta divine lumière, et le monde entier s'évanouirait devant la splendeur de ta gloire.

C'est donc pour ménager ma faiblesse que tu te caches sous les voiles du Sacrement.

Je possède réellement et j'adore celui que les Anges adorent dans le Ciel; mais je ne le vois encore que par la foi, tandis qu'ils le voient tel qu'il est et sans voile !

IV, 11.

La recherche du vrai et l'humilité

Gardez-vous du désir curieux et inutile de sonder le profond mystère, si vous ne voulez pas vous plonger dans un abîme de doutes.

« Celui qui scrute la majesté sera accablé par la gloire » (*Proverbes*, 25, 27).

Dieu peut faire plus que l'homme ne peut comprendre.

On ne défend pas une humble et pieuse recherche de la vérité, pourvu qu'on soit toujours prêt à se laisser instruire et qu'on s'attache fidèlement à la sainte doctrine des Pères.

Heureuse la simplicité qui laisse le sentier des questions difficiles, pour marcher dans la voie droite et sûre des commandements de Dieu.

IV, 18.

Les vases vides et l'honneur de Dieu

Dieu répand sa bénédiction où il trouve des vases vides ; et plus un homme renonce parfaitement aux choses d'ici-bas, plus il se méprise et meurt à lui-même, plus la grâce vient à lui promptement, plus elle remplit son cœur et l'affranchit et l'élève.

Alors, ravi d'étonnement, il verra ce qu'il n'avait point vu et il sera dans l'abondance et son cœur se dilatera, parce que le Seigneur est avec lui et qu'il s'est lui-même et sans réserve remis pour toujours entre ses mains.

C'est ainsi que sera béni l'homme qui cherche Dieu de tout son cœur et « qui n'a pas reçu son âme en vain » (*Psaumes*, 24, 4).

Ce disciple fidèle, en recevant la sainte Eucharistie, mérite d'obtenir la grâce d'une union plus grande avec le Seigneur, parce qu'il ne considère point ce qui lui est doux, ce qui le console, mais, au-dessus de toute douceur et de toute consolation, l'honneur et la gloire de Dieu.

IV, 18.

Les mystiques rhénans

HENRI SUSO

Autant je pâlis dans la mort à cause de la grandeur de mon amour et de ma douleur et apparais ainsi enlaidi par l'obscurcissement qui apporte la mort, autant pour un cœur amoureux et pour un esprit bien disposé je serai plus aimable.

Horloge de la sagesse (Horologium sapientiae) 2.

JEAN GERSON

Que Dieu est vrai, l'imperfection des choses le prouve,

elles que personne ne peut façonner sans ce qui
est parfait.

Poèmes, n° 129 (éd. Palémon Glorieux,
Tournai-Rome, Desclée, 1960 sqq.).

PHILOSOPHIE, RHÉTORIQUE, POÉTIQUE À LA FIN DU MOYEN ÂGE

La philosophie au XIIIᵉ et au XIVᵉ siècles

Nous avons montré qu'au XIIᵉ siècle, la philosophie évolue grâce à Abélard vers le nominalisme, tout en essayant plus ou moins de l'accorder avec le réalisme des idées, tel qu'il existait chez Platon et ses successeurs. Mais qu'en est-il, précisément, du platonisme ? Le XIIIᵉ siècle va nous le dire, avant le XIVᵉ.

On peut montrer la place qu'il tient, par l'intermédiaire d'Augustin et du pseudo-Denys, chez Thomas et Bonaventure. Nous voudrions ajouter ici quelques noms, ceux des franciscains d'Oxford, Robert Grosseteste (1175-1253) et son élève Roger Bacon (1210 ou 1214 ?-1294). L'un et l'autre appartiennent, si l'on peut dire, à la période classique et originelle du gothique. Ils attestent à la fois la *pureté transcendante qui s'est affirmée au XIIe siècle et la profusion de savoir et de pensée qui s'est épanouie au XIIIe. Comme le montre l'admirable citation de Robert Grosseteste que nous allons proposer, il s'agit avant tout d'une méditation sur la création, qui combine dans sa réflexion sur le christianisme et dans une tradition philosophique et théologique les enseignements de la philosophie grecque et de la pensée arabe (Avicenne), dont les aspects gnostiques sont écartés (création par une hiérarchie d'éons*[1] *successifs). L'auteur décrit ici la hiérarchie des causes. La première d'entre elles est nécessairement parfaite et unique; elle est spirituelle : c'est Dieu. En elle existent les raisons des choses qui doivent être créées; elles expriment dans leur diversité l'unité divine : ce sont les idées, selon la désignation platonicienne; l'intellect, s'il est pur, voit en elles les choses créées et la lumière première qui les enveloppe et les rend perceptibles. La lumière créée, qui est l'intelligence, connaît et « décrit » les choses créées. Faute d'être assez pur, c'est à travers elle que l'esprit reçoit l'irradiation de la lumière première, qu'il voit se définir le créé selon les formes exemplaires. Ainsi s'accomplit visiblement la procession dans l'être des espèces corporelles.*

Nous sommes au début du XIIIe siècle. Nous retrouvons ici, sous une présentation élaborée, les tendances majeures que nous avons signalées dans la période immédiatement précédente. L'auteur veut accorder le sensible et le spirituel par une théorie

---

1. Les éons sont, aux yeux des gnostiques, des émanations inférieures de Dieu, qui s'occupent des différentes formes de la création.

*des formes exemplaires où l'imagination purifiée
joue un rôle médiateur entre le sensible et l'idée.*

Une telle fidélité n'exclut pas l'apparition de certaines nuances nouvelles qui n'ont pas toujours été pleinement appréciées et qui conduiront les commentateurs et les créateurs au-delà du XIIIe siècle.

On a beaucoup insisté sur les aspects scientifiques de l'enseignement donné par les franciscains d'Oxford. Ils essaient en effet de décrire rationnellement la diffusion de la lumière et les lois de la perspective pour concevoir leur doctrine du savoir. On les suivra au temps de la Renaissance. De nos jours un écrivain comme Umberto Eco verra en eux, dans Le Nom de la Rose, les précurseurs d'une méditation moderne sur l'expérience; il leur attribuera libéralement un nominalisme.

Soit. Mais il faut bien voir que cette méditation sur la lumière et sur l'expérience est essentiellement platonicienne. Elle s'ouvre à la fois au doute et à l'idée et dépasse d'emblée le positivisme moderne même si elle se réfère à la géométrie comme le voulait le maître de l'Académie. Mais, comme le suggéraient les néo-platoniciens, elle approfondit la réflexion sur la lumière, ce qui permet d'insister moins fortement sur la théologie négative. La lumière a deux fonctions, l'une pure et spirituelle, qui produit l'idée, l'autre, spirituelle aussi, mais procédant de la lumière première pour illuminer le sensible et pour « faire avancer dans l'être les espèces corporelles ». Tout cela s'accomplit selon la marque et l'imitation des formes exemplaires.

Autrement dit, les maîtres d'Oxford, et surtout Roger Bacon, insistent à la fois, grâce à leur platonisme, sur la part de l'immanence sensible et sur celle de la transcendance spirituelle. C'est dans la lumière que la matière et l'esprit se rencontrent. La connaissance du créé ne se restreint pas au savoir des techniciens et des savants, mais elle va jusqu'aux formes les plus élevées de l'intellect. En même temps qu'à Platon, on pense aux derniers aristotéliciens ou aux synthèses que Boèce avait esquissées. D'autre part, et pour de semblables raisons, la réflexion sur les arts, sans démentir ce qu'on en disait auparavant, prend des orientations nouvelles.

Là aussi, on part de la méditation sur la lumière et sur sa diffusion dont on cherche à faire apparaître les aspects mathématiques. Elle se propage selon des droites géométriques qui sont celles de la perspective. Les conceptions qui s'ébauchent ainsi vont se préciser au XIIIe siècle et aboutir aux connaissances de la Renaissance et des modernes. Ainsi s'accomplit une rencontre originale et fondamentale entre le relativisme, que les anciens n'ignoraient pas mais qui n'avait pas chez eux de base mathématique, et le sens de l'absolu, qui domine chez les médiévaux. Sous l'influence de Roger Bacon, on voit naître en peinture le concept de « réalité », qui établit un accord entre le goût de l'apparence, qui était chère aux sophistes, et la réflexion mathématique sur la perspective, qui retrouve la vérité absolue dans la représentation même de la profondeur sensible. La synthèse sera exprimée avec puissance au XVe siècle par Alberti dans ses traités sur l'architecture et la peinture. On passe ainsi directement de Bacon à Giotto et de ce

*dernier aux humanistes du Quattrocento. La
Renaissance sait, après le Moyen Âge et l'esthétique
antique, que le réalisme véritable est spirituel et
qu'il accorde dans la lumière médiatrice la purification de l'image sensible et la ferveur amoureuse de
la mathématique charnelle.*

*Dans la même période se développent plusieurs
grandes questions qui se posent à la fois à propos
du langage, dont nous n'avons cessé d'observer
l'importance, et de la raison. Toutes sont plus ou
moins suscitées ou aggravées par la montée de
l'aristotélisme et par les objections qu'il rencontre.
Nous avons déjà décrit l'attitude de Thomas, si
proche du Lycée, ou celle de Bonaventure, qui suit
le platonisme augustinien.*

*Mais Thomas a été condamné (très provisoire-
ment !) précisément à cause de cette source de sa
pensée. Le thomisme a été mis en cause par l'Église
en 1277 : on lui reprochait de chercher de manière
excessive la philosophie dans la théologie et la raison dans la foi. On considère ainsi qu'il reste trop
proche de l'averroïsme qui, de l'avis des chrétiens
médiévaux, séparait radicalement les deux
approches de Dieu. Le thomisme, qui devait beaucoup au platonisme mystique du pseudo-Denys ou
à l'avicennisme d'Albert le Grand*[1]*, réussit à faire
accepter sa défense en insistant, notamment dans
les* Quaestiones disputatae, *sur les nuances de son
enseignement. Mais les contemporains sont allés
plus loin : ils ont voulu affirmer leur pensée per-*

---

1. La tradition platonicienne se mêlait chez Avicenne (Ibn
Sînâ, 980-1037) au rationalisme aristotélicien attesté par Averroës (1126-1198).

sonnelle. Dans l'ensemble, du point de vue chrétien, l'averroïsme a échoué. La majorité des chercheurs se sont aperçus qu'on ne pouvait pas séparer l'une de l'autre la théologie, parole de Dieu, et la philosophie, parole de l'homme. En revanche, dans les débats sur la parole, le nominalisme prenait une grande importance et il allait jouer un rôle majeur en favorisant la pensée concrète par rapport au rationalisme abstrait.

Ce type de débat n'apparaît pas directement chez Jean Duns Scot (1266?-1308), autre franciscain d'Oxford qui enseigna aussi à Paris. Il avait donc au moins deux raisons de connaître Thomas d'Aquin et de critiquer sa doctrine. On connaît deux aspects majeurs de sa doctrine : la création est contingente ; aucune nécessité ne vient donc s'imposer en elle à la volonté de Dieu, qui est absolument libre. Ainsi s'affirme la toute-puissance de son amour. En revanche les créatures doivent agir selon l'essence qu'il leur a librement imposée.

La seconde thèse est celle de l'univocité de l'être. Le modèle divin est présent en toute essence créée. Mais ce modèle est absolument un. On ne peut donc parler, comme le faisait Thomas à son propos, d'une analogie de l'être déterminant en lui une hiérarchie. Partout, il est un dans sa plénitude. En chaque créature, il atteste la présence de l'absolu.

Les deux citations que nous avons choisies montrent comment Duns Scot justifie sa doctrine et comment elle conduit directement à un contact avec Dieu tout entier. D'abord, il indique que l'être ne peut être atteint que dans « la première affirmation » : la négativité n'est pas son fort. Il rejoint l'étude et l'éloge des formes exemplaires. Dans toute créature, il y a du bien et du mal. Il suffit de chercher d'abord en soi ce qui est bon et ce qui ne l'est pas, d'éliminer ce qui est mal, de faire la synthèse de tout ce qui est bien : on découvre alors en nous une perfection qui nous dépasse et qui ne peut exister qu'en Dieu, d'une manière globale et totale.

Chez Duns Scot, nous trouvons donc, sous une forme particulièrement complète, une doctrine de la perfection que nous avons rencontrée sans cesse depuis Anselme de Cantorbéry, Cicéron (Orator, 7 sq.) et Platon lui-même. L'infini est au cœur de la parole la plus humble, celle qui demeure lorsqu'on a tout purifié dans la pensée et qu'il n'y reste que Dieu. Telle est en particulier l'expérience de l'artiste, qui s'efface lorsqu'il trouve en lui-même l'image de la beauté parfaite.

Nous finirons par le nominalisme, tel que Guillaume d'Occam (avant 1300-1349?/1350) l'affirme avec la plus grande force. Nous rejoignons Abélard. Mais la doctrine prend ici sa plus grande rigueur. Le progrès de la pensée, au début du XIVe siècle, permet les ultimes progrès de la théorie du langage, que les premiers nominalistes n'avaient pas poussée aussi loin. Guillaume utilise les réflexions de ses contemporains sur les modes du langage. Ils peuvent porter sur la signification (vérité, erreur, mensonges, sophistique) ou de la supposition (la même formule peut changer de sens selon ce qu'elle implique : « l'homme est bleu » peut être vrai, s'il s'agit d'un personnage dont les yeux sont bleus; mais c'est un mensonge ou une erreur si l'on prend homme au sens de « genre humain »). Or les nomi-

nalistes peuvent utiliser de telles méthodes de pensée. Ils savent que les mots « supposent » relativement aux choses (dont ils vérifient et mesurent alors l'existence), aux conceptions de l'esprit et enfin aux mots eux-mêmes, qui ne portent pas directement sur la réalité mais sur la manière d'en déterminer et d'en analyser l'usage. Abélard parlait déjà de « genre » et d'« espèce », qui peuvent changer le sens de diverses façons mais qui ne possèdent pas l'être tout en intervenant dans son expression. En tout cas, nous voyons que les modes de la signification et de l'interprétation que nous évoquons ainsi n'abolissent pas la réflexion sur l'être. Mais ils le séparent des mots, tout en analysant leurs combinaisons avec lui. Nous sommes ici en présence du problème fondamental qui oppose et qui associe en même temps le platonisme et l'aristotélisme. Le premier cherche l'idée, c'est-à-dire l'unité qui ordonne toutes formes, le second l'être lui-même. Les deux sont ensemble dans l'expression. Ici se dessinent, au-delà des conflits qui sont tous spirituels, les grands dialogues qui vont dominer la Renaissance. Les humanistes, tel Georges de Trébizonde (1396-1486), croient pouvoir remplacer la supposition par le contexte, selon lequel le sens d'un mot se définit pour une grande part. L'importance du texte en tant que tel s'affirme ainsi de plus en plus. On va vers la modernité, mais on a tendance à tomber dans un pur formalisme qui ne tient plus compte de l'être et de la relation entre forme et matière. Il ne suffit pas d'analyser la structure interne d'un texte, le genre littéraire auquel il se réfère; il faut aussi connaître son intention et la façon dont elle s'accorde avec *l'expression dans la grâce et dans la vérité. Les maîtres de la Renaissance le comprendront au XVᵉ siècle. Jean Pic de la Mirandole, à Florence, écrira le* De ente et uno *(« de l'étant et de l'un ») en créant une synthèse nouvelle qui tend à se réaliser dans la beauté de l'art et de ses langages. Plus proche de la « logique parisienne » et de l'ontologie aristotélicienne, il dialogue avec Marsile Ficin, traducteur de Platon et de Plotin.*

Ainsi s'accomplit dans la parole divine et humaine la rencontre des choses, de l'esprit et des mots. Ils interviennent dans toutes les démarches de l'intellect, de l'intelligence rationnelle et de la faculté des images, imaginaires ou non. Le langage le plus parfait est aussi le plus beau ; contrairement à ce que pense Michel Foucault, les mots impliquent les choses, même s'ils les dépassent et les mettent en question. Les plus grands maîtres du nominalisme n'ont nullement négligé l'être, en qui se joignent le particulier et l'universel, l'unité de l'idée et l'individualité des choses ou des personnes.

Dès lors plusieurs conséquences se dessinent avec force. D'abord, puisque l'unité du langage avec la diversité de ses modèles s'affirme d'une façon plus marquée, il va falloir insister sur les figures et les styles. La rhétorique va prendre une importance nouvelle. Nous reviendrons dans un instant sur son évolution.

La deuxième tendance réside dans la théologie. La tradition mystique s'est prolongée. Nous l'avons montré à propos d'Angèle de Foligno ou de Thomas a Kempis. Il est inutile d'y revenir ici. Mais, du même coup, nous constatons avec des chercheurs comme Alain de Libera qu'il n'y a pas de véritable rupture entre la mystique et la théologie spéculative, comme le croient beaucoup de nos contemporains. Nous l'avons montré à propos d'Angèle et de Maître Eckhart. La scolastique nominaliste pose, nous l'avons dit, la question de l'être. Cela implique qu'elle s'interroge sur l'essence et la connaissance. Naturellement, l'expérience et l'idéal dont elle témoigne tendent à suggérer certaines exigences. Il n'est plus possible de séparer le surnaturel de la nature ou la raison des images. Les uns et les autres se distinguent mais ne sont pas désunis. Les modernes, s'appuyant sur une mauvaise interprétation du bergsonisme, ont tort d'interpréter la connaissance mystique comme une forme sentimentale de l'irrationnel, où la joie se confond avec l'élévation dans le plaisir. En réalité, il s'agit bien de gaudium, *mais il n'y aurait pas de joie véritable sans la connaissance mystérieuse où la lumière s'associe à la ténèbre, au-delà de toute confusion. Toutes les analyses que nous avons proposées aboutissent à la même ténèbre et à la même splendeur. Toute pensée vraie est mystique par quelque côté puisqu'elle touche à l'être et, de même, toute mystique est pensée et langage*[1].

1. Bibliographie de Jean Duns Scot et de Guillaume d'Occam :

Jean Duns Scot : voir Étienne GILSON, *Jean Duns Scot : introduction à ses positions fondamentales*, Vrin, 1952. Les *Opera omnia* sont en cours ; André de MURALT, *L'Enjeu de la philosophie médiévale. Études thomistes, scotistes, occamiennes et grégoriennes*, Leyde-New York-Cologne, Brill, 1993.

Guillaume d'Occam : voir Marilyn McCORD ADAMS, *William Ockham*, Univ. Notre Dame Press, 2 vol., 1987.

ROBERT GROSSETESTE ET LES
FRANCISCAINS D'OXFORD[1]

Les connaissances des choses qui devaient être créées, qui ont existé éternellement dans la cause première, sont les raisons des choses à créer et leurs causes formelles exemplaires; elles sont elles-mêmes créatrices. C'est elles que Platon a appelées idées et monde archétype et, selon lui, elles sont genres, espèces et principes tant d'être que de connaître parce que, lorsque l'intellect pur peut fixer sa vue en cela, il y reconnaît très vraiment et très manifestement les choses créées, mais aussi la lumière première dans laquelle il connaît tout le reste. Et il est clair que cet universel est tout à fait incorruptible. De même, dans la lumière créée, qui est l'intelligence, il y a connaissance et description [*descriptio*] des choses créées qui la suivent; l'esprit humain, qui n'est pas assez purifié et lavé de sa lie pour pouvoir contempler directement la lumière première, reçoit souvent l'irradiation venue de la lumière première, qui est l'intelligence et, dans les descriptions mêmes qui sont dans l'intelligence, reconnaît les réalités ultérieures, dont ces descriptions sont les formes exemplaires. Car les connaissances des choses qui suivent, étant des intelligences dans l'esprit lui-même, sont les formes exemplaires et même les raisons causales créées des choses qui doivent se produire ensuite.

1. Nous ne donnons ici qu'un extrait mais il renvoie à toute l'école.

Donc, par la médiation des intelligences et de leur ministère et selon la vertu de la cause première, on a vu s'avancer dans l'être [*processerunt in esse*] les espèces corporelles. Ces idées créées sont les principes de la connaissance dans l'intellect qu'elles irradient et dans un tel intellect elles sont genres et espèces.

> Robert Grosseteste *Sur les Seconds analytiques* I, 7, éd. P. Rossi, Florence, 1981, pp. 139 sq.

DE LA PHILOSOPHIE DE DUNS SCOT AU NOMINALISME D'OCCAM

L'univocité de Dieu

Nous n'aimons pas suprêmement les négations et, à quelque point qu'on avançât dans les négations, ou bien Dieu ne serait pas plus compris que le néant ou bien il s'en tiendra à quelque concept affirmatif, qui est le premier.

> Jean Duns Scot, *Œuvre d'Oxford*, I, d. 3, a. 2, n. 1.

Toute recherche métaphysique au sujet de Dieu procède ainsi : elle considère la raison formelle de quelque chose et elle enlève de cette raison formelle l'imperfection qu'elle aurait dans les créatures, la réserve absolument à la perfection suprême et attribue ainsi cela à Dieu. Voici un exemple concernant la raison formelle de la sagesse, de l'intellect ou de la volonté. Que l'on regarde d'abord en soi et selon soi; et du fait que la raison de cela n'inclut formellement ni imperfection aucune, ni limitation, qu'en soient écartées les imperfections qui l'accompagnent dans les créatures et, une fois réservée la raison de la sagesse et de la volonté, qui reste la même, que cela soit attribué à Dieu de la façon la plus parfaite. Ainsi toute recherche sur Dieu suppose que l'on ait un concept unique et univoque, qu'il reçoit des créatures.

> Jean Duns Scot, *Œuvre d'Oxford*, I, d. 3,
> q. 2, a. 4, n. 10.

Le nominalisme

Si la nature était commune..., il s'ensuivrait qu'il y a autant d'espèces et de genres qu'il y a d'individus, puisque la nature de Socrate est une espèce et de la même façon la nature de Platon...

L'humanité en Socrate et l'humanité en Platon sont réellement distinctes, donc chacune d'entre elles est réellement une par le nombre et par conséquent aucune n'est commune.

> Guillaume d'Occam, *Sur les Sentences*,
> II, dist. II, G. 1-5 ; I, 2-4.

Il faut savoir que toute science, qu'elle soit réelle ou rationnelle, a seulement pour objet des propositions en tant qu'elle traite de ce qui est su, puisque seules les propositions sont sues. Or, selon Boèce (*De l'interprétation*, I), une proposition possède un être triple, à savoir dans l'esprit, dans la parole et dans l'écrit... Les parties des propositions qui sont dites impliquent des suppositions différentes, parce que certaines supposent relativement aux choses, d'autres relativement aux conceptions de l'esprit, d'autres pour les paroles elles-mêmes ; il en va donc de même de manière proportionnelle pour les propositions dans l'esprit.

Guillaume d'Occam, op. cit., q. 4, M. 5-37.

Rhétorique, poétique et théologie au XIIIe et au XIVe siècles

*Elles sont en pleine expansion et préparent le temps des « grands rhétoriqueurs » ou, en musique, affirment le temps de l'*ars nova.

Nous insisterons sur quatre tendances :

1. Les arts de prédication, qui n'ont cessé de se développer, mènent à leur terme les techniques de la rhétorique médiévale.

2. Dans le domaine poétique, l'esprit franciscain manifeste toute la ferveur de l'esprit d'amour et toute la simplicité de la pureté chrétienne.

3. Un art plus moderne et plus antique à la fois apparaît. Pétrarque le développera en signalant, après Cicéron, les problèmes moraux qu'il pose.

4. Dante avait approfondi les questions qu'Aristote et Augustin avaient posées autrefois à propos de l'éloquence. Il développe ainsi la discussion du poète Mussato et du dominicain fra Giovannino.

Nous avons évoqué plus haut, à propos du Dies irae *et du* Stabat mater, *la poésie des disciples de saint François d'Assise. Celui-ci est un poète, un « troubadour de Dieu ». L'esprit de pauvreté, qui est* si profond chez lui, le conduit à éviter le plus souvent l'érudition latine et à parler la langue profane, qui est celle de tous. Mais quand saint Bonaventure va diriger l'ordre, un équilibre qui favorise des échanges originaux entre les styles et les langages va s'établir. Au cœur de toute poétique, il y a l'amour. On peut le dire par la joie et la douleur, mais aussi par la floraison d'images qui marque l'évocation du rossignol, philomela, l'amie du chant, philomena, la bien-aimée. Ainsi s'exalte le gothique flamboyant.

Au XIVe siècle, tout est dominé par Dante et Pétrarque, auxquels il faut ajouter leur admirateur Boccace. Plusieurs grandes questions se dessinent dès lors.

1. La langue profane prend une importance grandissante. Mais le latin, langue traditionnelle et savante, langue religieuse aussi, reste puissamment présent. On est en un temps de bilinguisme. Cela est vrai pour Dante aussi bien que pour Pétrarque.

2. La poésie, dans sa forme, se rapproche de façon décisive de la poésie et de la poétique antiques, qu'on découvre à nouveau. Elle y parvient notamment grâce à l'usage d'une rhétorique du sacré, qui utilise de mieux en mieux les procédés profanes, en essayant de les adapter aux deux exigences que pose la traduction de l'indicible : simplicité sublime, profusion baroque. Les deux terminologies ne sont pas encore clairement connues. Mais elles existaient chez les anciens, et cela permet un développement d'autant plus original qu'on ne veut négliger aucun des deux aspects.

3. Les théoriciens se trouvent ainsi conduits à

repenser les principes qui, depuis Platon, Aristote et la sophistique, dominaient la poésie chrétienne. Cela explique le débat qui s'instaure entre le poète Mussato et le dominicain Fra Giovannino. Celui-ci donne une interprétation étroite de Thomas d'Aquin et conteste que l'art poétique soit un don de Dieu. Mais il vit à une époque où la foi en l'inspiration, même profane, devient très puissante. On va vers Pétrarque, à la fois moderniste et platonicien. Dante a construit pour sa part une synthèse originale.

Un premier débat s'instaure entre Mussato, poète padouan, et le dominicain Fra Giovannino, qui lui reproche d'avoir repris sans nuances la formule d'Aristote sur le poète théologien : les poètes sont les premiers théologiens. Ils parlent du divin. Ils en prédisent les actions et les volontés, puisqu'ils sont *uates*. Ils se déclarent inspirés par les Muses dont l'enseignement vient des hauteurs.

Le débat est tout à fait significatif, à la fin du Moyen Âge, à l'époque de Dante et juste avant le début de la Renaissance. Il a fortement attiré l'attention d'E.R. Curtius [1] et en dernier lieu de Jean-Frédéric Chevalier, dans une thèse récente [2].

Donc, Giovannino s'oppose à Mussato au nom des dominicains et notamment de saint Thomas, dont il durcit un peu la pensée. Il déclare que les premiers poètes païens sont postérieurs à Moïse, de qui vient la véritable connaissance de Dieu. Il faut

1. *La Littérature européenne et le Moyen Âge latin*, chap. XII : « Poétique et théologie », P.U.F., 1956, p. 347 sq.; cf. Aristote, *Métaphysique*, I, 982 sq.
2. Université de Paris IV, 1995.

ajouter que les uates *n'étaient pas de véritables pro-*
phètes. Au contraire, leur culte allait contre la
vérité, connue des Juifs et des chrétiens. Ils ont
parlé des dieux, non de Dieu.

Je ne reprends pas ici l'ensemble des arguments.
Les indications qui sont données permettent d'en
marquer l'esprit. Pour Giovannino, la beauté poé-
tique ne suffit pas à attester la présence de Dieu : le
mot uates *peut se prendre en plusieurs sens, selon*
les étymologies proposées. Il peut désigner le poète,
mais aussi le philosophe, le prêtre et le prophète —
et alors la poésie est dépassée par la religion. Quand
il s'agit de Dieu, le mot uates *vient de* uas, *vase, car*
alors l'âme est vide, dans l'attente de Dieu qui seul
peut la remplir. Elle ne porte donc pas en elle la poé-
sie, qui ne peut jamais prétendre à se suffire par
elle-même et à dire le vrai, si elle ne l'a pas reçu de la
foi ou de la philosophie.

Ce point de vue est rationnel et rigoureux. Gio-
vannino avait pu en trouver les principaux élé-
ments chez son confrère Thomas. Mais celui-ci
reconnaissait que la formule dont Aristote, qu'il
admirait, était l'auteur avait une vérité plus large. Il
était bien vrai que les poètes avaient été les premiers
à parler des dieux. Surtout, Mussato, qui était poète
lui-même, insistait sur une notion médiévale, qui
avait eu un grand succès notamment à l'époque des
Chartrains, et qui avait largement contribué à favo-
riser la recherche des symboles. La vérité divine ou
absolue était si forte qu'elle ne pouvait être saisie en
elle-même. Elle risquait de nous aveugler. On sait
l'importance qu'avait prise cette doctrine, qui était
liée à la réflexion sur le mystère ou même à la théo-

*logie négative. Il fallait donc que le divin se laissât
voir à travers un voile* (integumentum, *lorsqu'il
s'agissait des vérités « couvertes » dans les livres
saints, et* inuolucrum, *lorsqu'on reprenait, comme
il était possible et permis de le faire, les mythes antiques qui « enveloppaient » le vrai*[1]). *Dès lors, il était
licite de se servir des fictions et des apparences pour
faire voir et admirer un Dieu plus profond : Mussato défend donc trois types de valeurs qui sont
essentielles : la beauté, car pour lui tout ce qui est
beau vient de Dieu; le rôle de l'admiration dans la
vie humaine et la connaissance; la conviction que
par leurs symboles les païens aussi peuvent nous
renseigner.*

*Mussato est plus ouvert que Giovannino, qui est
plus rigoureux. Qui a raison? Disons que Thomas,
qui est à la fois souple et exigeant, occupe la position la plus juste. Il suit Aristote mais il reconnaît
les exigences de la transcendance chrétienne. Cela
nous pose une dernière question : Dante est
contemporain du poète padouan. Il est admirateur
de Thomas et il cherche à le comprendre en même
temps que François d'Assise, Bernard de Clairvaux
et Bonaventure. Il les rencontre tous ensemble dans
les cercles les plus hauts du Paradis. Que pense-t-il
de notre problème?*

*On constate qu'il n'utilise pas la formule d'Aris-
tote. Cela pourrait surprendre. Mais Curtius, après
d'autres, a montré qu'il aborde la rhétorique sous
un autre angle. Dans ses lettres, où il explique les
intentions qui l'ont guidé pour la* Divine Comédie,

---

1. Cf. plus haut, p. 432.

Dante adopte le point de vue du scolastique et du grammairien. Se tenant proche de ses prédécesseurs immédiats, il décrit les parties du « mode » poétique : la fiction et la description s'y joignent à la digression et aux différentes formes de transposition, à côté des procédés de la logique (vraisemblance et démonstration) et notamment de la position des exemples.

Il se place donc exactement aux côtés des rhéteurs. Mais il sait que cette rhétorique (qui est chez lui mieux approfondie et plus assimilée que chez beaucoup d'autres) implique un recours à la philosophie. Par rapport aux anciens, et même à la plupart de ses contemporains, il bénéficie de deux avantages supplémentaires : il sait utiliser la scolastique, c'est-à-dire la réflexion sur le langage ; sa poésie est chrétienne, c'est-à-dire qu'elle l'oblige à l'unification entre nature et transcendance, entre Aristote et Platon. Il ne peut donc s'arrêter au Stagirite, ni se contenter de sa formule. La véritable réflexion du poète sur la poésie est métaphysique. Il l'exprime notamment en latin dans sa Lettre 13. Toute créature reçoit l'être de Dieu, à la manière d'un miroir, qui reçoit et rejette un rayon de la lumière solaire. Toute essence, toute vertu, toute cause procèdent de la première intelligence. Tout cela vient soit de la nature soit de l'intellect. Ajoutons que c'est aussi le fait de la poésie, qui transmet le rayon divin en le reflétant. Mais les objets dont elle prolonge ainsi l'image et l'expression proviennent soit de la nature soit de l'intellect divin. La nature en provient elle-même, de telle sorte qu'en fin de compte tout provient de la lumière divine. Le

*poète ne fait que s'associer à cette « procession ».
Pour justifier une telle assertion, Dante se tourne
vers le pseudo-Denys l'Aréopagite ; on le sait
aujourd'hui, Thomas d'Aquin s'était beaucoup
servi de ce platonicien pour interpréter Aristote. De
même, la théorie des miroirs et des reflets, combinée
avec les réflexions du platonisme d'Oxford sur la
lumière, permet de confirmer la vaste synthèse qui
nous mène vers Marsile Ficin[1].*

*Il suffit alors à Dante de rassembler un ensemble
de textes bibliques et évangéliques auxquels il joint
une citation de Lucain, en pensant sans doute à
Virgile : le ciel et la terre sont pleins de Dieu. Bien
entendu, dans l'*ordo* et dans le mouvement de la
hiérarchie universelle, cela n'implique aucun panthéisme. Mais le cercle jubilant et chantant des
créatures forme autour de Dieu qui la meut la
rosace de l'amour.*

*Telle est l'expansion de la poésie. Nous pourrions
développer encore un peu cette pensée en lisant
maintenant le* De vulgari eloquentia, *I, 16. Dante y
exprime sa conception du langage poétique, qui est
en accord avec ce qui précède, en accentuant sans
doute le côté néoplatonicien. On sait qu'il a choisi
d'utiliser le « toscan illustre », qui est la langue de
sa patrie, qui l'intimide moins que le latin et qui lui
laisse plus de liberté créatrice. Mais pourquoi
illustre ? Il répond d'abord que cette langue appartient aux princes et aux dames. Mais surtout il
indique qu'elle est illustre parce qu'elle apporte
l'illumination et la lumière. Ce qui se trouve de la*

---

1. Cf. notre citation de Robert Grosseteste, p. 676.

*sorte illuminé « resplendit ». Cette doctrine, que
Dante a pu connaître au moins par Augustin, nous
place au cœur du paysage chrétien : la splendeur de
la nature dans la lumière de Dieu. Dès lors, la
beauté spirituelle que l'auteur veut magnifier revêt
ensemble les deux nuances que nous n'avons cessé
de trouver chez lui et chez ses meilleurs prédécesseurs, le sublime et la douceur « qui s'attache à une
telle gloire ». Le poète est en exil, banni. Toute
action lui est interdite. Mais c'est alors, dans la
déréliction et dans l'échec, qu'il peut trouver la plénitude, l'élévation et la douceur.*

*La Renaissance commence. Elle apporte ses
enseignements, elle découvre ses beautés propres.
Boccace étudie la* genealogia *des dieux païens et il
s'appuie sur la tradition de l'*inuolucrum *pour en
développer les richesses. Dans les symboles, le
mythe servi par le mystère et par un enthousiasme
« exquis » (au sens étymologique*[1]*) reçoit la « flamme
qui sort du cœur de Dieu ».*

*Pétrarque, son ami, cite lui aussi Aristote dans sa
lettre X,4 mais c'est sans doute à Platon qu'il pense,
à travers Augustin. Il sait qu'on doit le reconnaître :
les poètes parlent des dieux. Il y a une rhétorique
des Évangiles qui pratiquent parfois l'allégorie en
parlant du Christ ou qui utilisent, avec lui et dans
sa bouche, les paraboles. Mais la Bible parle de
Dieu et la poésie des hommes. Telle est la vraie
question, qui s'était toujours posée aux poètes et
qu'on redécouvre. Entre le divin et l'humain,
qu'est-ce que l'humanisme aux yeux de la poésie ?*

1. « Recherché ».

RHÉTORIQUE : HENRY DE HESSE[1]

L'art de la prédication est une science enseignant à dire quelque chose sur un sujet. Le sujet de cet art est la parole de Dieu...

Sa première figure générale est appelée histoire; c'est la simple interprétation littérale du sens, comme lorsqu'on expose vulgairement l'Évangile.

La seconde figure est appelée topologie et c'est le sens de l'histoire pour a/ la partie spirituelle des hommes, b/ pour les seuls nobles, c/ pour le corps des hommes vulgaires, d/ pour l'âme humaine, e/ pour les vertus, f/ pour les mœurs et pour les vices.

La troisième figure est appelée allégorie et elle se rattache au sens historique pour a/ le Christ, b/ la bienheureuse Vierge, c/ l'Église militante...

La quatrième est appelée anagogie; elle est l'exposition mystique du sens historique pour a/ Dieu, b/ l'Église triomphante, c/ le diable, d/ l'enfer.

> *Tractatulus*, 143-157, cité dans H. Caplan,
> *On Eloquence. Studies in ancient and
> medieval Rhetoric*, Ithaca-London, 1970.

1. xve siècle (?).

LA POÉTIQUE

LA POÉSIE FRANCISCAINE AU XIII SIÈCLE

La douleur et la passion : Stabat mater

La mère douloureuse était debout,
tout près de la croix, en pleurs
    pendant que le Fils y pendait,

et son âme gémissante,
compatissante et dolente
    fut transpercée par le glaive.

Ô combien triste et meurtrie
fut cette mère bénie
    du fils unique engendré !

Elle s'affligeait et souffrait,
et tremblait quand elle voyait
    les maux de son illustre enfant...

Hélas, mère, source d'amour
fais-moi sentir ta douleur en sa force
    pour que je partage ton deuil[1]...

> *Attribué à Jacopone da Todi (Spitzmuller,
> p. 964 sqq.).*

1. Stabat mater dolorosa   Quae maerebat et dolebat,
   juxta crucem lacrimosa,   Et tremebat, dum videbat
     Dum pendebat Filius ;   Nati poenas incliti...

   Cuius animam gementem,   Eia Mater, fons amoris,
   Contristantem et dolentem   Me sentire vim doloris
     Pertransivit gladius.   Fac, ut tecum lugeam...

   O quam tristis et afflicta
   Fuit illa benedicta
     Mater Unigeniti !

La mort : Dies irae

I. Jour de colère, ce jour-là
dénouera le siècle en cendre,
témoins David et la Sibylle.

II. Quel tremblement se produira
quand le juge s'approchera :
strictement tout divisera.

III. La trompette semant son admirable son
par les sépulcres en tous lieux
poussera tous les hommes près du trône.

IV. La mort sera dans la stupeur et la nature,
quand ressusciteront les créatures
pour répondre à celui qui jugera...

VIII. Roi dont la majesté nous fait trembler,
sauvant gratuitement qui doit être sauvé,
sauve-moi, source de pitié [*pietatis*].

IX. Rappelle-toi, Jésus pieux,
que j'ai causé ton voyage :
ne me perds pas lors de ce jour...

XIII. Toi qui à Marie pardonnas,
et qui le larron écoutas,
à moi aussi espoir donnas...

> Thomas de Celano[1], Cf. Spitzmuller,
> p. 848 sqq.

1. 1190/1200-1250/1260.

I. Dies irae, dies illa
Solvet saeclum in favilla
Teste David cum Sibylla.

II. Quantus tremor est futurus,
Quando Iudex est venturus,
Cuncta stricte discussurus !

III. Tuba mirum spargens sonum
Per sepulcra regionum
Coget omnes ante thronum.

IV. Mors stupebit et natura,
Cum resurget creatura
Iudicanti responsura...

MUSSATO CONTRE FRA GIOVANNINO :
POETA THEOLOGUS

Comment Giovannino résume la pensée
de Mussato

1. Il faut appeler divin cet art qui dès le principe a été appelé théologie.

2. Il faut appeler art divin celui qui traite des choses célestes et divines.

3. Il faut appeler théologie l'art dont ceux qui font profession ont été appelés devins (*uates*).

4. Il faut appeler divine cette science qui a été transmise par Dieu.

5. Elle semble être divine, cette science qui est entre toutes admirable et délectable.

6. On doit appeler divine cette science dont a usé le divin Moïse afin de louer Dieu qui avait fait sortir le peuple des Israélites.

7. Il faut appeler divin cet art qui dans sa manière de procéder concorde au plus haut point avec l'Écriture sacrée.

8. Il faut appeler divine cette science qui entre toutes jouit d'une éternelle grâce.

VIII. Rex tremendae maiestatis,
Qui salvandos salvas gratis,
Salva me, fons pietatis.

IX. Recordare, Iesu pie,
Quod sum causa tuac viae,
Ne me perdas illa die...

XIII. Qui Mariam absolvisti
Et latronem exaudisti,
Mihi quoque spem dedisti...

9. Elle est divine, cette science par laquelle est proclamée la foi chrétienne tout entière.

Quelques arguments de Giovannino contre Mussato

1. ... On peut dire que la poétique a été appelée théologie dès le principe parce que les premiers poètes, parmi lesquels Orphée tint le premier rang, furent les premiers à philosopher et parce qu'ils traitèrent métriquement des dieux; c'est pourquoi ils ont été appelés les premiers théologiens dans le premier livre de la *Métaphysique*. Mais il est certain d'autre part que ce n'est pas du vrai qu'ils ont traité mais du faux ou des faux dieux...

3. Il est meilleur pour vous de savoir que l'on parle de *uates* à propos du poète, du philosophe, du prêtre et du prophète. Pour autant qu'on parle du poète, cela vient de *uieo*, *uies*, c'est-à-dire lier, parce que le poète doit lier des pieds et des mètres; pour autant qu'on parle du philosophe, cela peut être dit d'après « la force de l'esprit » [*a ui mentis*] parce que les philosophes, selon leur mode de vie, ont été des hommes de vertu virile [*uiri uirtuosi*]. Selon qu'on parle du prêtre et du prophète, on ne parle pas, semble-t-il, de la seule force de l'esprit mais de vase et de *theos*, parce qu'ils ont à contenir Dieu dans leur bouche et dans leur cœur.

4. Il faut dire que la poésie n'a pas été transmise par Dieu; comme les autres arts séculiers, elle a été découverte [*inuenta*] par les hommes...

5. La poésie peut être dite admirable parce

qu'elle produit par fiction certaines merveilles, qui suscitent l'admiration chez les hommes comme dans des peintures merveilleuses : ce n'est pas qu'elle décrive des choses admirables par leur excellence ou selon leur excellence...

6. On peut dire que le divin Moïse écrivit en mètres son fameux Cantique pour le chanter dans les chœurs et surtout dans ceux des femmes...

7. La poésie semblait avoir une similitude avec les Écritures parce que l'Écriture divine se sert des métaphores de la poétique comme cela est surtout évident dans l'*Apocalypse* et dans les livres des prophètes. Mais la différence est complète. En effet la poésie use des métaphores pour représenter et pour plaire, l'Écriture divine pour envelopper d'un voile son rayonnement et celui de la vérité afin que cela soit recherché avec plus de zèle par ceux qui en sont dignes et soit caché aux indignes. Car cela est couvert pour que la divine Écriture ne soit point avilie et ouvert pour donner pâture à l'esprit [*animum*].

8. On peut dire que la poésie ne possède pas une grâce éternelle, parce que les premiers poètes, qui furent trois, Orphée, Musée et Linus, ont vécu au temps des juges d'Israël, c'est-à-dire longtemps après Moïse... [À propos du couronnement des poètes], on peut dire que cela n'arrivait pas à cause d'eux, mais pour autant qu'ils représentaient les personnes de ceux dont ils proclamaient les actions en vers... La couronne est circulaire ; elle s'écarte de toutes parts du centre : cela signifiait que la poésie tourne et se meut toujours autour de ce qui varie en se tenant au plus loin de la vérité. La couronne était aussi faite de laurier :

il est vert et parfumé à l'extérieur, mais il contient intérieurement l'amertume...

9. [À propos des centons tirés d'Homère et Virgile] Jérôme dit que ces vers en ont été extraits et qu'ils ont été assemblés contre leur intention pour signifier ce qu'on voulait. Autrement, comme il le dit, « nous pourrions dire que Maro était chrétien sans le Christ », ce qui est contradictoire à son propre objet.

Lettre de frère Johannino

Les thèses majeures de Mussato[1]

Ils sont privés de raison, ceux qui ont de la haine
    envers la poésie
    qui autrefois fut l'autre Philosophie
Si par hasard ils n'ont pas vu le volume d'Aristote,
    ils ont cause de se plaindre d'eux-mêmes à bon
    droit.

Lettre, IV, 69 sq.

Cette science a été envoyée du haut du ciel
    suprême,
    en même temps elle a droit au Dieu supérieur,

Lettre, IV, 47 sq.

Les origines qu'en mots clairs rappelle la *Genèse*,
    la Muse mystique les enseigne par de plus grandes énigmes.

Lettre, IV, 45 sq.

Qui le niera? par les siècles anciens les divins poètes
    ont enseigné qu'il est au ciel un Dieu de piété
    [*pium*]...
Ils ont pris un autre nom, celui de *uates*.
    Quiconque était *uates* était vase de Dieu.

1. Versifiées.

Donc cette poésie est debout devant nous pour
    être contemplée,
elle qui fut jadis l'autre Théologie.

Lettre, VII, 15 sq., 19 sq.

DE DANTE À PÉTRARQUE ET BOCCACE

Le mode poétique et ses parties

La forme (ou le mode) de traitement est poétique, fictive, descriptive, dégressive, transsump-
tive, et avec cela définitive, divisive, probative,
improbative, positive en matière d'exemples.

Dante, *Lettre* 13,9.

*La poésie et la théologie du premier
moteur*

Les rhéteurs ont permis que l'on donnât une
première impression de ce qu'on allait dire, afin
de capter la bienveillance des auditeurs. Les
poètes ne procèdent pas seulement ainsi mais de
surcroît ils font jaillir une invocation. Ils font bien
car de tels recours leur donnent plus de force,
puisqu'ils doivent demander aux substances d'en
haut comme une sorte de grâce divine le moyen
de dépasser ce qui appartient en commun aux
hommes. Notre prologue comporte donc deux
parties : la première annonce ce qu'on va dire ;
Apollon est invoqué dans la seconde...

Il est donc dit dans le texte que la gloire du premier moteur, Dieu, resplendit dans toutes les parties de l'univers, mais elle apparaît plus fortement
en certaines d'entre elles et moins en d'autres.
Elle resplendit en tous lieux : la raison et l'autorité

le montrent. La raison procède ainsi : tout ce qui existe reçoit l'être de soi-même ou d'un autre. Mais il est assuré que recevoir l'être de soi-même n'appartient qu'à Dieu... Ainsi, de manière médiate ou immédiate, tout ce qui est reçoit l'être de lui ; en effet, en vertu de ce qu'elle a reçu de la cause première, la cause seconde exerce à son tour une influence sur l'être qu'elle a causé, à la manière d'un miroir qui reçoit et qui renvoie un rayon de lumière...

Pour l'essence, voici mon raisonnement. Toute essence, sauf la première, est due à une cause ; autrement, plusieurs d'entre elles seraient l'être nécessaire par lui-même et cela est impossible. Ce qui provient d'une cause vient soit de la nature soit de l'intellect ; or ce qui vient de la nature vient également de l'intellect, car la nature est produite par l'intelligence... Il apparaît donc que toute essence et toute vertu procèdent de la première intelligence et que les intelligences inférieures, comme des miroirs, reçoivent, ainsi que d'un soleil rayonnant, les rayons venus d'en haut, afin de les refléter au-dessous d'elles. On constate que cela est indiqué assez clairement par Denys dans la *Hiérarchie céleste*...

L'autorité nous donne la même leçon avec une science qui vient de plus haut. Car le Saint-Esprit parle par l'entremise de Jérémie : « Le ciel et la terre sont pleins de moi. » Et dans le Psaume : « Où irai-je sans que ton esprit s'y trouve ? Où fuirai-je derrière ta face ? Si je monte au ciel, tu y es, si je descends aux enfers tu y es ; si des ailes me poussent », etc. La Sagesse aussi dit que « l'Esprit

de Dieu a rempli toute la terre ». Et l'Ecclésiastique, 42 : « L'ouvrage du Seigneur est plein de sa
gloire. » Les écrits des païens en témoignent
aussi, car Lucain dit au chant IX : « Tout ce que
tes yeux voient et ce que ton pied foule est Jupiter. »

Dante, *Lettre* 13,18, 20-22.

Le toscan illustre, le sublime
et la douceur

Nous appelons donc vulgaire illustre en Italie,
cardinal, royal et courtois celui qui est la propriété de toutes les villes italiennes et qui ne
semble le bien spécial d'aucune : d'après lui les
vulgaires municipaux d'Italie se mesurent, se
pèsent et se comparent.

Or pourquoi ai-je appliqué les qualifications
d'illustre, cardinal, royal et courtois à ce miroir de
parole que nous avons découvert ? Il faut l'expliquer maintenant pour le montrer clairement en ce
qu'il est... Par le mot « illustre », j'entends en
vérité ce qui illumine et qui, une fois illuminé, resplendit et ainsi nous appelons illustres ceux qui,
dans la puissance de leur illumination, illuminent
les autres de justice et de charité, ou ceux qui,
ayant reçu un enseignement excellent, enseignent
de manière excellente, comme Numa Pompilius
et Sénèque. Le vulgaire dont je parle semble élevé
très haut en puissance et en enseignement et il
élève très haut en honneur et en gloire ceux qui le
pratiquent... Combien il donne de gloire à ses
familiers, nous le savons nous-même qui cher-

chons dans notre exil et dans notre inactivité la
douceur d'une telle gloire...

> Dante, *De l'éloquence en langue vulgaire*,
> I, 16 sq.

Définition de la poésie

La poésie, que les négligents rejettent ainsi que
les ignorants, est un certain feu de ferveur qui
cherche de manière exquise à trouver et à dire ou
à dire ce qu'on aura trouvé. Cette flamme, qui sort
du cœur de Dieu, est à mon avis concédée à peu
d'esprits dans la création. De là vient, parce
qu'elle est merveilleuse, que les poètes ont toujours été très rares.

> Boccace, *De la généalogie des dieux païens*,
> XIV, 10.

La poésie ne contredit nullement la théologie.
J'irais presque jusqu'à dire que la poésie est une
théologie qui vient de Dieu. Si le Christ est appelé
parfois lion, agneau, parfois ver, qu'est-ce d'autre
que de la poésie? Que sont les paraboles du Sauveur sinon des allégories?... Mais personne ne
niera que le sujet est très différent. La Bible traite
de Dieu et des réalités divines, la poésie des dieux
et des hommes; c'est la raison pour laquelle nous
lisons chez Aristote que les poètes furent les premiers à pratiquer la théologie...

> Pétrarque, *Lettres familières*, X, 4.

CONCLUSION :

Poétique de Dieu

Qu'ajouter au terme de notre anthologie et des commentaires qui l'ont accompagnée ? Répétons-le, il ne s'agira pas d'une conclusion au sens étroit et clos que le mot peut avoir. Mais nous avons posé des questions. Il ne s'agit pas de savoir si nous avons trouvé des réponses complètes, car ces questions-là sont infinies. Mais nous voulons les voir vivre, chercher leur histoire et leur évolution, comme si elles pouvaient augmenter à l'infini leur poids d'attente et d'espérance.

L'ÊTRE ET LA PAROLE

Nous n'avons cessé de toucher à la question de l'être et des mots. Il nous a semblé, comme aux auteurs médiévaux que nous avons abordés, qu'elle se posait sans cesse, à la source et au centre de toute connaissance. Pourtant, nous avons rencontré peu de connaissances certaines ou assurées de durer. Devons-nous, avec beaucoup de philosophes ou d'historiens, considérer aujourd'hui que toute pensée est provisoire et que, dans sa fragilité mouvante, elle se dérobe à elle-même et n'offre aucune garantie d'universalité ou de constance? Tel n'est pas notre sentiment. Nous croyons au contraire, avec la plupart de nos auteurs, que toute pensée, toute intuition, toute image, tout discours de la raison et tout acte de l'intellect, portent ensemble en soi l'infini et la forme, qui ne coïncident que dans l'être divin. Nous avons à vivre ce dialogue. Chacune de nos pensées porte en elle cette angoisse et cette joie. On ne peut pas se passer de l'éternité et on la trouve sans cesse dans les bribes du temps, dans sa propre mise en question. Étudier un système de pensée comme la théologie ou la rhétorique, ce n'est pas seulement décrire un ensemble instable de formes changeantes où les mots eux-mêmes transforment leur sens, c'est aussi dans ce scintillement de ténèbres, trouver Dieu qui est l'être ou le néant, mais non une convention. C'est là que l'acte de lire ou d'écrire puise toute son importance.

Une telle manière de voir prend aujourd'hui tout son poids. Mais il ne faut pas croire qu'elle a été méconnue à travers l'histoire. À travers elle, tout le monde a médité sur Dieu, sur le rien ou sur l'absolu. Nous avons voulu montrer en quels termes. Nous avons donc décidé de parler de la théologie, de celle que nous connaissons le mieux et qui s'est développée dans le judéo-christianisme et dans le catholicisme. Nous avons donc choisi des textes latins, d'abord parce qu'ils tiennent la plus grande place dans la période médiévale que nous voulions étudier de saint Augustin à Maître Eckhart ou à L'Imitation *de Jésus-Christ. Il faut d'abord expliquer pourquoi nous nous intéressions à cette période. Il y avait plusieurs raisons à cela. La première nous était fournie par notre métier de latiniste. Nous voulions appliquer ainsi les connaissances spécialisées que nous avions pu acquérir. Elles portaient souvent sur l'histoire de la rhétorique et des styles, de la poétique et de la beauté. Nous allons y revenir. Mais d'abord et plus largement, nous désirions repenser ce qu'on a défini à divers moments de la création culturelle en Europe comme « la question du latin ». Elle semble se poser avec une acuité particulière à notre époque. D'abord, on ne le connaît plus et beaucoup de clercs rejettent un tel savoir, qui leur paraît susceptible de les enfermer dans un ghetto. De surcroît la lecture des textes scolastiques, qui utilisent cette langue tout en la modelant, provoque à la fois l'effroi, la lassitude et le soupçon. On cherche aujourd'hui des formes d'expression plus conformes au bon usage et même simplement à l'usage. Enfin, les lettrés eux-mêmes, par un mouvement inverse, tendent souvent à se replier sur le latin « classique », en affirmant que le latin médiéval, dans la position intermédiaire qu'il occupe entre lui et les langues profanes, s'est dénaturé et a perdu ce qu'il avait de meilleur. Comment pouvions-nous mieux répondre à ces objections qu'en examinant les textes ? Ils nous montraient précisément comment on est passé aux langues modernes. Certes, nous savons aujourd'hui qu'il faut les pratiquer pour être compris. Plus personne ne le conteste. Mais nous savons aussi que toute langue, même moderne, doit se comprendre elle-même et que cela lui rend utile ou nécessaire de garder la conscience de ses sources et de son évolution. Il faut aussi juger d'après les résultats. Notre but était précisément de dégager ce qu'ils avaient de meilleur. Quelles ont été les principales réussites de ce latin dans l'ordre de la pensée, de l'esthétique, de la culture ? Le moyen le meilleur de répondre aux objections résidait assurément dans la description des réussites.*

Elles se manifestaient dans trois domaines principaux, que nous allons rappeler brièvement : l'étendue de la pensée, qui se révèle à la fois dans le temps et dans l'espace (sources et réseaux) ; la technique de la parole et l'esthétique qui s'en dégage ; les formes particulières de la sagesse et de la foi, telles qu'il les exprime. Nous essaierons de résumer ici les observations auxquelles nous avons été conduit sur ces trois points par nos lectures (qui n'ont certes pas la prétention d'être exhaustives). Ensuite, nous nous bornerons à montrer par quelques citations comment de tels enseignements sont passés dans la langue profane, surtout dans la poésie, et sont ainsi parvenus jusqu'à nous.

*La langue latine apportait des techniques et des vocabulaires venus de l'Antiquité. Cette simple évidence suffit pour montrer l'ampleur de leur rôle. Elle prouve notamment qu'il n'y a pas eu dénaturation, comme quelques-uns le croient, mais affinement dans la fidélité. On le voit quand on étudie, du pseudo-Denys à saint Thomas, le vocabulaire des vertus ou de l'amour (liste — cicéronienne — des vertus « cardinales » ; sémantique d'*amor, amicitia *et* dilectio *ou de* pulchritudo *et* convenance*). En* *même temps, de grandes questions se posent, où les anciens ont déjà dit leur mot mais où la pensée progresse. Tel est le débat relatif aux universaux. Chacun reconnaît qu'il provient de l'*Isagogè *de Porphyre. L'auteur s'interroge, avec quelques autres, pour savoir si les mots sont des choses et en particulier si les notions générales ont une existence ou si elles constituent de simples abstractions. Tout cela est bien connu. On sait aussi que le débat entre l'abstraction et l'idée vient de la doctrine de Platon et de sa critique par Aristote. Mais il faut préciser dans quelles conditions ces notions d'origine grecque se sont trouvées transmises dans la tradition latine. Nos observations et nos citations nous ont permis d'insister sur quelques points. Nous avons d'abord noté que les indications de Porphyre semblent reparaître dans des textes de Boèce, notamment dans la* Consolation de Philosophie. *Nous avons pu facilement reconnaître que cet auteur, dont le christianisme nous semble incontestable, renvoie au vocabulaire de Cicéron et à ses idées dominantes. Certes, il se réfère aux doctrines du Lycée, qu'il veut transmettre à la postérité avec une précision beaucoup plus technique. Mais, comme l'Arpinate, il cherche à définir et à proposer une synthèse positive entre l'Académie et le Lycée. Avec Cicéron, il tend à une double conciliation qui vise d'une part l'accord des* artes *et de la beauté, d'autre part l'harmonie entre l'être et l'esprit (*quod est, quo est*). Mais, quant à l'existence des idées, il faut aussi passer par Cicéron. Dans un traité de rhétorique (*Orator, *7* sq.*), celui-ci, cherchant à définir et à concevoir la meilleure éloquence,* *comprend et explique qu'il faut la rechercher comme un idéal, une idée platonicienne. Il ajoute qu'une telle idée peut exister hors de nous ou dans notre pensée. La première conception, qui est concrète, semble venir de Platon ; la seconde, qui est abstraite, reflète sans doute la critique d'Aristote. La même hésitation apparaît dans la* Lettre 65 *de Sénèque. Les deux textes trouvent probablement des sources communes dans l'éclectisme académique. Ainsi se définit une filière de pensée qui va se prolonger pendant tout le Moyen Âge et ensuite à la Renaissance, comme l'a montré Panofsky (*Idea*).*

Nous avons voulu insister sur la signification et la valeur des réseaux de pensée qui s'affirment ainsi. Ils permettent d'abord de montrer que les contacts existant entre les doctrines ne s'établissent pas de façon mécanique et sommaire. Ils sont suscités par les problèmes fondamentaux de la métaphysique et de la connaissance, qui doivent être conciliées. L'Académie, juste avant le temps du Christ, avait esquissé les synthèses que saint Paul ou Philon d'Alexandrie n'ont pas ignorées.

D'autre part la beauté se trouvait en cause en même temps que la parole. Les textes que nous citons ont, comme nous l'avons dit, un caractère littéraire ou esthétique. Ils mettent en cause les arts du triuium. *On s'en aperçoit chez Augustin, qui fut d'abord un maître de rhétorique, et de même chez Martianus Capella. Les mêmes recherches et les mêmes réflexions vont se prolonger pendant tout le Moyen Âge pour gouverner les programmes et les méthodes de l'éducation. Elles affirment à la fois la nécessité d'une conception générale et hiérarchisée de la culture (là encore Platon rencontre Aristote) et le prix de la parole. Depuis le* De doctrina chris- *tiana d'Augustin, on sait qu'il existe une rhétorique et même une poétique chrétiennes. On se souvient surtout que Cicéron, après Platon et Aristote, cher- chait à résoudre dans la paix le conflit des orateurs et des philosophes, des sophistes et des amoureux du vrai. Aristote avait lié ensemble rhétorique et poétique. Platon, avant lui, tout en critiquant Gor- gias et la rhétorique du désir, avait médité sur la place que tient l'amour dans une parole purifiée. Cicéron avait joint la connaissance de la beauté (grâce et sublime accordés ensemble) à la recherche inépuisable du vrai dans la parole. Le Moyen Âge retrouve les mêmes exigences, qu'il ne cesse d'approfondir. Les Victorins d'abord, puis surtout Jean de Salisbury arrivent aux solutions les plus complètes. La rhétorique, dans sa recherche chré- tienne de l'absolu rejoint à la fois l'humanisme, la poétique et la philologie, associée à la philosophie et à la philocalie. L'amour du beau est inséparable de l'amour de la sagesse. C'est donc la solution la plus complète qui est préconisée. La vraie culture, l'art le plus exigeant et la parole véritable dépassent les conflits dogmatiques sans cesser d'aller vers la rigueur. Ils tendent vers les embrassements de la charité autant que vers l'unité dans la grâce et le sublime, que l'élévation dans le sublime et la pureté. On arrive ainsi à la poésie mystique et à la rigueur scolastique. Il faut aborder ces grands tex- tes dans un tel esprit, qui est authentiquement le leur, pour en saisir, dans leur unité, la beauté et la profondeur. La joie et la douleur s'unissent alors*

*dans la tendresse charnelle et spirituelle qui sauve
le monde. Toutes nos observations sont résumées
au début du xive siècle dans le* Paradis *que Dante a
décrit en transposant dans l'épopée et en conciliant
les langages de saint François, de saint Bernard, de
saint Thomas et de saint Bonaventure : tous sont
présents ensemble dans les derniers chants et le dernier vers —* Amor che move il sole ed altre stelle *—
résume les formules de Boèce et de Cicéron.*

*Nous devons donc revenir sur les moyens et les
intentions de la rhétorique et de la poétique qui
s'accordent ainsi à la théologie en passant par la
philosophie et en y introduisant la transcendance et
les questions de la foi. Les vertus du langage sont en
jeu. Rappelons que les rhéteurs les avaient définies
depuis le temps d'Aristote et surtout de son successeur Théophraste. C'étaient la clarté, la pureté,
l'ornatus, qui comprenait le rythme et les figures, et
enfin la grâce, qui pouvait naître de la nature ou de
l'idéal. Tout cela contribuait à la beauté des mots,
des couleurs et des styles. On ne pouvait s'étonner
de constater l'affinité profonde qui existait entre les
différents arts : plastique, peinture, architecture,
musique, parole. En fait, il y avait une esthétique
générale et commune à tous les arts, que l'Antiquité
avait définie à propos de la parole-logos et que le
christianisme avait transfigurée sans l'abolir. Elle
se déploie dans la liturgie et dans la prédication,
dans l'oraison qui est à la fois dialogue avec Dieu et
dialogue des hommes. Nous avons insisté sur
l'unité des moyens et sur les différences de l'expression.*

On se plaint très souvent de la « difficulté » des

textes théologiques. Mais la question ne se posait pas dans les mêmes termes pour les écrivains médiévaux. Les modèles mêmes qu'ils recevaient des anciens leur apportaient des suggestions plus nuancées, qui dépassaient le positivisme borné que le XIXᵉ siècle a célébré sous le nom inexact de cartésianisme. Les néo-positivistes sont aujourd'hui plus sages et Bertrand Russell distingue les exigences du langage « mystique ».

Les médiévaux reconnaissaient en toute poésie l'ornata facilitas et l'ornata difficultas. Ils comprenaient donc que les deux formes d'expression possèdent leur valeur propre et qu'on peut les utiliser selon leur valeur propre. Elles reposaient essentiellement sur la technique des « tropes » et des figures. La difficulté apparaissait lorsqu'on jouait sur le sens des mots pour lui donner plus de force ou de mystère. Alors intervenaient surtout les différentes formes de la métaphore et de la métonymie. La facilité se trouvait assurée ou augmentée par les hyperboles, les litotes, les descriptions, les exclamations, les apostrophes, etc.; dans le premier cas, on s'appuyait surtout sur les ambiguïtés du sens des mots. Tout cela constituait les « tropes » auxquels les trouvères et les troubadours devaient peut-être l'étymologie de leur nom, ainsi que le verbe « trouver ». Il s'agissait bien de cela. Le plaisir poétique ou littéraire était procuré par la joie de découvrir dans les mots un sens d'abord inconnu. C'étaient eux alors qui se trouvaient mis en cause. Les figures, au contraire, portaient sur des membres de phrases qu'elles rendaient plus faciles à comprendre en augmentant l'expressivité.

Toutes ces indications sont-elles valables quand il s'agit de théologie? Oui sans doute, jusqu'à un certain point, et nous allons le montrer. Mais il faudra insister aussi sur les différences. Elles résident surtout dans les fins qui sont visées. La théologie parle de Dieu. Elle est donc obligée de sélectionner les formules et les moyens d'expression qui conviennent à une telle intention. À vrai dire, dans la mesure où ils sont humains et où on les a créés pour persuader et pour séduire des hommes, ils sont inadéquats. On peut donc, soit faire un choix entre les procédés, soit imiter la parole de Dieu et chercher directement l'inspiration de la grâce.

La seconde méthode est tout à fait dominante dans l'écriture des mystiques. Nous l'avons montré d'abord à propos de Bernard de Clairvaux ou de Guillaume de Saint-Thierry. Elle rencontre diverses possibilités. Elle peut imiter (ou retrouver en soi) le langage des Saintes Écritures. Job a été un grand modèle, ainsi que le Cantique des cantiques. *Elle peut aussi faire parler directement l'amour et le cœur. Dans tous les cas, elle cherchera la transparence. Mais elle découvrira aussi le mystère qui se cache dans cette transparence. Elle s'apercevra qu'une telle lumière ne dépasse pas la ténèbre mais qu'elle vient se fondre en se transfigurant dans sa sainteté invisible. La transcendance qui dépasse toute lumière se joint ainsi comme un rayonnement de ténèbres à la clarté des humbles. Le langage de la théologie est toujours nourri de l'illumination divine, qui est seule à lui donner force, douceur et sens, mais qui la met en relation avec le pur mystère du sacré. Le style des mystiques s'appuie alors* sur l'oxymore, qui marque la distance infinie entre l'homme et le divin, sur le pathétique de l'amour, médiateur d'un rapprochement infini et sur le dialogue profond de l'apophatique[1] et de l'évidence simple. C'est ainsi qu'on peut aller de Platon à Pascal en passant par saint Bernard et saint François.

Il s'agit bien de rhétorique ou de poétique, si nous prenons ces mots dans leur sens le plus pur. Nous venons de parler de la rhétorique de Dieu. Elle reflue vers l'homme, c'est lui que Dieu veut convaincre et il faut donc parler de la rhétorique de l'homme. Il la trouve chez le Christ. Elle dit la joie, le sublime et la grâce. Les Évangiles réussissent seuls à réaliser le parfait accord de la transparence et de la ténèbre, de la souffrance et de la joie, de la chair et de l'esprit. Saint Jean (16,21) évoque la joie de la femme qui se trouve dans les douleurs de l'enfantement. Elle souffre mais elle est dans la joie parce qu'elle a mis un enfant au monde. C'est dire que, comme Jésus ou comme saint François, elle unit totalement la joie et la douleur dans l'immense embrassement de son amour. Dieu, par l'amour qu'il lui donne, la rend capable d'aimer dans l'infini, d'aimer l'infini et peut-être de consoler Dieu.

Ce langage est celui des mystiques, qui sont directement en contact avec lui. Mais il faut aussi revenir au langage des philosophes. Ils l'influencent et ils lui doivent une partie de leurs choix, qui s'organisent autour de la méditation du Verbe. La recherche moderne (par exemple chez Alain de Libera et à propos de Maître Eckhart et de ses pré-

---

1. Il s'agit de la théologie négative (cf. plus haut, p. 73).

décesseurs rhénans) s'est attachée à montrer qu'il n'y a pas de véritable opposition entre les deux types de pensée. Les mystiques ne se sont jamais opposés de façon radicale à la théologie, qui reposait toujours — fides quaerens intellectum — sur la méditation jointe à la contemplation. Les Victorins, après Anselme et avant Thomas, avaient bien compris que la pensée religieuse ne peut aller sans la sagesse et on savait depuis Augustin et Boèce que les intuitions de l'intellect se trouvent au cœur de la raison.

Cela est particulièrement vrai lorsqu'il s'agit des arts et du langage. De là vient d'abord le rôle que jouent la rhétorique et la culture. Les Pères de l'Église et surtout Augustin l'ont compris d'emblée. La philosophie antique a apporté ses doctrines, qui se rattachaient à la méditation profane sur la nature. On est arrivé à Chartres et à sa cosmologie stoïco-platonicienne, qui devait tant à Cicéron et à Sénèque. Déjà Anselme avait proposé son ontologie de l'infini que personne n'allait oublier. Dès le XIᵉ siècle était formulée la grande question qui allait dominer le Moyen Âge : l'infini n'est-il qu'un mot, ou est-il le seul mot qui implique l'être ? Peut-on parler de l'absolu ? Faut-il définir et mettre en œuvre une rhétorique de l'être ? Nous pensons que la scolastique et les recherches qui l'avaient préparée ont réalisé ce programme.

Qu'il suffise de rappeler quelques résultats que nous avons cités. Boèce insiste, à partir des Catégories *et des* Topiques *d'Aristote (revus et corrigés par les néoplatoniciens et Cicéron) sur l'être et les essences, le* quod est *et le* quo est; *les Chartrains,* qui réfléchissent sur l'*illuminatio* plutôt que sur la ténèbre, mettent l'accent sur une notion fondamentale, qui vient de saint Augustin et d'abord de l'interprétation antique des mythes : toute la création est symbolique; la nature, qui est l'âme du monde, comme disaient les stoïciens, est l'allégorie de son Créateur, puisqu'elle en constitue l'œuvre qui le reflète; ainsi s'affirme un certain réalisme, qui repose au moins sur la croyance dans les idées de Dieu. Mais le débat sur les idées, qui avait opposé Platon et Aristote et sur lequel Platon et ses amis n'avaient pas voulu trancher continue, dès lors qu'il faut penser l'absolu divin et qu'il faut l'enraciner dans l'être et non dans les seuls concepts. Cela nous mène à évoquer Abélard, qui donne au nominalisme ses principaux arguments. Mais il croit aux idées de Dieu et rejoint donc sur ce point les enseignements des Chartrains.

En fait, ses prises de position sont plus larges et plus profondes. Nous les avons évoquées sur deux autres points. Il comprend les implications de la dialectique qui permet, même sur les plus grands sujets, même sur les doctrines religieuses, d'apprendre à discuter, donc à douter, mais surtout à trouver et à doser les vraisemblances. Malgré sa redoutable tendance à la polémique et à l'audace, il apparaît moins comme un ennemi de la foi que comme un ami de l'*intellectus*, qui donne place à la prudence dans la discussion sur la foi. Ce n'est pas elle qui est mise en question, mais la façon dont on la pense. Cette voie s'ouvre désormais à la scolastique. Il est vrai qu'on ne peut la prendre que dans un esprit de liberté. Abélard est témoin de ce cou-

rage qui a existé chez beaucoup de gens en son temps et qui a connu bien des épreuves. Il s'agissait de parler haut. Le « péripatéticien du Pallet[1] » n'a pas manqué à ce devoir.

Jean de Salisbury, qui l'a suivi, a partagé ce courage. Mais il l'a surtout manifesté pour accompagner Thomas Becket et pour défendre avec lui l'honneur de Dieu. Il ne faut pas oublier de le citer quand on parle de l'histoire du nominalisme. Il a choisi cette doctrine, qu'il attribuait à Aristote et qui lui semblait la plus simple. Cependant il avait tendance à la nuancer de platonisme et il laissait entendre qu'elle était seulement probable et non certaine. Or, dans son Metalogicus, *il suivait pour l'essentiel l'enseignement qu'Abélard avait donné dans son* Sic et non *et proposait en quelque façon une théologie de la vraisemblance, qui s'étendait à presque toutes les questions, si l'on écartait les affirmations majeures de la foi. Du même coup, pour accompagner le nominalisme qui prenait ainsi corps, il proposait une théorie de la parole dont nous avons déjà fait état et qui impliquait la beauté avec la sagesse et le langage (philocalie, philosophie, philologie).*

C'est ainsi que nous arrivons à la scolastique. Ses débuts sont très conformes à l'honneur de Dieu, même si elle est tombée parfois dans certains abus. Nous l'avons étudiée chez trois de ses plus grands maîtres, tout en montrant d'une part qu'elle ne doit pas être seule prise en compte, car elle médite sur toute la pensée de son temps, et d'autre part qu'elle

---

1. Bourg près de Nantes, où Abélard enseigna.

a mis au point une réflexion sur la parole de Dieu et des hommes qui pose les principes d'une véritable rhétorique de l'être. Elle parle de lui et de la nature avec saint Thomas, de l'idéal, de la joie et de la croix avec les franciscains, dont saint Bonaventure est le plus grand maître, du langage de l'extase ou plutôt de ses paradoxes, de ses ténèbres et de ses silences avec Eckhart. Les questions ne cessent de s'approfondir, jusqu'au moment où elles ouvrent la voie d'une simplification radicale. Pétrarque et Boccace, avec Thomas a Kempis, succèdent à Duns Scot et à sa doctrine de l'univocité de l'être et à Guillaume d'Occam, dont le nominalisme est parfaitement rigoureux.

Au total, il s'agit bien d'une réflexion sur l'être et la parole. Elle veut dire à la fois l'être et l'essence, la vérité et la réalité, qui est là, mais qui échappe bien souvent à l'intelligence et à ses définitions. Seul Dieu accorde les deux expériences. On peut le rejoindre par la sagesse, par la foi et par l'amour. La parole et la beauté ne sont pas étrangères à cette entreprise qui les engage.

L'une des principales questions est de savoir quel est le poids ou la valeur des mots. Portent-ils l'infini ou des réalités particulières ? Ne sont-ils que les ombres trompeuses de l'indicible ? Sont-ils des choses ou des fictions ? Dans tous les cas, ils peuvent apparaître comme frappés de vanité. Il faut donc, ici encore, unir les contraires. Tel fut le grand effort du Moyen Âge et peut-être, au-delà de l'intolérance et de l'étroitesse de vues, a-t-il accompli à cet égard quelques-unes des plus belles percées de l'histoire des idées et de la beauté. Je les résumerai en deux mots.

Le premier constitue le plus vibrant éloge que je crois pouvoir adresser à Thomas d'Aquin. Lorsqu'il a fait la « somme » de sa théologie, il l'a présentée sous la forme de quaestiones disputatae. *Certes, cette méthode n'était pas absente chez lui, comme le montre par exemple sa* Somme contre les gentils. *Mais dans la* Somme de théologie, *il l'applique de façon continue. Il confronte donc les opinions opposées des meilleurs théologiens, depuis saint Augustin ou depuis Aristote. C'est dire qu'il reprend, avec une doctrine différente, le chemin qu'Abélard avait emprunté dans le* Sic et non. *Il ne nie pas pour cela la vérité du christianisme. Il confronte dans la* disputatio *des opinions qui en sortent à ses yeux avec plus ou moins de vraisemblance. Comme l'a montré le P. Chenu, cela implique à la fois beaucoup de liberté et de fermeté.*

Quant à la grande question des universaux, nous dirons (peut-être avec Thomas encore) qu'elle peut être dépassée par une de ces conciliations qui sont essentielles à la théologie, si elle est sage. Duns Scot, notamment, l'a perçue. Il faut se placer au point de vue de l'être, qui doit être considéré en lui-même, en dehors de toute équivoque et de toute limitation. Dans l'être, en Dieu, l'essence et l'existence coïncident dans l'unité. Il en va de même de l'universel et de ce qui est particulier. Dire que l'universel est dans le particulier, cela ne signifie pas qu'on abolit le premier ou le second. Dieu est l'universel par excellence, mais il est aussi Personne. Des constatations semblables peuvent être faites à propos de l'homme : tout homme est l'homme, l'homme est chaque individu humain. La vraie question est celle de la ressemblance de la personne à la personne, de leur accord et de leur convenance. Le plus universel est ainsi le plus singulier. Il appartient sans doute à la poésie d'en rendre le compte le plus exact. « Aimez ce que jamais on ne verra deux fois[1] »... Oui, mais cet amour est éternel, s'il est absolu.

LA SAGESSE MÉDIÉVALE ET SA TRANSMISSION

Il nous reste pour conclure à parler de la sagesse. Nous avons vu que, dans les textes que nous avons cités, elle est toujours présente au cœur de la beauté. Mais, si nous cherchons l'universel, pouvons-nous nous limiter à une seule période ? Nous avons déjà montré comment l'époque que nous étudions se réfère sans cesse à la pensée antique et à ses enseignements, tout en leur faisant subir de profondes métamorphoses. Il faudrait aussi considérer les temps qui ont suivi. Nous esquisserons une telle étude par quelques citations qui porteront précisément sur les formes de la sagesse.

Il faut revenir sur le contenu de ce mot et sur ce qu'il implique au point où nous sommes arrivé. À la fin du Moyen Âge, l'originalité créatrice de la période a permis à la fois un puissant retour à l'antique et une Renaissance où se dessine la modernité. Cela est vrai dans l'histoire des pensées, de l'art et du langage. Le pathétique et l'esthétique se sont

1. Alfred de Vigny, *La Maison du berger*

exaltés dans le sublime et dans la grâce. Dans la théologie trinitaire, l'être a dialogué avec l'essence grâce au logos et à l'esprit qui est amour. Saint Grégoire a parlé de Job et de la douleur, Bernard et Guillaume de Saint-Thierry du Cantique *et du mariage de l'âme avec Dieu, Anselme de l'infini qui implique l'être. Les Chartrains et les autres ont évoqué l'*integumentum *et l'*inuolucrum*, ils ont montré, avant Baudelaire et après Augustin, que tout le réel est allégorie. Thomas d'Aquin a mis en lumière la clarté et la proportion qui existent dans les rapports de la nature avec Dieu; Bonaventure a rassemblé, dans une large culture et une forte dialectique, toutes les formes de sagesse qui l'avaient précédé, et il a ainsi retrouvé la simplicité humble du fondateur de son ordre, le* poverello, *saint François d'Assise.*

La liberté mystique, qui relève de l'esprit, a ainsi dialogué avec la rigueur de la règle et de la discipline. Nous n'avions pas à traiter ici de la politique, sur laquelle nos plus grands auteurs, tels saint Bernard dans le De consideratione, *Jean de Salisbury dans le* Policraticus *et saint Thomas en divers endroits, ont réfléchi. Mais nous l'avons reconnue au passage, lorsque se sont élevées, à la fin du XIIIe et au cours du XIVe siècle, les querelles suscitées par les « spirituels ». Nous avons constaté que l'amour, mystique ou non, déteste les disciplines. Nous avons écouté Jacopone da Todi et nous avons reconnu comment Angèle de Foligno parle elle aussi à Assise et chez elle le langage de l'amour fou de Dieu. Nous avons vu cependant que comme saint François lui-même elle a su éviter les ruptures et n'a pas connu les persécutions. Le spirituel cesse peut-être de mériter ce nom lorsqu'il entre dans les querelles matérielles. Il doit à Dieu une résignation totale et ne trouve la « joie parfaite » que dans une acceptation immense et amoureuse de la douleur. Du reste, la plus grande douleur est inspirée au mystique par le sentiment de son indignité. Lorsqu'il regarde Dieu, il ressent si fortement sa différence qu'il se juge lui-même digne de l'Enfer et qu'il pense qu'il se trouverait plus heureux si Dieu le condamnait. Au-delà de toute allégorie et même des visions symboliques que décrivait Hildegarde de Bingen, la souffrance devient le vrai langage des extatiques. Thérèse d'Avila et Jean de la Croix s'en souviendront, avec moins de véhémence que les mystiques rhénans.*

Le cœur et l'esprit dialoguent ensemble; ils parlent le langage des Béatitudes et du Cantique; ils unissent l'intelligence et l'amour dans les langages du silence. Au-delà de la pauvreté, des erreurs, de la barbarie rémanente, à travers les appels et les retours de la sagesse universelle, telle est la leçon d'amour et de sagesse de la parole médiévale : elle s'exprime aussi bien dans la rigueur scolastique que dans la poésie et l'esthétique où la transparence et la raison ascétique s'accordent avec la profusion, avec ses beautés et avec ses grâces. Le sens de l'universel joue ici un grand rôle, à une époque où des cloisons semblent pourtant s'établir entre les cultures. Le grand schisme semble séparer le latin et le grec. Mais les Arabes ramènent Aristote dans l'Occident latin. Il reste beaucoup à faire pour décrire et reconnaître les rapports des cultures latine et byzantine ou les liens de pensée qui ont pu s'établir entre chrétiens et Islam. Notre livre ne peut que souligner cette nécessité.

La culture, nous l'avons dit, rassemble et unifie l'universel et le particulier. Nous l'avons suggéré à divers moments à propos des arts. Ici encore, l'unité des esthétiques est manifeste sur des points essentiels, alors que les différences viennent la souligner, la compléter et la déployer dans la grâce. Nous l'avons montré à propos des rapports qu'entretiennent dans la peinture l'équilibre hiératique du sacré et le réalisme du détail. Les franciscains d'Oxford ont inventé le réalisme. Ils ont joint la perspective, qui est relative, à l'absolu des formes ; ils ont introduit les ombres dans la lumière et dans la ténèbre ; ils se sont servis des lois de la mathématique pour mesurer et pour construire l'apparence ; entre la nature et le ciel, ils ont conservé la médiation de la beauté platonicienne. Avec Dante et Giotto, nous allons vers Alberti et Brunelleschi.

Mais pouvons-nous parler des écrivains ? Le latin n'est plus leur seule langue. Ils sont le plus souvent bilingues. Peu à peu l'usage de la langue antique décline. Nous sortons donc de notre sujet. Il est pourtant utile de montrer, à partir de quelques exemples brefs mais significatifs, comment on est passé de la langue latine et de sa tradition créatrice à l'imitation en langue vulgaire et à la « réception ».

La première période est celle du bilinguisme. Nous choisirons de l'illustrer par deux grands noms, qui furent contemporains dans les premières décades du XIVe siècle : Dante Alighieri, Raymond Lulle.

Il n'est pas utile de présenter le premier. Nous avons déjà parlé de lui à propos de la théorie du poète-théologien, et montré qu'il ne la reprend pas totalement et cherche plutôt, par une synthèse de Thomas d'Aquin et de Bonaventure, à rassembler les reflets de la grandeur divine. Son originalité, la noble élévation de son style résident surtout en ceci : l'auteur du Convivio, *qui a choisi d'utiliser dans ses œuvres poétiques non le latin (qu'il réserve à des travaux savants ou philosophiques) mais le « toscan illustre », continue à pratiquer comme le faisait bien avant son époque Alain de Lille, la méthode allégorique qui se fondait sur les quatre sens de l'Écriture, mais il ne se contente plus d'illustrer des concepts : Béatrice remplace Pruden-tia : tout devient concret, tout devient non seule-ment vrai mais réel. Dès lors, la poésie ne se contente plus d'être savante : ce serait rester abs-traite. Elle est non seulement vraie mais réelle, même au Paradis. Il devient alors possible et néces-saire de rejoindre ensemble au sommet du ciel Ber-nard, Thomas et Bonaventure. Mais nous ne nous en tiendrons pas à cela. Nous remonterons plus haut, jusqu'à la* Vita nova. *Rappelons seulement que, là encore, ou plutôt déjà, Dante parle de Dieu et s'adresse à lui à propos de Béatrice. Voici ses paroles :*

Un Ange crie vers l'intellect divin
et dit : « Sire, il se voit au monde
une merveille en acte qui procède
d'une âme qui jusqu'à nous resplendit dans les
   hauteurs. »

Le ciel, qui n'a aucun autre défaut
que d'en être privé, la demande au Seigneur
et chaque saint en demande merci.
Seule Pitié défend notre parti :
Dieu parle donc, sachant qu'il s'agit de ma
      Dame :
« Mes bien-aimés, souffrez en paix
que votre espoir attende autant qu'il me plaira,
là où il est quelqu'un qui s'attend à la perdre
et qui dira en Enfer : Ô mal nés,
l'espoir des bienheureux, moi je l'ai vu[1]. »

*Le vocabulaire de Thomas d'Aquin s'introduit ici
dans la poésie italienne. Dante s'en sert pour parler
du désir de la façon la plus humaine. Il peut ainsi
introduire l'enfer à côté du paradis. Le Seigneur
admet que le poète soit damné. Il n'a plus besoin du
ciel, puisqu'il a vu dans l'humain la perfection de
l'amour. C'est ainsi que les espoirs de la terre se
mêlent à la contemplation du ciel, pour dire la
grandeur du désir d'amour. Plus tard, Béatrice se
montrera plus exigeante à l'entrée de l'empyrée.*

*Voici maintenant Raymond Lulle. Il est moins
connu que Dante, et moins lu. Il vécut à Majorque,
dont il parlait le langage. Mais il se servait aussi du
latin, pour ses ouvrages les plus techniques de
réflexion philosophique. Il vécut de 1233 à 1316. Il
avait commencé par être un page brillant et un
agréable gentilhomme. Puis vient la conversion,
totale. Il embrasse la vie religieuse, avec originalité,
car, malgré diverses visions, il ne peut choisir entre*

---

1. Dante, *Vita nova.*

les mendiants et les prêcheurs. Le bagage de sagesse que lui offre son temps est lourd. Il se résout à mener une vie indépendante et à porter un costume imité par moitié de chacun des deux ordres. Il voyage en Italie et en France, écrit avec une abondance extraordinaire et un talent particulièrement original. Il s'inspire à la fois de François et de Dominique. Il veut convertir les infidèles mais il n'a pas de croisade à sa disposition et pense pouvoir accomplir son projet par la parole et en éducateur. Il partira seul en Terre sainte, y connaîtra de grandes épreuves, échappera sans doute de peu au martyre et mourra, semble-t-il, à son retour, peut-être sous l'effet de ses blessures ou de sa fatigue. Ce qui est essentiel dans son aventure est sa foi raisonnée dans la parole. Il savait qu'elle était sa seule arme. Il avait compris qu'il ne pouvait l'employer s'il ignorait l'arabe. Il l'a donc appris et il a cherché toute sa vie à fonder des écoles pour que ses disciples ou ses éventuels compagnons puissent le connaître aussi. Dans le même esprit, il s'est efforcé de définir son argumentaire. Il n'a pas essayé de partir des aspects les plus spécifiques de la religion chrétienne. Mais, dans sa réflexion sur la parole, il a plutôt cherché la topique du divin, pour montrer ensuite que Jésus était celui qui l'avait le mieux utilisée. Il trouvait une partie de ses topoi *dans la philosophie arabe, qui était mystique et méditait notamment sur l'ami, l'amant et l'aimé. Il écrit donc, dans sa langue,* Le Livre de l'amant et de l'aimé, *haute méditation amoureuse qu'il insère dans son roman de* Blaquerne, *où il décrit dans l'idéal toutes les étapes possibles d'une vie authen-*

tiquement chrétienne (*Blaquerne deviendra pape,
puis ermite*). Dans d'autres ouvrages, qui
répondent à une inspiration analogue, Lulle
conçoit des « arbres » où il représente sa « philosophie d'amour ». Il décrit par de telles images les
ramifications de ses topoï et de ses pensées et il
montre comment on peut les regrouper et les disposer pour former des figures d'ensemble qui évoquent
Dieu et ses vertus, ce qu'il appelle ses dignitates. Il
aboutit ainsi à des classifications qui rendent possible une combinatoire. Leibniz admirera cette
méthode, qui répond aussi à certaines exigences de
la réflexion moderne. Avec une très grande élévation
de pensée, Lulle essaie de rapprocher les grandes
religions méditerranéennes par les beautés qu'elles
ont en commun. Une sorte d'œcuménisme se dessine ainsi entre les civilisations. À cet égard,
l'ouvrage le plus séduisant de Lulle est constitué par
Le Livre du Gentil et des trois Sages. Ce gentil rencontre trois représentants des grandes religions
méditerranéennes (islam, judaïsme, christianisme)
qui sont en train de confronter leurs fois. Il pleure
quant à lui parce qu'il ne connaît pas Dieu. Chacun
lui expose les principes de sa religion. Puis ils s'en
vont, parce qu'ils ne veulent pas être indiscrets en
lui demandant ce qu'il a choisi. Ils souhaitent surtout continuer à discuter sur leurs trois religions
sans se laisser entraîner à une solution brutale et
prématurée. Toutefois, on se demande quelle est la
vraie raison de leur comportement quand on écoute
la prière du gentil, qui a reçu leurs enseignements
respectifs : « Ah! toi qui es divin, infini, qui es le
souverain bien, la source de tous les biens, leur

accomplissement sans fin, je révère ta bonté sainte, Seigneur, et je lui rends honneur. En elle, je connais le bonheur immense où je suis parvenu, et je lui en rends grâces, ô Seigneur Dieu! J'adore dans mes bénédictions ton élévation, qui réside infiniment dans ta bonté, ton éternité, ton pouvoir, ta sagesse, ton amour et ta perfection[1]. »

Il suffira ensuite au gentil de reprendre l'une après l'autre ces « dignités » qui figurent sur un « arbre » symbolique qu'une Dame a présenté aux compagnons dans un bois romanesque auprès d'une fontaine où le gentil baignait ses yeux, parce qu'il pleurait de ne pas connaître Dieu. Mais il est maintenant dans la joie et il poursuit sa prière d'adoration, qui ne se limite à aucun dogme. Il ne dit pas quelle foi il a préférée, parce qu'il aperçoit deux coreligionnaires auxquels il veut parler d'abord. Les trois sages s'éloignent et ils conviennent d'interrompre leur dispute. Qu'ils se réconcilient d'abord, dans la sagesse et dans la charité. Alors ils pourront entrer dans l'unique religion, parce qu'ils auront compris que seuls leurs péchés les séparent et les empêchent de se rejoindre.

Il n'est pas nécessaire de souligner l'extrême modernité de cette pensée religieuse, qui unit la beauté de Dieu et l'amour des hommes pour accéder, au-delà des ruptures et des conflits dogmatiques, à la paix des cœurs et des âmes. Seules les illuminations de la tendresse sont prises en consi-

1. *Op. cit.*, éd. Louis Sala-Molins, Aubier-Montaigne, 1967, p. 120. Voir aussi Dominique de Courcelles, *La Parole risquée de Raymond Lulle. Entre le judaïsme, le christianisme et l'islam*, Vrin, 1993.

dération dans cet œcuménisme si profondément humain et spirituel. Ainsi s'accomplit, malgré les échecs ou les défaillances que les sages et leur ami connaissent et où ils ne veulent pas s'attarder, la véritable vocation qu'avaient préparée le XIIe et le XIIIe siècles, après l'antiquité, sans toujours reconnaître les dignitates universelles *du divin. Mais on savait pourtant qu'il portait en soi l'infini, qui est source et garant de l'être, et l'amour, qui fonde la connaissance du beau.*

Nous ne continuerons pas dans le détail cette méditation sur la parole et la charité. Il y faudrait évidemment plusieurs livres. Nous reviendrons seulement à notre siècle[1]. *Nous y retrouverons les larmes et la joie, en citant* Le Soulier de satin. *Claudel l'a conçu comme il a conçu toute son œuvre, en s'appuyant principalement sur trois sources spirituelles qui ont aussi inspiré notre contemplation. Doña Musique parle avec Doña Prouhèze : elle lui dit la joie que lui inspire la pensée de son prochain mariage avec Juan d'Autriche :*

Ah! ce ne sera pas long à comprendre que je suis la joie, et que c'est la joie seule et non point l'acceptation de la tristesse qui apporte la paix.

Oui, je veux me mêler à chacun de ses sentiments comme un sel étincelant et délectable qui les transforme et les rince! Je veux savoir comment il s'y prendra désormais pour être triste et pour faire le mal quand il le voudrait.

---

1. Bien entendu, il ne s'agit plus ici d'une anthologie. Nous croyons seulement qu'il est nécessaire de montrer que la pensée que nous avons décrite reste vivante et créatrice. Il faut aussi la rappeler aujourd'hui par des exemples.

Je veux être rare et commune pour lui comme l'eau, comme le soleil, l'eau pour la bouche altérée qui n'est jamais la même quand on y fait attention. Je veux le remplir tout à coup et le quitter instantanément, et je veux qu'il n'ait alors aucun moyen de me retrouver, et pas les yeux ni les mains, mais le centre seul et ce sens en nous de l'ouïe qui s'ouvre,

Rare et commune pour lui comme la rose qu'on respire tous les jours tant que dure l'été et une fois seulement...

Doña Prouhèze répond :

Il n'y a rien pour quoi l'homme soit moins fait que le bonheur et dont il se lasse aussi vite.

Doña Musique : Qu'êtes-vous donc ?

Doña Prouhèze : Une Épée au travers de son cœur.

La joie et la douleur n'ont cessé de dialoguer ensemble dans le christianisme. L'époque moderne n'a fait qu'accentuer cette manière de sentir. On la retrouve d'une manière plus poignante encore chez Péguy, qui connaît plus profondément le poids de la faiblesse humaine. La langue dont il se sert pour exprimer une telle souffrance est profondément inspirée par la tradition médiévale. Elle s'exprime dans la « prière de confidence » de La Tapisserie de Notre-Dame, *inspirée par la cathédrale de Chartres :*

Et non point par vertu, car nous n'en avons
   guère,

Et non point par devoir car nous ne l'aimons
  pas,
Mais comme un charpentier s'arme de son
  compas,
Par besoin de nous mettre au centre de misère,

Et pour bien nous placer dans l'axe de détresse,
Et par ce besoin sourd d'être plus malheureux,
Et d'aller au plus dur et de souffrir plus creux,
Et de prendre le mal dans sa pleine justesse.

Par ce vieux tour de main, par cette même
  adresse,
Qui ne servira plus à courir le bonheur,
Puissions-nous, ô Régente, au moins tenir
  l'honneur,
Et lui garder lui seul notre pauvre tendresse.

*Ni la pauvreté ni l'honneur ne font défaut. Marie,
dont nous avons parlé dans ce livre, reçoit l'hommage qui est au-delà de la rhétorique et de la théologie, mais qui rayonne sur toute mystique. En elle
s'accomplit le plus tendre contact avec l'humanité
de Dieu*[1].

*La beauté qui se trouve ainsi exprimée régnait
déjà dans les séquences d'Adam de Saint-Victor ou
dans les déplorations qui célébraient le sacrifice de
la Passion. Pierre Emmanuel retrouve cette pureté
pour écrire* Évangéliaire :

1. Cf. notre index.

Ros misericordiae

Rose orientale,
Fleur de l'Unité,
Pure odeur claustrale
de l'immense été

Très humble stature
Tige des sept cieux
Étroite clôture
Et giron de Dieu

Prière et pensée
par l'homme adressée
Se forme en ton sein

Et par ta corolle
l'humaine parole
S'ouvre à l'Esprit-Saint.

Ce très beau poème, semblable à une séquence ver-
sifiée, rejoint d'une manière discrète et profonde
tous les thèmes de notre livre : prière et pensée,
immensité de l'amour et de l'été, poétique du Verbe
et de la Trinité, stylisation spirituelle et symbolique,
exaltation du temps, printemps et été, dilatation de
l'âme que reçoit Dieu en son giron et qui sans doute
est assez grande pour le recevoir elle-même, dou-
ceur de la célébration litanique où tout s'apaise
dans la transparence du sacré.

    Il reste à méditer sur le langage et sur l'expérience
de Dieu dans la parole. Je proposerai deux exemples

qui, comme le texte précédent, sont très proches de nous.

L'un vient de Joë Bousquet. Celui-ci, blessé dans la première guerre mondiale, a passé toute sa vie paralysé dans une chambre d'infirme. Il n'avait que sa voix pour chanter, pour plaire, pour aimer. Dans une telle situation, comme il était privé du monde extérieur, il a pu découvrir le véritable espace, qui est intérieur, comme la rhétorique de Dieu ne cessait de le montrer. Elle lui enseignait à la fois la plénitude infinie et les déchirures de la souffrance, que n'avait pas évoquées Duns Scot sur lequel il composa un livre intitulé Les Capitales, *qu'il dédia à son ami Jean Paulhan. Avant Jacques Roubaud, si attentif aux figures mathématiques et à la stylisation de ce qu'il appelait la « fleur inverse », Paulhan se laissait captiver par les figures où le sens se diversifie. De Joë Bousquet, je ne citerai ici qu'un fragment d'un autre livre, qui a pour titre* Mystique :

Se peut-il que l'on ne puisse poser que l'on est sans poser aussitôt : que ne suis-je ? Je suis la damnation d'une existence au comble de son être; l'endroit de défaillance où la vie tourne à l'espoir parce qu'une ombre mortelle lui a enfin laissé un peu d'elle-même à imaginer. Je ne suis que la plaie d'un être immense qui grandit en moi. L'existence sensible est le gage de notre union avec les choses et le fruit unique de notre douleur unanime.

En somme, notre temps a redécouvert la voie négative. Mais, sur le chemin qu'ils ont ouvert, il va plus loin que les premiers mystiques. Il ne dit pas seulement qu'il faut dépasser les mots par les

*figures, les symboles ou par la grâce ou le silence,
mais il dit que l'être trouve sa plus forte expression
dans le manque et dans la déréliction.*

*Je rejoins ici mon dernier exemple : Edmond
Jabès est un Égyptien d'origine juive qui vécut dans
le Quartier latin, à Paris, avant de mourir, il y a peu
d'années. Il a écrit plusieurs ouvrages en prose poétique dans lesquels, selon l'amitié de Maurice Blan-
chot et sa réflexion sur le livre, il médite sur les
vocables, signes et matière de sa création. Il mesure
leur néant et, bien loin de les récuser, il y trouve
l'être et la déchirure infinie dont Bousquet vient de
nous parler. Les mots toujours se dérobent, et en se
dérobant, ils nous découvrent dans leur vide l'appel
infini de l'amour. Ils ne sont même pas ténèbre,
mais plutôt blancheur pure, présence de la mer et
du désert, où le vide embrasse l'être dans un silence
ultime et infini ; dès lors, tout est absence, tout est
amour, tout est Dieu. L'infini, qui paraît le réduire
au vide et au néant, est en réalité la preuve de son
être. Il atteste au moins l'exigence de l'absolu :*

Le mot : *Dieu* m'intéresse, disait-il, parce qu'il
est un mot qui défie la compréhension qui, du fait
qu'il ne se laisse pas appréhender en tant que mot
échappe au sens, le transcende pour l'annuler...

Comment comprendre Dieu ? Dieu ne se laisse
pas enfermer. La clôture de Dieu, c'est Dieu : une
non-clôture ou une après-clôture.

Questionner le non-saisissable, le non-pensable
saisi et pensé dans l'arbitraire de leur absence,
dans leur non-savoir jalousement protégé, dans
l'échec, la douleur et le sang.

Ils n'ont pas manqué en notre temps. Jabès, dans les lieux où son destin l'avait placé, a vu tous les crimes contre l'homme, contre Dieu et contre la pensée. Il a évoqué les camps de concentration, les amours détruites et le souvenir qui se change en folie. Tel est chez lui, en sa forme extrême, l'amour fou, comme le montre le dialogue imaginaire qu'il institue entre des rabbins fictifs :

Dieu renvoie à Dieu comme le regard au regard, disait reb Arbib.

Scruter l'infini, c'est accepter de ne plus voir; c'est rester sur sa nuit, en deçà ou au-delà de la vue[1].

Nous sommes tout près du pseudo-Denys ou de saint Jean de la Croix. Peu à peu, le silence vient sur les âmes. Mais le « coup d'aile de Dieu » est aussi libre que jamais; nous finirons sur ce mot du poète : « L'âme est un oiseau d'oubli aux ailes multicolores. »

1. Cf. *Le Livre des différences*, p. 366 sqq. Ce passage est attribué par l'auteur à l'un des rabbins imaginaires qu'il fait dialoguer. On voit qu'il atteste la permanence d'une triple tradition juive, arabe et chrétienne qui remonte à l'antiquité et qui marque leur signification dans le présent comme dans l'éternel, dans l'éternel présent

CHRONOLOGIE[1]

Fin et transformation de l'Empire

354-430	Saint Augustin.
410	Pillage de Rome par Alaric.
v[e] ou vi[e] s.	Pseudo-Denys l'Aréopagite.
470?-525?	Boèce.
476	Déposition de Romulus Augustule, dernier empereur.
490?-580?	Cassiodore.
496?	Conversion de Clovis.
527-565	Justinien empereur d'Orient.

Un nouveau monde s'appuie sur le passé :
empire, nations, monarchies, féodalité

530	Fondation de l'abbaye bénédictine du Mont Cassin par saint Benoît (480?-547).
540?-604	Grégoire le Grand.
570-632	Mahomet.
560?-636	Isidore de Séville.

1. Le classement chronologique a été établi en fonction de la date de mort des auteurs pour mieux mettre en relief leur période créative. Pour les souverains, les dates indiquées sont celles de leur règne.

768-814	Charlemagne (empereur en 800).
780?-856	Hraban Maur.
786-787?	Concile de Nicée : condamnation de l'iconoclasme.
847	Jean Scot Érigène : arrivée à Paris.
820-891	Photius.
840-877	Charles le Chauve (empereur à partir de 875).
910	Fondation de l'abbaye de Cluny par Guillaume III d'Aquitaine.
980-1037	Avicenne (Ibn Sînâ).
987	Couronnement d'Hugues Capet.

La culture du XIIe siècle : croisades, mystiques et savoirs

1033?-1109	Anselme de Cantorbéry.
1054	Grand schisme : séparation des Églises d'Occident et d'Orient.
1141	Mort d'Hugues de Saint-Victor.
1079-1142	Abélard.
1148	Mort de Guillaume de Saint-Thierry.
1090-1153	Saint Bernard de Clairvaux.
1095-1099	Première croisade.
1100?-1160	Pierre Lombard.
1173	Mort de Richard de Saint-Victor.
1098?-1179?	Hildegarde de Bingen.
XIe-XIIe s.	École de Chartres.
1120?-1180	Jean de Salisbury.
1126-1198	Averroës (Ibn Roschd).
1128?-1203	Alain de Lille.
1147-1150	Deuxième croisade.
1189-1199	Richard Cœur de lion roi d'Angleterre.
1179-1223	Philippe Auguste roi de France.
1191	Troisième croisade.

XIIIe siècle : la scolastique et l'esprit d'amour

1202	Quatrième croisade.
1204	Prise de Constantinople.
1209	Début de la croisade contre les Albigeois.
1210	Aristote interdit à Paris (confirmations en 1231, 1241, 1263, 1270, 1277).
1214	Victoire de Bouvines.
1217	Arrivée des dominicains à Paris.
1217-1219	Cinquième croisade.
1181?-1226	Saint François d'Assise.
1219	Arrivée des franciscains à Paris.
1175-1253	Robert Grosseteste.
1206?-1280	Albert le Grand.
1226-1270	Saint Louis roi de France.
1217?-1274	Saint Bonaventure.
1225-1274	Saint Thomas d'Aquin.
1210?-1294	Roger Bacon.
1229	Sixième croisade.
1240	*Floruit* Hadewijch d'Anvers.

XIVe-XVe siècles : Lulle, Pétrarque et L'Imitation de Jésus-Christ

Poètes et logiciens

1266-1308	Jean Duns Scot.
1248-1309	Angèle de Foligno.
1309	Le pape s'installe à Avignon.
1233-1316	Raymond Lulle.
1265-1321	Dante.
1260-1328?	Maître Eckhart.
1349?	Mort de Guillaume d'Occam (né avant 1300).
1361	Mort de Jean Tauler.
1295-1366	Henri Suso.
1304-1374	Pétrarque.

1293-1381   Ruusbroec.

Persécution des opprimés
1310   Supplice de Marguerite Porète.
1384   Mort de Wyclif.
1415   Mort de Jean Hus.
1416   Supplice de Jérôme de Prague.

Renaissance
1363-1429   Jean Gerson.
1401-1464   Nicolas de Cues.
1431   Supplice de Jeanne d'Arc.
1379?-1471   Thomas a Kempis.

BIBLIOGRAPHIE GÉNÉRALE

Textes

Jacques-Paul MIGNE, *Patrologia latina* (= *P. L.*), 1844 sqq., 221 vol.; CDRom : Chadwyck Healey France, 1995.

Henry SPITZMULLER, *Poésie latine chrétienne du Moyen Âge, IIIe-XVe siècle*, Desclée De Brouwer, 1971.

F. J. E. RABY, *The Oxford Book of Medieval Latin Verse*, Oxford, Clarendon Press, 1959.

Voir aussi les bibliographies relatives aux différents auteurs.

Études générales

Marie-Dominique CHENU, *La Théologie au XIIe siècle*, Vrin, 1957.

Marie-Dominique CHENU, *La Théologie comme science au XIIIe siècle*, Vrin, 1957.

Alain de LIBERA, *La Philosophie médiévale*, 2e éd., P. U. F., 1995 (bibl.).

Alain de LIBERA, *La Querelle des universaux. De Platon à la fin du Moyen Âge*, Vrin, 1996.

Edgar DE BRUYNE, *Études d'esthétique médiévale*, Bruges, 3 vol., 1944 sqq.

Étienne GILSON, *L'Esprit de la philosophie médiévale*, Vrin, 1932.

Étienne Gilson, *Les Idées et les lettres*, Vrin, 1932.

Remy de Gourmont, *Le Latin mystique* (1892), rééd. éd. du Rocher, 1990.

Jean Jolivet, « La philosophie médiévale en Occident », in *Histoire de la philosophie*, t. I, « Encyclopédie de la Pléiade », Gallimard, 1969, pp. 1198-1564.

Jean Leclercq, *L'Amour des lettres et le désir de Dieu*, Le Cerf, 1957.

Raïssa Maritain, *Poèmes et essais*, Desclée de Brouwer, 1968.

Alain Michel, *In hymnis et canticis. Culture et beauté dans l'hymnique chrétienne latine*, « Les Philosophes médiévaux », Louvain, Nauwelaerts, 1976.

Alain Michel, *La Parole et la beauté. Rhétorique et esthétique dans la tradition occidentale* (Belles Lettres, 1982), 2ᵉ éd. augmentée, « Bibliothèque de l'évolution de l'humanité », Albin Michel, 1994.

Dictionnaire des lettres françaises. Le Moyen Âge, ouvrage préparé par Robert Bossuat, Louis Pichard et Guy Raynaud de Lage, éd. entièrement revue et mise à jour sous la direction de Geneviève Hasenohr et Michel Zink, Fayard, 1994.

Sur les aspects littéraires (rhétorique et poétique), Ernst-Robert Curtius, *La Littérature européenne et le Moyen Âge latin* (1948), trad. française, P.U.F., 1956 (en particulier sur Dante et Mussato).

Sur la logique et ses auteurs, voir les bibliographies et les travaux d'Alain de Libera et aussi *The Cambridge History of later Medieval Philosophy*, éd. par N. Kretzmann, A. Kenny, J. Pinborg, Cambridge, 1982.

INDEX DES NOMS

1. Pour les médiévaux, Marie sœur de Marthe et Marie-Madeleine ne font qu'un seul personnage.

TABLE DES MATIÈRES

II. XIIIᵉ ET XIVᵉ SIÈCLES   487

SAINT THOMAS D'AQUIN (1225-1274)   489

CONCLUSION : POÉTIQUE DE DIEU   699

Composition Euronumérique.
Impression Bussière Camedan Imprimeries
à Saint-Amand (Cher),
le 10 novembre 1998.
Dépôt légal : novembre 1998.
1ᵉʳ dépôt légal dans la collection : septembre 1997.
Numéro d'imprimeur : 985423/1.

ISBN 2-07-040355-6./Imprimé en France.

89111